O FRUTO do VENTRE

RYOKI INOUE

O FRUTO DO VENTRE

EDITORA RECORD
RIO DE JANEIRO • SÃO PAULO
2008

CIP-Brasil. Catalogação-na-fonte
Sindicato Nacional dos Editores de Livros, RJ.

Inoue, Ryoki, 1947-
I45f O fruto do ventre / Ryoki Inoue. – Rio de Janeiro:
Record, 2008.

ISBN 978-85-01-07834-4

1. Romance brasileiro. I. Título.

CDD – 869.93
08-0071 CDU – 821.134.3(81)-3

Foto de capa: O Sudário de Turim © P. Deliss/Godong/Corbis/LatinStock

Impresso no Brasil

ISBN 978-85-01-07834-4

PEDIDOS PELO REEMBOLSO POSTAL
Caixa Postal 23.052
Rio de Janeiro, RJ – 20922-970

EDITORA AFILIADA

Prólogo

1.

O silêncio que se fez na sala era tão denso que dava a impressão de se poder cortá-lo com uma faca.

O anfitrião coçou o queixo, tamborilou com os dedos da mão esquerda sobre o braço da poltrona e olhou para seu visitante.

A conversa decorrera normalmente até aquele momento; falavam sobre banalidades, ele perguntando sobre as novidades e os boatos que circundavam a triste realidade: o papa estava morrendo.

Não poderia haver melhor informante, afinal de contas não era todos os dias que um cardeal, membro da Corte Canônica, aparecia para uma visita, mesmo o anfitrião sendo o poderoso juiz Agostino Pettinatto, o magistrado que extinguira o processo contra dois bispos acusados de envolvimento com o famigerado mafioso Pietro Aglieri, também réu nesse julgamento. Sua decisão chocara a imprensa e a opinião pública, especialmente no que dizia respeito àqueles que, já por princípio, sempre viram a Igreja Católica um tanto quanto de esguelha.

O ambiente tornou-se subitamente desagradável e tenso quando, num daqueles momentos em que ocorre uma pausa na conversa entre duas pessoas que estão dando voltas e mais voltas antes de chegar ao assunto que realmente é o motivo do encontro, o cardeal respirou fundo e falou:

— Preciso encontrar Massimo Aglieri... Gostaria que o senhor marcasse uma reunião com ele. Com extrema urgência.

A expressão simpática e bonachona que Pettinatto tinha no rosto desapareceu por completo, e o silêncio se fez. Depois de quase um minuto calado e carrancudo, o juiz ergueu-se da poltrona em que estava sentado e caminhou até o barzinho ao fundo da sala. Serviu dois cálices de vinho — um excelente tinto que era produzido em sua propriedade em Valpolicello — e, entregando um deles para o cardeal, disse:

— Não se ofenda, cardeal Maronese... Mas Sua Eminência deve compreender que eu preciso saber a razão desse seu pedido.

Ergueu o cálice num brinde e, depois de levá-lo aos lábios, acrescentou:

— Por favor, admita que é um pedido dos mais estranhos...!

Victor Maronese esboçou um sorriso sem graça e, depois de alguns segundos, falou:

— São motivos particulares, meu amigo... E lamento, sinceramente, não poder revelá-los.

Pettinatto olhou com intensidade para seu visitante e meneou negativamente a cabeça.

— Pois eu lamento, nesse caso, não poder satisfazer seu pedido, Eminência.

Voltou a sentar-se e, tornando a olhar para Maronese, murmurou:

— Não consigo imaginar por qual motivo um cardeal, um homem de Deus, um homem da confiança de Sua Santidade, possa querer se encontrar com Massimo Aglieri, sobrinho de Pietro Aglieri, um mafioso conhecido por sua violência...

Maronese tomou mais um gole de vinho e, erguendo os olhos para o juiz, falou:

— Preciso que consiga marcar esse encontro, Agostino! É de suma importância para a própria Igreja Católica!

Pettinatto franziu as espessas sobrancelhas. Não era nada habitual ele ser tratado pelo primeiro nome assim com tanta familiaridade. Pensou até mesmo em protestar, em dizer ao cardeal que exigia o tratamento cerimonioso a que tinha direito, mas lembrou que ali, diante dele, embora pedindo algo que lhe parecia um redondo absurdo para alguém de sua posição, estava um cardeal. E não era nem mesmo um cardeal comum, mas sim um dos principais componentes da Corte Canônica!

Um pouco sem jeito, visivelmente incomodado com o andamento que a conversa estava mostrando, ele pigarreou e começou a falar:

— Eminência... Eu...

Foi interrompido pelo cardeal, que, sem esconder uma certa exasperação, disse:

— Por favor, Agostino... Vamos deixar de lado essas etiquetas! Não me trate por “Eminência” ou por qualquer outro título do gênero. Aqui, hoje, sou apenas Victor. O homem Victor, que lhe está pedindo para marcar um encontro com um bandido. Não me peça para lhe dar explicações. Saiba, apenas, que é por uma boa causa. Secreta, absolutamente secreta, mas boa.

— Posso me recusar — disse o juiz. — Posso dizer que não tenho como...

Dom Maronese, com um gesto, não o deixou continuar e, semicerrando os olhos, falou:

— Seria tolice, Agostino... Sei muito bem que você tem uma ligação muito forte — íntima, mesmo — com Pietro Aglieri. Essa sua propriedade em Valpolicello, por exemplo, surgiu depois que um certo processo em que ele estava envolvido foi extinto. Por você.

— Comprei essa vinícola de uma viúva! — protestou o juiz. — E todos sabem que foi um negócio absolutamente legal! Barato, é verdade... Mas legal!

— Sim — riu o cardeal. — Todos sabem disso! Foi exatamente o que você e Aglieri queriam que todos soubessem! Uma viúva... Sem herdeiros... Querendo deixar a propriedade para ir viver num asilo! Por isso, vendeu tão barato! Barato para ninguém poder desconfiar que havia dinheiro sujo na história, nem mesmo o Tesouro! E como se isso não bastasse, Pietro Aglieri apresentou-o a uma de suas *afilhadas*... Uma certa Nina Polonini...

Riu novamente e acrescentou:

— Uma bela moça, essa Nina! Inegavelmente, você tem bom gosto!

Pettinatto baixou a cabeça, mordeu os lábios para não deixar escapar um grosso palavrão e, depois de respirar fundo por duas vezes, conseguiu se controlar.

Nina! Ninguém poderia mexer com a sua Nina!

Sempre fixando o juiz, Dom Maronese não pôde deixar de sorrir ao perceber, no rosto do juiz, um lampejo de ternura.

Sim... Nina representava muito para ele. Desde que a conhecera, cerca de dois anos atrás, sua vida mudara. E para muito melhor...

* * *

Era o final da primavera, e Agostino Pettinatto, depois de ter reclamado do calor, do excesso de trabalho e dos casos complicados que lhe vinham à mão, decidiu tomar um drinque no Ghezzani, local freqüentado por outros magistrados, alguns intelectuais emergentes e incontáveis pseudo-intelectuais. Estes certamente imaginavam que o fato de serem vistos bebendo em companhia de juízes, escritores afamados e outras cabeças já consagradas, haveria de içá-los ao mesmo degrau cultural e social dos demais que ali se encontravam. O que faziam questão de ignorar era que, por méritos próprios, jamais conseguiriam deixar de ser apenas simulacros de poetas, escritores ou pensadores...

Pettinatto sentou-se a uma mesa mais escondida — ele sempre detestara qualquer tipo de exposição — e, contrariando seu hábito de tomar vinho, pediu ao garçom que lhe trouxesse um *scotch*. Naquele fim de tarde, ele estava sentindo necessidade de tomar alguma coisa mais forte, mais estimulante e ao mesmo tempo reconfortante. Nada melhor que uma boa dose de uísque. Depois, ao jantar, certamente faria acompanhar a *bracciola*, que desde o meio da tarde vinha salivando, por um belo Corvo. Porém, naquele instante, sentia-se obrigado a ceder ao velho e bom lenitivo escocês.

Não era para menos que ele estivesse tão nervoso e ansioso: no dia seguinte teria de presidir o julgamento de ninguém menos que Pietro Aglieri, acusado de ter mandado matar o padre Antonino Fratelli, pároco em Sorrento, porque este o expulsara da igreja por estar acompanhado de uma conhecida prostituta da cidade.

— Mas também...! — murmurou Pettinatto, tomando um gole de seu uísque. — Que padre idiota! Por que não deixou que Aglieri ficasse lá com a sua puta?! Será possível que ele esqueceu que as putas também são filhas de Deus?!

Balançou a cabeça de um lado para o outro, desolado, tomou mais um longo gole, fechando os olhos para melhor apreciar o gosto da bebida e, quando os abriu novamente, viu que, sentado à sua mesa, diante de si, estava um rapaz de barbas e cabelos longos, sorrindo-lhe.

— Boa noite, meritíssimo — disse este, ampliando o sorriso.

Pettinatto também sorriu ao reconhecer o intruso.

— Boa noite, Gigio — cumprimentou. — Tome alguma coisa comigo.

— Obrigado — recusou o moço. — Não vim beber.

Ante o olhar interrogativo de Pettinatto, Gigio esclareceu:

— Vim convidá-lo para comer a melhor *bracciola* de Roma e tomar o melhor vinho que já provou.

— Mas que coincidência! — exclamou o juiz. — Eu estou com vontade de comer *bracciola* desde o meio da tarde! Como pôde adivinhar?

— Não adivinhei. Gemma, sua secretária, é que me contou. — Com uma expressão divertida, completou: — O senhor esqueceu que comentou com ela sobre esse seu... desejo?

Pettinatto meneou a cabeça afirmativamente e, cheio de curiosidade, indagou:

— E a troco de quê Gemma lhe falou sobre isso?

— Por dois motivos, meritíssimo... Primeiro, porque eu lhe perguntei. E segundo, a troco de... uma bela e divertida noite em minha companhia!

O juiz não pôde deixar de sorrir. Sim... Ele tinha percebido que Gemma ficava diferente quando aquele estagiário entrava na sala e chegava a corar quando este lhe dirigia a palavra. Era, portanto, mais do que evidente que ali havia uma atração, e das mais fortes...

— Tome cuidado, Gigio... — brincou Pettinatto. — Gemma não é uma moça leviana... Se você não abrir os olhos, estará casado com ela antes do fim do ano!

— Não quero outra coisa, meritíssimo — garantiu Gigio. — E é justamente para lhe agradecer a oportunidade que me deu de conhecer uma mulher como ela, que eu o estou convidando para essa *bracciola*!

* * *

O restaurante para onde Gigio levou Pettinatto era no centro da cidade, pequeno, aconchegante, surpreendentemente bem decorado, imitando uma antiga estalagem do interior.

— O senhor verá, meritíssimo — garantiu Gigio. — Ninguém prepara uma *bracciola* como a *Zia* Paola!

Sentaram-se a uma mesinha para duas pessoas e logo uma senhora gorda, risonha e irradiando simpatia — e suor — por todos os poros, veio lhes trazer uma jarra de vinho, dois cálices, uma pequena cesta cheia de fatias de pão e uma bandeja com diversos tipos de patês.

— Será mesmo a *bracciola*, Gigio? — perguntou ela. — Com *fusilli*?

Gigio respondeu afirmativamente e, servindo o vinho, disse:

— À sua saúde, meritíssimo! E à beleza e meiguice de Gemma!

O juiz riu, ergueu o cálice num brinde e retrucou:

— Sim, está certo... Brindemos à formosura de Gemma...

Tomou um gole e, ficando subitamente sério, juntou:

— Mas tome cuidado, Gigio! Não esqueça que Gemma é funcionária do Tribunal e, além disso, foi indicada para o cargo pelo Vaticano. Deve ter algum parente importante por lá. Você não deve...

— Vou me casar com ela — interrompeu o rapaz. — Não se preocupe, não haverá qualquer surpresa!

Pettinatto estava sentado de costas para a entrada do restaurante, portanto não podia ver quem estava entrando, mas sentiu a corrente de ar que se formou quando abriram a porta. Quase ao mesmo tempo, um delicioso perfume invadiu o ambiente, o que literalmente obrigou o juiz a voltar a cabeça para ver quem chegava.

Por pouco não caiu da cadeira. Era uma mulher lindíssima, morena, os cabelos muito pretos, longos e sedosos, caindo-lhe sobre os ombros descobertos como se formassem uma cascata de nanquim, teria perto de trinta anos. Os olhos, incrivelmente azuis, eram vivos e alegres. O nariz fino, ligeiramente arrebitado, encimava uma boca rasgada, de lábios cheios, carnudos, denunciadores de uma sensualidade animal. E seu corpo... Ah, que corpo! Um corpo de fazer pecar em pensamentos o mais santo dos frades carmelitas descalços...! Não havia um grama sequer de gordura supérflua — Pettinatto pôde constatar isso com facilidade, uma vez que o vestido que ela estava usando colava-se à sua pele como se dela fizesse parte — e suas curvas suaves e ao mesmo tempo arrebatadoras estavam ali para confirmar que nada pode ser mais belo do que o fruto do Supremo Arquiteto.

Para extrema surpresa de Pettinatto, a moça dirigiu-se para a mesa em que eles estavam e, com um sorriso de fazer derreter as neves eternas dos Alpes, ela disse:

— É uma honra tê-lo em minha casa, senhor juiz! Gigio tinha me avisado, mas, para ser sincera, não acreditei que aceitaria o convite...

Ainda meio apalermado com a beleza da mulher, o magistrado olhou interrogativamente para Gigio e este, com um sorriso maroto, explicou:

— O senhor permitiu-me conhecer Gemma... E eu, em retribuição, estou lhe apresentando Nina Polonini, seguramente a mais bela mulher de Roma... E proprietária deste restaurante!

Com um gesto, Nina não permitiu que o juiz se levantasse e, puxando uma cadeira para a mesa, sentou-se e falou, voltando-se para o rapaz:

— Muito bem, Gigio... Obrigada por ter trazido o juiz para cá. Agora, pode ir ao encontro de sua Gemma, deixe que eu farei companhia a...

Olhou para Pettinatto com meiguice e completou:

— ...Agostino.

Esperou que Gigio se retirasse — o juiz não teve forças nem mesmo ânimo para procurar retê-lo — e disse:

— Só espero que este seja apenas o primeiro de muitos jantares que você fará aqui... E comigo!

Pettinatto sorriu. Com 55 anos de idade, ele tinha razões de sobra para se orgulhar de sua aparência. Estava em perfeita forma, o preparo físico bem cuidado em sessões quase diárias numa academia de ginástica, as roupas sempre bem talhadas, os cabelos, já começando a branquear, bem penteados. Sim... Agostino Pettinatto estava ciente de que ainda era capaz de arrancar alguns suspiros femininos. Mas, de qualquer maneira, não esperava que uma mulher daquele porte pudesse tentar seduzi-lo. A menos que...

"Pode ser que ela seja a dona deste lugar", pensou ele, enquanto servia vinho para Nina, num copo que *Zia* Paola acabara de trazer —, "mas isso não quer dizer que ela não seja uma prostituta como qualquer outra..."

Nina tomou um gole de vinho e, inclinando-se um pouco sobre a mesa — movimento este que permitiu a Pettinatto admirar um generoso pedaço dos seus seios — ela convidou:

— Não quer ir lá para dentro? Tenho uma sala reservada, bem discreta, onde você não correrá o risco de ser visto e reconhecido por ninguém...

O juiz aprovou prontamente. De fato, seria um desastre dos maiores se alguém o visse ali em companhia de uma mulher que não a sua própria.

Com o coração ainda batendo fora de compasso, lembrou-se da esposa, Adriana, dois anos mais moça que ele e, no entanto, uma autêntica velha... Adriana tinha se deixado consumir nas três maternidades por que passara e na lide da vida — que ela mesma tornara insana.

Sim... Bem diferente daquela deusa que estava caminhando diante de si, os quadris bamboleando no ritmo dos passos, dirigindo-se para a tal "sala reservada".

— Entre, Agostino — disse ela, empurrando uma porta. — Fique à vontade; eu não demoro.

Pettinatto obedeceu e entrou na sala.

Porém, num átimo, ele percebeu que a última coisa que poderia acontecer ali era justamente ele se sentir à vontade.

* * *

Os dois homens que já estavam à mesa levantaram-se e cumprimentaram o atônito juiz. Ambos estavam bem vestidos e, apesar do sorriso estampado no rosto, tinham expressão dura e fria. Pettinatto não tinha como se enganar: por incrível que pudesse parecer, ele estava diante de dois mafiosos.

O mais velho dos dois, com cerca de 50 anos de idade, convidou o juiz a sentar-se e falou, sem qualquer rodeio:

— Não tema, meritíssimo. Viemos em paz. Estamos aqui para lhe fazer uma proposta.

Pettinatto não sentou e fez um movimento em direção à porta, disposto a sair dali, mas o homem segurou-lhe o braço e, empurrando-o para a cadeira, disse:

— O senhor não terá alternativa, juiz... No mínimo, terá de ouvir o que temos para lhe propor.

— E se eu me recusar?

Com voz rascante, o outro respondeu:

— Os jornais de amanhã noticiarão que o corpo do juiz Agostino Pettinatto foi encontrado num beco qualquer da cidade.

Voltou a forçar um sorriso e arrematou:

— E o senhor terá perdido a oportunidade de viver como um rei quando se aposentar...

— Mas... Isto é um absurdo! — protestou o magistrado. — Vocês não podem me...

O homem balançou a cabeça de um lado para o outro e rosnou:

— Nós o conhecemos muito bem, meritíssimo! E sabemos que sua carreira não é tão imaculada quanto gosta de afirmar! Sabemos muito bem, por exemplo, o que aconteceu por ocasião do julgamento daquele deputado, Candido di Vicenzo, que foi acusado de corrupção e que o senhor mandou arquivar o processo por falta de provas.

Deu uma risada e disse:

— O mais engraçado é que as provas estavam lá até as vésperas do julgamento... E simplesmente desapareceram!

Pettinatto fez uma careta. Sim, ele lembrava muito bem do que tinha ocorrido.

Três dias antes do julgamento, ele fora procurado por outro político que lhe dissera ser uma pena di Vicenzo ser condenado, pois este, muito rico, era um homem extremamente generoso. E, ao se despedir, esse político deixara em sua mão um cartão, pedindo-lhe que ligasse se houvesse alguma novidade quanto ao processo.

— E não esqueça! — exclamara. — Di Vicenzo é muito generoso! E é um homem que sabe muito bem ser grato!

No dia seguinte, Pettinatto reexaminou o processo e percebeu que, se alguns documentos que ali estavam desaparecessem, di Vicenzo poderia ver-se livre do processo, pois este teria tudo para ser extinto.

No julgamento, as provas não estavam lá e o juiz bateu o martelo extinguindo a questão. Uma semana depois, sua esposa recebeu um envelope lacrado e marcado com o carimbo de "documento confidencial". Não havia o nome do remetente e, quando Pettinatto o abriu, viu que em seu interior havia apenas uma chave e uma folha de papel com o nome de um banco suíço, o número, a senha de uma conta e um certificado de saque de um banco italiano no valor de quinhentos mil dólares americanos.

O juiz foi arrancado de suas lembranças pela voz do homem sentado à sua frente, dizendo:

— O senhor julgará o processo contra Pietro Aglieri e aqueles dois bispos acusados de envolvimento com ele. O julgamento será amanhã à tarde. Eles têm de ser absolvidos. Melhor que isso, o processo deve ser extinto.

Levantou-se, sendo imitado por seu companheiro e, despedindo-se, encerrou:

— Nós temos o número de sua conta na Suíça. Podemos garantir que ela dobrará em saldo assim que o julgamento terminar ao gosto de Dom Pietro. E, da mesma forma, saberemos como encontrá-lo, nem que seja no inferno, caso isso não aconteça.

Estendeu a mão para o juiz e, deixando escapar uma risada, disse:

— Agora, meritíssimo... Reflita bem sobre nossa conversa. E aproveite a noite com Nina. Ela vale a pena. E é *afilhada* de Dom Pietro!

* * *

— Como vê, acho que você não está propriamente em posição de me recusar este favor, Agostino — falou o cardeal Maronese, levantando-se e indo, sem a menor cerimônia, apanhar a garrafa de vinho no barzinho. — E mais uma vez eu digo que não há a menor necessidade de você querer saber o que pretendo com Aglieri.

Encheu novamente os dois cálices e disse:

— Por outro lado, pode ter certeza que saberei, exatamente como Dom Pietro, ser-lhe muito grato.

Pettinatto meneou a cabeça afirmativamente. Pelo menos dessa vez, não estava sendo coagido a burlar a lei, a *torcer* uma sentença. Aquele cardeal queria apenas que ele lhe proporcionasse um encontro com um mafioso. Que risco estaria correndo? Massimo Aglieri não estava sendo vigiado, até aquele momento nada pesava contra ele na Justiça, o homem não estava sendo procurado por ninguém... E ele, Agostino Pettinatto, estava prestes a se aposentar. Mais dois anos! Somente mais dois anos, e ele poderia desaparecer para qualquer lugar do mundo, gozar ao máximo o que ainda lhe restava de energia com Nina. Com sua adorada Nina!

Esvaziou o cálice num gole e, fazendo um sinal para que Maronese o acompanhasse, levantou-se e falou:

— Está certo, Victor... Não farei mais perguntas. Vamos até a biblioteca, vou ligar para Massimo.

— E eu saberei agradecer, Agostino. Assim que eu tiver conseguido me encontrar com Aglieri, materializarei esse agradecimento.

O juiz fez uma careta, apanhou o telefone e, depois de procurar um número na agenda encapada em couro sobre sua escrivaninha, fez a chamada.

Foi o próprio Massimo Aglieri que atendeu e, depois de algumas poucas perguntas convencionais sobre a saúde, a família e o trabalho, Pettinatto falou:

— Estou aqui com um amigo que precisa se encontrar com você...

Calou-se, enquanto Massimo dizia alguma coisa e, em seguida, prosseguiu:

— Trata-se do cardeal Maronese.

Houve outra pequena pausa, e o juiz disse:

— Não... Não sei do que se trata nem sou tão indiscreto a ponto de querer saber. Apenas posso garantir que ele está com pressa.

Olhou para o cardeal e repetiu o que Massimo estava lhe dizendo:

— Amanhã? Às dez e meia da manhã?

O cardeal fez um sinal afirmativo com a cabeça e disse, em voz baixa:

— Pergunte se ele poderá estar, nesse horário, na Igreja de São Camilo.

E justificou:

— Não há nada de anormal em um cardeal estar numa igreja...

Pettinatto fez a sugestão para Massimo e, depois de agradecer, despediu-se e desligou.

— Pronto, Victor. O encontro está marcado: amanhã, às dez e meia, na Igreja de São Camilo.

O cardeal sorriu, estendeu a mão para o juiz e disse:

— E já marcamos, também para amanhã, só que à noite. Você jantará em minha casa. Sei que gosta de *pasta al pesto*; meu cozinheiro sabe preparar uma variante com creme de amêndoas que é simplesmente uma delícia! E, por favor, leve Nina! Sei que vai apreciar muito mais o jantar em sua companhia!

* * *

Exatamente às dez e meia da manhã seguinte, Massimo Aglieri e seu fiel guarda-costas, um verdadeiro gorila que atendia pelo nome de Benito, entraram na Igreja de São Camilo.

O local estava em reforma e, por isso mesmo, não havia pessoas orando ou simplesmente deixando passar o tempo abrigadas do calor na calma do templo. Apenas alguns operários trabalhavam ali, retocando o reboco de uma parede ao lado do altar-mor e outros, no mezanino do órgão, que estavam refazendo a balaustrada de madeira. Eram poucos, mas faziam bastante barulho, o que, no entanto, não impediu Maronese de escutar as vozes dos dois recém-chegados.

— Tem certeza que não é uma armadilha? — indagou Benito, olhando para todos os lados, com expressão preocupada.

— Fique sossegado, Benito — respondeu Massimo, com um sorriso. — O juiz Pettinatto jamais faria uma coisa dessas!

Meio escondido atrás da porta da sacristia, o cardeal deixou que os dois homens se aproximassem mais um pouco e então apareceu.

— Bom dia, Massimo — cumprimentou ele.

Massimo Aglieri franziu as sobrancelhas, ao mesmo tempo em que Benito levava a mão ao bolso do paletó, num movimento reflexo, logo impedido pela mão de seu patrão.

— Não poderia imaginar que o senhor estaria vestido assim... — murmurou este, abrindo um sorriso. — Quase não o reconheci, com essas roupas de trabalhador braçal!

— Pois é justamente esse o objetivo — retrucou Maronese. — Não há nada de anormal que eu venha aqui trabalhar um pouco com as mãos. Afinal, um cardeal também é um homem e deve realizar, de vez em quando, algum tipo de serviço mais pesado...

Fez um sinal para que Massimo o acompanhasse até a sacristia e Benito, discreto como deve ser todo guarda-costas, postou-se à porta, com a nítida intenção de não deixar entrar ninguém ali.

Maronese ocupou a cadeira da escrivaninha sobre a qual eram marcados casamentos, batizados, missas e outras atividades da paróquia e Massimo sentou-se numa banqueta que havia ao lado.

— Bem... — resmungou este. — Imagino que não seja para vê-lo carregando tábuas e tijolos que o senhor mandou me chamar, cardeal...

Maronese assentiu com um sinal de cabeça e, depois de alguns segundos, falou:

— Tem razão. Preciso de um favor. Um favor muito importante e sério.

Erguendo os olhos para Massimo, apressou-se em dizer:

— É claro que eu lhe pagarei. Sei como são os negócios e é mais do que evidente que não quero nada de graça.

Massimo inclinou-se um pouco para a frente e disse:

— Não estou preocupado com isso, Eminência. Sabe que sou católico. Aliás, toda a *Famiglia* o é. Um favor que me peça não é mais nem menos do que uma ordem.

Maronese sorriu e, enquanto Massimo acendia um charuto, explicou:

— Há um indivíduo que precisa desaparecer. E desaparecer definitivamente, sem deixar qualquer rastro.

Massimo Aglieri arregalou os olhos, cheio de espanto. Jamais poderia esperar que um cardeal — ainda mais com a importância de Maronese — pudesse lhe pedir algo semelhante.

Recompondo-se da surpresa, o mafioso soprou uma baforada de fumaça para o teto e indagou:

— E o senhor possui os dados necessários e suficientes para que o possamos localizar?

O cardeal tirou de dentro da camisa grosseira que estava usando um grosso envelope pardo e entregou-o para Massimo, dizendo:

— Aí dentro tem tudo quanto sei. E cinqüenta mil dólares para fazer frente às despesas iniciais. Quando precisar de mais dinheiro, é só pedir.

Massimo balançou negativamente a cabeça, abriu o envelope, tirou os maços de cédulas de cem dólares e devolveu-os para o cardeal.

— Eu lhe disse que era um favor. E favor não tem preço em dinheiro.

Levantou-se, estendeu a mão para Maronese e falou:

— Um dia posso ter de lhe pedir um favor, também. Nem que seja diante da Porta do Céu, para convencer o Guardião a me deixar entrar...

Já dirigindo-se para a porta, disse:

— Fique sossegado, Eminência. Dentro de quarenta e oito horas estarei fazendo contato com o senhor e, talvez, até mesmo fazendo uma previsão de quando essa missão estará cumprida. E pode estar certo: ela será cumprida. A *Famiglia* jamais deixa um *fratello* na mão.

* * *

Disso, Dom Maronese tinha certeza. Uma vez a incumbência passada para um dos *cappi* da *Famiglia* Aglieri, ele poderia já contar como segura a sua realização. Ele desapareceria. E não demoraria muito tempo para que isso viesse a acontecer.

Viu Massimo e Benito afastarem-se, viu quando eles entraram no Mercedes-Benz preto que os esperava à porta da igreja e, por sua vez, dirigiu-se para o pequeno Fiat que mandara alugar — não quis usar para esse encontro um dos muitos automóveis que a Cúria tinha à disposição dos cardeais, e muito menos o seu próprio carro — e tratou de voltar para sua casa.

Ao contrário do hábito da maioria dos cardeais que estavam fixados no Vaticano, Victor Maronese preferia morar nas cercanias de Roma. Dizia que o burburinho e as obrigações que surgiam no Vaticano depois do expediente acabavam por atrapalhar seus estudos teológicos e, especialmente, impediam-no de se dedicar a um livro que vinha escrevendo havia cinco anos — e que jamais mostrara a quem quer que fosse. Assim, ele adquirira, com recursos próprios, um bonito solar já um pouco afastado da cidade, onde tinha a segurança de jamais ser incomodado depois do trabalho.

A verdade, porém, era um pouco diferente... De fato, o cardeal Victor Maronese gostava de paz, sossego e privacidade. Principalmente de privacidade. Queria ter a certeza de que ninguém viria procurá-lo fora de hora, nem tanto porque estaria estudando ou escrevendo, mas sim porque, logo depois de mandar embora os criados, pelo menos três vezes por semana ele recebia — já a noite bem avançada — a visita da senhora Carmela Pucci, uma bela viúva beirando seus 40 anos, exalando volúpia por todos os poros, e que ele conhecera numa viagem que fizera a Paris, cerca de cinco anos antes.

Naquele dia, porém, sua pressa de chegar à sua casa não era motivada pela perspectiva de encontrar-se com Carmela — ele inclusive havia lhe dito que não aparecesse naquela noite, teria visitas, e era mais do que óbvio que ela não poderia ser vista por lá — mas sim porque queria organizar pessoalmente o jantar que ofereceria ao juiz Pettinatto.

No caminho para casa, pela estreita estrada asfaltada cheia de curvas e cercada por frondosas árvores dos dois lados, percebeu que estava se sentindo muito melhor e mais jovem, mais aliviado. Para sua surpresa, descobriu que, ao contrário do que imaginara, o fato de ter ordenado a Massimo Aglieri a morte de um homem, especialmente aquele homem, não lhe pesava na consciência, muito pelo contrário.

— Não foi o primeiro e talvez não será o último a morrer por causa disso tudo — murmurou para si mesmo, enquanto esperava abrir o portão automático de sua propriedade. — Mas sem dúvida é a morte mais importante!

Dirigiu o pequeno Fiat até a entrada do solar, entregou-o para o mordomo recomendando-lhe que mandasse devolver o carro à locadora e foi telefonar para Pettinatto.

— Consegui, Agostino — disse ele, com voz entusiasmada. — Falei com Massimo, e meu problema está completamente solucionado. Agora, faça-me o favor de vir jantar esta noite. Já mandei fazer, aqui em casa mesmo, a *pasta*, e as amêndoas estão sendo torradas e moídas para fazer o molho.

Do outro lado da linha, Pettinatto sentiu a boca se encher de água: *pasta al pesto!* E com molho de amêndoas! Um prato que jamais tinha provado... Claro que conhecia *il pesto*. Mas preparado com nozes, manjericão, *funghi*... Com amêndoas, era novidade.

— Deve ser muito bom... — murmurou o juiz. — Esteja certo que estarei aí às nove horas da noite. E levarei Nina, conforme você pediu.

— Venha um pouco mais tarde, Agostino... Não acho muito bom que o vejam entrando em minha casa acompanhado por uma mulher que... não a Adriana!

Pettinatto deixou escapar uma risada e concordou:

— Você tem razão... Chegarei às dez da noite. E tomarei cuidado para não ser visto por ninguém. A mim também não interessa que algum *paparazzo* indiscreto consiga uma fotografia minha com Nina!

* * *

O jantar correu às mil maravilhas. Os dois homens — ambos cultos e bem informados — tinham assunto a não acabar mais, e Nina, embora acompanhando mal e mal a conversação, era um colírio para os olhos, o colo muito à mostra, o vestido como sempre colado ao corpo deixando adivinhar que, por baixo da seda negra com que tinha sido feito, ela não estava usando mais nada... Pettinatto, um autêntico glutão, comeu nada menos que três pratos quase piramidais de *pasta al pesto*. Nina não ficou atrás — repetiu generosamente uma vez — e os três tomaram quase uma garrafa de vinho cada um, sem contar com os dois uísques que Maronese praticamente obrigara o juiz a tomar antes do jantar.

— Você come pouco... — comentou este, vendo que o cardeal tinha se dado por satisfeito com apenas um prato, que fora servido diretamente a cada um e trazido para a mesa pelo próprio Maronese sob a alegação de que havia dispensado o cozinheiro e o garçom justamente para que eles pudessem ter mais privacidade.

— Minha diabetes obriga a um certo sacrifício — justificou o cardeal. — Mas isso não é motivo para que fiquem inibidos. Por favor, tratem de terminar a travessa de *pasta*!

Deu uma risada e acrescentou:

— E sei que vocês comem bem, graças a Deus! Tanto assim, que preferi trazer a *pasta* para a mesa... Senão, eu acabaria cansado de tanto ter de me levantar para lhes servir os pratos!

Pettinatto e Nina não responderam, ocupados que estavam em comer, aproveitando com um pedaço de pão os mínimos resquícios do molho que sobrava em seus pratos.

Logo depois da sobremesa, o juiz bocejou e comentou:

— Acho que comi demais... Estou me sentindo pesado e com sono...

— Eu também — disse Nina. — Tenho certeza que nós abusamos um pouco do vinho.

Não aceitaram o café, muito menos o licor que Maronese lhes ofereceu e, depois de menos de dez minutos, despediram-se e partiram. O cardeal não os segurou, muito pelo contrário, teve de se esforçar muito para não deixar transparecer que estava ansioso por vê-los pelas costas.

Com um suspiro de alívio, viu os dois entrarem no carro e ficou mais aliviado ainda quando ouviu a buzinada de Pettinatto, avisando que já tinham passado pelo portão e que Maronese, portanto, podia acionar seu mecanismo de fechamento.

Escutou o carro acelerar, escutou um ruído de derrapagem e, em seguida, o estrondo, o som assustador de vidros se espatifando.

O cardeal olhou o relógio e sorriu.

O cianureto que misturara no molho de amêndoas nos pratos do casal surtira um efeito ainda melhor do que o esperado.

— Vinte minutos — murmurou. — Ele deve ter morrido antes de bater numa árvore. E ninguém jamais vai desconfiar do cheiro de amêndoas doces que o veneno vai deixar nos cadáveres, pois eles estarão com o estômago cheio justamente de... creme de amêndoas!

* * *

No dia seguinte os jornais noticiaram a morte do juiz Agostino Pettinatto num terrível acidente de carro. E não sem ironia, diziam que, com ele, também havia morrido a bela Nina Polonini, cuja presença ao lado do juiz não tinha nenhuma explicação, muito embora fosse perfeitamente possível supor o que os dois estiveram fazendo momentos antes do acidente, tendo em vista que ambos estavam cheios de comida — a mesma comida — e de álcool.

Ninguém sequer mencionou a possibilidade de o juiz ter ido fazer uma visita ao cardeal Maronese — sua imponente residência ficava a menos de duzentos metros do local do acidente — e tampouco se pensou em proceder a qualquer exame toxicológico nos cadáveres. As evidências eram claras: o juiz e sua... acompanhante tinham bebido demais e ele simplesmente perdera a direção do carro, batendo, de frente e numa velocidade respeitável, contra uma árvore.

No outro dia, pela manhã, antes mesmo de Maronese ir para o Vaticano, Massimo Aglieri ligou para ele, dando-lhe notícias sobre a missão que lhe tinha sido confiada.

— O problema é não termos qualquer pista por onde começar a *caçada* — disse ele.

— Não é uma boa notícia — respondeu o cardeal. — Como pretende fazer?

— Vamos fazer, Eminência... Não se preocupe quanto a isso. Pode demorar, mas ele pode se considerar um homem morto.

Fez uma pausa e acrescentou:

— Nunca deixamos de cumprir uma promessa.

Maronese, na realidade, não esperava outras palavras. Massimo, um especialista em fazer desaparecer desafetos do velho e poderoso Pietro Aglieri, não o deixaria a *ver navios*.

Com um tom de riso na voz, Massimo finalizou:

— E pode ficar descansado que, mesmo que venhamos descobrir suas razões para querer vê-lo morto, isso jamais será ventilado. Nem mesmo com o senhor!

2.

Escondido atrás das pesadas cortinas que separavam a sala de estar da biblioteca, Messias escutara toda a conversa de Maronese e Alberto. Na realidade, tinha sido muito mais um monólogo do bispo do que um diálogo.

Num primeiro momento, o menino ficou assustado. Aquilo tudo era fantástico demais! Porém, tentando fazer uma retrospectiva do que lhe tinha acontecido até então, procurando recordar a maneira como tinha sido tratado — sempre de forma totalmente diversa do que lia nos livros a respeito do tratamento e do sistema de vida de crianças de sua idade — concluiu que era mesmo diferente.

Chocara-se com o relato da morte de Carlos, uma lembrança tão saudosa... E intrigara-se com o fato de, sendo quem o bispo dizia que ele era, ter de estudar para aprender; e também existir ainda tanta coisa que ele não sabia.

Lembrou-se que Dom Aurelius, quando lhe falara sobre a vida de Jesus, dissera que São José ensinara-lhe o ofício de carpinteiro. Portanto, Jesus também não tinha nascido já sabendo tudo.

"A onisciência deve vir com o tempo", pensou.

Depois que Dom Maronese adormeceu, Messias foi para seu quarto sem fazer qualquer ruído. Alguma coisa lhe dizia que seria melhor que ninguém soubesse que ele tinha escutado tudo aquilo.

Já na cama, lembrou-se que Dom Aurelius também lhe dissera que, nos Evangelhos, não havia quase nenhuma referência a Jesus Cristo adolescente...

— O que teria acontecido com Ele durante esse tempo? — perguntou-se, em voz baixa. — Teria saído da casa de José e de Maria?

Surpreendeu-se com as próprias palavras. Havia já alguns meses que ele vinha planejando fugir de casa e só não o fizera ainda por causa de sua mãe. Messias tinha certeza que ela não suportaria, era até capaz de se matar.

Mas era o seu Destino... Era exatamente o que o Pai exigira do Filho quase dois mil anos atrás! E ele teria de fazer o mesmo.

Contudo, teria de ser de maneira diferente... Os tempos haviam mudado — e muito! — desde que Ele viera à Terra.

"Terei de me submeter", pensou, deixando escapar um suspiro de insatisfação. — Pelo menos por mais algum tempo, terei de continuar esta mesma vida. Só não quero ficar perto de ninguém. Por isso, o melhor mesmo é ir para esse colégio na Suíça. De mais a mais, não quero magoar minha mãe.

3.

Na sala de embarque para Brasília — o casal não quisera ir direto para o Havaí partindo de São Paulo, preferira ir para a capital federal e, de lá, com uma escala em Nova York, seguir para Honolulu — eles já se sentiam mais seguros. Apenas o homem mostrava uma certa preocupação com a valise que tinha nas mãos, segurando-a com tanta força que os nós de seus dedos chegavam a ficar esbranquiçados.

— Amanhã de manhã vou pôr esta mala no cofre de um banco — sussurrou para a mulher. — Não quero viajar carregando algo tão valioso.

— Concordo — falou ela, também em voz baixa. — Desconfio que você teria problemas já na alfândega, na hora de embarcar para Nova York.

Apertou-se um pouco mais a ele e disse:

— E não queremos problemas, não é mesmo? A partir de agora, nosso objetivo de vida será aproveitar ao máximo todo o dinheiro que conseguimos *ganhar*!

— Você tem razão, querida — falou ele, dando-lhe um beijo. — Já estava bem na hora de parar... De nada adianta ter uma fortuna à disposição, se não podemos aproveitar.

A mulher, uma mulata simplesmente maravilhosa, murmurou:

— Na verdade, não sei para que está carregando isso... E não sei por que não quis me dizer o que há dentro dessa valise.

— Pode ficar descansada que não é nada ilegal. Não se trata de drogas, armas, jóias ou dinheiro. Só que seria muito difícil explicar por que isto está em meu poder. E quanto a você saber o que é, ainda não é hora. Quando pudermos voltar ao Brasil, você possivelmente saberá. E veja bem que estou dizendo *possivelmente*. Pode ser que nunca seja necessário que eu diga o que esta mala contém.

A mulata fez um muxoxo, resmungou alguma coisa e olhou distraidamente para o monitor de televisão da sala de embarque. Não estava, propriamente, prestando atenção ao que aparecia na tela, pois seus pensamentos estavam voando longe, primeiro nas calçadas e lojas de Nova York, onde passariam dois ou três dias antes de embarcar para o Havaí e, depois, para as praias do Pacífico, onde estariam pelos próximos meses.

Pelo menos era isso que ela esperava. De fato, estava cansada daquela vida de correrias, de compromissos e de lutas para ganhar cada vez mais. Em sua opinião, ninguém no mundo merecia mais um bom período de férias do que ela.

Desviou o olhar para o homem que a segurava pela mão. Sim... Ela o amava. Aliás, amara-o desde o primeiro momento em que o vira, na sala de espera da Congregação Universal da União com Cristo. Sorriu consigo mesma pensando que, no fundo, ela tivera muita sorte. Sorte e competência, pois soubera apostar no homem certo.

Estava aproximando seus lábios da face do homem para lhe dar um beijo quando todos na sala escutaram a vinheta característica do plantão noticioso e, logo em seguida, surgiu a imagem do âncora dizendo:

— *Um atentado terrível acaba de ceifar a vida da cúpula da Congregação Universal da União com Cristo, a mais importante congregação evangélica do país. Vítimas de um atentado a bomba, segundo a Polícia Militar e o Corpo de Bombeiros, foram assassinados os pastores Messias Maronese e Dionísio Ferreira, os dois mais altos dirigentes dessa Congregação, juntamente com suas esposas, Elizabeth e Regina. A identificação dos corpos só foi possível graças aos documentos que foram encontrados dentro de duas maletas executivas blindadas e com proteção antifogo. O resto do automóvel, bem como os cadáveres, foi praticamente incinerado por uma ou mais bombas altamente incendiárias.*

Quase ao mesmo tempo, a voz melíflua e impessoal do sistema de comunicação interna do aeroporto fez a chamada para os passageiros com destino a Brasília.

O casal, àquela altura, estava abraçado, apertando-se muito um ao outro. Trocaram entre si um sorriso e um beijo e, acompanhando a fila de embarque, entraram na *sanfona* que levava à aeronave.

4.

Corria o final do século XV, e as constantes guerras entre as cidades do noroeste da Itália com as do sudeste da França dizimavam os homens e faziam sobrar as mulheres. Decorria disso, tanto de um lado como de outro, um verdadeiro exército de mulheres ainda bastante jovens que se viam, de repente, viúvas e abandonadas à sua própria sorte. E elas precisavam sobreviver.

Não havia indústrias, não havia trabalho remunerado para elas, não havia, na realidade, outras alternativas a não ser a mais antiga de todas as profissões, segundo a própria Bíblia. Como conseqüência, grassava a olhos vistos a quantidade de prostitutas, especialmente nos albergues do Piemonte. Nesses locais não existia guerra, não havia diferenças de nacionalidade ou de naturalidade. Todas eram iguais e visavam ao mesmo objetivo: comer. E, é claro, se era possível comer e se divertir um pouco, melhor ainda.

Algumas dessas prostitutas, um pouquinho mais espertas do que suas companheiras, conseguiam montar suas próprias estalagens e, dessa forma, puderam auferir lucros maiores, pois além de vender seus corpos e suas carícias aos cansados viajantes, forneciam-lhes comida, bebida e repouso. Deixaram de ser meretrizes para tornar-se *empresárias*, nem tanto respeitáveis, mas razoavelmente *remediadas*. E muitas vezes esse *progresso* financeiro não acontecia graças a uma compra do estabelecimento, mas sim por outros meios, na verdade bastante heterodoxos e invariavelmente muito condenáveis.

Foi o que aconteceu com Anna. Ela viera para a região de Chivasso porque seu marido morrera numa batalha travada contra os franceses e, sem eira nem beira, não vira outro caminho para se manter viva senão *trocar* uma tigela de comida por um pouco de carinho cedido aos viajantes. Era certo que esses carinhos, na maior parte das vezes, acabavam mesmo sob os lençóis grosseiros da estalagem que permitira sua permanência — sem direito à comida, ela que se arranjasse para se alimentar — também a troco de serviços prestados, tais como limpeza, cozinha e, evidentemente, esquentar os pés de Peppe, o dono da estalagem, um homem solitário, sem mulher e sem parentes. E, depois de quase um ano nessa vida, Anna cansou-se e começou a pedir a Deus que lhe desse uma oportunidade de melhorar.

Se é verdade que Deus *escreve certo por linhas tortas*, foi exatamente o que ocorreu na tarde daquele dia em que Anna estava completando 25 anos de idade.

* * *

Edmondo Cuorgne estava irritado, e não era para menos. Tinha acabado de assaltar a comitiva de um bispo, e o saque fora muito inferior ao que estava esperando. Mas, em compensação, não tinha sofrido nenhuma baixa; e, isso sim, merecia ser comemorado. E, para tanto, nada melhor do que várias jarras de vinho, alguma comida e, pelo menos para ele, o chefe, os carinhos de Anna.

Dispensou seus homens mandando-os para o esconderijo nas montanhas próximas a Chivasso e, acompanhado por dois deles — Cuorgne nunca ficava sozinho a não ser quando estava com uma mulher —, foi para a estalagem de Peppe.

Comeram, beberam e, quando Cuorgne achou que chegara o momento, puxou Anna para cima de seus joelhos, dizendo:

— Tanto vinho despertou-me outros desejos...

— Pensei que seu maior desejo sempre fosse o ouro — falou Anna, com um sorriso.

Cuorgne riu alto e disse:

— O único ouro que existe nesta pocilga é o de seus cabelos, Anna!

A mulher fez uma expressão muito séria e sussurrou ao ouvido de Cuorgne:

— Engana-se... Peppe guarda uma sacola de moedas em seu quarto...

Para bom entendedor, meia palavra basta... Cuorgne empurrou Anna de seu colo, quase derrubando-a ao chão e, em passos decididos, passou pelo aparvalhado Peppe e rumou para o seu quarto. Não precisou mais do que um piscar de olhos para encontrar a bolsa de couro em que eram guardadas as moedas. Com um sorriso, apoderou-se delas e voltou para o refeitório.

— Obrigado, Anna! — disse ele, ao passar pela mulher. — Você salvou o nosso dia!

Voltando-se para Peppe, rugiu:

— E obrigado a você também!

Com uma sonora gargalhada, deixou a estalagem.

Dos dois homens que o estavam acompanhando, Vecchi foi o primeiro a se levantar e sair atrás do chefe. Malatesta ainda tinha o copo cheio de vinho e fez questão de esvaziá-lo.

E foi por isso, por causa daqueles poucos segundos que demorou para tomar o resto do vinho, que ele pôde presenciar Peppe avançar contra Anna, empunhando uma faca e gritando:

— Maldita! Você me traiu! Vai pagar com a vida por essa traição!

Malatesta sempre tivera uma forte queda por Anna, embora soubesse muito bem que jamais poderia suplantar Cuorgne na disputa de seus *favores*... Ele viu Peppe arremeter contra a mulher e, já de espada em punho, saltou sobre o estalajadeiro.

Não conseguiu evitar que o golpe que este deferiu com a faca atingisse Anna, mas pôde pelo menos evitar que a facada fosse mortal. A espada de Malatesta alcançou Peppe na ilharga, uma fração de segundo depois de ele ter atingido Anna no ombro esquerdo.

A mulher caiu, ferida e gritando de dor, ao mesmo tempo que Peppe, o coração transpassado pelo aço de Malatesta, desabasse, já morto, no chão.

O bandido largou a espada e correu para socorrer a mulher, que estava sangrando muito. Ele tinha de estancar aquele sangue e, no desespero, abriu a bolsa que trazia a tiracolo com o seu quinhão do butim e tirou lá de dentro a única coisa que poderia servir como atadura ou toalha: o lençol que tinha pegado do bispo.

O pano era grande. Dobrando-o em quatro, ele o usou para comprimir o ferimento no ombro de Anna e, logo em seguida, enrolou o corpo da mulher numa das partes dobradas, dizendo:

— Fique quieta... O ferimento só é profundo, mas não foi grave. Você ficará boa.

* * *

Durante uma semana Malatesta ficou ao lado de Anna, cuidando dela com carinho, preparando-lhe a comida e, a cada dia, cobrindo seu ferimento com o pano, dobrando-o e desdobrando-o de forma a estar sempre com uma parte limpa como curativo.

Por fim, Anna se recuperou. Com o ombro já em fase de cicatrização, ela pôde *agradecer* a Malatesta, da forma que sabia. E, quando terminaram, ela convidou:

— Por que não fica aqui comigo e me ajuda com a estalagem? Com a morte de Peppe, se eu não ficar com isto, um outro aparecerá... Por que não a pegamos para nós?

Malatesta aceitou. A vida na estalagem seria muito mais calma e segura do que aquela que tivera até então. De mais a mais, ele teria Anna para si, à hora que desejasse. E ele sabia muito bem que se estivesse oficialmente casado com ela, Cuorgne haveria de deixá-los em paz, ele conhecia muito bem seu chefe e sabia o quanto ele respeitava o matrimônio quando abençoado por Deus.

Um mês depois, um padre um tanto quanto constrangido — porque conhecia Malatesta e sabia que Anna não era mais do que uma prostituta — abençoou a união dos dois, que, muito sabiamente, convidaram o próprio Cuorgne para testemunha.

Passou-se pouco mais de um ano, e Anna já estava prestes a dar à luz quando Malatesta encontrou, entre as coisas da mulher, aquele lençol ainda sujo de sangue.

— Mas você nem mesmo lavou esta porcaria?! — gritou ele, com expressão indignada.

— O pano é muito velho, Giovanni — respondeu ela. — Se eu o lavasse, certamente iria se desfazer. E eu fiquei com pena de jogá-lo fora... Afinal, foi esse pano que me salvou a vida. Não vou me desfazer dele e, quando eu morrer, ficará para minha filha mais velha...

E assim aconteceu. Giovanni Malatesta, tocado pelo sentimento da mulher, fez uma bolsa de couro para guardar o lençol.

E nos séculos que se seguiram, aquele *tesouro* — que ninguém sequer ousava olhar, quanto mais tocar — passou de mãe para filha.

O que de fato era e o que representava só veio a ser efetivamente suspeitado logo depois da Segunda Guerra Mundial, por um dos membros da Fraternidade de São Constantino que, a partir de então, passou a vigiar quem estava com o *tesouro*, uma vez que achava mais seguro assim do que entregá-lo para o papa Pio XII, em quem absolutamente não confiava.

Primeira Parte

1

Aqueles três padres já eram conhecidos, dentro do Vaticano, como *Os Três Mosqueteiros*, uma vez que estavam sempre juntos. Muito embora houvesse entre eles uma significativa diferença de origem, pensavam de maneira muito semelhante e — o que era ainda mais característico da forte amizade que os unia — reagiam sempre da mesma forma, defendendo-se mutuamente, não permitindo que alguém falasse mal de qualquer um deles. Justamente por serem de países e de classes sociais diferentes, é bem verdade que nem sempre estavam de acordo e, também, que de vez em quando alguma rusga surgia. O que, contudo, jamais chegava a abalar ou mesmo debilmente estremecer sua união.

Eram os três bastante jovens e, no ano em que, já personagens de respeito e destaque no Vaticano, tomaram a decisão que originou aquilo que selaria seus destinos, o mais velho deles, o francês Jean-Pierre Corday, tinha acabado de completar 39 anos e o mais novo, o espanhol Carlos Ramirez, mal fizera 32. O do meio, o italiano Victor Maronese, estava com 35 anos. Dos três, era aquele que vinha de uma família milionária, ligada à indústria e ao comércio de produtos farmacêuticos. Os outros dois tinham origem mais humilde. O francês era da *campagne* e o espanhol era filho de um funcionário público mediano.

Dessa diferença de classes sociais é que surgiam as mais freqüentes desavenças entre eles: aquilo que para Maronese era normal e corriqueiro, para Corday e Ramirez parecia ser absolutamente inacessível. E, de fato, era. O que muitas vezes obrigava o italiano a *bancar* certos prazeres para os dois amigos, justamente para que ele, Maronese, pudesse usufruir de suas companhias. Assim foi, por exemplo, quando ele quis que os dois o acompanhassem numa viagem ao Peru; numa outra ocasião, simplesmente porque Maronese sentira uma súbita vontade de comer num restaurante de Milão onde uma refeição custava o que um trabalhador levaria dois meses para ganhar; e assim por diante. Mas Maronese jamais reclamava. Para ele, era muito mais importante estar com os dois amigos e vê-los alegres e felizes, do que o dinheiro que precisaria gastar para isso. Afinal, ele tinha tanto... Por que não repartir um pouco e, precisamente, em algo que ele também poderia aproveitar?

Durante o tempo de seminário, os três mostraram sobejamente que estavam muito acima da média intelectual dos outros colegas e, além disso, eram possuidores de algumas qualidades que para o Vaticano sempre foram essenciais: a inteligência aguda com uma incrível capacidade de síntese, as demonstrações de fé inabalável e a curiosidade e ânsia de se aprofundar no conhecimento dos assuntos filosóficos e, principalmente, teológicos. Também pesando a seu favor, cada um desses três padres desenvolvera um conhecimento específico e profundo sobre aqueles assuntos classificados entre os temas meramente mundanos: Corday interessava-se e sabia tudo sobre economia; Ramirez era um formidável historiador e arqueólogo; e Maronese, mesmo porque financeiramente lhe tinha sido possível, cursara a faculdade de Direito e praticamente tornara-se uma autoridade em Direito Canônico.

Mais do que o bom desempenho no seminário e a seriedade com que eles três encararam o início da vida como sacerdotes, foram essas qualidades... mundanas... que os levaram a ser chamados pelo Vaticano para compor a equipe de estudiosos que o papa Paulo VI — que assumira o Trono de São Pedro em 21 de junho de 1963 — estava montando para ajudá-lo na conclusão do Concílio Vaticano II, iniciado por seu antecessor, João XXIII.

Os três padres trabalharam com entusiasmo e eficiência. Muito rapidamente começaram a se destacar no âmbito do Vaticano, sendo freqüentemente chamados até mesmo por cardeais da *Cúpula Diretiva* e da Cúria do Vaticano para esclarecer dúvidas ou sugerir caminhos. Foram tão dedicados e eficientes que, depois de encerrado o Concílio, em 1965, os três foram instados a permanecer no Vaticano, trabalhando em suas especialidades. E, como especialista em Direito Canônico, o padre Maronese era sempre o mais solicitado e, conseqüentemente, dos três amigos, o que obtinha mais destaque e oportunidades de crescimento.

Porém, fiel ao sentimento de amizade, Maronese jamais esqueceu os outros dois e sempre que algo de bom lhe acontecia, todas as vezes que conseguia galgar mais um degrau em sua carreira, dava um jeito de *arrastá-los em sua esteira*. Assim, quando foi nomeado para a Secretaria Especial de Direito Canônico, levou Ramirez como seu assessor para assuntos relacionados com a historiografia da Igreja e Corday como assessor para assuntos econômicos, alegando que desde as mais priscas eras a Igreja desempenhou um importantíssimo — senão fundamental — papel na evolução da economia da humanidade.

Reuniam-se todos os fins de tarde numa das salas da imensa biblioteca do Vaticano, para trocar idéias e informações sobre o que tinha ocorrido durante o dia e, também, para conversar e filosofar a respeito dos rumos que, achavam eles, estava tomando a humanidade.

Foi numa dessas reuniões que tudo começou.

2.

Corria o mês de setembro de 1969. A humanidade fervilhava, a cada dia aconteciam novas e mais radicais mudanças. Os costumes estavam completamente diferentes daqueles de menos de dez anos antes. As mulheres gritavam por liberdades antes jamais sequer sonhadas — como o direito ao aborto, o uso das pílulas anticoncepcionais, direitos iguais aos dos homens no que dizia respeito a trabalho e salários.

A batalha feminista, na realidade uma batalha que vinha desde sempre, começou de maneira mais *oficial* durante a Revolução Francesa que, em 1789, abalou os alicerces já um tanto quanto arenosos do sistema político-social não apenas da França, mas de todo o Ocidente. Estimuladas pela seqüência de alterações comportamentais provocadas pela convulsão desencadeada pela Revolução, as mulheres não mais se inibiram em denunciar o estado de sujeição em que eram mantidas e que era visto em todas as esferas da vida de relação, ou seja, no campo jurídico, educacional, político, econômico e até mesmo no seio da célula-mater social, a família. Assim, ao mesmo tempo que a Revolução proclamava uma declaração dos direitos do homem e do cidadão, Olympe de Gouges, escritora e militante, produziu um projeto de declaração dos direitos da mulher com base nas idéias do marquês de Condorcet, poeta e filósofo, e que fazia parte da Assembléia. Em 1792, Etta Palm chefiou uma delegação que marchou até a Assembléia para reivindicar às mulheres o acesso ao serviço público e até mesmo às forças armadas. Era mais do que evidente que tais idéias eram demais para a cabeça dos homens-machos da época e, além de tais reivindicações não terem sido aceitas, o esboço do movimento feminista foi suprimido pelo Terror, pelo próprio Robespierre. Porém a semente estava lançada e a sua germinação era simplesmente uma questão de tempo. Foi depois da Segunda Guerra Mundial que o feminismo ressurgiu com mais vigor, profundamente influenciado pelas obras de Simone de Beauvoir (*Le Deuxième Sexe*, 1949), e de Betty Friedan (*The Feminine Mystique*, 1963), por exemplo. Em meados da década de sessenta, Gloria Steinem, uma americana ativista feminista ferrenha, liderou a famosa queima dos sutiãs em praça pública sob palavras de ordem como *o casamento é uma instituição que transforma a mulher numa semipessoa*.

Porém as mudanças sociais e comportamentais dessa década não ficaram limitadas àquelas que, de uma forma ou de outra, interferiam com a vida das mulheres. Em quase todo o mundo ocidental, os jovens de ambos os sexos levantavam barricadas nas ruas, faziam passeatas razoavelmente violentas e lutavam contra o poder constituído, não somente contra as ditaduras que existiam mundo afora, mas principalmente contra a sociedade em si, seus hábitos, costumes e consumismos. A liberdade pleiteada não tinha apenas um conceito político, mas sim comportamental. Eles queriam se ver livres do jugo. Qualquer jugo, fosse este do governo, da sociedade, dos professores, dos pais... Até de si mesmos.

Foi a partir dos incidentes parisienses de maio de 1968 que esse grito libertário ultrapassou as fronteiras francesas e européias, ganhando praticamente todo o Ocidente.

A ânsia de cultura — na realidade, muito mais a de informação — dos jovens do final dos anos sessenta levou à leitura desenfreada de textos de Marcuse, Debord, Débray e Guevara. O livro A *sociedade do espetáculo*, de Guy Debord, que saiu a público em 1967, foi considerado a mais importante influência teórica para aqueles que se consideravam *revolucionários radicais*. Debord mostrava, numa análise crítica da sociedade de consumo — e a partir das idéias fundamentais expressas por Marx em O *capital* — que o *espetáculo* a que este se refere trata-se da degradação do Ser não somente em Ter, mas principalmente em Aparecer. Segundo ele, Marx deixou de enxergar que a relação *inter-hominis*, na sociedade como um todo, está pautada não apenas pelo fetichismo da mercadoria, mas também e principalmente pela imagem transmitida. Ao lado dessa obra, o *Livro vermelho* de Mao acabou por se tornar um verdadeiro *catecismo revolucionário*.

Paradoxalmente às idéias anticonsumistas dos jovens daquela época, foi justamente na metade final dos anos sessenta que, pela primeira vez, a indústria da moda começou a se dedicar pesadamente ao mercado constituído justamente pelos jovens e adolescentes. Pelos mesmos jovens e adolescentes que gritavam nas ruas contra o consumismo e que, quando não estavam protestando, corriam para as lojas desesperados para comprar o último *look*.

Por sua vez, os estilistas também não perdiam tempo e, inteligentemente, criavam modelos que *davam a impressão* de desprendimento e até mesmo de desleixo, mas que custavam quase tanto — se não mais — quanto uma roupa *chique*, própria para grandes ocasiões. E que os jovens também não dispensavam; afinal de contas, havia ocasiões em que era obrigatório estar elegante. Muito elegante.

Psicólogos de plantão, naquela época, tentaram explicar esse fenômeno como sendo um episódio de transição de toda uma geração que primava pela insegurança e pelo desejo de se rebelar.

Foi Mary Quant, uma estilista inglesa, que lançou a moda da minissaia, dizendo que esta, juntamente com a famosa queima dos sutiãs, era a melhor forma de as mulheres mostrarem que tinham direito a uma opinião própria. Evidentemente ela não disse o óbvio, ou seja, que também era a melhor forma de as mulheres mostrarem aquilo que a natureza, generosa para umas, avara com outras, deixara-lhes como legado.

A alegação dos profissionais e criadores de moda de que o corpo é um maravilhoso veículo para a criação e que, mais do que qualquer outro, prestava-se a todo tipo de arte ganhou consistência e, no final da década, as minissaias acima da metade das coxas combinavam com decotes imensos e blusas transparentes. Em resumo, a criação sobre o corpo passou a ser nada mais do que a pura e simples exaltação do próprio corpo.

Ora, essa exaltação do corpo feminino, por sua vez, não tinha uma mera conotação estética, mas também funcional: servia maravilhosamente bem para exacerbar a sensualidade e despertar o desejo. Estimular a atração sexual.

Como elemento facilitador, foi na metade final da década que começaram a surgir os primeiros anticoncepcionais orais decorrentes de estudos de cientistas como Gregory Pincus, o *pai da pílula*, e Colton, que combinaram progestógenos com estrogênio sintético, alcançando assim elevados níveis de segurança. Segurança, no caso, deve ser entendida por *impossibilidade temporária de engravidar*.

Assim, para um grupo um tanto mais ignaro da população, as mulheres tinham conseguido alcançar um nível bem alto de liberdade: podiam mostrar o corpo mais à vontade e, com isso, alimentar a própria sensualidade e a fantasia do sexo oposto; e podiam ter mais liberdade para dar vazão à libido, uma vez que a pílula anticoncepcional dava-lhes a tão desejada segurança de poder materializar o amor sem correr o risco de uma gravidez.

Para esse grupo populacional o conceito de liberdade era o mesmo de libertinagem, e, portanto, o ser humano não estava caminhando para ser livre, mas sim para se tornar libertino. Era o princípio do fim dos tempos.

A Igreja Católica — leia-se o Vaticano — fazia parte integrante e importante desse grupo já dito ignaro e, acrescente-se, retrógrado.

Para a imensa maioria dos padres, freiras e demais *embatinados* — ainda que muitos já não mais usassem batinas ou hábitos, obviamente com a licença do papa — a humanidade estava caminhando de maneira muito perigosa para... o Apocalipse.

3.

Maronese, Corday e Ramirez gostavam de discutir sobre esse tema: a derrocada da moral e a inaceitável diminuição das vocações sacerdotais. Em suma, a humanidade estava indo para o atoleiro, e havia cada vez menos padres para lutar por sua salvação.

Dos três, Corday era o mais conservador, Ramirez tentava ser revolucionário, e Maronese... era o mais calado quando dessas discussões, mesmo porque sabia que suas idéias a respeito de muitas normas e dogmas do catolicismo certamente chocariam seus companheiros e — isso sim — poderia vir a ser motivo de uma cisão e de um afastamento dos amigos.

Já pelo fato de ter vindo de uma família rica e de ter uma fabulosa fortuna pessoal, Maronese não conseguia aceitar em toda a sua plenitude a necessidade de ser pobre e humilde para poder servir ao próximo. Pelo mesmo motivo, não considerava com a devida gravidade o pecado da gula. Era amigo de comidas finas, boas, fartas... Idolatrava as boas bebidas, os vinhos de alta linhagem e maravilhosas safras... Não dispensava todo o ritual que antecede, cerca e encerra um belo jantar, assim como não conseguia apreciar um bom prato — por melhor que fosse e por mais esmero que tivesse sido dedicado à sua execução — se não estivesse servido em pura porcelana, com talheres de prata-de-lei — de preferência prata portuguesa — e o vinho não fosse tomado em cálices de cristal.

Certa vez cometeu o erro de comentar essas suas exigências estético-gastronômicas com os dois amigos e ouviu de Corday:

— Jesus comia com as mãos, Victor... E o que você gasta numa dessas suas refeições alimentaria uma família pobre por mais de um mês!

Maronese percebeu que tinha tocado numa área cinzenta e, sabiamente, preferiu mudar de assunto.

Também em relação ao sexo feminino, Maronese não concordava com a opinião de seus dois colegas — e, aliás, da maioria de seus pares no Vaticano.

Para ele, a mulher era a obra-prima da Criação. Achava-a a expressão material do Belo e, considerando o universo masculino, era obrigado a concordar com Kant em sua definição: "Belo é o que agrada universalmente, sem conceito." Sim, pois a mulher — obviamente bela — agradava a todos e não admitia quaisquer conceitos. Uma mulher é bela simplesmente porque é bela. A percepção do Belo não decorre do raciocínio, mas sim de uma intuição da Razão Prática. Como Santo Tomás de Aquino, "*Id quod visum placet*". Isso é o Belo. Isso é uma mulher bela. Um conceito primitivo para Descartes, sem qualquer conceito para Kant e para o tomismo. Transcendental para Victor Maronese.

Portanto, para ser coerente com a própria maneira de pensar, Maronese não podia concordar com o conceito de *indecente* atribuído às moças de pernas à mostra, de seios soltos dentro de blusas se não transparentes, pelo menos tão coladas ao corpo que perigavam romper sob a pressão de mamilos ousados e pontudos. Muito pelo contrário, ele se deixava perder os olhos em tais paisagens e permitia que seus pensamentos voassem para longe, para as férias dos tempos de seminarista, quando viajava para a Córsega ou para o interior da França e passava o verão em companhia de não uma ou duas, mas de muitas moças — algumas das quais bem mais permissivas do que muitas profissionais.

Maronese jamais se posicionara ou emitira qualquer opinião sobre o celibato clerical. Na verdade, ele era favorável a que a Igreja jamais permitisse aos padres o sacramento do matrimônio. Para ele, o padre casado e com família constituída jamais teria tempo para se dedicar às suas ovelhas. E teria impedimentos a mais para uma maior dedicação a uma bem definida raça de *ovelhas*... Porém, também para ser coerente com suas idéias, ele achava que deveria ser concedida aos padres uma liberdade maior quanto ao famigerado voto de castidade. Isso deveria ser uma opção de cada um. Manter-se casto não poderia acontecer por mera imposição, mas sim por um ato de livre escolha.

Ele, por acaso e evidentemente, não era partidário dessa escolha e, ainda que tivesse certeza de estar pecando, não deixava de visitar uma *amiga* pelo menos uma vez por semana, em Ostia.

Claro que tomava muitos cuidados. Tirava a batina, vestia-se como um cidadão qualquer e, pilotando um Volkswagen em vez do Lancia que sempre usava, descia para Ostia, aonde chegava sempre ao anoitecer e de onde saía antes do alvorecer.

Passava poucas horas com Martha, mas eram suficientes para ele matar as saudades de uma conversa mais amena, trocar idéias com alguém que lhe fosse mais próximo em idade e pensamentos, acalmar seus instintos por alguns dias, e bastante para ele ter a certeza que dessa maneira estava muito bem: ele cá e ela lá, nada de dividir a vida, partilhar problemas, comungar felicidades... Esta última terça parte ele sabia que só era possível desse modo, com alguns quilômetros separando os travesseiros durante a maior parte da semana, pois assim, quando se encontrassem, seria apenas felicidade e desejo emanando por todos os poros e não a falsa felicidade decorrente de uma vida em comum em que os problemas, com certeza, haveriam de suplantar e enterrar o lado bom da maioria das coisas. A partilha da felicidade, para ele, não era possível, uma vez que esta estaria apagada no momento em que a individualidade de cada um começasse a ser anulada pela do outro. E dividir nada por qualquer coisa é impossível.

Portanto, casar, em sua opinião, era bom para o homem comum. Aqueles mais dotados intelectualmente — ou financeiramente — jamais deveriam contrair matrimônio. Por outro lado, também não havia nenhuma necessidade de se tornarem eunucos, muito pelo contrário. A troca de carinhos e de fluidos é importante para a estabilidade emocional do homem. Em especial para aqueles que trabalham usando muito mais o cérebro do que os músculos ou os reflexos.

Já Corday e Ramirez eram verdadeiramente castos e, como os monges da época da Inquisição, desviavam os olhos quando passava por eles uma moça com as pernas à mostra e não vacilavam em chamar a atenção de Maronese quando este agia de forma diametralmente oposta.

— Não fica bem um padre olhar dessa maneira para uma mulher! — dizia Corday.

— Você peca em pensamentos a todo instante! — repreendia Ramirez.

Maronese sorria, dizia que jamais seria pecado apreciar a Obra de Deus e, com um suspiro, falava sobre qualquer outro assunto.

Porém, numa coisa os três concordavam: o conceito de moral estava mudando a olhos vistos e, a continuar daquele modo, em pouco tempo a humanidade estaria completamente perdida.

— Até mesmo dentro do Vaticano! — exclamou Corday, certa vez. — Todos os dias vemos casos de corrupção, de desvio de dinheiro... E são crimes praticados pelos próprios padres, bispos e cardeais!

Com expressão horrorizada, acrescentou:

— Outro dia, foi um cardeal...! Meteu-se numa encrenca por causa de cem mil dólares. Não fosse pela intervenção direta do papa...

— E os casos de abuso sexual que temos enfrentado! — falou Maronese. — São centenas de processos, são milhares de queixas! Há padres educadores que molestam meninos em internatos, há párocos que abusam de moças na sacristia de suas paróquias...

— Isso sempre aconteceu — ponderou Ramirez. — Desde sempre a Igreja Católica vem enfrentando esses problemas. E olhem que houve épocas bem piores, especialmente nos séculos XV e XVI, quando muitos cardeais eram simplesmente nomeados e não eram obrigados a nenhum curso, a nenhuma preparação clerical, muitas vezes nem mesmo a uma preparação religiosa! E, quanto à corrupção... Se há algo que a Igreja sabe fazer, é ganhar dinheiro! E não estou falando do Vaticano, mas sim da Igreja como um todo! Já viram quantas congregações milionárias existem? E antigamente, os Cavaleiros Templários, o que faziam? Ganhavam dinheiro! Foram eles os idealizadores do sistema bancário que evoluiu até os dias de hoje!

Os três ficaram em silêncio por alguns instantes e, enquanto Maronese acendia meticulosamente seu cachimbo, Corday falou:

— A contaminação dos costumes está disseminada por toda parte. Acho que nem com mão férrea e a imposição de uma rigidez extremada conseguiríamos consertar a situação.

Maronese soltou uma baforada para cima e, fixando o olhar de Corday, perguntou, em tom de deboche:

— A troco de quê você está falando *nós*? Em que você se baseia para achar que, em algum momento, a Igreja Católica teria força política suficiente para modificar esse estado de coisas?

Meneou negativamente a cabeça e falou:

— Quase dois mil anos atrás, Deus mandou para cá Seu Filho... E nós o matamos!

Seguiu-se novo silêncio, quebrado quase um minuto depois por Ramirez, que disse:

— Pois é... mais ou menos há quatro mil anos aconteceu um fato de extrema importância para a História da Humanidade.

— Quatro mil anos?! — fez Maronese, com o cachimbo pendurado no canto da boca. — Mas isso remonta aos tempos do Antigo Testamento!

— Quatro mil anos para trás, a contar de agora, significa dois mil anos antes de Cristo ter vindo à Terra — explicou Ramirez. — Ou seja, se pensarmos num ciclo de mais ou menos mil anos desse período para cá, eventos importantes acontecem a cada milênio.

Sorriu ao ver a expressão interrogativa dos dois colegas e prosseguiu:

— Segundo a datação bíblica aceita pela Igreja Católica, há mais ou menos 1.950 anos antes de Cristo — ou seja, praticamente dois mil anos — começava a migração dos patriarcas hebreus da Mesopotâmia para Canaã. Mil anos depois, Davi unificava o reino de Israel, com Jerusalém como capital. Outros mil anos, e acontece o nascimento de Cristo. Mais mil, e ocorre a declaração do cisma entre as Igrejas do Ocidente e do Oriente.

Fez uma pausa retórico-enfática e concluiu:

— Estamos para completar outros mil anos... Portanto, está para acontecer alguma coisa realmente importante e que poderá — ou deverá — mudar o rumo da humanidade.

4.

Durante a semana que se seguiu àquela reunião, os três padres não mais voltaram ao assunto levantado por Ramirez sobre o estranho ciclo de mil anos na cronologia da História da Humanidade para a incidência de acontecimentos importantes.

Contudo, as conversas continuaram, e sempre vinha à baila o tema da aparente impotência da Igreja Católica frente à deterioração da moral e dos costumes.

Menos de um mês antes, numa fazenda perto de Nova York, o Festival de Woodstock reuniu cerca de quinhentos mil jovens durante três dias de convívio intenso e harmonioso em torno do tema *sexo, drogas & rock'n'roll*. Esse evento, muito maior e mais amplo do que o Festival de Monterey, realizado dois anos antes e que marcou o início da carreira de Janis Joplin, e onde tocaram Jimi Hendrix e Mamas & Papas, foi considerado a manifestação maior do que atualmente convencionou-se chamar de *contracultura* e que, na realidade, tivera seu início já na década anterior com os *beatniks*. Pouco depois, Andy Warhol surgia com sua arte *underground* e, em meados dos anos sessenta, a disseminação do uso do LSD nas universidades praticamente caracterizou o surgimento do *hippy*, jovem que se dizia *drop-out* e cuja ambição primária era *viver a vida*, ou seja, deixar a universidade e sair pelo mundo, mochila às costas, pedindo carona, comendo e dormindo onde o destino o levasse e permitisse.

— Na verdade, são simplesmente vagabundos — comentou Corday, sem disfarçar uma certa raiva e desprezo.

— Se você pensar bem, são existencialistas — ponderou Maronese. — Seguidores de Sartre, sendo que melhoraram um pouco o enfoque que este dá à vida, sem levar em conta quaisquer obrigações para com a sociedade e para com eles mesmos.

Voltando-se para Ramirez, murmurou:

— Eles estão mudando o mundo... Só temos de esperar que seja para melhor.

Ramirez meneou a cabeça negativamente e falou:

— Não acredito. Eles estão é ajudando a deteriorar os costumes. Estão fazendo constantemente uma elegia à promiscuidade e à degradação da escala de valores que a humanidade vem tentando criar e estabelecer há mais de dez mil anos. Estão promovendo uma insurreição terrível à ordem constituída! Em resumo, são uma ameaça ao desenvolvimento sadio do ser humano!

Maronese sorriu e, pousando a mão sobre o antebraço de Ramirez, disse:

— Acho incrível que um historiador como você, um homem que tem a obrigação de possuir uma cultura eclética e de ser flexível e aberto às novas informações, pense dessa maneira! Será possível que não tenha enxergado que esses jovens todos, ainda que inconsciente ou subconscientemente, estejam querendo nos transmitir uma mensagem importante?

Ramirez e Corday olharam para Maronese com espanto, e o francês quase rosnou:

— Você está nos dando a impressão de apoiar esse movimento anárquico! Um padre! Um homem de Deus!

Maronese riu alto e, tirando do bolso seu cachimbo, começou a enchê-lo com toda a calma.

Exasperado, Corday reclamou:

— Não o entendo, Victor! Como pode defender essa corja de revoltados?

Maronese não respondeu de imediato. Completou com tabaco o fornilho do cachimbo e, antes de acendê-lo, disse:

— Não estou defendendo ninguém... Mas poderia fazê-lo, meu amigo! E você mesmo acaba de me dar uma boa razão para isso!

Acendeu o cachimbo, soprou uma baforada para o alto e, com um sorriso nos lábios, explicou:

— Como você disse, eles são uma *corja de revoltados*...

— E tenha coragem de contestar! — exclamou Corday.

— Não contesto — continuou Maronese. — Mas justifico. Se eles são revoltados, deve haver um motivo para isso, não acha? Não é possível que alguém se revolte a troco de nada, a menos que seja doente mental... E não creio ser viável que ocorra a incidência de quinhentos mil loucos juntos, como aconteceu em Woodstock! E tampouco pode ter acontecido uma epidemia de loucura contagiante! Todos nós sabemos que a demência não é uma doença contagiosa!

Ramirez deu um sorrisinho e murmurou:

— Ora, vejam só! Um advogado querendo contestar a teoria da influência da massa!

— Mais uma vez, não estou contestando nada — replicou Maronese. — E digo que não podemos considerar o meio milhão de jovens pulando, cantando, bebendo, consumindo drogas e fazendo amor desenfreadamente em Woodstock como um quadro psiquiátrico coletivo.

— Mas é errado comportar-se dessa maneira! — exclamou Corday. — É errado consumir drogas dessa forma! Até mesmo álcool! É errado manter relações sexuais...

— Sem a bênção da Santa Madre Igreja? — interrompeu Maronese, em tom de deboche. — Por acaso você sonha que isso só aconteça entre os jovens de cabelos compridos e roupas propositadamente rasgadas e desleixadas?

Sem permitir qualquer interrupção, Maronese continuou:

— O consumo de drogas e de álcool existe há muito tempo e ninguém viu, até agora, qualquer sinal de mudança nos rumos da humanidade nesse fato. O mesmo podemos dizer no que concerne às relações sexuais sem o Santo Consentimento do Matrimônio dado pela Igreja. Para começar, temos de nos convencer de que não somos a única religião do mundo, e não posso acreditar que um muçulmano seja um pecador simplesmente porque não nasceu católico e, portanto, ao se casar com uma ou com as suas várias mulheres, esteja infringindo a Lei de Deus. Do *nosso* Deus! E, aliás, nem acho que seja tão grave assim um católico não se casar *oficialmente* e, no entanto, constituir uma família honesta e reta...

Com um gesto, impediu que Corday exprimisse seu protesto, e prosseguiu:

— Esses *hippies*, lá em Woodstock, tentaram e conseguiram passar-nos uma mensagem... Concordo que seja uma mensagem de revolta. Mas vocês têm de admitir, para mim, que eles conseguiram alcançar o seu intento.

Acendeu novamente o cachimbo que tinha se apagado, e disse:

— Imagine cada um deles, cada um desses quinhentos mil jovens, manifestando individualmente, isoladamente, cada um em sua casa, em sua cidade, em seu estado, a tal revolta e agindo exatamente como agiram em Woodstock. Só que sozinhos... Alguém iria se preocupar? Esses jovens revoltados conseguiriam chamar a atenção da sociedade e despertar um questionamento sobre as razões do comportamento observado em Woodstock se eles agissem isoladamente? É claro que não! O Festival de Woodstock, pelo seu tamanho, pelo eco que proporcionou, conseguiu criar uma *grita* suficientemente forte para despertar a sociedade para a importância do momento pelo qual está passando sem enxergá-lo. Melhor dizendo, sem querer enxergá-lo ou simplesmente fingindo que não o vê.

Fez uma pausa enquanto aspirava a fumaça de seu tabaco e, olhando para Ramirez, falou:

— Veja bem, Carlos... Durante esses três dias de Festival, ao contrário do que muitos *retrógrados* imaginavam, não ocorreram cenas de violência. Ao invés disso, houve música e harmonia. Outros *dinossauros sociais* também pensaram que haveria manifestações de cunho comunista, já que a imensa maioria desses *hippies* são seguidores confessos das teorias sartrianas e até mesmo maoístas. Porém, o que se viu foi uma mensagem que, ao mesmo tempo que criticava o capitalismo, combatia com a mesma intensidade o autoritarismo dos regimes socialistas e comunistas. Viu-se uma mensagem que combatia a guerra do Vietnã da mesma forma que condenava a luta armada pela conquista do poder, que os comunistas defendem e usam.

— Isso não justifica o consumo de drogas e a promiscuidade sexual! — resmungou Corday.

— Concordo — admitiu Maronese. — Mas foi a maneira, como eu disse faz pouco, de eles conseguirem chamar a atenção do mundo. Fazer ver à sociedade consumista, que domina o planeta, que existem valores outros que não o Ter e o Aparecer.

Reclinou-se na poltrona em que estava sentado e finalizou:

— Essa mensagem, meus amigos, pode ser resumida em apenas uma frase..

— Sim? — fez Corday, sarcástico. — E qual é essa frase?

Maronese sorriu, olhou com intensidade para o francês, e respondeu:

— Faça o amor, não faça a guerra!

5.

Os dois padres ficaram olhando escandalizados para Maronese. Foi só depois de alguns instantes que Ramirez conseguiu balbuciar:

— Mas é impossível que você não ache que...

— ...alguma coisa deve ser feita? — completou o italiano, com expressão séria.

Ramirez fez um sinal afirmativo com a cabeça, e Maronese disse:

— Sim. Acho que a sociedade deve uma resposta a esses jovens. E acho, também, que à Igreja Católica cabe coordenar essa resposta e administrar as suas conseqüências.

Endireitando-se novamente na poltrona, acrescentou:

— Não vejo resultados positivos numa resposta punitiva. A repressão não leva a lugar nenhum. E, infelizmente, não consigo enxergar nem mesmo sentir força política ou força espiritual na Igreja para poder alcançar essa meta. Vejo, isso sim, um assustador descrédito nos padres, nas instituições sagradas e pouco caso no que concerne às normas da Igreja e até mesmo aos dogmas de fé.

— Infelizmente, acho que você tem razão — admitiu Corday. — Basta ver como diminuiu o número de confissões...

Com expressão desolada, o francês juntou:

— O mais grave é que, embora as confissões tenham diminuído, não aconteceu o mesmo com o número de pessoas que vão receber a Eucaristia durante as Missas! E não é possível que estejam pecando menos!

— Mas é possível que as pessoas estejam considerando que pecam menos — ponderou Maronese. — Ou seja, muitas atitudes que a Igreja considera pecado, deixaram de sê-lo para a sociedade. E isso já constitui uma mudança comportamental significativa. Quer dizer que a sociedade passou a ser mais... permissiva.

— O que nos resta, então? — perguntou Ramirez, quase em desespero. — Ficar sentados assistindo à derrocada da civilização?

Maronese balançou negativamente a cabeça e respondeu:

— Não. Nós temos de lutar contra as mudanças para pior e, ao contrário do que muitos pensam, temos de apoiar e estimular aquelas que poderão levar ao progresso da sociedade. E isso, em todos os sentidos.

— Mas a moral é imutável! — protestou Corday. — Isso é um conceito filosófico!

— Não se trata de mudar ou permitir que mude a moral — retrucou Maronese. — Mas acho que é importante que mudemos a nossa *interpretação* do que é moral, imoral e amoral.

Em voz mais baixa, como se receasse ser escutado por outras pessoas que não apenas os dois amigos, o italiano disse:

— Não podemos negar que a Igreja Católica tem relutado muito em acompanhar, por exemplo, o progresso científico. E não estou dizendo isso com relação às ciências exatas. Há campos em que o Vaticano tem se recusado a enxergar o desenvolvimento e um deles é justamente o campo da sociologia. A Igreja, alicerçada e sedimentada sobre seus Dogmas, sobre alguns Conceitos emitidos por filósofos e teólogos da Idade Média, não mostra nenhuma intenção de admitir que os tempos mudaram e que é preciso respeitar uma das mais velhas leis da Natureza.

Vendo a expressão de espanto e curiosidade dos outros dois padres, Maronese explicou:

— É preciso adaptar-se para sobreviver. *Adaptação* não é algo que se consiga obter de um momento para o outro. O próprio termo implica no conceito de *pouco a pouco*. Leva tempo. Porém, ao contrário do que acontece, por exemplo, no reino animal, em que um ser vai evoluindo durante milhões de anos e se adaptando ao meio em que é obrigado a viver, as religiões, inclusive a católica, têm necessidade de mais rapidez. Como uma planta que vira suas folhas na direção da luz de um dia para o outro, nós precisamos fazer com que as mudanças necessárias à sobrevivência da Igreja aconteçam bem mais depressa do que o tempo de duas ou três gerações, sob pena de não conseguirmos sair dessa curva descendente em que nos encontramos. Temos de mudar a Igreja para que possamos nos adaptar à sociedade e temos, ao mesmo tempo, de fazer mudar a sociedade para que ela se adapte à nova modelagem da Igreja.

Sorriu, voltou-se para Ramirez e falou:

— Você mesmo nos disse, outro dia, que as coisas acontecem em ciclos de mil anos... E disse que estamos chegando ao fim de um desses ciclos. Portanto, é hora de acontecer algo que sacuda a sociedade e mude a rota da humanidade.

— Mas já está acontecendo! — exclamou Corday. — A humanidade está naufragando!

Maronese olhou para o amigo e contestou:

— Engana-se, Jean-Pierre... Não é a *humanidade* que está soçobrando, mas sim a *sociedade*. A sociedade como ela é hoje em dia. A humanidade não terminou quando o Império Romano decaiu moralmente, mas foi a sociedade romana da época que afundou. Afundou e deu lugar a uma nova modelagem social...

— Mas foi necessária a vinda de Cristo para a Terra para que isso acontecesse! — quase gritou Ramirez. — E olhe que essa mudança de molde social não foi imediata. Demorou quase quinhentos anos e teve a interferência da invasão dos bárbaros!

— Roma era praticamente invencível do ponto de vista militar — defendeu Maronese. — Mas tornou-se extremamente vulnerável por causa do apodrecimento dos costumes de sua sociedade. E é exatamente isso que está acontecendo hoje. A sociedade ocidental pode ser considerada imbatível sob o aspecto bélico. Mas seus costumes a estão debilitando. E é essa debilidade que a Igreja tem a obrigação de combater.

Fez-se um momento de silêncio, interrompido por Ramirez, que perguntou:

— E o que você acha que a Igreja pode fazer? Trazer Cristo de volta para a Terra?!

6.

Maronese sorriu e, levantando-se, convidou:

— Estou com fome... Vamos jantar, comer um belo *gigot d'agneau*, em homenagem a Jean-Pierre. Conheço um restaurante francês perto de minha casa que é especialista em cordeiro...

Quase sussurrando, acrescentou:

— Além disso, lá teremos mais certeza de privacidade para o que eu tenho a lhes dizer. Nunca se esqueçam de que as paredes do Vaticano possuem orelhas... E olhos capazes de enxergar até o que o Diabo em pessoa não vê!

Talvez seus dois colegas, no íntimo, estivessem dispostos a recusar o convite. Afinal, era bem complicado ir tão longe apenas para comer um *gigot*, mas aquela última frase dita por Maronese despertou-lhes de tal forma a curiosidade que nem mesmo uma guerra conseguiria afastá-los do italiano naquele momento.

Durante o trajeto, a bordo do Lancia de Maronese, falaram sobre trivialidades. Conversaram a respeito do trânsito em Roma, que começava a se tornar a cada dia mais caótico, falaram até mesmo sobre futebol — assunto que não encantava Maronese, mas que entusiasmava bastante os outros dois. Num momento em que Ramirez tentou voltar ao assunto sobre o qual conversaram na biblioteca do Vaticano, o italiano disse que preferia falar durante o jantar.

— Não é um tema fácil, meus amigos. E eu estou dirigindo, não poderia me concentrar totalmente nele. Deixemos para daqui a pouco, tenham um mínimo de paciência!

Ramirez e Corday tiveram de se conformar e, quase em silêncio, chegaram ao restaurante.

Sentaram-se a uma mesa mais afastada, o que satisfazia a Corday e Ramirez, uma vez que eles não se sentiam à vontade num restaurante sofisticado como aquele, achavam que por serem padres não deveriam estar ali, e contentava Maronese, que queria um lugar onde não houvesse ninguém por perto para escutar o que tinha para dizer.

O garçom veio trazer o vinho — um excelente e caro *Bordeaux* — e disse que o *gigot* demoraria cerca de quarenta minutos para ser servido.

— Não tenha pressa, meu amigo — recomendou Maronese. — Apenas não deixe faltar vinho em nossa mesa. E diga ao *chef* que o *gigot* deve ser *sanglant. Pas trop cuit.*

Brindaram à amizade que os unia, ao momento que estavam vivendo, deram graças a Deus, tomaram o primeiro cálice.

Propositadamente, para exacerbar ainda mais a curiosidade dos outros dois, Maronese ficou em silêncio e esperou que Ramirez perguntasse:

— Afinal, Victor... O que é tão importante e secreto que você tem para nos dizer?

Com expressão divertida no rosto, o italiano murmurou:

— Não sei se vocês estão preparados para ouvir... Quero dizer... Não sei se vocês estão suficientemente evoluídos para partilhar a minha idéia...

— Mas então! — exclamou Corday, revoltado. — Está nos chamando de retrógrados? Ou de ignorantes?!

— Nem um, nem outro — respondeu Maronese, calmo. — Mas tenho receio que vocês julguem que estou louco, simplesmente porque não vão acreditar ou achar possível o que vou lhes dizer.

— Isso não vai acontecer — garantiu Ramirez. — Você pode falar o que quiser... Só nos dê o direito de concordar ou não.

— E vocês vão me prometer que, caso não concordem, jamais comentarão com quem quer que seja essa nossa conversa...

Ramirez sorriu, ergueu o cálice em mais um brinde, sendo imitado por Corday.

— Mas é claro que prometemos — falou este. — Nossas conversas são nossas, ninguém precisa saber de nada do que falamos um ao outro!

Maronese assentiu com um sinal de cabeça e, servindo mais vinho, começou:

— Outro dia, quando Carlos expôs aquela teoria de que as coisas acontecem obedecendo a um ciclo de mais ou menos mil anos na História da Humanidade e disse que estaríamos perto de terminar um desses ciclos e que, portanto, algum evento importante deveria estar para acontecer, fiquei impressionado. Porém as atribulações de meu trabalho junto à Corte Canônica impediram-me de pensar novamente sobre o assunto. Foi só dois ou três dias depois, quando estava arrumando meu arquivo de artigos que costumo recortar de jornais, é que o tema me voltou à mente e, desta vez, com a força de uma verdadeira pedrada.

Tomou um gole de vinho, respirou fundo, e prosseguiu:

— Mal comecei a arrumação, meus olhos bateram num artigo de uma revista científica dando conta de que um cientista britânico, John Gurdon, há sete anos, conseguiu transferir núcleos de células intestinais de sapos adultos para óvulos não fecundados e, com isso, *clonou* vinte sapos, que chegaram normalmente à fase adulta.

— Mas isso não é novidade — ponderou Ramirez, interrompendo-o. — Robert Briggs e Thomas King já tinham feito algo semelhante no início da década passada...

— De fato — admitiu Maronese, com um sorriso. — Também lembrei de ter lido algo a esse respeito e, como sou curioso, fui estudar. Briggs e King falavam sobre transferências nucleares de embriões nas fases de blástula e, no máximo, de gástrula. Ou seja, embriões muito jovens. Gurdon conseguiu repetir a experiência com sucesso, porém usando células adultas. Com isso, ele constatou que as células adultas retêm o mesmo potencial reprodutivo das células embrionárias. E, o que é mais importante, esse potencial está presente em quaisquer células, tanto assim que ele utilizou células retiradas do intestino dos sapos. Vejam bem: eu disse quaisquer células...

Fez uma pausa para que seus dois amigos pudessem digerir suas palavras, e continuou:

— Comecei a pensar sobre o que acabara de ler enquanto prosseguia na arrumação daquela montanha de papéis e, de repente, deparei-me com outro artigo sobre o mesmo assunto. Tratava de uma pesquisa feita por uma cientista chamada Marie Di Bernardino que, cinco anos depois de Gurdon, conseguiu efetuar mais de mil e duzentas transferências nucleares de células nervosas de rãs adultas para óvulos não fecundados. Novamente, portanto, estava provado que o potencial reprodutivo estava presente em qualquer célula, melhor dizendo, no seu núcleo.

Maronese calou-se e olhou para os dois outros padres. Como estes também permanecessem em silêncio, indagou:

— Não perceberam a importância dessas experiências?

Ramirez e Corday entreolharam-se e, pela expressão de piedade de suas fisionomias, Maronese notou que eles, realmente, estavam começando a ter certeza de que enlouquecera.

Deu uma risada e disse:

— Se só por isso que eu disse até agora vocês já estão pensando em me mandar para o hospício, acho que não vou continuar...

— Não! — protestou Ramirez. — Por favor, continue! No mínimo estamos lembrando um pouco do que andamos aprendendo em Biologia...

Maronese balançou afirmativamente a cabeça e continuou:

— Essas experiências deixam pelo menos a esperança de que é possível *criar* a vida a partir de um óvulo fecundado e do núcleo de uma célula qualquer.

— Talvez o termo não seja esse — falou Corday. — Não se pode *criar* a vida. Isso é prerrogativa de Deus. Mas admito que se possa interferir científica e tecnicamente para que seja permitido o aparecimento de um novo ser.

Maronese meneou a cabeça em sinal de dúvida, refletiu um pouco e disse:

— Bem... Seja como você quiser. Não vamos perder tempo com questões semânticas. Curioso, interessado e surpreso com a coincidência de ter encontrado dois artigos sobre Biologia numa profusão de papéis cuja maioria versava sobre qualquer outro assunto menos esse, deixei de lado a arrumação que estava fazendo e passei a pesquisar se, no meio daquela balbúrdia, havia mais alguma coisa semelhante. Não demorei a encontrar uma terceira matéria sobre o mesmo tema, esta falando que já no início deste século os cromossomos tinham sido responsabilizados pela transmissão dos caracteres genéticos. Assim, as transferências nucleares realizadas por Briggs, King, Gurdon e Di Bernardino, na realidade, não eram mais do que transferências de cromossomos. Infere-se daí e de tudo quanto eu disse até agora, que é possível fecundar um óvulo artificialmente com a transferência de cromossomos para ele.

Corday suspirou, olhou para Ramirez e este, por sua vez, perguntou para Maronese:

— Afinal, meu amigo, aonde está querendo chegar?

7.

— Mas aonde está querendo chegar? — perguntou o padre Giampiero Ottavioli, provincial dos jesuítas na Itália e reitor da Universidade Católica da Sagrada Família de Milão. — Já não lhe disse que parasse com essas experiências malucas?

E, visivelmente irritado, acrescentou:

— Você só está perdendo tempo! Tempo e dinheiro da Instituição, o que é mais grave! E, de mais a mais, o Vaticano não admite esse tipo de loucura!

— Não é uma loucura — protestou o padre Nichola Magaldi, fazendo uma careta. — É algo perfeitamente possível! E já estou muito perto de provar que tenho razão!

— Você foi avisado, padre... Não foi uma vez, mas sim várias! E, como um sacerdote, você deveria ter obedecido logo na primeira vez! Mas não! Continuou com essa bobagem, às escondidas!

Semicerrando os olhos, o provincial acrescentou:

— Deveria saber que a mentira, qualquer que ela seja, tem as pernas curtas... Cedo ou tarde acaba sendo descoberta! E foi justamente o que aconteceu!

Deixou escapar uma risada sarcástica e disse:

— Na verdade, você foi imprudente. Pedir para um aluno ajudá-lo com aqueles gatos mortos e ressecados que deixou escondidos... No mínimo foi estupidez! Era óbvio que esse aluno iria comentar com os colegas a respeito das loucuras que o padre Magaldi estava fazendo! E esse comentário, aliás como seria de se esperar, chegou ao meu conhecimento.

Fixando o olhar de Magaldi, o provincial falou:

— Não me diga que não foi avisado! Agora, não me resta outra alternativa. Você será transferido. Irá para o Brasil, lecionará Biologia no nosso colégio em São Paulo. E assim, talvez daqui a uns dez ou quinze anos tenha se esquecido dessa baboseira.

Era bem verdade que o padre Ottavioli já o havia alertado para não tentar qualquer procedimento de transferências nucleares utilizando células mortas. E também era verdade que ele tinha lhe dito isso várias vezes, sendo que nas duas últimas dissera claramente que, se Magaldi não parasse imediatamente com aquilo, ele seria mandado para o Brasil, mais especificamente para o Colégio São Luiz, em São Paulo, onde seria um reles professor secundário de Biologia. E Magaldi já estava ciente que, desta feita, não teria escapatória. A decisão do padre Ottavioli estava tomada e seria imutável, tanto assim que, naquela mesma manhã, ele demitira a doutora Marianna Saggio, uma médica ginecologista e especializada em reprodução humana, que havia cinco anos vinha ajudando Magaldi como sua assistente.

O padre Nichola Magaldi ainda tentou defender sua teoria, dizendo:

— Mas, padre... Já temos quase tudo pronto! Falta pouco, apenas a comprovação prática do que diz a teoria! A doutora Marianna e eu estamos absolutamente seguros de que cada microestrutura intranuclear pode perfeitamente manter-se *ativa*, independentemente da célula estar viva ou não. Afinal de contas, já está mais do que comprovado que a transmissão genética é responsabilidade da cadeia cromossômica e, por outro lado, também é sabido que a *vida*, tal como a conhecemos hoje, só pode existir se todas essas microestruturas estiverem interagindo harmonicamente umas com as outras e todas com o meio em que se encontram imersas. Sem esse meio, cada uma delas passa a ser nada mais do que uma substância, um conjunto de elementos e moléculas complexamente estruturados, contudo sem nenhuma ação unicamente porque estão sem o seu *meio vital*. E essa substância geloidal que envolve as microestruturas nucleares é o nucleoplasma propriamente dito, constituído por água, metabólitos e íons. Uma vez seco, desidratado, o núcleo continua a apresentar todos os corpúsculos intranucleares, porém inativos devido à falta da parte geloidal. E nós estamos prestes a provar que o potencial genético e reprodutivo dos cromossomos permanece simplesmente em estado de latência numa célula morta. Portanto, basta que se consiga a transferência desse material intranuclear para que se possa ter um novo ser...

— Você está ficando doido! — quase gritou o padre Ottavioli. — Uma célula morta é simplesmente uma célula morta! Não é possível reconstituir a vida depois que ocorre a morte! Isso é uma incoerência em todos os sentidos!

— Mas, padre... — tentou argumentar Magaldi. — Veja, por exemplo, os esporos. Eles permanecem potencialmente ativos por anos, mesmo em condições extremamente desfavoráveis! Isso significa que eles estão ali, vivos, muito embora pareçam estar mortos! Isso leva a pensar que a vida está latente, depositada na cadeia cromossômica, e que basta ativá-la para que ressurja!

O provincial balançou a cabeça negativamente, completamente desanimado. Olhando intensamente para Magaldi, ele disse, encerrando a reunião:

— Sinceramente, acho que você não está certo da cabeça, Nichola... Não é possível que um profissional, um pesquisador como você, que já tem no currículo mais de dez trabalhos publicados, possa pensar assim! Talvez esteja trabalhando demais, pode ser que esteja precisando descansar um pouco...

Levantando-se, ele falou:

— E é exatamente isso que eu pretendo que faça, uma vez no Brasil. Pense, reflita, avalie essas experiências malucas e perceba que você está tentando contradizer um conceito básico da religião: criar a vida cabe apenas a Deus; e o que você está tentando fazer não é nada mais do que isso! Está tentando desempenhar o papel de Deus! Assim, acho que um longo período longe do Departamento de Genética da Universidade vai lhe fazer bem.

Pousando a mão sobre o ombro esquerdo de Magaldi, num gesto falso de carinho, o padre Ottavioli finalizou:

— De mais a mais, fará bem para a sua alma afastar-se definitivamente da doutora Marianna. Vocês dois estavam com intimidades demais para o meu gosto... e para o decoro que deve ter um sacerdote! Eu não estava achando graça nenhuma em ver como essa doutora vinha para cá. Aquelas saias curtas, as roupas justas demais, parecendo que tinham encolhido com a lavagem!

Magaldi estacou. Olhando com firmeza para o provincial, ele disse:

— Não é a roupa ou o modo de se vestir que determinam a honestidade de caráter e muito menos a capacidade científica de uma pessoa, padre Ottavioli! E devo lhe dizer que, se já desobedeci uma vez...

— Várias vezes, padre... — interrompeu o provincial. — Não foi uma, nem duas vezes, mas sim muitas!

— ...se já desobedeci uma vez — continuou Magaldi, ignorando o aparte de Ottavioli —, agora vou desobedecer mais uma. E será a última.

Falando bem pausadamente, separando bem as palavras como para ter a certeza de que seria compreendido, ele disse:

— Deixo a batina neste instante, padre. Não posso admitir ser cerceado no campo da ciência! A Idade Média já passou. E é por causa dessa mentalidade que o senhor está mostrando que a Igreja Católica está sendo implodida muito rapidamente!

Deixou a sala do provincial, fazendo-se de surdo ao seu chamado para que voltasse e reconsiderasse o que tinha acabado de dizer.

Aliás, a atitude de Ottavioli apenas precipitara em alguns meses uma decisão que Magaldi tomara havia três anos. Ele esperara poder terminar a experiência e provar a sua tese antes de abandonar a batina. Infelizmente, fora obrigado a antecipar os seus planos.

Mas estava feliz. Tanto assim que não conseguiu disfarçar o sorriso em seus lábios quando entrou num táxi e deu ao motorista o endereço da casa da doutora Marianna.

* * *

O provincial viu, pela janela de sua sala, quando Magaldi entrou no táxi. Rapidamente, dirigiu-se para a sala do pesquisador — que ficava adjacente ao seu laboratório — e começou a vasculhar tudo por ali. Abriu as gavetas das duas escrivaninhas, afastou os livros que estavam na estante, revistou os arquivos de aço.

Não encontrou nada. Não havia uma só folha de papel com anotações, não havia cadernos com relatórios...

— Mas será possível...?! — murmurou ele, passando para o laboratório.

Viu as dezenas de placas de Petri com uma substância gelatinosa, centenas de lâminas de microscopia — que de nada lhe serviriam, pois sequer sabia como manipular um microscópio —, viu duas centrífugas sem nada dentro...

E, assim como no escritório, não havia mais nada. Nenhum apontamento escrito, sequer uma agenda de endereços.

Cada vez mais irritado, ainda procurou por mais de meia hora, imaginando que Magaldi e Marianna tivessem escondido suas anotações entre as páginas de algum livro. Mais uma vez decepcionou-se e, furioso, voltou para sua sala.

Sabia que precisava avisar o cardeal Franco Antoniazzi. Magaldi não poderia deixar a universidade levando consigo os resultados de suas pesquisas! Isso seria demais e... muito perigoso!

Porém Ottavioli também sabia que não poderia simplesmente telefonar para o cardeal e contar-lhe o que tinha acontecido. Numa universidade nunca se está livre de escutas telefônicas, assim como no próprio Vaticano, onde deveria estar Antoniazzi naquele momento... E tratava-se de um assunto que não poderia vazar em hipótese alguma. Portanto, melhor não correr riscos.

Assim, depois de refletir por alguns minutos, tomou uma decisão. Teria de ir conversar pessoalmente com o cardeal. E isso implicava numa viagem respeitável e, mesmo de avião, não conseguiria chegar em Roma antes do anoitecer.

Chamou sua secretária, deu ordens para que a sala de Magaldi fosse trancada de forma a que ninguém, nem mesmo e principalmente o próprio Magaldi, pudesse entrar, disse que tinha uma reunião importante em Roma e foi para o aeroporto.

— Se tiver sorte, consigo uma passagem para Roma antes das três da tarde — murmurou, já entrando em seu automóvel. — E alcanço o cardeal antes que ele deixe o Vaticano...

8.

Maronese sorriu, malicioso. Depois que o garçom acabou de servir o *gigot* e se afastou, olhou com intensidade para Ramirez e disse:

— Alguns instantes antes de deixarmos a biblioteca do Vaticano, você mesmo deu a resposta a essa pergunta.

— Como assim? — fez o espanhol. — Eu não falei nada! Aliás, não tinha o que falar!

— Você perguntou qual seria a minha opinião sobre o que a Igreja poderia fazer para consertar a situação em que vive a humanidade hoje... Perguntou se a solução não seria trazer Cristo de volta para a Terra!

Ramirez e Corday trocaram um olhar que deixava bem claro o que lhes ia pela mente: Maronese, de fato, tinha enlouquecido.

Sem se incomodar com a expressão assustada dos dois amigos, o italiano prosseguiu:

— Todos nós sabemos que não serão rezas, orações, promessas e sacrifícios que farão Cristo voltar. Porém, hoje em dia, sabemos que há uma possibilidade...

Corday abriu a boca para dizer alguma coisa, mas um gesto imperativo de Maronese o impediu, e este continuou:

— Temos de aceitar as evidências. Em primeiro lugar, não pode ter sido por acaso que eu tenha achado entre meus guardados aqueles artigos falando de *clonagem*. E também não pode ter sido por acaso, ou por obra de Satanás, que a ciência se desenvolveu a ponto de conseguir praticar com sucesso essas experiências.

— Começo a perceber aonde quer chegar! — exclamou Corday, arregalando os olhos — E, agora, tenho certeza que você está completamente louco!

Olhou para Ramirez, como a lhe pedir apoio, mas este, fazendo sinal para que o francês se acalmasse, murmurou:

— Continue, Victor... Por favor! Não sei se estou sonhando ou não, mas a verdade é que essa conversa está se tornando muito interessante...

Maronese agradeceu com um sorriso e, depois de tomar fôlego, falou:

— Como eu estava dizendo, nada disso aconteceu por acaso. Tenho certeza. A mão de Deus está por trás, e eu tive a comprovação disso hoje de manhã. Recebi, quando ainda estava tomando meu desjejum em casa, um telefonema de uma amiga de quem não tinha notícias havia mais de cinco anos. A doutora Marianna Saggio, uma médica e pesquisadora que até ontem estava trabalhando no laboratório de Genética da Universidade Católica da Sagrada Família de Milão. Ela foi despedida, assim como o seu chefe, o padre Nichola Magaldi.

— Já ouvi falar desse padre — interrompeu Corday. — É um cientista...

E, arregalando os olhos, falou num murmúrio espantado:

— Ele estava pesquisando alguma coisa relacionada com fecundação *in vitro*...!

Maronese balançou afirmativamente a cabeça e disse:

— Exatamente... E é por isso que eu me convenci da ação direta da Mão de Deus em tudo isso! Não é obra do acaso! A vontade de Deus é que a Ciência ajude a Igreja no sentido de fazer retornar à Terra o Seu Filho.

Pôs na boca um valente naco de *gigot* e, depois de alguns momentos, prosseguiu:

— Nós temos tudo o que é preciso para isso. Temos o conhecimento científico, temos os recursos financeiros...

Olhou para os dois companheiros e arrematou, com um sorriso:

— E temos o material necessário!

Corday quase engasgou com o que estava mastigando, Ramirez deixou cair o garfo sobre o prato, e ambos olharam espantados e incrédulos para Maronese.

Depois de quase meio minuto, Ramirez conseguiu gaguejar:

— C-como a-assim? De que material você está falando?

— Temos células de Cristo — respondeu o italiano. — Uma porção delas!

— Realmente... — resmungou Corday — você enlouqueceu! Onde acha que vai encontrar células de Cristo? Pedaços de Seu corpo, se Ele ressuscitou e subiu aos Céus...?

— É verdade — concordou Maronese. — Cristo subiu aos Céus no terceiro dia e foi sentar-se à direita do Pai... Inteiro. De corpo e alma. Porém...

— Porém...??? — inquiriram os outros dois, em uníssono.

— Antes de subir aos Céus, Cristo deixou, aqui na Terra, um pouco de Si, corporalmente.

Sorriu da expressão interrogativa de seus dois amigos e perguntou:

— Esqueceram-se do Santo Sudário?

9.

Ramirez apanhou o cálice de vinho e esvaziou-o garganta abaixo. Voltou a enchê-lo e tornou a esvaziá-lo. Por fim, depois de refletir por alguns instantes, disse:

— Sua idéia é tão louca, Victor... que, de repente, pode até dar certo! E se tentarmos pensar que tudo neste mundo, afinal, não deixa de ser o reflexo da vontade de Deus...

Olhou para Corday, que, naquele momento, brincava com o descansa-talher, batendo-o de leve sobre a toalha.

— O que acha, Jean-Pierre?

— Não sei o que achar — respondeu o francês. — Palavra de honra que não sei o que achar!

Ergueu os olhos para Maronese e, em tom súplice, perguntou:

— Tem certeza de que não bebeu demais, Victor?

— É claro! — respondeu Maronese, rindo. — Assim como tenho certeza de não estar louco!

Ficando subitamente sério, indagou:

— Vocês perceberam o alcance de tudo quanto acabei de dizer? E perceberam por que essa conversa não pode ser comentada com ninguém?

— Sim — respondeu Ramirez, num sussurro, enquanto Corday, em silêncio, assentia com um balançar de cabeça.

— Vou precisar da ajuda de vocês dois — disse Maronese. — Poderemos ajudar a salvar a humanidade... Mas sozinho não serei capaz de fazer o que quer que seja.

— Mas... Tudo isso está apenas na idéia! — ponderou Ramirez. — Falta quase tudo!

— Pois acho que não — replicou o italiano. — Sabemos onde obter as células, sabemos que existe o procedimento científico... Como disse há pouco, temos os recursos necessários...

— E quem vai fazer a... *clonagem*? — quis saber o espanhol.

Maronese acabou com o último pedaço de *gigot*, tomou um grande gole de vinho, e respondeu:

— Pois então... Essa minha amiga que, por vontade de Deus, ligou para mim esta manhã! A doutora Marianna Saggio. Acho que ela aceitará o desafio.

— Mas... — fez Ramirez. — Será que ela é plenamente confiável?

Com um sorriso sem graça, desculpou-se:

— Perdoe-me, Victor... Ela é sua amiga... Mas você mesmo disse que não tinha notícias dela havia cinco anos. E essa história é complexa e perigosa demais...

— E a troco de quê ela lhe telefonou? — quis saber Corday.

— Pois é mais um ponto em que se pode ver a Mão de Deus! — exclamou Maronese, entusiasmado. — Ela me ligou com a esperança de eu lhe arrumar um lugar onde possa trabalhar e continuar suas pesquisas. E o melhor: o padre

Magaldi também! Como minha família é dona de um dos maiores complexos farmacêuticos do país... Por isso, acho que ela é confiável. Não jogaria pela janela uma oportunidade como a que nós podemos lhe oferecer! Mas, mesmo assim, é claro que não lhe diremos do que se trata logo de início.

— É melhor — murmurou Ramirez. — Não posso imaginar o tamanho da encrenca que seria gerada se uma idéia louca como essa viesse a ser divulgada...!

— Tem razão — concordou Corday. — Uma notícia dessas afundaria por completo toda a Igreja Católica! Imaginem! Fazer uma cópia de Cristo!

Voltando-se para Maronese, perguntou:

— E quando essa médica virá conversar conosco?

— Amanhã, meu amigo — respondeu o italiano. — Ela e o padre Magaldi virão conversar conosco aqui em casa.

Corday assentiu com um sinal de cabeça e falou:

— Uma coisa desse porte não será nem um pouco barata... E você disse que nós dispomos dos recursos. Financeiros? É isso que quis dizer?

— Sim, Jean-Pierre... E é também um outro ponto onde podemos enxergar a Mão de Deus!

Abriu um sorriso e, chamando o garçom para que viesse servir a sobremesa, arrematou:

— Não posso aceitar que você pense que está como um dos principais economistas do Vaticano por um simples acaso, meu amigo! Tenho certeza que você há de encontrar uma maneira de conseguir o dinheiro de que vamos precisar!

10.

— Sinceramente, não sei se foi uma boa idéia você ter telefonado para esse padre Maronese — murmurou Magaldi, com expressão preocupada. — Ele sabe que eu sou um sacerdote e...

— Era — interrompeu Marianna, segurando as mãos de Magaldi. — Você deixou a batina. E, pelo que imagino, não está preocupado com essa história de pedir dispensa ao papa! Temos algo muito grande para fazer, não podemos parar nossas experiências e o padre Maronese será a nossa tábua de salvação.

Não vejo nenhuma importância no fato de ele saber que você simplesmente desistiu de ser padre e... resolveu assumir o nosso *caso*!

Inclinando-se para a frente, beijou os lábios de Magaldi e, em seguida, olhou pela janela do trem.

— Estaremos em Roma dentro de no máximo meia hora, querido... E estou certa de que estaremos começando uma vida nova, cheia de felicidade. Cheia de uma felicidade que nós dois fizemos por merecer!

Nichola Magaldi sorriu. Acariciou os cabelos de Marianna e murmurou:

— Na realidade, comecei uma vida nova faz pouco menos de cinco anos, Marianna... Você sabe disso muito bem!

— Está arrependido? — perguntou ela, com um trejeito coquete. — Sempre é tempo de desistir...

Magaldi meneou a cabeça negativamente e falou:

— Não, minha querida. Não estou nem um pouco arrependido. E nem me passa pela cabeça a idéia de desistir!

De fato, só se ele fosse muito idiota voltaria como um *chien battu* para a universidade e para o jugo de Ottavioli. Só se estivesse louco trocaria aquela mulher pela companhia dos outros padres na rígida clausura dos jesuítas.

Marianna era muito bonita e sabia explorar como ninguém a plástica que Deus lhe dera. Vestia-se sempre com roupas que, por mais ingênuas que pudessem parecer, sobre seu corpo tornavam-se provocantes, realçando suas curvas sedutoras. E Marianna sabia como fazer para tirar o máximo de proveito estético do rosto clássico que possuía, dos cabelos castanhos, de seus olhos verdes...

E o jeito de falar...! O modo delicado e sensual de gesticular...!

Mas ela não era apenas uma mulher bonita e sedutora. Marianna também era uma cientista competentíssima, uma profissional dedicada e permanentemente interessada em progredir.

Magaldi puxou-a mais para perto de si, sentiu seu corpo colado ao seu peito, os seios fartos e rijos encostando-se como a lhe pedir carícias...

Deixou que seus pensamentos o levassem de volta para aquela tarde em que se conheceram, em sua sala no Departamento de Genética da Universidade.

* * *

O dia não tinha sido fácil. Parecia, realmente, que o padre Magaldi tinha levantado da cama com o pé esquerdo. Desde cedo, nada dera certo, a começar pela celebração da Missa, em que o *coroinha* que lhe tinha sido destinado era um novato que sequer sabia tocar a campainha na hora da Consagração. Depois, já no laboratório, tivera de vasculhar o lixo, pois a faxineira tinha simplesmente jogado fora todas as anotações que fizera na véspera e — por azar — esquecera sobre a sua escrivaninha. E, pelo meio da tarde, o padre Ottavioli chamara-o à sua sala para lhe dizer que tinha contratado uma nova assistente, uma médica e pesquisadora chamada Marianna Saggio, e que esta iria trabalhar junto com ele, ajudando-o em seu novo trabalho, um levantamento bibliográfico sobre reprodução humana.

De nada valeram os argumentos de Magaldi no sentido de que esse tipo de trabalho não o interessava, ele estava voltado para uma delicada pesquisa em citologia sobre partículas intranucleares.

— Achamos que essa sua pesquisa pode esperar, padre — disse-lhe o provincial, encerrando o assunto. — O estudo sistemático da reprodução humana é mais urgente. A doutora Marianna deverá vir conversar com você ainda hoje e começará a trabalhar amanhã.

Ainda lembrando das palavras do padre Ottavioli, Magaldi deixou escapar um suspiro de desânimo. Tinha de descobrir um meio de continuar suas pesquisas sobre transferências nucleares e, ao mesmo tempo, dar conta da tarefa que o provincial acabara de lhe impor. E, além disso, teria de dar assistência à doutora...

— Uma mulher! — murmurou, com mal contida raiva. — Mais problemas... Mais dores de cabeça!

Olhou o relógio. A tal médica deveria estar chegando a qualquer momento. O que diria para ela? Como orientaria o trabalho, aliás, um trabalho que não o entusiasmava de jeito nenhum?

Nervoso, pegou um cigarro e estava acendendo-o quando ouviu baterem à sua porta. Levantou-se com nítida má vontade e foi abrir.

Quase caiu de costas.

A jovem que estava diante de si, sorridente, era muito bonita. Teria pouco mais de vinte e cinco anos de idade, ou seja, seria cerca de sete anos mais jovem que ele e estava muito longe do estereótipo da médica naquela época.

— Padre Magaldi? — perguntou a moça, com voz melodiosa.

— S-sim... — gaguejou ele. — Marianna Saggio, suponho...?

— Exatamente. O padre Ottavioli disse que eu deveria conversar com o senhor antes de começar a trabalhar...

Magaldi afastou-se para permitir que ela entrasse e, indicando-lhe uma cadeira diante da escrivaninha, sentou-se.

— Já tinha ouvido falar sobre o senhor — disse Marianna. — E, há um ano, assisti a uma palestra que proferiu num congresso em Nápoles. Era uma nova teoria sobre reprodução celular e cromossomos. Desde esse dia, decidi que haveria de conseguir trabalhar sob sua orientação.

Mesmo um padre não deixa de ter suas vaidades, principalmente as chamadas vaidades intelectuais. Magaldi sorriu sem jeito, sentiu-se corar, e murmurou:

— Tenho verdadeira paixão por citologia e, dentro dessa área, tenho me fixado nas partículas intranucleares...

— Essa paixão também é minha — falou Marianna. — Por isso, creio que vamos nos dar muito bem...

Começaram, evidentemente, a conversar sobre esse tema, e Magaldi, muito depressa, entendeu que ele não estava diante de uma jovem apenas bonita e vaidosa, mas sim de uma mulher com um espírito científico bem desenvolvido e um profundo conhecimento da matéria a que se dedicava. Assim, percebeu que, se ele era capaz de lhe transmitir algum ensinamento, a recíproca era perfeitamente verdadeira: aprenderia muito com a doutora Marianna.

O que ele não esperava, naqueles primeiros momentos, era que ele haveria de aprender não apenas um pouco mais sobre assuntos científicos, mas muito sobre temas... mundanos. E prazerosos. Temas que ele lutara muito para esquecer e que o levavam a um permanente conflito consigo mesmo para não se deixar cair em tentação.

A conversa, aos poucos, desviou-se para assuntos outros que não a ciência e, em determinado momento, não resistindo mais à curiosidade, Magaldi perguntou:

— Você é casada?

— Não — respondeu Marianna com um sorriso. — E acho que será muito difícil eu me casar.

— Não vejo por quê — protestou o padre. — Você é uma mulher jovem, bonita, inteligente...

— Talvez seja por isso mesmo — interrompeu a médica. — Numa sociedade como a atual, especialmente a italiana, será difícil encontrar um homem que seja capaz de ver em mim alguma coisa além de um corpo saudável e uma imagem pelo menos agradável aos olhos... E sei que só isso jamais seria o bastante para mim.

Magaldi não pôde deixar de pensar que ele, sim, enxergaria em Marianna o outro lado, a parte intelectual... Mas nem por isso haveria de fechar os olhos à sua beleza exterior, à sua sensualidade, à sua...

Esforçou-se para afastar de si esses pensamentos e convidou:

— Vamos tomar um café?

Foram para a pequena sala de café do Departamento, Marianna caminhando ao lado de Magaldi, falando com entusiasmo sobre seus sonhos de trabalho ali no laboratório.

Quando o padre estava pondo o café em sua xícara, ela disse:

— Uma outra pessoa que falou do senhor foi a doutora Di Bernardino...

Magaldi olhou para a médica sem conseguir esconder seu espanto, e esta continuou:

— Estive trabalhando em seu laboratório por seis meses, fazendo um estágio sobre transferências nucleares e fertilização *in vitro*. A doutora disse que o senhor é uma das grandes autoridades européias em microestruturas citológicas.

Deu um sorriso que fez o coração de Magaldi bater mais depressa e falou:

— Ela o admira muito.

— Você está me deixando envaidecido demais — murmurou Magaldi, encabulado.

Tomaram o café e, à despedida, o padre perguntou:

— Por que não continuou com a doutora Di Bernardino?

— Porque percebi que o conhecimento dela terminava onde começa o do senhor — respondeu Marianna, prontamente.

* * *

O balanço do trem e a excitação das últimas horas acabaram por levar Marianna a um estado de sonolência e, encostando a cabeça no ombro de Magaldi, ela adormeceu.

Este, por sua vez, mal conseguia dominar a sua ansiedade. Estava preocupado com o fato de ter de lidar com uma pessoa que não conhecia — o padre Maronese, amigo de Marianna. Como ele seria tratado? Marianna dissera ao telefone que estaria junto com um ex-padre e que era sua intenção viver com ele. Ou seja, ela deixara bem claro que Maronese estaria ajudando *um casal* e não apenas *uma mulher*. Depois, ela dissera que tinha sido por intermédio do cardeal Pincelli, amigo de Maronese, que ela tinha conseguido aquele lugar no laboratório. O cardeal usara a sua influência, e o padre Ottavioli praticamente fora obrigado a contratar a médica.

"Se o Cardeal Pincelli não tivesse morrido, com certeza estaria interferindo no sentido de Ottavioli não nos demitir", pensou Magaldi. "E as coisas seriam mais fáceis..."

Contudo, ele sabia que esse pensamento não era mais do que uma ilusão. A Igreja Católica jamais estaria interessada em suas experiências, muitíssimo pelo contrário. Aquela argumentação de Ottavioli dizendo que "criar a vida é prerrogativa de Deus" funcionava automaticamente como um veto absoluto ao desenvolvimento de seus trabalhos. A Santa Sé e a ciência não caminhavam de mãos dadas, e era justamente isso que bloqueava tudo. Bastava que uma nova teoria arranhasse os conceitos do catolicismo para que o Vaticano passasse a não medir esforços para impedir que ela fosse provada em sua veracidade.

Na verdade, era até estranho que lhes tivessem permitido levar tão adiante seus estudos. Sim, mesmo porque Ottavioli tinha descoberto havia já bastante tempo que ele e Marianna estavam se dedicando a esse projeto inclusive em detrimento de outras tarefas que lhes eram passadas.

Franzindo as sobrancelhas, Magaldi pensou:

"Será possível? Será possível que eles sabiam o tempo todo? E simplesmente fecharam os olhos para que terminássemos ao menos a parte teórica das pesquisas?"

Nesse momento Marianna se mexeu, encostou-se mais a ele, como se procurasse um carinho.

Magaldi sorriu, passou a mão pelos cabelos da mulher e deixou-a escorregar para seus seios.

Imediatamente formou-se em sua mente a cena vivida naquela primeira vez...

Ele tinha sido convidado para dar uma palestra sobre técnicas de coloração nuclear e teria de ir para Florença.

— Vou junto — disse Marianna. — Não perderia essa oportunidade por nada no mundo!

Chegaram na véspera da palestra e ficaram, obviamente, no mesmo hotel. Jantaram, conversaram sentados à mesa do restaurante e, por volta de dez e meia da noite, despediram-se.

— Ainda tenho de preparar algumas fichas para a palestra — disse Magaldi. — Não é muita coisa, mas dá um certo trabalho.

— Se quiser que o ajude... — ciciou Marianna.

Controlando-se para não dizer que ela ajudaria muito mais de mil outras maneiras, Magaldi respondeu:

— Não, obrigado. No máximo em duas horas, termino tudo. E é coisa que está em minha cabeça, creio que não conseguiria fazer a dois...

A médica sorriu, despediu-se do padre e foi para seu quarto, contíguo àquele que Magaldi estava ocupando.

Precisamente à meia-noite e meia, tendo terminado de compor as fichas para a palestra, o padre levantou-se da mesa em que estivera trabalhando, espreguiçou-se e foi tomar um banho antes de ir para a cama.

Quando saiu do chuveiro — absolutamente nu, pois estava sozinho e não via nenhuma necessidade em se enrolar numa toalha ou vestir um roupão para atravessar os cinco metros que separavam o banheiro da cama — quase desmaiou de susto.

Marianna estava ali. Tinha passado pela porta de comunicação entre os dois quartos e, sentada na beirada da cama, estava aguardando a chegada de Magaldi com um sorriso nos lábios.

E nua. Completamente nua.

— Não faça essa cara — riu ela, levantando-se e exibindo a sua plástica perfeita. — Até parece que você nunca viu uma mulher nua!

A primeira reação de Magaldi — a de se esconder ou de tentar abrir um buraco no chão e por ele sumir — passou muito mais rapidamente do que até mesmo ele imaginava. Olhando para aquele corpo maravilhoso e começando a sentir uma violenta excitação, ele murmurou:

— Como você, não... Jamais vi uma mulher tão bela assim...!

— Pois então, meu querido... Não fique só vendo!

Aquela foi a primeira vez. Depois, Marianna tornou-se uma espécie de vício, de necessidade vital. E, com a intimidade física, mais intimidades intelectuais começaram a surgir. Até que um dia, alguns meses depois daquela ida a Florença, ela perguntou:

— Quando vamos começar os estudos mais aprofundados sobre transferência intranuclear utilizando células mortas?

Magaldi arregalou os olhos de espanto e inquiriu:

— Por que quer saber?

E, percebendo que fora um tanto quanto agressivo, acrescentou:

— Você sabe que é preciso autorização da reitoria para qualquer projeto novo...

Muito séria, Marianna disse:

— Uma das razões de eu ter deixado o laboratório da doutora Di Bernardino foi justamente isso. Ela não acredita que seja possível fecundar óvulos apenas com material intranuclear. E eu sei que você pensa de modo diferente.

Antes que Magaldi pudesse dizer qualquer coisa, a médica acrescentou:

— E eu tenho motivos muito sérios para tentar fazer isso. Motivos que extrapolam qualquer razão científica.

Sorrindo da expressão interrogativa e surpresa de Magaldi, ela falou:

— Não me peça explicações agora, meu querido... Mas pode estar certo de que se obtivermos sucesso, nós dois vamos revolucionar o mundo...!

As palavras de Marianna reverberaram na mente de Magaldi durante aqueles quase quatro anos. E ela tinha razão.

Estava pensando até que ponto a médica tinha comentado com outras pessoas sobre aquele projeto, quando o chefe de trem bateu à porta da cabine para dizer que em cinco minutos estariam entrando em Roma.

* * *

Passava um pouco de sete horas da noite quando chegaram à casa de Victor Maronese.

Impressionado com a suntuosidade do solar, Magaldi comentou:

— Não imaginava que um padre pudesse morar num lugar como este!

— O padre Maronese é muito rico — explicou Marianna. — Sua família possui várias indústrias farmacêuticas, entre mil outras coisas. E como padre secular, ele não é obrigado ao voto de pobreza.

Antes que Magaldi perguntasse, ela falou:

— Conheci o padre Maronese justamente por causa dessa atividade de sua família. Trabalhei por alguns meses numa de suas indústrias. Ele foi a um jantar de confraternização e conversamos. Ele me disse que quando terminasse meu estágio poderia conseguir-me uma vaga na Universidade Católica da Sagrada Família de Milão.

Sorriu e arrematou:

— Eu não queria outra coisa... Já tinha traçado minha meta de vida e sabia que você estava trabalhando no laboratório de Genética. E bastou um telefonema do padre Maronese para o cardeal Pincelli e uma semana depois Ottavioli me admitiu e me pôs ao seu lado. Pelo menos isso, temos de agradecer a ele. Ottavioli poderia perfeitamente ter arrumado uma colocação num outro lugar.

Magaldi ia retrucar, mas nesse instante a porta de entrada da casa se abriu e a figura imponente de Maronese surgiu.

— Sejam bem-vindos! — exclamou o padre. — Fizeram boa viagem?

Acompanharam Maronese até a sala de visitas, onde Corday e Ramirez já os estavam esperando.

Magaldi não conseguiu disfarçar uma expressão de desagrado, e Maronese, percebendo, disse:

— Não se preocupe, doutor. Estamos entre amigos e nossa conversa deverá ter a participação dos padres Corday e Ramirez.

Convidou o casal a sentar, e um garçom apareceu para lhes oferecer bebidas. Magaldi e Marianna aceitaram uísque com gelo e água e, depois que o garçom se afastou, Maronese disse, dirigindo-se a Magaldi:

— Em primeiro lugar, não há a menor necessidade de ficar constrangido por ter abandonado a batina. Somos perfeitamente capazes de compreender seus motivos.

Deu uma risadinha e, voltando os olhos para Marianna, acrescentou:

— E conhecendo a doutora Marianna, não somente sou capaz de compreender, como também de aceitar as razões que o levaram a tomar essa decisão.

Corday e Ramirez mexeram-se em suas poltronas visivelmente incomodados e em desacordo com as palavras de Maronese, mas permaneceram em silêncio, enquanto este continuava:

— Em segundo lugar, quero que fique bem claro que não partilho da opinião do padre Ottavioli quanto à relação da Igreja com a ciência. Tanto assim que não é minha intenção oferecer-lhes um emprego... comum.

Ante a expressão curiosa e preocupada que ambos faziam, Maronese disse:

— Temos lido reportagens, escutado conversas e até mesmo pesquisado um pouco sobre esse assunto, lá no Vaticano... E, de tanto mexer na panela, acabamos por avistar o fundo da mesma e este nos pareceu... um tanto quanto preocupante.

A doutora olhou interessada para o padre e este continuou:

— Soubemos, por exemplo, que já se conseguem fazer clones de sapos utilizando núcleos de quaisquer células e óvulos vivos. Entendemos que tanto esses núcleos como os óvulos devem estar vivos, estou certo?

Marianna e Magaldi menearam afirmativamente a cabeça, e Maronese prosseguiu:

— Enquanto essas experiências forem feitas com células vivas, nos conceitos da Igreja, está-se dando apenas uma continuidade à vida. Porém, se os núcleos tiverem sido obtidos a partir de células mortas, a ciência estaria recriando a vida, e isso vai contra o pensamento católico. Assim, pergunto: é possível usar núcleos mortos para as experiências de clonagem?

Os dois cientistas se entreolharam e, depois de alguns segundos, Magaldi respondeu:

— É justamente essa a base de nossa teoria e o motivo de nossas pesquisas. Marianna e eu estamos certos de que isso é perfeitamente possível. Nossos estudos mostram que sim, pelo menos no que concerne à parte teórica.

— Isso quer dizer que a ciência já pode considerar possível, praticável, *clonar* seres vivos se o núcleo for obtido de uma célula morta? — perguntou Corday.

— Sim, padre — respondeu Marianna. — A teoria que conseguimos desenvolver permite que se pense assim. Evidentemente, precisamos prová-la na prática, ou seja, precisamos conseguir desenvolver um embrião a partir de células mortas e de óvulos vivos. E estávamos justamente para começar essa parte quando o padre Ottavioli obrigou-nos a pedir demissão.

Esboçou um sorriso e disse:

— Na verdade, acho até natural que ele nos tenha impedido de continuar. Afinal, para a Igreja, apenas Deus pode dar a vida...

11.

Maronese voltou-se para Magaldi e perguntou:

— Como... ex-padre... o senhor concorda com a doutora Marianna ou com o padre Ottavioli?

Nichola Magaldi era um homem atarracado, baixo, com o pescoço curto e grosso, usava óculos de lentes grossas e vestia-se com um esmero até mesmo um tanto quanto excessivo para um cientista. Biólogo especializado em citologia, histologia e embriologia, possuía fisionomia e modos que inspiravam confiança logo ao primeiro contato. Era quase completamente calvo e os poucos cabelos que lhe restavam no crânio começavam a ficar grisalhos.

Magaldi não respondeu de imediato. Olhou atentamente para Maronese, depois para Corday, para Ramirez e, por fim, voltou a fitar o primeiro. Apertou os olhos atrás das grossas lentes esverdeadas de míope e murmurou:

— Não consigo concordar com a Igreja no que se refere a ela impedir o avanço ou, que seja, a divulgação das conquistas científicas. Por isso, não tive mais condições de continuar a trabalhar com o padre Ottavioli. Parar minhas experiências, desprezar tudo quanto já pesquisei a esse respeito, seria o mesmo que jogar na lixeira vinte anos de minha vida.

— Então o senhor acha que é possível... — murmurou Ramirez. — E o senhor poderia resumir, em poucas palavras e de um modo que seja inteligível por mortais comuns, o que o leva a pensar assim?

Magaldi olhou de lado para Marianna. Esta, com um sorriso, estimulou-o a continuar, e ele falou:

— Já é mais do que sabido que são os cromossomos que contêm os genes responsáveis pela transmissão de caracteres individuais e também responsáveis pelo fenômeno da reprodução. Até hoje, a imensa maioria dos pesquisadores tem pensado que é fundamental a existência do nucleoplasma intacto para que a reprodução seja possível. Porém eu já consegui provar que isso não é verdade. Fiz experiências usando apenas a parte *sólida* do material intranuclear e consegui fazer a reprodução celular em inúmeras experiências. Porém, ainda não pude pôr em prática a parte mais importante dessas experiências, que é poder utilizar óvulos de coelhas ou de ratas para tentar a *clonagem* desses animais, partindo de doadores intranucleares mortos.

— E o que o impede? — quis saber Ramirez, mostrando-se extremamente interessado.

— Em primeiro lugar, os preconceitos do padre Ottavioli. Ele acha que uma experiência assim estaria querendo provar que o homem pode *criar a vida*, o que, em seu entender, é prerrogativa de Deus. Em segundo lugar, ele sabe que se eu obtiver sucesso nesses experimentos, a imprensa científica mundial só terá olhos e ouvidos para mim. Isso significa que ele será *apagado* por um assistente. E podem apostar que o padre Ottavioli jamais suportaria algo assim. Ele é a estrela da universidade, ele tem de brilhar sempre e... muito mais do que qualquer outro.

— Mas isso é uma atitude anticientífica! — exclamou Ramirez, sem esconder a revolta.

Magaldi sorriu com tristeza e, fazendo rodar o gelo dentro do copo de uísque, falou:

— Sim... Mas, infelizmente, é o que acontece. Aliás, aconteceu. Marianna e eu estamos fora da universidade. E com um trabalho importante para ser terminado.

Todos ficaram em silêncio, e, depois de quase um minuto, Maronese tirou do bolso seu cachimbo e começou a enchê-lo. Era um gesto automático. Todas as vezes em que ele estava pensando para tomar uma decisão, ele enchia o cachimbo. Podia até não acendê-lo, mas enchia-o. Tinha a sensação de que aquele ritual ajudava a sua concentração.

— Vamos ver se eu entendi... — murmurou ele. — O senhor diz que é possível *clonar* um ser a partir da utilização de células mortas?

— A partir do material intranuclear de uma célula morta e, obviamente, de um óvulo vivo, da mesma espécie — respondeu prontamente Marianna.

— Qualquer célula?

— Pelo menos teoricamente, sim... Claro que seria muito mais fácil se usássemos células jovens. Quero dizer células jovens *embriologicamente* falando. Não tem o mesmo significado de *cronologicamente* jovens.

Maronese assentiu e, levando o cachimbo à boca, sem acendê-lo, perguntou:

— Vocês ainda levarão muito tempo para terminar essas experiências e, de fato, comprovar a sua exeqüibilidade?

— Talvez um ano, no máximo um ano e meio, se nós estivermos lidando com coelhos — respondeu Magaldi. — É preciso verificar que o animal *clonado* chegue à idade adulta, não seja mais suscetível a doenças do que os outros e, o que é muito importante, tenha a capacidade de se reproduzir.

Acendendo, por fim, o cachimbo, Maronese soltou uma baforada, fixou o olhar do cientista e indagou:

— E é preciso muito dinheiro para que se possa completar essas experiências?

Magaldi e Marianna trocaram um olhar, e ela respondeu:

— Sem contar as instalações do laboratório, creio que nós conseguiríamos alcançar nosso objetivo com alguma coisa em torno de quinhentos mil dólares...

Corday ergueu a cabeça e arregalou os olhos, exclamando:

— É muito dinheiro!

Com azedume na voz, Magaldi retrucou:

— É preciso lembrar que o conhecimento científico não pode ser avaliado em cifras, como se fosse uma mercadoria qualquer. A comprovação da exeqüibilidade desses nossos experimentos e a possibilidade de se fazer a *clonagem* de indivíduos a partir de células de doadores mortos pode significar muito, por exemplo, para a agropecuária. O mesmo pode-se dizer no campo da zoologia e da botânica, na recuperação de espécies já extintas ou em fase aguda de extinção. E, na medicina humana, nem é bom pensar no que se pode fazer com isso!

Com um sorriso maroto, explicou:

— Já pensaram na possibilidade de se *clonar* um gênio como Mozart ou Dante?

— Acha isso possível? — perguntou Ramirez, tentando disfarçar a emoção que lhe fazia tremer a voz.

— Pelo menos teoricamente, se as nossas experiências pudessem seguir o mesmo ritmo de alguns meses atrás, eu acho que sim, que é possível. Basta que tenhamos de onde extrair o material intranuclear do doador.

Os três sacerdotes se entreolharam, e Maronese, levantando-se, falou:

— Muito bem, doutores... Acho que podemos dizer que ficamos satisfeitos... Por enquanto. Dentro de alguns dias teremos uma proposta para lhes fazer. Nesse ínterim, ficarão hospedados num hotel aqui em Roma.

Entregou um envelope para Magaldi e juntou:

— Obviamente as despesas serão pagas por nós. Aqui tem algum dinheiro para gastos pessoais. Vocês já devem se considerar nossos contratados, resta apenas a confirmação de aceitarem ou não o que teremos para lhes sugerir.

Estendendo a mão para se despedir, recomendou:

— Por favor, não comentem com ninguém esta nossa conversa. E, de preferência, procurem não ir a lugares onde possam ser reconhecidos. Num negócio como o nosso a discrição é peça fundamental.

12.

Depois que o casal de cientistas se retirou, Maronese olhou para seus dois companheiros e perguntou:

— E então? O que acharam?

Mostrando-se surpreendentemente entusiasmado, Ramirez respondeu:

— Gostei de Magaldi. Pareceu-me um homem sincero. E competente.

— E da doutora Marianna? — quis saber Maronese.

Um pouco encabulado, o espanhol disse:

— Você sabe quanto é limitada a minha experiência com as mulheres... De uma forma ou de outra, sempre fico com um pé atrás. Para ser sincero, preferia que Magaldi estivesse sozinho.

Sempre muito desconfiado, Corday ponderou:

— Concordo com Carlos... E é preciso verificar se não é apenas a imagem que Magaldi está passando, tanto dele como da doutora. Forjar uma aparência de idoneidade não é das coisas mais difíceis deste mundo, e há pessoas que são especialistas em mostrar uma falsa santidade!

— Magaldi e Marianna são as pessoas que precisamos — disse Maronese, com determinação. — Têm de ser. Não podemos ficar procurando e testando outros cientistas, muito menos podemos sair por aí perguntando pelas esquinas quem é que sabe fazer esse tipo de experiência. Não podemos deixar transparecer que nós temos interesse em clonagens. E lembrem-se que para qualquer um, especialmente os malditos jornalistas, nós representamos o Vaticano em qualquer coisa diferente que fizermos.

Voltou a acender o cachimbo e falou:

— Não é preciso repetir que esse assunto não pode ser comentado com absolutamente ninguém... Somente nós três saberemos do que se trata.

Animado, Ramirez disse:

— Se der certo, nós estaremos mudando a História! Estaremos interferindo diretamente nessa alteração de rota da humanidade!

— Exatamente — concordou Maronese. — E veja bem que nada disso seria possível sem a ajuda da ciência!

Mordaz, acrescentou:

— Essa mesma ciência que o Vaticano muitas e muitas vezes renega e condena!

— Mas temos motivos! — protestou Corday. — Veja, por exemplo, o caso do controle da natalidade. Se o Vaticano liberar o uso das pílulas, vai acontecer uma permissividade e uma promiscuidade incalculáveis!

— Como se essa permissividade e promiscuidade de que você está falando não tivesse existido antes do advento dos anticoncepcionais orais! — exclamou Maronese. — Ou você acha que as pessoas não prevaricavam antes?

— Mas a facilitação sempre piora as coisas — resmungou o francês. — Sem correrem o risco de engravidar, as mulheres...

— E você acha que são só as mulheres que querem poder se relacionar sexualmente? Ou seja, antes, porque elas podiam engravidar, trepava-se menos? — desafiou Maronese.

— Você fala como um carregador das docas! — reclamou Corday, enquanto Ramirez ria da expressão que o francês fazia. — E nem sei por que eu ainda me espanto com esse seu linguajar! Já deveria ter me acostumado...

— Por eu ser um padre, não me é permitido falar palavras de baixo calão, é isso que você quer dizer. Pois acho que essa proibição não tem cabimento. Usar uma linguagem chula não é pecado. Pode ser falta de educação, *manque de finesse*... Mas pecado, não é!

— Reverendos... Reverendos...! — interveio Ramirez. — Estamos nos desviando do assunto! Eu estava dizendo que isso que estamos para realizar pode alterar os rumos da História...

Dirigindo-se a Maronese, falou:

— Conhecendo-o como eu o conheço, Victor, imagino que já tenha o plano todo formado...

O italiano assentiu com um balançar de cabeça e disse:

— Tenho um esboço de plano. É claro. No momento certo, vou expô-lo a vocês e, de acordo com o que acharem, vamos aperfeiçoá-lo. Será preciso ver o que é possível e o que não é. Essa *operação* envolve uma soma muito grande de dinheiro, e Jean-Pierre precisa ver como vai fazer para conseguir os recursos de que vamos necessitar. É verdade que eu posso ajudar, todos sabem que tenho muitos bens. Mas justamente por isso, torna-se perigoso, especialmente se, por um azar, enfrentarmos problemas e tivermos um revés.

— Tem razão — admitiu Corday. — Todos sabem que você é rico e todos têm perfeita consciência de como você gasta seu dinheiro. Além disso, a maior parte de sua fortuna é do conhecimento do Vaticano, especialmente do banco. Se começarem a acontecer muitos saques vultosos, poderá levantar suspeitas.

— Acha que consegue *desviar* tanto dinheiro assim, Jean-Pierre? — indagou Ramirez.

— Pode não ser fácil — respondeu o francês, com um sorriso —, mas não é impossível. Vou precisar de uma conta bancária segura, para onde eu possa fazer as transferências.

— Mas não vão perceber? — quis saber Maronese. — Não se trata de alguns trocados...

— Se eu descobrir uma *fonte*, não vão perceber. E, digo mais, se perceberem que o dinheiro está sumindo, a única coisa importante é que não descubram que ele desapareceu por obra minha.

Ramirez e Maronese olharam intrigados para o francês, e ele explicou:

— O melhor será que eu encontre várias *fontes* e não uma só. *Fonte* é todo tipo de negócio escuso que acontece no seio do banco do Vaticano. E posso garantir que é algo muito comum. Esses negócios geram recursos que não podem ser explicados diretamente. Assim, por exemplo, *donativos* feitos *voluntariamente* por personagens que sabidamente pertencem à Máfia e que *agradecem* em dinheiro favores obtidos através de um ou mais cardeais junto a juízes não muito... honestos. Uma outra fonte de renda inexplicável advém de *pagamentos por serviços prestados* a alguns governos ditatoriais que usam a fé do povo para se manter. E isso sem contar as vendas de obras de arte e relíquias históricas, algumas obtidas durante a última guerra, e que não podem ser lançadas como receita mesmo porque, para o mundo todo, essas obras e relíquias jamais estiveram no Vaticano... Das negociações do banco ou mesmo da própria administração patrimonial do Vaticano, o excedente de dinheiro, ou seja, aquele que não pode ser contabilizado, vai para outras contas, secretas, na Suíça, aqui mesmo na Itália e até no Uruguai. Como falei, são quantias não contabilizadas oficialmente e que, portanto, não têm como ser conferidas e, muito menos, reclamadas se acontecer algum desfalque.

— Mas os interessados nesse dinheiro certamente perceberão! — ponderou Ramirez.

— Podem até perceber — falou Corday —, mas jamais reclamarão. Eles não poderão aparecer como donos de todo esse dinheiro, entende?

Ramirez meneou afirmativamente a cabeça, e Corday prosseguiu:

— Assim, esse dinheiro sai para outras contas e, depois, volta já então com a possibilidade de ser contabilizado, quando é dinheiro do Vaticano. Porém, quando é de outros, cardeais, bispos, alguns poucos padres e vários *comerciantes* de *Famiglias* importantes, ele precisa ser *esquentado*. Uma de minhas funções é exatamente essa: manipular essas verbas para fora do Vaticano e trazê-las de volta ou transferi-las para as contas normais de seus possuidores. São muitos milhões de dólares... E sempre há a possibilidade de um *escape*.

— Não vá mexer com o dinheiro das *Famiglias*... — recomendou Maronese. — Esses, pode ter certeza, controlam tudo e muito criteriosamente!

— Não será preciso — riu Corday. — Há muitos cardeais e bispos que têm dinheiro aos borbotões e de origem... incerta e duvidosa!

13.

— Nós vamos precisar de muito dinheiro — disse Maronese. — Teremos de montar um laboratório para que Magaldi e Marianna possam trabalhar.

— Imagino a fortuna que isso vai custar! — exclamou Ramirez. — E a complicação que será! Algo desse porte necessitará de várias pessoas trabalhando... Pessoal de manutenção, limpeza, auxiliares para Magaldi...

— Exatamente — concordou Maronese. — E teremos de encontrar pessoas que se disponham a ficar reclusas no local enquanto o experimento durar. Não podemos permitir que quem esteja envolvido nesse projeto saia do local de trabalho. Não podemos correr o risco de alguém falar demais...

— Mas... Como pretende conseguir isso? — quis saber Ramirez. — Não acredito que alguém aceite ficar preso, como se fosse um criminoso condenado, por um ano ou um ano e meio, conforme disseram os dois cientistas!

— Não há nada que o dinheiro não compre, meu amigo — riu Maronese. — Um homem ou uma mulher bem pagos aceitam qualquer coisa.

Ramirez balançou a cabeça em sinal de dúvida e ia abrindo a boca para falar, mas foi interrompido por Maronese, que disse:

— Estamos nos adiantando, Carlos... Ainda não é o momento de nos preocuparmos com esse tipo de detalhe. Acho que, em primeiríssimo lugar, precisamos decidir onde será esse... laboratório.

Os três ficaram em silêncio por alguns momentos, cada um tentando imaginar onde seria o local mais apropriado para instalar um laboratório de alta tecnologia e que fosse suficientemente discreto para não despertar atenções indevidas.

— Terá de ser próximo de Roma — falou Corday. — Será mais fácil de controlar.

— Sim — concordou Ramirez. — Além disso, se eles precisarem de alguma coisa com urgência, será mais provável encontrá-la em Roma do que em qualquer outro local.

— Em compensação, teremos maiores probabilidades do surgimento de curiosos — aventou Maronese. — E, na minha opinião, de todos os inconvenientes, esse é o pior e mais perigoso. Esse laboratório teria de ser montado num local bem sossegado, não muito longe de nós justamente pelos motivos que vocês dois citaram, e que, por alguma razão, espante os curiosos.

— Você deve estar imaginando o castelo do Drácula! — brincou Ramirez.

Muito sério, Maronese disse:

— Não se trata do castelo do Drácula... Mas de algo bem semelhante. O local que imagino existe, fica perto de Roma, é grande o bastante para abrigar esse laboratório, Magaldi, Marianna e as pessoas que estarão trabalhando lá.

Sorriu e acrescentou:

— E esse lugar possui duas vantagens que, só elas, já derrubariam qualquer outra alternativa. Primeira, trata-se de um local evitado por todos da região. Segunda, será muito fácil para Corday adquiri-lo para nós!

Divertindo-se com a expressão de curiosidade dos dois padres, Maronese explicou:

— Lembram-se do convento de Santa Clara, entre Tivoli e Frascatti?

— Sim! — exclamou Ramirez. — Claro que sei do que você está falando! Esse convento está abandonado há mais de trinta anos, depois que todas as freiras que ali estavam morreram, no espaço de apenas três dias. Depois, descobriu-se que elas tinham sido envenenadas. Jamais se descobriu quem as envenenou, e o Vaticano encerrou o caso dizendo que o envenenamento tinha sido acidental.

— Exatamente — falou Maronese. — Soube disso por mero acaso, certa vez que estava pesquisando informações sobre essa congregação para incluir no processo de beatificação de uma de suas freiras. Fiquei curioso e fui até lá. O local é maravilhoso, não entendo como o Vaticano não fez nada com aquilo até agora... Mas o fato é que corre o boato de que as freiras tenham sido envenenadas com cicuta, o mesmo veneno que Xantipa deu para Sócrates. Segundo dizem, foi uma das freiras que envenenou todas as outras e, depois, fugiu. Isso é bem provável, porque a contagem dos corpos não coincidiu com o registro da madre superiora. Faltava uma freira, justamente uma moça que tinha sido mandada para lá pelo pai excessivamente severo.

— Mas não foram atrás dessa mulher? A polícia não foi acionada? — perguntou Ramirez.

— Talvez tenha sido. Mas é mais provável que não, uma vez que não era, não é e jamais será conveniente ao Vaticano divulgar erros ou deixar transparecer alguma coisa errada. E um múltiplo assassinato cometido por uma freira, admita, não é algo que a Igreja Católica possa gostar de ver sair em todos os jornais do mundo. Preferiram dizer que houve um acidente e que elas todas morreram envenenadas. O fato é que o convento de Santa Clara, depois disso, jamais foi ocupado novamente. Nem mesmo durante a guerra, quando os soldados usavam qualquer lugar, estivesse ele abandonado ou não... O convento acabou ficando com fama de mal-assombrado. E isso para nós é ótimo. Mesmo que o reformemos e o revitalizemos, sempre restará, principalmente nas pessoas locais, algum resquício de medo de que as freiras assassinadas voltem das profundezas do inferno e venham correr atrás delas...!

— Não sei por que razão você fala que as freiras voltariam *das profundezas do inferno* — reclamou Corday. — Quem pode lhe garantir que elas foram para lá, ao morrer?

Maronese riu alto e respondeu, prontamente:

— Ora, Jean-Pierre...! E quem pode lhe garantir que elas foram para o céu?

14.

O cardeal Antoniazzi olhou para o padre Ottavioli sem esconder a raiva que estava sentindo.

— Mas como é possível? — perguntou. — Como ele pode ter saído da universidade e levado todas as anotações?!

— Não entendo como — balbuciou Ottavioli, constrangido. — Nunca o vi sair de lá carregando qualquer coisa a não ser a sua própria pasta... Bem pequena, por sinal!

Antoniazzi balançou desolado a cabeça e esbravejou:

— E quem lhe disse que era ele que estava carregando essas anotações? Nunca lhe ocorreu que era a doutora Marianna que as levava embora?

Mudando o tom de voz, acrescentou como se falasse a um menino que tivesse merecido uma reprimenda:

— Veja bem, Ottavioli... Essas mulheres modernas usam bolsas grandes. Bem maiores que uma pasta de padre! E é óbvio... bastava usar a cabeça, coisa que me parece que você não costuma fazer com a devida freqüência... que Magaldi não teria para onde levar essas coisas! Ou será possível que ele more fora?

Ottavioli sentiu seu coração bater fora de compasso. Era evidente! Magaldi simplesmente entregara as anotações para Marianna e esta levara-as para a sua casa!

— É simples — murmurou o provincial. — Vou à polícia dizer que ela se apropriou de documentos da universidade.

O cardeal Antoniazzi deu um pulo da cadeira e rosnou:

— Você está louco?! Não percebeu ainda que tudo isso é altamente secreto? Imagine pôr a polícia atrás disso! Tem idéia do que poderia acontecer se um jornalista mais curioso resolvesse investigar que documentos são esses? Diga-me como nós poderemos responder às perguntas que, fatalmente, surgirão?

Apontando o dedo para o nariz de Ottavioli, o cardeal disse:

— Você vai encontrar esses dois. Os dois, entendeu?! E vai dar um jeito de fazê-los devolver todas as anotações, todas as informações que conseguiram obter até agora! E vai fazer isso pessoalmente! Sem envolver mais ninguém nessa história!

Controlando-se, acrescentou:

— Tenho certeza que Magaldi e Marianna estão juntos. E não apenas profissionalmente, mas vivendo maritalmente a partir de agora. Encontre-os e você terá achado esses documentos.

— E se eles não quiserem devolver as anotações? — indagou Ottavioli.

— Não pode existir essa possibilidade, meu caro. Por isso mesmo eu disse para você dar um jeito de fazê-los devolver tudo. E, depois que tiver recuperado esse material...

Ottavioli começou a suar frio. Tinha entendido. Não era preciso que o cardeal fosse mais explícito, mesmo porque aquela não seria a primeira vez. Em outras ocasiões — e por causa de assuntos até bem menos sérios — eles tinham sido obrigados a *fazer desaparecer* certas pessoas.

— Não gosto disso, cardeal — ganiu ele.

— Nem eu — respondeu Antoniazzi. — Mas é preciso. Esses dois representam um risco muito sério para nós.

— Mas eles não sabem de nada! — tentou argumentar Ottavioli. — Nem sequer desconfiam que estávamos por trás de suas experiências! Bem pelo contrário, ambos têm certeza que eu era contra essa pesquisa!

— Não há o que discutir — falou o cardeal secamente. — Há, isso sim, o que fazer. Encontre-os. Consiga que devolvam as anotações e, em seguida, faça com que desapareçam. Definitivamente. A *Fraternidade* espera isso de você! E ela não pode ser posta em perigo.

* * *

Quatro dias depois da entrevista com Magaldi e Marianna, os três padres voltaram a se reunir na residência de Maronese.

O primeiro a falar foi o anfitrião:

— Já estou quase terminando a transformação do esboço de plano que eu mencionei a vocês, num projeto acabado. Dependo de algumas respostas e, então, poderei concluí-lo para uma discussão ampla e para começarmos a entrar em ação.

Voltando-se para Corday, indagou:

— Descobriu as *fontes* de onde *extrair* os recursos?

— Sim — respondeu o francês. — O Vaticano adquiriu, há alguns anos, uma imensa propriedade no Brasil, no estado do Mato Grosso. Usou um testa-de-ferro, um ministro que, por sua vez, fez a negociação em nome de um cidadão comum que, na verdade, nem sei se existe ou não. Nessas terras, montaram um projeto de reflorestamento sustentado pelo governo através de incentivos fiscais e de financiamentos a fundo perdido. Resumindo, ninguém paga ninguém e uma montanha de dinheiro entra para os bolsos de alguém que, se existe, recebe uma porcentagem ínfima para transferir todos os recursos para contas secretas movimentadas por esse ministro e por alguns cardeais do Vaticano. Essas contas, com exceção da conta do ministro brasileiro, passam por minhas mãos. Não será nem um pouco complicado *desviar* de cada uma delas uma fatia para o nosso projeto. Como disse, só preciso de uma conta bancária secreta para poder efetuar a operação.

— Pode usar uma de minhas contas da Holanda — disse Maronese. — Melhor do que as da Suíça. O mundo todo sabe que quem quer esconder dinheiro faz depósitos sigilosos em bancos suíços. Poucos lembram que na Holanda esse serviço também existe.

Escreveu o número da conta e o nome do banco num pedaço de papel, entregou-o para Corday e, olhando para Ramirez, perguntou:

— E quanto à situação do convento de Santa Clara? Podemos utilizá-lo?

— Sem dúvida — respondeu o padre. — Nada há que nos impeça de comprar a propriedade. A congregação de Santa Clara, quando abandonou o convento, cedeu-o em usufruto ao Vaticano pelo período de trinta anos. Esse prazo expirou há alguns meses e ninguém tomou qualquer providência a respeito. Isso quer dizer que o imóvel está livre e desimpedido para ser negociado.

— Isso é uma excelente notícia! — exclamou Maronese. — Significa que não precisaremos da anuência do Vaticano para efetuarmos o negócio. Teremos de lidar apenas com a congregação, o que fica muito mais fácil.

— Mas teremos de comprar a propriedade! — disse Ramirez. — E isso já começa a envolver uma quantia fabulosa de dinheiro, você sabe como são essas congregações... Querem sempre sair ganhando!

— Não é um problema dos mais sérios — replicou Maronese. — Vou adquirir essa propriedade em nome de uma das empresas de minha família.

Ninguém sequer ficará sabendo da negociação. E meu nome não vai aparecer em lugar nenhum, o que é fundamental.

— Mas a sua família ficará sabendo... — ponderou Corday, com expressão preocupada.

— Não — falou Maronese. — Ainda que apenas no papel, sou o responsável pelo departamento jurídico de todas as empresas, o que significa que tenho uma procuração da diretoria. Portanto, posso assinar ou substabelecer para que alguém assine por mim qualquer tipo de transação, o que é evidente que vou fazer. E, como o dinheiro vai sair de minha conta particular, ninguém jamais saberá que esse negócio foi feito.

Sorriu com malícia e completou:

— Nomearei como meu procurador para esse negócio o próprio doutor Nichola Magaldi. Podem ter certeza de que ele terá todo o interesse do mundo em manter a boca fechada.

Calaram-se por um momento e, apanhando o cachimbo, Maronese disse:

— Até onde podíamos chegar sozinhos, nossa parte está feita. Dependo agora de conseguirmos comprar a propriedade do convento de Santa Clara e do que vão me dizer Magaldi e Marianna. Pretendo ligar para eles assim que Jean-Pierre confirmar a possibilidade de adquirirmos o convento. Vou dizer-lhes para virem aqui e, então...

Começando a encher o fornilho do cachimbo, arrematou:

— Então teremos dado a largada para o maior acontecimento dos dois últimos milênios!

15.

Como normalmente acontece em todas as congregações de freiras, a superiora tinha a palavra final, mas toda a negociação precisava ser feita através de um advogado. O caso do convento de Santa Clara não foi diferente. Giuseppe Tozzi, advogado e procurador das Irmãs de Santa Clara, era o homem que tinha de ser procurado pelo padre Corday.

Com o intuito óbvio de não aparecer, Corday telefonou para o advogado, deu-lhe um outro nome e falou que representava uma empresa do norte da Itália.

— Essa empresa pretende construir uma colônia de férias para seus funcionários mais graduados e, ao mesmo tempo, montar um local para conferências, simpósios e reuniões onde serão tratados negócios de altíssimo nível. Além disso, é uma empresa que investe muito em pesquisas farmacêuticas e precisa de um lugar discreto para montar um laboratório de desenvolvimento de fórmulas. Sabe como é... Um lugar que possa estar bem distante de olhares curiosos e, ao mesmo tempo, perto de um grande centro. Um de seus diretores soube desse convento abandonado e achou que poderia ser o imóvel ideal para os seus objetivos. Seria interessante adquiri-lo. Isso, além de satisfazer os desejos da empresa, seria de interesse para o patrimônio histórico italiano, uma vez que uma construção datada de mais de dois séculos será restaurada e conservada — disse Corday para o advogado.

Ora, as freiras estavam, na verdade, ansiando por se livrar daquele *elefante branco*, pois, terminado o contrato de usufruto com o Vaticano e este não tendo tido o cuidado de sequer fazer uma limpeza no local durante nada menos que trinta anos, caberia à congregação as despesas de reforma, conservação e pagamento de impostos. E foi justamente o medo de terem de gastar uma verdadeira fortuna com impostos que fez com que a superiora, dois dias depois de Tozzi ter falado com ela a respeito de uma possível venda da propriedade que englobava o velho e abandonado convento, não hesitasse em lhe dar *carta branca* para negociar.

— Não temos a menor idéia de quanto pode valer *aquilo* — disse ela. — Mas confiamos no senhor. Sabemos que jamais iria se aproveitar de nossa ignorância e lesar estas pobres servas do Senhor.

— Mas é claro, madre! — exclamou o advogado, com um tom ofendido na voz. — A senhora sabe que eu jamais seria capaz de fazer uma coisa dessas!

Houve uma breve pausa do outro lado da linha, e a freira falou:

— Fico feliz ao ouvir isso, doutor. Aliás, eu tinha certeza. Mas há algo mais que o senhor precisará fazer quanto a esse negócio e, evidentemente, contamos com a sua discrição...

— A senhora me conhece há mais de dez anos, madre... — falou o advogado, sorrindo para si mesmo ao pressentir que havia uma grande possibilidade de ele ganhar bem mais do que apenas seus honorários naquele caso.

— Esse convento é muito antigo... Segundo sei, ele é fruto de uma doação do conde de Mentana para a nossa congregação, mas só foi integrado ao nosso patrimônio na época do rei Humberto Primo... De lá para cá, aconteceram guerras, convulsões políticas, confusões as mais incríveis...

— Sei disso, madre — falou o advogado, já imaginando o que ouviria em seguida. — Conheço um pouco da história do nosso país e sei que houve grandes complicações.

A madre superiora tomou fôlego e prosseguiu:

— Pois é... E essas confusões todas, e principalmente aquele... acidente... que matou nossas irmãzinhas cerca de trinta anos atrás, mais o fato de termos cedido o convento em usufruto para o Vaticano acabaram fazendo com que esquecêssemos de sua existência. Assim, jamais foi feita a atualização de seu valor...

Tozzi teve de se esforçar para não deixar transparecer sua excitação quando perguntou, interrompendo a freira:

— A senhora está querendo me dizer que o imóvel, legalmente, não existe?

— Existe — respondeu ela. — Mas o valor com que ele consta em nossos livros está completamente defasado.

A freira esperou que Tozzi dissesse alguma coisa, mas como este permanecesse em silêncio, ela continuou:

— Evidentemente, não é por causa disso que nós vamos vendê-lo por qualquer ninharia. Como já falei, confiamos no senhor e sabemos que, à sombra da Mão de Deus, há de fazer o melhor que for possível.

— Disso não há a menor dúvida — garantiu o advogado.

— Era o que eu imaginava — falou a freira. — Mas...

— Mas...? — fez Tozzi, ansioso.

— Pelo fato de não haver atualização de valores, a escritura deverá ser passada com um valor mínimo. Esse valor será depositado na conta da congregação.

O advogado sorriu e indagou:

— E o restante...?

Depois de alguns segundos, a madre superiora respondeu:

— O restante deverá ser depositado na conta do senhor Marcello Croce.

— Marcello Croce? — perguntou Tozzi, franzindo as sobrancelhas. — Acho que esse nome não me é estranho...

— Naturalmente que não é! — exclamou a freira. — O senhor até tem os dados de sua conta bancária! É só procurar em seus arquivos.

Um sorriso iluminou o rosto do advogado. Sim, ele lembrava... Marcello Croce era sobrinho — o único sobrinho — da madre superiora e, havia um ou dois anos, ele fizera, a pedido dela, uma significativa transferência de dinheiro para sua conta.

— Não é preciso dizer que o senhor manterá sigilo absoluto sobre isso que estamos conversando — disse a freira, quase num murmúrio. — E, apenas para que eu me posicione... Quanto acha que pode conseguir nessa transação?

Tozzi não respondeu imediatamente para dar a impressão de que estava calculando valores e, por fim, falou:

— Acho que posso conseguir quinhentos e cinqüenta mil dólares... Meus honorários serão de cinqüenta mil e o restante, divido como a senhora quiser.

Houve um silêncio do outro lado da linha e, depois de alguns segundos, a madre superiora disse:

— Acho que está bom... Acha que pode passar a escritura por cem mil dólares?

— Até por menos, Madre...

— Nesse caso, melhor ainda. Faça-a pelo mínimo, e o restante ponha na conta do Marcello. E nós nunca falamos sobre nada disso, certo? E Deus saberá recompensá-lo por agir honestamente conosco!

Tozzi era católico. Ia à missa todos os domingos, confessava-se e comungava pelo menos uma vez por mês, era muito amigo de diversos padres e freiras — tanto assim que era procurador não apenas daquela congregação, mas também de várias outras. Contudo, nada disso o impedia de ser ambicioso e esperto.

Quando Corday telefonou novamente para saber a resposta e detalhes de como a transação poderia ser feita, Tozzi falou:

— A congregação aceita vender a propriedade por oitocentos mil dólares. Uma ninharia, tendo em vista o seu tamanho bem como seu valor histórico. Justamente por isso, não aceitaremos qualquer contra-oferta. O preço é esse, e não há possibilidade de regatear. Contudo, a escritura...

Corday sorriu com amargor. Pressentia que aquele advogado estava disposto a criar algum tipo de complicação, com o intuito de ganhar algo mais.

— A escritura terá de ser passada por cinqüenta mil dólares...

Corday exultou. Sabia que ali estava acontecendo algum tipo de alta desonestidade, mas isso não interessava. O importante era que o negócio fosse concretizado e, se a importância de dinheiro oficialmente envolvida fosse menor, isso seria simplesmente ótimo.

— Está certo, doutor... Pode considerar o negócio fechado — disse ele. — O comprador deverá procurá-lo dentro de no máximo uma semana. Por favor, cuide da documentação.

Antes de desligar, Corday recomendou:

— É claro que essa transação deverá ficar em sigilo, doutor... Nem seria preciso dizer isso, mas sinto-me mais tranqüilo fazendo a recomendação.

— O sigilo deve ser bilateral, senhor — retrucou o advogado. — Depois de recebido o dinheiro e assinada a escritura, esse negócio jamais existiu, concorda?

16.

Considerando já dados os primeiros passos para o desenvolvimento do projeto, Maronese pediu para Magaldi e Marianna irem à sua casa.

— Já temos a proposta — disse ele para Magaldi, ao telefone. — Creio que será apenas uma questão de sim ou não.

O doutor não discutiu, não pediu detalhes, disse apenas que o casal estaria na residência do padre naquele mesmo dia, às oito horas da noite.

Maronese desligou o telefone, olhou o relógio e sorriu.

— Daqui a duas horas — falou ele para seus dois companheiros. — Não é muito tempo para se mudar a história da humanidade!

Magaldi e Marianna foram pontuais. Exatamente às oito horas da noite, o doutor fez soar a pesada aldrava da porta de Maronese.

Foram recebidos por Ramirez, que os fez entrar e guiou-os até a ampla e bem sortida biblioteca de Maronese.

Perdendo os olhos nas estantes repletas de livros, alguns bem raros, e sem esconder a admiração, Magaldi disse:

— Quando viemos aqui da outra vez, fiquei impressionado com a suntuosidade material desta casa. Agora estou vendo que também do ponto de vista intelectual o padre Maronese não se descuidou!

— Os padres também são homens, doutor — falou Maronese, aproximando-se e cumprimentando o casal com um sorriso. — E como tal, podem e sabem apreciar o conforto e as vantagens que um pouco de recursos pode proporcionar... E isso também vale para as coisas do espírito!

Com um gesto abrangente, mostrou a biblioteca e juntou:

— Um de meus poucos luxos é este. Livros! Sempre fui apaixonado por livros. E aqui em Roma, estamos cercados por eles. Seria um imenso desperdício não aproveitar!

Magaldi sorriu e, olhando para a coleção de cachimbos de Maronese, comentou:

— O senhor é modesto, reverendo... Vejo que possui outros luxos...

Apontou para um cachimbo Dunhill que estava ao lado de um Peterson, e disse:

— Só nestas duas peças o senhor tem quase o valor de um automóvel...

Maronese riu, convidou o casal a sentar-se no sofá diante de sua poltrona predileta, e falou:

— Bem, doutores... Temos assuntos mais importantes a discutir além de meu único vício!

— Imaginamos que sim — disse Marianna. — E devo confessar que estamos ansiosos para saber o que tem a nos propor.

Maronese pigarreou e, depois de refletir um pouco, como se estivesse escolhendo as palavras que diria, começou:

— Como vocês puderam perceber, meu interesse em ajudá-los não está limitado a lhes prestar um favor, oferecendo-lhes uma possibilidade de trabalho. Na verdade, nós estamos muito preocupados com a possibilidade de se poder efetivamente *criar* uma vida. Ou seja, o homem fazer aquilo que até agora sempre foi considerado algo que apenas Deus pode fazer.

Ficou em silêncio enquanto o garçom servia uísque para todos; depois continuou:

— Nossa proposta depende intrinsecamente da boa vontade de vocês dois e da real possibilidade de sua teoria poder ser comprovada.

— Pode estar certo de que boa vontade não nos falta — retrucou Magaldi. — E quanto a se poder provar a nossa teoria, isso depende apenas de podermos dar continuidade às nossas pesquisas.

Maronese olhou para os outros dois padres, voltou-se para o casal e perguntou:

— Vocês suportariam trabalhar em regime absolutamente contínuo, completamente isolados de tudo e de todos por dois anos?

Antes que Magaldi ou Marianna tivessem tempo de fazer qualquer pergunta, acrescentou:

— Evidentemente, vocês teriam muitas vantagens financeiras... Mas só poderão lançar mão do dinheiro que vão receber depois de tudo pronto, depois de terminada completamente a pesquisa. Se levarem menos de dois anos, melhor para vocês, mas se demorarem mais...

Magaldi olhou para Marianna, piscou várias vezes por trás de suas grossas lentes e, depois de alguns segundos, indagou:

— Devo entender que os senhores estão nos convidando para continuar nossas pesquisas em outro lugar?

— Sim — respondeu o padre. — Estamos dispostos a lhes oferecer uma bolsa de quinhentos mil dólares para desenvolver suas pesquisas num laboratório particular, melhor dizendo, *de vocês dois*, e que vocês mesmos montarão. Não haverá limites orçamentários para essa pesquisa. O que precisarem, é só pedir.

Magaldi fez um sinal afirmativo com a cabeça e Maronese continuou:

— Porém, há algumas condições que vocês deverão aceitar e a recusa de uma só delas implicará na impossibilidade de serem contratados.

Mais uma vez os dois cientistas se entreolharam, e Marianna, sem demonstrar nenhuma surpresa, disse:

— Creio que as regras do jogo existem para serem seguidas... Desde que o senhor não esteja nos contratando para cometer um crime...

Maronese sorriu, balançou negativamente a cabeça e falou:

— Não há crime algum. E as exigências, tendo em vista a importância desse projeto, creio que podem até ser consideradas naturais.

O padre tomou fôlego e prosseguiu:

— Vocês e todas as pessoas que estiverem trabalhando nesse laboratório não poderão sair de lá até o término da experiência. Podem estar seguros de que não lhes faltará nada. Absolutamente nada. Porém, estarão trabalhando confinados e não poderão estabelecer contato com ninguém. Nem por telefone ou por correio. A comunicação com o mundo exterior estará proibida. Terminantemente proibida. E, como garantia de que não desrespeitarão essa nossa exigência, o pagamento só será efetuado quando tudo estiver terminado.

Magaldi e Marianna sorriram, e esta falou:

— Já estávamos esperando alguma coisa assim. E podem ficar descansados. Pelo menos de nossa parte essa... regra... será seguida à risca.

— Quem mais vocês precisarão dentro do laboratório? — indagou Maronese. — Quantas pessoas a mais teremos de contratar e para quais funções?

Depois de refletir por alguns instantes e de confabular com Marianna, Magaldi respondeu:

— Esse projeto, como os senhores já deixaram bem claro, é secreto. Tão secreto quanto o desenvolvimento de uma arma nuclear ou biológica. Portanto, quanto menor o número de pessoas envolvidas, melhor será. No laboratório, em si, não vamos precisar de mais ninguém. Contudo, será preciso ter uma pessoa para cuidar dos animais que estarão servindo às experiências e uma outra que faça a limpeza. Evidentemente, essas pessoas também terão de ficar confinadas.

— Sem dúvida — falou Maronese. — Quanto a isso, não se preocupem. Darei um jeito para que possam dispor desses dois auxiliares, e garanto que serão pessoas absolutamente... discretas.

— Também precisamos considerar a montagem do laboratório — ponderou Ramirez. — O local não está preparado para isso...

— Sem contar a parte de construção civil, Marianna e eu podemos cuidar de tudo sozinhos. Montar aparelhos não é segredo para nós dois.

— Excelente — disse Maronese. — Teremos tudo pronto antes de vocês começarem a receber os aparelhos. Só preciso que me digam como o laboratório tem de ser e o que vão necessitar dentro dele.

Levantou-se e convidou:

— Vamos passar para a sala de jantar, senhores? Acho que seria falta de consideração para com as *entrecôtes d'agneau* que o bom Edoardo Capponetto, meu *chef-de-cuisine*, preparou para o nosso jantar...

17.

Ottavioli deixou o escritório do cardeal Antoniazzi bastante perturbado. Ele sabia muito bem o significado das entrelinhas do que acabara de ouvir. E teria de cumprir à risca a ordem expressa de Antoniazzi: recuperar as anotações dos dois cientistas e, uma vez isso feito... eliminá-los.

Pensou seriamente em fugir, ir para a África, por exemplo. Mas estava ciente de que nada disso adiantaria. Uma vez que o cardeal invocara a *Fraternidade*, não havia mais nenhuma saída possível. O mundo seria pequeno demais para ele se esconder dos membros dessa terrível confraria.

Na viagem de volta para Milão — no dia seguinte bem cedo — tentou montar uma estratégia. Precisaria atrair um dos dois cientistas. Aí, tentaria negociar a compra das anotações. Caso isso não desse certo — e, aliás, Ottavioli tinha certeza de que não daria —, só teria uma alternativa: seqüestrar a doutora Marianna. Com ela em seu poder, poderia apostar que Magaldi faria de tudo para libertá-la. Até mesmo entregar as anotações sobre os resultados daquelas malditas experiências. Com isto em mão, só restava tirá-los definitivamente de circulação. O que seria a parte mais fácil.

No aeroporto de Milão tomou um táxi e ordenou ao motorista que rumasse para a casa da doutora Marianna, cujo endereço ele sabia de cor, uma vez que uma das funções que a *Fraternidade* lhe tinha dado era justamente vigiar de perto a médica.

Chegou à casa de Marianna e sequer estranhou ver que tudo estava fechado, com os jornais de dois dias jogados no alpendre.

"Eu seria mesmo muito ingênuo se imaginasse que eles ainda estariam aqui!", pensou, com raiva. "Eles devem ter deixado Milão no mesmo dia em que saíram da universidade!"

Porém, havia algo que não estava se encaixando bem, e Ottavioli, ainda no avião, tinha percebido num repente: tanto Magaldi como Marianna não sabiam que seriam demitidos; então, por que carregaram as anotações? E quando fizeram isso, uma vez que continuavam trabalhando até aquele dia e, certamente, precisariam desses dados diariamente? E, o que era mais importante, de que forma os dois cientistas tinham desconfiado de suas intenções a ponto de levar embora aquelas informações?

Desceu do táxi, dispensou o motorista e cautelosamente dirigiu-se para a porta da casa. Mais por um desencargo de consciência do que pela ilusória esperança de ser atendido, apertou o botão da campainha, ouvindo-a ressoar dentro da casa.

Sem nenhum resultado, como estava esperando.

Olhou ao redor de si para conferir se havia alguém que pudesse ver o que estava fazendo. Não havia ninguém. A rua sem saída estava absolutamente deserta e, nas janelas das casas, não viu pessoa alguma.

Deu a volta e, na porta dos fundos, fez uso de um canivete para arrombar a fechadura. Entrou na casa.

Na cozinha, assim como na sala, tudo estava na mais absoluta ordem. Subiu o lance de escada de acesso ao piso superior, onde ficavam o quarto e o pequeno escritório de Marianna. Ali, a cama estava desfeita, havia algumas roupas espalhadas como se alguém tivesse tirado as peças das gavetas e não tivesse se preocupado em arrumá-las de volta, e havia, jogada a um canto, uma batina. A batina do padre Magaldi.

— Maldito pecador! — exclamou Ottavioli, com raiva. — Você há de queimar no inferno por causa disso!

Sem esperança nenhuma, ainda abriu as gavetas e os armários, não viu nada além de roupas femininas. Passou para o escritório e, meticulosamente, vasculhou tudo.

Passou mais de duas horas procurando alguma pista das anotações, ou qualquer indício que pudesse levá-lo a elas.

Mas não havia nada.

— Mas onde será que enfiaram essas informações? — perguntou-se Ottavioli. — Será possível que as estejam carregando consigo? E para onde diabos eles foram?

Desistindo, saiu da casa e, na rua principal, fez sinal para um táxi, mandando que seguisse para a universidade.

Teria de pedir a ajuda de Sofia, sua secretária, para localizá-los.

"Pode ser que estejam num hotel, aqui mesmo em Milão ou nas proximidades", pensou Ottavioli. "E pode ser que tenham pegado um avião para qualquer lugar do mundo!"

* * *

Durante o jantar, falaram sobre outros assuntos. Magaldi dissertou — e Marianna corroborou — queixosamente sobre a política na universidade, falou sobre o problema gerado pela falta de compreensão dos políticos para com as necessidades materiais dos pesquisadores e contou que uma das maiores dificuldades encontradas por eles era a troca de informações com colegas cientistas de outros países.

— O problema não está nos cientistas em si. Nós sabemos nos respeitar mutuamente, sabemos o que podemos transmitir e o que devemos manter em segredo — explicou Marianna. — Para a verdadeira comunidade científica mundial, não importa o lado em que se vive, a cor da bandeira, as ideologias políticas ou religiosas. Importa apenas a ciência, o conhecimento, a sensação de se estar fazendo algo útil para a humanidade. Porém, são os governos que atrapalham, principalmente os terrivelmente retrógrados e obturados serviços secretos que existem e que se acham donos do conhecimento e da consciência de todos. Fundamentados em teorias políticas arcaicas e repressivas, eles bloqueiam informações que, se adequadamente trocadas, poderiam ajudar-nos a caminhar mais rápido em nossas pesquisas, evitar erros já cometidos e aproveitar resultados obtidos por outros.

— Mas você há de admitir que existem pesquisas que são próprias de um país ou de um regime e que não podem chegar ao conhecimento de outros — ponderou Corday. — Pesquisas cujos resultados devem permanecer em segredo, classificados como *Segredo de Estado*.

— Sem dúvida! — exclamou Magaldi, tomando a palavra. — Principalmente aquelas que se relacionam com a construção de armas, sejam de ataque ou de defesa. Estas sim, aceito que sejam mantidas em segredo. Porém aquelas que se relacionam com a descoberta de novos medicamentos ou com métodos terapêuticos, estas precisam ser divulgadas, não poderiam ter dono! Se vários países trabalhassem em conjunto pesquisando, por exemplo, produtos farmacêuticos inovadores, aposto o que quiserem que o aproveitamento mútuo de informações faria com que o preço desses medicamentos ficasse muito mais baixo e, portanto, ao alcance de muito mais pessoas!

Ficaram em silêncio, apreciando com autêntica gula o maravilhoso *profiterole au chocolat* que tinha sido servido.

Terminado o café, já de volta às poltronas da sala, Maronese perguntou:

— Quando vocês poderão nos fornecer a lista dos equipamentos de que vão precisar e a planta do laboratório?

— Precisaremos de uma semana — respondeu Magaldi, depois de consultar Marianna.

Olhou o relógio, levantou-se e disse:

— Marianna e eu precisamos de uma garantia... Por favor, compreendam que seria muita ingenuidade nossa aceitar uma proposta como esta, assim... no vazio!

Maronese anuiu com um sinal de cabeça e falou:

— É justo, doutor... Deixe-me o número de sua conta bancária. Amanhã pela manhã o padre Corday fará uma transferência de cinqüenta mil dólares para o senhor. E não considere isso um adiantamento. Os quinhentos mil que o senhor e a doutora Marianna deverão receber no final estarão intactos e serão depositados numa conta na Suíça, que será aberta imediatamente com mais dez mil dólares e ficará lá, aguardando o depósito total quando o *serviço* estiver terminado.

Magaldi sorriu, escreveu os dados de sua conta num pedaço de papel que Corday lhe entregou e falou:

— Estaremos no hotel, padre. No máximo iremos dar uma volta, fazer algumas compras. Se precisar de nós, é só telefonar. E estaremos aprontando a lista de equipamentos e os locais para a sua aquisição.

— Não, Magaldi — disse Maronese. — A partir de hoje, vocês ficarão aqui em minha casa. Inclusive, meu motorista foi buscar sua bagagem, no hotel, e ela já se encontra no apartamento de hóspedes. Podem se considerar num regime de quase confinamento. O que precisarem, peçam para mim ou para o Alberto, meu mordomo. Será providenciado. Porém, não poderão mais sair para parte alguma, a menos que seja em minha companhia ou na de Alberto.

Voltando-se para Marianna, indagou:

— Há muita coisa de valor em sua casa? Algo que faça questão de recuperar?

— Não — respondeu a médica. — A mobília é toda da casa, quando a aluguei, já estava lá. Há apenas minhas roupas e alguns livros... E meu carro, que está na garagem e que não quisemos utilizar para vir para cá, preferimos o trem.

— Pois deixe-me o seu endereço de Milão. Providenciarei para que suas roupas sejam trazidas para cá. Quanto ao carro, poderá comprar um novo quando tudo isso terminar.

18.

Durante os três dias que se seguiram à sua viagem a Roma, o provincial padre Ottavioli não parou um só minuto de pensar em como fazer para localizar Marianna e Magaldi. Suas tentativas, assim como as de Sofia, de encontrá-los num hotel das proximidades ou mesmo de Milão, deram em nada. O mesmo resultado foi o que obtiveram junto às companhias aéreas. Eles, portanto, não estavam por ali e não tinham viajado de avião. Numa última tentativa, Sofia tentou as locadoras de veículos. Porém, também nada conseguiu.

— Eles devem ter viajado de trem — sugeriu ela.

— Pode ser — admitiu Ottavioli, com um gesto cansado. — Ou de ônibus. O fato é que não estão aqui.

Cautelosa, Sofia indagou:

— Mas por que o senhor quer tanto encontrá-los? Aconteceu alguma coisa?

Ottavioli meneou negativamente a cabeça e respondeu:

— Não aconteceu nada, Sofia... Eu é que gostaria de falar com o padre Magaldi.

Esboçou um sorriso sem graça e acrescentou:

— É minha obrigação... Afinal, ele abandonou a batina, você mesma o escutou dizer isso. E não quero ficar com a impressão de que Magaldi deixou a Igreja por minha causa.

Sofia sorriu e replicou:

— Pois não pense nisso, padre! O padre Magaldi estava apenas esperando a oportunidade! Bastava ver como ele se dirigia à doutora Marianna, como ele a tratava... Estava mais do que claro que entre os dois havia muito mais do que um relacionamento meramente profissional! Aposto um ano do meu salário como isso já estava planejado havia muito tempo!

Ottavioli refletiu por alguns instantes. Sim... Talvez Sofia estivesse certa. Mas, então... A troco de quê eles levariam as anotações? Com certeza não ficariam discutindo sobre os resultados das experiências os dois sozinhos, tendo tantas outras coisas muito mais agradáveis para fazer...!

Lembrou-se, de repente, de ter visto roupas no armário e veio à sua mente, no mesmo instante, que mulheres nunca abandonam seus vestidos — a não ser temporariamente, sobre a cadeira do quarto — e que, portanto, era líquido e certo que Marianna voltaria para lá, nem que fosse apenas para fazer as malas com mais calma.

Decidiu voltar lá. O mínimo que poderia acontecer seria fazer uma nova vistoria na casa e, com um pouco de sorte, haveria de encontrar alguma coisa.

Esperou o anoitecer e, dessa vez em seu automóvel, rumou para a residência de Marianna.

Uma terrível surpresa o esperava. No lugar onde três dias atrás havia um elegante bangalô, agora nada mais restava que uma porção de cinzas e de escombros.

Sem nem mesmo raciocinar direito, bateu à porta da casa vizinha e uma senhora atendeu. Vendo-o de batina, abriu um sorriso e já ia convidando o padre para entrar, quando este perguntou:

— O que aconteceu aqui? O que houve com a casa da doutora Marianna?

A mulher deu de ombros em sinal de desprezo e respondeu:

— Deve ter sido a Mão de Deus... Um castigo por ela ter pervertido um padre!

Ante a expressão interrogativa de Ottavioli, ela explicou:

— Todos nós vimos que havia um padre que sempre vinha aqui com ela. Não foram poucas as noites que passaram juntos! E agora, há menos de uma semana, ela foi viajar com ele, veja que absurdo!

Deixou escapar uma risada maldosa e concluiu:

— Mas a Mão de Deus é poderosa! Ontem à tarde, esteve um homem aqui, disse que vinha buscar algumas coisas da doutora... Não tenho nada com isso, não me incomodei. Uma hora depois que ele saiu a casa começou a queimar. Chamamos os bombeiros, eles fizeram de tudo, mas não conseguiram apagar o fogo. Era muito forte, muito quente. O comandante da guarnição que veio socorrer o incêndio disse que este tinha sido criminoso e que o incendiário tinha usado alguma coisa parecida com palma...

— Napalm — murmurou Ottavioli.

— Sim! Foi isso mesmo que ele disse. Falou que é um produto que queima até debaixo d'água!

— Viu o que esse homem que esteve aqui antes do incêndio carregou? — inquiriu Ottavioli.

— Três malas — respondeu a mulher, prontamente. — E não estavam tão pesadas assim...

Riu novamente e falou:

— Se a ordinária pretende voltar para cá, vai ter uma bela surpresa! Não sobrou nada! Nem o carro, que ela tinha deixado na garagem!

* * *

Depois que Marianna e Magaldi se retiraram, acompanhando Alberto até seus aposentos, Maronese disse:

— Pronto! Nossos dois pombinhos já estão no quarto, agora vão trepar pensando na fortuna que receberão quando terminarem esse trabalho...

— Mas você fala as coisas de uma tal maneira! — protestou Corday.

— Mas é verdade! — defendeu-se o italiano. — O que acha que ele vai fazer agora? Rezar? Posso apostar com você que, com uma mulher como a doutora Marianna ao seu lado, ele encontrará muitas outras coisas para fazer, e bem diferentes de rezar!

Riu da expressão escandalizada de Corday e acrescentou:

— Mas é muito bom que eles sejam um casal... Um verdadeiro casal. Assim, os dois podem se satisfazer mutuamente, e isso vai nos evitar um bom trabalho...

— Trabalho? — perguntou o francês. — Mas que espécie de trabalho?

Maronese riu e respondeu:

— Já pensou se tivéssemos de arrumar mulher para ele? E homem para ela?

— Mas ele é um padre! — protestou Corday.

— Era um padre. Não é mais. E nesse aspecto, uma vez que se prove do mel, nunca mais se esquece e se deixa de querer... E nós teríamos de dar um jeito, ou ele não trabalharia bem.

— Isso seria *le fin des haricots*! — exclamou Corday, enfurecido. — Você fazendo o papel de alcoviteiro!

— Pois você vê, Jean-Pierre... Só aí já é uma vantagem imensa a presença da doutora Marianna... — riu Maronese.

— Mas não vejo nenhuma razão para se ter de buscar... a satisfação sexual para ele! Por que nós não precisamos disso?

— Porque vocês ainda são padres...

— E você? Não é, também? — quase gritou o francês.

— Não estamos falando de mim — retrucou Maronese. — Estou falando de um homem que, de repente, virou um homem comum e você está falando de vocês... Eu sou apenas um observador nessa história.

Levantou-se da poltrona e, pousando a mão sobre o ombro de Corday, falou:

— Vamos, meus amigos... Já se faz tarde, vou mandar o motorista levá-los de volta ao Vaticano. Amanhã temos muita coisa para fazer. Jean-Pierre tem de depositar esse dinheiro na conta de Magaldi, e eu terei de providenciar o dinheiro para a aquisição do convento.

Voltando-se para Ramirez, disse:

— E você, meu amigo, vai descobrir imigrantes ilegais.

Espantado, Ramirez indagou:

— Imigrantes ilegais?! Mas para quê?

— Você conhece algum outro tipo de trabalhador de baixa qualificação que aceite um serviço que implique em reclusão? — inquiriu Maronese, por sua vez.

E, com uma risada, juntou:

— Quero três casais, sem filhos. Os homens precisam ter alguma experiência em serviços de construção e manutenção. As mulheres precisam saber fazer o serviço doméstico. Vamos prometer bons salários e a possibilidade de legalizar sua situação no país. Mas, é claro, sem a menor possibilidade de desistência, sob pena de serem imediatamente entregues para a polícia.

— E onde acha que vou encontrar essas pessoas?

— Nas paróquias dos bairros onde os imigrantes se concentram. Posso apostar que de cada dez imigrantes que estão aqui em Roma, um está irregular junto ao Departamento de Imigração. Converse com os párocos. Eles conhecem suas *ovelhas*. E ficarão felizes se nós tirarmos de suas costas um pouco do peso que vêm carregando. E espero, sinceramente, que possamos começar a trabalhar dentro de dois ou três meses...

— Muito bem, Victor — interveio Corday. — Parece que você pensou em tudo... Mas o convento precisa de reparos e não serão pequenos... Como vai fazer isso?

— Contrataremos uma empreiteira, também através de Magaldi. E você cuidará para que haja dinheiro suficiente. Como já falei, não temos tempo para pensar em fazer economia. As reformas terão de estar prontas o quanto antes, e se isso custar caro, azar.

Praticamente empurrando os outros dois na direção da porta, finalizou:

— Estamos na parte fácil do projeto, meus amigos... Quando nossos cientistas confirmarem a possibilidade de se proceder a essa *clonagem*, aí sim, é que as coisas vão se complicar!

19.

Resolver as questões relativas a disponibilizar o dinheiro necessário para a compra do convento não tomou mais do que hora e meia da manhã de Maronese. Assim, bem antes do almoço, ele estava livre dessa obrigação e, excitado com o desenrolar dos acontecimentos, não tinha a menor disposição para trabalhar. A perspectiva de ter de suportar as perguntas verdadeiramente pueris do cardeal, seu chefe, a respeito da interpretação das Leis Canônicas para possibilitar a beatificação de um seu conterrâneo com objetivos nitidamente muito mais políticos do que religiosos fez com que Maronese tomasse a decisão de trocar um dia inteiro de tédio e aborrecimentos pela companhia de Martha, em Ostia.

Telefonou para ela e avisou-a de que iriam almoçar juntos.

— Pensei em comer um peixe assado — disse ele, ao ouvir a voz de Martha. — Poderíamos ir àquele restaurante novo...

A bela Martha desde sempre soube que o seu Victor era padre, tinha perfeito conhecimento de seu trabalho no Vaticano e, portanto, estava consciente de que, apesar de todos os cuidados com que ele se cercava cada vez que ia visitá-la — ia sempre à noite, não usava o seu Lancia, mas sim um despretensioso Volkswagen que jamais chamaria a atenção de alguém, vestia-se de maneira comum, até mesmo fazendo questão de usar roupas baratas, adequadas a um simples profissional liberal em início de carreira, punha óculos escuros que só tirava ao chegar à sua casa —, sempre havia o risco de uma coincidência e, de repente, ele ser reconhecido. Assim, muito embora ela sentisse vontade de ir a um restaurante sofisticado, como era o caso do Pescattore, que ele acabara de sugerir, Martha não quis arriscar e falou:

— Se você está com vontade de comer peixe, não precisamos sair de casa, querido... De dia, irmos a um restaurante que está na *moda*... Pode ser perigoso! E eu comprei, esta manhã, alguns *filetti di cernia* e ficarei feliz se puder prepará-los para você...

Maronese sorriu, embevecido. Sim, Martha sabia como *pegá-lo*. E, melhor ainda, sabia como agir para *mantê-lo*. Ela estava consciente de que um escândalo, por menor que fosse e por menos repercussão pública que tivesse, no mínimo implicaria em Maronese ser mandado, pelo Vaticano, para um outro lugar, o que levaria a um afastamento entre eles, já que — ela sabia, embora nunca perdesse as esperanças — Victor Maronese jamais deixaria a batina para se casar.

— Se você prefere assim, fico feliz, Martha... — disse Maronese. — Nesse caso, vamos cozinhar juntos. Tenho certeza que vamos adorar!

— Vamos tentar preparar aquele mesmo prato, lembra-se? Aqueles *filetti* que você pediu, quando comemos juntos pela primeira vez?

— Sim — falou Maronese. — É claro que me lembro! Como poderia esquecer?

Devidamente paramentado para as suas *escapadelas*, Maronese entrou em seu Volkswagen, comprou algumas garrafas de vinho, alguns queijos e pegou a estrada. Seriam pouco menos de trinta quilômetros de sua casa à de Martha —

que, na realidade, ele tinha adquirido para ela —, nas cercanias de Ostia, e, àquela hora, poderia fazer o percurso bem rapidamente.

A vinte e quatro quilômetros a sudoeste de Roma, Ostia situa-se na foz do Tibre, e sua fundação, segundo a maioria dos historiadores, deve-se a Angus Martius, quarto rei de Roma depois de Rômulo, que quis estender seus domínios até o mar e ali estabeleceu diversas salinas. Estudos de arqueólogos do final do século XIX e início do século XX determinaram que Ostia existe desde o século IV a.C. e confirmam que seu início foi a extração de sal. Posteriormente, por ocasião da conquista da costa mediterrânea pelos romanos, transformou-se num porto militar e, após a vitória de Roma, tornou-se um porto comercial fortemente armado para proteção contra piratas e possíveis invasores. No ano 79 a.C., construiu-se uma muralha que rodeava três lados da cidade, sendo que o quarto lado era protegido pelo próprio Tibre, tomando então as características de uma autêntica cidade. Portanto, como grande parte das cidades costeiras, o desenvolvimento de Ostia se deu em torno da pesca, do comércio e da defesa, até o advento da indústria do turismo, quando então o crescimento passou a ser explosivo.

E era essa Ostia, que quase o ano inteiro ficava cheia de turistas das mais diversas partes da Itália e do mundo, que Maronese tinha escolhido para abrigar o seu *ninho de amor* e, dentro dele, a sua Martha.

Enquanto dirigia devagar e com cuidado — a última coisa que poderia desejar era se acidentar, ir parar num hospital e ter de explicar o que estava fazendo na estrada para Ostia, dentro de um Volkswagen carregando vinhos e queijos — lembrou-se de como conhecera Martha e de como, nos primeiros dias, sentira suas estruturas abalarem-se por sua causa.

Tinha sido dois anos antes, durante as férias de verão, em Bosa, na Sardenha...

20.

Maronese tinha decidido tirar férias — pelo menos quinze dias — depois do exaustivo período de trabalho que culminou, em 1967, com a reorganização da Cúria Romana, quando o Santo Ofício, presidido pelo próprio papa, passou a ser denominado de Congregação para a Doutrina da Fé e deixou de superintender todas as outras congregações da Cúria e a ser chefiado por um

Cardeal Prefeito. Era de se esperar, portanto, que uma alteração estrutural e hierárquica de tão grande monta gerasse a mais incrível seqüência de confusões que se pode imaginar e as mais acirradas discussões entre os cardeais, bispos e padres envolvidos, numa quase desesperada busca pelo poder.

Foram justamente essas disputas por títulos — entenda-se *poder* —, as intrigas e armadilhas montadas por altos dignitários do Vaticano, que mais cansaram Maronese que, como um dos principais assistentes da Corte Canônica, era obrigado a intervir a todo instante, explicar, aconselhar sobre o que e como poderia ser feito ou redigido determinado tema de forma a não infringir as Leis Canônicas e, ao mesmo tempo, satisfazer ambições e vaidades de velhos, importantes e pouquíssimo humildes cardeais.

Quinze dias à beira do mar, sem sequer lembrar das austeras paredes do Vaticano, era tudo quanto Victor Maronese estava precisando, e, dizendo que se não descansasse por alguns dias acabaria num manicômio, rumou para a Sardenha.

Não levou a batina, tampouco o breviário. Estava tão farto daquele ambiente cheio de protocolos, de rituais e de hipocrisia que, pelo menos por duas semanas, quis esquecer que era padre.

Não comunicou seu destino a ninguém, nem mesmo a Corday e Ramirez, dizendo apenas que ia para o norte, atendendo a um chamado de sua família. Queria paz. Nada mais que paz e, em companhia dos dois amigos — que certamente haveriam de arrumar um modo de *grudar* em seus calcanhares —, ele não a encontraria: seria obrigado a ficar conversando sobre teorias filosóficas, ouvindo sobre teologia e tudo aquilo de que, naquele momento, ele queria distância.

Principalmente, ele queria poder estar à vontade em Bosa, apreciando as beldades que, no verão, sempre havia por lá, usando pouca roupa, mostrando, a quem quisesse ver, a generosidade do Criador.

E ele queria ver, o mesmo não acontecendo com Ramirez e Corday, capazes de desviar os olhos das pernas de uma moça simplesmente porque... eram padres.

— Têm medo de cair em tentação — murmurou para si mesmo, levando o copo de *scotch on the rocks* aos lábios, sentado na varanda do restaurante do hotel em que se hospedara na véspera, em Bosa Marina.

O garçom se aproximou e disse que, como a casa estava muito cheia e a cozinha movimentada demais, se *il dottore* estava com fome, era melhor pedir logo o almoço; se deixasse para mais tarde, era arriscado ter de enfrentar uma demora significativa.

Maronese olhou o relógio. Já era quase meio-dia, mas ele não estava com a mínima fome. Decidiu esperar mais um pouco e falou para o garçom:

— É cedo e não tenho pressa. Traga-me mais um uísque e mais tarde eu faço meu pedido.

Com um sorriso, olhou para uma jovem que estava pondo no chão uma pesada mochila quase à sua frente, e brincou:

— Até pode ser que eu venha a ter companhia para o almoço...

O garçom fez uma reverência respeitosa, murmurou um "como quiser, *dottore*", e afastou-se.

Maronese voltou a olhar para a moça. Era muito bonita, sem dúvida. Loura, cabelos compridos e lisos, o rosto delicado, as curvas do corpo provocantes sob a calça jeans desbotada e justa que estava usando. Vestia uma camiseta muito colada ao corpo e que denunciava não estar usando mais nada por baixo, os seios mal contidos sob o tecido de malha.

A moça abaixou-se ao lado da mochila, abriu um dos muitos bolsos da mesma e tirou uma carteira. Contou as cédulas, olhou para o cardápio com os preços numa placa à porta do restaurante e fez uma careta, balançando negativamente a cabeça.

Era a oportunidade que Maronese estava esperando. Levantando-se, inclinou-se um pouco sobre a balaustrada da varanda e disse:

— Permite que eu a convide? Detesto comer sozinho...

A jovem olhou para ele, a princípio com uma sombra de espanto em sua fisionomia, mas logo em seguida sorriu e respondeu:

— Com muito prazer! Estou morrendo de fome e, com os preços que tenho visto aqui em Bosa Marina, acho que acabaria tendo de me contentar com um pão e um copo de água...

Ágil, Maronese saltou o balcão e ajudou-a a levar para dentro a mochila, enquanto a moça se apresentava:

— Meu nome é Martha. Martha Steiner. Achei que seria bom passar as férias aqui na Sardenha, meus amigos sempre dizem que é um lugar maravilhoso...

Riu e, sentando-se à mesa de Maronese, completou:

— Acho que eles se esqueceram de me dizer que é um lugar caro... Caríssimo! Estou aqui há três dias e já não me resta senão o dinheiro para voltar a Roma...

— E o que faz em Roma? — quis saber Maronese.

— Acabei de me formar na Escola de Belas-Artes.

Sem disfarçar uma expressão preocupada, acrescentou:

— E agora, não sei o que fazer do diploma...

— Como assim? — indagou Maronese, depois de chamar o garçom e de encomendar o *dry Martini* que ela dissera aceitar. — Não encontra trabalho?

— Não. Ninguém quer uma profissional do meu ramo. Todas as vagas em todas as galerias estão ocupadas. Só encontrei um lugar, mas fui reprovada na entrevista por causa de minha religião...

Maronese fez uma careta e, mesmo sabendo a resposta, perguntou:

— Onde era essa vaga e por que sua religião a impediu de ser aceita?

Martha recebeu seu drinque do garçom, agradeceu e, depois que ele já tinha se afastado, respondeu:

— A vaga era no Vaticano, como restauradora... E minha religião é judaica... Preciso justificar mais?

Maronese meneou negativamente a cabeça, imaginando a expressão de horror do cardeal Domenico Gerundino, responsável pelo patrimônio artístico do Vaticano, quando ela lhe dissera ser judia. Um retrógrado ortodoxo como ele jamais poderia aceitar que mãos judaicas mexessem, tocassem e retocassem as preciosidades guardadas na Santa Sé.

— Por um lado foi bom — continuou Martha. — Serei obrigada a me dedicar ao que realmente gosto, que é pintar. Sei que será muito difícil no começo, mas vou conseguir.

Voltou a escarafunchar a mochila, apanhou alguns papéis e entregou-os a Maronese, dizendo:

— Veja! Acho que não sou tão ruim assim! Com um pouco de dedicação...

Maronese olhou. Olhou e ficou encantado com os esboços feitos a lápis de paisagens marinhas, de velhos monumentos, do castelo de Malaspina...

— Você desenha muito bem! — exclamou ele.

— Já me disseram isso — falou Martha, com um sorriso. — Mas não adianta nada. Sobreviver de pintura, ainda mais aqui na Itália, é muito difícil.

Guardando seus desenhos, ela reclamou:

— Ainda não me disse seu nome nem o que faz...

— Meu nome é Victor. Victor Maronese — respondeu ele, prontamente.

Tomou um gole de uísque, fixou o olhar da jovem e disse:

— Sou padre.

Ele esperava que ela arregalasse os olhos, que se mostrasse surpresa por ver um padre ali, de bermudas e chinelos, tomando uísque e convidando-a para almoçar. Porém ela apenas balançou afirmativamente a cabeça, e Maronese, como se tivesse a obrigação de se justificar, acrescentou:

— Estou de férias.

Um sorriso iluminou o rosto de Martha, e ela falou:

— Pois espero que também tenha tirado férias de seu... sacerdócio... Seria incoerente você vir para um lugar como este e continuar a se comportar como um padre! Não é possível imaginá-lo rezando a missa às seis horas da manhã e, depois, correndo para aproveitar o sol... Depois do almoço, ir à igreja ouvir as confissões das beatas e, ao anoitecer, sentar-se a uma mesa de bar para tomar um drinque.

Maronese sorriu, malicioso, e disse:

— Não vim aqui apenas para aproveitar o sol, comer e beber, Martha. Mas também não estou em Bosa Marina para ouvir beatas e rezar missas.

Ante a expressão curiosa da moça, explicou:

— Meu trabalho, no Vaticano, é extremamente cansativo pelo simples fato de eu ser obrigado, o dia inteiro, a lidar com pessoas que ainda acham que a humanidade parou pouco depois da Idade Média. Infelizmente, a maioria dos padres que está lá, sejam simples sacerdotes, sejam bispos ou cardeais, pensa assim. Muitas vezes tenho a impressão que, para eles, basta apenas o palito de fósforo para acender o pavio de uma nova Inquisição. Tudo é pecado, tudo é contra as Leis da Santa Sé, tudo é errado! Assim, quando consigo tirar férias, a primeira coisa que quero é poder me relacionar com pessoas que pensem de maneira oposta à daquelas com quem sou obrigado a conviver diariamente. Quero estar cercado por gente da minha geração, para não me sentir velho antes do tempo e quero estar perto de pessoas alegres e bonitas, para poder mais facilmente esquecer as fisionomias taciturnas e as roupas antiquadas com que me deparo o tempo todo lá no Vaticano!

Martha tinha terminado o seu *dry Martini*, e Maronese chamou o garçom.

— Obrigada — falou ela. — Não quero mais... Vou tomar uísque com você.

Ele ia pedindo mais dois uísques, mas Martha impediu-o, dizendo:

— Vou tomar uísque com você. No seu copo.

Maronese sorriu, mandou que lhe trouxessem, então, apenas um uísque mas duplo. Retomando o assunto, ele falou:

— Assim, por causa dessa minha necessidade de, nas férias, relacionar-me com pessoas alegres, bonitas e jovens, achei que seria uma excelente idéia convidá-la para me fazer companhia ao almoço.

Viu o garçom servir generosamente a bebida num copo *long drink* e perguntou:

— O que tem vontade de comer?

— Posso dizer? — indagou Martha como se fosse uma adolescente. — Posso mesmo dizer o que tenho vontade?

Por um instante, passou pela mente de Maronese a idéia de que Martha bem poderia pedir-lhe uma outra coisa... Mas, sacudindo levemente a cabeça para afastar esse pensamento, ouviu-a falar:

— Vi, no cartaz ali fora, que eles servem aqui *filetti di cernia*... E fiquei com água na boca, só de pensar num *bello filetto di cernia* com molho *béchamel*, queijo parmesão e espinafres...

— Gratinados, com batatas levemente tostadas na manteiga? — perguntou o garçom, solícito.

— Sim! — exclamou Martha. — Pode até deixar tostar um pouquinho mais...

O garçom avisou que, infelizmente, haveria uma certa demora e se afastou para cuidar do pedido. Maronese, rindo, disse:

— Interessante, Martha... Você fez o pedido exatamente como eu o faria!

— Temos bom gosto, só isso... — retrucou ela. — E obrigada por me permitir satisfazer essa vontade.

— Eu é que tenho de lhe agradecer a companhia — tornou Maronese. — Você está iluminando o meu almoço!

21.

Não foi apenas o almoço de Maronese que Martha iluminou, mas sim a tarde toda.

Comeram bem, tomaram vinho — ele sabia encomendar vinhos e sabia que ali, à beira-mar, o ideal seria um vinho mais leve, do Reno — e, já quase ao anoitecer, Maronese convidou:

— Que tal se fôssemos caminhar um pouco ao longo da praia e tomar um sorvete?

Martha pensou um pouco e, com um suspiro, falou:

— Bem que eu gostaria... Mas estou terrivelmente necessitada de um banho... Trocar de roupas... E não tenho a menor idéia de onde ficar esta noite.

Sorriu com tristeza e acrescentou:

— Eu estive, estes três dias, num hotelzinho mais ao norte de Bosa. Mas o dinheiro acabou e eu tive de optar entre ficar mais um dia ou ir embora com o resto que me sobrava. Como viu, nem dava para almoçar! E, agora, depois de uma tarde inteira de conversa com você, não tenho mais como voltar ao continente hoje... Terei de dormir aqui e não sei onde!

Sem pestanejar, Maronese ofereceu:

— Esse problema posso resolver, Martha... Posso lhe oferecer um quarto neste hotel ou onde quiser!

Chamou o garçom novamente e disse-lhe que queria falar com o gerente do hotel. Quando este apareceu, Maronese pediu-lhe para providenciar acomodações para Martha poder passar a noite.

— E inclua na minha despesa — completou.

Com expressão compungida, o gerente falou:

— Sinto muito, *dottore*... Mas é impossível. O hotel está completamente lotado. O senhor sabe... As férias de verão...

Erguendo os ombros, desculpando-se, juntou:

— E o pior é que eu posso apostar que o senhor não vai conseguir lugar em nenhum outro hotel.

Martha olhou para o padre com desespero e este falou, tentando tranqüilizá-la:

— Não é possível que não se ache alguma coisa, Martha. Nós vamos tentar. Vamos caminhar um pouco, tomar nosso sorvete e perguntar nos hotéis por aí.

Levantando-se, disse:

— Mas, se você quiser, antes de sairmos, pode tomar um banho em meu quarto. E deixe lá a sua mochila. Será bem mais agradável caminhar sem ter de carregar esse peso todo!

Apanhou a mochila que estava aos pés da moça e, tomando-a pelo cotovelo, levou-a pela pequena escada de acesso ao apartamento que estava ocupando.

— Fique à vontade — disse ele, abrindo-lhe a porta. — Vou deixar a mochila sobre a cama e volto dentro de vinte minutos, está bem?

O hotel, uma construção antiga que tinha sido apenas modernizada para poder servir como hotel de luxo, possuía os quartos grandes, com janelões e persianas pesadas. Maronese deixou a mochila de Martha sobre a cama e foi fechar as janelas para que a moça pudesse ficar realmente à vontade.

Foi no instante em que ele terminou de baixar as duas persianas e se voltou para sair que a sua vida, realmente, mudou.

22.

Martha estava ali, olhando para ele. Só que tinha tirado a blusa, e Maronese não pôde deixar de ter a impressão de que os bicos de seus seios iam furar-lhe os olhos.

Ela começou a desabotoar a calça e... enroscou-se com o botão de pressão do jeans.

Caminhou em sua direção e pediu:

— Por favor... Solte isso para mim...

Àquela altura, quando Maronese estendeu as mãos para desarticular o fecho de pressão da calça de Martha, ele já sabia que, ao mesmo tempo, estava soltando todos os diabos do Inferno.

Ela ergueu os braços para permitir que Maronese alcançasse o cós da calça e, no momento em que este se abriu, ela passou-lhe os braços pelo pescoço e esmagou-lhe os lábios num beijo voluptuoso.

Maronese era um homem. Um homem de sangue quente, de desejos ardentes, impetuoso.

Ele correspondeu desde o primeiro momento, sua língua penetrando na boca de Martha, suas mãos deslizando por seus seios nus, descendo até seus quadris e empurrando para baixo a calça já desabotoada.

— Está testando minha capacidade de resistência? — perguntou ele, afastando-se um pouco. — Está querendo ver até onde chega um padre?

— Não — respondeu Martha, ofegante e beijando-o outra vez, seus dedos ágeis começando a soltar os botões da camisa de Maronese. — Estou simplesmente beijando um homem... E não preciso ficar fazendo suposições... Sei muito bem até onde nós dois vamos chegar!

Desvencilhou-se da calça que já estava caída aos seus pés, tirou a calcinha e foi para o banheiro, dizendo:

— Preciso de um banho, querido... E se você quiser vir esfregar as minhas costas...

Não foi preciso pedir novamente. Maronese arrancou as roupas e foi para debaixo do chuveiro.

Abraçaram-se, desta vez sentindo-se integralmente, beijaram-se, acariciaram-se, amaram-se.

Martha fez com que Maronese se esquecesse por completo de tudo, que havia um mundo lá fora, um Vaticano, regras, votos... E, mesmo num apertado boxe de chuveiro, ele teve a sensação de que voava, flutuava dentro de um universo de sonhos e de sensações.

Saíram do banho quase extenuados, a musculatura das pernas doendo devido à posição a que tinham sido obrigados, mas ao mesmo tempo leves e felizes.

Ainda molhados, deitaram-se sobre a cama, apenas jogando por cima desta as toalhas.

Depois de alguns segundos para recuperar o fôlego, Martha falou, em tom divertido:

— Você me pareceu muito experiente, para um padre...

Maronese riu e, beijando seus seios, replicou:

— Você não foi a minha primeira, assim como eu não fui o seu primeiro, Martha...

— Mas eu não sou freira...

— E o fato de eu ser padre não significa que eu tenha deixado de ser homem...

Beijou-a com sofreguidão e, quando se separaram, ela falou:

— Pena que tudo isso não dure mais do que uma noite... Terei de ir embora amanhã...

Ergueu-se sobre um dos cotovelos e inclinou-se sobre Maronese, fazendo-lhe cócegas no peito com os bicos dos seios túrgidos, e perguntou:

— Será que vamos poder nos encontrar em Roma?

Maronese puxou-a para si e respondeu:

— Minha querida, o padre não deve pecar na sacristia da igreja onde reza a missa. Em Roma, não. Jamais nos encontraremos por lá. E, se por um acaso nós nos cruzarmos, fingirei que não a conheço.

Com expressão triste, ela murmurou:

— Já estava esperando ouvir alguma coisa assim... Amanhã...

Maronese impediu-a de continuar dando-lhe mais um beijo, e falou:

— Mas podemos e vamos nos encontrar num outro lugar qualquer. E, quanto a *tudo isso* durar apenas uma noite, será assim só se você quiser.

Martha olhou para ele com um sorriso nos lábios, e Maronese concluiu:

— Você poderá ficar aqui comigo, Martha... No mínimo por mais quatorze dias. E, depois, se quiser continuar em Bosa, arrumarei um jeito de instalá-la.

23.

— E ela ficou! — falou Maronese para si mesmo, enquanto, já perto da entrada de Ostia, entrava à esquerda pegando a estrada secundária que levava à casa que dera para Martha, sobre um promontório e de onde era possível descortinar a belíssima paisagem do Tirreno. — Graças a Deus ela ficou!

Tinham sido duas semanas de amor intenso, de loucuras, de delícias. Amaram-se de todas as maneiras, conheceram-se sob todos os ângulos. E a cada dia, mais e mais apaixonavam-se um pelo outro.

Para Martha, cujos princípios religiosos tinham sido postos em dúvida por ela mesma havia já alguns anos, o fato de estar convivendo maritalmente — pelo menos durante aqueles dias — com um padre católico não queria dizer absolutamente nada. Para ela, mulher, ele era Victor, o homem. O homem que conseguia satisfazê-la em todos os pontos, principalmente aquele que até então lhe tinha sido tão sofrível e carente nos outros que tinham cruzado o seu caminho: o intelectual. Já para Maronese, ela, Martha-mulher, não era simplesmente uma fêmea com quem ele podia saciar seus instintos e necessidades reprimidas pela batina e libertadas tão logo ele a tirava e substituía por uma roupa *civil*. Bem ao contrário, ele sentia que Martha era o seu complemento perfeito, a parte que lhe faltava, o carinho de que precisava, o desvelo que o enlevava.

Porém... Jamais conseguiria admitir uma vida em comum, fosse com ela ou com qualquer outra.

Para sua ventura e sorte, Martha logo compreendeu seu modo de pensar e de encarar a vida e adaptou-se. Para ela, também estava muito bom daquele jeito: tinha um respaldo financeiro sólido, podia pintar, expor suas telas onde bem quisesse, podia viajar — só precisava avisar; Maronese jamais pedira qualquer explicação e jamais manifestara qualquer sentimento de ciúme ou de posse — e, além de tudo, ela gostava dele. Muito. Amava-o e respeitava-o talvez até muito mais do que se ele não fosse padre e estivessem casados.

Maronese, de uma curva da estrada, avistou a casa, já a menos de duzentos metros de distância, e viu a silhueta de Martha, de pé, no bem cuidado jardim, esperando e acenando para ele.

Acelerou um pouco, instintivamente apressado para tê-la outra vez em seus braços, ansioso por sentir seus beijos e seu carinho.

Era bom estar de volta. Durante toda aquela semana, só pudera conversar com Martha pelo telefone, não tivera tempo de ir até Ostia, e sentia na alma e no corpo como ela lhe fazia falta.

Martha correu a abrir o portão para que ele entrasse, deu-lhe um beijo à janela do carro e ele foi guardá-lo na garagem, ao lado do bonito Triumph que, no aniversário dela, ele lhe dera de presente.

Mal desceu do automóvel, e Martha já estava pendurada em seu pescoço, beijando-o com paixão e dizendo:

— Estava com saudades, meu amor! Até parece que você não vem me ver há mais de um ano!

— Foi só uma semana, querida... Sete dias! O que são sete dias numa vida de amor?

— Muita coisa! — exclamou ela, levando-o pela mão para o interior da casa. — Tempo suficiente para o mundo ter sido criado...

Maronese beijou-a e disse:

— Tive uma semana muito cheia. Não posso falar que esteja cansado, mas com certeza estou no limite daquilo que vocês, moderninhos, chamam de esgotamento psíquico.

Martha riu, pôs os vinhos e os queijos sobre a mesa e murmurou:

— Pois fique sossegado que eu sei muito bem como fazer para tirá-lo desse estado...

Pegando dois cálices no armário, comentou:

— Não deve ser fácil agüentar aquelas múmias do Vaticano... Sempre um querendo saber mais do que o outro, querendo poder mais do que qualquer um, e assim por diante. Não sei por que você não larga tudo isso e vem ser pároco aqui em Ostia...

Com uma risada, Maronese retrucou:

— Simplesmente porque pode ser que eu também ambicione esse poder...

Martha entregou-lhe um saca-rolhas e, muito séria, indagou:

— Você é capaz de se imaginar papa?

— Não — riu novamente Maronese. — Mas posso chegar a cardeal e, talvez, seja muito mais vantajoso.

Serviu o vinho para ambos e, muito sério, disse:

— Especialmente no nosso caso.

Martha fez uma expressão interrogativa, e o padre explicou:

— Como papa, eu teria tantas obrigações e uma tal coorte de seguranças, auxiliares, bajuladores e lambe-botas, que não teria a mínima vida particular. Já como cardeal...

— Você viria me visitar vestido com aquela roupa vermelha? — perguntou Martha, interrompendo-o.

Maronese percebeu que a conversa estava prestes a caminhar para o pândego, abraçou a mulher e murmurou:

— Posso trazer a *fantasia* na mala e vesti-la aqui para você ver. Mas, com certeza, não estarei usando mais nada por baixo!

24.

Tinha voltado à estaca zero. Não conseguira localizar Magaldi ou Marianna, não havia mais casa para ser revistada e, portanto, se a médica tivesse deixado alguma pista, esta estava destruída. Ao contrário, se Ottavioli analisasse com frieza, veria que tinha retrogredido, pois agora surgira aquele homem que tinha ido à casa de Marianna pouco antes do incêndio para buscar três malas.

— Quem será esse homem? — perguntou-se o provincial, enquanto dirigia de volta para casa.

Ele não tinha a menor dúvida de que tinha sido ele que provocara o incêndio. Mas com qual intenção? Quem ganharia o quê com a destruição da casa de Marianna?

Eram perguntas para as quais Ottavioli não conseguia encontrar uma resposta.

"Para onde esses dois fugiram?", pensou. "E que diabos vão fazer com os resultados da pesquisa?"

Era obrigado a admitir que, sozinho, jamais conseguiria encontrá-los. Usara todos os recursos de que dispunha e nada conseguira. Logo, era preciso ceder às evidências: tinha de pedir socorro a Antoniazzi.

Chegando à sua casa, ligou para o cardeal e ficou surpreso quando este não vociferou através do telefone. Bem ao contrário, Antoniazzi estava calmo e, depois de escutar o que Ottavioli tinha para lhe dizer, falou:

— Pense bem, meu amigo... Esses dois não desapareceram simplesmente para tirar férias. E não fizeram isso sozinhos. Pode ter certeza de que eles estão com alguma organização ou alguém muito poderoso dando-lhes cobertura.

— Acha que saíram do país? — perguntou o provincial.

— Você disse que seus nomes não estavam em nenhum vôo... Creio ser pouco provável que tenham ido para o exterior. Porém, nada os impede de fazê-lo agora.

— Mas não há como impedi-los de viajar para onde quiserem, cardeal — argumentou Ottaviolli. — Não são criminosos, não há nenhuma acusação contra eles.

Fez uma pausa e acrescentou:

— A menos que digamos à polícia que eles deixaram a universidade levando documentos da Instituição...

— Não podemos fazer isso, Ottavioli — replicou o cardeal. — Seríamos obrigados a dizer que documentos são esses, e daí poderia suceder um verdadeiro desastre para nós.

— Mas, então? O que vamos fazer?

— A partir de agora, não faça mais nada. Você não conseguiu... Paciência. Vou ser obrigado a comunicar o ocorrido à *Fraternidade*. Assim que tiver uma resposta deles, entrarei em contato. Até então, continue normalmente sua vida na universidade.

Ottavioli respirou aliviado. Estava imaginando que a reação de Antoniazzi seria muito pior, teve medo de que o cardeal ordenasse que encontrasse Magaldi e Marianna nem que os fosse buscar no inferno... Mas nada disso acontecera.

"Ótimo", pensou, encaminhando-se para o refeitório, já vazio àquela hora. "Se ele vai transferir o caso para a *Fraternidade*, com certeza esses dois aparecerão. Vivos ou mortos!"

Na grande sala de refeições do convento, um jovem padre estava esperando o seu provincial com a mesa posta e a comida no fogão.

— Aceita um vinho, padre? — perguntou ele. — Um bom tinto para acompanhar a carne assada?

Ottavioli assentiu com um sinal de cabeça, e alguns segundos depois o jovem apareceu trazendo uma jarra de vinho e uma cesta de pães.

— Obrigado, padre Peter — murmurou Ottavioli, apanhando um pedaço de pão. — Você não sabe a fome que estou sentindo!

— Em cinco minutos seu jantar estará quente, padre — disse ele. — Vá tomando um cálice de vinho enquanto espera.

Encheu o cálice do provincial e voltou para a cozinha.

Ottavioli olhou para o vinho, admirando a sua cor e transparência, ergueu o cálice num brinde a si mesmo e tomou um grande gole da bebida.

Foi quase instantâneo. Ele teve ainda o reflexo de pousar o copo sobre a mesa e, em seguida, levou as duas mãos à garganta, como se quisesse rasgá-la para permitir a passagem do ar. Ergueu-se da cadeira, cambaleou, tentou sentar novamente, mas não conseguiu e rolou para o chão.

Da cozinha, através da abertura de ligação com a sala de refeições, o jovem padre viu quando Ottavioli despencou e continuou a lavar a louça que estava na pia.

Alguns minutos depois, foi até onde o provincial estava caído, verificou que já não respirava mais e, apanhando o cálice de vinho e a jarra, levou-os para a cozinha para lavá-los com muita água e sabão.

Depois de enxugar tudo, pegou o telefone ao lado da bancada de fazer massas e discou um número.

Uma voz de homem atendeu, e ele disse, simplesmente:

— Está feito.

E tornou a desligar o aparelho.

Só então ele gritou:

— Socorro! Acudam! O padre provincial teve um ataque!

* * *

Muito rapidamente Maronese percebeu que seria impossível, naquela fase de instalação do laboratório, dar conta de atender as necessidades de Magaldi e Marianna juntamente com o seu trabalho no Vaticano. Não lhe restava tempo para nada, e parecia que, justamente naquela época tão crítica, seus superiores na Corte Canônica decidiram entupi-lo de processos para analisar.

Não lhe restou outra saída senão pedir uma licença, alegando estar extenuado e necessitando repousar um pouco.

— Pelo menos dez dias, cardeal! — quase gritou para seu chefe, o cardeal João Lopes, um português com pouco mais de sessenta anos de idade, mas que raciocinava como se fosse um velho de noventa, já bastante comprometido por uma arterioesclerose que o fazia esquecer do que tinha dito havia poucos minutos, e dono de uma surdez irritante.

O velho pareceu não ter escutado e permaneceu em silêncio, os olhos fechados, como se estivesse cochilando. Maronese repetiu:

— Preciso descansar por pelo menos dez dias, cardeal!

Teve vontade de sacudi-lo para ver se realmente estava dormindo ou não, porém sabia que isso não seria bem visto e, assim, aproximou-se um pouco mais e gritou:

— Cardeal Lopes! Por favor!

O cardeal abriu os olhos mortiços e resmungou:

— Não sou surdo, padre... E não estou dormindo. Estou aqui apenas pensando se não seria melhor o senhor tirar uma licença de um mês, logo de uma vez, pois parece-me que está muito nervoso! Imagine, gritar assim com um cardeal...!

Com um gesto, literalmente enxotou Maronese de sua sala, dizendo:

— Vá, vá! Diga ao nosso secretário que eu estou lhe concedendo a licença... E volte somente quando estiver mais calmo, ouviu?!

Maronese nem sequer agradeceu, girou nos calcanhares e saiu da sala, ainda ouvindo os resmungos do velho, alguma coisa como "esses jovens que não suportam quando se lhes dá um pouco mais de trabalho a fazer".

Ainda pensando que não era o trabalho que o irritava, mas sim pessoas como aquele ancião que havia muito deveria estar num asilo, Maronese assinou o requerimento de licença, sorriu para o padre-secretário que tinha escutado os seus gritos e, despedindo-se, perguntou:

— Por que não lhe dão um aparelho para a surdez?

— Porque ele não é tão surdo assim — respondeu o outro, rindo. — Ele escuta apenas o que lhe interessa e isso, pode deixar que escuta muito bem! Experimente, por exemplo, criticá-lo aqui nesta sala... Mesmo com a porta fechada, ele é capaz de ouvir e de dar uns bons berros!

De volta à sua casa, Maronese encontrou o casal de cientistas debruçado sobre uma planta em papel vegetal, fazendo anotações e contas.

Não pôde deixar de sorrir, imaginando como seriam aqueles dois na cama...

"Como um homem tão feio pode conquistar uma mulher destas?", pensou ele, aproximando-se do casal.

— Bom que tenha voltado cedo — falou Magaldi. — Precisamos ir até o convento para que eu possa tirar umas medidas.

O padre resmungou um assentimento, disse que o esperassem trocar de roupa e que em menos de dez minutos estariam saindo.

— Não gosto de andar pela cidade com esta batina — explicou.

Já estava perto da escada de acesso aos seus aposentos, quando Marianna disse:

— Ah! Estava esquecendo de lhe agradecer... Faz alguns minutos Alberto entregou-me as malas com as roupas que tinha deixado em casa. Muito obrigada!

Maronese sorriu. Ainda não tinha visto Alberto naquele dia e estava um pouco preocupado. A notícia que lhe dera Marianna significava não apenas que ele já tinha regressado de Milão, como também que tivera êxito em sua missão.

Subiu para seus aposentos e, enquanto despia as vestes clericais para trocá-las por roupas comuns, Alberto bateu à porta.

— Com licença, padre — disse ele, entrando e fechando a porta atrás de si.

— Como foi? — perguntou Maronese.

— Sem dificuldades. A casa queimou inteiramente. Esse preparado é formidável! Parecia um vulcão!

— Você vê que afinal serviu para alguma coisa você ter estagiado por dois anos naquela indústria da minha família — riu o padre. — Aprendeu a fazer bombas incendiárias...

Calçando os sapatos, ele perguntou:

— Alguém o viu?

— Infelizmente, sim. Uma vizinha curiosa, com quem fui obrigado a trocar meia dúzia de palavras. Mas acho que ela estava mais preocupada em falar mal da doutora do que em prestar atenção em mim. E, mesmo que o fizesse, creio que jamais seria capaz de me reconhecer, pois eu estava usando barba postiça, óculos...

Maronese sorriu, imaginando a aparência de Alberto e disse:

— Bem... O importante é que tudo tenha sido destruído. Assim, a possibilidade de esses dois cientistas terem esquecido alguma coisa que possa dar uma indicação de onde eles estão ou mesmo algo que possa ter relação com as suas pesquisas não existe mais.

Alberto deixou-o sozinho e, enquanto penteava os cabelos, o padre, mais uma vez, regozijou-se pelo sucesso que tinha sido a compra do convento e pelo fato de ter percebido que tanto Marianna como Magaldi demonstraram ser as pessoas certas para aquela missão.

Corday chegara a ficar preocupado, pois Maronese entregara para o cientista uma maleta com os oitocentos mil dólares que Tozzi pedira, dera-lhe o endereço do advogado e dissera:

— O doutor Tozzi já o está esperando. Pediu que o pagamento fosse feito em dinheiro e é isso que está levando nessa maleta. Assim que terminar e tiver o documento de compra assinado, venha para cá. Não se esqueça de que não poderá falar com ninguém, não deverá fazer nenhum contato, nenhuma ligação, entendeu?

Magaldi balançou afirmativamente a cabeça, resmungara que sabia muito bem quais eram as suas obrigações, apanhara a maleta e, acompanhado por Marianna, fora embora.

— Não receia que ele simplesmente desapareça com todo esse dinheiro? — inquirira Corday. — Naquela maleta há muito mais do que o dinheiro que eles dois juntos levariam a vida inteira para ganhar!

— Magaldi não seria louco a ponto de fazer uma coisa dessas — replicara Maronese. — Ele sabe muito bem que nós o encontraríamos, nem que fosse do outro lado do mundo! Aliás, ele está consciente de que sequer conseguiria deixar a Itália. Calculo que para toda essa transação duas horas sejam mais do que suficientes. Se ele demorar mais do que isso, acionarei a polícia. E, como esse negócio não tem nada de mais, afinal é uma empresa de minha família que está adquirindo o imóvel e isso não tem nada de ilegal, poderei jogá-lo na cadeia por muitos anos.

Com um sorriso, Maronese completara:

— E não se esqueça, meu amigo, que Magaldi e Marianna têm todo o interesse em levar adiante esse projeto. Muito mais do que esse dinheiro que ele está carregando neste momento, para esses dois cientistas, pesa a glória de comprovar que suas teorias estão certas!

25.

O convento era uma construção enorme, com a forma geral de um quadrado situado no centro de um terreno de mais de dez hectares que o tempo e o abandono tinham coberto com uma verdadeira floresta de coníferas e outras árvores de grande porte, de tal modo que o prédio ficava completamente escondido de quem passava — e eram poucas as pessoas que o faziam — pela estrada secundária de Tivoli a Frascatti.

Tinha cerca de setenta metros de cada lado, sendo que três deles tinham sido edificados com dois pavimentos. Desse pavimento, duas partes tinham sido, outrora, ocupadas pelas celas das freiras e a restante formava o mezanino do que teria sido a capela — até grande demais para um convento. No pavimento inferior, a parte térrea dos fundos era um enorme salão que as freiras certamente tinham utilizado como estúdio de trabalho, e ainda havia algumas mesas pesadas, feitas de carvalho, prateleiras e bancos compridos. A ala da frente, sob as celas da clausura, possuía um amplo saguão de entrada e era subdividida em várias salas, certamente parlatórios para as religiosas receberem visitas de parentes. Tinha ainda uma grande sala que, a julgar pelas estantes de madeira já meio carcomidas por fungos e cupins, tinha sido uma biblioteca. À esquerda, ficavam a cozinha, a despensa, o refeitório e uma área de serviço com vários tanques para lavar roupa.

Cada lado da construção tinha perto de quinze metros de largura e, assim, o quadrado fechava um jardim interno de cerca de quarenta metros de cada lado, que, coberto de mato alto, apenas permitia vislumbrar um crucifixo de pedra em seu centro.

Maronese constatou que a construção feita em pedra e, sólida como um forte, não necessitaria praticamente de nada. Apenas o telhado precisava de reforma urgente, seu madeiramento bem comprometido pelo tempo e pela falta de manutenção. Porém, tanto o interior do prédio quanto o exterior, incluindo o pátio interno, precisariam de muito trabalho.

— O melhor lugar para construir o laboratório é no grande salão, na parte dos fundos — disse Magaldi. — E precisaremos construir um biotério. Precisaremos de animais para as experiências. Podemos utilizar uma parte desse pátio interno.

Maronese concordou. Seria, realmente, necessário que o biotério, e tudo o mais que precisassem, ficasse do lado de dentro da construção, isso evitaria que os empregados ou mesmo o casal de cientistas tivessem qualquer pretexto para sair do convento.

— Vamos isolar uma ala com três celas no pavimento superior para os empregados — falou. — Essa ala deverá se comunicar com a cozinha e o refeitório. Para vocês dois, vamos reformar as celas centrais e transformá-las num apartamento confortável. Não terão motivo para queixas, podem estar certos disso.

— Há muito para fazer... — murmurou Marianna. — Ainda vai demorar para podermos começar a trabalhar!

— Cuidarei para que as obras sejam executadas num prazo bem curto — garantiu Maronese. — O padre Corday já está providenciando a contratação de uma empresa que cuidará de tudo. Por isso, tenho muita pressa dessa planta do laboratório que vocês estão fazendo.

— Já está praticamente pronta — disse Magaldi. — No máximo, mais dois dias de trabalho.

Com um tom preocupado na voz, Marianna indagou:

— Como será feita a segurança do local? Será impossível, para nós, cuidarmos que os empregados não saiam daqui! Além disso, a revitalização deste lugar pode atiçar a curiosidade de pessoas...

— Não precisamos temer a curiosidade do povo local — respondeu Maronese. — Este lugar tem fama de ser mal-assombrado, e todos têm medo de vir até aqui. Vamos manter esse bosque que cresceu circundando o convento, isso ajudará a esconder a construção. E, como garantia final de segurança, vamos contratar uma empresa especializada.

— Mas empresas desse gênero precisam saber o que está acontecendo no lugar que vigiam! — ponderou Magaldi. — O que vai dizer?

— A compradora oficial desta propriedade é uma empresa farmacêutica. E seu ramo de negócios é justamente a pesquisa de novos medicamentos. O mundo inteiro sabe que esse tipo de fórmulas desenvolvidas ou em estudo são altamente secretas. Portanto, nada mais normal, para os olhos e entendimento de uma companhia de vigilância, do que os cuidados de que vamos nos cercar. Teremos guardas armados vinte e quatro horas por dia com a missão de impedir a aproximação de quem quer que seja e, também, a saída de qualquer pessoa que esteja aqui dentro.

Muito sério, acrescentou:

— Qualquer pessoa, doutores... Até mesmo vocês!

Magaldi riu, passou o braço sobre os ombros de Marianna e falou:

— Não há motivo para se preocupar conosco, reverendo... Nós dois estaremos no paraíso. Estaremos trabalhando no que gostamos e acreditamos, receberemos bem por isso e, além de tudo, estaremos vivendo nosso amor da maneira mais intensa que jamais poderíamos sonhar! Como Kafka escreveu para a sua Milena, "construiremos nosso universo particular e hermético para o mundo exterior!"

26.

Sentados diante do cardeal Antoniazzi, os dois homens pareciam cães adestrados aguardando as ordens do dono. Bruno e Ettore tinham sido enviados pela *Fraternidade* para ajudar Antoniazzi a resolver, de maneira definitiva, o impasse que se criara em relação ao desaparecimento de Marianna e Magaldi. Estavam vestidos com ternos clássicos e bem cortados, de cores neutras, o primeiro com leves tons grafite e o outro marrom. Não eram muito altos, mas podia-se ver que ambos possuíam constituição física sólida, eram musculosos e fortes. Suas fisionomias também eram comuns, sem quaisquer sinais mais característicos que pudessem facilitar a sua identificação. Típicos homens talhados para a *Divisão Ação* da *Fraternidade.*

— Vocês entenderam bem o que estamos esperando que façam? — perguntou Antoniazzi.

— Sim — respondeu Bruno, depois de olhar rapidamente para Ettore. — Não há problema.

Antoniazzi esboçou um sorriso satisfeito e disse:

— Esses dois precisam ser encontrados. E neutralizados depois de lhes terem entregado os papéis que têm em seu poder.

Entregou para Bruno duas fotografias e continuou:

— É bem possível que eles estejam diferentes, no momento. Principalmente a doutora Marianna. Para uma mulher é mais fácil mudar o aspecto, basta uma tintura nos cabelos, um corte diferente, uma maquiagem mais ousada, e o disfarce está pronto. Contudo, o mesmo não acontece com o homem. Será difícil para Magaldi mudar radicalmente de aparência. Por isso, acredito que vocês terão mais facilidade em reconhecê-lo. E onde ele estiver, certamente a doutora também estará.

Olhou para Bruno e indagou:

— Já têm uma idéia de como proceder?

— Imaginamos que a melhor forma de fazê-los entregar esses documentos será seqüestrar um deles — respondeu Bruno. — Acredito que sob a pressão de uma ameaça à vida da doutora, Magaldi não hesitará em fazer o que dissermos. Inclusive entregar esses papéis.

Depois de alguns segundos, acrescentou:

— Porém, para isso, será preciso encontrar esses dois. E parece que não será muito fácil... Eles tanto podem ainda estar na Itália, como podem ter ido para qualquer lugar aqui na Europa e, de lá, para qualquer canto do mundo!

Erguendo os olhos para o cardeal, Bruno perguntou:

— Quem terá incendiado a casa da doutora?

— Não faço a menor idéia — respondeu Antoniazzi. — Mas esse incêndio prova que eles não estão sozinhos. Existe um grupo por trás, e bem organizado! Tanto assim que usaram napalm para fazer esse incêndio.

— Pode não ter sido napalm — ponderou Ettore. — Existem compostos à base de fósforo branco que produzem o mesmo efeito e são mais fáceis de obter.

Um químico com um mínimo de experiência poderia montar uma bomba incendiária usando essas substâncias.

— A Máfia é especialista em fazer isso — comentou Bruno.

— Não acho que a Máfia esteja metida com esses cientistas — disse Ettore. — Não há nenhum interesse direto. Os mafiosos estão sempre voltados para atividades criminais e não científicas. Ainda se a especialidade desse casal fosse química, até seria possível enxergar uma relação por causa das drogas. Mas eles são da área da reprodução humana, pelo que nos foi informado. Não é possível existir qualquer relação com as atividades da Máfia!

Bruno guardou as fotografias no bolso interno do paletó e levantou-se, sendo imitado por Ettore.

— Bem, eminência... Vamos fazer o possível. Para isso fomos chamados. Duas pessoas não podem desaparecer dessa maneira. Algum rastro teriam de deixar. E nós vamos encontrar a sua pista!

* * *

Ramirez jamais poderia imaginar que fosse tão fácil conseguir trabalhadores de baixa qualificação — dispostos a qualquer tipo de serviço e sob quaisquer exigências — entre os milhares de imigrantes ilegais que pululavam nas ruas de Roma.

Bastou falar com o padre Mendez, pároco da Igreja de Santo Ângelo, que ele queria contratar alguns casais sem filhos para serviços domésticos numa grande residência fora de Roma. Contudo, era preciso que realmente não tivessem filhos e não pretendessem tê-los pelo tempo de duração do contrato. Apareceram mais de duas centenas de candidatos em menos de vinte e quatro horas.

Como não poderia atendê-los no Vaticano, Ramirez pediu ao padre Mendez que fizesse uma relação das pessoas interessadas, anotando ao lado de cada nome a procedência, a familiaridade com o idioma italiano, a idade, as aptidões e a sua impressão pessoal. Ramirez estudaria esses dados e, então, pediria ao padre que marcasse as entrevistas de forma a que não se formasse uma fila imensa à porta da casa paroquial, onde elas seriam feitas.

No outro dia, logo depois do almoço, Ramirez começou a trabalhar na pré-seleção dos candidatos, pois o padre Mendez já lhe havia mandado a lista solicitada.

Havia de tudo, ali. Casais húngaros já de idade, cujos filhos tinham sido mortos pelo exército soviético em 1956, romenos, búlgaros, latino-americanos, africanos... Poucos falavam bem o italiano. Todos diziam ter experiência com o trabalho doméstico. Nenhum dizia quanto queria ganhar, e todos estavam precisando prementemente de dinheiro.

Se Ramirez deixasse falar mais alto o coração, teria sido impossível fazer qualquer escolha. Ainda mais que, ao lado de cada nome, o padre Mendez anotara suas impressões pessoais a respeito de cada um — e eram de fazer chorar.

Porém havia um objetivo a ser cumprido, e apenas três casais seriam escolhidos. Ramirez deixou de lado o sentimento e, com base nas exigências feitas por Maronese, encontrou dez pares que poderiam se encaixar: as mulheres tinham mais de quarenta anos de idade, não tinham filhos, eram legitimamente casados — o que pelo menos em parte evitaria problemas de ciúmes e até mesmo de traições —, conheciam o idioma, diziam ter familiaridade com o serviço doméstico e não se recusavam a tratar de animais. Dos dez, nas entrevistas pessoais que faria, selecionaria apenas três.

Seria somente para esses três selecionados que as condições mais importantes para o trabalho seriam comunicadas: não deixariam o local em hipótese alguma, não poderiam se comunicar com ninguém e, uma vez aceitos, não haveria retorno sob pena de serem entregues para o Serviço de Imigração.

Comentou com Maronese:

— Essas pessoas, em sua maioria, não possuem documentos. Por isso, em muitos casos, é complicado dizer a idade, principalmente das mulheres. Estou procurando escolher aquelas que já são menopausadas, justamente para diminuir ao máximo o risco de uma gravidez. Mas, como posso garantir que elas tenham os quarenta e dois ou quarenta e quatro anos que afirmam? Podem muito bem ter trinta e cinco e as asperezas da vida que levaram fizeram-nas envelhecer a fisionomia... Porém o organismo pode estar funcionando muito bem e, de um momento para o outro...

Maronese riu e respondeu:

— Se acontecer uma gravidez indesejada, saberemos como agir. Não é por simples obra do acaso que Marianna é uma ginecologista!

Espantado, Ramirez perguntou:

— Está pensando em fazer um parto lá?!

Maronese ficou sério e, olhando para a fumaça de seu cachimbo, resmungou:

— Alguém falou em parto, Carlos? Eu não falei!

27.

As obras de reforma do convento seguiram em ritmo acelerado, com a empreiteira contratada destacando equipes em três turnos, de forma que o trabalho seguisse ininterrupto as vinte e quatro horas do dia durante sete dias por semana. Assim, noventa dias após o início, o prédio foi entregue a Magaldi, absolutamente pronto e necessitando apenas que se procedesse à instalação dos aparelhos que ele e Marianna iriam utilizar.

No dia seguinte à entrega da obra pronta e acabada pela empreiteira, Magaldi e Marianna, sempre acompanhados por um dos três padres, começaram a comprar os equipamentos do laboratório.

— Parece que estamos vivendo um sonho! — exclamou Magaldi, depois de adquirir uma centrífuga que, se fosse para a universidade, levaria no mínimo um ano das mais incríveis burocracias para realizar o negócio. — Poder equipar um laboratório assim...! Sem restrições, sem ninguém para atrapalhar e pôr obstáculos!

Ao seu lado, Maronese riu e, quando já estavam a caminho de outro lugar para efetuar mais uma compra, indagou:

— Para que precisa dessa centrífuga?

Foi Marianna que explicou:

— Nós não vamos utilizar núcleos inteiros, mesmo porque quando começarmos as experiências com células mortas, esses núcleos estarão destruídos.

Assim, vamos utilizar apenas o material nuclear e, deste, as partículas sólidas. Nossa idéia é que os cromossomos, como são sólidos, sejam separados do resto por centrifugação específica. O que conseguirmos através dessas centrifugações é que será injetado nos óvulos.

Compraram tubos, vidros, pipetas, micropipetas, microagulhas, microscópios os mais avançados, lupas poderosíssimas, estufas, filtros, termômetros, cronômetros e mais uma parafernália inacreditável, que Maronese qualificou de *instrumental dos infernos*.

— Estaremos isolados lá — justificou-se Magaldi. — E as experiências não poderão ser interrompidas por causa da futilidade da falta de um material ou de um instrumento. Seria um desastre que poderia significar a perda de meses de trabalho. Assim, não podemos esquecer de nada, e sempre será melhor ter em excesso do que, de repente, não ter.

Compraram um aparelho de raios X acoplado com um *écran* para radioscopia, caixas e mais caixas de filmes e tudo o mais que precisariam para revelar as chapas.

Maronese concordou com tudo, entendendo que jamais seria possível executar qualquer serviço relacionado àquela empreitada fora do convento. Eles tinham de estar preparados para qualquer coisa que pudesse acontecer, para toda e qualquer eventualidade.

Passaram, depois de todos os equipamentos e materiais adquiridos, para a montagem da biblioteca.

Foi assustador. Magaldi e Marianna demoraram nada menos que uma semana fazendo a relação dos mais de mil livros e revistas que precisariam ter em mãos, alguns dos quais difíceis de encontrar, outros arriscados de pedir, uma vez que haveria a possibilidade de essa compra ser relacionada com o trabalho que iriam fazer. A solução foi lançar mão de intermediários absolutamente insuspeitos que correram as livrarias especializadas de Roma, Milão, Paris, Londres, Nova York e muitos outros lugares à cata desses exemplares.

Finalmente, Magaldi disse:

— Estamos prontos para começar. Os livros que faltam não são tão urgentes, vamos precisar deles mais tarde, quando os experimentos estiverem mais avançados. Agora, só falta nos instalarmos lá definitivamente e...

Deu uma risadinha, completando:

— Pode começar a providenciar os animais. Vamos precisar, em primeira instância, de vinte casais de coelhos e de pelo menos trinta casais de ratos.

28.

Dois dias depois, instalaram-se no convento, onde já os esperavam os três casais escolhidos por Ramirez.

António e Fátima formavam o casal mais velho. Eram portugueses, ela tinha quase 50 anos de idade e ele 52, mas era forte como um rapaz de 20. Eles ficariam responsáveis pela ala onde estariam residindo os dois pesquisadores e cuidariam de tudo, desde a limpeza até a cozinha. Juan e Lupe, mexicanos, assim como os brasileiros Severino e Luzia, todos com mais ou menos 45 anos de idade, seriam responsáveis por todo o restante, sendo que Severino teria também a função de cuidar do biotério.

Todos tinham conhecimento do idioma italiano, ainda que rudimentar, e mostravam entusiasmo com o trabalho e a perspectiva de receberem, no final do contrato, a assombrosa quantia de sessenta mil dólares cada casal, limpos, sem nenhum desconto. De fato, era coisa de sonho... Naquele serviço, eles teriam casa e comida de graça e as roupas que precisassem para o trabalho. Até mesmo médico e remédios sem qualquer despesa, no caso de algum acidente ou doença. Era bem verdade que não poderiam, durante dois anos, pôr o nariz fora do convento... Mas isso era muito pouco perto da pequena fortuna que cada casal iria receber.

António e Fátima ajudaram os dois cientistas a subirem as malas, mostraram-lhes com orgulho seus aposentos perfeitamente arrumados, e Fátima, muito solícita, indagou o que eles desejariam comer ao almoço.

— O patrão já sabe... — disse ela. — Minha especialidade é a comida de Portugal. Por isso, quando cá cheguei, já pedi que se providenciassem as coisas que estou acostumada a cozinhar. Mas, se desejarem outro tipo de prato, sou capaz de fazer. Basta ter os ingredientes.

Olhou carinhosamente para Marianna e acrescentou:

— Ora, pois! A patroinha está muito magra... Mas isso será por pouco tempo. Vai ver como há de ganhar carnes com a minha cozinha!

Marianna não pôde deixar de rir. Engordar! Logo ela que se sacrificava tanto para manter aquele corpo...!

Assim que os dois portugueses saíram do quarto, Maronese — que tinha vindo pessoalmente acompanhar a instalação do casal de cientistas — disse:

— Muito bem... A partir de agora estarão sozinhos e isolados do mundo exterior. Há um único telefone em todo o convento, instalado aqui no apartamento de vocês. É um aparelho com chave e essa chave deverá ficar em poder de um dos dois. Ninguém pode usar o telefone em hipótese alguma. Até mesmo vocês, só o usarão para uma emergência, uma necessidade muito urgente e que não possa esperar a vinda do carro que, a cada dois dias, trará suprimentos. Lembrem-se que nós temos como controlar as ligações feitas deste aparelho. Um só deslize e o experimento será abortado. E não haverá dinheiro para ninguém. Todos e quaisquer problemas, principalmente os disciplinares e de saúde, deverão ser solucionados por vocês. Exatamente por isso, pedi à doutora Marianna para organizar uma farmácia e ela deve possibilitar pelo menos as medicações emergenciais. Outros remédios deverão ser pedidos através do motorista do carro de suprimentos ou através do pessoal da segurança, que, contudo, deverá ser o menos usado possível. Lembrem-se que se houver qualquer incidente que comprometa o sigilo do projeto, seremos obrigados a cancelá-lo, e vocês não receberão o combinado. Aliás, não receberão um só centavo! O mesmo acontecerá se desistirem da empreitada, se não agüentarem o isolamento...

— Já lhe disse que não é preciso se preocupar com isso, padre — falou Magaldi, sem esconder um tom irritado na voz. — E acho que o senhor terá uma surpresa muito antes de dois anos. Com o laboratório equipado como está e com a garantia de que nada vai nos faltar para as experiências, posso apostar que teremos resultados muito positivos bem rapidamente. Talvez até em pouco mais de um ano.

Maronese bateu amistosamente nas costas de Magaldi e, com um sorriso, falou:

— Pois eu lhes faço uma proposta... Se conseguirem resultados positivos dentro desse prazo que acabou de me falar, todos aqui receberão em dobro! E, agora, vamos até a sua biblioteca, abrir uma daquelas garrafas de champanhe que Marianna pediu, para brindar ao sucesso desta operação!

29.

Com o casal de cientistas instalado e o projeto começando a engatinhar, os três padres retomaram a sua rotina, com uma única alteração: todas as semanas era sagrada uma reunião na casa de Maronese, logo depois de terem passado pelo convento e conversado com o casal de cientistas para ver como estavam indo as experiências.

E eles não poderiam estar mais satisfeitos. Tudo corria às mil maravilhas, o convento, com seu laboratório, estava sempre em ordem, via-se que ali reinava a mais absoluta paz e harmonia. Magaldi, Marianna e os demais empregados convivendo num ambiente alegre e descontraído e, ao mesmo tempo, de trabalho sério e contínuo.

O isolamento do mundo exterior era, como dizia Maronese, *físico, de dentro para fora*, o que significava que não havia qualquer impedimento que as notícias do mundo exterior chegassem até eles: todos tinham televisão e diariamente, na troca do turno da manhã, o chefe da equipe de segurança deixava, do lado de fora da porta de entrada, os jornais e revistas que Magaldi — o único que detinha a posse da chave — apanhava ao levantar.

Ao término do segundo mês, quando os três padres apareceram, Magaldi disse:

— Já conseguimos comprovar a fecundação de cinco coelhas a partir de células extraídas de órgãos diferentes dos machos. Usamos células vivas, por enquanto, apenas para testar nossos equipamentos e nossa técnica. Está funcionando perfeitamente. Vamos, agora, aguardar o nascimento dos filhotes. Mas sei que serão perfeitos. Idênticos aos filhotes gerados... tradicionalmente.

— Mas essa experiência já foi realizada por muitos outros cientistas! — protestou Maronese. — Acha mesmo que era necessário repeti-las?

Magaldi trocou um olhar maroto com a companheira, e esta explicou:

— Não repetimos experiência nenhuma, padre. Nós inovamos. Até hoje, todas as fecundações artificiais foram feitas usando núcleos de células vivas. Núcleos, portanto, inteiros. Nós utilizamos apenas o material nuclear — falou Marianna. — Numa linguagem mais simples, nós destruímos os núcleos e utilizamos o resultado da centrifugação do material nuclear. Em resumo, usamos apenas os cromossomos. E funcionou, exatamente como nós imaginávamos!

Maronese e os outros dois padres permaneceram em silêncio, e Magaldi concluiu:

— Isso quer dizer que vamos começar a testar o mesmo procedimento, mas com células mortas. — Ficou muito sério e disse: — Contudo, estamos com dois problemas...

Maronese franziu as sobrancelhas e resmungou:

— Pensei que tinha sido bem claro quando lhe disse que todos os problemas teriam de ser resolvidos por vocês mesmos...

— Sim, e entendemos muito bem — tornou Magaldi. — Mas, infelizmente, esses dois não estão ao nosso alcance solucionar. O primeiro é que precisamos de mais coelhos. Temos bastantes ratos, mas estão faltando coelhos. De ambos os sexos. Precisamos fazer as experiências e repeti-las muitas vezes, e como teremos de sacrificar vários animais, o tempo de reprodução e crescimento não será tão rápido quanto o ritmo dos experimentos.

— Isso não é problema — retrucou Maronese.

Voltando-se para Corday, ordenou:

— Providencie para que sejam entregues amanhã, pelo carro de suprimentos, pelo menos cinqüenta casais de coelhos adultos e sadios.

Corday fez um sinal afirmativo com a cabeça, e Magaldi continuou:

— O outro problema é que os empregados querem ir à missa... São todos católicos praticantes e estão sentindo falta de missas!

Maronese sorriu, apanhou seu cachimbo e começou a enchê-lo com tabaco. Depois de alguns momentos, disse:

— Já estava esperando isso. Tanto assim que, não sei se notaram, mandei arrumar a capela e mantive-a trancada até este momento. Para que volte a funcionar, só é preciso que lhe façam uma boa limpeza, pois deve estar cheia de pó, arrumem os panos do altar, ajeitem a sacristia para que o celebrante possa se paramentar, e... acendam as velas. Aos domingos, um de nós virá celebrar a missa, confessar os empregados e ministrar a Eucaristia.

Ramirez, para mudar de assunto, indagou:

— Como estão justificando todo esse trabalho no laboratório para os próprios empregados?

— Temos dito que estamos pesquisando uma vacina contra o câncer — respondeu Marianna. — Como eles não têm a menor capacidade de entender o que estamos realmente fazendo, acreditam.

— Na realidade, qualquer um acreditaria — ponderou Corday. — Pelo menos para mim, o que vocês estão fazendo no laboratório é algo que nem chego perto de entender! Se estivéssemos no século XIV, certamente eu os mandaria queimar pela Inquisição, por estarem praticando bruxarias, fazendo coisas do demônio!

30.

— Mas está parecendo bruxaria! Coisa do demônio! — exclamou Ettore, exasperado. — Não é possível que eles tenham simplesmente evaporado!

— Eles não evaporaram — disse Bruno. — E os nossos *irmãos* que trabalham na polícia garantiram que eles não saíram do país. Pelo menos, legalmente. E acho que um casal de cientistas não veria nenhuma razão para se arriscar tentando deixar a Itália e entrar em outro país de maneira ilegal, mesmo porque não veriam nenhuma razão para fugir dessa maneira. Segundo o que nos foi dito, Magaldi e Marianna não têm a menor suspeita de que a *Fraternidade* os estava vigiando de perto.

Os dois estavam instalados num hotel barato do centro de Roma, sentados nas camas e um de frente para o outro. Sobre o criado-mudo, tinham uma garrafa de vinho e dois copos.

Bruno serviu os dois copos e, depois de tomar um gole, falou:

— Não adianta ficar procurando-os da maneira como estamos fazendo. Isso é o mesmo que procurar uma agulha num palheiro. Poderemos levar anos nessa busca, e só com muita sorte obteremos algum resultado.

— Qual é a sua sugestão? — indagou Ettore, com expressão desanimada.

— Começar pelo começo, como deveríamos ter feito. Ficamos envolvidos com o desespero do cardeal Antoniazzi e isso nos atrapalhou e atrasou. Se quisermos descobrir onde esses dois estão metidos, temos de buscar as suas origens.

Ettore olhou interrogativamente para o companheiro e este explicou:

— Já sabemos que Marianna Saggio e Nichola Magaldi não têm família. Magaldi era padre jesuíta e sua família era a Companhia de Jesus. Seus parentes, todos na Calábria, não o vêem há mais de trinta anos. Marianna, por sua vez, era órfã de pai e mãe e foi criada num colégio interno, uma vez que sua única tia não quis saber de assumir essa responsabilidade. Limitou-se a pagar seus estudos e a visitá-la uma vez por ano. E essa tia também já morreu, sem deixar filhos. Porém, todo mundo tem um ponto de apoio. Alguém que represente o papel da família. E esse ponto de apoio, essa pessoa amiga, é que temos de procurar, especificamente no caso da doutora Marianna, pois Magaldi, tendo vivido até pouco tempo atrás dentro de um convento, não tinha nenhuma necessidade de procurar ninguém.

— Concordo com você — resmungou Ettore. — Mas não imagino como vamos fazer para encontrar essas pessoas *amigas* da doutora, sem levantar a curiosidade a respeito de nosso interesse pela médica!

— De fato, não podemos sair por aí perguntando quem a conhece... Mas podemos tentar trilhar o caminho que ela fez para conseguir trabalhar na universidade. Há uma possibilidade bastante grande de essa pessoa que a tenha ajudado ser o seu ponto de apoio. E seria mais ou menos natural que fosse procurada num momento como o de sua demissão, não acha? Afinal, quem ajudou uma vez, por que não ajudaria duas?

* * *

Assim que deixaram o convento, Corday comentou:

— Mas que idéia absurda você teve! Como pode dizer que vamos rezar missas neste lugar?!

Sem dar tempo a Maronese de responder, acrescentou:

— Para celebrar a santa missa, o local tem de ser adequadamente licenciado pela Cúria!

Corday estava sentado ao lado de Maronese no carro, e este, sem deixar de olhar para a estrada, disse:

— Você está esquecendo que essa capela está oficializada há mais de dois séculos. Este lugar, antes de se transformar num laboratório, era um convento, meu amigo. Um convento cheio de freiras! E freiras que, certamente, assistiam à santa missa todos os dias! Portanto, não estaremos fazendo nada mais do que retomar a santa atividade de celebrar a missa numa capela que esteve abandonada por mais de trinta anos, mas que nem por isso deixou de ser uma capela!

Continuou dirigindo em silêncio até chegar à estrada principal, e falou:

— De qualquer maneira, mais cedo ou mais tarde, nós teríamos de reativar essa capela...

Os outros dois padres aguardaram, curiosos, que Maronese se explicasse e, depois de fazer a curva à esquerda na estrada, voltando para Roma, o italiano disse:

— Vocês devem ter notado que mandei construir um apartamento no início do mezanino da capela...

— Sim — falou Ramirez. — Pensei que estivesse com a intenção de, quando os experimentos estivessem mais adiantados, viria acompanhar de perto a evolução dos acontecimentos e, para isso, mandou fazer um local onde pudesse dormir...

— Eu jamais faria isso! — exclamou Maronese, divertido. — Não sinto o menor prazer em dormir fora de casa a não ser num hotel de luxo e, de mais a mais, minha presença lá no convento não ajudaria em nada, muito pelo contrário!

— Então, qual a finalidade de ter mandado fazer o apartamento?

— Eu estava apenas esperando que Magaldi começasse a fazer as experiências com núcleos de células mortas. E ele vai começar agora. Portanto, está se aproximando o momento de encontrarmos a mulher que desempenhará o papel de Maria... A mãe de Cristo!

Os outros dois nada disseram. Até aquele instante, apesar de todos saberem que seria necessário haver uma mulher para gestar Cristo, talvez até por um bem explicável receio e um certo constrangimento pelo fato de serem padres, não tinham tocado no assunto.

— Não será fácil — continuou Maronese —; teremos de procurar alguém que se assemelhe à imagem que temos de Maria. Imagem espiritual e, se for possível, física.

— Concordo — ponderou Ramirez. — Estaremos interferindo na História, mas não podemos modificá-la. A futura mãe de Cristo não pode ser uma mulher qualquer, ela tem de estar o mais perto possível da Maria de dois mil anos atrás.

— Exatamente — falou Maronese. — Ela tem de ser virgem, jovem, bonita, crente em Deus...

— Começa a complicar — murmurou Corday. — Do jeito que as coisas estão, hoje em dia... Vai ser difícil encontrar uma mulher jovem, bonita e...

virgem! E mais difícil ainda, se somarmos a essas três virtudes a principal: ser crente em Deus!

— Pois eu acho que sei onde encontrar alguém assim, meu amigo — disse Maronese. — E será Ramirez o encarregado de procurá-la.

Olhando pelo retrovisor a expressão espantada do espanhol, ele explicou:

— Pelo fato de ser um historiador, você tem a possibilidade de inventar uma pesquisa que, extra-oficialmente, servirá para você localizar essa... pessoa. Depois que conseguir isso, entraremos em ação. Oficialmente, estará fazendo um levantamento historiográfico de todas as congregações de freiras da Itália, ou qualquer outra coisa do gênero.

— Uma freira! — exclamou Ramirez, com um sorriso. — Você está pensando numa freira!

— Exatamente — admitiu o italiano. — Você quer alguém melhor?

E, já entrando em Roma, arrematou:

— Tenho certeza que você encontrará uma freirinha jovem, bonita, virgem e, já pelo fato de ser uma religiosa, absolutamente crente em Deus!

31.

Maronese riu mais uma vez da expressão de espanto de seus dois companheiros e falou:

— Essa será a missão de Ramirez. Claro que não deverá falar com freirinha nenhuma, se a encontrar. Isso será minha parte, depois que tivermos certeza da possibilidade de sucesso com as experiências de Magaldi. Por isso, não há pressa; a busca deve ser feita com cuidado e minúcia. Enquanto isso...

Virou ligeiramente a cabeça para a sua direita e disse para Corday:

— Você começará, a partir de amanhã, a procurar um jeito de conseguir uma amostra do Santo Sudário.

— Já estava imaginando que você iria me pedir isso — queixou-se o francês. — Exatamente a parte mais difícil! O Santo Sudário está em Turim, guardado a sete chaves, e ninguém, absolutamente ninguém, está autorizado a tocar nele!

Com um tom de desespero na voz, acrescentou:

— E quanto a lhe tirar uma amostra... Isso é impossível!

— Nada é impossível neste mundo — contestou Maronese. — E sei que você vai descobrir uma maneira.

Estavam já entrando pelo portão da casa de Maronese, e este falou:

— Agora, meus amigos, vamos jantar. Enquanto estava lá no convento, senti o aroma da comida que Fátima estava preparando, e isso abriu-me o apetite.

Parou o Lancia diante da porta de entrada e Alberto veio recebê-los.

— Graças a Deus, tenho o meu Edoardo... — falou Maronese, galgando em passos rápidos a escada de mármore que dava acesso ao hall de entrada. — Tenho certeza que ele não vai nos fazer passar fome!

Foram para a sala de estar, e Alberto veio trazer uísque e alguns petiscos para que esperassem o jantar ser servido.

— Edoardo está terminando de preparar o jantar — disse este. — Será *saltimbocca alla romana*. Ele conseguiu escalopes de vitela e presunto de Parma com o fornecedor do próprio Vaticano... Para acompanhar, preparou batatas miúdas com ervas finas e, para quem quiser, *raviolli al burro*.

Pondo a bandeja de petiscos na mesa de centro, falou:

— Por enquanto, saboreiem estes patês. O escuro é de azeitonas pretas e este, mais claro, aprendi a fazer com uma francesa...

Retirou-se, orgulhoso com o elogio feito por Corday, que, guloso, apanhou uma torrada, serviu-se do patê mais claro e, com expressão deliciada, murmurou:

— Hummm... *Tête de porc*! E está digno de um cardeal!

32.

No dia seguinte, embora achasse que Ramirez seria mais indicado para essa tarefa justamente por ser um historiador, Corday começou a buscar informações sobre o Santo Sudário com o objetivo de encontrar uma maneira de se aproximar dele e retirar uma amostra do tecido. Uma amostra que estivesse manchada de sangue.

Evidentemente, conhecia a história do Santo Pano, fora obrigado a estudá-la nos tempos de seminário, mas jamais tivera interesse em se aprofundar sobre o assunto. Para ele, tratava-se de uma relíquia — certamente a mais importante relíquia da Igreja Católica —, mas era perfeitamente desnecessário saber mais sobre ela do que aquilo que lhe tinha sido ensinado.

Porém, com o plano de Maronese andando a pleno vapor e a nova incumbência que este lhe dera, as coisas tinham mudado de figura. Corday tinha de se informar o mais possível sobre o Santo Sudário para tentar encontrar uma *brecha* que lhe permitisse *furar* a severa vigilância da Santa Sé e... *roubar* um pedacinho da preciosa relíquia.

Como padre — e daqueles bastante conservadores —, teve de enfrentar um conflito de consciência e fé. Era-lhe difícil aceitar a idéia de *tocar* no Santo Sudário e impossível admitir a de ser obrigado a lhe tirar uma amostra.

Porém, depois de várias horas de reflexão, acabou concluindo que o objetivo final — trazer Cristo de volta à Terra — era muito mais importante do que qualquer outra coisa e, no mínimo, merecia ser tentado.

"Tudo tem dado tão certo e caminhado tão bem...", pensou. "Não é possível que, como diz Victor, a Mão de Deus não esteja por trás..."

Começou a estudar. Era preciso saber com exatidão em quais ocasiões o Santo Sudário estivera exposto aos olhos dos fiéis, pois exatamente nestas situações é que teria havido maiores probabilidades de alguém, no mínimo, *tocar* nele. E como na História todos os acontecimentos têm um caráter relativamente cíclico, nada impedia que a oportunidade pudesse se repetir espontaneamente ou... de maneira forçada.

Nos livros e documentos que consultou na biblioteca do Vaticano, Corday recordou do que já havia estudado a respeito da história do Santo Sudário e procurou com ansiedade localizar os pontos de que poderia se aproveitar para alcançar o dificílimo objetivo de se aproximar do Santo Pano.

Segundo o que conseguiu compilar, a relíquia tinha sido mencionada pela primeira vez no corpo da Lenda de Addai, transcrita por volta do ano 260, e afirmando que o Santo Sudário tinha sido levado para Edessa por Tadeu, um discípulo de Jesus, entre os anos 13 e 20. Um bispo de Cesarea, no primeiro quarto do século IV, Eusebius, confirmava a relação do Santo Sudário com a Lenda de Addai e o então rei dessa cidade, Abgar. A partir dessa ocasião até o ano 942, os relatos eram bastante contraditórios, alguns só voltando a se referir ao Santo Pano em meados do século X, outros afirmando que ele reaparecera na mesma Edessa no ano 525, quando da reconstrução de uma parte da cidade após uma terrível inundação. Dentro de uma arca escondida numa câmara secreta sobre o portão ocidental, havia um pano funerário com a imagem do rosto de Cristo. Em 640, um bispo chamado Arculphus contou para Adamnan, abade de Iona e um dos cronistas dos primórdios da Igreja Católica, que tinha visto e beijado o Pano Santo em Jerusalém, não em Edessa. Em 769, o papa Estevão III, num de seus sermões, declarou que a imagem estampada no Sudário era a imagem de Cristo. No ano 942, o Santo Sudário foi levado para Constantinopla e abrigado na capela de Pharos. Sessenta anos depois, partidários de Comnenus atacaram a capela, e Nicholas Mesarites, seu guardião, conseguiu defender e salvar o Santo Sudário da sanha iconoclasta dos invasores. Em 1204 a relíquia foi transferida para o mosteiro de Santa Maria de Blachernae e, posteriormente, para a basílica de Blachernae. Esse relato foi feito por um cavaleiro da IV Cruzada, Robert de Claris. Teria sido nessa ocasião que os Cavaleiros Templários se apossaram do Santo Sudário, levando-o para Acre, onde ficaria guardado até 1291. Com a perseguição e extinção dos Templários, no início do século XIV, a Santa Mortalha foi levada para a França, mais precisamente para a igreja de Lirey, onde ficou em exposição por ordem de Geoffrey de Charnay e, de lá, em 1453, Margareth de Charnay, neta de Geoffrey, enviou-a para a Casa de Sabóia, onde foi guardada na capela de Chambéry. Em 1532, um incêndio gravíssimo atingiu a capela e quase destruiu o Santo Sudário. Com a mudança de sua capital de Chambéry para Turim, em 1578, o duque de Sabóia levou consigo o Santo Sudário em seu novo relicário de prata — o antigo tinha derretido com o incêndio de 1532 — e em Turim a Relíquia permanece até hoje.

Segundo o que acabara de ler, a partir do momento em que os católicos tinham tomado consciência do verdadeiro valor da relíquia, esta passara a ser guardada e vigiada com extremo rigor. Poucos momentos houve em que o Santo Sudário, no correr de quase dois mil anos, tenha ficado vulnerável a algum tipo de ataque. Uma aproximação do Santo Pano era, portanto, quase impossível, nem que fosse apenas para fotografá-lo. Ele tinha sido fotografado — certamente sob a estreita vigilância da Guarda do Vaticano e de uma legião de padres — em 1898 por Secondo Pio, um fotógrafo profissional e, novamente em 1931, por outro profissional, Giuseppe Enrie.

"Mas deve existir uma maneira!", pensou ele, depois de mais de uma semana de incessantes buscas. "E eu vou encontrá-la!"

33.

A idéia de Bruno era a única alternativa. Tentar descobrir para quem Marianna poderia pedir auxílio quando de sua demissão da universidade.

Voltaram a procurar o cardeal Antoniazzi.

— Precisamos saber exatamente como a doutora Marianna começou a trabalhar na universidade — disse-lhe Bruno. — Quem a indicou.

Explicou sua teoria para o cardeal e, quando terminou, Antoniazzi riu.

— Por esse caminho vocês não chegarão a lugar nenhum, meus amigos! — falou ele. — O cardeal Pincelli morreu algumas semanas depois de ter comentado comigo que uma sua conhecida, médica especializada em reprodução humana, estava querendo trabalhar na Universidade Católica da Sagrada Família de Milão. Disse-me, também, que ela tinha um currículo muito bom, tinha sido discípula da doutora Di Bernardino, uma cientista que estivera pesquisando sobre fertilização *in vitro*. Foi a partir dessa informação que eu me interessei pelo caso; afinal de contas, não é todo dia que se pode encontrar uma especialista, justamente na área de maior interesse atual da *Fraternidade*, procurando emprego. Então, disse para Pincelli que poderia conseguir um lugar para ela.

Deu uma risada e prosseguiu:

— E, para vocês verem como são as coisas, como a Mão de Deus está presente em tudo... Pincelli disse que a tal médica, doutora Marianna Saggio, gostaria de trabalhar com o padre Magaldi, pois ele seria nada mais nada menos do que o complemento de que ela necessitava para poder realizar seus experimentos. Era exatamente o que eu estava tencionando fazer quando soube que Marianna tinha sido assistente da famosa doutora Di Bernardino!

— Isso significa que foi o senhor que ligou para o provincial dizendo para que ele a contratasse — murmurou Bruno.

Refletiu por alguns instantes e indagou:

— Ela soube que conseguiu a vaga graças à sua interferência?

— Não pensei nisso naquele momento — respondeu Antoniazzi, constrangido. — Deixei que Pincelli colhesse os louros.

Com voz mais decidida, acrescentou:

— De qualquer maneira, é norma da *Fraternidade* que nós apareçamos o mínimo possível.

— Portanto, Marianna sequer sabe de sua existência... Logo, ela jamais viria lhe pedir qualquer tipo de ajuda — disse Bruno, como se estivesse monologando.

Ettore, que até então tinha permanecido em silêncio, apenas prestando atenção à conversa, perguntou:

— De que maneira essa médica conhecia o cardeal Pincelli? Será que o conhecia, ou teria sido apresentada a ele por alguém? Ou simplesmente recomendada?

— Como você quer que eu saiba disso?! — esbravejou Antoniazzi. — Pincelli já era bem velho, por isso, acho pouco provável que ele e essa médica tivessem um *caso*... E ele nunca se interessou por qualquer coisa relacionada com a ciência.

O cardeal ficou alguns instantes refletindo em silêncio e, por fim, disse:

— Não adianta... Não consigo relacionar o cardeal Pincelli com essa médica. E, no entanto, foi ele que me sugeriu seu nome.

— E quando o senhor lhe disse que poderia colocar essa sua... amiga... Pincelli não falou nada? Como foi que ele lhe agradeceu? — insistiu Bruno.

Antoniazzi balançou a cabeça negativamente, num sinal de profundo desânimo. Num suspiro, ele respondeu:

— Não me lembro. Sei que ele disse alguma coisa, não foi um simples obrigado. Mas não consigo recordar!

Levantou-se, caminhou de um lado para o outro na sala e, de repente, estacou e exclamou:

— Foi isso! Começo a me lembrar! Pincelli falou que alguém ficaria muito satisfeito com a notícia!

Ansioso, Ettore perguntou:

— Sim? E quem era essa pessoa?

E, voltando-se para Bruno, acrescentou:

— Com certeza foi esse alguém que pediu para o cardeal Pincelli arrumar a vaga para a doutora Marianna!

* * *

A tarefa que Maronese dera para Rodriguez também não era das mais fáceis. Como procurar — e encontrar — uma mulher cujas características físicas se coadunassem com Maria, sendo que a descrição da Mãe de Jesus praticamente não existia nos Evangelhos?

Na verdade, era apenas convencionado que Maria fosse bela — afinal a Mãe de Deus não poderia ser feia —, que fosse feminina, meiga, carinhosa, dedicada, amorosa...

"Cada um de nós vê Maria com a fisionomia da própria mãe", pensou Ramirez, constatando com surpresa que ele, ao tentar visualizar a imagem de Nossa Senhora, em pensamentos, percebia que estava *vendo* o rosto de sua mãe.

Porém, a respeitabilíssima Carmen Ramirez era morena, os cabelos, na sua juventude, eram muito negros. E ele não conseguia imaginar uma Nossa Senhora de cabelos escuros... O rosto, este podia ser o de sua mãe, mas os cabelos tinham de ser claros. Muito mais claros.

Pesquisou as pinturas dos grandes mestres que haviam retratado Maria. Não encontrou nenhum que lhe tivesse pintado os cabelos de preto. Sequer de castanho-escuro. Em alguns quadros, eles eram mesmo louros.

Decidiu que ficaria no meio-termo: procuraria uma mulher cujos cabelos tivessem no máximo o tom castanho-claro.

Surgia, então outro problema: como saber a cor dos cabelos de uma mulher que estaria usando um hábito religioso que sempre compreendia uma touca a lhe cobrir inteiramente a cabeça?

A resposta veio quando uma funcionária leiga da biblioteca veio gentilmente lhe trazer um café. Era loura e tinha as sobrancelhas louras.

Tomou o café, fechou o livro que estivera lendo e saiu à rua. Não demorou a constatar o óbvio: as pessoas louras tinham sobrancelhas louras; as morenas, tinham-nas escuras; as castanhas, castanhas...

Sorriu, pensando que não precisaria arrancar a touca de nenhuma freira para lhe ver a cor dos cabelos.

O passo seguinte em sua busca seria a personalidade da candidata a mãe de Cristo. Maria era submissa, extremamente piedosa, considerava-se realmente uma *escrava do Senhor.* Ela mesma confessara-se assim, quando da Anunciação, segundo o Evangelho de São Lucas, o único a mencionar esse acontecimento:

Então disse Maria: Eis aqui a escrava do Senhor, faça-se em mim segundo a Sua palavra. (Lc 1, 38)

Ramirez achava que esse ponto seria o mais fácil. Afinal, para se tornar uma religiosa, uma mulher tinha de somar esses requisitos: submissão, religiosidade, amor ao próximo. Porém, uma última e importantíssima virtude, ele viria a descobrir que não seria assim tão simples: a virgindade.

Definido o perfil da freira que deveria achar, Ramirez precisava encontrar uma desculpa para começar a visitar conventos. A sugestão que Maronese dera, de fazer um levantamento historiográfico dos conventos da Itália esbarraria numa dificuldade: as madres superioras poderiam abrir-lhe os arquivos, mostrar-lhe documentos, responder-lhe as perguntas, mas também poderiam não ver — como aliás, de fato não veriam — nenhuma necessidade de ele conversar com qualquer uma de suas freiras.

Depois de muito pensar, encontrou a solução: inventaria um recenseamento de todas as religiosas da Itália. Para isso, necessitaria de uma autorização do cardeal seu superior e... endossada pelo papa.

Não teve nenhuma dificuldade em conseguir convencer o cardeal Dom Carlo Rodelli, interino no cargo — o verdadeiro chefe do Departamento de História Litúrgica estava adoentado. Dom Carlo não parecia nem um pouco interessado no trabalho, não gostava de História, seu negócio era muito mais participar de reuniões sociais importantes do que qualquer outra coisa. Justamente por essa sua apatia quanto à função que estava ocupando, ele nem prestou atenção no que dizia Ramirez e, despachando-o com uma expressão em que se notava um profundo desprezo por tudo aquilo, assinou a autorização que — sabiamente — o espanhol já levara pronta.

Ramirez agradeceu-lhe, disse que o nome de Dom Carlo seria citado nos resultados oficiais do recenseamento e despediu-se dizendo que iria, pessoalmente, apanhar o endosso de Sua Santidade.

Essa seria uma façanha complicada, pois Paulo VI era um homem muito severo e gostava de tudo muito bem explicado e justificado. Porém o papa estava enfrentando problemas dos mais sérios com o clero, inclusive no maior país católico do mundo, o Brasil, com o frei Leonardo Boff prestes a lançar um livro sobre a Teologia da Libertação, a qual, se não fosse bem administrada, poderia ferir frontalmente muitos aspectos do que tinha ficado sacramentado durante o Concílio Vaticano II. Esse problema e mais uma série infindável de outros — a disseminação do uso de anticoncepcionais, a luta pelo direito de abortar, o acréscimo do número de padres abandonando a batina e a assustadora diminuição das vocações sacerdotais — faziam com que Paulo VI não dedicasse a atenção devida a pequenas solicitações de seus súditos mais diretos, acreditando piamente que nenhum deles seria capaz de usar em benefício próprio o momento confuso pelo qual a Igreja estava passando.

Ramirez o fez. Pôs a autorização já assinada por Dom Carlo Rodelli sob uma solicitação de compra de uma enciclopédia e entregou para o secretário de Sua Santidade levá-lo a despacho. Paulo VI, atabalhoado com tantos afazeres mais importantes do que uma banal aquisição de livros, assinou tudo.

Quando o secretário devolveu a papelada para Ramirez e este viu a chancela do Sumo Pontífice no documento que precisava, não pôde deixar de sorrir e de pensar que, se aquele papel fosse algum documento altamente comprometedor para o Vaticano, a desgraça estaria feita.

E, a caminho de sua sala, pensou:

"Na verdade... Quem pode garantir que essa autorização não leve, também, a uma incrível desgraça?"

34.

Como Bruno dissera, era a mesma coisa que procurar uma agulha num palheiro. Durante os meses que se seguiram, os dois homens buscaram desesperadamente uma pista que levasse ao paradeiro de Magaldi e Marianna.

Depois daquela conversa com o cardeal Antoniazzi em que ficara estabelecida a relação entre Marianna, o cardeal Pincelli e uma terceira pessoa, Bruno e Ettore decidiram focar suas atenções nesse ponto. Era fundamental descobrir quem havia recomendado a médica para Pincelli.

Um cardeal, mesmo velho e doente, como dissera Antoniazzi a respeito de Pincelli, é um homem de muitas relações tanto no âmbito clerical quanto no da sociedade temporal — ou mundana. Pincelli não deveria ser diferente e, segundo o que falara Antoniazzi, era um homem que gostava de reuniões sociais, de festas, da companhia de muitas pessoas — principalmente aquelas que dedicavam a maior parte do tempo a bajulá-lo.

Assim, se os dois se dedicassem a vasculhar meticulosamente a vida social do cardeal, teriam pelo menos uma possibilidade de encontrar a pessoa que lhe recomendara uma atenção especial para com a doutora Marianna Saggio.

Porém eles esbarraram em três problemas. Primeiro, Pincelli morrera havia mais de cinco anos, tempo mais do que suficiente para fazer com que muitas pessoas que o haviam conhecido já tivessem varrido da memória detalhes do convívio com o cardeal. Segundo, uma parte significativa de seu círculo de relações também já tinha morrido, pois eram todos bem avançados em anos. E, por fim, Bruno e Ettore não poderiam ficar fazendo perguntas pelos corredores do Vaticano ou nas altas esferas da sociedade romana sem que essa atitude fosse considerada no mínimo estranha. Suspeitas seriam levantadas, sem a menor dúvida. E a *Fraternidade* não queria isso.

Dessa forma, a investigação que os dois tinham de desenvolver era um autêntico *trabalho de formiguinha*... Eles eram obrigados a contar principalmente com o acaso, por exemplo, quando alguém mencionava o nome de Pincelli numa conversa e, então, eles procuravam descobrir informações sobre o cardeal e, pouco a pouco, iam derivando a conversa no sentido de poder captar mais dados a respeito de outras amizades de Pincelli.

E foi por acaso que Ettore conheceu o padre Rodolfo, numa livraria.

Através de uma conversa banal, Ettore descobriu que este padre trabalhara como assessor do cardeal Pincelli.

— Sim — disse o padre Rodolfo, com uma expressão saudosa. — Durante dez anos fui seu assessor, quase um secretário particular. O cardeal era um homem muito bom... Não perdia nenhuma oportunidade de ajudar as pessoas que o procuravam. Exatamente por isso, ele tinha muitos amigos...

* * *

Era uma madrugada fria, e Maronese não conseguia conciliar o sono. Estava de mau humor. Desde a hora do almoço tinha planejado ir para

Ostia, teria o coração e a cama aquecida por Martha. Porém, assim que chegou à sua casa para trocar, como de hábito, de roupa e de carro, o telefone tocou. Era Martha, avisando que naquela noite estaria embarcando para Nova York.

— Consegui ser aceita para uma exposição em Manhattan! — falou ela, entusiasmada. — O avião sai de Roma às dez e meia. Preciso estar no aeroporto às nove e meia no máximo.

— Vou apanhá-la aí — disse Maronese, contendo da melhor maneira que podia a sua decepção.

— Não é necessário — replicou Martha. — Pierina, outra pintora aqui de Ostia, também vai. Irei com ela e seu marido.

— Quanto tempo vai ficar na América? — quis saber Maronese.

— O dono da galeria mandou-me a passagem com retorno marcado para daqui a quinze dias. Mas acho que vou aproveitar e passear um pouco.

Fez uma breve pausa e, em voz mais baixa, acrescentou:

— Claro... Se você não se importar...

Maronese não poderia se importar. Havia alguns meses que Martha vinha tentando levar seus quadros para os Estados Unidos; ele jamais poderia se posicionar contra a oportunidade que lhe surgira. Além disso, Martha tinha uma parte da família em Dallas, e seria injusto se ele não a permitisse rever os parentes. Contudo, passar tanto tempo sem poder sentir o calor de seu corpo... Isso, sim, o incomodava.

Com um suspiro, Maronese disse:

— Você sabe que aqui em Roma não podemos nos encontrar. Não poderei me despedir de você no aeroporto...

— Viajarei sentindo falta do beijo de despedida, Victor — falou ela. — Mas... Quem sabe você não vai me ver em Nova York?

Era uma possibilidade a ser considerada. E seria muito bom passar pelo menos uma semana nos Estados Unidos, uma terra onde ninguém o conhecia, em companhia de Martha.

Porém, havia o projeto. E, segundo o que lhe dissera Magaldi em sua última visita ao laboratório, as coisas estavam andando até muito mais depressa do que ele mesmo e Marianna esperavam.

— Não sei, Martha — respondeu ele, depois de refletir um pouco. — Não posso prometer. Meu trabalho está um tanto acumulado, não sei se poderei me ausentar agora.

— Pelo menos, prometa que vai pensar no assunto — pediu ela. — E, se puder, venha me ver. Estarei no Waldorf Astoria, na Park Avenue. E estarei esperando você o tempo todo...

Despediram-se, e Maronese não conseguiu controlar uma certa angústia, um aperto no coração. Não estava mais habituado a ficar sem Martha. Podia não viver com ela sob o mesmo teto, mas a certeza de que ela estaria ali, a menos de trinta quilômetros de distância e sempre disposta a recebê-lo, sempre ansiosa por seus carinhos... Isso lhe dava tranqüilidade.

Desligou o telefone pensando seriamente em mandar tudo às favas e, já no dia seguinte, embarcar no primeiro vôo para Nova York. Sacudiu a cabeça com energia, lutando para afastar de sua mente esses pensamentos, e foi jantar.

Jantou mal. Não tinha apetite, e por melhor aparência que tivessem os pratos que Edoardo preparara, mal os provou. Tomou, isso sim, uma garrafa de vinho e foi deitar. Talvez o travesseiro pudesse aliviar-lhe aquela sensação de angústia e de vazio que chegava a assustá-lo.

Mas nem o vinho nem o quarto bem aquecido pelo perfeito sistema de calefação conseguiram fazê-lo adormecer. Rolava na cama de um lado para o outro e, quando tentava fechar os olhos, via Martha, os braços abertos, os seios nus, recebendo-o à porta da casa em Ostia.

Estava para se levantar e ir tomar conhaque até cair, quando o telefone na mesinha-de-cabeceira tocou.

Reconheceu imediatamente a voz de Magaldi e, de um salto, ergueu-se da cama. Mais de seis meses decorridos depois que o laboratório fora instalado, era a primeira vez que ele telefonava.

— O que aconteceu? — perguntou Maronese, aflito.

— O senhor pode vir até aqui, neste instante? — indagou o médico, por sua vez, com a voz trêmula.

— Posso, é claro! — exclamou Maronese. — Mas, pelo amor de Deus, o que foi que aconteceu??

O padre escutou a respiração de Magaldi muito mais forte do que habitualmente e, depois de uma pausa, este respondeu:

— Funcionou, padre! Conseguimos a fecundação utilizando material nuclear de células mortas! E não foi em apenas uma coelha, mas em quinze!

35.

Apesar de não saber o que poderia fazer no laboratório — afinal Maronese não entendia nem queria entender coisa alguma sobre aquelas experiências, e quando Magaldi e Marianna começavam a lhe explicar o que estavam fazendo e quais eram as suas teorias, ele sentia um terrível sono —, o padre foi até lá. Era capaz de compreender a excitação do cientista e sabia que seria injusto e desestimulante se não participasse pessoalmente de todo aquele entusiasmo.

Abriram uma garrafa de champanhe, brindaram, Maronese ouviu todo o relatório da experiência e, por fim, Magaldi falou:

— Muito bem... Agora o senhor já sabe que é possível fecundar óvulos vivos com a utilização de material nuclear de células mortas. Nossa experiência deu certo. Isso subentende que, a partir de agora, só nos resta aguardar o final dessas gestações, esperar que os filhotes nasçam e cresçam bem, verificar se eles podem se reproduzir e, então, nossa obrigação acabou... Assim que o senhor nos der o dinheiro prometido, iremos embora.

O padre já estava esperando isso, portanto não se surpreendeu.

Com um sorriso, serviu mais champanhe nas três taças e disse:

— Infelizmente, não, doutor Magaldi... Na realidade, a experiência começa agora.

Antes que o cientista pudesse protestar, Maronese indagou:

— Além da doutora Marianna, essas experiências e seus resultados foram comentados com mais alguém aqui dentro?

— Evidentemente, não! — exclamou Magaldi. — O senhor ordenou que nada fosse dito a ninguém, nem mesmo para Severino, que cuida do biotério. Ninguém sabe de nada, ninguém faz a menor idéia do que realmente estamos fazendo. Todos imaginam que estamos pesquisando vacinas.

— Ótimo — assentiu o padre. — Assim, poderemos continuar sem a necessidade de trocar de equipe...

Magaldi e Marianna fizeram uma expressão interrogativa, e Maronese disse:

— Da forma como entendi, vocês utilizaram células mortas. Mataram um ou vários coelhos, deixaram-nos ficar quase *faisandés* e, então, usaram algumas células deles. Agora, quero que imaginem o que acontece com uma célula que está morta há vários anos.

— Ela se decompõe — falou Marianna. — Perde água, apodrece pela ação de bactérias, fungos e gases...

— Mas ela pode *secar*, não é mesmo? — indagou o padre.

— Sim. Sob determinadas condições ela pode simplesmente se desidratar.

Maronese abriu um sorriso e falou:

— Pois o que eu espero é que repitam a experiência, com o mesmo sucesso, só que usando células desidratadas. Células *secas*. Velhas. Muito velhas.

Magaldi ia abrindo a boca para reclamar, para dizer que isso não estava no combinado que eles tinham feito, mas foi interrompido por Maronese, que acrescentou:

— A importância combinada, vocês já a mereceram. Esse dinheiro estará depositado na conta que foi aberta na Suíça, no início do projeto, a partir de amanhã. A continuidade dos experimentos valerá outro tanto a ser recebido quando terminarem tudo. Aí sim, poderão ir embora e estarão, se não ricos, pelo menos remediados o bastante para nunca mais terem de pensar em trabalhar para sobreviver.

Magaldi olhou para Marianna, que, quase imperceptivelmente, fez um sinal afirmativo com a cabeça, voltou-se para Maronese e disse:

— Está bem. Vamos aceitar essa nova oferta. Acho até que será muitíssimo interessante continuar nossas pesquisas nesse sentido. Mas teremos um problema.

Maronese olhou para ela interrogativamente, e a cientista explicou:

— Evidentemente não vamos poder esperar vários anos para que as células se tornem realmente velhas. Assim, teremos de simular uma situação para *apressar* o envelhecimento celular. Precisaremos desidratar o tecido, no mínimo. E não temos aparelhagem para isso.

— É só dizer o que precisam que tomarei as providências — garantiu Maronese.

Os dois cientistas trocaram um olhar, e Magaldi disse:

— Vamos precisar de uma câmara de alto-vácuo.

Sorrindo da expressão que fazia o padre, explicou:

— No vácuo a água evapora, assim como os óleos, graxas... Fica apenas a parte sólida. Com uma máquina desse tipo, podemos *regular a intensidade* do vácuo e selecionar com precisão o que vamos utilizar.

— E onde, infernos, vou conseguir uma máquina dessas?! — perguntou Maronese, quase em desespero.

— Esse tipo de equipamento não se encontra à venda, reverendo. O senhor terá de mandar construir um. E, se quer manter tudo em absoluto sigilo, é melhor que procure outro louco como nós. Conheço um físico que foi demitido da universidade de Milão, justamente porque insistiu em produzir uma máquina de alto-vácuo. Soube que ele continuou a desenvolver o projeto em sua própria casa, agora que está residindo em Roma.

Apanhou um pedaço de papel, escreveu um nome e um endereço e entregou-o para Maronese, dizendo:

— Acho que ele continua morando no mesmo lugar. Acredito que contratar os serviços de Armani será a melhor, aliás, a única solução.

36.

Armani olhou atentamente para aquele homem alourado que não tirava os óculos escuros mesmo dentro de casa e que estava vestido como se fosse um funcionário subalterno de alguma empresa. Era engraçado... A maneira de falar, o tema que estava abordando e mesmo os seus gestos não condiziam com a imagem que passava. Se ele estivesse usando um terno, com certeza o ex-professor de Física Avançada juraria que se tratava de um alto executivo. Principalmente depois que ele tirara do bolso um caríssimo Savinelli, um cachimbo que sabidamente era acessível a poucos.

Deu de ombros. Na verdade, para ele não importava quem fosse aquele indivíduo. Interessava, isso sim, que ele lhe tinha feito uma proposta milionária por aquela invenção que lhe custara o cargo na faculdade e que ele continuava achando que era uma idéia excelente e que só a inveja que despertara no chefe do departamento poderia explicar o fato de ele ter sido literalmente expulso do corpo docente da universidade.

— E então, professor? — indagou o homem. — O que acha de minha proposta?

Armani pensou um pouco e respondeu:

— Acho muito boa, senhor...

— Aldrighi — respondeu Maronese. — Paolo Aldrighi.

— Desculpe-me. O senhor já me havia dito antes... É que sou muito distraído. Mas estava dizendo que acho a proposta muito boa. E estou sinceramente disposto a aceitá-la. Porém...

Olhando para as pontas dos sapatos, como se estivesse constrangido em falar, murmurou:

— Preciso saber por que o senhor quer a minha máquina. Jamais poderia aceitar que minha invenção fosse usada para qualquer finalidade... ilegal.

Erguendo os olhos para o seu interlocutor, explicou:

— O fato de se poder usar o alto-vácuo para uma espécie particular de *destilação seletiva*... essa máquina pode ser usada para muitas coisas que não são propriamente... corretas. Por exemplo, ela pode produzir a cristalização da heroína, pode separar os componentes da pasta de cocaína... E esse tipo de coisa eu não toleraria!

O homem que estava à sua frente riu alto e replicou:

— Pois fique sossegado, professor. Sua invenção será utilizada em algo que será, com certeza, a salvação da humanidade.

Ficando subitamente muito sério, acrescentou:

— Para o senhor acreditar um pouco mais em minhas palavras, lembre-se do que eu lhe disse assim que cheguei à sua casa: quem o indicou foi o doutor Nichola Magaldi. E o senhor sabe que ele é um homem absolutamente reto.

— Sim — falou Armani. — Sei disso. E foi porque o senhor mencionou o seu nome que eu o recebi. Não costumo ser... sociável. Sei que Magaldi jamais falaria de mim para alguém que quisesse utilizar meus conhecimentos para fins ilegais. Mas eu preciso saber pelo menos mais claramente qual a utilidade que essa minha invenção terá para o senhor.

— Não é para mim, professor. É para a nossa empresa. E posso lhe dizer que se nós quiséssemos que o nome da companhia ficasse conhecido e, de repente, relacionado à sua invenção, nós lhe pagaríamos com um cheque e não em dinheiro vivo.

Abriu a maleta que trouxera e mostrou para Armani os maços de cédulas de cem dólares que ela continha.

— Aí está. Cem mil dólares. Serão seus no instante em que me entregar a máquina funcionando.

Ainda fascinado pela visão do dinheiro — Armani nunca vira tantos dólares juntos e menos ainda sonhara ser o possuidor de tamanha fortuna —, ele disse:

— Leva tempo para montar a máquina... Talvez uns seis meses.

— Não podemos esperar tanto tempo assim! — exclamou Maronese, sem conseguir esconder a decepção. — Seis meses é demais!

— Não posso fazer nada... É o tempo que precisarei.

E, com expressão compungida, juntou:

— Para montar o segundo protótipo, demorei quase dois anos!

Os olhos do padre brilharam, e ele perguntou:

— O senhor montou dois protótipos?

— Sim — respondeu. — Aperfeiçoei o primeiro. Mudei vários itens, principalmente no que se refere ao mecanismo de operação. O segundo protótipo ficou muito mais fácil de usar.

— Está aqui? — perguntou Maronese. — Está funcionando? Pode me mostrar?

Armani riu da ansiedade do visitante e, levantando-se, o convidou:

— Venha... Vou lhe mostrar meu invento, e o senhor poderá vê-lo funcionando.

Desceram para uma espécie de oficina-laboratório que Armani tinha montado no porão de sua casa, e Maronese pôde ver a tal máquina.

Não era maior do que um freezer horizontal e tinha, em sua parte superior, uma redoma de vidro grosso que cobria uma placa de aço inoxidável em que era possível notar inúmeros pequenos orifícios.

— O ar sai por esses buraquinhos — explicou Armani. — Toda a parte inferior é a máquina propriamente dita.

Desenroscou a redoma e pôs, sobre a placa perfurada, um pires com um pouco de água. Voltou a colocar o vidro e ligou o aparelho.

Um zunido se ouviu, e, menos de dez segundos depois, não havia mais nenhuma gota d'água no pires.

Em seguida, pôs no mesmo pires um pouco de água e outro tanto de óleo, mexeu nuns tantos botões de um painel e ligou a máquina outra vez. Segundos depois, no pires só havia o óleo. Regulou os controles de novo, e também o óleo desapareceu.

Maronese meneou a cabeça, admirado, e, não conseguindo se segurar, indagou:

— Se colocarmos aí dentro uma mistura de líquido com partículas sólidas muito pequenas, depois de alguns segundos só restará a parte sólida?

Armani respondeu afirmativamente e, para provar o que estava dizendo, colocou na redoma um pouco de café que havia numa garrafa térmica sobre a bancada de trabalho. Em menos de quinze segundos, havia só uma fina camada de pó de café no pires.

— Era isso que estava imaginando, senhor Aldrighi? — perguntou ele.

— Sim — respondeu o outro. — Acho que é exatamente isso.

E, olhando para a estreita escada por onde tinham descido à oficina de Armani, falou:

— Vamos ter de quebrar paredes para tirar essa máquina daqui.

O físico arregalou os olhos e exclamou:

— Mas não! Meu protótipo não está à venda! É apenas um protótipo, senhor! Eu montarei a nova máquina onde o senhor mandar!

Muito sério, Maronese disse:

— Não podemos esperar seis meses. Aliás, não podemos esperar nem uma semana! Tínhamos oferecido cem mil dólares pela máquina. Agora... Por este protótipo, podemos oferecer o triplo. E ainda pagaremos o conserto da parede. Mas o senhor terá de me possibilitar a retirada do aparelho ainda hoje.

37.

O padre Rodolfo era, possivelmente, a chave de que Ettore e Bruno precisavam.

Porém, era necessário não *espantar a caça* com perguntas excessivas e que aos ouvidos de qualquer um poderiam despertar desconfiança. Afinal, a troco de quê aquele desconhecido queria saber tantos detalhes sobre a vida do cardeal?

Assim, Ettore convidou o padre para um café e disse-lhe:

— Veja só, padre... Realmente não se pode duvidar da interferência da Mão de Deus! Tenho certeza que foi Ele que nos pôs frente a frente!

Padre Rodolfo levou a xícara de café aos lábios e, intrigado, perguntou:

— O que está querendo dizer com isso?

— Há semanas venho tentando encontrar informações sobre o cardeal Pincelli — respondeu Ettore. — E, infelizmente, tenho tido quase nenhum sucesso nessa empreitada.

O padre permaneceu em silêncio, olhando para seu interlocutor com expressão interrogativa, e este explicou:

— Sou jornalista. Estou escrevendo um livro sobre a vida e o trabalho dos cardeais da Cúria falecidos nesta década. E não estava encontrando nada sobre o cardeal Pincelli.

Abriu um sorriso e acrescentou:

— Mas Deus teve piedade de mim e colocou o senhor ao meu alcance! Agora, tenho certeza que poderei obter as informações que preciso!

O padre meneou afirmativamente a cabeça e disse:

— Sim... Creio que poderei ajudá-lo. Trabalhei com o cardeal desde o momento em que ele foi nomeado... E tenho muitas anotações sobre esse tempo, pois ele fez muitas coisas, deu início a muitas obras que seus sucessores, graças a Deus, têm continuado, escreveu muitos trabalhos... Enfim, o cardeal Pincelli foi um grande homem. Infelizmente, não lhe foi dado o devido valor.

Baixando um pouco a voz, padre Rodolfo falou:

— Sabe como é a política no Vaticano... As pessoas que têm possibilidade de, por méritos próprios, se destacar, muito depressa são postas no ostracismo.

— Aqueles que estão atrás dos muros vaticanos também são homens, padre — ponderou Ettore. — E estão sujeitos às mesmas fraquezas daqueles que, como nós, estão do lado de fora...

— É verdade — concordou o padre. — E no caso do cardeal Pincelli, as hostilidades contra ele desgostaram-no e desgastaram-no demais... E muita coisa que aconteceu ele só contou para mim!

— Quer dizer que posso contar com o senhor? — perguntou Ettore, fingindo ansiedade.

— Claro que pode! Será um prazer falar sobre o trabalho do cardeal e, creio eu, será uma maneira de lhe prestar uma justa homenagem!

Apanhou um guardanapo de papel sobre o balcão do café e anotou um endereço, dizendo:

— Atualmente estou como pároco da igreja de São Bartolomeu. Se quiser estar na casa paroquial às oito horas da noite, poderemos conversar com mais calma, pois a partir dessa hora não preciso mais atender ninguém. Só se houver alguma emergência, e espero que isso não aconteça.

Ettore guardou o papel no bolso do paletó, agradeceu efusivamente ao padre e falou:

— Tenho um parceiro nesse trabalho. Se o senhor não se importar, gostaria que ele estivesse presente...

— É claro que não me importo! — disse o padre. — A única diferença é que provavelmente tomaremos uma garrafa de vinho a mais enquanto conversarmos!

* * *

Com a chegada de mais aquela máquina ao laboratório, começava a haver pressa no desenvolvimento da parte final do projeto, e isso significava a necessidade de dois itens absolutamente essenciais: encontrar a mãe de Cristo e conseguir uma amostra do Santo Sudário que fosse suficiente para Magaldi e Marianna dele extraírem o material intranuclear.

As dificuldades começaram a surgir no campo burocrático, muito mais do que no prático, logo que Corday fez uma primeira tentativa de se aproximar da Santa Mortalha. Era preciso uma autorização emanada por um bispo, avalizada por um cardeal e, por último, chancelada pelo próprio papa. Impossível, portanto, a começar pelo escalão mais baixo, o bispo, que não conseguiu entender a razão de um simples padre do Departamento Patrimonial do Vaticano estar querendo ir a Turim para conferir o que quer que fosse relacionado ao Santo Sudário. Corday resolveu, então, tentar junto ao cardeal diretor de seu departamento. Outro fracasso. De nada adiantaram os argumentos de Corday, alegando que era essencial o Vaticano ter pelo menos uma noção do valor monetário de seu patrimônio de relíquias.

— O valor do Santo Sudário não pode ser medido em cifras — finalizou o cardeal, dando por encerrada a entrevista. — Não há a menor necessidade de fazer isso.

Já Ramirez tivera mais sorte, pois conseguira a autorização do próprio papa Paulo VI para proceder ao recenseamento de todas as religiosas que estivessem na Itália e nem sequer precisara dar quaisquer justificativas para o desenvolvimento desse projeto, pois nada lhe fora solicitado. Aliás, ele chegara a ter a impressão de que o chefe interino, Dom Carlo Rodelli, tinha achado ótima a idéia de ele se afastar do Vaticano por algum tempo, assim teria um subordinado a menos a lhe fazer perguntas e a lhe trazer problemas.

— Esses velhos que estão acima de nós são completamente obtusos! — reclamou Corday, visivelmente preocupado. — Se tivermos de depender deles todas as vezes, não sei quando vamos conseguir chegar ao nosso objetivo! E isso, sem contar com a desconfiança que podemos despertar. Sei como são essas coisas. Quando um bispo, ou um cardeal, decide achar que estamos solicitando alguma coisa por interesse próprio, em primeiro lugar, não autoriza e, em seguida, dá um jeito de nos transferir para alguma paróquia perto da Conchinchina justamente para nos afastar o mais possível do círculo de ação no Vaticano!

Assim, o entrave maior estava em Corday e, por ser ele o responsável pela *captação* de recursos para a continuidade do projeto, era de extrema importância que ficasse exatamente onde estava e exercendo suas funções sem despertar a atenção de ninguém.

Maronese ouviu, refletiu e, depois de acender o seu indefectível cachimbo, falou:

— Só há uma solução. Temos de fazer pelo menos um de nós bispo...

Os outros dois padres olharam espantados para o italiano, e Ramirez disse:

— De todas as idéias malucas que você tem tido ultimamente, esta é a mais louca de todas... Imagine, fazer um de nós bispo!

— Sim — concordou Corday. — Somos jovens demais e, além disso, há todo um processo, uma escalada hierárquica que demorará anos para ser cumprida. E ainda corremos o sério risco de não conseguirmos, nenhum de nós, chegar à ordenação episcopal! Você sabe muito bem como é a política...

— Pois é exatamente porque sei como funciona a política dentro do Vaticano que eu tenho certeza do que estou dizendo — riu Maronese. — Vamos usar a política para isso. E uma política bastante especial!

Soprando uma baforada para o teto, falou:

— Se ao menos um de nós for feito bispo, essa autorização de que Jean-Pierre precisa será simples de conseguir. Ela seguirá um caminho alternativo e virá para a mesa de Dom Carlo já chancelada pelo papa e, portanto, indiscutível.

Olhou sorrindo para Ramirez e acrescentou:

— Já sabemos que todos estão tão ocupados na ante-sala do papa que ninguém vai se preocupar muito em ler uma solicitação encaminhada por um bispo. Mesmo que esse bispo não tenha chegado aos 40 anos de idade...

Corday e Ramirez foram obrigados a concordar com o que Maronese dizia, e, depois de alguns segundos, Corday perguntou, olhando firmemente para Maronese:

— Quanto tempo acha que levará para você conseguir ser ordenado bispo?

— Eu?! — indagou Maronese, fingindo espanto. — Por que eu e não um de vocês dois?

Com uma risadinha, Corday respondeu:

— Ora, Victor...! Não se faça de desentendido! Você sabe muito bem que nenhum de nós dois teria essa possibilidade. Você está na Corte Canônica. De nós, é o único que tem posses e poder financeiro para qualquer coisa, até mesmo para *comprar* uma indicação.

Pousando amistosamente a mão sobre o antebraço do italiano, arrematou:

— E é o único que tem a ambição do poder. Você jamais haveria de se satisfazer em terminar seus dias como um pároco qualquer. E, na verdade, acho que nem mesmo como um bispo...

38.

As palavras de Corday eram exatamente aquilo que Maronese queria ouvir, e ele não pôde deixar de se recordar do que dissera para Martha: que, no caso deles dois, seria muito mais vantajoso ele se tornar cardeal do que ser papa...

E, para um dia vir a ser cardeal, ele precisaria começar por ser nomeado bispo.

Uma semana depois daquela noite — quando ficara decidido que o italiano seria, dentre os três, aquele que mais reunia condições e possibilidades de *virar* bispo —, Maronese foi procurar um de seus tios, Giulio Maronese, importante membro do conselho diretor das empresas da família e homem bastante ligado à Cúpula de Cardeais do Vaticano.

Conversaram sobre diversos assuntos, o velho Giulio agradavelmente surpreso pela visita do sobrinho e, enquanto tomavam um cálice de vinho, perguntou:

— E como vai o seu trabalho no Vaticano?

— Bem... Mas poderia ir muito melhor — respondeu Maronese, prontamente. — Enfrento muitas dificuldades.

— Como assim? — quis saber Giulio.

O padre suspirou e, com uma expressão consternada, explicou:

— A maior parte das pessoas com que tenho de lidar são bispos. Freqüentemente sou obrigado a me relacionar com cardeais. Como sou um simples padre, ou seja, hierarquicamente estou muito abaixo deles, o contato fica difícil, principalmente quando tenho de contradizê-los dentro da Lei Canônica. Isso sempre acaba por me prejudicar e faz com que eu crie desafetos, pois há sempre aquele que diga ou que comente com outros, que "um reles padreco não pode ter a ousadia de contestar um bispo, muito menos um cardeal".

Giulio balançou a cabeça, pensativo, e não tocou mais no assunto. Voltaram a conversar sobre a família, os negócios das empresas Maronese, até mesmo sobre futebol e sobre uma artista de cinema, uma jovem estrela que era *apadrinhada* do velho Giulio Maronese. O padre sabia muito bem que seu tio *financiava* a carreira da moça a troco de uma meia dúzia de carinhos inócuos e de sua companhia em festas e eventos em que o velho adorava *desfilar* com a bela Giovanna e exibi-la como um verdadeiro troféu.

— Não vá se matar com essa garota — riu o padre, quando Giulio tocou no assunto. — Você já está com idade de pelo menos mostrar que tem juízo...

— Mas eu tenho juízo! — protestou o velho. — Tanto assim que conheço as minhas limitações...

Deu uma gargalhada e acrescentou:

— Mas é bom ter uma mulher bonita como companhia, mesmo que não se faça grande coisa com ela. E, de mais a mais, eu me divirto vendo a cara de inveja que fazem meus amigos!

— Pode ser... Mas sei que ela lhe traz uma bela despesa!

— Ora, Victor! — fez Giulio. — Tenho muito... Já estou com bem mais de 70 anos; o que posso esperar da vida? Se eu decidir esbanjar meu dinheiro a rédeas soltas, ainda assim não conseguirei acabar com ele antes de morrer. Conseguiria, isso com certeza, é abreviar a minha vida por causa das extravagâncias que faria. Sou viúvo há mais de 20 anos, não tenho filhos. Meu herdeiro é você, há muito sabe disso. Gosto de Giovanna, mas nem por isso eu cairia no ridículo de me casar com ela ou de nomeá-la minha herdeira. Pretendo deixá-la bem de vida, e é o que tenho feito, ajudando-a a merecer os louros que tem recebido.

E era verdade. Com certeza Giulio não haveria de se empenhar da forma como fazia em relação a Giovanna, se ela não tivesse outros valores que não o belo corpo e o lindo palmo de rosto com que Deus a beneficiara. Se havia alguma coisa que o velho detestava, era justamente uma pessoa sem talento. E isso a atriz tinha de sobra.

Já à hora da despedida, Giulio perguntou ao padre:

— Conhece o cardeal Fanelli?

— Sim — respondeu ele. — É um homem importante, tem um cargo de destaque na Cúria Romana. Há até quem diga que é conselheiro direto de Sua Santidade...

Um sorriso maroto apareceu nos lábios de Giulio, que, dando um abraço e dois beijos nas faces do sobrinho, finalizou:

— Pois ele é muito meu amigo, Victor. E aposto o que quiser que ele vai chamá-lo ao seu gabinete ainda esta semana.

39.

Na manhã seguinte, Giulio ligou para o cardeal Fanelli.

— Mas que surpresa, Giulio! — exclamou este. — É bom saber que você não se esqueceu de mim!

E, em voz mais baixa, acrescentou:

— Espero que a bela Giovanna e aquela sua amiga, a Marinella, também não tenham se esquecido...

Giulio deu uma risada e falou:

— Creio que elas não esqueceram, meu amigo... Mas há sempre pelo menos uma maneira de fazê-las recordar. E foi justamente por isso que eu telefonei.

Tomou fôlego, pigarreou e prosseguiu:

— Vou almoçar com Giovanna amanhã, em Porto D'Anzio. E Marinella irá junto; parece-me que ela está passando por um período ruim. Imaginei que, se você também pudesse estar conosco...

O cardeal exultou. Não poderia haver um convite melhor, e uma companhia mais agradável.

— Vou mandar que o cozinheiro de minha casa em Porto D'Anzio prepare uma carne ao forno e, como sobremesa, um *sgroppino al limone*, para agradar Marinella — disse Giulio. — Você conhece o prato... É aquele sorvete de limão com vodca que deixa as mulheres leves, alegres e... permissivas.

— Será ótimo — resmungou Fanelli. — Já estou com água na boca!

Giulio sorriu consigo mesmo. Não era apenas água na boca por causa do assado ou do sorvete... Fanelli estava era com todos os sentidos voltados para a imagem que veria no dia seguinte: Marinella dourando-se ao sol, sem qualquer pudor, os seios à mostra, deitada no deque da magnífica piscina que o velho Maronese mandara construir, coincidentemente um mês depois de ter conhecido Giovanna.

— Mandarei o motorista buscá-lo às nove da manhã, está bem? — falou Giulio. — Assim teremos tempo para um aperitivo antes do almoço. E ao sol, apreciando as belas coisas que Deus criou...

Fez uma pausa e acrescentou:

— Mas tenho algo a lhe pedir que, imagino, você conseguirá resolver ainda hoje...

— Pois diga, meu amigo! — fez o cardeal. — Você sabe que um pedido seu é uma ordem para mim!

Com voz pausada e tentando dar um certo tom de displicência à mesma, Giulio falou:

— Tenho um sobrinho padre. Ele está trabalhando na Corte Canônica... Mas tem encontrado dificuldades pelo fato de ser ainda um simples padre. Você compreende... Ele não é devidamente respeitado. Gostaria que você tomasse alguma providência nesse sentido.

Fanelli refletiu por alguns instantes e disse:

— Só vejo uma solução, Giulio... Teremos de fazer esse menino chegar a bispo. E o mais depressa possível!

Giulio teve de se esforçar para não deixar transparecer demais o seu entusiasmo, e falou:

— Pois eu saberei como lhe agradecer, meu amigo... E pode estar certo que Marinella vai me ajudar a fazer isso!

40.

Padre Rodolfo recebeu-os com um sorriso e uma mesa posta com queijos, pão e vinho. Sobre duas cadeiras, ao lado da mesa, uma mala grande estava aberta, mostrando uma infinidade de papéis em seu interior.

— O que desejam saber? — perguntou, enquanto servia os cálices de vinho.

— Já sabemos que o cardeal Pincelli era uma boa pessoa, um santo homem — respondeu Bruno. — Também sabemos que sua atuação no Vaticano sempre foi visando à salvação das almas e procurando dar amparo a pessoas necessitadas.

Tomou um gole de vinho e falou:

— Precisamos saber, em primeiro lugar, como era a sua vida social. Quero dizer, fora das paredes do Vaticano e longe dos assuntos ligados à religião.

O padre vasculhou a mala por alguns momentos, encontrou uma fotografia e mostrou-a para os dois homens, dizendo:

— Para que vocês tenham uma idéia da importância de Dom Pincelli na sociedade não apenas de Roma, mas de toda a Europa Ocidental, vejam esta foto. Foi tirada durante uma recepção oferecida pelo rei da Espanha... E vejam quem está ao lado do rei!

De fato, ao lado de Sua Majestade Juan Carlos, estava o cardeal Pincelli. E rodeado por inúmeras outras personagens da aristocracia européia.

— Ele era um homem muito querido — falou o padre. — Por isso, era um convidado essencial em todos os eventos importantes.

Deu uma risada e acrescentou:

— E Dom Pincelli sabia tirar proveito disso! Sempre que comparecia a qualquer festa ou recepção desse tipo, voltava de lá trazendo o compromisso de pessoas importantes e ricas de ajudarem financeiramente em alguma de suas inúmeras atividades junto aos necessitados.

Espalhou uma porção de outras fotografias sobre a mesa e disse, com indisfarçável orgulho:

— Podem ver! Ele sempre esteve rodeado por pessoas da alta sociedade!

Bruno e Ettore examinaram atentamente as fotos e, voltando-se para o padre, Ettore comentou:

— Não há muitos padres nessas fotografias... Ele não se dava bem com os colegas de batina?

Uma sombra de tristeza pairou por um instante na fisionomia do padre Rodolfo, e, com um suspiro, ele respondeu:

— Dom Pincelli despertava muita inveja... Justamente por se dar tão bem com a alta sociedade e estar sendo sempre requisitado a comparecer em eventos os mais diversos, havia muitos cardeais que o invejavam e que faziam de tudo para prejudicá-lo.

Servindo mais vinho para todos, o padre prosseguiu:

— Na verdade, no mundo clerical, Dom Pincelli contava com pouquíssimos amigos.

Olhando novamente para as fotografias espalhadas sobre a mesa, Bruno murmurou:

— De fato... Em tudo isto, vejo apenas dois ou três padres... E eles não aparecem em todas.

Pôs o dedo indicador sobre uma fotografia e disse:

— Só este está em quase todas.

Padre Rodolfo olhou para a que Bruno apontava e disse:

— Ah...! É o padre Victor Maronese! Um bom amigo de Dom Pincelli.

Sorrindo, juntou:

— Este jamais teria motivo para ter inveja do cardeal! Milionário, influente na Corte Canônica, jovem... Ele gostava muito de Dom Pincelli. Nessas festas, quase sempre estavam juntos, e o cardeal costumava dizer que apreciava a companhia do padre Maronese, pois este irradiava otimismo, juventude e energia. Em suma, fazia-o remoçar!

Viu que a garrafa já estava vazia e, dizendo que ia apanhar mais uma, dirigiu-se para a cozinha.

— Algo me diz que este é o nosso homem — falou Bruno, baixinho. — Se esse tal Maronese pedisse algo a Dom Pincelli, jamais ouviria uma recusa!

41.

Victor Maronese recebeu com naturalidade a notícia de sua próxima nomeação para bispo, passando por cima de toda e qualquer hierarquia, segundo lhe disse o cardeal Fanelli, "por merecimento e por necessidade da Santa Sé". A ordenação seria mais para o fim daquele mesmo mês, para que houvesse tempo de se preparar tudo, inclusive a festa que a família Maronese daria em comemoração do acontecimento. Uma festa que Giulio Maronese faria absoluta questão de oferecer ao sobrinho.

Enquanto o cardeal Fanelli cuidava de fazer andar a burocracia para a nomeação de Maronese, ao mesmo tempo que se deixava levar para o sétimo céu ao lembrar dos carinhos de Marinella, e a família do futuro bispo se esmerava nos preparativos da festa — até o primeiro-ministro seria convidado —, Maronese e Ramirez tratavam de procurar a freira destinada a fazer o papel de mãe de Jesus.

Evidentemente, seria impossível os dois visitarem todos os conventos da Itália e entrevistarem os vários milhares de freiras residentes na Itália. Uma ou mais vidas não seriam suficientes para isso, a menos que pudessem dispor de uma equipe treinada especialmente para esse trabalho. Alternativa esta completamente fora das intenções dos três padres, já que aumentaria muito a possibilidade de surgirem perguntas difíceis de responder.

— Vamos fazer uma pré-seleção dos conventos — sugeriu Ramirez. — Não será muito complicado saber as idades das freiras daqui mesmo, de Roma. Podemos, por telefone, solicitar à madre superiora de cada convento que nos diga a idade da freira mais velha e a da freira mais nova...

Maronese concordou. Não deixava de ser uma pergunta cabível dentro de um recenseamento; portanto, não levantaria qualquer desconfiança.

— Está certo, Carlos — falou ele. — Pode começar a trabalhar. E será ótimo se puder contar com a ajuda de uma das secretárias do seu departamento, pois isso economizará bastante o nosso tempo.

Por sua vez, Corday não tinha uma sugestão quanto à maneira de conseguir uma amostra do Santo Sudário.

— Não há maneira — falou ele para Maronese. — Não há como eu me aproximar da relíquia lá em Turim. Ela está muito bem guardada e vigiada; há sentinelas permanentemente diante da câmara onde o Sudário está, e o manto que se encontra exposto não passa de uma imitação.

— Mas temos de conseguir! — exclamou o italiano. — Sem a amostra do Sangue de Cristo, tudo o que fizemos até o momento terá sido absolutamente em vão!

Foi Ramirez que teve a idéia e, depois de refletir por alguns instantes, escolhendo bem as palavras, ele disse:

— Todos sabem a importância dessa relíquia. Não há como negar isso, e é justamente por causa do que ela representa para o catolicismo que é tão bem guardada e vigiada.

— Isso não é nenhuma novidade — resmungou Maronese.

— Sim — concordou Ramirez. — Mas nós podemos criar a *novidade* e, aliás, acho que será a única forma de conseguirmos essa amostra. E será de maneira absolutamente legal.

Diante da expressão interessada que os outros dois faziam, Ramirez sorriu e continuou:

— A humanidade, como sabemos, está de cabeça para baixo... A guerra fria dá, pelo menos uma vez por mês, sinais de que há grandes possibilidades de *esquentar*. Uma convulsão de grande monta, especialmente aqui na Europa, pode pôr em risco o Vaticano e tudo aquilo que lhe diz respeito. Também não é nenhum segredo que os comunistas têm verdadeira fixação em extinguir toda e qualquer religião. Uma guerra gerada por eles, aqui no Velho Mundo, certamente teria como um dos alvos principais a Igreja Católica.

Com um gesto, impediu que Maronese o interrompesse e prosseguiu:

— Uma forma eficiente de fazer extinguir uma cultura, ou uma religião, é destruir os seus símbolos mais importantes. A própria Igreja Católica já sofreu isso em diversas ocasiões. Ora... O que vocês acham que aconteceria se a catedral de Turim fosse bombardeada, destruída?

— O Santo Sudário certamente seria afetado — murmurou Corday.

— Ou completamente perdido — acrescentou Maronese.

— Exatamente — concordou Ramirez. — E estaria perdida a mais importante relíquia da Igreja Católica...

— Ainda não entendi aonde quer chegar — falou Maronese. — Se está pretendendo que a Santa Sé tire o Sudário de Turim com o pretexto de colocá-lo num lugar mais seguro...

— Eu jamais conseguiria isso — interrompeu Ramirez. — Mas acho que é perfeitamente possível convencer o papa de que um pequeno pedaço do Santo Sudário deve ser posto em local absolutamente seguro para que uma situação dramática como um incêndio na catedral de Turim, ou o efeito de uma bomba, não faça desaparecer por completo uma relíquia tão importante.

Um sorriso surgiu nos lábios de Maronese, que, depois de balançar afirmativamente a cabeça, disse:

— Sim... Você tem razão, Carlos... E será necessário, apenas, convencer aquele que vai tirar o pedaço do Sudário a entregá-lo para nós.

— Ou a tirar dois pedaços... — murmurou Corday. — E qualquer uma das duas alternativas não será nem um pouco fácil.

Com um sorriso, Ramirez falou:

— Pois acho que vocês estão enganados. Toda essa manobra tem possibilidade de ser executada com toda a segurança entre nós.

Apontando para Maronese, disse:

— Teremos um bispo daqui a alguns dias. E um bispo da Corte Canônica! Esse bispo, Dom Maronese, poderá levantar a necessidade de se proteger ao menos um pedaço do Santo Sudário. E tenho certeza de que ele saberá como convencer a Cúria. Daí, como pai da idéia, ele poderá designar o único arqueólogo que está no momento no Vaticano, para proceder à retirada do pedaço da relíquia, uma vez que esse tipo de trabalho não pode ser executado por mãos que não sejam altamente especializadas. E esse arqueólogo, meus amigos... É este humilde servo do Senhor que, neste instante, está diante de seus olhos!

42.

Os quinze primeiros telefonemas feitos por Ramirez a conventos de freiras escolhidos inicialmente nas proximidades de Roma trouxeram resultados bastante desanimadores. Em três deles, a freira mais velha estava com mais de 80 anos de idade e a mais nova beirava os 40.

— Pode até ser que essas *balzaquianas* sejam virgens — murmurou o espanhol, consigo mesmo. — Mas não posso conceber a idéia de que a mãe de Cristo tenha mais de 25 anos de idade!

Passou para outra relação de congregações, estas já mais distantes.

Numa delas, um raio de esperança. A madre superiora, uma senhora bem-humorada, disse que a freirinha mais jovem era a irmã Maria da Anunciação que, por coincidência, estava fazendo aniversário naquele dia.

— Vinte e três aninhos — disse a madre. — Uma criança que poderia ser minha bisneta, já que eu estou com quase 80!

— Poderia chamá-la ao telefone, madre? — perguntou Ramirez. — Gostaria de lhe dar os parabéns...

— Transmitirei o recado, padre — respondeu a freira. — Infelizmente ela não se encontra em casa. Foi para a Somália, uma pessoa de sua família está nas últimas...

A esperança e empolgação de Ramirez desapareceram no instante.

— Somália? — indagou, esforçando-se para não deixar que sua voz denunciasse a surpresa e a decepção que sentiu. — A família dela mora lá?

— Ela é de lá, padre. Nasceu lá. Foi convertida ao catolicismo por uma de nossas missões e, como os pais não aceitavam a idéia de ter uma filha católica, irmã Anunciação foi asilar-se no nosso convento e, de lá, veio para a Itália.

E agora que estão precisando dela, chamam-na. Para isso, não importa se ela é católica, uma religiosa...

— Então... Ela é negra?

Fez-se silêncio do outro lado da linha e, depois de alguns segundos, a madre superiora perguntou, a voz já sem nenhuma jovialidade, muito pelo contrário, com uma nítida nota de azedume:

— Sim, padre... Ela é negra. Isso faz alguma diferença para a pesquisa que o senhor está fazendo?

Ramirez raciocinou depressa. Se ele dissesse que não fazia nenhuma diferença, isso soaria falso. Assim, ele respondeu depressa:

— Sim, madre. Faz bastante diferença.

E, antes que a freira lhe perguntasse o motivo, disse:

— Não é comum uma irmã negra aqui na Europa. Esta é uma informação importantíssima para o meu trabalho, mas não neste momento. Por enquanto, estamos apenas estabelecendo uma média da idade das religiosas que estão aqui na Itália. Depois, num outro item da pesquisa, quando viermos a verificar as diferentes etnias e grupos raciais que compõem os conventos, voltarei a falar com a senhora.

Despediu-se, respirou aliviado ao perceber que a freira voltara ao seu bom humor e continuou suas ligações.

Parou ao fim de quase cinqüenta telefonemas, pois já começava a ficar tarde, e as freiras tinham suas obrigações com as rezas, com o jantar, com mais rezas, e recolhiam-se cedo.

Ligou para Maronese:

— Praticamente só há velhas nos conventos, Victor. Só consegui uma meia dúzia de possibilidades.

— Não precisamos de meia dúzia, Carlos, basta-nos uma só. Vamos verificar essas que encontrou. Vamos visitar esses conventos e tentar conversar com essas freirinhas.

— E como conseguiremos fazer isso? — perguntou o espanhol. — Não creio que seja adequado chegarmos a um convento e pedirmos para falar com a irmã mais jovem da congregação...

— Tem razão, meu amigo, não faremos nada disso. Pode deixar que cuidarei dessa parte tão... delicada... logo depois que eu for ordenado bispo.

Continue fazendo seus telefonemas, esgote todas as congregações de religiosas do país e vá me passando a relação de conventos onde for encontrando possibilidades.

43.

Assim que o padre Rodolfo voltou para a sala trazendo a garrafa de vinho, Ettore perguntou-lhe:

— Acha que esse padre Maronese era o melhor amigo do cardeal?

— Sem dúvida — respondeu o padre. — Pelo menos no que diz respeito ao mundo extraclerical, Maronese e Dom Pincelli estavam sempre juntos. Pareciam tio e sobrinho, pois o cardeal quase poderia ser seu avô. Mas ao lado de Maronese ele parecia voltar a ser um menino!

— Acha possível que o padre Maronese saiba de episódios da vida do cardeal que o senhor não tenha conhecimento?

— Sempre é possível — respondeu padre Rodolfo. — Havia momentos em que os dois estavam conversando e, quando eu me aproximava, mudavam de assunto... Sou obrigado a confessar que muitas vezes cheguei a me sentir desprezado!

Balançou negativamente a cabeça e, com uma expressão saudosa, murmurou:

— Pobre Dom Pincelli...! Quando estava com Maronese, era outra pessoa! Na verdade, bem mais alegre!

Abriu a garrafa de vinho, serviu-o e perguntou:

— Querem entrevistar o padre Maronese?

— Por enquanto não — apressou-se em responder Bruno. — Vamos conversar mais, nós três... E, se percebermos que há necessidade, não tenha dúvida de que viremos pedir para nos apresentar a ele.

— Quando quiserem — falou o padre. — Tenho um bom relacionamento com o padre Maronese. Apesar de sua importância e de ser considerado por muitos sendo... esnobe!

— Ele, portanto, pertence à elite da Igreja... — murmurou Ettore.

— Sim — concordou o padre, depois de tomar mais um grande gole de vinho. — A família dele é muito rica. Indústrias farmacêuticas, sabem como é... Também por isso, Maronese goza de grande prestígio.

Com expressão de admiração, disse:

— Ele está para se tornar bispo! E tem pouco mais de 35 anos de idade!

* * *

A ordenação de Maronese como bispo, como seria de se esperar no seio de uma família rica e poderosa, gerou uma festa monumental na residência de Giulio Maronese. Afinal, para os Maronese era a celebração de mais uma conquista na escalada do poder: um membro do clã seguindo a passos rápidos uma trajetória de importância na Igreja Católica e, o que era ainda melhor, dentro do próprio Vaticano e... na Corte Canônica!

O recém-ordenado bispo circulava orgulhoso por entre os convidados, mais uma vez constatando que a família Maronese, embora não tivesse raízes na nobreza italiana, tinha grande poder e influência, pois compareceram todas as personalidades importantes que tinham sido convidadas, sem nenhuma exceção, e, dos amigos pessoais, a grande maioria viera.

Houve, porém, no meio de toda aquela alegria, um ponto de tristeza: padre Rodolfo, amigo de Maronese, morrera havia três noites, vítima de um ataque cardíaco. Enchera-se de queijos e de vinho, e seu coração não suportara. Morrera sentado à mesa, diante de quatro garrafas vazias de vinho e de uma fôrma de queijo consumida pela metade.

Martha também foi convidada por Victor Maronese — ela queria estar presente naquele instante de glória de seu amado —, porém com a condição de não deixar transparecer a mínima suspeita sobre sua relação com o recém-ordenado bispo.

— Não se preocupe, querido — garantiu ela quando Maronese falou sobre a festa. — Você sabe muito bem que eu vou me comportar. Mas tem uma condição...

Dando um beijo em Maronese, ela disse:

— Depois da festa, você virá para cá... Quero ver se você vai ficar diferente, depois que lhe derem o solidéu...

Giulio Maronese estava acompanhado de sua Giovanna, e esta, por sua vez, levou a tiracolo a bela Marinella, que, para desespero do cardeal Fanelli, não parava de lhe lançar olhares sedutores ao mesmo tempo que não perdia nenhuma oportunidade de *vampirizar* vários outros homens presentes à festa; estes, homens comuns, vale dizer, sem batina.

— Pelo amor de Deus! — pediu Fanelli à moça, num momento em que os dois se encontraram num local onde não havia mais ninguém. — Pare de olhar assim para os outros homens! Você está me pondo fora de controle!

Marinella riu e, afastando-se com um andar terrivelmente sensual, disse:

— Pois é por esse mesmo amor que Deus me deu, que eu faço isso... Tenho muito para dar... E você, agora pelo menos, não pode receber! De mais a mais, você já notou quantas personalidades do mundo artístico estão presentes? Acha que não quero ter as mesmas oportunidades de Giovanna?

Meneando os quadris de forma a fazer com que Fanelli quase perdesse a compostura, ela se dirigiu para um grupo onde Maronese se encontrava, conversando com dois cardeais.

— Qual é o seu primeiro projeto como bispo? — indagou um deles.

— Estou ajudando o padre Ramirez num levantamento histórico das relíquias mais importantes da Igreja — respondeu Maronese. — Minha parte é justamente aquela em que a Corte Canônica pode estar envolvida.

Vendo a expressão interrogativa dos dois cardeais, Maronese explicou:

— Há muitas relíquias que são veneradas como tal, mas que advêm de pessoas cujos processos de bem-aventurança, beatificação e canonização ainda estão em andamento. No Brasil, por exemplo, há o caso do padre José de Anchieta... Numa cidade litorânea, onde consta que ele morreu, há um pedaço de osso que é venerado como uma relíquia sagrada. No entanto, ele ainda não foi sequer beatificado. Um fato como esse implica diretamente numa atitude da Corte Canônica.

— Isso quer dizer que você vai verificar também a autenticidade das relíquias?

— De certo modo, sim — respondeu Maronese. — Mas há um outro ponto... É preciso verificar a segurança com que são guardadas as verdadeiras relíquias.

Deu um sorriso, pediu licença porque precisava dar atenção também a outros convidados, e afastou-se sorrindo intimamente. Tinha lançado a semente da justificativa que precisaria dar para sua idéia de se aproximar do Santo Sudário e em companhia de Ramirez.

A festa avançou pela madrugada, mas o homenageado, alegando estar cansado e precisando se recolher em orações para agradecer a Deus a ventura que lhe fora concedida, retirou-se por volta da meia-noite, coincidentemente logo depois de Martha ter se despedido.

Foi encontrar-se com ela na casa de Ostia, pouco tempo depois, desta feita sem ter se dado o trabalho de trocar de roupas e de automóvel: Martha dissera que queria tê-lo em sua casa vestido de bispo.

— E sem nada por baixo da batina! — recomendara ela.

Assim, o bispo Dom Victor Maronese continuou a sua festa particular sob os lençóis de Martha, numa forma muito especial de oração...

44.

Um mês após a ordenação de Maronese, Ramirez comunicou-lhe que a pré-seleção das freiras com possibilidade de serem candidatas à função de mãe de Cristo estava terminada.

— Teremos de visitar seis conventos — falou ele. — Tinha uma lista com mais de vinte, mas depois da terceira e última etapa da pré-seleção, restaram apenas seis.

Corday, que não acompanhara de perto o trabalho do espanhol, indagou:

— Como foi feita essa... pré-seleção?

— A primeira etapa foi determinar quais conventos tinham freiras com a idade máxima de 25 anos — respondeu Ramirez. — Em seguida, já apenas em relação às instituições que preencheram esse requisito da fase inicial, passei a perguntar quantas freiras brancas, amarelas e negras existiam nelas e qual a cor da mais velha e da mais nova das religiosas em cada convento. Nessa etapa foram eliminadas muito mais instituições do que eu imaginava. Em nada menos que dez delas, as irmãs mais jovens eram asiáticas, japonesas, chinesas, coreanas e principalmente vietnamitas. A terceira etapa foi mais difícil e delicada. Era preciso descobrir se essas freiras mais jovens e brancas eram virgens... Perguntei, então, às madres superioras, se as freiras mais jovens tinham aderido à vida religiosa por causa de algum grande dissabor amoroso.

Erguendo os ombros como se tentasse se desculpar, justificou:

— Não me ocorreu nenhuma outra forma de perguntar. Admitam que não era possível pedir para as superioras me contarem a respeito da virgindade de suas freirinhas...!

Os outros dois sorriram, e Ramirez disse:

— O resultado foi surpreendente. Sobraram apenas seis! Todas as outras tinham *descoberto* a vocação religiosa depois de um drama de amor. Três tinham perdido os noivos às vésperas do casamento. Nada menos que cinco tinham sido mães precocemente e tinham sido abandonadas pelo pai das crianças, seis tinham sido *arrebanhadas* na rua em campanhas contra a prostituição e decidiram ficar nos conventos.

— Não deixaram de ser inteligentes, estas últimas — murmurou Maronese, com um sorriso. — Pelo menos num convento, elas sabem que terão casa e comida... E, eventualmente, ainda podem ter a satisfação de seus instintos com a ajuda de alguns capelães mais fogosos!

Corday e Ramirez olharam de forma reprovadora para Maronese, e o francês rosnou:

— Como pode dizer uma coisa dessas! Você agora é um bispo, Victor! Não fica bem...

Maronese riu e, desprezando a admoestação de Corday, falou:

— Muito bem... Então temos seis freirinhas a visitar. Faremos isso assim que as experiências com células desidratadas que Magaldi está fazendo mostrarem que realmente há possibilidade de dar certo.

Muito sério, explicou:

— Não seria nem um pouco conveniente nós termos a freira, termos o retalho do Santo Sudário e, de repente, o doutor nos informar que é absolutamente impossível proceder à fecundação com material nuclear retirado de células desidratadas.

— Mas vai dar certo! — exclamou Ramirez. — Tudo tem dado certo desde o início! Tenho certeza de que estamos sendo apenas intermediários da Vontade do Senhor!

— Não teria sido mais fácil Deus ter simplesmente realizado outra vez o Milagre da Conceição sem a interferência de ninguém? — perguntou Corday, em tom de dúvida.

— Não haveria quem acreditasse, nos dias de hoje, no nascimento de uma criança de uma mãe virgem e que permanecesse virgem — ponderou Ramirez. — Do jeito que a humanidade está atualmente, o comportamento dos homens seria ainda pior do que naqueles tempos!

— Os tempos da *primeira* vinda de Cristo à Terra — murmurou Maronese, como se falasse para si mesmo. — E nós estamos sendo dirigidos pela Mão de Deus de forma a possibilitar a Sua *segunda* descida a este pobre planeta...!

45.

Com a certeza de ter partido do bispo Maronese a recomendação sobre a doutora Marianna, Bruno e Ettore voltaram falar com o cardeal Antoniazzi.

— Não pode ter sido outro — garantiu Bruno.

— Eu não estaria tão seguro assim — ponderou Antoniazzi. — Na verdade, qualquer um poderia ter indicado a doutora para Pincelli. Não acho que o fato de Maronese estar junto do cardeal na maior parte das fotografias pode ser considerado uma evidência irrefutável.

— Por que não o abordamos e lhe fazemos as perguntas diretamente? — perguntou Ettore. — Não acredito que ele resista à nossa *capacidade de persuasão*!

Antoniazzi meneou negativamente a cabeça e falou, sem esconder uma nota de impaciência na voz:

— Maronese não é um padre qualquer. Aliás, ele agora é um bispo. Além disso, há anos ele está na Corte Canônica e é muito considerado por lá. Isso significa que goza de grande influência. Como se não bastasse, ele é filho de uma das famílias mais ricas e poderosas da Itália. Tão poderosa que conseguiu ser ordenado bispo com apenas 36 anos de idade.

Fixando o olhar de Ettore, disse:

— Mexer com ele será o mesmo que mexer num vespeiro. Pode ser muito perigoso para nós, o que quer dizer que será arriscado para a *Fraternidade*.

— Não sei por que é tão grande o interesse da *Fraternidade* nessas anotações e na doutora Marianna — resmungou Ettore. — E muito menos por que pode ser perigoso *apertar* um pouco Dom Maronese...

Antoniazzi suspirou, agastado, e falou:

— A primeira parte de sua dúvida você não precisa saber. Os assuntos da *Fraternidade* não devem nem podem ser explicados para os elementos do *Grupo Ação*. A sua função é recuperar essas anotações e, depois disso feito, eliminar a doutora Marianna e Magaldi. Já a segunda parte, acho que posso pelo menos justificar, uma vez que você está mostrando ser incapaz de intuir a resposta.

Tomou fôlego e prosseguiu:

— Dom Maronese não é um homem de se intimidar. Suponha que essa *operação aperto* não dê certo. O bispo não vai sossegar enquanto não descobrir quem tentou fazer isso e por quê. E a *Fraternidade* não pode correr o risco de ser descoberta.

— Mas isso jamais aconteceria! — protestou Ettore. — Primeiro, porque Dom Maronese não resistiria, como eu disse, nem dez minutos numa *conversa* conosco. E, segundo, não há a menor possibilidade de...

— Seriam necessários quatro homens iguais a você para dar conta de Dom Maronese, Ettore! — riu Antoniazzi, interrompendo-o. — E aí, acho que quem não resistiria seria qualquer um de vocês...

Levantando-se, mostrando que a reunião estava encerrada, o cardeal falou:

— Não façam nada. Vou entrar em contato com a cúpula da *Fraternidade* e passar-lhes o problema. Por enquanto, no máximo não percam Maronese de vista. Assim que eu tiver uma resposta, entrarei em contato com vocês.

* * *

— Até o presente momento tudo tem funcionado exatamente como Marianna e eu imaginávamos — garantiu Magaldi, com um sorriso cheio de orgulho. — Já conseguimos várias fecundações e estamos apenas aguardando o nascimento da última leva de coelhos.

— Já nasceram outros? — quis saber Maronese. — Quero dizer, fecundados com esse material... *ressecado*?

— Sim. Já tivemos mais de vinte partos. E os filhotes têm sido absolutamente normais e sempre do mesmo sexo dos animais de que tiramos células e as desidratamos.

— E o que pode nos dizer sobre a saúde desses filhotes? — indagou Ramirez.

— São saudáveis. Tão saudáveis quanto os filhotes... naturais. Fizemos alguns testes para determinar, por exemplo, a resistência às infecções bacterianas e tivemos a impressão de que eles são até mais resistentes.

Magaldi sorriu e acrescentou:

— No que diz respeito à resistência à fome e à sede, garanto que são! Enquanto um filhote natural resistiu apenas dois dias sem comer e sem beber, um outro... experimental... resistiu por uma semana.

— Isso quer dizer, então, que suas teorias estavam certas, doutor... — murmurou o bispo. — É possível fecundar óvulos utilizando material nuclear de células velhas.

— Sim — concordou Magaldi. — Com a máquina de Armani conseguimos simular o envelhecimento de células de diversos tecidos e, com o que extraímos dos núcleos completamente desidratados, fecundamos os óvulos das coelhas.

Passou o braço pela cintura de Marianna e acrescentou:

— Nossa experiência foi comprovada, os relatórios estão todos feitos, resta apenas mais uma leva de nascimentos. Portanto, nosso trabalho neste laboratório está prestes a terminar.

Sorriu e arrematou:

— E estamos, assim, prestes a tirar nossas férias e aproveitar o dinheiro que fizemos por merecer!

— Amanhã mesmo essa nova importância estará depositada em suas contas — garantiu o bispo. — E estamos muitíssimo satisfeitos com o trabalho de vocês dois e com os resultados obtidos.

Magaldi agradeceu e, apanhando a garrafa de champanhe que estava gelando num balde de prata sobre a mesa, falou:

— Já está na temperatura certa... Podemos brindar, mais uma vez, ao nosso sucesso!

Serviu a bebida, ergueram as taças num brinde, e Maronese, depois de molhar os lábios no champanhe, olhou para seus dois companheiros e disse:

— Muito bem, doutor... Tudo deu certo. Suas teorias estão corretas.

Olhando intensamente para Magaldi, perguntou:

— O que acha de repetir esse mesmo procedimento... com material humano?

Magaldi e Marianna trocaram um olhar e sorriram.

— Tínhamos certeza de que esse seria o próximo passo — falou o cientista. — Por isso mesmo já estamos com tudo preparado.

— Excelente! — exclamou Dom Maronese. — Isso quer dizer que não haverá nada que possa atrasar o experimento?

— Não há nenhum motivo para isso — garantiu Marianna. — Só precisamos, efetivamente, aprontar o material doador.

— Vamos entregá-lo a vocês dentro de uma ou duas semanas — disse Maronese. — E, nessa ocasião, explicarei tudo com mais detalhes.

— Quem vamos *clonar*? — quis saber Magaldi.

— Ainda não podemos informar, Magaldi — respondeu o bispo. — Mas pode ficar sossegado que vocês saberão. Quando chegar o momento. Tenham um pouco de paciência.

Assim que Maronese e seus dois inseparáveis companheiros deixaram o convento, Marianna perguntou:

— Acha que chegou a hora?

— Não, querida — respondeu Magaldi. — É melhor esperar. É importante que tenhamos a mais absoluta segurança...

46.

O ambiente não poderia ser mais intimidador. A pesada caixa de prata com o Santo Sudário estava sobre a mesa e, ao seu redor, paramentados como se fossem entrar numa cirurgia, estavam Ramirez, Corday, o bispo Dom Maronese o vigário da catedral de Turim e mais dois outros padres auxiliares.

Calçando luvas e com a ajuda do próprio vigário, Ramirez abriu a caixa de prata. Deixando-a aberta, baixou a lupa binocular presa à sua cabeça, trocou de luvas e, com todo o cuidado, retirou a Santa Mortalha de seu relicário.

Como todos os presentes, estava fortemente emocionado e tinha de fazer esforço para controlar o tremor em suas mãos.

Os dois padres auxiliares retiraram a caixa de prata, depositando-a sobre uma mesa ao lado, e Ramirez, ajudado pelo vigário, estendeu o Sudário sobre a mesa, dobrando-o ao meio, pois os pouco mais de quatro metros de pano não cabiam sobre ela.

— Qual o lado que é mais exposto? — indagou Ramirez.

— Nenhum dos dois — respondeu o vigário.

E acrescentou:

— O que mostramos ao público, e ainda assim muito raramente, é uma cópia muito bem feita. De longe e por trás dos grossos vidros que a protegem, ninguém consegue perceber que se trata de uma imitação.

Ramirez não replicou e passou a estudar o pano, com as mãos atrás das costas, já para evitar ao máximo a tentação de tocá-lo.

Através das poderosas lentes de sua lupa, pôde ver que o pano era de linho, um pouco amarelecido pelo tempo — na realidade, depois de praticamente dois mil anos, era de espantar que ele não tivesse apodrecido — e tecido em forma de *espinha-de-peixe*. As manchas atribuídas ao sangue de Cristo estavam espalhadas por quase todos os lugares da Mortalha, e a área central mostrava uma maior concentração de tons castanhos com uma forte tendência ao castanho-escuro.

Mesmo de perto, e principalmente por saber o que deveria enxergar, Ramirez notou a forma de um corpo humano.

"O Corpo de Cristo!", pensou, sentindo aumentar o seu nervosismo. "Serei digno de tocá-lo?"

Escutou, como se estivesse vindo do fundo de um poço, a voz do vigário, perguntando:

— De onde o senhor pretende tirar um retalho?

Depois de alguns segundos, Ramirez respondeu:

— De uma parte que tenha bastante sangue e que não mutile a relíquia...

O Vigário deixou escapar um suspiro de alívio e murmurou:

— Ainda bem! Estava com medo de que lhe tivessem ordenado recortar justamente o rosto de Cristo...!

— Jamais faria isso! — exclamou o espanhol. — Mesmo com ordem do próprio papa! Seria estragar completamente a relíquia!

Virou o Santo Sudário de forma a poder estudar o lado de baixo, que correspondia à impressão da imagem das costas do Senhor e viu que, nesse pedaço do Sudário, havia mais manchas de sangue do que no outro e, melhor ainda, havia uma mancha bastante nítida que chegava até a beirada do tecido.

— A parte de baixo do Sudário deve ter sido dobrada sobre o Corpo de Cristo — murmurou Ramirez. — E deve ter tocado o sangue...

Aquela mancha na borda do Santo Sudário era a parte mais indicada para dali ser extraída a amostra, pois não mutilaria a imagem e, se conseguisse cortar uma tira fina, da largura de no máximo um dedo e com vinte e cinco ou trinta centímetros de comprimento, o sinal deixado por essa operação ficaria praticamente imperceptível.

Criteriosamente, comparou a mancha com as demais, localizadas mais ao centro da Santa Mortalha. O aspecto era o mesmo, não havia a menor possibilidade de erro. Ela também tinha sido feita com o Sangue de Cristo.

— Vou retirar a amostra daqui — decidiu Ramirez, por fim.

Apanhou uma tesoura cirúrgica e, com toda a delicadeza de que era capaz, cortou uma tira de pano *disfarçando* habilmente o local da extração, de modo a que somente olhos experimentados de uma pessoa muito detalhista pudessem notar o corte.

Maronese aproximou-se e abriu uma pequena caixa de ouro que tinha sido mandada fazer especialmente para aquele fim, e Ramirez colocou em seu interior a tira, dobrando-a cuidadosamente com o auxílio de duas pinças de ponta chata, para não haver a menor possibilidade de estragar o tecido.

Maronese suspirou e, segurando a caixinha perto de seu coração, disse:

— Está terminado. Agora, vamos voltar para o Vaticano e entregar esta relíquia para Sua Santidade.

Durante o trajeto, a bordo do jatinho que os levara a Turim, os três não trocaram uma só palavra. Sentiam-se como se fossem realmente indignos de dizer qualquer coisa ali, ao lado de um pedaço da relíquia mais sagrada e preciosa do catolicismo.

Não se falaram, nem mesmo quando Ramirez, usando uma tesoura e uma pinça novas, cortou um pedaço de cerca de dez centímetros da tira que retirara do Santo Sudário e colocou-a numa outra caixinha de ouro, em tudo idêntica àquela que Maronese mostrara na catedral de Turim.

47.

Sempre acompanhado por seus dois companheiros, o bispo foi fazer as visitas aos conventos para poder escolher a freirinha que melhor se encaixasse no perfil que imaginaram para a mãe de Cristo.

Para conseguir a amostra do Santo Sudário, bastaram duas reuniões com os cardeais da Cúria, uma entrevista com o Sumo Pontífice e, claro, a influência do cardeal Fanelli. Em nenhum momento Maronese e Ramirez tiveram muito trabalho para convencê-los da necessidade dessa medida, ou seja, guardar muito bem guardado um fragmento da Santa Mortalha, evitando, assim, que um incidente acabasse por fazer desaparecer para sempre a preciosa relíquia. Maronese chegara a comentar com seus dois amigos que tivera a impressão de que tanto os cardeais da Cúria como até mesmo o papa apenas estavam esperando que aparecesse alguém com a idéia e coragem suficiente para expô-la, bem como realizá-la.

Já com a história de visitar os conventos e — pior — conversar com a freirinha mais jovem, as coisas foram muito diferentes.

As autorizações e chancelas de que precisavam, Ramirez as tinha conseguido sem maiores problemas. Porém a grande barreira, o terrível obstáculo para a perfeita realização de seus intentos, os três encontraram na figura das madres superioras de cada um dos seis conventos que tinham de visitar. As digníssimas superioras não estavam achando graça nenhuma em permitir que suas subordinadas fossem entrevistadas por quem quer que fosse.

— Nossas irmãs não falam com homens — disse uma das madres. — Somente com o padre confessor.

Nos seis conventos foi exatamente a mesma coisa. Para permitir que as freiras respondessem às perguntas feitas por Maronese e os dois padres, as madres superioras fizeram absoluta questão de assistir às entrevistas. E o mais terrível foi que elas respondiam muitas e muitas vezes no lugar das freiras.

Com muito esforço, muito latim gasto e muito sacrifício, afinal conseguiram avistar-se com as seis freirinhas *candidatas sem o saberem* àquela divina missão.

O trabalho foi árduo. Para poderem ver a freirinha mais jovem de cada convento, foram obrigados a entrevistar todas as outras também, sob pena de levantarem suspeitas; afinal, o que poderiam querer aqueles dois padres e um bispo ainda cheirando a fraldas, recém-ordenado, com a irmãzinha caçula do convento?

Dessa forma, Maronese inventou algumas perguntas banais — sobre vocação religiosa, atividades nos conventos, saúde e outras coisas que jamais poderiam comprometer — para fazer a todas elas e anotar as respostas. O que eles efetivamente queriam, naquela fase do projeto, era simplesmente *ver* a freirinha e escolher aquela que seria a *eleita*.

Depois de uma semana de visitas e entrevistas altamente tediosas, reuniram-se na casa de Maronese para fazer essa escolha e discutir a estratégia que usariam para tirar a *eleita* do convento, levando-a para o laboratório.

— Já pudemos perceber que a Mão de Deus está nos apoiando neste projeto — falou Corday, muito sério. — Tudo está dando certo, tudo está correndo às mil maravilhas.

Tomou um gole de vinho e completou:

— Assim, sugiro que deixemos novamente nas Mãos do Senhor essa escolha.

Maronese e Ramirez olharam para ele interrogativamente, e, com um sorriso, Corday explicou:

— Vamos orar ao Senhor e pedir-Lhe que ilumine cada um de nós na escolha que temos de fazer. Em seguida, escreveremos o nome da freira e vamos ver. Quando houver unanimidade, essa será a escolhida.

Maronese balançou afirmativamente a cabeça e, tocando a sineta para chamar Alberto, pediu-lhe que trouxesse papel e canetas.

Depois que ele atendeu a ordem dada e se retirou, Corday falou, em voz baixa:

— Não sei como você pode confiar tanto em seus empregados... Se eles escutarem o que dizemos aqui nesta sala...!

Maronese riu e, em tom tranqüilizador, disse:

— Ficam apenas dois empregados à noite, aqui em casa, Jean-Pierre. Alberto, o mordomo, na realidade um *faz-tudo* extremamente fiel, e o *chef*, Edoardo. Este fica na cozinha o tempo todo. Jamais poderia escutar o que quer que seja. E quanto a Alberto, normalmente fica ajudando o serviço de Edoardo. E, mesmo que eventualmente ele escute algo, ponho a minha mão no fogo por ele. Jamais comentaria, e até sou capaz de apostar que ele faria questão de esquecer imediatamente o que ouviu.

Corday deu de ombros. Talvez fosse, realmente, assim. Pelos corredores do Vaticano sabia-se que Maronese tirara Alberto da rua quando este era ainda adolescente e criara-o como se fosse seu filho. E, na esteira dessa verdade, correra um boato dizendo que Alberto era, de fato, o fruto de uma aventura de Maronese durante umas férias nos tempos de seminário. Portanto, se isso fosse verdade, seria mesmo de esperar uma lealdade sem limites de Alberto para com Maronese.

Terminaram a garrafa de vinho, ajoelharam-se, deram-se as mãos e pediram a Deus que lhes enviasse Sua Luz para poderem escolher a mulher que seria a mãe de Seu Filho.

Terminada a oração, escreveram, escondidos uns dos outros, o nome da freirinha que cada um achava que deveria ser a *eleita*.

Quando puseram os papéis sobre a mesa de centro, ao lado da garrafa vazia de vinho, os três não conseguiram disfarçar o calafrio e a emoção que sentiram.

Todos tinham escrito o mesmo nome.

A irmã Maria da Conceição do Espírito Santo, carmelita do convento de Santa Thereza de Torre Maggiore seria a mãe do Cristo que estava por vir.

48.

A madre superiora recebeu Dom Maronese e os dois padres que o acompanhavam sem esconder uma significativa dose de azedume. Podia ser um bispo, ela lhe devia um profundo respeito, era verdade, mas um bispo tão jovem... E tão bonito! E, para aumentar a sua má vontade em recebê-los, esse bispo estava querendo conversar justamente com a irmã Maria da Conceição...!

— E desta vez, madre... — falou Maronese com gravidade. — Terá de ser em particular.

— Mas... Por quê? — perguntou a freira, espantada. — O que os senhores têm para falar com ela que eu, que sou a superiora da casa, não posso saber?!

— Temos uma missão para a irmã Conceição — disse o bispo, com voz pausada, mostrando claramente que estava se esforçando para manter a paciência. — Uma missão do Vaticano. E é algo que somente ela poderá saber.

A freira arregalou ainda mais os olhos, e Maronese prosseguiu:

— Irmã Conceição deverá executar uma tarefa para Sua Santidade. Ninguém poderá saber, e a senhora deverá manter absoluto segredo sobre esta nossa conversa.

Com um olhar em que propositadamente pôs uma boa carga de severidade, o bispo disse:

— Para seu convento, isso será uma honra muito grande e que será revelada, caso Sua Santidade ache conveniente, depois que o trabalho de irmã Conceição terminar. E estou contando isso para a senhora porque é a madre superiora e sei que não dirá a ninguém, a nenhuma outra irmã o que acabou de ouvir. Trata-se de um pedido especial de Sua Santidade. Ele quer que tudo seja mantido em absoluto sigilo. E nós sabemos que a senhora não desprezaria um pedido do nosso amado papa, não é mesmo?

A freira tartamudeou alguma coisa, e Maronese falou:

— Assim, até mesmo para o padre confessor a senhora não deverá dizer nada. E, para termos a certeza de que isso não acontecerá, o padre Corday irá confessá-la enquanto eu e o padre Ramirez estivermos conversando com a irmã Conceição. Dessa forma, a senhora não precisará ter qualquer drama de consciência em sua próxima confissão pelo fato de estar omitindo o que ouviu de minha boca.

A pobre madre superiora estava trêmula, pálida como um lençol, e não teve forças senão para assentir com um balançar de cabeça.

Com um gesto, Maronese ordenou que a freira e Corday fossem para a capela e disse:

— Por favor, madre... Antes de ir para o confessionário, mande chamar a irmã Conceição. Eu preciso falar com ela aqui, e não no parlatório.

Recuperando-se um pouco, a madre indagou:

— Mas o que vou dizer para as outras irmãs, quando perguntarem o que ela veio fazer aqui... *fora*?

— Diga a verdade. Fale que ela veio conversar com um bispo. Nada mais.

Acompanhada pelo padre Corday, a freira se afastou em direção à capela e, diante da porta da clausura, pediu a uma outra irmã que fosse buscar a irmã Conceição.

Menos de cinco minutos depois, Ramirez e Maronese viram entrar na sala de visitas uma freira alta e esbelta que, com um sorriso, perguntou:

— O senhor queria falar comigo?

Os dois sacerdotes olharam para ela, admirados.

Apesar do pesado hábito marrom e negro das carmelitas, deixando-lhe expostas somente a face e as mãos, podia-se perceber que a irmã Conceição era uma mulher muito bonita. Seu rosto tinha traços suaves, a tez muito branca, o nariz clássico e os olhos vivos e claros luziam debaixo de sobrancelhas bem delineadas, não muito escuras. Das mangas do hábito, as mãos brotavam delicadas, de dedos longos.

"Mãos de artista", pensou Ramirez.

Maronese respirou fundo e, indicando uma das poltronas, disse:

— Sim, irmã. Temos algo muito importante para lhe dizer. Por favor, sente-se.

A freira obedeceu e sentou-se, muito ereta na poltrona, com as mãos pousadas sobre o colo. Maronese logo notou que ela não parecia nervosa e que aguardava placidamente que ele começasse a falar.

— A senhora está com 24 anos, não é verdade? — perguntou ele.

— Sim — respondeu a irmã. — Meu aniversário foi há dois meses.

— O que a levou a se tornar freira? E carmelita?

— Perdi minha família num acidente de trem quando tinha 8 anos de idade. Com certeza eu também teria morrido se estivesse com eles. Mas eu não fui nessa viagem. Como estava adoentada, com muita dor de garganta, minha mãe deixou-me na casa de uma amiga. Depois da tragédia, como essa boa mulher não tinha condições de me criar, pois já possuía seis filhos, ela me levou para um orfanato das Irmãs Missionárias do Sagrado Coração de Jesus. Uma dessas irmãs apegou-se muito a mim e, como tinha uma prima carmelita, levava-me freqüentemente para visitar o Carmelo. Fui me apaixonando por todas aquelas irmãs, comecei a sonhar em me tornar uma delas. Porém, quando fiz

18 anos é que tive a certeza de que minha vida tinha de ser dedicada integralmente ao serviço do Senhor. Então, vim para cá. E aqui pretendo passar o resto dos meus dias. Trabalhando para os pobres, rezando, vivendo com Deus e para Deus.

Por um breve instante passou pela mente de Maronese que irmã Maria da Conceição representava um formidável desperdício. Uma mulher como ela deveria estar fora daquela prisão, trabalhando numa casa, com marido e filhos...

Sacudiu energicamente a cabeça para afastar tais pensamentos, ao mesmo tempo que pedia perdão a Deus por se deixar levar por uma idéia que, muito provavelmente, dentro de pouco tempo seria absolutamente sacrílega. Afinal, aquela freira era a que parecia ter sido escolhida por Ele mesmo para ser a mãe de Seu Filho!

— Então a senhora sempre viveu num ambiente estritamente religioso... Não conviveu com rapazes, não namorou... Não teve, enfim, nenhum contato com homens... Logo, não teve filhos...

— Fora os professores do colégio, aliás, apenas dois ou três, e o padre confessor, acho que sequer falei com qualquer homem, senhor bispo! — riu a freirinha. — E posso garantir que isso jamais me fez falta!

— Quer dizer que a senhora acredita piamente que tenha sido uma verdadeira vocação? Uma chamada de Deus?

— Não tenho a menor dúvida disso — respondeu a irmã, prontamente.

O bispo fez uma pausa, fixou o olhar da religiosa e perguntou:

— A senhora está ciente de que a vida religiosa implica em muitos sacrifícios, não é mesmo?

— Evidentemente — respondeu a irmã, muito séria.

— E está ciente que deve obediência cega à Sua Santidade, o papa...

— Sou uma serva do Senhor — disse a freira. — E o papa é o representante de Cristo aqui na Terra.

Maronese abriu um sorriso e disse:

— É bom ouvir isso, irmã... O papa é a encarnação da Santa Sé. E a Santa Sé precisa de seus serviços, irmã Conceição. Só que não será aqui no convento, mas sim no âmbito do Vaticano. E é algo tão sigiloso que a senhora ficará isolada num antigo convento para poder dar conta dessa... missão!

A freirinha baixou os olhos e repetiu:

— Sou uma serva do Senhor. O que o Santo Padre e a Igreja Católica precisarem que eu faça, farei!

Erguendo os olhos para o bispo, perguntou:

— Quando devo partir?

49.

Já estava fazendo uma semana que o cardeal Antoniazzi fizera contato com a *Fraternidade* explicando o que tinha acontecido até então e pedindo novas orientações, porém ainda não obtivera nenhuma resposta, muito embora tivessem lhe dito que no máximo em três dias eles fariam contato.

Nesse intervalo de tempo, Bruno e Ettore, alternando-se em turnos de vinte e quatro horas, vigiaram incessantemente Dom Maronese.

Contudo, apesar de todo o cuidado que ambos tiveram, não conseguiram acompanhar o bispo o tempo todo e só perceberam isso no oitavo dia de vigília.

E não era porque Maronese tivesse descoberto que estava sendo vigiado. Ele, na verdade, sequer chegou a desconfiar o que estava acontecendo e agia de maneira absolutamente natural, ou seja, continuava a correr no caminho para o Vaticano — sempre saía atrasado de casa e, por isso, tinha de correr bastante — e, uma vez tendo chegado ao seu destino, quando precisava sair, fazia-o com Ramirez, que possuía um carro pequeno e com vidros fumês, escuros o bastante para não deixar que, do exterior, alguém pudesse reconhecer quem estava dentro do veículo.

Porém, naquele dia, Dom Maronese atrasara-se um pouco mais do que o habitual e resolveu ir diretamente para o convento. Ligou para Ramirez e disse-lhe que apanhasse Corday e fossem para lá.

— Estarei no convento dentro de quarenta minutos — falou o bispo.

Era o turno de Ettore, e ele, escondido atrás de uns arbustos ao lado da estrada de acesso à residência de Maronese, viu quando ele saiu com seu Lancia. Mais que depressa, saltou sobre sua motocicleta e começou a acompanhá-lo. Mas Maronese estava com pressa. Muita pressa. E acelerou sua máquina, logo aumentando a distância que os separava, e, em menos de cinco minutos, desaparecia.

Não era a primeira vez que isso acontecia, e Ettore não se preocupou.

"Eu o alcanço no trânsito", pensou ele. "Só há um caminho para o Vaticano..."

Ettore estaria certo se Maronese estivesse se dirigindo para o Vaticano. Mas ele estava indo para o convento, lugar que tanto Ettore como Bruno não sabiam que existia.

Assim, continuou em sua motocicleta na direção do Vaticano e surpreendeu-se por não ter passado pelo Lancia do bispo no trecho de tráfego normalmente engarrafado antes da praça São Pedro. Mais surpreso ficou quando não viu o carro de Maronese estacionado no lugar de sempre.

Telefonou imediatamente para Bruno, que, como tinha ficado de vigia até sete horas da manhã, atendeu de mau humor.

— O que foi, Ettore? — resmungou ele. — Será possível que não vou poder dormir?

— Eu o perdi, Bruno! — falou Ettore, sem se incomodar com a reclamação do companheiro. — Ele correu muito na estrada, achei que poderia recuperá-lo no trânsito, mas ele não veio para o Vaticano!

Bruno soltou um palavrão. Então, só por causa disso, aquele parvo o acordara?

— Ele pode ter ido a algum outro lugar, Ettore. Mas vai voltar. Afinal, ele tem de estar no Vaticano todos os dias, não é?

Ettore murmurou alguma coisa, e Bruno disse, encerrando a conversa:

— Espere aí onde está. Daqui a pouco ele vai chegar. E, por favor, deixe-me dormir!

Voltou para a cama ainda xingando e fechou os olhos.

Estava naquele estágio que fica entre a vigília e o sono quando o telefone tocou novamente.

— *Maledetto!* — exclamou. — Quando lhe puser as mãos em cima, Ettore vai ver uma coisa!

Ergueu o fone e, antes que pudesse dizer qualquer coisa, ouviu chamarem-lhe pelo nome e pelo codinome na *Fraternidade*:

— Bruno Falcone?

— S-sim... — gaguejou ele.

E, recompondo-se, recitou sua senha de reconhecimento:

— O falcão estuda a presa antes de atacar...

— ...e nunca erra o alvo — emendou quem estava do outro lado da linha. — Bom dia, Bruno. A *Fraternidade* precisa que você e Ettore venham aqui às duas horas da tarde. Precisamos conversar...

* * *

Magaldi olhou para Marianna, apertou a mão da mulher entre as suas e ergueu o rosto na direção dos três sacerdotes.

— Desde o início eu imaginei que vocês estivessem tramando algo... — murmurou o cientista. — Considerando a posição bastante retrógrada da Igreja Católica em relação aos avanços da ciência, pensei que o que estavam querendo era simplesmente provar a impossibilidade de se *criar* uma vida... Depois, com o correr do tempo e vendo o entusiasmo que vocês manifestaram quando anunciei o sucesso de todas as experiências, fui obrigado a mudar minha forma de pensar e acabei não entendendo mais nada.

Dirigindo-se a Maronese, falou:

— Quando comuniquei o sucesso obtido na fecundação de óvulos utilizando material nuclear extraído de células mortas e desidratadas, o senhor me perguntou se achava que seria possível fazer o mesmo com materiais humanos. E renovou a proposta, dizendo que na hora certa explicaria o que estava querendo e ordenou-nos que, nesse ínterim, fôssemos estudando e preparando o laboratório para uma experiência muito importante.

Deu um sorriso e continuou:

— Pensei que realmente estivessem preocupados com o estudo da reprodução humana. Percebi que aqui, nesta casa, estamos aos casais. Assim, passou por nossa cabeça — minha e de Marianna, evidentemente — que os senhores estavam querendo fazer uma dessas mulheres engravidar utilizando material nuclear extraído de alguma personalidade da História Recente da Igreja. Mas Marianna me fez lembrar que nossas mulheres, com exceção dela mesma, estão na menopausa ou quase.

Apontou para a caixinha de ouro que estava sobre a mesa de centro e falou:

— Mas eu jamais poderia supor que se tratava *disso*! *Clonar* Cristo!

Muito sério, Maronese perguntou:

— Acha que é possível?

— Pelo menos teoricamente, é — respondeu Marianna. — Esse pedaço de tecido deve conter células ressecadas e desidratadas em quantidade suficiente para que possamos, pelo menos, tentar.

— As células que estiverem aí têm quase dois mil anos... — lembrou Ramirez.

— Sim, mas o material nuclear deve estar presente. Ele não iria desaparecer — disse a doutora. — Só esperamos que não estejam degradados, desdobrados, quebrados...

— Há bastantes manchas de sangue — falou Maronese.

— Que não adiantam nada — replicou Magaldi. — Precisamos de células nucleadas, e as hemácias não têm núcleo.

Maronese e seus dois companheiros tiveram a sensação de que o mundo desabava sobre suas cabeças. Os glóbulos vermelhos são anucleados! Portanto, não poderiam fornecer material intranuclear!

Com a voz esganiçada pelo desespero, Maronese perguntou:

— Mas... então... Não será possível realizar a experiência?

Magaldi meneou a cabeça em sinal de dúvida e, virando-se para Marianna, disse:

— Cristo foi duramente flagelado, querida... Sangrou muito. E junto com o sangue que aderiu ao pano, também devem estar algumas células de tecido. Não é possível que não existam células epiteliais, musculares, ou mesmo glóbulos brancos...

— Tem razão — admitiu Marianna. — Mas será impossível localizar essas células, depois de tantos anos! Dois mil anos! É muito tempo!

— Mas você disse que o material nuclear estaria aí! — exclamou Maronese em tom de protesto.

— E deve estar — afirmou a doutora. — Mas desde que haja células nucleadas. Não importa se estiverem reduzidas a um resto quase calcinado de tão intensa a desidratação sofrida. Mas é preciso que haja um núcleo para haver material nuclear...

Magaldi pensou um pouco, apanhou a caixinha e pegou a tira do Santo Sudário com a ajuda de uma pinça. Olhando atentamente para o pedaço de pano, murmurou:

— Temos a obrigação de tentar... Talvez consigamos separar por centrifugação algum material intranuclear que tenha sobrado.

Voltando-se para Maronese, disse:

— Mas vamos precisar *ver* se conseguimos esse material ou se o que restar da centrifugação não será apenas um *pó* microscópico sem nenhuma utilidade. E só poderemos fazer isso com a utilização de um microscópio eletrônico.

Marianna deixou escapar uma risada e falou:

— Você está maluco, querido! Por mais que existam recursos para tanto, um microscópio eletrônico será impossível! Além do preço, jamais conseguiríamos operar a máquina sozinhos! É um aparelho complicado demais!

— Sem dúvida — concordou Magaldi. — Mas eu estava pensando em fazer um exame do material.

— Fora daqui? — perguntou o bispo.

— Sim. Tenho vários conhecidos na universidade de Roma que poderão me prestar esse favor. Não custará um centavo e não despertará qualquer suspeita. Prepararei o material para ser examinado e, quando chegar o momento de encaminhá-lo para o exame, bastará que eu faça um telefonema.

— Mas... Não há risco? — quis saber Ramirez. — Essa pessoa que fará o exame não ficará com parte do material e não poderá fazer o mesmo que nós?

— Não há perigo, padre — respondeu Magaldi. — Essa pessoa não saberá que material é esse. Apenas será informada de que deve constatar a presença de partículas intranucleares e identificá-las. E vou encaminhar lâminas prontas. Isso posso fazer aqui.

Voltou a guardar o pedaço de pano na caixinha e disse:

— A mãe, pelo que imagino, será essa freirinha que vocês trouxeram ontem à noite e instalaram no apartamento no mezanino da capela... E ela sabe disso?

— Não, e nem deve saber — respondeu prontamente Maronese.

— Mas ela terá de ser informada! — protestou Marianna. — Imagine que ela vai permitir uma inseminação artificial! Ela fará um escândalo dos diabos!

Maronese pegou o cachimbo, a bolsa de tabaco e, segurando cada objeto numa mão, falou:

— Maria recebeu a visita do Anjo Gabriel, que lhe fez a Anunciação... E ela aceitou de bom grado, como serva de Deus. O mesmo deverá acontecer com a irmã Maria da Conceição.

— O senhor não está imaginando que o Anjo Gabriel venha lhe fazer a Anunciação... — questionou Magaldi, com expressão de troça.

— Evidentemente, não — disse Maronese, sem esconder uma ponta de impaciência na voz. — Mas a situação vai se repetir quase de forma idêntica. A única diferença é que quase dois mil anos se passaram, a humanidade mudou, a ciência evoluiu e nós estaremos *ajudando* o retorno do Filho de Deus através dessa ciência.

50.

O local do encontro era sempre o mesmo, a velha igreja da paróquia de São Constantino, pouco freqüentada e mal conservada. Era justamente esse aspecto de desleixo e abandono que a cúpula da *Fraternidade* desejava. Era uma excelente maneira de reduzir ao mínimo o número de visitantes.

Bruno e Ettore bateram à porta da casa paroquial, e ela se abriu sem que ninguém a tocasse.

Como acontecia todas as vezes que era obrigado a ir ali, Ettore sentiu um arrepio a lhe percorrer a coluna vertebral. Se havia algo que lhe pusesse medo, era exatamente aquele aspecto de casa mal-assombrada, de residência de bruxas que parecia transpirar daquelas paredes úmidas.

Uma voz se fez ouvir, ordenando que entrassem e fechassem a porta com a tranca de ferro.

Notava-se que a casa, realmente, estava quase abandonada: de móveis, na sala de entrada, havia apenas uma antiga mesa de madeira — que certamente faria a felicidade de qualquer antiquário — algumas cadeiras e um grande armário cujas portas estavam quebradas e que outrora deveria ter servido para guardar os livros de registros de batismo e casamento que ali eram celebrados.

A voz, vinda de um quarto ao final do corredor, repetiu a ordem:

— Venham até aqui!

Bruno e Ettore eram homens acostumados a situações as mais inusitadas. Desde que estivessem lidando com coisas que conseguiam compreender, nada os amedrontava. Porém aquele ambiente que lhes lembrava velhas histórias de assombração mexia com seus nervos.

Com andar vacilante e prontos para reagir à mínima ameaça, os dois avançaram pelo corredor até o quarto de onde os estavam chamando.

Entraram, o suor a lhes porejar a testa, as mãos crispadas, todos os sentidos em alerta.

No quarto, um cômodo de aproximadamente trinta metros quadrados, havia uma mesa tão antiga quanto a da sala de entrada e quatro cadeiras. A cadeira de frente para a porta estava ocupada por um homem vestido com um hábito monástico de cor cinza-escuro. Usava luvas de couro negro e seu rosto estava coberto por um capuz cônico onde havia dois orifícios para os olhos e outro, menor, para a boca. Na outra cadeira, a da direita, estava outro homem, vestido da mesma maneira, porém a cor de seu hábito era um pouco mais clara.

— Feche a porta, Ettore — disse o primeiro encapuzado. — E venham sentar aqui.

Ettore obedeceu e foi ocupar a cadeira da esquerda, enquanto Bruno sentava-se diante do encapuzado que lhes dirigira a palavra. Prestou atenção ao encapuzado de hábito mais claro e, experiente que era nesses assuntos, percebeu que, por baixo do hábito, havia um volume significativo do lado direito. Justamente do lado onde a sua mão estava enfiada.

"Uma metralhadora!", pensou. "Esse sujeito está carregando uma metralhadora! E está com o dedo no gatilho!"

No mesmo instante, Ettore percebeu que tinham caído numa armadilha.

Tentou reagir, mas seu reflexo foi uma fração de segundo mais lento do que deveria.

O cano da metralhadora, alongado por um silenciador, emergiu das dobras do hábito do encapuzado, já cuspindo fogo.

Atingidos mortalmente no peito e na cabeça, Ettore e Bruno tombaram.

O encapuzado de hábito mais escuro levantou-se e disse:

— A *Fraternidade* está livre deste perigo... Agora, vamos nos dedicar ao resto!

* * *

A preparação do material extraído do retalho do Santo Sudário era uma operação bastante complicada e, obviamente, tinha de ser executada com muito cuidado e economia de material. Magaldi e Marianna estavam cientes de que não poderiam desperdiçar nem mesmo um milímetro do precioso tecido, pois, uma vez este acabado, não haveria possibilidade de arrumar mais.

Assim, os dois cientistas pegaram um pequeno pedaço do Santo Pano, um fragmento de cerca de um centímetro quadrado, imergiram-no em água bidestilada por vários dias, depois misturaram uma solução fraca de soro fisiológico, deixando repousar por algumas horas e, por fim, centrifugaram o líquido obtido. Concomitantemente, Magaldi repetiu toda a operação com outra amostra que Marianna lhe entregara, marcando os tubos de centrifugação em azul, para a primeira amostra, e em vermelho, para a segunda.

— Vamos examinar com o nosso microscópio — sugeriu Magaldi. — Acho que ele é suficientemente potente para podermos enxergar alguma coisa.

Conseguiram preparar uma dúzia de lâminas — seis marcadas com um ponto vermelho e seis com um azul — que, depois de devidamente coradas e fixadas, foram levadas para o microscópio.

Cavalheiro, Magaldi deixou que Marianna examinasse as lâminas primeiro, muito embora estivesse ardendo de curiosidade para ver o que tinham conseguido após as várias centrifugações a que tinham submetido o material.

A doutora ficou no microscópio por mais de meia hora, examinando e reexaminando as doze lâminas. Finalmente, olhando para Magaldi com expressão de incredulidade, murmurou:

— Você não vai acreditar, querido...! Veja! Olhe principalmente esta lâmina, no canto esquerdo do campo.

Magaldi obedeceu e, depois de alguns minutos, falou:

— Mas é incrível...! Depois de vinte séculos... O material intranuclear parece estar intacto!

— Acho que nem precisaríamos confirmar através de um microscópio eletrônico... — comentou Marianna.

— Não custa nada pedir para Pierone dar uma olhada — retrucou Magaldi. — Você sabe que não podemos correr risco nenhum...

Marianna concordou. Seria um desastre terrível se eles conseguissem convencer a freirinha a *colaborar* e, de repente, não estivessem fazendo inseminação nenhuma!

No final do dia, quando Maronese apareceu, comunicaram-lhe o resultado da experiência, e Magaldi entregou-lhe as lâminas, dizendo:

— Pierone é muito meu amigo. É um dos principais assistentes do Departamento de Citologia da universidade de Roma. Basta entregar-lhe estas lâminas. Vou telefonar para ele agora mesmo dizendo que eu preciso que as examine no microscópio eletrônico e diga o que encontrou.

Acompanhado por Maronese, o doutor fez a ligação, falou com o próprio Pierone e, ao desligar, disse:

— Pierone prefere que o material lhe seja entregue agora. Ele anda terrivelmente ocupado durante estes dias e só poderá prestar-me esse favor agora à noite. O senhor mesmo poderá levar as lâminas e, se esperar meia hora, trará o resultado ainda hoje.

Maronese não discutiu. Na verdade, ele estava tão ansioso quanto Magaldi, se não mais.

Deixando Corday com os cientistas, foi com Ramirez para a universidade.

Não teve qualquer trabalho para encontrar o professor Pierone, pois este já os estava esperando à porta da faculdade de Medicina e, menos de duas horas depois, os dois padres estavam voltando, trazendo um envelope endereçado para Magaldi.

Já no convento, o bispo passou o envelope para o cientista, que, ansioso, o abriu, ao lado de Marianna.

Um sorriso iluminou o rosto do doutor, e Marianna mal conseguiu conter um gritinho de satisfação.

— Veja o senhor mesmo, bispo... — falou Magaldi, entregando-lhe o papel assinado por Pierone.

Maronese apanhou o papel e leu:

Você está maluco, Magaldi? Não há nada nestas doze lâminas a não ser material intranuclear. O que esperava que eu visse no MEV? Os átomos das moléculas de DNA?

— Percebem? — perguntou Magaldi, excitado. — Conseguimos! Aí nessas lâminas há o material de que precisamos para a transferência nuclear!

— E quando acha que pode começar a... *fecundação*... da irmã Conceição? — indagou Corday.

— Vamos necessitar de alguns equipamentos — falou Magaldi. — Na realidade, precisaremos montar uma sala de cirurgia aqui. Vamos precisar de uma incubadora especial e de alguns instrumentos que não existem no mercado e que, portanto, terão de ser *fabricados*...

— Quanto a isso, não há problema, doutor — garantiu Maronese. — É só me dar a relação do que vai precisar.

— Além disso, temos de descobrir o dia da ovulação da freirinha — respondeu Marianna. — E é preciso, antes de mais nada, convencê-la... O que eu acho que será o mais difícil.

Com um sorriso, Maronese contestou:

— Pois acho que você está enganada, Marianna. Tenho certeza de que não será necessário convencer a irmã Conceição.

Dirigindo-se para o barzinho para servir-se de uma dose de uísque — ele tinha a impressão de que nunca em toda a sua vida sentira uma tal necessidade de tomar alguma coisa bem forte —, falou:

— O Anjo Gabriel não precisou convencer Maria Santíssima de que ela seria a Mãe de Cristo...

* * *

Quando ficaram novamente sozinhos, Marianna abraçou Magaldi e perguntou:

— Podemos começar?

— Acho que sim — respondeu o cientista. — De qualquer maneira, não será imediato... Você precisa estar pronta, não é mesmo?

Marianna sorriu e disse:

— Psicologicamente estou mais do que pronta. Estou morrendo de ansiedade! O problema é que fisicamente, ainda não...

— Pois não tenha pressa, minha querida. Você, melhor do que ninguém, sabe que a ansiedade não é um fator que ajude nesse tipo de caso.

— Não há perigo de perdermos o material? — indagou a médica.

— Não. Os tubos estão no nitrogênio líquido. O material pode ser conservado assim por muitos anos.

Beijou carinhosamente os lábios de Marianna, e acrescentou:

— Na realidade, acho bom esperarmos mais um pouco. Veremos como tudo funciona e, se houver êxito...

51.

Os dois encapuzados saíram da sala ao mesmo tempo que nela entravam quatro homens usando macacões de operários e empurrando um carrinho de transportar entulho. Não foi preciso que lhes dessem qualquer ordem, eles sabiam perfeitamente bem o que deveriam fazer: limpar o local sem deixar o menor vestígio de que ali tinha acontecido uma execução e, em seguida, livrarem-se dos corpos.

Deixando a sala, os dois encapuzados passaram para um quarto onde quatro outros homens estavam esperando.

Tiraram os hábitos que estavam usando por cima de batinas convencionais de padres seculares — exatamente iguais às dos outros quatro que ali se encontravam.

— Como foi? — inquiriu o mais velho deles.

— Como deveria ser — respondeu aquele que tinha falado com Bruno e Ettore. — Sem nenhuma pergunta, sem nenhum problema.

Com um sorriso, falou:

— Ettore percebeu, mas Peter não lhe deu tempo de reagir.

— Era necessário — disse outro padre. — Quando temos de lidar com pessoas como esses dois, todo cuidado é pouco. Da mesma maneira que estão trabalhando para nós, podem estar jogando para o outro lado...

— É verdade — concordou o mais velho. — A *Fraternidade* não pode correr nenhum risco. E é justamente por isso que essas pessoas que, por contingências próprias do nosso projeto, podem desconfiar dos objetivos finais, têm de ser eliminadas. São pessoas que agiram por causa de dinheiro ou de poder. Mercenárias. Pessoas que podem, de um momento para o outro simplesmente por causa de uma soma maior, passar para o outro lado. Foi assim com Ottavioli, e será assim com outros.

Voltando-se para Peter, acrescentou:

— Já providenciei a sua transferência de Milão para Roma. Quero que esteja por perto. Não foi fácil encontrar um ex-militante do IRA e que comungue com as nossas idéias!

— Serei eu a cuidar de Maronese e do casal de cientistas? — perguntou Peter.

— Por enquanto não vamos mexer com eles. Já sabemos que Dom Maronese está amparando Magaldi e Marianna. E sabemos que eles estão dando continuidade ao trabalho que estavam desenvolvendo na universidade. É isso que queremos. Precisamos que eles concluam corretamente as experiências. Quando terminarem, nós encontraremos um meio de *convencê-los* a nos passar a tecnologia ou de virem a trabalhar conosco.

— Mas não sabemos onde eles estão — protestou Peter. — Aqueles dois não conseguiram descobrir onde Maronese os escondeu!

— Acho que, se Bruno e Ettore tivessem continuado a seguir Maronese da forma como estavam fazendo, acabariam sendo descobertos. Esses dois não têm formação investigativa. São meros executores. Tornaram-se desnecessários e perigosos. Fizemos o que deveríamos fazer.

Respirou fundo e arrematou:

— Agora, você apenas deverá descobrir onde estão Magaldi e Marianna e vigiá-los de longe. Não interfira, a menos que surja uma situação anormal. Muito anormal. A princípio, sabemos que não vão desaparecer, pois o que estão pesquisando é muito importante e... demorado. E nós temos paciência. Já esperamos quase setecentos anos!

* * *

Não foi preciso mais de uma semana depois de sua chegada ao convento para que a irmã Maria da Conceição percebesse que alguma coisa ali não estava bem explicada.

Embora ela ficasse permanentemente limitada ao espaço de seu apartamento e da capela — por vontade própria, pois ninguém havia lhe dito que não poderia circular por todo o convento — sem tomar conhecimento do que acontecia no restante daquele lugar, a freirinha podia *sentir* que a sua presença ali tinha outros motivos que não apenas a execução de alguns bordados que Dom

Maronese mandara fazer, dizendo que faziam parte de um trabalho especial para o altar-mor da Basílica de São Pedro. Isso ela poderia perfeitamente estar fazendo no sossego do Carmelo, não havia qualquer coisa que justificasse tanto sigilo. Contudo, habituada que estava desde a mais tenra idade à disciplina restritiva e constritiva dos conventos, o que a levava a ser um verdadeiro exemplo de submissão à vontade das superioras, irmã Conceição calou. Continuou a fazer seus bordados e a rezar, dizendo em suas orações — talvez numa manobra de autoconvencimento — que ela não era nada a não ser uma serva do Senhor e que se fizesse a Sua vontade, não importando o que fosse.

De qualquer maneira, ela não tinha do que se queixar. A vida, naquele estranho lugar, era bem melhor do que a que levava no Carmelo, os horários não eram tão cruéis — por exemplo, não tinha de se levantar todas as madrugadas, às três horas, para ir à capela rezar —, e as refeições eram completamente diferentes, mais nutritivas e mais saborosas do que o caldo magro a que tinha se acostumado como carmelita. E, pela primeira vez em sua vida, ela estava sendo servida, ao invés de servir às outras, como sempre o fizera. Nem mesmo tinha de lavar suas roupas! Ou limpar seu quarto e seu banheiro! Todos os dias, a boa portuguesa Fátima, responsável pela ala residencial do convento, aparecia e deixava tudo limpo, brilhante e perfumado. E era também ela que vinha lhe trazer as refeições, não se cansando de repetir que se "a santa irmãzinha quisesse alguma coisa a mais ou se tivesse fome durante o dia, bastava tocar a campainha ou descer até a cozinha".

Naquela sexta-feira, porém, a rotina foi quebrada: quando irmã Maria da Conceição abriu a porta para receber seu jantar, quem entrou em seu quarto foi o bispo Dom Maronese.

— O Senhor esteja contigo — disse ele, com um sorriso.

— Deus seja louvado! — murmurou a freira e, ajoelhando-se, tomou a mão do bispo para lhe beijar o anel.

— Posso entrar? — indagou ele. — Preciso falar com você.

Era algo absolutamente inusitado para a freira. Um homem — mesmo que fosse um bispo — entrar em seu quarto era tão estranho e assustador que, num primeiro momento, a freira pensou seriamente em fechar a porta na cara do prelado e correr a se esconder debaixo da cama.

Mas o espírito de submissão, mais uma vez, falou mais alto. Num reflexo quase pavloviano, ela se afastou da porta para lhe permitir passar, e disse:

— Por favor, entre...

Maronese entrou e foi sentar-se na cadeira ao lado da mesa em que a irmã fazia suas refeições. Com um gesto, mandou que ela sentasse à beira da cama.

Os dois ficaram em silêncio por alguns constrangedores momentos, Maronese escolhendo as palavras que deveria usar, e irmã Conceição torcendo as mãos, assustada e trêmula.

Por fim, o bispo falou:

— Você foi a escolhida e, dentre todas as mulheres do mundo, será confiada a você a mais importante missão da História desde o nascimento de Cristo...

A freira sentiu seu coração bater descompassadamente e com tanta força que teve a impressão de que ele ia lhe saltar para fora do peito. Quis falar, perguntar ao bispo qual era essa missão, mas a voz não lhe saiu.

Maronese prosseguiu:

— Você porá no mundo uma criança a quem dará o nome de Messias. E essa criança salvará a toda a humanidade.

Com muito esforço e ouvindo a própria voz como se fosse de outra pessoa, irmã Conceição conseguiu perguntar:

— Mas como isso pode acontecer, se sou virgem e permanecerei virgem até minha morte?

O bispo sorriu e respondeu:

— Nada é impossível para Deus...

Voltaram a ficar em silêncio, e pela cabeça da freira passou inevitavelmente a cena da Anunciação de Maria pelo Anjo Gabriel.

— E é a vontade de Deus que assim seja — disse Maronese, segurando ambas as mãos da freira. — Você não poderá recusar!

A carmelita ergueu o rosto para encarar o bispo e falou, repetindo, sem querer, as palavras da Mãe de Jesus:

— Eis aqui a escrava do Senhor. Faça-se em mim conforme a Sua vontade.

Maronese respirou aliviado e, ajoelhando-se diante da freira, disse:

— Todos temos de ser escravos do Senhor.

Voltou para a cadeira e, dominando o desejo de pegar seu cachimbo, falou:

— Contudo, isto é o mais absoluto segredo. Você não poderá comentar com ninguém esta nossa conversa.

Com um sorriso, a irmã murmurou:

— Não tenho com quem comentar, senhor bispo. Não vejo ninguém...

— A não ser a Fátima — interrompeu Maronese.

— Jamais falaria com ela sobre isso! Ou sobre qualquer outra coisa!

— Deus permitiu que tivéssemos a ciência a nosso favor — prosseguiu o bispo, sem dar importância às palavras da freira. — E ela está aí para ajudar o retorno de Cristo a este planeta. Por isso, você será assistida desde hoje pela doutora Marianna. Ela é a única pessoa com quem poderá falar o que quiser, pois, como você, também foi escolhida pelo Senhor justamente para auxiliá-la nesta missão divina. Por isso, você deve obedecer a todas as suas recomendações e atender a todos os seus pedidos.

52.

Ao redor da mesa de jantar, enquanto comiam a deliciosa bacalhoada feita por Fátima, Maronese comentou:

— Para ser sincero, não esperava que ela aceitasse tão facilmente. Imaginei que a irmã fosse fazer dezenas de perguntas, exigir centenas de explicações...!

Voltando-se para Ramirez, disse:

— Segui sua recomendação. Fiz-lhe um anúncio exatamente como você disse que tinha de ser. E, mais uma vez para comprovar a atuação da Mão de Deus, os cinco itens estiveram presentes quase como se eu estivesse lendo as Sagradas Escrituras!

Magaldi e Marianna olharam curiosamente para o bispo, e este explicou:

— Segundo o que está na Bíblia, todas as vezes que ocorre o *relato de um anúncio*, isso se dá de acordo com uma forma bem definida e sempre com a presença de cinco elementos — ou itens.

Tomando a palavra, Ramirez falou:

— Não se trata de nenhum fenômeno, mas sim de uma estrutura literária que os Livros Sagrados têm em comum. É uma forma narrativa e explicativa utilizada para possibilitar um melhor entendimento e dar mais credibilidade ao anúncio relatado.

— E quais são esses cinco elementos? — quis saber Magaldi.

— Os estudiosos da Bíblia e da História Sagrada distinguem a aparição do *mensageiro celeste* com a saudação; o temor e a perturbação da pessoa a quem é feito o anúncio; a mensagem da parte de Deus que lhe é transmitida; a dúvida ou alguma objeção que é posta por essa pessoa e que obriga a um melhor esclarecimento da mensagem; por fim, um sinal ou prova de que a mensagem vem realmente de Deus.

— E foi exatamente o que aconteceu! — exclamou Maronese, depois de tomar um gole de vinho. — Eu apareci e a saudei, dizendo-lhe que ela tinha sido a escolhida. A irmã ficou nervosa e assustada. Em seguida, eu falei que ela daria à luz uma criança e que deveria lhe dar o nome de Messias.

Fez uma pausa e, em voz baixa, Maronese disse:

— Foi aí que começou o que, para mim, era o sinal da presença da Mão de Deus, ou seja, o quinto item.

Sem esconder a própria perturbação, esvaziou o cálice de vinho e arrematou:

— A reação da irmã foi surpreendente. Como ocorreu na descrição da Anunciação da Virgem, escrita no Evangelho de Lucas, ela indagou como isso seria possível se ela é virgem e assim pretende permanecer até o fim da vida. Então eu lhe disse que *nada é impossível para o Senhor* e que essa é a vontade de Deus. E ela respondeu que era a escrava do Senhor, que se fizesse a Sua vontade...!

— Não percebi onde está a prova de que a mensagem foi realmente advinda de Deus — falou Corday.

— A prova não foi dada à freira, mas sim a mim! — explicou Maronese. — O fato de ela ter respondido exatamente como Lucas disse que Maria o fez! A irmã proferiu exatamente as mesmas palavras da Virgem Santíssima!

Serviu-se de mais vinho e, olhando para a doutora Marianna, o bispo falou:

— Expliquei-lhe que, diferentemente do que aconteceu na Judéia, hoje Deus pôs à Sua disposição a Ciência e o conhecimento adquirido pelo homem. A irmã entendeu e vai colaborar. Ela só deverá se reportar a você, e tenho certeza de que vai depositar plena e total confiança em suas palavras e atitudes. Assim, poderá começar ainda esta noite.

Marianna fez um sinal afirmativo com a cabeça, e Ramirez perguntou:

— Como pretende agir?

— Em primeiro lugar, é preciso determinar o gráfico de ovulação da freirinha — respondeu a médica. — Vou medir a temperatura da irmã e, no momento da ovulação, nós interviremos.

Maronese pediu a palavra e, quando todos estavam prestando atenção, disse:

— Creio que o melhor é não dar a perceber à irmã Maria da Conceição que estamos procedendo a uma... inseminação artificial. Acho que vocês têm de dar um jeito de fazer com que ela tenha a certeza de que a intervenção humana seja mínima.

— Não será uma inseminação artificial — contradisse Marianna. — Nós procederemos a uma transferência de material nuclear. E pode estar tranqüilo que saberemos como fazer para que ela não perceba a nossa interferência.

Magaldi deu uma risadinha marota e falou:

— A nossa freirinha vai descobrir que está grávida e, realmente, só vai poder atribuir o fato a uma intervenção divina!

Ficando subitamente sério e olhando para Marianna, murmurou:

— Teremos de aproveitar o máximo possível quando da possibilidade de extrair óvulos férteis. Não poderemos repetir a operação muitas vezes...

— Não será preciso repetir — garantiu Maronese. — Não se esqueçam de que a Mão de Deus está por trás de tudo isso. Vocês terão sucesso logo na primeira tentativa.

— Esperamos que esteja certo, senhor bispo — replicou Marianna. — Mas, como somos cientistas, vamos nos garantir. Quero ter de dez a quinze embriões viáveis para ter a certeza de que uma nova chance pode ser possível e realizável, caso haja algum problema.

Franzindo as sobrancelhas e com expressão preocupada, Corday perguntou:

— E o que vão fazer com os embriões que sobrarem?

— Eles serão destruídos, padre — respondeu Marianna. — Sabemos o que eles significam e não vamos deixá-los... disponíveis.

— E é evidente que os senhores serão chamados para testemunhar a operação de destruição — asseverou Magaldi. — Mas isso só acontecerá a partir do instante em que tenhamos total segurança no sucesso do... experimento!

* * *

— O senhor não vai se arrepender, eminência — disse Peter, ao telefone. — Descobrimos uma ligação importante de Dom Maronese.

— Mas eu havia dito que era apenas para manter Maronese sob vigilância! — protestou Antoniazzi. — Não há nenhuma necessidade de eu ir ver com meus próprios olhos! E ainda mais a esta hora da noite!

— Sinto muito, eminência — insistiu Peter. — Mas é imprescindível que o senhor venha pessoalmente.

O cardeal soltou um suspiro de desânimo, e Peter perguntou:

— Quer que eu o apanhe aí em sua casa?

— Não. Meu motorista poderá me levar. E até prefiro. Dentro de meia hora estarei aí.

Profundamente aborrecido, o cardeal Antoniazzi se vestiu e acordou o motorista e, quando este apareceu, entregou-lhe o endereço que Peter dera ao telefone.

— Sabe onde fica? — indagou.

— Sim, eminência — respondeu o motorista. — Não fica muito longe daqui.

E acrescentou, com uma expressão preocupada:

— É um bairro mal-falado... Um antro de prostituição!

Antoniazzi franziu as sobrancelhas, intrigado. O que diabos Maronese teria a ver com um lugar assim?

Sentou-se, como de hábito, no banco traseiro do Alfa Romeo e pensou:

"É estranho... Maronese sempre foi tão... refinado! Qual seria a sua relação com esse bairro?"

Tinham acabado de atravessar o portão de sua casa quando passou pela cabeça de Antoniazzi que aquele chamado poderia ser uma armadilha. Quem poderia garantir que aquilo não fosse uma desculpa apenas para o atrair?

Ia abrindo a boca para mandar o motorista voltar quando este freou o carro bruscamente.

O cardeal escutou o barulho do vidro dianteiro se estilhaçando e viu, apavorado, o motorista pender para o lado, caindo sobre o banco dianteiro.

— Boa noite, cardeal — escutou dizer a voz de Peter, ao mesmo tempo que a porta traseira se abria. — E adeus!

Não teve tempo de esboçar a menor reação. Viu apenas que a mão direita de Peter segurava uma arma cujo cano era bem mais longo do que o normal. Escutou dois estampidos discretos, abafados, um ruído semelhante ao de um livro caindo sobre um tapete. Sentiu uma pancada violenta do lado esquerdo do peito e, no mesmo instante, faltou-lhe o ar.

Tentou respirar. Abriu a boca num esforço para encher os pulmões, mas o máximo que conseguiu foi sentir uma dor lancinante no peito e veio-lhe à boca o gosto adocicado de sangue.

Uma tosse convulsa o acometeu, e Antoniazzi caiu para a frente. Peter disparou sua arma mais duas vezes, uma na cabeça do motorista e outra na cabeça do cardeal.

Teve ainda a pachorra de fechar as portas do automóvel e, guardando a arma, disse para si mesmo:

— Pronto! A *Fraternidade* não precisa mais se preocupar com este mercenário...!

53.

Durante os quase cinco meses que se seguiram, a irmã Maria da Conceição submeteu-se humildemente a todos os exames que Marianna lhe fez. Colheu sangue, mediu a temperatura corpórea, ajudou a doutora a estabelecer um gráfico dessa temperatura para que fosse possível deduzir o dia de ovulação, enfim, colaborou da melhor maneira que podia. E não fez perguntas, embora ardesse de curiosidade para saber quando, afinal de contas, engravidaria, uma vez que durante todo aquele tempo não sentira nada de diferente e a sua menstruação continuava a vir normalmente.

Até que, no dia 15 de março de 1972, Marianna falou para Magaldi:

— Dentro de dez dias ela estará ovulando...

— Pode garantir isso? — perguntou o cientista.

— Sim. Ela é absolutamente regular e os ciclos se repetiram com perfeição nos últimos quatro meses. A possibilidade de uma falha agora é mínima. Vou começar a lhe administrar os hormônios para estimular a produção de óvulos. A freira estará perfeitamente pronta para a fertilização dentro de oito a doze dias.

Olhou o calendário que estava pendurado na parede à sua frente e falou:

— No dia 24 faremos a aspiração dos óvulos.

Magaldi levantou-se, foi até um armário de instrumentos e apanhou um estojo inoxidável com aproximadamente trinta centímetros de comprimento e três de largura. Abriu-o, delicadamente apanhou uma agulha de seu interior e murmurou:

— Esta minha invenção terá de funcionar...

— Vai funcionar, querido — disse Marianna. — E se depender da teoria de Dom Maronese, nós teremos a Mão de Deus nos ajudando. Não há como falhar!

Magaldi meneou a cabeça em sinal de dúvida e resmungou:

— Não poderá falhar, querida. Do sucesso desta experiência com a freira dependerá todo o resto... E o que interessa, mesmo, é justamente isso: o *resto!*

Marianna não retrucou e apanhou na gaveta de sua escrivaninha uma caixa com alguns comprimidos. Contou-os e disse:

— Irmã Conceição tomará quatro desses comprimidos de uma só vez, a cada seis horas. E vamos rezar para que ela não tenha um episódio hemorrágico ou precipite a ovulação... Teremos de confiar nos cálculos que fizemos e na regularidade do ciclo menstrual da freira. Os folículos deverão estar *no ponto* no dia 24. Não podemos perder o momento, pois será complicado repetir todo o procedimento sem que ela desconfie. Por isso, vou continuar a medir a sua temperatura. Se começar a aparecer uma alteração significativa, vamos ter de intervir imediatamente.

Marianna despediu-se de Magaldi com um beijo e foi levar para a freira a primeira dose de hormônios.

— Por que tenho de tomar esse remédio? — perguntou a irmã, relutante. — E para que serve?

— Seu último exame de sangue mostrou um certo grau de anemia — respondeu Marianna. — É preciso que você recupere o nível ótimo de hemácias... Esse remédio serve exatamente para isso.

A freira não fez mais perguntas e, com um gole de água, engoliu os quatro comprimidos.

— Diga-me imediatamente se vier a sentir qualquer coisa diferente — recomendou Marianna. — Frio, calor, tremedeiras, vômitos... É importante que eu acompanhe bem de perto tudo o que estiver acontecendo com você.

Porém irmã Maria da Conceição não sentiu nada naquele dia nem nos outros em que tomou a medicação. Bem ao contrário, pareceu-lhe até estar mais disposta e fora um discreto peso no baixo ventre, não notou nenhuma diferença.

Foi na manhã do dia 24 que a freira mandou chamar Marianna para lhe dizer que achava que estava com um pouco de febre. A doutora fez as medições de temperatura e constatou que, de fato, havia uma alteração significativa na mesma.

Comunicou o fato para Magaldi:

— Ela está começando a ovular. Vamos ter de intervir.

Magaldi concordou, e Marianna pegou no armário de remédios outra medicação, dizendo:

— Esta droga vai fazê-la adormecer. No momento em que ela *apagar*, virei chamá-lo. Deixe a sala de cirurgia pronta.

Não havia passado meia hora, e Marianna veio chamar Magaldi.

— Já está dormindo. Reforcei com uma injeção. Teremos mais ou menos duas horas para trabalhar.

54.

Irmã Conceição foi transportada de maca para a sala de cirurgia que tinha sido construída na ala do laboratório e transferida por Magaldi e Marianna para a mesa ginecológica.

— Vamos começar — disse ela. — Passe-me o afastador.

Delicadamente, introduziu o afastador na vagina da freira, de forma a não comprometer o hímen, e murmurou:

— Ela é realmente virgem...

— E como queria que fosse? — fez Magaldi, com uma risada. — Uma freira que está desde criança vivendo em conventos...

— Existem os capelães — ponderou a médica.

— Ela não mentiria para Dom Maronese. E a prova está aí. O hímen está intacto.

Sempre com a maior delicadeza possível, Marianna introduziu a agulha transvaginal e, com a ajuda do aparelho de radioscopia, aspirou o líquido folicular. Entregou a seringa para Magaldi, que foi observar, ao microscópio, se ali havia óvulos.

Deu um sorriso de satisfação e falou:

— Há vários óvulos, querida! Acho que em número suficiente!

Por garantia, Marianna fez outra aspiração e, depois de reforçar a sedação da freira, falou:

— Pronto. Transfira o líquido folicular para as placas de Petri com a marca azul, ponha na incubadora e vamos levar a nossa paciente de volta para o quarto.

Magaldi obedeceu e, sempre com muito cuidado, transferiu o conteúdo da seringa para dois recipientes de vidro em que previamente havia sido colocado um líquido que simulava as condições físico-químicas das trompas femininas e cujas tampas estavam marcadas com um ponto de tinta azul. Em seguida, colocou-os na incubadora e conferiu sua regulagem. Teria de estar a 36,7°C, a temperatura do corpo humano.

— Será que a irmã vai sentir alguma coisa? — indagou ele, enquanto ajudava Marianna a empurrar a maca até o apartamento da freira.

— Pode ser que sinta um pouco de dor por causa da punção — respondeu a médica.

— E hemorragia?

— Não. Isso ela não deve apresentar.

Já chegando ao quarto da irmã, Marianna disse:

— Se ela apresentar a mais leve hemorragia, não poderemos fazer a transferência do embrião para seu útero. E isso seria um desastre completo, o fracasso da experiência.

Deixaram a freirinha deitada e voltaram para o laboratório. Magaldi tinha pressa em começar os procedimentos para a injeção introcitoplasmática de material nuclear no maior número possível de óvulos.

O método já tinha sido ensaiado por eles mais de mil vezes; assim, não havia como errar. Magaldi pôs uma das placas de Petri sob a lente de um microscópio, selecionou e isolou um óvulo e, com a ajuda de um micromanipulador que ele mesmo tinha desenvolvido, injetou em seu interior o material intranuclear que tinha sido obtido a partir da centrifugação do líquido de imersão do pedaço do Santo Sudário e que estava guardado nos tubos de centrifugação marcados em azul, dentro do recipiente de nitrogênio líquido.

— Agora é só aguardar. Dentro de vinte e quatro a quarenta e oito horas, teremos dois pronúcleos... E poderemos dar como feita a primeira fase do procedimento.

Repetiu a operação mais quatorze vezes e devolveu as placas para a incubadora.

— Daqui a setenta e duas horas, os embriões deverão estar prontos para serem implantados no útero da irmã Conceição — falou Magaldi.

— E como vamos fazer para que ela não perceba? — quis saber Marianna.

— Vamos agir do mesmo modo, querida. Ela vai dormir tão profundamente que só perceberá que está grávida quando a menstruação não vier, e terá certeza quando a barriga começar a crescer.

Antecipando-se a qualquer comentário de Marianna, o médico disse:

— Vai dar certo, querida. E na primeira tentativa, você vai ver!

55.

Não houve nenhum incidente, e a irmã Conceição passou muito bem depois que despertou, obviamente um pouco atordoada, sem entender o que tinha acontecido e apenas se queixando de uma discreta e difusa dor no baixo ventre. Marianna explicou-lhe que ela tivera uma intoxicação alimentar e que tinha desmaiado.

— Foi uma intoxicação muito séria — falou. — Por isso, trate de se alimentar bem, tomar bastante líquido e fazer repouso.

Enquanto a freirinha descansava em seu apartamento, sentindo-se até incomodada por estar sendo tão mimada, os dois cientistas verificavam várias vezes por dia a evolução dos embriões incubados nas placas de Petri.

— Veja! — exclamou Magaldi, ao fim da sexagésima hora. — Começaram a se dividir!

Excitada, Marianna correu para o microscópio e, emocionada, viu que havia alguns embriões já com quatro células.

— Vamos deixar mais doze horas — decidiu Magaldi. — E podemos fazer a implantação.

Precisamente setenta e uma horas depois de ter visto as duas primeiras multiplicações celulares *in vitro*, Marianna entrou no quarto da irmã Conceição e deu-lhe o medicamento sonífero, dizendo para ela que era uma dose suplementar de vitaminas. Menos de cinco minutos depois, a freira ressonava, profundamente adormecida.

Com a ajuda de Magaldi — ninguém mais deveria estar presente àquela operação e tampouco participar de qualquer coisa que se relacionasse a ela —, levou-a de maca para a sala de cirurgia.

— Espero que esse narcótico não prejudique o feto — murmurou ele, preocupado. — Não seria nada engraçado se o bebê nascesse com problemas!

— Não há o que temer — disse Marianna. — Se o bebê nascer, pode estar certo de que será perfeito.

E, com um sorriso, acrescentou:

— Vai dar certo porque a Mão de Deus está nos empurrando para a frente! Quando tudo começa a dar certo da forma que está acontecendo... Imagine! Veja que nenhum dos embriões que preparamos *gorou*! Os quinze estão perfeitos, dividindo suas células da forma correta! Dá para repensar uma porção de filosofias, não acha?

Com cuidado, Marianna introduziu a agulha de implantação — um instrumento parecido com aquele que tinha sido utilizado para aspirar os óvulos — e injetou o embrião no útero da freira.

— Pronto! — falou ela. — Daqui a nove meses teremos um novo habitante nesta Terra.

Levantou-se da banqueta e, tirando as luvas, disse:

— Agora, o que acha de começarmos a preparar...

— Ainda é cedo, querida — interrompeu Magaldi. — Vamos deixar a gestação da freirinha avançar um pouco mais. Quero ter certeza de tudo. Não quero correr risco nenhum. Serão algumas semanas a mais. Tenha mais um pouco de paciência.

Ajudou Marianna a pôr a freirinha na maca e a empurrá-la de volta para o apartamento. Colocando-a na cama, Marianna disse:

— Ela deverá permanecer em repouso absoluto pelas próximas noventa e seis horas. Deve se alimentar muito bem e, a partir de agora, não tomará mais nenhuma medicação.

A médica conferiu a pressão arterial da irmã, auscultou seu coração e falou:

— Ela vai despertar dentro de uma hora. Não deve se levantar a não ser para ir ao banheiro e para comer. Mesmo assim, não deve fazer movimentos bruscos.

Dando um beijo em Magaldi, completou:

— Pode ser que realmente a Mão de Deus esteja por trás de tudo isso. Mas não custa ajudar... O repouso é fundamental. E como repouso, eu também entendo a calma espiritual. Ela não deve se irritar, sentir medo, sentir qualquer tipo de desamparo. E eu virei ficar aqui no quarto com ela hoje. Se acontecer qualquer coisa de anormal, quero poder interferir a tempo.

56.

Maronese não pôde deixar de sentir o coração bater mais acelerado quando, na habitual visita ao convento, recebeu a notícia de que o embrião tinha sido implantado no útero da irmã Conceição com sucesso.

— Já estamos no quinto dia de implantação — falou Magaldi. — E até agora, pelo menos aparentemente, tudo está indo bem.

Rodou o copo de uísque com gelo entre as mãos e disse:

— Não quis dizer nada antes para evitar uma ansiedade inútil caso a primeira tentativa não desse certo.

Com uma expressão de espanto, acrescentou:

— Mas deu certo! Incrivelmente deu certo logo na primeira vez! E aí está! Irmã Maria da Conceição está grávida! E o material que foi utilizado para a transferência nuclear foi obtido do Santo Sudário!

Maronese tomou um gole de uísque e, como se monologasse, disse:

— Portanto, o embrião que está no ventre dessa freira é, realmente, Cristo... Ninguém menos do que Jesus Cristo!

— Não há possibilidade de erro, Dom Maronese — falou Marianna. — Naquele fragmento de pano não havia senão células provenientes do corpo de Nosso Senhor...

Ficaram em silêncio, ensimesmados, refletindo sobre o que estava acontecendo e sobre as conseqüências que tudo aquilo traria para a humanidade.

Depois de alguns instantes, Maronese disse:

— Será preciso cuidar muito bem dessa gestação, Marianna. Não podemos perder esse feto em hipótese alguma!

— Não creio que haja qualquer motivo para apreensão, Dom Maronese — retrucou a médica. — A irmã Conceição é forte e saudável. Aqui ela não corre risco algum, como por exemplo, uma queda, uma agressão... Não vai realizar nenhum trabalho pesado. Vou lhe prescrever uma série de exercícios leves para manter o corpo em atividade, isso é aconselhável durante a gravidez. Não há o que dizer contra a alimentação, ela é excelente.

— Não há perigo de rejeição? — quis saber Ramirez.

— Sempre há — respondeu Magaldi. — Mesmo em gestações... normais... esse perigo existe. No caso, é claro que ele é um pouco maior. Mas se não aconteceu nada até agora, acredito que a gestação vá até o final, e sem problemas.

— E o risco de incompatibilidade sangüínea? — indagou Corday.

— Esse é praticamente nulo, para não dizer que é nulo. É a primeira gestação da freira, ela nunca tomou uma transfusão de sangue, e então um quadro como a eritroblastose fetal fica descartado. Além do mais, tanto o sangue que estava no retalho do Santo Sudário como o da freira são tipo AB e compatíveis. Daí afastarmos completamente qualquer possibilidade de complicações desse porte.

Maronese franziu as sobrancelhas e perguntou:

— Você disse que o sangue de Cristo é AB? O sangue do receptor universal?

— Sim — respondeu o médico. — E o da freira também...

— Pois é surpreendente — murmurou o bispo. — O sangue de Jesus ser AB e não tipo O, o doador universal...

Ramirez balançou afirmativamente a cabeça e disse:

— Tem razão, Victor... Pela lógica, o sangue de Cristo tinha de ser tipo O! Ser receptor universal dá uma conotação de egoísmo, e Cristo jamais poderia ser egoísta!

— Não creio que se possa valorizar essa informação — falou Magaldi. — O tipo de sangue não tem nada a ver com a personalidade da pessoa! E, se vocês quiserem elucubrar numa filosofia a meu ver absolutamente vã, podem pensar que o sangue de Cristo é AB porque ele é a síntese dos tipos sangüíneos... Pode receber de todos justamente porque é a síntese de todos os homens.

Maronese olhou torvamente para o cientista e rosnou:

— Acho melhor você ficar com os seus tubos de ensaio e congêneres... Deixe a filosofia e a teologia por nossa conta!

Magaldi riu, serviu mais uísque para o bispo e disse:

— Tem razão. Mas o que importa neste momento é que tudo está correndo às mil maravilhas e dentro de nove meses teremos um belo rebento chorando lá perto da capela.

— E o que vamos dizer para os empregados? — perguntou Marianna. — Eles, certamente, vão saber que haverá um novo habitante neste convento! E, se perderem meio minuto para fazer as contas, descobrirão que a freirinha engravidou aqui dentro!

Maronese refletiu por um momento e, com um sorriso, respondeu:

— Pois digam que o filho é meu! Será menos trabalhoso explicar isso e, evidentemente, muito menos arriscado!

Voltando-se para Marianna, acrescentou:

— E, na hora que a irmã perceber que está grávida, diga a ela para, se alguém perguntar, dizer a mesma coisa. E eu endossarei, falarei com a irmã Conceição.

Corday levou as duas mãos à cabeça, em sinal de desespero, e Maronese, rindo, arrematou:

— Contudo, isso não autoriza ninguém a me chamar de José, entenderam?!

57.

Dois meses se passaram, e a irmã Conceição convenceu-se de que as palavras de Dom Maronese cumpriram-se. Milagrosamente. Como ela mesma havia estudado nas Sagradas Escrituras. Ela estava grávida, havia um ser em seu ventre, e a sua concepção não tivera a participação de um homem, pois ela permanecia virgem e pura como quando viera a este mundo. Portanto, era mesmo obra do Espírito Santo.

Não cabia em si de contentamento. Seria mãe — sonho que secretamente sempre alimentara e muitas vezes, nos momentos de dúvida, chegara a pensar que, se algum dia abandonasse o hábito, seria com o único objetivo de passar pela maravilha da maternidade. E ela seria mãe! Só que seu filho não seria um bebê comum, como todos os outros que diariamente aumentam a população do planeta. Seria o Filho de Deus!

Ajoelhou-se ao lado da cama, pôs a cabeça entre as mãos e murmurou:

— Senhor, eu não sou digna de tão grande privilégio... Mas se é o Seu desígnio, sou Sua escrava! Faça-se em mim a Sua Vontade!

Rezou por mais de uma hora e, quando se pôs de pé, tocou a campainha pedindo para Fátima chamar a doutora.

— Estou grávida! — exclamou a freira, assim que Marianna entrou em seu quarto. — E somente Deus e eu sabemos como isso foi acontecer!

Marianna sorriu, beijou as duas faces da irmã e disse, ao seu ouvido:

— Não, irmã... Há mais três pessoas que sabem. O doutor Magaldi, Dom Maronese e eu. Nós sabemos o que aconteceu e sabemos da importância descomunal dessa criança.

Fez a freira sentar-se na cama, ao seu lado e continuou:

— Porém, ninguém mais deve saber que seu filho é o Filho de Deus. As pessoas aqui na Terra ainda não estão preparadas para receber essa notícia. Por isso, quando não mais for possível disfarçar o volume de sua barriga, Fátima, em primeiro lugar, vai perceber. E, curiosa como ela é, certamente vai perguntar quem é o pai. Você deverá dizer que é Dom Maronese.

Irmã Conceição arregalou os olhos, e Marianna, com um sorriso, explicou:

— Será muito melhor que os empregados daqui fiquem imaginando algo escandaloso e pecaminoso. Será mais fácil eles acreditarem que Dom Maronese cedeu à tentação da carne, do que aceitarem que você está gestando o Filho de Deus que está sendo mandado a este mundo, mais uma vez, para a salvação dos homens.

A freira quis protestar, quis lembrar à doutora que Maria, logo depois da Anunciação, falou que estava grávida. Não escondeu de ninguém. Mas, alguma coisa dentro de seu coração parecia estar lhe dizendo que ela deveria seguir a recomendação de Marianna e que o sigilo precisaria ser mantido.

Baixando os olhos, a religiosa murmurou:

— Não terei coragem de encarar Dom Maronese... Se alguém comentar com ele, ficará uma fera comigo, e com razão!

— De forma nenhuma, irmã — garantiu Marianna. — A idéia foi dele mesmo. E o bispo virá conversar com você a esse respeito, provavelmente ainda hoje.

E, de fato, Dom Maronese apareceu um pouco antes do jantar e confirmou para a freira as palavras da doutora.

— Tome cuidado com você mesma e com a criança que traz no ventre — recomendou ele ao se despedir da irmã Conceição. — Siga todas as recomendações da doutora e do doutor Magaldi.

Já à porta, abriu um sorriso e falou:

— Maria não teve a sua sorte, irmã. Naquele tempo a ciência ainda nem era embrionária... Não havia ginecologistas, e muito menos os recursos de hoje em dia!

A freira seguiu à risca as palavras do bispo e em nenhum momento deixou de cumprir rigorosamente as recomendações do cientista e de Marianna. Comia bem, fazia exercícios, tomava muito líquido, sentia-se feliz. A mais feliz de todas as mulheres do mundo. O que não era para menos, pois dentro de alguns meses seria a mãe de Cristo, a mãe do Messias.

Se estivesse vivendo uma outra situação, certamente teria escolhido outro nome para seu filho. Não gostava de Messias, soava-lhe excessivamente presunçoso. Porém aquele ser que estava crescendo, dia após dia, em seu ventre não era apenas seu filho, mas era o Filho de Deus, e estava vindo à Terra para todas as pessoas do planeta e não apenas para a sua mãe. Além disso, como no Evangelho de Lucas o Anjo Gabriel dissera para Maria o nome que daria ao seu filho, no seu caso também, a determinação do nome Messias tinha vindo do anunciante. De Dom Maronese.

"Será que ele é um anjo como Gabriel?", pensou ela.

A gravidez correu maravilhosamente bem. Irmã Conceição sequer teve os enjôos tão característicos do primeiro trimestre de gestação.

— E não poderia ter — explicou Marianna para ela. — Os enjôos normalmente acontecem quando a mulher, subconscientemente, rejeita a gravidez ou tem medo do parto. Não é o seu caso, evidentemente. Você está feliz com essa criança crescendo em seu ventre e não vê a hora de dar à luz.

Durante aquela gravidez, irmã Conceição descobriu pelo menos uma parte da alegria de viver. Como toda mulher, por causa de seu estado, tornou-se mais sensível, mais carente, sentindo a necessidade do convívio com as outras pessoas, coisa que, como carmelita, praticamente não tinha. Passou a fazer as refeições à mesa, junto de Magaldi e Marianna. Aprendeu a rir. Não apenas os risinhos dissimulados característicos das freiras num convento, mas rir mesmo com vontade e gosto, não importando muito qual a razão, mesmo porque, na maior parte das vezes, suas risadas decorriam da pura felicidade de estar vivendo, de estar gestando uma nova vida.

Também como toda mulher grávida, teve seus momentos de medo e de ansiedade. A criança nasceria bem? Perfeita? Sem nenhum problema de saúde?

Lembrava-se, então, mais uma vez, que aquela criança não era igual às outras. Era o Filho de Deus e, como tal, jamais viria ao mundo se não fosse absolutamente perfeita e saudável.

— Deus é a perfeição — dizia para si mesma. — Assim, Seu Filho também tem de ser perfeito!

E na madrugada de 25 de dezembro de 1972, a punção de líquido amniótico que Marianna fez na irmã Conceição mostrou que o feto já estava maduro para nascer. E seguindo as recomendações de Maronese, ela fez uma cesariana e pôs para o mundo um belo menino, que chorou imediatamente, com cinqüenta e seis centímetros de comprimento e três quilos de peso.

Marianna fez todos os procedimentos neonatais, embrulhou a criança e, cerca de duas horas depois, levou-a para a mãe, que, já no quarto, estava ansiosa para ver o menino.

— É um menino — disse para a freira. — Lindo, como deveria mesmo ser!

A freira pegou Messias nos braços, beijou-o e, com as lágrimas escorrendo de seus olhos, murmurou:

— O Filho de Deus! Meu filho, também! Mas sei que não será para mim... Eu só poderei tê-lo transitoriamente. Messias veio para ser de todos os homens e não apenas meu!

58.

— Estou grávida — comunicou Marianna com aquele sorriso feliz que tão bem caracteriza a futura mãe.

Magaldi abraçou-a com carinho e perguntou:

— Por quanto tempo você conseguirá disfarçar... seu estado?

— No máximo por três meses — respondeu a médica. — Será mais ou menos o tempo que precisaremos para ter segurança de que tudo correrá bem com Messias.

Magaldi coçou o queixo, tirou os óculos e limpou cuidadosamente as lentes. Recolocando-os, ele disse:

— Acho que será mais seguro se pudermos ir embora antes disso. Pelo menos você. Eles não podem descobrir que você está grávida! Ninguém pode! Será terrível, mesmo porque tenho certeza que eles levantaram todos os meus dados e sabem que sou estéril...

— Não irei embora sem você! — exclamou a médica.

— Irá, sim — replicou Magaldi, com severidade. — Se esse for o caminho melhor e mais seguro, irá sem mim. Depois, nós nos encontraremos. Você sabe muito bem onde.

Segurou o rosto de Marianna com ambas as mãos e acrescentou:

— A criança que você está carregando em seu ventre é muito mais importante do que qualquer outra coisa. Zelar por sua segurança é tudo quanto interessa, e vale qualquer tipo de sacrifício.

— Mas... O que vamos dizer para Dom Maronese? Como vou falar que quero ir embora?

— Pensaremos nisso quando chegar a hora, querida — respondeu Magaldi. — Por enquanto, temos de cuidar de Messias e da freirinha. E isso é muitíssimo importante também.

Beijou os lábios de Marianna e finalizou:

— É claro que vou tentar convencer Dom Maronese de que nossa missão terminou e que podemos ir embora. Mas acho que ele não vai concordar. Por isso, temos de ter outras alternativas. Tenha paciência; cuide-se, e dentro de mais algumas semanas teremos nossas respostas.

* * *

Marianna autorizou o bispo e os outros dois padres a pegarem a criança no colo só depois de dez dias de seu nascimento.

— Não quero correr o risco de ele contrair uma infecção — explicou a médica. — E sei lá por onde vocês andaram antes de vir para cá!

Corday e Ramirez seguraram nos braços o bebê, emocionaram-se com ele, acarinharam-no como se fossem os pais da criança. Já Maronese não conseguiu sequer tocar no menino. Sentia-se indigno, achava que não tinha condições espirituais de segurar no colo o Filho de Deus. E ver seus dois amigos fazendo festinhas com Messias nos braços despertou-lhe um terrível sentimento de inferioridade e inveja.

Tentou dominar essa idéia, tentou se convencer de que podia pegar o menino, devia sentir-se feliz e emocionado com ele. Porém não conseguiu. O bispo parecia ter medo de Messias, não conseguia nem mesmo se aproximar muito do berço onde ele repousava quando não estava no colo de alguém.

Demorou mais de um mês para conseguir segurar a criança. E, por fim, quando irmã Conceição praticamente o obrigou a pegar Messias no colo, o bispo ficou surpreso com o sorriso que a criança esboçou.

"Ele está sorrindo para mim!", pensou, esforçando-se para controlar a emoção. "Ele está sorrindo para mim!!!"

Sentiu uma espécie de tontura, sentou-se com medo de cair e devolveu o menino para a mãe. Teve a impressão de que, naquele instante, alguém lhe dizia que nada no universo poderia representar tanto poder quanto aquela criança.

"Poder!", pensou o bispo. "E ele riu para mim! Serei eu o eleito para fazer valer esse poder?"

Voltou para Roma quase em silêncio, mal respondendo às perguntas e comentários que faziam Ramirez e Corday, excitados e entusiasmados com a saúde e vivacidade de Messias. Deixou os dois padres no Vaticano e, em vez de ir para a cama, sentou-se à sua escrivaninha, acendeu um cachimbo e encheu um copo de uísque puro.

Estava com os pensamentos fixos na lembrança do sorriso que lhe fizera Messias e na tentativa de avaliar o que tudo aquilo poderia significar.

— Poder! — exclamou para si mesmo. — O poder de modificar os rumos da humanidade, o poder de mudar a trajetória do catolicismo... E serei eu o braço direito do Filho de Deus! Portanto, o poder temporal estará em minhas mãos!

Lembrou-se, num átimo, que Messias também sorrira para Ramirez e Corday. Sorriu com amargura e murmurou:

— Não... Eles não são nada! Não há como compará-los comigo. Não têm o menor espírito de liderança, sua criatividade sempre esteve limitada às normas e dogmas que aprenderam no seminário... Não têm ousadia nenhuma, não são capazes de confrontar leis, não conseguem ter inteligência bastante para poder fazer bom uso do livre-arbítrio!

Tomou um grande gole de uísque, soltou uma baforada de fumaça na direção de uma pilha de papéis que se encontrava no canto da mesa, e pensou:

"Não preciso me preocupar com eles. Bem ao contrário; por enquanto, poderão ajudar-me muito. E, mais tarde, Ramirez e Corday não serão mais do que meus auxiliares nas reformas que Messias há de me incumbir de fazer!"

Sabia que teria de ser paciente. Cristo começara bem tarde a sua atuação como Salvador. Messias não seria diferente. Tinha certeza disso.

— Precisarei cuidar de sua educação — murmurou. — Jesus teve José, que Lhe ensinou um ofício. Mas eu...

Com um aperto no estômago, pensou:

"Que ofício poderei ensinar para Messias? Sou um sacerdote, nada mais do que isso! No máximo, um sacerdote-advogado especializado em Direito Canônico, justamente uma das coisas que Messias tem de mudar radicalmente!"

Encheu novamente o copo e, já sentindo os efeitos do álcool, murmurou:

— Mas ainda é muito cedo para me preocupar com isso... Por enquanto, Messias precisa da mãe, precisa crescer cheio de saúde e cercado de amor. Um pouco mais tarde, pensarei no que fazer.

Levantou-se, esvaziou o copo num só trago e, cambaleando um pouco, foi dormir.

Queria acordar mais cedo no dia seguinte, domingo, pois prometera a Martha que iria visitá-la e *matar as saudades*.

Aliás, era outra coisa que Messias deveria mudar. Essa história de voto de castidade para os padres seculares não podia mais continuar. Celibatários, que fossem! Mas eunucos... Isso, não!

59.

No final do segundo mês de vida de Messias, Magaldi e Marianna começaram a pressionar Maronese para serem definitivamente liberados.

— Não há mais nenhum risco — argumentou Magaldi. — Atualmente, Messias pode no máximo precisar de um pediatra. E Marianna não é pediatra. Já fizemos sobejamente nossa parte, não temos mais nada para fazer aqui.

— Não — disse Maronese, sem vacilar. — Ainda é muito cedo. Queremos ter mais segurança, pelo menos quatro meses. Quando Messias completar seis meses de vida, vocês dois estarão absolutamente liberados. Mas, por enquanto, ainda os queremos aqui.

Deu um sorriso e acrescentou:

— De qualquer maneira, o dinheiro a que vocês fizeram jus já está depositado naquela conta suíça... Quanto a isso, não se preocupem.

— Não estamos nem pensando nisso — retrucou Magaldi. — Acontece que nós...

— Não vamos discutir esse assunto — disse Maronese. — Será pura perda de tempo, pois não vou mudar minha opinião.

Sem disfarçar o nervosismo, Marianna falou:

— Estou cansada, Dom Maronese... Já fez as contas de há quanto tempo estamos prisioneiros aqui? Também sinto falta de ver outras pessoas, de passear pelas ruas, pelo comércio, almoçar ou jantar num restaurante, ir a um cinema...

Maronese fingiu pensar um pouco, encheu seu cachimbo e, depois de acendê-lo, falou:

— Acho que, no fundo, vocês têm razão. Principalmente você, Marianna. Uma mulher bonita e vaidosa, como é o seu caso, deve sentir necessidade de ver coisas novas, fazer compras... Compreendo sua angústia. E acho que, isso, nós podemos solucionar.

Soprou uma baforada de fumaça e disse:

— Não vejo nenhum inconveniente em permitir que vocês dois tirem alguns dias de folga. Terão de vir para cá todas as noites, não quero que Messias fique sem acompanhamento médico.

— Isso não é problema — garantiu Magaldi, esforçando-se para disfarçar a excitação. — Poderemos voltar para cá no fim da tarde.

— E o que pretendem fazer, bem exatamente?

Magaldi deu uma risadinha e respondeu:

— Em primeiro lugar, gostaria de passar na sucursal do banco suíço... Vou gostar de ver o nosso saldo. Entenda que nunca imaginei ter tanto dinheiro numa conta bancária... Depois, vamos olhar vitrines, andar pela cidade, almoçar... Acho que Marianna gostaria de comprar algumas roupas...

Maronese assentiu com um resmungo e disse:

— Está certo. Mandarei Alberto acompanhá-los. Ele virá buscá-los aqui amanhã às nove horas da manhã e ficará com vocês o tempo todo, está bem assim?

Magaldi ergueu os ombros em sinal de resignação e disse:

— Não havendo outra alternativa, está bem... Pelo menos Marianna poderá se distrair um pouco. E eu também.

Assim que Dom Maronese foi embora, Marianna disse, preocupada:

— Isso não vai resolver nada, querido... Se o cão de guarda do bispo vai estar junto, não conseguiremos fazer absolutamente nada! Não conseguiremos fugir, ainda mais levando...

Interrompeu-se, como se tivesse medo de continuar e, esforçando-se para não chorar, abraçou-se a Magaldi.

— Engana-se, Marianna — replicou o cientista com um sorriso que procurava transmitir tranqüilidade e segurança à mulher. — Será o começo. E posso garantir que o fim virá muito mais depressa do que está imaginando!

Beijando-a, ele acrescentou:

— Você terá de seguir exatamente as minhas recomendações.

* * *

A caminho de casa, Corday comentou:

— Acho uma temeridade deixar que eles saiam, Victor... O que os impede de comentar com alguém o que fizeram aqui esse tempo todo?

— Eles não farão isso — asseverou o bispo. — Não precisam ficar preocupados.

— Como pode garantir? — quis saber Ramirez. — Eles não precisam encontrar ninguém... Bastará um telefonema...

— Não vão telefonar para ninguém, não falarão com pessoa alguma que represente qualquer risco para nós. E posso garantir isso porque Alberto estará com os dois o tempo todo, será sua sombra. E em Alberto, vocês sabem que posso confiar.

Calou-se por alguns instantes e continuou:

— Eles não nos deram nenhum trabalho durante todos esses meses. Nunca infringiram qualquer das nossas exigências. Em resumo, foram extremamente disciplinados, e isso, no mínimo, significa que estão do nosso lado.

— Eu diria que eles estão do lado do dinheiro — interrompeu Corday. — Prova disso é a vontade de Magaldi de conferir o saldo bancário.

— Tem razão — admitiu Maronese. — Mas é natural... Um homem que nunca teve nada, que esteve durante duas décadas obrigado a um voto de pobreza... De repente se vê com centenas de milhares de dólares ao seu dispor. Não acha normal que ele tenha a curiosidade de verificar com os próprios olhos? E, de mais a mais, para quem haveriam de telefonar? Para quem poderiam contar o que se passou no convento? Quem acreditaria em suas palavras?

Corday e Ramirez não tiveram o que dizer, e Maronese falou:

— Penso que, apesar de cientistas, Magaldi e Marianna são seres humanos como quaisquer outros. Assim, a necessidade de uma vida de relação é imperiosa. Se nós começarmos a exigir demais, os dois podem até desenvolver um quadro nervoso que, aí sim, poderá ser muito prejudicial. Por isso, acho mais conveniente que nós os *soltemos* um pouco. Evidentemente, sob a estreita vigilância de Alberto.

— Não teme que eles enganem Alberto e simplesmente fujam? — indagou Corday.

— Não terão oportunidade de fazer isso. Alberto é experiente nessas coisas. E, além do mais, se o casal decidisse fugir, obviamente levariam no mínimo as anotações das experiências. Não esqueçam que são dois cientistas e, para pessoas assim, esses apontamentos são mais importantes do que qualquer outra coisa!

Maronese riu alto e disse:

— E eles sairão a passeio levando, no máximo, a bolsa de Marianna. Com certeza, ali não caberá nem mesmo a décima parte da montanha de notas que eu vi sobre as mesas de trabalho dos dois... E eu cuidarei pessoalmente de verificar se essa papelada continuará onde eu a vi.

Corday e Ramirez foram obrigados a admitir que o bispo tinha razão. Eles também tinham visto a verdadeira montanha de anotações e tinham percebido com que cuidado os dois cientistas mexiam naquelas pilhas de papéis, recomendando a todo instante que não os tirassem da ordem em que se encontravam, pois se isso acontecesse, existia o risco de perderem semanas de trabalho.

— Garanto que eles vão voltar desse passeio com muito mais disposição e, o que é muito importante, com mais paciência para suportar a *clausura* até termos toda a segurança de que necessitamos para Messias e sua mãe.

60.

De fato, na manhã seguinte, quando Magaldi e Marianna entraram no Mercedes-Benz preto dirigido por Alberto, estavam alegres, parecendo dois colegiais em férias, e a doutora estava levando apenas uma bolsa a tiracolo.

Rumaram para o centro de Roma, Alberto muito simpático e solícito, falando sobre o que de novo havia acontecido na cidade durante todos aqueles meses.

— A principal mudança — disse ele — é que o trânsito ficou ainda mais caótico do que já era e as pessoas mais enlouquecidas com a correria da vida. Garanto que muita gente sentiria inveja de vocês se soubessem que ficaram tanto tempo sem nenhuma preocupação, vivendo no silêncio...

— Mas não deixou de ser uma prisão — ponderou Marianna. — Por isso estamos tão felizes em poder ver novamente o mundo.

Alberto riu e perguntou:

— O que acham de tomarmos um bom café enquanto aguardamos o banco abrir?

Magaldi e Marianna concordaram e, depois de deixarem o carro num estacionamento, dirigiram-se para um dos muitos cafés nas proximidades do centro financeiro da cidade.

— Já tinha esquecido como é um café... — comentou Magaldi. — Um café tomado assim, numa mesinha de calçada, vendo as pessoas passarem...

— É só não ficar perdendo os olhos nas pernas das outras mulheres — brincou Marianna. — Não esqueça que eu sou bastante ciumenta!

Alberto sorriu e falou:

— Acho que a moda atual favorece as mulheres. Essas saias curtas permitem que vocês mostrem mais a beleza das pernas, ajudam o talhe do corpo...

Marianna sorriu e, voltando-se para Magaldi, disse:

— Estou com vontade de dar uma reformada no meu guarda-roupas... Vendo essas meninas, estou me achando terrivelmente fora de moda!

E, dirigindo-se para Alberto, perguntou:

— Conhece alguma butique que tenha coisas bonitas?

— Não uma, doutora — respondeu ele. — Conheço diversas. Se quiser andar um pouco, poderemos fazer um *tour* pela região da alta-costura.

Foram os primeiros clientes a entrar no banco e muito rapidamente foram atendidos. Solícito, o gerente mostrou o saldo para Magaldi e este verificou, satisfeito, que duas contas tinham sido abertas, uma para Marianna e outra para ele. Olhando por cima do ombro, notou que Alberto, educado e discreto, tinha ficado no saguão de entrada e, assim, rapidamente, Magaldi fez a transferência do total de sua conta para a de Marianna.

— Prefiro assim — disse ele para a médica, impedindo-a de protestar. — Ficarei mais tranqüilo sabendo que o dinheiro todo está em seu nome. Depois eu explicarei com mais detalhes.

De lá, rumaram para o quarteirão da moda onde Marianna, como qualquer mulher, mais viu do que comprou. Finalmente, voltaram para uma das primeiras butiques que tinham visitado, e a médica adquiriu vários vestidos, um casaco longo, sapatos e uma bolsa bem maior do que aquela que estava usando. Já à saída, decidiu comprar outro vestido, que necessitava de um pequeno ajuste na cintura.

— A senhora pode vir buscá-lo amanhã cedo — falou a vendedora.

Marianna olhou para Alberto e este fez um sinal afirmativo com a cabeça.

— Está certo — disse a médica. — Virei amanhã. Assim, poderei experimentá-lo e ver se ficou realmente bom.

Saindo da butique, Magaldi olhou o relógio e murmurou:

— Gostaria de ir a uma livraria... Mas, vou deixar para amanhã, já que você terá de voltar aqui.

— Podemos ir agora, doutor — falou Alberto. — Há uma excelente livraria a dois quarteirões daqui.

— Prefiro deixar para amanhã, Alberto — disse Magaldi. — Estou com fome e devemos estar de volta antes das quatro da tarde por causa de Messias. Minha ida a uma livraria nunca é rápida. E não podemos nos atrasar demais.

* * *

Alberto levou o casal de volta para o convento pouco antes de quatro horas da tarde e disse que voltaria no dia seguinte às nove da manhã para Marianna apanhar o vestido que tinha ficado na butique para ajustar. Quando chegou à casa de Maronese, este, Corday e Ramirez já o estavam aguardando.

— Como eles se comportaram? — quis saber Ramirez, cheio de ansiedade.

— Maravilhosamente bem — respondeu Alberto. — Pareciam dois namorados fazendo compras... E quiseram voltar cedo, estavam muito preocupados com Messias.

Deu um sorriso e juntou:

— Gasta bem, a doutora! Comprou uma porção de coisas e ainda tem de ir buscar um vestido que ficou para ajustar!

— Quando? — perguntou Maronese, lacônico.

— Amanhã. Já combinei com eles. Vou apanhá-los à mesma hora.

Maronese olhou para os dois padres e falou:

— Eu disse que não era preciso ficarem preocupados. E aposto que estarão bem melhor.

Ramirez fez uma expressão de dúvida e perguntou a Alberto:

— Não notou nada de estranho? Não ficaram, por exemplo, com segredinhos?

— De jeito nenhum. Tudo quanto falaram entre si falaram alto e claro. Pude escutar cada detalhe das conversas entre os dois. Não houve absolutamente nada de anormal.

Preocupado, Ramirez disse:

— Pois isso é anormal! Para mim, seria esperado que eles se trocassem carícias e, como eu falei, segredinhos... Isso sim, seria o comportamento de dois namorados passeando! Do jeito que Alberto contou, parece-me que eles estavam apenas representando!

Maronese riu alto e falou:

— Ora, Carlos! Você está vendo pêlo em ovo! Esqueceu que Magaldi até pouco tempo atrás usava uma batina? Acho que é perfeitamente natural que ele ficasse... inibido... em manifestar carinho na frente de Alberto e, mais ainda, na rua!

Bateu amistosamente nas costas de Ramirez e completou:

— Não há perigo, Carlos. Fique sossegado! Esta manhã, logo que Alberto saiu com eles, eu fui pessoalmente ao convento para verificar se faltava alguma coisa no laboratório. Estava tudo como antes, os papéis em cima das mesas... A mesma bagunça! E outra: se estivessem planejando alguma coisa, sequer estariam preocupados com Messias; estariam com todos os sentidos voltados para uma oportunidade de fuga!

— Sinceramente, espero que tenha razão, Victor... — murmurou Ramirez. — Seria um desastre se eles nos enganassem!

— Mais uma vez, não concordo com você — falou o bispo, com expressão séria. — Na verdade, eles já fizeram tudo o que tinham de fazer.

— Então, por que não os libera? — quis saber Corday. — Para quê ficar mantendo esses dois... numa verdadeira prisão?

— Tenho meus motivos, Jean-Pierre. Ainda não chegou o momento de deixá-los partir. E não é apenas por causa de Marianna representar uma segurança a mais para a saúde de Messias. Tenho de pensar com muito cuidado na *nossa* segurança!

* * *

No dia seguinte, Maronese chegou logo após Alberto ter partido. Queria verificar se alguma coisa mudara no laboratório desde a véspera, pois as dúvidas de Ramirez, ainda que apenas superficialmente, tinham conseguido mexer com ele.

Porém uma surpresa o aguardava: Magaldi não tinha ido.

— Acho que o almoço me fez mal — explicou o cientista. — Não estou mais acostumado com esse tipo de comida e passei a noite toda rolando de dor de barriga e com vômitos. Marianna nem queria ir, estava preocupada em me deixar sozinho... Mas eu garanti que tinha melhorado e que não era nenhuma criança de colo para precisar que tomasse conta de mim.

Sem pedir diretamente, Maronese fez com que Magaldi o levasse até o laboratório e, feliz, constatou que nada mudara. A desordem estava do mesmo jeito, e, pelo menos aparentemente, nada estava faltando ali.

— Como vocês conseguem entender essa bagunça? — perguntou ele.

— É uma desordem muito bem organizada, Dom Maronese — respondeu Magaldi com um sorriso. — Tão organizada que se alguém mexer num só papel, aí sim, nós vamos nos perder.

Muito sério, o cientista disse:

— Gostaria de lhe agradecer por ter permitido que saíssemos ontem... Marianna estava precisando disso, ela já estava começando a reclamar das roupas e, para cúmulo, com a comida de Fátima, ela engordou alguns quilos... Muita coisa que ela tinha aqui já não estava mais servindo direito. E sabe como são as mulheres...

Maronese riu, disse que não tinha nada que agradecer e que sabia muito bem como são as mulheres.

"Sei disso muito mais do que você pode imaginar, Magaldi...", pensou ele, lembrando-se de quando acompanhava Martha em seus *tours* de compras, em qualquer lugar que fosse, desde que longe de Roma.

Magaldi fez uma careta, e o bispo, com expressão preocupada, perguntou:

— Ainda está doente?

— Melhorei muito, como já disse — respondeu o cientista. — Mas de vez em quando ainda tenho umas cólicas... Serei obrigado a tomar mais remédios e a fazer alguns dias de dieta.

Esboçou um sorriso e completou:

— O que é muito difícil aqui, com a comida de Fátima!

Correu para o banheiro, e o bispo, aproveitando que ficara sozinho, foi verificar se também as estufas estavam do mesmo jeito de antes. Estavam. As placas de Petri estavam ali. Maronese, na véspera, tinha contado vinte e oito placas. E ali estavam novamente vinte e oito, quatorze marcadas com uma pinta vermelha e quatorze marcadas com uma azul. Nenhuma diferença, portanto.

Quando Magaldi voltou para perto dele, o bispo indagou:

— Por que algumas placas estão marcadas com vermelho e outras com azul? E por que são vinte e oito e não trinta?

— A marcação com cores diferentes é apenas para metodizar — respondeu Magaldi prontamente. — As primeiras quinze amostras foram marcadas com azul e as outras quinze com vermelho. As azuis são de um pedaço da amostra do Sudário e as vermelhas de outro. E existem vinte e oito placas porque foram utilizadas duas. Inicialmente eram trinta.

Arrastando de sob a bancada de trabalho o recipiente de nitrogênio líquido em que os embriões estavam armazenados, falou:

— É muito bom que o senhor esteja aqui, Dom Maronese. E num instante em que Marianna não está!

Abriu o recipiente e tirou, segurando por uma alça, os tubos vermelhos e azuis que continham os embriões e começou a despejá-los na pia.

— Precisamos destruir todo o material que não foi utilizado. E Marianna, com certeza, ficaria mal... Ela não tem estrutura para esta parte do trabalho...

Em seguida, apanhou uma caixa de papelão e pôs nela todas as placas de Petri que se encontravam na estufa e, acompanhado pelo atônito Maronese, levou-a para o incinerador de lixo.

— Pronto! — exclamou Magaldi, quando acendeu a chama-piloto do aparelho. — Tudo o que sobrou foi devidamente destruído.

Com a voz meio travada pela surpresa, Maronese indagou:

— Isso quer dizer que, se quisermos repetir a experiência, teremos de fazer tudo de novo?

— Sim — respondeu Magaldi. — Não temos mais óvulos e tampouco material intranuclear.

— E as anotações sobre a experiência? O que pretende fazer com elas?

Com um sinal de cabeça, Magaldi pediu para o bispo acompanhá-lo de volta ao laboratório e, mostrando as duas pilhas de papéis sobre as escrivaninhas, disse:

— Agora isto tudo pode ir para o lixo.

Ante a expressão assombrada de Maronese, o cientista deu uma risada e, mostrando-lhe um caderno de cerca de duzentas folhas, falou:

— Tudo o que fizemos está resumido neste caderno.

Entregou o caderno para o bispo e acrescentou:

— Fique com ele, Dom Maronese.

Num gesto automático, Maronese apanhou-o e, depois de alguns segundos, devolveu-o para Magaldi, dizendo:

— Não! Com certeza isto estará muito mais seguro aqui mesmo!

Magaldi voltou a guardar o caderno na primeira gaveta da escrivaninha e, meticulosamente, começou a rasgar todas as folhas de papel que estavam sobre sua mesa e a de Marianna.

— Tem certeza que não vai precisar disso? — perguntou Maronese, aflito.

— Messias já nasceu, está forte e rijo como um pequeno carvalho — respondeu o cientista. — O resumo da experiência está no caderno. Não há mais sentido em guardar essa papelada. E, até mesmo por medida de segurança, é melhor que tudo isto seja destruído.

61.

Marianna desceu do carro diante da porta da butique, e Alberto foi estacionar o carro. A médica dissera para ele que estava nervosa pelo fato de ter deixado Magaldi no convento, depois de ele ter passado tão mal durante toda a noite.

— Tenho pressa de voltar, Alberto — falou. — E ainda tenho de experimentar o vestido que ficou aqui e trocar outro que ficou justo demais. Por favor, deixe-me na butique e, enquanto você leva o automóvel para o estacionamento, ganharei alguns minutos preciosos.

Alberto concordou, falou que demoraria no máximo dez minutos, e Marianna desceu correndo, levando a tiracolo a enorme bolsa que comprara na véspera. Alberto não estranhou, afinal ela dissera que estava levando um vestido para trocar, seria portanto natural que estivesse carregando uma bolsa grande e que não parecia ser pesada.

Em passos rápidos a médica entrou na butique e dirigiu-se imediatamente à vendedora que a atendera no dia anterior.

— Venha comigo! — falou Marianna, quase arrastando a moça para o fundo da loja. — Preciso de sua ajuda!

Colhida de surpresa, a vendedora a acompanhou. Mariana abriu a bolsa, pegou um maço com cinco notas de cem dólares, entregou-o para a moça e falou:

— Estou fugindo do meu marido... Mostre-me a saída de emergência e, quando o motorista perguntar por mim, não diga que saí pelos fundos!

Sem conseguir dizer uma só palavra, tão assustada estava a moça, ela apontou para uma porta de aço, e Marianna, sem vacilar, saiu por ela.

Viu-se no beco de serviço da rua, um lugar estreito e repleto de caixas vazias, tambores de papéis e lixo. Caminhou por entre aquele monturo, tomando cuidado para não tropeçar, e deu numa rua mais larga e movimentada, exatamente no lado oposto daquele em que ficava o estacionamento utilizado por Alberto no dia anterior.

Deu graças a Deus ao avistar um táxi desocupado e agradeceu mil vezes quando este parou ao seu sinal.

— Pode viajar? — perguntou ela ao motorista.

— Com uma mulher como você, até para o inferno! — respondeu o motorista com um sorriso maroto.

— Não iremos até lá — riu Marianna, na esperança de disfarçar o nervosismo. — Mas ficarei grata se me levar à estação Termini...

* * *

Alberto teve azar. Um carro enguiçado exatamente na entrada do estacionamento obrigou-o a perder dez minutos até descobrir que não havia mais vagas e, com isso, levou outros vinte até encontrar outro local para parar o carro, a três quarteirões da butique onde deixara Marianna. Assim, chegou à loja quase quarenta minutos depois. Entrou, viu que havia uma boa meia dúzia de mulheres fazendo compras. Não viu Marianna, mas a vendedora que a atendera na véspera endereçou-lhe um sorriso e, com isso, Alberto inferiu que ele poderia esperar. Ficou constrangido de estar ali, o único homem no meio de uma porção de mulheres, e tornou a sair para fumar um cigarro junto à porta.

Fumou com toda a calma, viu o bando de mulheres sair da loja e, jogando fora a guimba do segundo cigarro, entrou.

A vendedora estava arrumando as roupas que as recém-saídas clientes tinham deixado numa desordem homérica, e, com o coração batendo fora de compasso, Alberto viu que os três provadores estavam abertos... e vazios.

— Onde está a doutora Marianna? — perguntou, a voz esganiçada pelo desespero.

— Não conheço — respondeu a vendedora.

— Como assim, não conhece?! — quase gritou Alberto. — Ela veio ontem aqui e voltou hoje para apanhar um vestido e trocar outro!

Percebendo que aquele homem poderia aprontar um escândalo, a moça disse:

— Ah, sim! Lembrei! De fato ela esteve aqui hoje... Faz quase uma hora. Mas já saiu. Disse que estava com muita fome e que ia tomar um café.

Alberto saiu correndo, imaginando que Marianna poderia ter ido ao mesmo café em que estiveram no dia anterior. Porém ela não estivera lá.

Começou a procurar por ali, talvez ela tivesse se distraído olhando vitrines, entrando numa outra butique...

Mas, depois de mais de uma hora procurando, concluiu que a doutora Marianna Saggio simplesmente fugira.

— Maldita seja! — exclamou, cheio de ódio. — Como ela conseguiu me enganar dessa maneira?!

E, terrivelmente preocupado, pensou:

"E o que vou dizer a Dom Maronese?"

Por um momento pensou em ir imediatamente para o aeroporto internacional, afinal de contas, alguém que desejasse realmente fugir tentaria sair do país o quanto antes. Mas isso talvez fosse ainda uma maior perda de tempo. Não... A única coisa que poderia fazer seria avisar o bispo e, com mais calma, organizaria a busca.

— Mas se ela pensa que vai escapar, está muito enganada! — murmurou, dirigindo-se a uma cabine telefônica para ligar para Maronese. — Hei de encontrá-la, nem que seja do outro lado do mundo!

Para seu desespero, Dom Maronese não se encontrava em lugar nenhum. Não estava em casa nem no Vaticano. Sabia que não adiantaria ligar para o convento, pois o telefone ficava no quarto de Magaldi e Marianna e, durante o dia, permanecia com a campainha desligada. Ninguém escutaria.

Olhou o relógio. Já era quase meio-dia.

"Mas Dom Maronese já deveria estar no Vaticano a esta hora...", pensou "Deve ter ido a algum lugar... E acho que sei onde encontrá-lo!"

Alberto era a única pessoa do mundo, além de Maronese e Martha, que tinha conhecimento do *affaire Ostia*. Sabia, no entanto, que jamais deveria tentar entrar em contato com ele quando estivesse lá.

De pé, ainda na cabine telefônica, ele disse para si mesmo:

— Mas este assunto é suficientemente urgente e importante... Não há outro jeito... Terei de ligar para lá.

Dono de uma excelente memória, sabia o número de Martha e, sem vacilar mais, fez a ligação.

* * *

Feliz e confiante, certo de que Magaldi e Marianna jamais tomariam qualquer atitude contrária a tudo quanto ele havia determinado — e a prova definitiva disso tinha sido o comportamento do cientista naquela manhã —, Dom Maronese olhou o relógio. Passava um pouco de dez horas.

"Não vou trabalhar, hoje", pensou ele. "Vou a Ostia, almoçar com Martha!"

Despediu-se de Magaldi e, desta feita sem se incomodar em trocar de roupa e de carro, rumou para o litoral, parando apenas numa *rôtisserie* para comprar alguma coisa diferente — e estimulante — para levar.

Magaldi viu, da janela de seu quarto, quando o bispo deixou o convento e rumou para a cidade, acelerando o Lancia.

Rapidamente, ele meteu nos bolsos um maço de dinheiro que estava na gaveta do criado-mudo, seu passaporte e os demais documentos de que poderia precisar.

Voltou para o laboratório, pegou o caderno que mostrara a Dom Maronese e escondeu-o sob a camisa, sorrindo.

Aquele caderno continha apenas garatujas sem sentido, centenas de cálculos arrevesados, orações e receitas culinárias. Tudo escrito em esperanto. O verdadeiro caderno de anotações, Marianna tinha levado consigo, juntamente com o conteúdo da mala que a acompanhava havia mais de vinte anos. Na realidade, ele não precisaria levar esse caderno, mas quis guardá-lo como uma lembrança. Marianna e ele haveriam de rir muito quando o folheassem e recordassem da expressão de Maronese quando o devolvera para Magaldi dizendo que aquelas anotações estariam mais seguras ali no convento. A idéia inicial era que o bispo agarrasse o caderno com as duas mãos e só descobrisse do que efetivamente se tratava mais tarde, quando ele, Marianna e a criança que ela estava carregando no ventre estivessem em segurança no Brasil. Teria sido engraçado... Mas Maronese ficara com medo e devolvera o caderno.

Magaldi juntou todos os papéis que tinham sobrado sobre as escrivaninhas — alguns ele começara a rasgar antes de Maronese se despedir — sob a bancada de trabalho, ensopando-os com álcool.

Olhou o relógio e foi para a janela do laboratório que dava para os fundos do convento, a única janela de onde ele podia avistar a parte externa dos fundos da propriedade.

Viu os dois guardas da equipe de vigilância passarem conversando alto, sem prestar muita atenção a nada além daquilo que estavam falando, acostumados que estavam com a rotina pacata do serviço. E não era para menos, pois, desde o início, jamais acontecera qualquer incidente, e essa calmaria acabara levando os guardas a considerarem aquele trabalho como sendo *fácil e tranqüilo*, ou seja, de risco zero. O cientista sorriu. Quando aqueles dois chegassem ao fim da parede dos fundos do convento, os outros dois estariam saindo do portão de entrada para percorrer o lado interno do alambrado que cercava toda a propriedade.

"Dentro de sete minutos os quatro estarão quase juntos", pensou. "E será exatamente nesse momento que as coisas começarão a acontecer!"

Magaldi voltou para a bancada de trabalho, jogou dentro da estufa vários panos, estes embebidos em xilol, um solvente usado na elaboração de lâminas para microscopia, e ligou-a na temperatura máxima. Teria no máximo cinco minutos antes da explosão e do incêndio que provocaria.

Correu para a frente do Convento e abriu a porta.

Foi no exato momento em que ele acabou de destrancá-la que se ouviu a explosão. Violenta. Terrível. Magaldi não precisou olhar para o lado do laboratório, pois ele sabia que aquilo queimaria como pólvora.

Escancarou a porta e viu os quatro guardas correndo assustados. Ouviu os gritos dos empregados no interior do convento. Sabia que, naquele momento, todos estariam correndo para os fundos, no afã de apagar o incêndio.

Lembrou-se da irmã e de Messias, mas tranqüilizou-se de imediato. Eles estavam na ala da capela, longe e isolados de qualquer perigo.

— O que aconteceu? — perguntou um dos guardas ainda correndo, já a menos de dez passos da porta de entrada do convento.

— Não sei! — respondeu Magaldi, fingindo pavor. — Acho que foi no laboratório! Depressa, pelo amor de Deus!

Viu os quatro homens passarem por ele como uma ventania e, assim que eles desapareceram correndo na direção do incêndio, ele saiu.

Viu o automóvel — um furgão Fiat — da equipe de segurança estacionado do lado de dentro da cerca. Como esperava, a chave estava na ignição. Sem vacilar, entrou no carro, ligou-o, engatou a primeira e arremeteu contra o portão. O cadeado cedeu sem nenhuma dificuldade, e Magaldi viu-se na estrada. Olhou rapidamente para trás e viu a nuvem de fumaça negra que saía do lado do laboratório.

"Livre!", pensou, com um sorriso nos lábios. "Agora, é só deixar o país!"

Olhou mais uma vez para o relógio. Faltava pouco para onze horas da manhã.

— Eles vão demorar pelo menos meia hora para controlar o fogo ou fazer os bombeiros virem até aqui — murmurou. — Terei tempo de sobra para chegar a Tivoli.

De Tivoli, por trem, iria para o aeroporto Leonardo Da Vinci e, dali, voaria para Portugal, e de Lisboa, no máximo no dia seguinte, seguiria para o Brasil.

"Pena que não vou conseguir alcançar Marianna", pensou, enquanto acelerava o carro. "Seria muito melhor ir diretamente para o outro lado do Atlântico. E com ela. Mas o vôo que Marianna deve ter conseguido pegar saía às onze da manhã..."

* * *

Nervoso, já beirando uma crise de desespero, Alberto ouviu o telefone chamar na casa de Martha e ninguém atender. Tentou mais uma vez, com o mesmo resultado. Foi tomar um café e, novamente, ligou para lá. Em vão.

— Não há mais o que fazer — murmurou. — Não posso esperar Dom Maronese regressar, quando ele vai para Ostia nunca tem hora para voltar!

Decidiu que iria a Ostia.

"Passarei pelo convento antes", pensou. "De repente ele ficou para almoçar com o doutor Magaldi."

Foi para o estacionamento, pegou o carro e, antes de ligar o motor, olhou o relógio do painel.

Eram onze e meia da manhã.

62.

Marianna não teve nenhuma dificuldade e não precisou enfrentar nenhum problema para chegar ao aeroporto e embarcar no vôo para o Brasil.

E foi somente quando o avião começou a rolar pela pista, que ela afrouxou suas defesas e sentiu as lágrimas rolarem por suas faces.

Ela não queria ter partido sem Magaldi. Desde a véspera ela estava com medo de que alguma coisa não desse certo. Dissera isso para ele, mas Magaldi rira e respondera:

— Você está se preocupando à toa. Nosso plano vai funcionar direitinho, não há nenhum risco. O único momento mais perigoso será quando você tiver de despistar Alberto. Mas tenho certeza que conseguirá.

— Mas... e você?

— Vou me arrumar, querida. Nós nos encontraremos no Brasil. Na cidade de Vitória. Já estive lá uma vez e gostei muito. É um lugar pacato e pode oferecer todos os recursos para você ter o seu filho com segurança.

Apontara para a bolsa que ela deixara pronta e falara:

— Assim que chegar lá, procure um banco e deixe isso no cofre.

— Não tenha dúvida! — exclamara Marianna. — A última coisa que eu quero é ficar andando por aí carregando isso! É muita responsabilidade para mim!

O avião decolou, fez uma curva suave para a esquerda e começou a ganhar altura. As luzes de *fasten seat belts* apagaram-se, e a comissária de bordo começou a servir bebidas e salgadinhos. Marianna respirou fundo, controlou o choro e pensou:

"Amanhã estaremos juntos. Como ele mesmo disse tantas vezes, a Mão de Deus continuará a nos ajudar, e nós poderemos ser felizes. Muito felizes, apesar da imensa responsabilidade que assumimos."

Aceitou um refrigerante, apesar da vontade que tinha de tomar alguma coisa mais forte e substancial. Sabia, melhor do que ninguém, que não poderia tomar álcool...

Olhou pela janela. Já estavam sobre o mar. Era bonito, visto daquela altura. Estremeceu ligeiramente ao lembrar que nas próximas doze horas aquela seria a única paisagem que teria... Não pôde deixar de pensar na ironia de finalmente estar livre e, ao mesmo tempo, estar na pior de todas as prisões. Estava dentro de um avião e sobre o mar...

"Será por pouco tempo", consolou-se, acomodando-se melhor na poltrona. "Dentro de mais algumas horas, Nichola e eu estaremos definitivamente livres e vivendo apenas para nós e para o nosso filho."

Sorriu intimamente e murmurou:

— Não... Para o *meu* filho!

* * *

Escondido a cerca de cem metros da entrada do convento, Peter ouviu a explosão, viu a coluna de fumaça que se erguia da parte dos fundos da construção e viu, poucos minutos depois, o carro da segurança arrebentar o portão e sair em disparada pela estrada.

Por um breve momento, pensou que fosse algum dos guardas indo buscar socorro, mas em seguida lembrou que ele jamais arremeteria contra o portão. Com certeza, teria a chave para abrir o cadeado, e não seriam alguns segundos que fariam diferença. Portanto, quem estava naquele veículo estava fugindo. E não poderia ser outra pessoa a não ser Magaldi, pois ele vira a doutora Marianna sair de manhã, em companhia do motorista de Dom Maronese.

Sem vacilar, entrou no Porsche que deixara entre as árvores baixas e arbustos da beirada da estrada e saiu em perseguição ao furgão.

Não lhe fora difícil descobrir que Maronese vinha quase todos os dias para aquele convento e, conforme lhe dissera seu superior na *Fraternidade*, onde Maronese estivesse se escondendo, também ali estariam Magaldi e Marianna. Pena que ele não tivesse podido se aproximar ou — o que seria muito melhor — se infiltrar no convento para descobrir quem mais estava ali.

Mas, naquele instante, isso não interessava mais. Peter tinha certeza que Magaldi estava naquele furgão, e ele precisava alcançá-lo.

Viu o furgão, a menos de cem metros de distância, entrar à direita na estrada principal. Acelerou. O possante motor do Porsche respondeu, e o carro deu um salto para a frente.

Sem nenhuma dificuldade, ultrapassou o furgão e fechou-o, obrigando Magaldi a sair da estrada.

Saltou do carro, já com uma pistola em punho.

Magaldi reconheceu-o imediatamente. Lembrou-se da figura fechada e tranqüila que trabalhava no refeitório do convento, em Milão.

— Peter! — exclamou. — Mas o que está fazendo aqui? E por que está com essa arma?!

Um sorriso maldoso esticou os lábios do padre e este falou:

— Quem faz as perguntas sou eu, pecador! Saia daí!

Magaldi pressentiu que não lhe seria dada nenhuma chance. A única possibilidade que tinha de se salvar seria se aparecesse alguém, visse o que estava acontecendo e interferisse ou fosse pedir socorro à polícia. Ambas as alternativas com probabilidades mínimas.

Mas ele tinha de ganhar tempo. Desceu do furgão, as duas mãos erguidas, dizendo:

— Não sei o que você tem contra mim, Peter... Sempre fomos amigos...

— Onde está a doutora Marianna? — inquiriu Peter, sem dar importância às palavras de Magaldi. — E onde estão as anotações das suas experiências?

Magaldi mostrou o próprio peito e disse:

— As anotações estão aqui. Num caderno sob minha camisa.

— Tire! — ordenou Peter. — Entregue para mim!

O cientista obedeceu e pôs o caderno sobre o capô do Porsche.

— Muito bem... Agora, diga-me onde está Marianna.

— Foi a Roma fazer compras — respondeu Magaldi. — Foi a uma butique no centro da moda. Deve voltar antes de meio-dia.

Peter vacilou. O que Magaldi estava dizendo tanto podia ser verdade como mentira.

— O que aconteceu lá no convento? — perguntou.

— A estufa explodiu. Fiquei com medo e fugi. Minha intenção era encontrar-me com Marianna e, depois, fugiríamos juntos.

Peter deu uma risada e disse:

— Você está mentindo, pecador... Como é que iria se encontrar com Marianna e fugir? O que faria do motorista que a está carregando?

Magaldi ia dizer qualquer coisa, mas a mão de Peter se abateu sobre seu rosto, fazendo seus óculos voarem longe.

— Diga a verdade! — ordenou ele. — Não seja idiota!

O cientista percebeu que não teria a menor chance e que Peter não teria a mínima contemplação. E sabia perfeitamente que não conseguiria absolutamente nada se tentasse reagir.

— Estou dizendo a verdade — choramingou Magaldi. — Nós íamos fugir juntos! Por isso estava levando as anotações...!

Peter refletiu por um instante e indagou:

— Para onde iam fugir?

— Para os Estados Unidos — respondeu o cientista, sem pestanejar. — Temos uma proposta de trabalho lá.

Desta vez foi a mão armada de Peter que o alcançou, o cano da pistola abrindo-lhe um corte na face esquerda.

— Não minta, desgraçado! — rosnou ele. — Não há avião para os Estados Unidos a esta hora! Ou quer que eu acredite que vocês dois iam ficar esperando até o anoitecer no aeroporto?

Deu-lhe outra pancada, e Magaldi sentiu seus joelhos dobrarem. Peter agarrou-o pelo pescoço e rugiu:

— Vamos! Diga onde está a doutora!

Apertou um pouco mais, e o cientista começou a perceber que sua vista se turvava. Debateu-se tentando se libertar daquela garra que lhe prendia a respiração.

Peter apertou um pouco mais e sentiu, mais do que escutou, um estalo sob seus dedos. Magaldi fechou os olhos e pendeu a cabeça para o lado, o pescoço ficando num ângulo estranho.

O outro o largou, e o cientista foi ao chão. Já não respirava mais.

— Porcaria! — murmurou Peter. — Não agüentou nem um apertãozinho...!

Apanhou o caderno, jogou-o sobre o banco do carona e, entrando no Porsche, ligou o motor e manobrou para seguir a direção contrária. Tivoli estava mais perto de Roma, os bombeiros certamente viriam de lá, e ele não tinha nenhum interesse em ser visto. Acelerando ao máximo, rumou para Frascatti. Tinha de voltar a Roma e comunicar o que acontecera à cúpula da *Fraternidade*.

* * *

Alberto franziu as sobrancelhas, intrigado. Aquele furgão parecia ser o veículo da equipe de segurança do convento. E havia um corpo caído na estrada, ao lado dele.

Parou o Mercedes-Benz e desceu cautelosamente, empunhando o revólver que trazia sempre consigo.

Não precisou fazer nenhum esforço para reconhecer Magaldi, apesar do sangue em seu rosto e do horrível ângulo que seu pescoço quebrado formava.

Sentiu cheiro de plástico queimado e olhou para o convento. Uma coluna de fumaça subia, vinda de algum lugar ali.

Ao longe, escutou o som das sirenes dos carros de bombeiros e pareceu-lhe escutar, também, o som de um motor esportivo acelerando.

Entrou no carro e, exigindo o máximo do motor, rumou para o convento. Era preciso que chegasse lá antes dos bombeiros.

Tinha de tirar a irmã Conceição e Messias lá de dentro.

* * *

Sentado numa espreguiçadeira no jardim da casa em Ostia, Dom Maronese era a imagem da tranqüilidade. Tudo estava andando bem, seguindo exatamente o curso que planejara, e isso fazia com que ele visse com otimismo o futuro.

Dentro de algum tempo começariam a acontecer mudanças. Ele estaria detendo um poder inigualável entre os homens.

Até aquele instante Maronese era apenas um bispo — novo, por sinal —, um dos muitos bispos menores que circulam por Roma e, ainda por cima, era um bispo que ficava restrito à Corte Canônica, sem razões ou motivos para aparecer nos jornais e menos ainda na televisão. A constatação dessa realidade — ele era um homem rico, com alguma influência, mas *apagado* demais — causava-lhe um certo mal-estar. Porém isso haveria de mudar... Maronese apareceria muito mais, haveria de se destacar como uma estrela de primeira grandeza diante de todo o clero romano! Ele chegaria a um restaurante ou qualquer outro lugar público, e todos os presentes silenciariam, não apenas por um reflexo de intimidação causado por uma batina púrpura, mas sim pelo simples reconhecimento de suas feições, de sua imagem.

Batina púrpura! Sim! Esse tinha de ser o primeiro passo! Teria de se fazer cardeal!

Contudo, mesmo com a mente embotada pelas primeiras doses do terrível narcótico que é o sonho do poder, Maronese tinha discernimento bastante para saber que isso seria impossível. Afinal, mal tinha acabado de ser ordenado bispo! E chegar ao cardinalato não era bem precisamente a mesma coisa que colar grau numa faculdade. Era preciso manobrar politicamente com muita sabedoria e... ter paciência. Muita paciência!

Fez as contas. Estava com 37 anos. O cardeal mais jovem que conhecia estava com 53 e tinha alcançado esse estágio hierárquico aos 50. E ele sabia quanta política tinha sido movimentada para que tal acontecesse! Assim, se Maronese conseguisse alguns apoios fortes e, é claro, ajudasse a se fazer minimamente merecedor, dali a cerca de quinze anos estaria cardeal.

"O que é um prazo bom", pensou ele, enquanto via Martha se aproximar, os seios nus e tentadores, trazendo a bandeja de aperitivos. "Messias estará com quinze anos de idade e certamente já estará dando mostras ao mundo de que é o Filho de Deus!"

Um pouco mais tarde, já Messias adulto e atuante — Maronese haveria de dar um jeito de fazê-lo atuante, e muito! —, as coisas seriam bem diferentes. Com Cristo novamente na Terra, não haveria razão para existir um papa. Cristo chefiaria a Igreja, evidentemente. Mas teria a necessidade de um *segundo*, um auxiliar direto. Esse homem sim, seria o centro do poder imediatamente abaixo de Cristo... E esse homem seria ele!

— Você está tão pensativo... — falou Martha, em tom queixoso e inclinando-se sobre ele, fazendo seus mamilos túrgidos roçarem no rosto de Maronese. — Está preocupado com alguma coisa?

— Estou apenas sonhando, querida... Estou apenas imaginando como poderá ser o futuro.

Os olhos de Martha brilharam, e ela, num salto, foi se pendurar no pescoço de Maronese.

— Você vai largar a batina para se casar comigo? — perguntou, beijando-o voluptuosamente.

— Não precisamos disso, Martha — respondeu ele, sério. — Podemos perfeitamente continuar nossa vida assim como está.

Fazendo expressão de criança contrariada, ela murmurou:

— Você sabe que não é a mesma coisa... Vivendo definitivamente juntos, poderíamos ser mais felizes. Só o fato de você não precisar ficar se escondendo, de podermos andar de mãos dadas em Roma... Poderíamos ter filhos...

Era um assunto em que, desde alguns meses, Martha vinha insistindo. Delicada, sutil e levemente, mas vinha. E era um assunto que Maronese tinha de evitar.

— Em compensação, você jamais iria me ver vestido de cardeal... — disse ele, acariciando os seios da mulher.

— Sem nada embaixo? — perguntou ela, rindo.

— Exatamente, minha querida — respondeu Maronese, puxando-a para cima de seus joelhos. — Sem absolutamente nada embaixo!

* * *

Durante aquela tarde em Ostia, Maronese também teve tempo de pensar na solução de outro problema que, desde o nascimento de Messias, vinha lhe atazanando as idéias: o que fazer dos três casais de empregados que estavam ainda no convento.

Com o nascimento do menino, as experiências de Magaldi tinham terminado e, assim, Severino e Luzia tinham ficado absolutamente sem função. O mesmo acontecia com o casal de mexicanos, Juan e Lupe. E, na realidade, aquela construção imensa tinha perdido todo o sentido.

"Será suficiente que eles deixem a Itália", pensou Maronese. "Ganharam bastante dinheiro, e acredito que isso os satisfaça".

Quanto ao equipamento, seria um pouco mais complicado. Não poderia doá-lo a uma universidade, isso suscitaria perguntas que ele não conseguiria responder, não poderia entregá-lo para a indústria farmacêutica de sua família, uma vez que certamente haveriam de lhe perguntar o que estava fazendo com aquilo, e não poderia simplesmente destruí-lo, pois, além de ser um desperdício inadmissível, sempre sobrariam vestígios que despertariam as mais terríveis suspeitas . Da mesma forma, não teria como vendê-los sem ser obrigado a explicar a sua origem.

Mas foi a própria Martha que, sem querer, trouxe-lhe a solução desse problema.

Estavam jantando quando Martha comentou:

— Esqueci de lhe falar, querido... Mas recebi uma carta de um primo que estará chegando de Israel no fim deste mês. Ele é médico e vem para cá para trabalhar em patologia clínica. Quer montar um laboratório de análises aqui na Itália, possivelmente em Roma.

Com expressão triste, acrescentou:

— Mas será difícil... Ele não tem recursos, e esses equipamentos de que ele necessita são tão caros...

Os olhos de Maronese brilharam. Ali estava a solução!

Esforçando-se para não denunciar a satisfação por ter ouvido aquela notícia, o bispo perguntou:

— Você é muito ligada a esse primo?

— Moishe é como se fosse meu irmão! — exclamou Martha. — Acho que ele é a única pessoa da família capaz de me entender e de me aceitar verdadeiramente. Por isso fico com medo de ele não conseguir realizar esse sonho. Ele bem merece!

Uma sombra de tristeza toldou a sua fisionomia e ela continuou:

— Ele teve paralisia infantil e, para andar, precisa de muletas e de um aparelho nas pernas. Sofreu muito, coitado! Esforçou-se muito para fazer o curso de medicina. Mas isso, ele conseguiu! E especializou-se em patologia clínica. Mas lá em Israel, além de a concorrência ser muito grande, o ganho é muito pequeno. Por isso ele quer vir para a Itália. Disse-me que vem para ficar, mas duvido. Aqui também há um problema sério de colocação para estrangeiros. E Moishe não tem condições de pensar em montar um laboratório tão cedo.

Maronese segurou as mãos de Martha e, com um sorriso, disse:

— Pois eu acho que tenho a solução para ele...

Martha olhou intrigada para o bispo, e este explicou:

— Possuo um imóvel imenso perto de Roma que pode facilmente ser transformado numa clínica. Vou providenciar para que a escritura seja transferida para você e ele poderá montar a clínica. O laboratório está pronto Tem até uma sala de cirurgia.

— Mas... Por que em meu nome? — perguntou Martha.

— Por duas razões. Primeiro, porque será uma espécie de herança em vida para você. É o mínimo que posso fazer.

— Mas você já me deu a casa de Ostia! — exclamou Martha. — E o carro! E me dá todo o dinheiro que eu peço!

Maronese calou-a com um beijo e prosseguiu:

— Segundo, porque não apareço... E não quero o pessoal do Tesouro e do imposto de renda fazendo perguntas.

Apertou um pouco mais as mãos da mulher e disse:

— Esse lugar está pronto para ser um hospital. E se esse seu Moishe puder aproveitá-lo...

Deu outro beijo em Martha e finalizou:

— Tenho certeza que Deus reservou esse destino para seu primo!

63.

Maronese chegou de volta à sua casa pouco depois de onze e meia da noite e, já pela expressão de Alberto ao recebê-lo, sentiu que alguma coisa muito errada estava acontecendo.

— Tentei localizá-lo o dia inteiro, Dom Maronese — disse Alberto, consternado. — Cheguei a pensar em ir a Ostia...

O bispo ia abrindo a boca para perguntar o que tinha acontecido quando foi surpreendido pela chegada de irmã Conceição, aos prantos, dizendo quase histérica:

— Oh, Dom Maronese! Foi terrível! Tive tanto medo!

Maronese suspirou, deixou-se cair sobre uma poltrona e, enquanto Alberto levava a freirinha de volta para seus aposentos, preparou-se para ouvir as notícias que, ao que tudo indicava, seriam terríveis.

— O que aconteceu, afinal? — perguntou o bispo, quando Alberto voltou para a sala. — Onde e como está Messias?

Alberto respirou fundo e, procurando falar devagar e concatenadamente, contou-lhe tudo quanto tinha acontecido, desde o instante em que a doutora Marianna desaparecera da butique.

Quando ele terminou seu relato, depois de refletir por alguns instantes, o bispo perguntou:

— Os empregados ficaram no convento?

— Sim — respondeu Alberto. — Eles não sairiam de lá sem receber...

— Menos mal... Amanhã providenciaremos para que recebam e deixem o país. Teremos um problema a menos.

Ergueu os olhos e fitou Alberto com intensidade, dizendo:

— Em compensação, temos um outro, e não menos grave... Quem assassinou Magaldi? Teria sido a mesma pessoa que provocou o incêndio e a explosão no laboratório?

Alberto balançou negativamente a cabeça e falou:

— Não acredito nessa possibilidade. Fátima e Antônio garantiram que não havia ninguém no interior do convento. E nós sabemos que era praticamente impossível alguém passar pela segurança. Eles também disseram que a explosão se deu pouco depois que o senhor saiu de lá.

Tomou fôlego e disse:

— Na minha opinião, foi o próprio Magaldi que provocou o incêndio. E certamente Marianna tinha combinado com ele de se encontrarem em algum lugar.

— Mas isso não explica o fato de ele ter sido assassinado! — protestou Maronese.

— Talvez ele tivesse um cúmplice e houve um desentendimento...

— Não — murmurou o bispo. — Não acredito nessa hipótese. Acho mais provável que Magaldi estivesse sendo vigiado. Algum grupo que soubesse o que ele estava fazendo.

Num sobressalto, indagou:

— E aqui? Você verificou se há alguma coisa estranha, alguém diferente nas imediações?

— Verifiquei, Dom Maronese... E pode ficar sossegado. Não há absolutamente nada de anormal. Não vi ninguém, não notei nada. Mas, de qualquer maneira, a vigilância foi redobrada. Estamos com oito guardas ao redor da propriedade, e a empresa é a mesma que o serve desde que adquiriu esta casa. Conheço todos os vigilantes e sei que não precisamos recear nada.

Maronese assentiu com um sinal de cabeça e disse:

— Temos de descobrir quem matou Magaldi. E a razão desse assassinato. Da mesma maneira, precisamos descobrir onde está a doutora Marianna. Algo me diz que ela tem muita coisa para nos contar...

* * *

Os problemas de Maronese, para seu desespero, não tinham terminado.

Nos dois dias que se seguiram, ele esteve ocupadíssimo com o início da recuperação do laboratório e a transferência da propriedade para Martha, com o pagamento e a colocação dos empregados que estavam no convento — o casal António e Fátima continuaria com ele e, assim, foi imediatamente trazido para sua casa — e com o início das investigações a respeito do paradeiro de Marianna e sobre quem teria assassinado Magaldi.

E esses dois últimos itens da agenda mental de Maronese eram justamente os que mais o atormentavam.

Apesar de sua influência e a da sua família, ele estava extremamente limitado em qualquer ação, pois não poderia tentar se fazer valer da ajuda de conhecidos dentro dos serviços policiais e governamentais sem levantar suspeitas e gerar perguntas bastante incômodas. Não haveria como explicar o seu interesse em saber quem assassinara Magaldi nem o seu interesse pelo paradeiro da doutora. A polícia chegara à conclusão de que Magaldi tinha sido vítima de um assalto e que os bandidos que o mataram tinham furtado o veículo da equipe de segurança do antigo convento. Essa teoria foi fortalecida pela opinião da própria empresa de segurança, que garantiu que o cientista tinha sido seqüestrado pelos bandidos. Para possibilitar o seqüestro, eles teriam provocado a explosão do laboratório. Maronese sabia que isso não era verdade, tinha plena consciência de que a polícia estava errada, mas como era uma teoria aparentemente viável e que explicava as coisas sem envolvê-lo, achou melhor concordar.

Decidiu que investigaria por conta própria, mas isso teria de esperar um pouco.

— Precisamos deixar a poeira baixar — falou para Corday e Ramirez. — Mexer nisso agora, enquanto o fato ainda está muito nítido na memória de todos, pode ser perigoso.

Para sobrecarregá-lo ainda mais, um escândalo — mais um — que envolvia um cardeal num caso de pedofilia estava para ser divulgado na grande mídia dos Estados Unidos, e a Santa Sé tinha de dar um jeito na situação. Perder a confiabilidade no país que mais contribuía financeiramente para o Vaticano poderia ser um desastre material de conseqüências piores até mesmo do que a implicação moral de tudo aquilo. Ele teria de ir para Nova York.

O imóvel transferido para Martha e a recuperação deixada aos cuidados da mesma companhia construtora que fizera a reforma do convento, ele pôde atender o pedido do papa e voou para os Estados Unidos.

Foram três dias de tensas e cansativas reuniões com o pessoal da imprensa, com os familiares das vítimas e com o cardeal implicado no caso. Por fim, indenizações — leiam-se propinas — pagas e o cardeal devidamente afastado e transferido para um trabalho burocrático no interior do Vaticano, Maronese pôde respirar e, sem ficar nem mais um dia nos Estados Unidos, numa tentativa de se recompor, voltou imediatamente para Roma decidido a atacar com toda a energia as investigações que sabia serem muitíssimo necessárias. Afinal, se Magaldi fora assassinado por causa de seu trabalho e Marianna simplesmente desaparecera, era bem possível que o plano de trazer Cristo de volta à Terra tivesse vazado e alguém — algum grupo — estivesse muito ansioso para encontrar ninguém menos do que Messias e sua mãe.

Mais uma vez foi Martha que, sem querer, trouxe-lhe a solução, assim que ele voltou para Roma e, no mesmo dia, foi para Ostia. Sentia a necessidade de estar com Martha, de sentir seu carinho e o calor de seu corpo.

Maronese não queria falar sobre problemas, queria apenas descansar, quando, no meio de um assunto banal, Martha comentou:

— Ontem recebi um telefonema de um amigo de quem não tinha notícias havia muito tempo...

Maronese olhou interrogativamente para ela, e Martha disse:

— Um amigo perigoso... Trabalhou no MOSSAD, o Serviço Secreto de Israel.

— E o que ele faz hoje em dia? — indagou Maronese sem maior interesse, apenas para dar continuidade ao assunto.

— Ele disse que deixou o MOSSAD há seis meses porque se desentendeu com o chefe. História de linha política, você sabe como são essas coisas. Ariel não era tão ortodoxo quanto gostariam seus superiores e, por isso, acabou achando melhor se afastar. Veio para cá há dois meses e, por enquanto, está apenas... vivendo!

Com uma risada, Martha disse:

— Ariel falou que passou tantos anos se arriscando e resolvendo casos complicados, que ele quer passar um bom tempo aproveitando a vida. A vida que ele desperdiçou enquanto estava trabalhando no Serviço Secreto localizando ex-nazistas e terroristas palestinos.

"Localizar pessoas!", pensou Maronese interessando-se subitamente. "Mas é exatamente o que eu preciso!"

Fazendo Martha sentar-se ao seu lado, perguntou:

— Acha que ele é uma pessoa confiável? Discreta?

— Pode acreditar que, se não fosse, ele não estaria vivo há muito tempo! — respondeu Martha.

— Ele gosta de dinheiro?

Ela riu, beijou os lábios de Maronese e respondeu:

— O nome dele é Ariel Meyer. Preciso dizer mais alguma coisa?

— Quero conhecer esse seu amigo. Talvez eu tenha um serviço para ele.

Martha franziu a testa, intrigada e falou:

— Não me diga que você está metido em alguma coisa relacionada com espionagem...!

O bispo riu, beijou a mulher e disse:

— Tudo é possível neste mundo de Deus, minha querida... Até mesmo eu mandar um ex-agente do MOSSAD espionar você!

* * *

Como qualquer criança normal e bem cuidada, Messias estava se desenvolvendo com excelente saúde.

Aos quatro meses de nascimento do menino, Maronese foi obrigado a enfrentar um pequeno conflito de ordem muito mais filosófica do que prática: irmã Conceição achava que era necessário batizar a criança.

— Batizar o próprio Filho de Deus?! — escandalizou-se Corday.

— Mas é uma criança! — protestou a mãe. — E todas as crianças precisam ser batizadas!

Foi preciso muito trabalho e conversa durante vários dias para que, finalmente, a freira se convencesse de que não era possível, de que era absolutamente ilógico querer batizar Messias.

— Cristo foi batizado num banho nas águas do rio Jordão já adulto — falou Maronese. — Vamos deixar isso para que o próprio Messias decida quando chegar a hora. Por enquanto, nenhum de nós terá coragem de realizar essa cerimônia. Não podemos sequer imaginar a possibilidade de batizarmos o próprio Cristo!

Com a *venda* da propriedade do convento para Martha e o seu subseqüente *arrendamento* para o doutor Moishe Steiner, Dom Maronese adquiriu uma *villa* perto de Civita Vecchia, um pouco mais ao norte de Ostia, onde instalou a criança, sua mãe e o casal de portugueses, António e Fátima.

Não tivera quaisquer problemas com os outros dois casais, pois, como ele imaginara, voltaram felicíssimos para seus países de origem assim que puseram as mãos na pequena fortuna que Maronese lhes pagou sob o juramento solene de que jamais fariam comentários a respeito do convento, da freira que se tornara mãe e do bispo que tinha sido pai. Em troca desse silêncio — que Maronese sabia muito bem que não duraria muito e, por isso mesmo, dissera aquela mentira com tons e aparência de verdade que, se contada no México ou no Brasil, jamais iria interferir em sua vida ou na de Messias — o bispo pagou-lhes três vezes mais do que o combinado. Dinheiro mais do que suficiente para eles recomeçarem a vida em suas pátrias.

A nova propriedade, à beira-mar, era bem menor do que o convento, mas nem por isso menos confortável, segura e bonita. Era uma casa moderna, vistosa, ampla e localizada na parte mais elevada de um parque cercado por muros altos de quase quatro hectares de gramados, jardins, uma bonita horta e muitas árvores frutíferas, além de um parreiral de onde António pretendia colher uvas e preparar vinho como ele fazia em Portugal. Em seu interior, além dos salões, salas, saletas, cozinha, dependências para empregados e tudo o mais que uma casa daquele porte necessariamente tem de possuir, havia cinco apartamentos, dos quais um foi ocupado pela freira e Messias, outro fora deixado reservado para Maronese, outro para Ramirez e Corday quando estes fossem lá visitar o menino e sua mãe, outro tinha sido transformado num verdadeiro reino de brinquedos para a criança e no último, o maior, Maronese montou ali uma biblioteca, dizendo — evidentemente apenas para a irmã Conceição — que nem só de brincadeiras tem de ser feita a vida de um menino, mesmo que ele fosse ninguém menos que o Filho de Deus.

O que acabou se tornando motivo de chacota por parte de Corday e Ramirez — e até mesmo da freira e do casal de portugueses —, uma vez que o pequeno ainda era um bebê com menos de seis meses de idade, não teria a menor possibilidade de brincar com trens elétricos, cavalinhos de madeira, centenas de carrinhos e outros brinquedos que ele só iria aproveitar dentro de alguns anos. E, quanto à biblioteca...

— Está certo que ele é o Filho de Deus, Victor — disse Ramirez. — Mas nem por causa disso ele vai ler Kant e Comte!

Maronese riu, disse que nada é impossível para Deus, e tratou depressa de mudar de assunto.

64.

Sentado à mesa do quarto de hotel, no Rio de Janeiro, Peter olhou pela décima milésima vez para o mapa daquele imenso país. Em algum lugar daqueles quase nove milhões de quilômetros quadrados Marianna Saggio deveria estar.

Com uma ponta de raiva e revolta, ele lembrou daquela noite, na Paróquia de São Constantino, quando encontrara o superior, logo depois da morte de Magaldi. Poucas vezes ele o vira tão furioso.

— Mas como você pôde fazer isso? — perguntara o Superior, a voz trêmula pela raiva. — Será que não é capaz de medir a força de suas mãos?!

— Não apertei muito forte, senhor — defendera-se Peter. — Se afrouxasse mais, ele poderia escapar...

— Não procure desculpas, Peter! Você sabe muito bem que Magaldi jamais conseguiria fugir de você correndo! Duas passadas suas equivalem a quatro das dele!

O superior balançara o dedo em riste diante do nariz de Peter e dissera, mastigando as palavras:

— A única possibilidade de encontrarmos Marianna era através de Magaldi. E você deixou essa oportunidade literalmente escorrer por entre esses seus dedos! E, como se não bastasse, o caderno que me trouxe dizendo que continha todas as anotações das experiências do casal não passava de um caderno de bobagens e receitas culinárias escritas em esperanto! Agora... Agora você vai dar um jeito de encontrar essa mulher! Nem que leve a vida toda, mas vai encontrá-la!

Peter baixara a cabeça. Sabia que não adiantava protestar, que não conseguiria se esquivar.

— Você tem vinte e quatro horas para descobrir para onde ela foi. Se não conseguir, a *Fraternidade* não vai matá-lo. Mas garanto que você preferiria morrer a ter de ficar no lugar para onde o mandaremos!

Com um sorriso mau nos lábios e um brilho quase demoníaco no olhar, o Superior indagara:

— Podemos pensar, por exemplo, em mandá-lo para um desses países africanos novos, cheio de mosquitos e de doenças... Ou podemos mandá-lo de volta para o convento de Milão, não para ser ajudante de cozinha, mas para ser um faxineiro responsável pela limpeza dos banheiros... Dos alunos da universidade, é claro...!

Se havia alguma coisa no mundo que Peter detestava era justamente mosquitos e limpar banheiros... Ele não havia militado no IRA desde a adolescência, não aprendera a montar e desativar bombas, a usar qualquer tipo de arma, a lutar e matar com as mãos nuas, para ser obrigado a limpar porcarias dos outros. Nem para servir de refeição a mosquitos e vermes!

— Encontrarei a mulher, senhor — dissera ele. — Basta que me possibilite os recursos necessários.

O Superior atirara-lhe por sobre a mesa um envelope e dissera:

— Aí há o necessário para você começar. Lembre-se que tem vinte e quatro horas para me trazer os primeiros resultados. E que sejam positivos! Caso contrário...

Não lhe fora difícil descobrir que Marianna tinha partido para o Brasil. Bastara alguns dólares e meia dúzia de sorrisos para algumas balconistas das companhias aéreas e, dentro do prazo estipulado pelo Superior, ele levara o primeiro resultado.

— Marianna Saggio voou naquele dia mesmo para o Brasil — dissera. — Pegou um vôo que saiu às onze horas da manhã.

— Então, vá para lá — ordenara o Superior. — Traga as verdadeiras anotações e a doutora Marianna em pessoa.

Quatro dias depois dessa conversa com o Superior, ele chegara ao Rio de Janeiro.

Acomodara-se num hotel de segunda classe — não porque estivesse fazendo economia, mas sim porque não conseguia adaptar-se a ambientes sofisticados — e começara a procurar Marianna.

Ficara surpreendido ao perceber que a imensa maioria dos recepcionistas dos hotéis onde fora perguntar pela médica sabia falar correntemente italiano, francês e inglês. Alguns, até mesmo alemão. Era engraçado... As notícias que tivera a respeito do Brasil não eram animadoras em relação à cultura e capacidade de receber turistas estrangeiros... Estava vendo exatamente o contrário.

Mas, não tivera sorte. Depois de mais de um mês perguntando e distribuindo fartas gorjetas, não encontrara o menor sinal de Marianna.

A princípio, pensara que ela tivesse se registrado sob um nome falso, mas ao ver que todos os hotéis exigiam dos hóspedes a apresentação de documentos de identidade, afastara essa idéia. Ela teria de ter usado seu nome verdadeiro. A menos que tivesse um passaporte falso, mas essa possibilidade era nula. Jamais uma cientista como ela haveria de pensar em falsificar um documento.

E, assim, depois de duas semanas de incessantes frustrações, ele chegou à conclusão de que teria de procurar a médica... no Brasil. E lá estava ele, diante do mapa do maior país da América Latina, coçando o alto da cabeça e perguntando:

— Mas onde essa desgraçada pode estar escondida?

* * *

A entrevista com Ariel Meyer foi marcada por Martha para ser realizada em sua casa, em Ostia.

Ariel era um homem com cerca de 40 anos, alto e forte, muito louro, de sobrancelhas espessas, olhos claros e muito vivos.

Já por sua aparência, Maronese gostou dele. Ariel transmitia segurança e confiança, tinha gestos comedidos e educados, falava baixo, calmo e devagar. Nos primeiros cinco minutos de conversa mostrou que também era dono de uma cultura ampla, de uma inteligência aguçada e de uma formidável capacidade dedutiva.

Um pouco preocupado, Maronese logo percebeu que era inútil querer esconder qualquer coisa dele. Bem entendido, qualquer coisa que ele resolvesse descobrir. Teve a comprovação quando Ariel falou:

— O senhor é um religioso...

— O que o faz afirmar isso? — indagou Maronese, surpreso.

— E é um bispo...

Maronese lançou um olhar reprovador para Martha, que vinha trazendo a bandeja de aperitivos, e Ariel arrematou:

— E agora tenho certeza de que é... amante de Martha.

— Eu não disse nada! — protestou ela.

Ariel riu, pegou o copo que Martha lhe oferecia e disse:

— No seu dedo anular direito há a marca de um anel cujo aro é mais estreito na parte de baixo. O senhor o tirou antes de chegar aqui. Mas não conseguiu, é claro, tirar a marca deixada pelo sol. A parte dorsal da mão está mais queimada, e o sinal do anel é evidente. Esse tipo de anel só é usado por bispos ou cardeais. E o senhor ainda é muito jovem para ser um cardeal. A forma como olhou para Martha comprovou minha teoria. O senhor achou que ela tivesse falado para mim a seu respeito. E também a maneira como lançou esse olhar mostrou que há algo mais e muito mais profundo do que uma simples amizade.

Ergueu o copo num brinde e acrescentou:

— Mas não se preocupe, Dom Maronese... Na minha profissão fui obrigado a aprender a não abrir a boca mais do que o necessário. E os assuntos que são sigilosos, sei muito bem respeitar.

Não foi preciso pedir para Martha deixá-los a sós. Ela também sabia ser discreta, havia já bastante tempo que sua vida era pautada justamente pela discrição, muito embora isso às vezes a deixasse um tanto quanto frustrada.

Omitindo toda a parte relativa ao nascimento de Messias, Maronese fez um relato para Ariel de tudo que sucedera. Frisou bem que o interesse que ele tinha em encontrar a doutora Marianna estava resumido no fato de que ela seria a única pessoa com conhecimento e tecnologia para *clonar* uma nova vida a partir de células mortas e antigas.

— Imagine o que isso pode significar para a humanidade — disse ele para Ariel. — Pense no que seria possível fazer com uma amostra de tecido de um grande líder já falecido há muito tempo e uma mulher que se proponha a *emprestar* seus óvulos e o útero para essa doutora!

Ariel Meyer ficou pensativo por alguns instantes e, acendendo um cigarro, falou:

— O que essa mulher sabe pode se tornar um perigo... Se ela decidir vender seus conhecimentos para os neonazistas, por exemplo... Ou para os fundamentalistas islâmicos... Mesmo que ela não consiga realmente realizar a *clonagem*, só o fato de dizer que aquela criança que nasceu é o *clone* de algum herói das hordas de Maomé, já seria suficiente para estimular um fanatismo que acabaria por se tornar catastrófico!

Maronese sorriu, serviu-se de mais uma generosa dose de uísque e disse:

— Exatamente, Ariel... Essa doutora Marianna precisa ser encontrada! E neutralizada! E as anotações dessas experiências precisam ser destruídas! E por mim, que é para eu ter certeza de que elas jamais cairão em mãos erradas!

— O senhor receberá sua encomenda — garantiu Ariel. — E isso vai lhe custar dois milhões de dólares... Está disposto?

Dom Maronese refletiu por alguns instantes e, por fim, respondeu:

— Depositarei a metade agora e a outra metade quando eliminar a doutora e me entregar essas malditas anotações.

— O senhor terá de acreditar em minha palavra quanto à morte da médica — avisou o ex-agente. — Com certeza, vou me desfazer do corpo e não terei como provar que ela foi eliminada.

— Vou acreditar em você — replicou Maronese. — Dê-me o número de sua conta bancária.

* * *

Seguindo exatamente o mesmo procedimento de Peter, Ariel não precisou de mais de uma semana para descobrir que Marianna Saggio tinha ido para o Brasil e, mais precisamente, para o Rio de Janeiro. Sem perda de tempo, avisou Maronese que estaria indo atrás da médica e que daria notícias assim que tivesse alguma novidade.

Desembarcou na Cidade Maravilhosa perto do meio-dia de uma segunda-feira e, depois de se acomodar num bom hotel em Copacabana — ele não via nenhuma razão para estar mal instalado —, começou a trabalhar.

Percorreu todos os hotéis da orla de Copacabana e, sem obter nenhum êxito, concluiu que Marianna não tinha ficado no Rio de Janeiro.

Refletindo um pouco mais, achou que, se a médica fosse realmente inteligente, ela jamais ficaria no Rio.

"Quando algum estrangeiro vem para o Brasil, sempre vem para o Rio de Janeiro", pensou. "Portanto, alguém que não deseja ser encontrado, com certeza não ficará aqui. E, de preferência, não deixará nenhuma pista, nenhuma indicação de para onde tenha ido."

Voltou para o aeroporto e, ajudado por algumas notas de cem dólares, conseguiu verificar as listas de passageiros nos vôos domésticos que partiram do Rio de Janeiro para diversos locais do país no dia da chegada de Marianna.

Não encontrou o nome dela em nenhum lugar. Como ele sabia que havia pouquíssima probabilidade de Marianna estar usando documentos falsos, concluiu que ela não tinha viajado naquele dia.

"Pelo menos, ela não foi de avião", pensou, voltando para o hotel.

Apesar de Ariel achar que a médica, se decidisse passar algum tempo no Rio de Janeiro, ficaria num hotel de Copacabana — justamente por ser o lugar brasileiro mais conhecido em todo o mundo —, ele perdeu mais dois dias e vários dólares verificando os hotéis do Leblon, Ipanema, Leme e Flamengo. Como já esperava, o nome da médica não constava em nenhum registro.

Como sempre fazia quando ainda estava no MOSSAD, pôs-se no lugar da pessoa-alvo de sua caçada. Imaginou-se chegando ao Rio de Janeiro numa fuga. Teria de se encontrar com um companheiro — essa era a teoria mais provável, ou seja, Magaldi e ela viriam se encontrar no Brasil, e só por um acaso isso não acontecera — que estaria chegando pouco depois, mas que sempre estaria correndo o risco de se atrasar.

"Eu não marcaria esse encontro no Rio de Janeiro!", pensou Ariel. "E jamais pegaria um avião, pois seria muito fácil localizar-me!"

O ex-agente conhecia bem o Brasil, já estivera no país inúmeras vezes tanto de férias — pouquíssimas — como em missões de *caçada*. Assim, ele não precisava de nenhum mapa para se basear e concluir que o lugar mais favorável seria Vitória, capital do estado do Espírito Santo.

— Vitória é uma capital, mas não tem ainda uma estrutura turística bem desenvolvida e, portanto, ninguém lembra de ir para lá — murmurou. — No entanto, possui praias maravilhosas, e o europeu que vem para o Brasil, fugido ou não, há de preferir se esconder num lugar que fique junto ao mar. Além disso, Vitória está a aproximadamente seis horas de ônibus do Rio de Janeiro. De ônibus. Basta comprar a passagem, embarcar e chegar! Não é necessário apresentar documento algum, nada fica registrado!

Com um sorriso de satisfação nos lábios, pegou o telefone de seu quarto e ligou para a recepção do hotel.

Num português quase perfeito — tinha apenas um pouco de sotaque —, pediu que fechassem a sua conta e lhe reservassem uma passagem no primeiro avião para Vitória.

— Pode me aguardar, doutora Marianna — disse ele, em voz alta. — Dentro de pouco tempo estaremos conversando pessoalmente.

Olhou o relógio. Eram cinco horas da tarde, e o seu vôo estava marcado para as seis e meia.

* * *

Mais ou menos concomitantemente, Peter chegara à mesma conclusão de Ariel Meyer: Marianna não ficara no Rio de Janeiro. Porém, não conhecendo o Brasil, falando no máximo espanhol como idioma que mais se aproximava do português e sendo um padre absolutamente incapaz de raciocinar e enxergar o mundo através do prisma do prazer, não usou o mesmo raciocínio do ex-agente para começar suas pesquisas por Vitória. Peter traçou no mapa um círculo com centro no Rio de Janeiro e aproximadamente quinhentos quilômetros de raio, imaginando que Marianna haveria de chegar cansada da viagem sobre o Atlântico e não agüentaria ficar dentro de um desconfortável ônibus por mais de seis ou sete horas. Um dos pontos extremos desse círculo era Vitória. Outro, não tão extremo, mas importante, era São Paulo. Da metrópole paulistana ele já tinha ouvido falar e sabia que era grande demais, variada demais. Seria muito difícil encontrar alguém nessa cidade, e ele certamente perderia muito tempo numa busca. Vitória era bem menor, tinha menos hotéis... Se não a encontrasse lá, perderia menos tempo. Depois, iria a São Paulo.

"Sim...", pensou. "Vou começar por Vitória."

Meteu suas roupas na mala, pagou a conta do pardieiro onde estava hospedado e rumou para o aeroporto.

O avião que o levou para a capital do Espírito Santo decolou exatamente à uma da tarde.

"Ótimo!", pensou. "Ainda terei tempo de verificar alguns hotéis..."

65.

Pouco mais de um mês depois de Ariel ter partido para o Brasil à procura de Marianna, Dom Maronese teve uma surpresa ao voltar para casa, vindo do Vaticano.

Para seu espanto, Martha o estava aguardando. Era a primeira vez que ela aparecia assim, sem avisar, sem procurar saber se a sua presença não poderia, de alguma forma, causar constrangimento ao bispo.

Ela estava, como sempre, linda e alegre, um sorriso radioso no rosto, o corpo perfeito e tentador.

— Aconteceu alguma coisa? — perguntou Maronese, preocupado. — O que está fazendo aqui?

E, depois de beijá-la, disse:

— Eu já tinha programado visitá-la amanhã, em Ostia!

Martha sentou-se no sofá diante da lareira e, obrigando Maronese a sentar ao seu lado, falou:

— Fiquei com saudades... E, além disso, tenho algo para lhe dizer que não podia mais esperar. Achei que iria explodir por dentro se não lhe contasse ainda hoje.

Maronese riu e indagou:

— E se eu não tivesse chegado? E se tivesse sido obrigado a ir viajar, por exemplo, para a Suíça?

— Acho que eu teria ido atrás de você! — exclamou a mulher. — E pode ter certeza que eu daria um jeito de encontrá-lo!

— Não seria difícil... Se eu não estivesse no Escritório da Anistia Internacional, estaria em Interlaken. Gosto de lá... É um lugar sossegado, com uma paisagem bonita, um clima bom. O lugar ideal para me recolher um pouco e refletir...

Ela riu, deu um beijo em sua boca e murmurou:

— Só espero que não haja por lá uma outra Martha...

E, sem dar tempo ao bispo de retrucar, a mulher disse:

— Mas não é isso que está me fazendo explodir de alegria e que me fez sentir a necessidade premente de falar com você.

Endireitou-se no sofá, respirou fundo e falou:

— Estou grávida, Victor... Estou esperando um filho... Seu!

Victor Maronese teve a sensação de que o céu estava desabando sobre sua cabeça.

— Grávida! — exclamou. — Mas... como assim?! Você não está tomando a pílula?

— Acho que esqueci, um dia ou dois — respondeu Martha, o sorriso desaparecendo de seu rosto ao perceber que a reação de Maronese não tinha sido a que ela esperava. — E você sabe que basta uma vez...

Dom Maronese parecia não estar escutando as palavras de Martha e, nervoso, levantou para servir-se de uma generosa dose de uísque.

— Há quanto tempo está grávida? — perguntou.

— Recebi o resultado do exame hoje — respondeu ela. — Mas desconfio que estou com mais ou menos dois meses e meio de gravidez...

— Então ainda dá para tirar — murmurou o bispo.

Martha olhou estupefata para Maronese e quase gritou:

— Mas de jeito nenhum, Victor! Eu quero ter essa criança!

Maronese balançou energicamente a cabeça, dizendo:

— Mas não pode ter! Eu não posso ser pai! Um escândalo desses, e tudo quanto planejei para a minha carreira irá por água abaixo!

Martha teve de se controlar muito para não explodir em prantos. Com a voz embargada, ela murmurou:

— Não imaginei que você tivesse essa reação, Victor... Nem poderia sonhar que você me fizesse a proposta de abortar! Você! Um bispo católico!

Entregando os pontos, ela escondeu o rosto entre as mãos e começou a soluçar.

— É nosso bebê, Victor... A materialização do nosso amor! E você sabe quanto eu o amo!

Olhando para o bispo por entre uma névoa de lágrimas, acrescentou:

— Durante todos este tempo eu aceitei, Victor... Aceitei sem jamais reclamar que você só viesse me ver *quando era possível*! Aceitei ficar semanas a fio sozinha, esperando a sua chegada para, no final, você telefonar dizendo que estava nos Estados Unidos, na França, no Inferno...! E que só poderia aparecer na semana seguinte. E, quando vinha, era sempre com pressa, sempre apenas para passar a noite e desaparecer novamente. Raras vezes, durante todos estes anos, nós pudemos ficar juntos por mais de vinte e quatro horas seguidas. E eu nunca reclamei, mas sempre lhe disse quanto sentia a sua falta!

Levantou-se, enxugou os olhos e falou:

— Não se preocupe, Victor... Não vou lhe causar nenhum aborrecimento! Você nunca mais ouvirá falar de mim! Nem de seu filho!

Maronese segurou-a pelo braço quando ela já estava alcançando a porta e disse em tom súplice:

— Nada disso é necessário, Martha... Não quero que você se afaste de mim! Mas você sabe que eu não posso ser pai! Aborte essa criança! Vá para a Suíça e aborte! E nossa vida vai continuar exatamente como tem sido até agora!

— Pois é exatamente isso que eu não quero mais, Victor! — exclamou ela, desvencilhando-se. — Não quero que a nossa vida continue exatamente igual ao que tem sido!

— Não posso abrir mão do sacerdócio, Martha — tentou explicar o bispo. — Tenho planos, tenho um objetivo de vida...

— Não lhe ocorreu pensar que eu também possa ter planos e objetivos na vida um pouco diferentes de ser apenas a *amante do senhor bispo*? — perguntou Martha, em tom sarcástico.

Maronese ia abrindo a boca para responder, mas ela o impediu, dizendo:

— Eu o amo Victor. Amo tanto que, apesar do que me falou há pouco, vou lhe dar até amanhã de manhã para pensar. Vou imaginar que essa sua reação tenha sido até mesmo por minha culpa, que não soube prepará-lo para receber essa notícia. A notícia mais importante de minha vida, e que deveria ser para você também. Estarei em nossa casa, em Ostia até a hora do almoço. Se você realmente tiver interesse em dar continuidade ao nosso amor, irá me procurar. Não quero que você deixe a batina por minha causa nem por causa da criança que estou carregando dentro de mim. A nossa criança. Mas eu o quero como pai dela. Um pai verdadeiro.

Deu-lhe as costas e arrematou:

— Qualquer que seja a sua decisão, saiba que eu jamais serei um estorvo em sua vida. Não fui até agora e não serei no futuro.

* * *

Maronese não conseguiu dormir senão a altas horas da madrugada. Sua cabeça girava, seus pensamentos pareciam um torvelinho selvagem que não se fixavam em nada.

Não, ele não podia ser pai. Não poderia correr o risco de um escândalo, de ter de enfrentar uma situação que, no mínimo, haveria de lhe custar o cardinalato. E, pior, mais tarde um pouco, quando Messias estivesse definitivamente em seu lugar à testa da Igreja Católica, ele certamente não estaria sentado à sua direita como seu conselheiro...

Pensou em eliminar Martha ainda aquela noite. Seria fácil simular um assalto... Mas sabia que não teria coragem para fazer isso. Na realidade, ele amava Martha e até gostaria de ter um filho com ela. Mas as circunstâncias não o permitiam. Era absolutamente impossível.

Quando o dia amanheceu, tomou uma decisão.

Ligou para Martha e disse-lhe:

— Querida, não vou poder ir até aí agora de manhã. Darei notícias no fim da tarde. Por favor, não tome nenhuma atitude precipitada, tenha paciência até por volta das seis horas.

Ouviu Martha suspirar do outro lado da linha e, depois de alguns segundos, ela falou:

— Está bem... Vou esperar até a noite. Se você não aparecer, nunca mais terá notícias minhas. Nem de nosso filho.

Dom Maronese não foi para o Vaticano. Foi, isso sim, procurar um advogado seu amigo, Salvatore Fiorini, homem que lhe devia favores e dinheiro, pois tinha sido um terrível viciado em jogos e, numa traição das cartas e das fichas, de repente ficara sem nada e sem perspectivas na vida. Fora Maronese que o tirara da sarjeta e lhe devolvera a dignidade perdida, além de lhe dar dinheiro suficiente para recomeçar. E chegara o momento de cobrar o favor.

Passou o dia com Fiorini, preparando documentos, fazendo transferências de dinheiro e repetindo mais de mil vezes que tudo o que estava acontecendo teria de ser mantido em absoluto segredo.

— Será interessante para você ter um cliente e amigo cardeal — disse Maronese. — Se esta história vazar, isso não vai acontecer.

— Não precisa se preocupar — respondeu, por fim, Fiorini, já agastado. — Conheço minha profissão e sei muito bem o que significa *sigilo profissional*. Ninguém vai saber de nada e, quanto a Martha, pode deixar que eu sei como fazer para que jamais deixe escapar qualquer coisa a respeito de tudo isso.

Passava das onze horas da noite quando Fiorini apareceu na casa de Dom Maronese.

— Como foi? — quis saber o bispo, sem conseguir esconder a ansiedade.

— Não poderia ter sido melhor! — exclamou o advogado, deixando-se cair sobre uma poltrona.

Aceitou o uísque que o bispo lhe ofereceu e falou:

— Acabo de deixá-la no aeroporto. Foi para o Rio de Janeiro, e é bem provável que fique por lá até depois da criança nascer. Disse que não pensa em lhe causar qualquer transtorno, ela o ama demais para fazer algo que o prejudique. Por isso mesmo está indo para o Brasil. Não queria aceitar as duas contas que o senhor abriu para ela na Suíça, mas eu a convenci. E ela me falou que o primo e sócio na clínica vai ficar com a casa e com a sua parte na sociedade. Por isso, estou imaginando que ela não tem a menor intenção de voltar para a Itália tão cedo.

— Mas... E as coisas dela? Os quadros, o material de pintura, os móveis...? — perguntou Maronese.

— Ela disse que o tal primo vai providenciar para que tudo chegue às suas mãos, lá no Brasil, mais tarde. Quando ela decidir o que vai fazer, para onde vai.

Fiorini tomou um grande gole de uísque e falou:

— Ela se tornou uma milionária, Dom Maronese... Em dinheiro líquido, três milhões de dólares e, em patrimônio, mais do que o dobro disso! Jamais poderá se queixar!

66.

Peter teve praticamente a tarde toda em Vitória para começar a procurar Marianna. E não perdeu tempo. Começou pelos hotéis próximos ao aeroporto, passou para aqueles na orla marítima e consultou a portaria de mais dois ou três no centro da cidade. O resultado foi frustrante. Marianna não tinha passado por nenhum desses lugares, e, no maior hotel da cidade, a recepcionista pareceu não entender o que ele queria. Peter tivera de escrever o nome de Marianna num pedaço de papel, e a moça sacudira negativamente a cabeça.

Ficou surpreso ao notar que havia não apenas alguns hotéis como imaginara, mas muitos deles. Seria impossível pesquisar todos em menos de uma semana.

Registrou-se num hotel perto do centro, tirou de um fundo falso de sua mala uma pistola e três carregadores, meteu-a num coldre axilar sob o paletó e decidiu que, no dia seguinte pela manhã, com a ajuda de um guia da cidade com o nome de todos os hotéis, começaria a pesquisar de maneira mais metódica.

Enquanto Peter comia uma moqueca de peixe num restaurante barato na região portuária — ele continuava com a verdadeira mania de não freqüentar lugares mais sofisticados —, Ariel Meyer punha sua maleta sobre o piso de mármore chocolate da recepção do hotel Alice Vitória, o melhor e mais sofisticado da cidade.

Com um sorriso em que demonstrava cansaço, ele disse para a bonita recepcionista que o atendeu:

— Quero um apartamento, senhorita... De preferência com vista para o porto e em andar alto.

A jovem entregou-lhe uma ficha para preencher e deu-lhe uma chave, dizendo:

— Tenho certeza que vai gostar, senhor... Seu apartamento fica no décimo segundo andar e de frente para o porto, como o senhor pediu.

Ariel agradeceu, retribuiu o sorriso com uma nota de vinte dólares e falou:

— A propósito... Uma conhecida minha talvez esteja aqui no hotel, você poderia verificar se a doutora Marianna Saggio está registrada aqui?

A moça respondeu de imediato:

— Não, senhor... Não está mais. Ficou aqui apenas três dias e foi embora.

Ariel franziu as sobrancelhas e disse:

— Você tem uma excelente memória... Nem precisou consultar o livro de registros!

A recepcionista sorriu e explicou:

— Minha memória não é tão boa assim... É que eu fiz essa verificação ainda hoje, no fim da tarde. Eu substituí a colega que estava aqui das cinco horas em diante porque ela estava com febre, por isso estava no balcão. Um senhor estrangeiro apareceu e fez a mesma pergunta.

O coração do ex-agente do MOSSAD deu um pulo em seu peito, mas controlando-se ele falou:

— Deve ter sido meu sócio... Ele vinha para cá um pouco antes de mim.

— Não me disse quem era — continuou a recepcionista. — Mas posso garantir que era bem diferente do senhor...

Ante o olhar interrogativo de Ariel, ela disse:

— Era um homem muito antipático... Parecia um militar disfarçado. Não falava português, e eu me aproveitei disso para não dar nenhuma explicação. Fiquei com medo, o senhor entende... Ele poderia ser o marido dessa doutora, ela poderia estar fugindo dele...

Ariel forçou uma risada e falou:

— Coitado...! Eu já lhe disse mais de mil vezes que a sua cara de homem mau haveria de prejudicá-lo um dia!

Pegou uma outra nota, desta vez de cem dólares, e indagou:

— A doutora Saggio disse para onde ia?

A jovem vacilou. Quem poderia garantir que aquele homem simpático e delicado não fosse, afinal, o marido da tal mulher? Ou um agente da polícia? Ou um bandido querendo localizar uma cúmplice? Porém a nota de cem dólares ali, estendida em sua direção, trouxe-lhe à mente a imagem de seu filhinho em casa, chorando porque queria ganhar um carrinho e ela não lhe podia dar.

Pegou a nota, respirou fundo e falou:

— Ela não disse para onde ia, isso eu me lembro bem. Mas também me lembro que ela estava muito interessada nos prospectos sobre Guarapari.

Ariel agradeceu, apanhou a chave do apartamento e acompanhou o camareiro, que, solícito, apanhou sua mala, indicando-lhe o elevador.

Voltando-se para trás, dirigiu-se mais uma vez à recepcionista:

— Por favor... Se o meu sócio aparecer aqui, avise-me que descerei imediatamente.

— E como é o nome dele, senhor Ariel? — perguntou a moça.

— Giovanni — respondeu Ariel, sem hesitar. — Giovanni Strombolli.

O camareiro segurou a porta do elevador para que Ariel entrasse e, apertando o botão do décimo segundo pavimento, disse:

— Se aceitar uma sugestão, senhor... A partir de nove e meia da noite o senhor poderá jantar com música ao vivo em nosso restaurante. E hoje temos um conjunto de jazz muito bom!

— Pois é uma boa idéia, meu amigo — falou Ariel. — Tenho uma hora para tomar banho e beber um aperitivo no quarto. Depois descerei. Se puder, já deixe reservada uma mesa para mim, não muito perto dos músicos.

* * *

Terminando a sua moqueca, Peter ainda estava com a lembrança da recepcionista do hotel Alice Vitória na cabeça. Ele não tinha se convencido daquela negativa. A moça parecera-lhe nervosa e assustada... Além do mais, era impossível que não tivesse entendido o que ele lhe perguntara em espanhol!

Olhou o relógio e pensou:

"Já são oito e meia da noite... Ela deve ter terminado o seu turno às sete e deve haver outra recepcionista em seu lugar. Vou voltar lá!"

Pagou a conta e, a pé, dirigiu-se para o Alice Vitória.

Passou diante da porta de vidro do hotel e, para sua decepção, viu que a recepcionista era a mesma moça que o atendera no fim da tarde.

— Perguntar outra vez para ela não vai adiantar nada — murmurou, apressando o passo. — Melhor deixar para amanhã, aí terei certeza que será outra pessoa a me atender.

* * *

Enquanto vestia uma camisa limpa após tomar um reconfortante banho morno, Ariel se pôs a refletir sobre a informação que a recepcionista do hotel lhe dera.

Alguém — um homem estrangeiro — viera procurá-la. E naquela mesma tarde! Isto deixava claro que a teoria que lhe expusera Maronese em sua casa, que havia um outro grupo interessado nas experiências de Magaldi e Marianna, estava correta. E esse grupo tinha enviado alguém atrás da doutora.

O fato de a recepcionista não ter informado nada a esse homem levava a pensar que ele voltaria. Poderia voltar naquela mesma noite ou no correr de todo o dia seguinte. Mas era certo que voltaria, que faria a mesma pergunta para outra pessoa que estivesse na recepção. E essa outra pessoa poderia dar-lhe a informação que estava querendo.

— Tenho de correr o risco — murmurou Ariel. — Se ele vier hoje e a moça da recepção me chamar, ele só poderá reagir de duas maneiras... Ou ele simplesmente foge, ou espera que eu desça. Nesta hipótese, ele pode tentar me eliminar, mas também pode querer conversar comigo, sondar-me, procurar saber quem sou e o que estou querendo aqui. Não acredito que ele tente me matar ali, na portaria do hotel. O mais provável é que ele aceite o jogo, finja me conhecer e queira que eu o acompanhe para fora do hotel, quando então poderá agir com mais segurança. Por outro lado, se decidir conversar comigo, será unicamente para tentar arrancar de mim alguma informação e, obviamente, matar-me em seguida.

Pegou o telefone, avisou à recepção que estaria no restaurante, apanhou sua Walther 9mm, que tinha trazido escondida num compartimento especial de sua valise, e dirigiu-se para a porta, pensando:

"De qualquer maneira, preciso descobrir quem é ele e para quem está trabalhando. Mas terei de fazer isso depois de encontrar a doutora Marianna. Para isso, preciso fazer com que ele me siga, mas ao mesmo tempo me dê tempo para achar essa médica!"

Olhou-se uma última vez no espelho do quarto, sorriu para a imagem que este lhe devolvia e saiu.

Naquele momento, ele só estava pensando em aproveitar uma boa refeição e escutar algumas horas de um bom jazz. Depois, quando já tivesse voltado para seu apartamento, pediria à telefonista que o despertasse às seis horas da manhã e já deixasse providenciado um automóvel num bom *rent a car*...

Ele queria chegar o mais cedo possível a Guarapari.

67.

Sentada numa cadeira de lona e com os pés metidos na areia escura da praia, bem diante do hotel onde desde que chegara estava hospedada, Marianna acariciou o ventre nu e sorriu intimamente. Era possível notar que sua barriga estava bem maior do que o normal. Já era uma barriga de grávida.

"Pobre Nichola..." — pensou. "Não teve tempo de ver minha barriga crescer..."

Deixou escapar um suspiro e murmurou:

— E agora, meu Deus? O que vou fazer? Para onde iremos, eu e meu filho?

Marianna não precisara mais do que quarenta e oito horas para ter certeza que alguma coisa muito errada acontecera com Magaldi. E não tinha mais a menor esperança de voltar a vê-lo. Sabia que isso seria impossível, aliás, tinha sido essa a combinação, se ele fosse apanhado, morreria. Morreria para não correr o risco de ser obrigado, sob tortura, a dizer onde ela se encontrava.

— Nobre — disse para si mesma. — Ele foi nobre todos os momentos de sua vida! E tenho certeza que poderíamos ter sido muito felizes... como marido e mulher!

Lembrou-se daqueles últimos momentos no convento, ele ajudando-a a fazer com que tudo o que tinha de levar coubesse na bolsa, ajeitando na dobra central o passaporte, os documentos, o dinheiro e o papel com o número e a senha do banco na Suíça.

Ela tinha chegado ao Rio de Janeiro e, seguindo à risca as recomendações de Magaldi, tomara um táxi até a estação rodoviária e o primeiro ônibus para Vitória.

— Não vá de avião — dissera ele. — Não deixe pistas. Viajar de avião significa lista de passageiros, e será fácil descobrir para onde você foi.

Em Vitória, Marianna registrara-se no hotel Alice Vitória, também seguindo o que ordenara Magaldi. E esperara.

Nas primeiras quarenta e oito horas, ainda nutriu esperanças, mas no fim do terceiro dia teve certeza que seria inútil.

Durante aquelas setenta e duas horas que ficara em Vitória, ela tinha escutado falar de Guarapari, de suas praias com areias monazíticas. Achou que seria o melhor lugar para ir. Pelo menos ficaria ali alguns meses e, depois, caso não se sentisse segura naquela cidade para dar à luz, voltaria para Vitória. Ou iria para qualquer outro lugar.

Com certeza, não voltaria para a Europa. Mais tarde, talvez. E dependeria apenas da vontade de Deus.

"Nichola não merecia terminar assim", pensou ela, esforçando-se para não começar a chorar outra vez. "E foi por minha causa! Como me arrependo!"

No entanto, Marianna tinha plena consciência de que também ela fora apenas uma peça na montagem daquela engrenagem, um simples joguete nas mãos de Deus... ou do Destino. Não teve como fugir. Ou, o que talvez fosse mais verdadeiro, não quis fugir.

Olhando o mar, as ondas que rebentavam mansamente na areia escura da praia, deixou que seus pensamentos voassem para a sua adolescência, quando entrara no quarto de sua avó, já bem velha e doente.

— Queria falar comigo, *nonna*?

— Sim, minha filha — respondera a avó, com a voz fraca, quase inaudível. — Preciso falar com você. Preciso revelar-lhe um segredo. Um segredo de família e que deveria ser transmitido de mãe para filha, mas infelizmente sua mãe morreu, Marianna. E então, terá de ser você a assumir essa responsabilidade...

A velha segurara a mão da neta, obrigando-a a se inclinar sobre o leito para que pudesse falar-lhe ao ouvido.

Marianna parecia ainda sentir o contato da mão ossuda da avó, a pele fina, flácida... Parecia ainda escutar o inacreditável segredo que a velha lhe contara.

E parecia que ela ainda estava ali, ao seu lado, quando terminou de falar e, num gemido, exalou o último suspiro.

E, então, ouviu:

— Doutora Marianna? Marianna Saggio?

* * *

Não foi nem um pouco difícil para Ariel localizar o hotel onde estava hospedada Marianna e fazer com que o garçom que servia bebidas nas cadeiras de praia diante do hotel mostrasse quem ela era.

Surpreendeu-se. Em primeiro lugar, apesar de Maronese ter mostrado para ele uma fotografia de Marianna, não imaginava que ela fosse tão bonita e tão bem-feita de corpo. Vendo-a assim, na praia, usando um biquíni discreto, jamais poderia dizer que era uma médica, cientista dedicada a estudos e que ficava a maior parte de seu tempo com o nariz metido em livros ou olhando porcarias através de um microscópio. Em segundo lugar, porque ela estava grávida. Era verdade que aquela barriga ainda era pequena, mas não havia a menor sombra de dúvida: aquela mulher estava grávida.

Isso mexia com Ariel Meyer. Por mais que ele tivesse sido um agente do MOSSAD, que tivesse enfrentado friamente missões difíceis e sido obrigado a riscar da relação de vivos algumas pessoas, a imagem de uma mulher grávida sempre mexia com seus sentimentos.

"Preciso saber mais a respeito dessa doutora", pensou ele. "Maronese não me disse nada sobre a possibilidade de ela estar grávida!"

Andou na direção da cadeira, deu graças aos céus por ela estar sentada mais perto da mureta e não lá embaixo, à beira da água e, caminhando pela calçada, procurou olhar bem a mulher.

Sim, era muito bonita. Notou, no entanto, que havia um jeito triste em seu rosto, um rictus amargo em seus lábios.

Numa carrocinha a menos de dez metros de distância da cadeira em que Marianna estava sentada, comprou um coco verde e, chupando o canudinho, aproximou-se da médica e sentou-se na mureta, a cerca de dois passos de suas costas.

Viu que ela suspirava, viu que, em determinado momento, ela deixou seus ombros sacudirem como num soluço de pranto mal contido. Depois, ela se aquietou. Pareceu relaxar na cadeira, o olhar perdido no mar muito azul e nas poucas nuvens brancas como flocos de algodão que se moviam lentamente para o norte.

Não... Marianna não parecia nem um pouco perigosa...

Ela levou as mãos à barriga, como se estivesse acariciando a criança que estava em seu ventre. Gesto de uma mãe. De qualquer mãe que instintivamente punha as mãos sobre a barriga para melhor proteger o filho que estava gerando.

"Perigosa?", pensou. "Como uma pessoa tão delicada e feminina pode ser perigosa?"

Com um sorriso, murmurou:

— Ainda se ela fosse uma espiã... Mas é uma cientista! Qual será o perigo que Marianna Saggio pode representar?

Lembrou-se da última frase de Maronese, naquela reunião:

"Essa mulher precisa ser neutralizada!"

Não... Não era a mulher que tinha de ser eliminada. Ela não era perigosa. O perigo estava naquilo que ela sabia. Esse conhecimento, sim, é que poderia ser extremamente perigoso em mãos inadequadas.

E, além de tudo, ela estava grávida...

Levantando-se da mureta, deu a volta à cadeira e, a menos de metro e meio de distância da médica, perguntou:

— Doutora Marianna? Marianna Saggio?

* * *

A médica levou um susto, mas, controlando-se, ergueu a cabeça e encarou o homem que estava diante de sua cadeira.

Num primeiro impulso, pensou em dizer que não, não era a pessoa cujo nome ele dissera. Afinal, ninguém poderia saber que ela se encontrava ali, e certamente não era uma coincidência, alguma pessoa que a conhecera na Itália ou na Inglaterra e que, por uma brincadeira do Destino estava ali. Aquele homem não estava vestido como alguém que tivesse vindo à praia, embora não estivesse de terno e gravata. Não... Aquele indivíduo tinha ido até ali com a idéia de encontrá-la!

Já ia abrindo a boca para negar, quando lembrou que, de repente, Magaldi poderia tê-lo enviado, pois ninguém mais no mundo saberia que ela se encontrava naquela parte do mundo.

— S-sim... — gaguejou ela, finalmente. — Quem é o senhor?

O homem sorriu, pegou uma cadeira vaga que se encontrava ali ao lado e sentou-se de costas para o mar e de frente para Marianna.

A médica não pôde deixar de pensar que aquele homem era simpático. Tudo nele transmitia uma impressão de força e de segurança.

A segurança que ela não tinha e que tanta falta vinha lhe fazendo havia já bastante tempo...

— Quem é o senhor? — voltou a perguntar. — De onde me conhece?

— Acho que a senhora está correndo perigo aqui — respondeu Ariel, muito sério. — Precisa ir embora.

O coração de Marianna bateu mais depressa e ela, endireitando-se na cadeira, indagou:

— Por que está dizendo isso? O que sabe...

Interrompeu-se, percebendo que, por nervosismo, poderia acabar falando demais.

Ariel sorriu e, procurando acalmá-la com um gesto, falou:

— Precisamos conversar... Mas antes, preciso tirá-la daqui.

— Que garantia... — começou Marianna, a voz já trêmula.

— Venho seguindo seus passos desde Roma — falou Ariel. — Tenho algumas perguntas a lhe fazer, mas temo que, se não se apressar, teremos problemas dentro de pouco tempo...

Olhou o relógio e acrescentou:

— São nove e meia da manhã... Na realidade, acho que nossos problemas poderão começar dentro de no máximo uma hora...

A médica fixou o olhar de Ariel e aquela sensação de segurança voltou. Ele parecia ser sincero, dava realmente a impressão de estar preocupado.

— Meu nome é Ariel Meyer — disse ele. — E tenho uma notícia triste para lhe dar.

— Já sei qual é — falou a médica, mal contendo um soluço. — Já tinha certeza...

— Sinto muito, doutora... Quando Dom Maronese falou comigo, já tinha acontecido. E as pessoas que assassinaram Nichola Magaldi certamente farão o mesmo com a senhora. Por isso, vamos embora. O mais depressa que pudermos!

— Foi o bispo que o mandou me procurar? — perguntou Marianna, arregalando os olhos, voltando a sentir medo.

— Sim — respondeu Ariel. — E é por isso que eu quero conversar com a senhora. Antes de avisá-lo que a encontrei.

Esboçando um sorriso, explicou:

— Sou judeu. Não acredito muito em padres...

* * *

Peter acordou às sete horas com o barulho dos caminhões descarregando no mercado municipal, a menos de cinqüenta metros do hotel onde estava. Levantou-se, tomou uma ducha rápida e foi tomar o seu desjejum numa padaria ali perto — o breakfast do hotel não o animara nem um pouco — e caminhou até o Alice Vitória.

Eram oito e meia da manhã e, satisfeito, ele viu que havia um recepcionista e não mais a moça *idiota* da véspera.

Caminhou até a recepção e, quando o rapaz se aproximou, Peter mostrou-lhe uma nota de cem dólares. Em espanhol e falando bem devagar, perguntou se Marianna Saggio estava hospedada ali.

Num espanhol perfeito, o recepcionista respondeu que não, mas que estivera, pois a ficha dela estava sobre a escrivaninha.

— Alguém deve ter perguntado por ela ontem à noite — disse ele.

— Devo ter sido eu mesmo — falou Peter. — A moça que estava aqui à tarde não conseguiu me entender...

O rapaz franziu as sobrancelhas e replicou:

— Ontem à tarde quem estava aqui era a Dolores... E ela é mexicana, fala espanhol melhor do que o português!

Fez um gesto displicente e apanhou a ficha de Marianna.

— Diz aí para onde ela foi? — perguntou Peter.

— Não — respondeu o rapaz.

— Quer dizer que não consegue me dar uma pista de onde encontrá-la?

O recepcionista viu a nota de cem dólares na mão do estrangeiro curioso e, depois de refletir por alguns segundos, disse:

— Eu me lembro bem dessa moça... Bonita, bem educada... Nos últimos dias em que esteve aqui em nosso hotel, ela estava muito interessada em Guarapari. Chegou a pedir que eu lhe arrumasse prospectos de hotéis naquela cidade.

Peter fez uma expressão interrogativa, e o rapaz explicou:

— Guarapari fica perto. É uma cidade cujas praias têm areias monazíticas. Boas para quem tem reumatismo, artrite e algumas doenças de pele. É um lugar muito bonito, vale a pena conhecer.

— Como faço para chegar lá? — quis saber Peter.

— O senhor irá de ônibus?

— Não. Vou alugar um carro.

— Nesse caso, basta seguir para o sul, como se estivesse voltando para o Rio de Janeiro, pela BR-101. A primeira cidade é Guarapari. Vai gastar uma hora para chegar lá. No máximo, uma hora e quinze...

Peter não precisava de mais nenhuma informação. Entregou o dinheiro para o recepcionista e seguiu, em passos apressados, para a locadora de veículos que vira a dois quarteirões dali.

"Se não tiver nenhum problema, conseguirei estar em Guarapari por volta de dez horas... Não deve ser uma cidade grande. Até o final do dia, estarei com Marianna em minhas mãos!"

68.

Marianna não fez mais perguntas. Algo lhe dizia que deveria confiar naquele homem — embora não pudesse negar que estava apavorada.

"Alguém que tivesse a intenção de me matar ou de me seqüestrar jamais faria uma abordagem assim", pensou ela, apanhando a saída-de-banho e enrolando-a no corpo. "Mais provavelmente esperaria um momento em que eu estivesse distraída e simplesmente agiria. Ariel teve essa oportunidade, mas, em vez de usar de qualquer tipo de violência, disse que quer conversar."

— Irei com a senhora até seu apartamento — disse Ariel com uma firmeza que não admitia qualquer contestação. — Não quero ficar longe, espero que me entenda.

A médica não retrucou. Sim, era perfeitamente capaz de entender. Maronese mandara aquele homem encontrá-la. Ele o conseguira e, no entanto, queria conversar com ela antes de avisar o bispo...

"Por que quer conversar comigo?", pensou. "Quais teriam sido as ordens de Dom Maronese a meu respeito?"

Entraram no apartamento ocupado por Marianna, e Ariel falou:

— Pegue todas as suas coisas, se achar necessário, doutora. A senhora não vai voltar para este hotel.

— Já imaginava isso — falou a médica, ajeitando as suas roupas e demais pertences numa mala e numa frasqueira. — Só espero que me explique o que está acontecendo...

— Não se preocupe quanto a isso. Vou explicar tudo. E a senhora também, por seu lado, tem muita coisa a me dizer...

Marianna apanhou de dentro do armário uma mala de tamanho médio e colocou-a sobre a cama, sem abrir. Voltando-se para Ariel, disse:

— Por favor, não me chame mais de *senhora*... Acho que ainda sou nova demais para isso...

Ariel sorriu, assentiu com um sinal de cabeça e murmurou:

— Tem razão... Será mesmo bem melhor se não ficarmos com essas cerimônias. Tenho a impressão que vamos passar alguns dias juntos, e será complicado manter muita distância.

A médica terminou de arrumar suas coisas, pôs um vestido leve por cima do biquíni e falou:

— Estou pronta, Ariel. Para onde vamos?

Ele apanhou a mala que estava sobre a cama, a mala grande onde ela pusera as roupas e uma bolsa que ele vira estar cheia de sapatos. Marianna ocupou-se da frasqueira, além da grande bolsa a tiracolo que trouxera de Roma.

— Vamos, em primeiro lugar, sair daqui. O quanto antes. Depois, vou lhe dizer o que faremos. Ao mesmo tempo, você terá de me dar algumas explicações.

— Trocaremos explicações... — fez Marianna com um sorriso forçado.

Passando pela porta adiante de Ariel, ela juntou:

— Na verdade, nem sei por que estou sendo tão submissa...

Ariel deu uma risada e falou:

— Porque instintiva ou intuitivamente você sabe que o melhor que tem a fazer é acatar o que eu digo.

— Ou porque tenha percebido que não tenho outra alternativa — ponderou Marianna.

* * *

Raciocinando pelo mesmo caminho de Ariel, Peter concluiu que Marianna, indo para Guarapari, quase que obrigatoriamente iria se instalar num dos hotéis da praia da Areia Preta que, segundo lhe dissera a moça da locadora de carros, era aquela que mais atraía turistas, justamente por causa de suas propriedades medicinais.

Nessa praia, três hotéis destacavam-se e, partindo da mesma linha de raciocínio — Marianna deveria estar se comportando exatamente como uma turista qualquer —, Peter escolheu o hotel que ficava mais perto da praia.

Acertou em cheio.

Nem precisou perguntar na portaria: ele viu Marianna pondo as malas dentro de um Dodge Dart dourado que estava estacionado na porta do hotel, a pouco mais de quinze metros de onde ele se encontrava.

Já estava abrindo a porta do carro para descer e abordar a médica, quando viu que ela entregava a chave do carro para um homem louro e alto, que assumiu a direção do automóvel.

"Mas quem é esse homem?!", pensou Peter. "De onde surgiu ele?!"

Não havia tempo para ficar fazendo perguntas. O Dodge arrancou, e ele tratou de acompanhá-lo, mantendo uma distância segura, de forma a não permitir que desconfiassem que ele os estava seguindo.

Poucos minutos depois notou, cheio de surpresa, que eles estavam pegando o caminho de volta para Vitória.

"Mas o que estão pretendendo?", pensou.

Acelerou um pouco mais, viu que o Dodge parava num posto de gasolina para abastecer e estacionou cerca de cinqüenta metros atrás, esperando que ele voltasse para a rua.

Seguiu-o novamente, mantendo sempre uma distância nunca maior que cem metros.

— Quem será esse homem? — perguntou para si mesmo. — Será possível que Marianna já tenha arrumado um outro companheiro? Em tão pouco tempo?

Fez uma careta.

— Nada é impossível quando se pensa no comportamento das mulheres de hoje em dia! — falou. — Ela pode ser uma médica, uma cientista, mas não deixa de ser uma mulher...

Peter detestava as mulheres. Para ele, as mulheres só deveriam ter uma função procriadora e nada mais. Não concordava em absoluto com essas novidades de *direitos da mulher, igualdade de direitos* e mais uma porção de outras baboseiras que só estavam levando a humanidade para as profundezas do inferno.

Voltando a prestar atenção no automóvel que estava seguindo, viu que ele diminuíra um pouco a velocidade e, por sua vez, Peter desacelerou um pouco. Andou assim, a menos de oitenta quilômetros por hora durante quase três quilômetros e, sempre acompanhando o Dodge, voltou a acelerar.

Já estavam na BR-101, e o movimento de caminhões era intenso. Por isso, para manter o carro em que estava Marianna à vista, ele era obrigado a *costurar* por entre os caminhões, muitas vezes executando manobras perigosas.

— Diabo de motorista! — exclamou, depois de fazer uma ultrapassagem no meio de uma curva. — Ele é louco!

Com um esgar a lhe repuxar os lábios, disse:

— Só falta eles sofrerem um acidente e Marianna morrer sem que eu tenha tempo de interrogá-la!

* * *

Experiente, desde o momento em que saiu da frente do hotel, dirigindo o Dodge de Marianna, Ariel começou a prestar atenção em tudo e todos que os cercavam. Assim, ele pôde notar o Opala vermelho que estava a cerca de cinqüenta metros de sua traseira. Entrou à direita numa rua secundária e viu, pelo retrovisor, que o Opala o seguia. Virou novamente à direita no quarteirão seguinte, rumou para a avenida de acesso à rodovia e... lá estava o carro vermelho. Parou num posto de gasolina — o carro de Marianna estava apenas com meio tanque de combustível — e viu que o Opala parava defronte a uma padaria, meio quarteirão atrás. Ninguém desceu. Saiu do posto e, imediatamente, o outro carro arrancou. Não havia mais qualquer dúvida: estavam sendo seguidos.

Sem nada dizer para Marianna, Ariel rumou para a BR-101 e acelerou. O Opala acelerou também. Diminuiu a marcha e viu que o outro também diminuiu.

"Ele não tem a intenção de nos alcançar", pensou Ariel.

Confiando no potente motor do Dodge, o ex-agente do MOSSAD começou a forçar ultrapassagens com o intuito de pôr vários outros veículos entre o seu automóvel e o do perseguidor. Porém percebeu que quem estava dirigindo o Opala não era nenhum inexperiente e, apesar de arriscar um bocado, continuava imediatamente atrás, mantendo sempre cem metros de distância de seu pára-choque traseiro.

— Estamos sendo seguidos — disse para Marianna. — Como eu falei, nossos problemas estavam para começar...

A médica olhou para trás e, com a voz alterada pelo nervosismo, perguntou:

— Quem será, meu Deus? Por que estão nos perseguindo?

Pisando fundo no acelerador, Ariel disse:

— Será você mesma a responder a essa pergunta, Marianna. Essa e várias outras que eu tenho para lhe fazer!

Sem diminuir a velocidade e aproveitando uma curva fechada que o escondia do Opala, Ariel virou à direita, entrando numa estrada de terra batida.

Sabia que essa manobra não permitiria que escapasse de seu perseguidor porque a poeira que estava levantando denunciava o caminho que tomara. Mas, na verdade, sua intenção era exatamente o contrário. Ele queria que o Opala o seguisse naquela estradinha, pois, longe da rodovia federal, ele poderia agir melhor e com mais segurança.

Olhando pelo espelho retrovisor, percebeu entre a nuvem de poeira que deixava para trás que o carro vermelho estava a menos de duzentos metros de distância.

Era chegado o momento.

Pisou no freio com violência e virou o volante para a esquerda, obrigando o automóvel a derrapar e a ficar atravessado na estrada.

— Rápido! — disse ele para Marianna. — Salte e corra para trás daqueles arbustos!

Marianna não discutiu e desceu do carro, correndo para a moita que Ariel mostrara, a menos de cinco metros de distância.

A poeira, tocada pelo vento, já estava se dissipando, e a médica pôde ver que ele tirava de sob a camisa uma pistola.

"Meu Deus!", pensou ela, sentindo o suor do medo porejando em sua testa. "O que está acontecendo?!"

* * *

No Opala vermelho, Peter percebeu a manobra de Ariel e freou. Não precisava ser um adivinho para saber que o motorista do Dodge vira que estava sendo seguido e manobrara de maneira a poder enfrentá-lo. E estava numa posição mais favorável.

Peter poderia ter aceitado o desafio e, armado ele também de uma pistola, tentar neutralizá-lo. Contudo, mesmo que eliminasse o homem que estava com Marianna e conseguisse recuperá-la, isso não resolveria integralmente o problema. Era preciso saber quem estava com a médica e o que queria com ela. E, se o matasse, jamais poderia ter essas respostas.

Rapidamente, Peter engatou uma marcha à ré, acelerou tudo e girou o volante para a direita, fazendo o carro virar cento e oitenta graus. Engatou a primeira e voltou a pisar fundo no acelerador, rumando para a BR-101.

Pegou a direção de Vitória e parou no acostamento menos de quinhentos metros depois, numa pequena elevação que lhe permitia avistar a desembocadura da estrada secundária que tinha acabado de deixar. Dali poderia ver para que lado o Dodge seguiria, duvidando que este continuasse naquele caminho esburacado, absolutamente inadequado para um automóvel baixo, grande e pesado.

Porém Peter não avaliara a habilidade de Ariel e o fato de ele já conhecer razoavelmente bem aquela região, uma vez que, alguns anos atrás, palmilhara o estado do Espírito Santo inteiro em busca de dois terroristas palestinos que ali tinham se escondido. Acabou encontrando-os — e eliminando-os — numa cidadezinha de pescadores ao sul de Guarapari e, para encontrá-los, tivera de vasculhar quase hectare por hectare daquele estado.

Por isso, Ariel sabia que aquela estrada secundária em que se encontravam ligava a BR-101 e uma localidade do litoral denominada Pontal da Fruta e de lá era possível chegar a Vila Velha, cidade do continente vizinha à ilha de Vitória, atravessando o rio Jucu por uma ponte de madeira. A estrada era ruim, mas não intrafegável e, com certeza, não seriam seguidos.

Chamou Marianna de volta para o carro, manobrou e seguiu em frente.

— Por que não fugiu de mim? — perguntou ele, com uma expressão divertida, quando Marianna voltou a ocupar o assento ao seu lado.

— Como disse, sei que não tenho outra alternativa a não ser ficar com você.

Com um sorriso nervoso, ela acrescentou:

— De qualquer maneira, jamais conseguiria escapar. Você me alcançaria em menos de dez segundos...

— Pois fez bem — falou Ariel. — Esse seu comportamento está me ajudando muito.

Marianna olhou para ele interrogativamente, e o ex-agente falou:

— Como já lhe disse, não confio muito em padres...

— Mas entendi que foi Dom Maronese que o enviou para me procurar...

— E é verdade — murmurou Ariel. — O que não significa que eu possa confiar nele!

* * *

Peter esperou, os olhos fixos no cruzamento, por mais de uma hora. Várias vezes teve vontade de, atravessando o mato a pé, chegar num local de onde pudesse avistar o ponto na estrada secundária onde o Dodge tinha ficado, mas teve medo de, justamente naquele instante, o carro chegar à rodovia e ele não o ver.

Por fim, desistiu. Entrou no Opala e voltou para lá. Viu as marcas de pneus que seguiam a estradinha precária e decidiu que não as seguiria. Não conhecia o lugar, talvez houvesse algum ponto em que uma emboscada fosse fácil ou, no mínimo, o caminho ficaria tão ruim que não seria difícil quebrar o carro no meio do mato e, então sim, ele ficaria à mercê de quem estava acompanhando Marianna.

Voltou para a rodovia e rumou para Vitória. Precisava falar com o superior, comunicar-lhe que havia encontrado a médica, mas que esta estava acompanhada e, portanto, precisava de novas instruções.

69.

A viagem foi cansativa, as estradas por onde andaram eram mais apropriadas para veículos com tração nas quatro rodas e só não ficaram encravados em diversos lugares graças à experiência de Ariel ao volante. Chegaram a Vila Velha depois das três horas da tarde e foram diretamente para um hotel na praia da Costa, a que oferecia melhor infra-estrutura turística.

Guardaram o carro na garagem e registraram-se na recepção como senhor e senhora Ariel Meyer.

— Não custa nada dificultar uma eventual busca — explicou o ex-agente para Marianna. — Dar seu nome na portaria do hotel é o mesmo que deixar uma pista clara para quem quer que a esteja procurando.

Deixaram as malas de Marianna no quarto, junto com a de Ariel, e foram para o restaurante do próprio hotel.

— Não estou com fome — reclamou a médica. — Esse medo todo que passei, a perseguição... Isso tirou meu apetite por completo!

Ariel meneou negativamente a cabeça e disse:

— No seu estado, você precisa comer. Não interessa se está com fome ou não, precisa pôr alguma coisa no estômago.

Marianna olhou intrigada para ele e, já sentando à mesa, perguntou:

— Por que se preocupa comigo? O que lhe disse Dom Maronese?

Ariel sorriu, sentou-se à frente de Marianna e respondeu:

— O que me disse o bispo, por enquanto não vou lhe contar. Quanto à minha preocupação com o seu bem-estar, decorre do fato de estar grávida.

Uma sombra de tristeza pairou sobre a fisionomia de Ariel e ele falou:

— Tenho uma fixação por mulheres grávidas.

Marianna empalideceu, e o ex-agente, notando que ela ficara com medo, riu e explicou:

— Não se trata de nenhum fetiche sexual, Marianna. Essa minha fixação não tem nada a ver com alguma tara, com uma excitação patológica por mulheres grávidas. Apenas eu admiro a mulher que traz um fruto em seu ventre. Acho fantástica essa missão que foi dada ao sexo feminino: criar a vida.

Mais aliviada, a médica perguntou:

— Por que veio me procurar?

— Antes de eu lhe responder, responda você... Por que Dom Maronese tem tanto interesse em você?

E, antes que Marianna respondesse, indagou:

— Esse filho em sua barriga... é dele?

O garçom apareceu, pegou os pedidos e se afastou. Marianna olhou firmemente para Ariel e respondeu:

— Não. Também não é de Nichola. Esse filho é meu. Não tem nada a ver com o bispo! Dom Maronese não sabe que estou grávida. Pelo menos, quando saí de Roma, tenho certeza que ele não sabia de nada.

— Ele me disse que você representa um grande perigo — disse Ariel. — Por quê?

Marianna aproveitou a chegada do garçom com as bebidas — ela bem que teve vontade de tomar alguma bebida alcoólica, mas em função da gravidez optou por um suco — e, depois que o rapaz se afastou, perguntou:

— O que foi que Dom Maronese disse a meu respeito?

Ariel molhou os lábios no copo de uísque e, com um gesto de impaciência, falou:

— Veja bem, Marianna... Acho que temos de parar com esse jogo de esconde-esconde. O seu futuro vai depender única e exclusivamente de minha vontade. E a minha vontade, por sua vez, será balizada em relação à sua sinceridade para comigo. Estamos a mais de dez mil quilômetros de distância de Dom Maronese, e eu tenho três caminhos à minha escolha: posso levá-la de volta para Roma e para o bispo, posso simplesmente matá-la aqui...

Olhou para a médica estudando a sua reação. Marianna controlou-se o melhor que pôde e perguntou, fingindo indiferença:

— E qual é o terceiro caminho?

Com um sorriso, Ariel respondeu:

— Não sou um assassino de aluguel, Marianna. Trabalhei no MOSSAD durante um bom tempo e saí de lá quando a política começou a exigir que eu desempenhasse o papel de executor e não de *caçador* de terroristas. O terceiro caminho será você me convencer de que não representa perigo nenhum e que Dom Maronese está errado.

Olhou na direção da barriga de Marianna e acrescentou:

— Por isso perguntei se o filho que está carregando é do bispo. Se você me tivesse respondido afirmativamente ou pelo menos deixado alguma dúvida em minha consciência, eu já teria concluído que a história que Maronese me contou não é mais do que desculpa para que eu eliminasse um provável perigo para a sua carreira.

Fez uma expressão de quem pede desculpas e prosseguiu:

— Mas você foi enfática quando negou... E, além disso, há a morte de Magaldi. Embora a polícia tenha dito que ele foi seqüestrado e morto, é difícil de engolir. Depois, esse indivíduo que nos perseguiu. Tudo isso está falando a favor de eu dar razão ao bispo no que concerne a você representar um perigo.

Tomou mais um gole de uísque e finalizou:

— Por outro lado, você pode não representar perigo algum e sim *estar correndo perigo*. E, nesse caso, principalmente depois do que ocorreu hoje, sou obrigado a admitir que *eu também* estou.

O garçom veio trazer o filé de badejo com molho de camarões que eles tinham pedido, e, depois de servidos, Marianna perguntou:

— Qual é a sua impressão?

Ariel balançou negativamente a cabeça e respondeu:

— Não posso me deixar levar por impressões, Marianna. Mas você precisa me convencer.

Fixou o olhar da médica e falou:

— Veja bem... Se você representar risco *apenas* para Maronese, minha ação não se justifica. Mas, se você representar qualquer risco para a humanidade, ou para uma coletividade significativa que seja...

A médica sorriu com tristeza e murmurou:

— Dependendo do ponto de vista, acho que represento perigo para uma comunidade. Para uma enorme comunidade...

* * *

O tom de voz do superior mostrava que ele não ficara nem um pouco satisfeito com o que Peter acabara de lhe dizer.

— Nós precisamos dessas informações! — vociferou ele ao telefone. — O melhor seria trazer a doutora junto com elas, mas se isso não for possível, mate-a! Mas as informações são imprescindíveis!

— Mas não sei onde ela se meteu — tentou se defender Peter. — Esse indivíduo que está com a doutora é experiente, tenho certeza que é um profissional!

— Não nos interessa! Confiamos em você. A *Fraternidade* confia em você!

O Superior fez uma pausa e, depois de deixar escapar um suspiro, disse:

— Creio que você é perfeitamente capaz de imaginar a importância dessa pesquisa... Com ela a *Fraternidade* será o organismo mais poderoso do mundo! Ao mesmo tempo, se a doutora Marianna vender essa tecnologia para outros...

— Maronese já deve ter todas as informações — ponderou Peter. — Afinal, foi ele quem amparou os dois cientistas e montou aquele laboratório...

— O incêndio destruiu tudo — replicou o superior. — Maronese não tem nada, disso nós temos certeza.

— Há um outro detalhe que ainda não tive tempo de lhe dizer — falou Peter. — Vi Marianna e prestei bem atenção a ela... E pareceu-me que ela está grávida!

Houve um silêncio de alguns segundos no outro lado da linha, e o superior explodiu:

— Grávida?! Mas... como assim, grávida?! Sabemos que Magaldi era estéril...!

— A barriga dela está bem visível, senhor.

Depois de mais uma pausa que pareceu a Peter durar um século, ele ouviu:

— Isso muda tudo... Precisamos dessa mulher viva. Ela e a criança!

— Em primeiro lugar, preciso encontrá-la — retrucou Peter.

Em seguida, perguntou:

— E o homem que está com ela?

— Esse deve morrer. Mas aja com cautela, não faça nada precipitado. Não podemos deixar que a doutora fique com medo, não esqueça que o medo pode prejudicar uma gestação! Elimine esse homem, mas tente descobrir quem ele é e o que quer com a médica. Depois, traga-a para cá. Em segurança, entendeu? A *Fraternidade* precisa saber de quem é o filho que Marianna está esperando!

Desligando o telefone, o superior enxugou o suor da testa com as costas das mãos e murmurou:

— Se é que essa criança, efetivamente, tem um pai!

Peter desligou o telefone sentindo-se como se estivesse carregando o mundo nas costas.

Deveria vigiar Marianna, matar seu acompanhante... E depois levar a médica de volta para Roma.

— Mas como farei isso se não sei onde eles podem estar?

70.

Ao ouvir as palavras de Marianna, Ariel sentiu o coração bater fora de compasso.

— O que quer dizer com isso? — perguntou. — A qual comunidade você se refere?

Marianna não respondeu, limitando-se a olhar por cima dos ombros do ex-agente, através da janela.

O mar estava lindo... No horizonte, um cargueiro movia-se lentamente na direção do porto de Vitória. Marianna não pôde deixar de pensar que, se tivesse de morrer, queria que fosse no mar.

Desviou o olhar para o rosto de Ariel. Impassível. Seus olhos claros pareciam penetrar-lhe a alma e seus lábios, muito apertados, pareciam pouco mais que uma linha.

“Lábios de um homem frio”, pensou ela. “Um homem que não vai sentir nada depois de me matar...”

E, no entanto, algo lhe dizia que deveria confiar nele...

Deixou escapar um suspiro, pensando:

"Vou morrer. Dom Maronese encomendou o meu assassinato. Com certeza foi ele, também, o responsável pela morte de Nichola. E não será o fato de eu contar a verdade que vai mudar alguma coisa."

Viu que Ariel esboçava um sorriso numa tentativa de encorajá-la a falar.

"Por outro lado, a troco de quê hei de morrer e levar comigo esse segredo?", pensou. "Um segredo que só beneficiará Dom Maronese?"

Ariel estendeu a mão por cima da mesa e segurou a de Marianna. Ela sorriu. Era agradável o toque daquela mão. Dava-lhe uma estranha sensação de segurança, uma incrível impressão de apoio que nem mesmo Nichola conseguira lhe transmitir.

— Vamos, Marianna — quase sussurrou Ariel. — Fale! Tenho certeza que você vai se sentir melhor depois de me contar tudo...

Em voz um pouco mais alta, insistiu:

— Por que o bispo tem tanto interesse em você?

Semicerrou os olhos e, separando bem as sílabas, disse:

— Ele me falou alguma coisa sobre seu trabalho. Será que esse interesse todo não é mais do que o medo de você vender a tecnologia da *clonagem* para... pessoas erradas?

Marianna balançou negativamente a cabeça e respondeu:

— Não sou a única pessoa no mundo a deter essa tecnologia. Talvez tenha sido a primeira a pô-la em prática, juntamente com Nichola... Mas há muitos outros cientistas perfeitamente capazes de *clonar* vidas... Não é mais uma novidade!

Seus dedos exerceram um pouco mais de pressão na mão de Ariel e, tomando uma decisão, a médica disse:

— Não sei se você vai acreditar no que eu vou lhe contar. Aliás, acho que só vou fazer isso porque tenho certeza que não vai acreditar e vai me matar dentro de poucos minutos... Mas, mesmo que me mate, você terá ouvido e, no mínimo, uma dúvida há de persistir em sua mente. E não serei mais apenas eu a saber da verdade.

Ariel fixou-a interrogativamente, e Marianna prosseguiu:

— Na verdade, Nichola e eu fizemos duas *clonagens*...

— Então, vocês chegaram a fazer *clonagens*! — exclamou o ex-agente surpreso. — Dom Maronese sabia disso?

— Sim. Mas sabia de uma só.

— Foram *clonagens*... com seres humanos?

Marianna meneou afirmativamente a cabeça e, depois de alguns segundos, falou:

— A *clonagem* que ficou em segredo é esta criança que está em meu ventre...

E, entre lágrimas e sorrisos, como se estivesse sendo empurrada a contar toda a verdade, sem vacilar mais, a médica passou as duas horas seguintes falando para Ariel Meyer tudo quanto tinha acontecido. Desde o dia em que vira a avó com vida pela última vez.

Quando terminou de falar, percebeu que Ariel não mais estava à sua frente, mas sim sentado ao seu lado e que ela tinha a cabeça encostada em seu peito, enquanto ele lhe acariciava os cabelos.

— Admita que é muito difícil de acreditar — murmurou ele.

— Sei disso. Também sei que você vai me matar...

O ex-agente sorriu, afastou-a um pouco para poder fitar-lhe os olhos e falou:

— Você estava certa quando disse que, no mínimo, haveria de me restar uma sombra de dúvida...

Beijou sua testa e falou:

— Acredite, Marianna... Quando a vi, se eu já tinha algumas dúvidas a respeito de Dom Maronese, elas se multiplicaram. Quando a vi grávida, decidi que só levaria a cabo a minha missão se realmente sentisse que você, de alguma maneira, pudesse representar um imenso perigo. Não apenas para o bispo, como já deixei claro, mas para uma fatia significativa da sociedade.

Respirou fundo e prosseguiu:

— Você representa esse perigo, Marianna... Aliás, não propriamente você, mas o fruto do seu ventre. No entanto, esse perigo só surgirá sob determinadas circunstâncias, e você sabe disso.

Com expressão pensativa, Ariel disse:

— Você não pode morrer... Essa criança terá de ser protegida. *Eu* terei de protegê-la e farei disso a minha missão de vida.

Havia lágrimas em seus olhos e, com a voz embargada, ele falou:

— Tive de matar uma espiã, alguns anos atrás... Era uma mulher jovem, bonita, extremamente perigosa. Depois que cumpri a ordem de eliminá-la, fiquei sabendo que ela estava grávida... Nunca teria tido coragem de erguer um dedo contra uma mulher grávida, quanto mais matá-la! Este foi um dos principais motivos de eu ter pedido afastamento de forma definitiva do MOSSAD.

Um pouco mais refeito, Ariel completou:

— Dar a minha proteção a você e a essa criança será uma maneira de me redimir da sensação de culpa que vem me perseguindo durante os últimos anos.

A médica olhou para ele com a gratidão estampada no rosto e murmurou:

— Não sei o que lhe dizer... Mas o que eu contei é a pura verdade. Não escondi nada, não acrescentei uma palavra.

— Como eu disse, é muito difícil acreditar. Mas sinto que você encontrará meios de me mostrar que não errei e de que não me arrependerei por tomar essa decisão.

Levantando-se, ofereceu o braço para Marianna e falou:

— No momento, temos algo muitíssimo importante para solucionar...

Caminhando para o elevador, explicou:

— Nós despistamos o seu perseguidor... Mas se ele for um profissional, como desconfio que seja, certamente conseguirá nos encontrar outra vez.

* * *

Quando chegaram ao quarto, Marianna comentou:

— Acho que seria necessário sabermos quem mandou esse homem atrás de mim e quanto ele sabe a respeito de tudo quanto eu lhe contei...

— Com certeza, isso seria o ideal — concordou Ariel. — Mas a única maneira que vejo de fazer com que ele apareça pode ser um perigo para você. E não estou disposto a deixá-la correr mais riscos.

Fazendo com que Marianna se espichasse sobre a cama, alegando que ela deveria repousar um pouco, o ex-agente explicou:

— Precisaríamos deixar pistas claras para que ele nos encontrasse. Isso é o mesmo que usá-la como uma isca viva... Será muito arriscado!

Marianna olhou para ele com intensidade e murmurou:

— Você estará por perto, não é mesmo? Você disse que iria me proteger...

— Quanto a isso, pode estar sossegada — respondeu Ariel, com um sorriso.

E, com expressão subitamente séria, juntou:

— Mas você precisa lembrar que também sou um ser humano... E posso falhar. Por isso, não quero...

— Ficarei mais tranqüila se conseguirmos eliminar esse problema — interrompeu a médica. — E se você estiver ao meu lado...

Sorriu e, encabulada, falou:

— Pode parecer incrível... Mas ao seu lado eu me sinto segura... E, no entanto, você deveria me matar!

— Não fale mais sobre esse assunto — pediu o ex-agente. — Isso já é carta fora do baralho. Porém, quanto a esse homem...

— Você é um profissional — disse Marianna. — Deve saber o que fazer. Pois faça! Ajudarei da forma que puder!

Ariel ficou alguns segundos em silêncio, pensativo. Depois, passando de leve a mão sobre a testa de Marianna, falou:

— Estamos registrados neste hotel como um casal. Usamos apenas o meu nome. A probabilidade de esse perseguidor saber quem eu sou é mínima. Assim, posso imaginar que você esteja em segurança aqui.

Arregalando os olhos, a médica balbuciou:

— Você não está pensando em me deixar sozinha neste hotel, não é mesmo?

— Só por algum tempo... Não sei quanto tempo, essa é a verdade. Mas será preciso, Marianna. Vou usar seu automóvel para atrair esse indivíduo. E não quero que você esteja por perto.

— Mas... Como espera que ele o encontre? — perguntou Marianna. — Por acaso?

Com um sorriso nervoso, ela acrescentou:

— Vitória é uma cidade grande... Uma capital! E nós estamos em Vila Velha, que é outra cidade!

Ariel voltou a segurar a mão da médica e disse:

— É perfeitamente possível *forçar* o acaso. E o fato de estarmos fora de Vitória favorece a sua segurança.

Levantando-se, falou:

— Não abra para ninguém. Peça as refeições ou o que precisar pelo serviço de quarto. Evite ao máximo deixar estes aposentos e até mesmo aparecer à janela. Depois que eu sair, ligue para a recepção e diga que não deseja ser incomodada de maneira nenhuma. Tenho o ramal direto do telefone, ligarei dando notícias. Voltarei somente depois de solucionar esse problema.

Marianna saltou da cama e ia abrindo a boca para protestar, mas Ariel pousou o indicador sobre seus lábios e arrematou:

— Se eu não voltar dentro de vinte e quatro horas, pague a conta do hotel e desapareça. Vá para qualquer lugar onde haja muita gente. A Índia, por exemplo...

A médica agarrou-se a ele. Os soluços não a deixaram falar, e Ariel, beijando seus cabelos, disse:

— Não se preocupe. Pode acreditar que tenho todo o interesse do mundo em não me arriscar à toa e em voltar para cá...

* * *

O trajeto de Vila Velha para Vitória implicava na travessia da única ponte sobre o canal e isso, àquela hora do dia, significava ter de enfrentar algum trânsito.

Pacientemente e sem qualquer outra alternativa, Ariel suportou o tráfego congestionado até a região portuária e, passando diante do palácio Anchieta, sede do governo do estado, rumou para o hotel Alice Vitória.

Estacionou pouco adiante da porta de entrada e, propositadamente, demorou-se fingindo procurar alguma coisa no porta-luvas. Porém ele estava atento, observando os arredores, tentando localizar qualquer coisa que pudesse ser suspeita. Não viu nada.

Saiu do carro com toda a calma e naturalidade e dirigiu-se para a recepção do hotel, registrando-se novamente e dizendo para a simpática recepcionista que tinha desistido de viajar e que iria esperar ali a chegada de seu *sócio*.

— Avise-me se alguém vier me procurar — disse ele.

Subiu para o quarto e, imediatamente, telefonou para Marianna.

— Estou sentindo sua falta — disse ela, com um tom de nervosismo na voz.

— Não será por muito tempo — garantiu Ariel. — Depois você vai se fartar de me ver...

— Onde você está?

— Caçando — respondeu o ex-agente. — Vamos ver o que vai acontecer...

Conversaram cerca de cinco minutos, Marianna disse que não havia notado nada de diferente e que estava bem.

— Só lhe peço que não me deixe sozinha por muito tempo — falou ela, num murmúrio. — É engraçado, mas parece que eu já o conheço há anos...!

Ariel sorriu consigo mesmo, disse que esperava não ter de demorar muito naquela *caçada* e que ela não se preocupasse. Desligou sentindo um aperto no peito e sacudiu a cabeça com energia, tentando afastar de sua mente a imagem da médica.

"Não posso me deixar envolver ainda mais!", pensou ele.

Sentiu uma súbita vontade — quase uma necessidade — de tomar um drinque e, saindo do apartamento, dirigiu-se para o bar, no térreo do hotel e de frente para a rua. Um lugar excelente, de onde podia avistar o Dodge, estacionado a menos de trinta metros dali.

Estava levando o copo de uísque aos lábios quando viu um automóvel passar e diminuir a velocidade ao lado do carro estacionado. Era um Opala vermelho.

O ex-agente franziu as sobrancelhas.

"Mas será possível que esse indivíduo nem ao menos trocou de carro?!", espantou-se.

Notou que o Opala seguia em frente e, menos de cinco minutos depois, ali estava ele outra vez.

"Deu a volta ao quarteirão...", pensou.

Viu, logo em seguida, que ele estacionava numa vaga estreita, o que obrigou o motorista a uma manobra complicada.

Rapidamente, Ariel deixou o bar, saiu do hotel e atravessou a rua, ocultando-se atrás de um furgão de entregas.

Esperou que o motorista do Opala descesse do automóvel e se dirigisse para a recepção do hotel. Foi para o Dodge, entrou e saiu calmamente.

No final do quarteirão, ele viu o homem sair quase correndo e entrar no Opala. Sorriu consigo mesmo.

A verdadeira *caçada* estava começando.

* * *

A certeza que Peter tinha de que Marianna e seu acompanhante tinham conseguido fugir e desaparecer era tão grande que ele sequer se preocupou em trocar o automóvel que tinha alugado, justamente na locadora de veículos perto do hotel Alice Vitória.

Após ter falado com o superior e ter recebido a ordem de eliminar o tal acompanhante depois de descobrir quem era ele e qual sua ligação com Marianna, Peter foi ao aeroporto para tentar ver se eles tinham embarcado num vôo qualquer. Segundo sua suposição, a maneira mais rápida e segura de deixar Vitória seria por via aérea e não por estrada, apesar de eles estarem num carro bom e veloz.

Porém não havia nenhum registro de Marianna Saggio em nenhum vôo. Numa última tentativa — depois de gastar uma boa quantidade de dólares em gorjetas —, Peter verificou as companhias de táxi aéreo. Também sem qualquer resultado.

Sem muitas perspectivas, decidiu trocar o automóvel, imaginando que talvez seus alvos tivessem resolvido ir para o Rio de Janeiro — cidade onde poderiam mais facilmente apanhar um avião para qualquer lugar do mundo —, e, se estivesse num carro diferente, até poderia ser bafejado pela sorte e encontrar Marianna no trajeto.

Foi justamente quando estava se dirigindo para a locadora de veículos que viu o Dodge estacionado poucos metros adiante da entrada do hotel Alice Vitória.

Seu coração quase parou. Não conseguia compreender como eles teriam tido a idéia de voltar para o mesmo hotel.

"Qualquer indivíduo com um mínimo de cuidado, acabando de escapar de uma perseguição, jamais voltaria para um hotel onde já estivera...", pensou ele.

Deu a volta ao quarteirão, viu que o Dodge permanecia estacionado no mesmo lugar e decidiu verificar o que estava acontecendo.

Entrou no hotel e, de repente, viu que o Dodge se movimentava. E viu que o homem estava sozinho.

Não perdeu tempo tentando perguntar para a recepcionista — aliás, a mesma que o atendera na véspera — se Marianna estava no hotel ou se aquele homem tinha ido sozinho. Sabia que seria absolutamente inútil e que a demora em receber a resposta poderia implicar em perder de vista seu alvo.

Saiu correndo, entrou no Opala quando o Dodge já tinha acabado de virar a esquina e arrancou, disposto a perseguir o desconhecido acompanhante de Marianna até o inferno, se fosse preciso.

* * *

Ariel viu quando Peter entrou em seu automóvel e, acelerando um pouco mais, manobrou rapidamente, entrando de marcha à ré na rampa da garagem de um edifício.

Viu quando o Opala vermelho passou velozmente diante do lugar onde estava escondido e, depois de cerca de dez segundos, saiu atrás. A caça acabava de virar caçador.

Deixando sempre alguns veículos entre o seu carro e o Opala, Ariel seguiu-o. Percebeu que Peter se desorientava ao não encontrar o Dodge à sua frente e, contando com a probabilidade de ele estar com a atenção voltada para os carros que estavam adiante, aproximou-se mais um pouco.

Foi somente quando já tinha entrado na avenida que costeava a praia que Peter viu o Dodge a cerca de cinqüenta metros atrás dele.

Soltou um palavrão e acelerou fundo. Tinha de arrumar uma maneira de reverter aquela situação. Porém já estava na avenida e não havia nenhum retorno possível.

O tráfego havia diminuído bastante, o que lhe permitia desenvolver mais velocidade, e Peter decidiu continuar em frente até um local mais deserto, onde pudesse, por fim, parar e enfrentar seu perseguidor.

Entrando na praia de Camburi, viu as placas indicando o caminho do aeroporto e lembrou-se que ali nas proximidades havia várias regiões inabitadas e que poderiam servir para o que estava pretendendo.

Entrou à esquerda sem respeitar um sinal vermelho, viu que o Dodge o imitava e acelerou mais um pouco, como se estivesse desafiando Ariel a um *racha*.

Ariel sorriu. Peter estava agindo exatamente como ele previra.

"Esse idiota está querendo me atrair para um local ermo...", pensou. "Mas vai ter uma surpresa."

Logo adiante havia uma praça rotatória cujo canteiro central ainda estava em construção, e Peter, entrando nela, seguiu em frente, pois, a cerca de quinhentos metros, a pista de asfalto terminava e o lugar parecia ser o mais apropriado para o confronto.

"Tenho de feri-lo, apenas", pensou ele. "Preciso interrogá-lo!"

Porém, para sua surpresa, Ariel não o acompanhou e, fazendo o contorno da praça, voltou pelo mesmo caminho.

— Será possível que ele tenha desistido?! — murmurou Peter, enquanto freava com violência e manobrava para perseguir o Dodge.

Era exatamente isso que Ariel estava esperando que ele fizesse.

Pelo espelho retrovisor, viu que Peter manobrava o Opala e, rapidamente, entrou à direita numa rua ainda não pavimentada, andou cerca de vinte metros, jogou o carro entre os arbustos da lateral, rezando para não haver nenhum buraco ou pedra, e parou.

Saltou do carro já empunhando a Walther e escondeu-se no mato, do lado esquerdo da rua, de forma a estar ao lado da janela de Peter quando este parasse.

Foi o que aconteceu. Peter parou imediatamente ao avistar a traseira do Dodge e, por um par de segundos, vacilou.

Quando abriu a porta para descer, sentiu a pancada na cabeça que Ariel lhe deu com a coronha da arma.

Seus joelhos dobraram, a mão que segurava a pistola se abriu e ele foi de borco ao chão.

Ariel apoderou-se da pistola e, enquanto Peter tentava se erguer sacudindo a cabeça, ele disse:

— Não tente nada, companheiro... Não vou hesitar em lhe mandar uma bala entre os olhos!

Mas Peter sabia que, independentemente de ficar quieto ou não, o seu fim seria o mesmo. E pior ainda seria se obedecesse àquele homem, pois com certeza ele haveria de querer fazer-lhe perguntas e não vacilaria em torturá-lo para obter as respostas.

Assim, ele reagiu. Num movimento surpreendentemente rápido e preciso para alguém que tinha acabado de receber uma violenta pancada na cabeça, Peter saltou sobre Ariel.

Porém este estava esperando uma reação desse gênero e apertou o gatilho de sua Walther.

A intenção de Ariel era atingir o ombro de Peter de forma a poupar sua vida para que pudesse interrogá-lo. Mas Peter abaixou-se um pouco mais do que devia, na tentativa de agarrar os joelhos de seu oponente e derrubá-lo ao chão. O projétil alcançou-o no meio da testa, empurrando violentamente sua cabeça para trás e deixando-o morto antes mesmo de cair ao chão.

Ariel fez uma careta de desagrado. Não conseguiria descobrir quem era aquele homem e para quem estava trabalhando.

Abaixando-se ao lado do cadáver, revistou-o meticulosamente. Apanhou os carregadores da pistola, tirou-lhe o coldre axilar — não queria que a polícia pensasse em outra coisa que não fosse a possibilidade de um assalto —, recolheu o dinheiro que estava com ele, aliás uma quantia razoável em dólares, e viu seu passaporte.

O nome não lhe disse nada, mas sua profissão fez com que sua cabeça desse muitas voltas.

— Um padre! — murmurou. — Mas este pistoleiro é um padre! E irlandês!

Deixando o cadáver, entrou no Opala. Sobre o banco traseiro, havia uma mala. Revistou-a, viu o fundo falso e concluiu que ali tinha vindo a pistola, viu roupas comuns e a única coisa diferente que encontrou foi um cordão de ouro com a medalha de São Constantino que ele reconheceu unicamente porque o nome do santo ali estava escrito, em latim.

Guardou em seu bolso o cordão com a medalha, esparramou as roupas pelo banco do carro, pôs o passaporte em lugar bem visível, voltou para o Dodge e partiu.

Sorriu satisfeito, constatando que não havia ninguém nas imediações nem a possibilidade de ter sido visto.

Tomou o caminho de volta para o centro e, parando num telefone público, ligou para a polícia dizendo que estava ocorrendo um assalto na área deserta próxima do caminho para o aeroporto. Evidentemente deu um nome falso, desligou e foi para o hotel.

Não resolvera o problema, pois não conseguira descobrir nada a respeito daquele padre, mas, pelo menos dele, Marianna estava livre.

71.

Passava da meia-noite quando Ariel bateu à porta do apartamento, no hotel.

Marianna atirou-se em seus braços, chorando, rindo, acariciando o rosto do ex-agente e beijando-o, primeiro nas faces, depois nos olhos, por fim, na boca... Um beijo apaixonado, carente, desesperado.

Segurando-o pela mão, levou-o para a saleta da suíte e obrigou-o a lhe contar com detalhes o que havia acontecido.

— Um padre? — perguntou ela, estupefata. — Um padre irlandês? Mas como...?

— Não me pergunte, Marianna — falou Ariel. — Sei tanto quanto você.

Pegando no bolso a medalha de São Constantino, mostrou-a para a médica e indagou:

— Conhece isto?

— Não. Nem sequer conheço o santo...

Olhando com mais atenção, ela viu a inscrição e murmurou:

— São Constantino... Não sei quem é ou o que fez para que virasse santo...

Devolveu o objeto para Ariel e perguntou:

— Qual a relação que essa medalha pode ter com tudo isso?

O ex-agente do MOSSAD balançou negativamente a cabeça e respondeu:

— Não faço a menor idéia... Neste momento, isso não está me interessando. Pode ser que, mais tarde, venha a me preocupar com isso.

Com expressão preocupada, ele acrescentou:

— Agora, Marianna... Temos de pensar na sua segurança. Isso é o mais importante. Infelizmente, não podemos jurar que esse tal de Peter estivesse sozinho, muito embora tudo leve a crer que sim.

A médica segurou com força a mão de Ariel e murmurou:

— Estou em suas mãos, Ariel. Farei o que disser e o que quiser...

— Estamos juntos nesse barco. Quando o bispo descobrir que eu não a matei, vai enviar seus cães atrás de nós dois.

Ariel deu um sorriso e disse:

— Por isso, o melhor que eu tenho para fazer será matá-la!

Marianna sentiu o sangue fugir de seu rosto e, controlando-se da melhor maneira que pôde, largou a mão de Ariel e balbuciou:

— Você seria capaz? Depois de tudo o que lhe contei e de tudo o que me disse?

— Sim — respondeu o ex-agente, voltando a segurar a mão da médica e apertando-a com força. — É o melhor caminho, inclusive para tentar descobrir quem é esse padre Peter O'Donnell e quem está por trás dele.

Marianna quis retirar a mão, mas Ariel não permitiu e continuou:

— Precisamos ir para São Paulo. Lá, conheço pessoas que poderão falsificar documentos para você. Não será muito complicado. E eu telefonarei para Dom Maronese dizendo que cumpri minha missão, mas infelizmente não consegui recuperar as anotações de suas experiências.

Marianna soltou um suspiro de alívio, sorriu, abraçou-se a Ariel e, depois de alguns segundos, falou:

— Qual seria a diferença se você entregasse para ele as anotações?

— Seria o fato de ele poder repetir os experimentos — respondeu o ex-agente.

— Ninguém precisa delas para fazer isso — disse a médica. — São descrições de tecnologias já conhecidas, como já lhe falei. O enorme diferencial reside no material que utilizamos. E esse, ele não conseguirá de novo.

Levantou-se, abriu a mala pequena que sempre a acompanhava, pegou um caderno e entregou-o para Ariel, dizendo:

— Não precisarei mais disto. E, se você o enviar para o bispo, pode ser que tenhamos um pouco mais de paz...

Ariel apanhou o caderno, folheou-o, viu que estava repleto de fórmulas e de anotações.

— Como pode garantir que ele não vai tentar repetir a experiência?

— Ele pode repetir — respondeu Marianna com um sorriso. — Mas o resultado jamais será o mesmo, você já deveria ter pensado nisso!

Fechou a maleta e finalizou:

— Entregue o caderno. Se a sua posse vai tranqüilizar Dom Maronese...

Guardou a maleta no armário e, sentando-se na beirada da cama, indagou:

— Quando vamos para São Paulo?

— Amanhã. Quero ver o que o noticiário policial vai falar a respeito da morte do padre Peter.

Marianna levantou-se, aproximou-se de Ariel, começou a desabotoar sua camisa e murmurou:

— Ótimo... Assim, teremos tempo para descansar. Você precisa descansar um pouco, precisa relaxar... E eu preciso fazer uma coisa que está me fazendo muita falta...!

* * *

Os dois principais jornais de Vitória traziam a notícia da morte do padre Peter O'Donnell em primeira página, dando como motivo do crime roubo seguido de assassinato. A polícia não fez muitas conjecturas a respeito do fato de ele ter sido encontrado naquele local ermo, limitando-se a dizer que certamente ele tinha sido obrigado pelos bandidos a se dirigir para lá, onde um outro automóvel estaria esperando, pois havia outras marcas de pneus no lugar.

Venderam o Dodge de Marianna ali mesmo em Vitória e, de uma cabine telefônica, Ariel ligou para Dom Maronese.

— Minha parte está feita — disse o ex-agente. — Falta apenas a sua para que eu lhe envie as anotações.

— Perfeitamente — respondeu o bispo. — Naquela mesma conta?

— Exatamente. Vou confirmar o depósito e em seguida lhe enviarei o... material.

Passaram o resto do dia no hotel — Ariel não queria enviar o caderno para Maronese de São Paulo — fazendo planos para um futuro que iniciara na véspera, tão de repente que tanto o ex-agente quanto Marianna mal conseguiam acreditar no que estava acontecendo.

— Temos dinheiro — falou Ariel. — O bastante para não precisarmos fazer nada o resto de nossos dias. Podemos viver em qualquer lugar do mundo, e muito bem...

— Não acredito que você consiga ficar sem fazer nada — ponderou Marianna.

— Amar você já é alguma coisa...

— Até o fim dos nossos dias?

— Até o fim dos nossos dias!

Havia, porém, uma sombra nesses planos. Ariel e Marianna sabiam disso e, apesar de evitarem tocar no assunto, vez por outra ele vinha à baila: afinal de contas, quem era Peter O'Donnell e quem estava por trás dele?

— Vamos ter de descobrir, mais cedo ou mais tarde — disse Ariel. — Para nossa própria segurança e para segurança de seu... de nosso filho!

Marianna riu, beijou carinhosamente Ariel e replicou:

— Não tenho mais medo, querido... E, se dependesse só de mim, ficaria por aqui. Adorei este lugar.

— Podemos até voltar para cá, Marianna. Mas antes você precisa *desaparecer*. E só vou conseguir isso indo para São Paulo. Posso ir sozinho...

— Não! — exclamou a médica. — Você não vai me deixar nem um minuto sequer!

Ariel sorriu, acariciou os cabelos de Marianna e disse:

— Na verdade, não tenho a menor vontade de ficar longe de você... Não há nada que me garanta que você não vai sumir de novo!

A médica pôs as mãos sobre a barriga e murmurou:

— Esta é a garantia, querido... Nós dois precisamos de proteção. Mas, mesmo que não estivesse grávida, eu não desapareceria... Aliás, seria mais fácil você desaparecer, desistir de mim...

Ariel não respondeu. Limitou-se a abraçá-la e a beijá-la apaixonadamente.

Não pôde deixar de, mais uma vez, ficar surpreso consigo mesmo, com a forma como se deixara envolver e apaixonar por aquela mulher. Logo ele, um homem que tinha sido treinado para ser frio e não permitir que os sentimentos, nem de longe, sobrepujassem a razão. E o que ele estava fazendo, a maneira como estava agindo, era absolutamente irracional.

* * *

A viagem de ônibus para São Paulo demorou quatorze horas. Contudo, eles nem sentiram o passar do tempo, tão entretidos estavam em conversar, em se contar coisas, em planejar outras e em aproveitar a companhia um do outro.

— Não posso me queixar da relação que tive com Nichola — disse Marianna. — Ele sempre foi muito bom para mim, era um homem carinhoso, dedicado e intelectualmente interessante. Porém minhas metas de vida incluem outras coisas além da ciência. Sou mulher, sou vaidosa... Nem quero saber se isso é defeito ou virtude. Mas sou assim. Por isso, aquele período no convento, para mim, já estava tendo uma terrível conotação de prisão. Já Nichola... Eu precisava lembrar a todo instante que, para ele, a vida enclausurada era um hábito já adquirido. Ele ficaria ali para sempre! E não posso dizer que o amasse. Eu o admirava, gostava dele. Nossa relação foi uma conseqüência de uma proximidade física e intelectual muito grande, de uma carência afetiva de ambos.

Pousando a cabeça no ombro do ex-agente, Marianna falou:

— Com você é completamente diferente... Sinto que você representa o porto seguro que sempre procurei e jamais encontrei.

Chegaram a São Paulo pouco antes de meia-noite e foram diretamente para um hotel nas proximidades da estação rodoviária, um desses hotéis de alta rotatividade onde ninguém pedia documentos para ninguém.

No dia seguinte de manhã, dirigiram-se para o centro da cidade, para o escritório de um velho conhecido de Ariel, Isaac Faber, que já o ajudara em diversas situações, quando ele estivera no Brasil e necessitara de *auxílios especiais*.

— Preciso de documentos para esta mulher — disse-lhe Ariel, em iídiche. — Com extrema urgência.

— Com que nome? — perguntou Isaac. — Qual nacionalidade?

Ariel pensou um pouco e respondeu:

— Marianna Meyer. Brasileira. Loura. E preciso de todos os documentos, não apenas do passaporte.

A médica arregalou os olhos, espantada, ia dizer alguma coisa, mas um gesto imperativo de Ariel impediu-a.

— Vamos tirar uma fotografia — falou Isaac. — Ela vai usar uma peruca para a fotografia, pois preciso dar andamento nos documentos ainda hoje. Depois deverá descolorir o cabelo.

Enquanto Isaac preparava o material para a fotografia, Marianna indagou, em voz baixa:

— Por que manteve o meu primeiro nome? Não acha que pode ser perigoso?

— Acho que não. Seria mais perigoso se você se distraísse e dissesse, de repente, o seu nome verdadeiro. E isso é comum nas pessoas que não receberam treinamento para mudar de identidade e de personalidade de acordo com as circunstâncias. Além disso, temos de pensar positivamente. Com a morte do padre Peter, a perseguição parou. Isso me leva a pensar que ele estava agindo sozinho.

— Mas deve haver uma organização que o estava apoiando ou comandando! — ponderou Marianna.

— Sem dúvida — admitiu Ariel. — Mas tenho certeza que essa organização nem desconfia de quem eu seja. Se decidirem voltar a procurá-la, vão buscar uma mulher solteira, morena, médica... Jamais pensarão que você esteja casada comigo.

Marianna não discutiu. Se Ariel achava assim, para ela, estava muito bem. Afinal, era ele quem tinha experiência no assunto e, no final das contas, ela havia depositado seu destino em suas mãos, pois estava consciente de que, sozinha, jamais teria tido qualquer oportunidade contra aquele padre irlandês.

No fim do dia, os documentos estavam prontos. Um jogo completo, inclusive com carteira de habilitação.

— São documentos *quentes* — falou Isaac. — Graças a alguns amigos que tenho, Marianna Meyer está registrada como tal em todos os órgãos oficiais do Brasil.

Do escritório de Isaac foram para um hotel mais sofisticado e, quando já se encontravam novamente no quarto, Ariel disse:

— Amanhã vamos comprar um automóvel. E vamos estudar com calma para onde iremos. Minha sugestão é que fiquemos aqui mesmo, em São Paulo.

Não devemos nos esquecer que o melhor esconderijo é justamente no meio da multidão...

Dando um beijo em Marianna, acrescentou:

— Mas, antes, preciso fazer uma ligação...

* * *

Passava um pouco das duas horas da madrugada, e Martha, embora já estivesse deitada, ainda não conseguira adormecer. Desde que deixara Ostia, ela vinha tendo insônia, chegando a ficar noites inteiras sem pregar o olho, pensando e remoendo uma terrível mágoa de Maronese.

— Ele podia ter aceitado — murmurou. — Podia até não se casar comigo... Mas daí a querer que eu abortasse...!

Não que ela fosse contrária ao aborto. Inclusive já chegara a discutir com Maronese a esse respeito, e ele deixara bem claro que, como clérigo, jamais poderia apoiar essa prática, mesmo quando as circunstâncias da gravidez mostrassem que abortar seria a melhor solução.

— Não é dado ao homem eliminar uma vida — dissera o bispo. — E o aborto não é nada mais do que isso.

No entanto, quando ele se vira protagonista do problema, não hesitara um só instante em lhe dizer para abortar e, ao perceber que ela não faria isso de modo algum, simplesmente *comprara* o seu silêncio.

Martha sorriu com tristeza. Não podia se queixar, se encarasse o que tinha acontecido, do ponto de vista meramente material. Se já estava bem enquanto vivia com Maronese, depois da separação ficara melhor ainda. Porém, se visse as coisas através de um prisma sentimental, ela estava arrasada. Mesmo porque amara aquele homem e teria se realizado se pudesse tê-lo como *pai presente* de seu filho.

"Será que um dia terei coragem de contar para esta criança que seu pai foi um bispo católico?", pensou.

Foi nesse instante que o telefone ao lado de sua cama soou.

Martha franziu as sobrancelhas. Quem poderia ser, àquela hora? A única pessoa que sabia onde ela se encontrava era seu primo Moishe, e este tinha sido proibido por ela mesma de informar a quem quer que fosse — até mesmo Maronese — onde encontrá-la.

Intrigada, ergueu o aparelho do gancho e estremeceu ao reconhecer a voz:

— Como está passando, Martha? O que aconteceu para você fugir dessa maneira?

— Ariel! — exclamou ela. — Como você conseguiu me localizar?

— Tenho amigos, minha querida — respondeu o ex-agente. — E amigos que possuem uma maravilhosa capacidade de... persuasão.

Com um tom de preocupação na voz, Martha perguntou:

— Vocês não fizeram nada de mal para o meu primo, não é? Eu o tinha proibido de dar a minha localização...

Ariel riu e respondeu:

— Não, Martha... Ninguém fez nada. Mas tenha certeza que Moishe é muito fraco para guardar segredos... Ele *cantou* tudo muito depressa, bastando que um meu amigo lhe dissesse que, se não revelasse corretamente onde você estava, o pessoal do Tesouro iria lhe fazer algumas perguntas...

Martha ficou em silêncio por alguns instantes e falou:

— Na realidade, eu só não queria que Dom Maronese soubesse onde estou...

— E é muito aconselhável que ele não o saiba...

— Por que diz isso? — quis saber ela, deixando transparecer um tom assustado na voz.

— Trata-se de uma longa história — respondeu Ariel. — Como deve imaginar, não poderei contá-la inteira, mas vale a pena você saber alguma coisa. Quando poderemos nos encontrar?

* * *

Martha recebeu-os em seu apartamento de cobertura num prédio luxuoso de Higienópolis, um dos bairros mais sofisticados de São Paulo.

— Não imaginava que você viesse, um dia, a se casar! — exclamou ela, depois de abraçar Ariel e beijar carinhosamente as faces de Marianna. — E, inegavelmente, você tem muito bom gosto!

Pôs a mão sobre a barriga da médica e, com uma risada, acrescentou:

— Bom gosto e pressa...

Sentaram-se no jardim-de-inverno do apartamento, de onde era possível descortinar o impressionante panorama de São Paulo, com seus edifícios apontando para o céu, uma paisagem predominantemente cinza e com algumas poucas manchas verdes espalhadas.

Martha ajeitou-se pesadamente numa poltrona, e Ariel, lançando um olhar para sua barriga, já bem grande, falou:

— Presumo que isso tenha sido a causa de você vir para o Brasil...

Martha assentiu com um balançar de cabeça e disse:

— Tive de escolher... E, entre um aborto e o exílio, preferi a segunda alternativa.

— Maronese? — inquiriu o ex-agente.

— Sim... E eu imaginei que um filho pudesse mudar a nossa vida. Errei. Por isso, estou aqui.

Martha contou com minúcias os últimos dias que passara na Itália, a visita a Maronese, a proposta de ela abortar, o encontro com o advogado e a *compra* de seu silêncio.

— Quando saí de Ostia eu estava arrasada — confessou ela. — Sabia que teria de deixar a Itália e, por isso, vim para o Brasil. Fiquei cerca de quinze dias no Rio de Janeiro, mas não consegui me acostumar lá. Gosto muito de mar, mas não gosto do calor do Rio. Além disso, seria fácil Victor me descobrir lá; o advogado dele, Fiorini, com certeza teria dito para onde fui. Assim, vim para São Paulo. Aqui, na verdade, está o verdadeiro centro cultural do Brasil. Apaixonei-me e acabei adquirindo esta cobertura.

Com um gesto amplo, mostrou a paisagem e falou:

— Claro... Tive de mudar completamente os temas de minhas pinturas, mas acho que estou indo bem...

— Tem vendido seus quadros? — quis saber Marianna.

— Por enquanto, não — respondeu Martha. — Não quero fazer nada que possa me expor. Estou acumulando uma *produção* para depois que meu filho nascer. Aí então, começarei a tratar de uma carreira aqui no Brasil.

Calou-se por um momento e, esforçando-se para não se deixar levar pela emoção, disse:

— Não podia imaginar que ele agiria assim... Afinal de contas, Victor é bispo!

Ariel sorriu e, depois de alguns segundos, disse:

— O fato de ser bispo não elimina a sua condição de homem. A prova disso é o que você está carregando em seu ventre.

Voltando os olhos para Marianna, murmurou:

— E pode acreditar que a proposta de você abortar é quase nada em relação ao que ele foi capaz de fazer...

Omitindo mais da metade do que Marianna lhe havia contado, Ariel fez um relato resumido do que acontecera no convento, da atuação de Maronese, da ordem que recebera.

— As experiências que Marianna e o doutor Magaldi fizeram no campo da reprodução humana, assim como as conclusões a que chegaram, acabaram por atemorizar Maronese — explicou o ex-agente. — E ele achou que a única solução seria eliminar as pessoas que tinham conhecimento do que acontecera naquele convento.

— Então foi ele que mandou matar Magaldi? — perguntou Martha.

— Ainda não sei — respondeu Ariel. — Pode ser que um outro grupo tivesse ciência do que estava acontecendo e tenha eliminado o doutor... O fato concreto é que Maronese encomendou-me a morte de Marianna e que outro homem, um certo padre Peter O'Connelly, também tinha essa missão.

— Victor nunca me falou nada a respeito dessas coisas — murmurou Martha. — Eu nem mesmo sabia da existência desse convento...!

Virando-se para Marianna, indagou:

— E o que pretendem fazer agora? Vão ficar em São Paulo?

— Acho que, pelo menos por enquanto, sim — respondeu a médica. — Ariel acha que é mais seguro ficarmos num grande centro.

Os três ficaram em silêncio por alguns momentos e, com um sorriso, Martha falou:

— Ficarei contente em tê-los por perto... Estava excessivamente sozinha aqui.

Pousou a mão no joelho de Marianna e arrematou:

— Tenho certeza que vocês serão felizes aqui em São Paulo... E nós duas poderemos fazer muitas coisas juntas!

* * *

A notícia chegou a Roma quase um mês depois, através de um contato que a *Fraternidade* mantinha junto ao Departamento de Assuntos Estrangeiros, e o superior quase teve uma crise de nervos.

— Mas como?! — fez ele. — Como Peter pôde se deixar apanhar dessa maneira?! Um assalto! Morrer num assalto!

— Quem pode garantir que realmente tenha sido um assalto? — ponderou um de seus assessores mais diretos. — Não se esqueça que ele nos disse que Marianna estava em companhia de um profissional.

— E quem é esse profissional? — inquiriu o superior. — De onde saiu esse desgraçado?

— Ela pode ter contratado esse homem no Brasil. Como um guarda-costas. Ou, simplesmente, ser um namorado que tenha arrumado por lá.

O superior sacudiu energicamente a cabeça e disse:

— Não. Ela não teria tido tempo de fazer isso... E não me consta que Marianna fosse leviana a ponto de sair com qualquer um. Porém a possibilidade de ter contratado um segurança... Isso sim. Pode ter acontecido.

Olhando o vazio à sua frente, falou:

— Agora temos de recomeçar tudo... Perdemos a pista da médica e não sabemos quem está com ela, se é que ainda está.

— Acho que a solução será esperarmos mais um pouco — sugeriu o assessor. — Cedo ou tarde ela vai aparecer. Temos contatos na embaixada da Itália no Brasil, podemos alertá-los para que fiquem atentos. Ao mesmo tempo, creio que seria interessante manter Maronese sob vigilância. Se ela tentar algum contato...

— Pode ser... — murmurou o superior. — Apesar de eu achar que Marianna jamais tentará qualquer contato com o bispo.

Porém o superior sabia que não havia outro caminho. Teriam de encontrar a médica. Um eventual contato com Maronese era difícil de acontecer, mas não poderia ser descartado. E enviar outra pessoa para o Brasil, assim *no escuro*, com o objetivo de procurá-la, seria o mesmo que jogar dinheiro e energia pela janela. Dinheiro e energia que certamente fariam muita falta à já bem debilitada *Fraternidade*... Melhor manter em alerta os contatos que tinham nas diversas embaixadas pelo mundo, pois nada impedia que a médica estivesse em outro país.

— Faça isso, então — decidiu o superior. — Avise nossos irmãos que estão em embaixadas da Itália em todo o mundo. Temos de reencontrá-la. E depressa!

* * *

Mas a pressa do superior não pôde ser satisfeita. Primeiro, porque Maronese nunca mais foi contatado por Marianna. Segundo, porque as embaixadas da Itália também não o foram. Terceiro, porque o Brasil é um país com dimensões continentais, São Paulo é uma megalópole, e encontrar em lugares como esses uma pessoa que quer e sabe se esconder é tarefa impossível. Quarto, porque a *Fraternidade* já não era mais a potência de antigamente e as ordens advindas do superior não mais tinham o peso de antes. O que vale dizer que os esforços para segui-las tinham se tornado bastante débeis.

E Ariel, como ex-agente do MOSSAD, sabia muito bem como fazer para que Marianna Saggio simplesmente desaparecesse. Assim como ele próprio.

Martha teve seu filho, Vittorio, e pouco depois foi a vez de Marianna dar à luz uma bonita menina, que foi chamada de Cristiana e que foi registrada como Cristiana Meyer, nem mesmo passando pela cabeça de Ariel a mínima dúvida quanto a reconhecê-la como filha. Cristiana era sua filha e acabou-se. Ninguém, a não ser ele e a própria Marianna — nem mesmo Martha —, podia imaginar que aquela menina de olhos cor de mel pudesse ser fruto de sua mãe com outro homem. Ou com o material genético de outro homem.

72.

E assim, cinco anos se passaram. Dom Maronese continuou trabalhando na Corte Canônica, cada dia mostrando mais sua competência e dividindo a vida entre o seu solar e a casa de Messias, em Civita Vecchia.

Pelo menos uma vez a cada três semanas, levava para a visita ao menino os outros dois padres, e sempre se sentia mal ao ver que Messias não poupava manifestações de apreço para com Ramirez. No início, era por ciúmes, afinal de contas o *pai* terreno de Messias era ele. Depois, com o passar do tempo e o desenvolvimento da criança, começou a se preocupar. Se Messias manifestava tanto carinho e amor por Ramirez, o que poderia garantir que, mais tarde, o espanhol não fosse o escolhido como seu *braço direito*, a posição que ele, Victor Maronese, almejava? E, se isso acontecesse, poderia dar adeus a todos os seus sonhos de poder...

Foi no Natal de 1977, quando Messias completou cinco anos de idade, que Maronese percebeu que teria de agir para não deixar escapar a meta que se tinha proposto alcançar.

Messias tinha se mostrado particularmente *grudado* em Ramirez, puxando-o pela mão a todo instante, obrigando-o a brincar com ele, falando sem parar, abraçando o padre e dizendo que não queria que ele fosse embora. E, na hora de ir para a cama, o menino bateu o pé:

— Não vou! Quero ficar brincando com o Carlos!

— Mas eu vou dormir aqui — disse o padre, rindo. — Amanhã teremos tempo de sobra para brincar. Agora, já está tarde. Vá descansar para poder estar disposto amanhã cedo.

Messias concordou e, embora meio relutante, acompanhou sua mãe, indo dormir.

Aquela cena deixou Maronese extremamente angustiado e preocupado. Era preciso tomar uma providência e, sua mente adoecida pela ambição do poder, não via outra saída: era preciso eliminar Ramirez.

Dizendo que ia apanhar outro cachimbo, foi para a biblioteca e, de lá, ligou para Alberto pedindo-lhe que telefonasse de volta dentro de meia hora, chamando o padre Ramirez e dizendo-lhe que Dom Carlo Rodelli havia telefonado do Vaticano solicitando sua presença lá, ainda naquela noite.

Como sempre, Alberto não fez perguntas, e Maronese, desligando o aparelho, rumou às escondidas para a garagem onde tinha deixado seu automóvel, ao lado do Fiat que António usava quando precisava ir à cidade.

Abaixando-se ao lado do pequeno carro, com a ajuda de um alicate que encontrou sobre a bancada de ferramentas, desapertou o tubo de óleo de freio da roda dianteira direita, deixando-o quase solto. Depois, fez o mesmo com o tubo da roda traseira esquerda. Conferiu o seu trabalho e verificou que bastariam alguns poucos solavancos para que as duas mangueiras se soltassem, deixando o veículo completamente sem freios.

Voltou para dentro da casa e, pontualmente trinta minutos depois que telefonara para Alberto, este chamou.

Foi a irmã Conceição — que já voltara do quarto, Messias ressonava tranqüilo — que atendeu e, em seguida, passou o telefone para o padre Ramirez.

— É para o senhor, padre — disse ela. — É o Alberto, o mordomo de Dom Maronese...

Ramirez apanhou o telefone com o cenho franzido e cheio de preocupação. Era estranho Alberto querer falar com ele.

A ligação não demorou nem dois minutos, e, ao desligar, Ramirez falou:

— Preciso voltar para o Vaticano... Dom Carlo Rodelli quer falar comigo com urgência e pediu que eu fosse para lá.

— Por que ele não telefonou pessoalmente? — perguntou Maronese.

Ramirez ergueu os ombros, conformado, e respondeu:

— Você conhece Dom Carlo... É todo esquisito! E sovina! Para quê ele haveria de ligar para Civita Vecchia se podia telefonar dentro de Roma?

Com expressão súplice e desconsolada, pediu:

— Você me leva, Victor? Desculpe incomodar dessa maneira, mas...

— Vou com você — disse Corday. — Pelo menos servirei de companhia.

Maronese sorriu intimamente. Aquilo estava saindo melhor do que esperava. Corday, com certeza, cedo ou tarde também atrapalharia.

— Pegue o Fiat, Carlos. De repente você conseguirá voltar amanhã cedo... — disse Maronese.

E levantando-se, acrescentou:

— Vou tirá-lo da garagem para você.

Entregou o carro para Ramirez, abriu a porta para que Corday entrasse no banco do lado do motorista, despediu-se dos dois desejando-lhes boa viagem, recomendou que voltassem para o almoço do dia seguinte e finalizou dizendo:

— Não lhes empresto o Jaguar por motivos óbvios... E ele é bom demais para isso!

* * *

Àquela hora da noite a estrada estava completamente deserta, e Ramirez não precisou usar o freio em nenhum momento. Foi na íngreme descida, já a poucos quilômetros de Roma, que ele percebeu horrorizado o que Maronese quis dizer com aquela história de o seu *Jaguar ser bom demais para isso.*

Corday, que durante o jantar tinha abusado bastante do vinho, pegou no sono mal tinham saído para o asfalto, a despeito das reclamações de Ramirez dizendo que daquele jeito ele não estava lhe fazendo companhia nenhuma e que teria sido melhor ficar na casa dormindo.

— Só falta eu ter de carregá-lo no colo quando chegarmos, dorminhoco! — falou ele.

A estrada deserta, reta e plana em sua quase totalidade convidava a correr, especialmente num caso como o dele, em que tinha pressa de chegar. E ele estava correndo, mantendo cem quilômetros por hora quando a descida começou. Era longa, quase um quilômetro de descida forte, com uma curva fechada no meio e terminando no cruzamento em nível com a movimentada auto-estrada de ligação de Roma com Ostia. Ramirez viu as luzes dos automóveis e caminhões que passavam em direção a Roma e acelerou. Fez a curva sem qualquer problema e, já a menos de trezentos metros do entroncamento com a rodovia, pisou no freio para diminuir a velocidade e poder entrar na estrada à direita, no instante em que lhe dessem passagem.

Porém seu pé afundou até o assoalho do carro e o automóvel continuou na mesma velocidade de antes. Assustado, Ramirez pisou novamente no freio. Nada. O pedal sequer subiu de volta. Já estava a menos de cem metros da auto-estrada e, exatamente daquele ponto até o entroncamento, a pista em que rodava era limitada, em ambos os lados, por um *guard-rail* alto e robusto. Não havia como sair da estrada. Tentou engatar uma marcha mais forte, viu o grande caminhão se aproximando em alta velocidade, tentou encostar no *guard-rail* para fazer parar o carro.

Mas não conseguiu. Quando a ponta do pára-choque tocou o concreto, o carro voltou para a estrada e... era tarde demais. Estava bem no meio do entroncamento e a cem quilômetros por hora.

Viu os faróis do caminhão, escutou a buzina desesperada, ainda ouviu o grito de Corday e, em seguida, houve um estrondo muito forte.

E depois, mais nada.

* * *

A notícia chegou através de um telefonema da polícia que, pelos documentos do automóvel, soube o nome do proprietário e ligou avisando.

Foi o próprio Maronese que atendeu:

— Os dois estão mortos?

— Infelizmente, sim. Morreram na hora. O impacto foi muito forte, mal dá para reconhecer a marca do automóvel! — respondeu o policial.

O bispo desligou o telefone dizendo que assim que amanhecesse iria fazer o reconhecimento dos corpos.

Enquanto a casa fervia com a trágica notícia, Maronese foi ao quarto de Messias e olhou a criança dormindo.

Messias ressonava placidamente, um ligeiro sorriso nos lábios, que se ampliou quando o bispo acariciou de leve seus cabelos.

Tinha sido por obra dele, não restava a menor dúvida. Ele sabia, evidentemente por ser justamente quem era, que Ramirez e Corday acabariam por se tornar sérios empecilhos. E decidira usar, mais uma vez, a mão de Maronese para executar o seu desejo, mostrando-lhe através de suas atitudes uma visível preferência por Ramirez, fazendo despertar no bispo o sentimento que lhe deu a certeza da necessidade de interferir. Da mesma maneira, fora por obra dele que aquele alicate estava tão à mão sobre a bancada de ferramentas quando, por hábito, António sempre deixava tudo guardado e trancado.

E se, ainda que subconscientemente, restara ao bispo alguma dúvida quanto a isso, esta se dissipou por completo nos dias subseqüentes, pois Messias, apesar de ter se mostrado tão ligado e afetivo para com Ramirez, nunca mais perguntou por ele. Era como se soubesse que o padre jamais haveria de voltar.

* * *

No final do verão daquele ano, Maronese foi obrigado a encarar um novo dilema: todas as crianças do mundo precisam receber educação através de uma escola, e Messias não deixava de ser uma criança; porém ele era o Filho de Deus e, como tal, era onisciente. Assim, que tipo de educação poderia receber? Como tentar ensinar alguém que, por natureza, já é dono de todo o conhecimento do Universo?

— Não se trata de fazer com que Messias assista às aulas — disse sua mãe. — Ele precisa deixar de ver apenas este panorama, estes muros, estas paredes e... a nossa cara! Ele necessita de muito mais!

E ela tinha razão. Dom Maronese sabia disso, mas tinha medo. Levá-lo para um colégio comum significava o risco de terem — irmã Conceição e ele mesmo — de responder a muitas perguntas. Por exemplo, quem era o pai daquele menino e por que aquela que ele chamava de mãe usava um hábito de freira carmelita. A história mentirosa em que Maronese era o pai de Messias tinha sido contada apenas para os empregados do convento onde ele nascera. Assim, apenas Fátima e António sabiam disso e tinham jurado com a mão sobre a Bíblia que jamais comentariam qualquer coisa a esse respeito fora dos muros altos da propriedade. E, bons portugueses que eram, católicos fervorosos, mas capazes de entender e aceitar o deslize do bispo e da freirinha, mantiveram o juramento. A quem perguntasse, na cidade, alguma coisa, António respondia que o pequeno era órfão de pai e mãe e que Dom Maronese o pegara para criar. Para ajudá-lo, pedira à irmã Conceição que viesse morar com o menino, pelo menos enquanto ainda pequeno.

— Mas ele há de ir para a escola ainda este ano! — dizia, mudando rapidamente de assunto.

A solução veio numa noite que, em sua casa, Maronese recebeu um telefonema de um primo pedindo-lhe que intercedesse, que usasse a sua influência como bispo, no sentido de conseguir que seu filho fosse aceito num colégio suíço, famoso pela rigidez disciplinar e pelos alunos que o freqüentavam.

"Mas como não lembrei disso?!", exclamou Maronese. "A Suíça! E ele não vai precisar de colégio algum, sei quem pode cuidar muito bem de sua educação!"

No dia seguinte, depois de ter solucionado o problema que o vinha afligindo havia dias — para isso bastou-lhe fazer um telefonema —, ligou para a irmã Conceição.

— Vamos mandar Messias para a Suíça — disse o bispo.

— Ele irá para um daqueles internatos horríveis? — indagou a freira, sem esconder um tom de voz carregado de apreensão.

— Não. Ele terá uma espécie de tutor. Como acontecia antigamente. Prefiro que ele não freqüente uma escola. Mesmo na Suíça, sempre podem acontecer perguntas e situações embaraçosas.

Como irmã Conceição permanecesse em silêncio, o bispo continuou:

— Conheço um monge beneditino que vive isolado de tudo e de todos perto de Interlaken. Tenho certeza que ele será o tutor ideal para Messias.

— Um eremita, é isso que o senhor quer dizer? — perguntou a freira, já começando a ficar apavorada.

— Quase isso. É um homem muito bom e um grande estudioso de Teologia. Deixou o mosteiro e foi viver sozinho em Interlaken para poder estudar. Dom Aurelius disse que precisava ter paz para poder se dedicar integralmente aos livros.

Irmã Conceição continuou em silêncio por mais alguns segundos e, finalmente, disse:

— Mas esse monge, já pelo fato de ter optado por uma vida de absoluto isolamento, certamente não terá paciência para ensinar o menino...

E, antes que Maronese tivesse tempo de retrucar, a freira acrescentou:

— Além do mais, Messias precisa do convívio com outras pessoas e, dessa maneira, isso não vai acontecer! Imagine! Com cinco anos de idade, ir morar... na ermida de um monge!

Maronese não pôde deixar de sorrir. Chegava a ser engraçado aquela mulher que vivera desde a mais tenra idade em ambiente monástico achar ruim que o menino fizesse a mesma coisa.

— Sei que lhe devo a mais cega obediência, Dom Maronese — continuou ela, separando bem as palavras. — Mas devo lembrá-lo de que se trata de meu filho...

— Do Filho de Deus — corrigiu o bispo. — E estou certo de ter tido essa idéia sob a Luz Divina. Será assim, não porque eu quero que seja assim, mas sim porque é a Vontade do Senhor. Na realidade, a vontade do próprio Messias, portanto!

Maronese estava tão convencido do que acabara de dizer — não poderia jamais considerar um acaso aquele primo que nunca o chamava ter telefonado para lhe pedir que arrumasse uma vaga num colégio suíço — que disse:

— Pode estar certa que Deus vai lhe enviar um sinal. Ligue-me assim que o receber.

As pessoas comuns têm um poder de auto-sugestão bem desenvolvido. As pessoas religiosas, normalmente, possuem esse potencial mais exacerbado do que as não-religiosas. Prova disso está nas graças alcançadas através das orações. Na imensa maioria das vezes — aliás, na quase totalidade, sendo que esse *quase* pode ser considerado um percentual tão insignificante que seria igual a zero — a graça é alcançada por simples auto-sugestão. E no caso daquelas pessoas que dedicam sua vida ao serviço de Deus, esse poder está tão arraigado e tão *trabalhado* que elas chegam mesmo a acreditar que conversaram com Deus ou com seus santos de devoção. Essas pessoas são capazes de enxergar *sinais de Deus* em fenômenos e acontecimentos que, à luz da razão, não passariam de ocorrências banais.

Foi exatamente o que aconteceu com irmã Conceição naquele dia.

Desligou o telefone com as últimas palavras do bispo a lhe ressoar nos ouvidos. *Deus vai lhe enviar um sinal...*

Mesmo que não quisesse ver sinal algum — e de fato não queria, pois era horripilante a idéia de se afastar de Messias, e mais ainda a de ele ir viver em outro país, com nada menos que um ermitão —, irmã Conceição começou a prestar atenção em tudo quanto acontecia ao seu redor, subconscientemente buscando o tal *sinal de Deus*.

Não passou uma hora.

Irmã Conceição estava sentada na varanda da casa olhando para um navio que passava perto da linha do horizonte, quando Messias apareceu sorridente e segurando na mão uma bandeirinha.

Uma miniatura da bandeira da Suíça.

— Mamãe, olhe o que o Antônio me deu! — falou o menino, agitando a bandeira diante dos olhos atônitos da mãe.

Nesse momento, António surgiu, vindo da garagem, e trazendo nas mãos um pacote.

— Onde conseguiu isso, António? — perguntou a freira, mostrando a bandeirinha que Messias segurava.

— Ah...! Ganhei na confeitaria — respondeu o português. — Vi lá um bolo que há muito não encontrava... Deu-me vontade, irmã... Então comprei-o. E ganhei como brinde a bandeirinha, pois é um bolo suíço. O menino Messias viu-a e encantou-se. Então, dei-a para ele!

Pôs o pacote sobre a mesa ao lado da freira e abriu-o, dizendo:

— É um bolo delicioso! Prove um pedacinho! Eu conheci este bolo quando estive, ainda solteiro, trabalhando na Suíça. Em Interlaken... É um lugar muito bonito, a senhora conhece?

Irmã Conceição aceitou um pedaço do bolo, mas sequer sentiu-lhe o gosto, tão atordoada ficara com as palavras de António.

Assim que o português e o menino se afastaram, ela apanhou o telefone e discou para Dom Maronese.

— O senhor tinha razão, Dom Maronese — falou ela, as palavras saindo com dificuldade de sua boca. — Acabei de receber o sinal! Deus seja louvado!

* * *

Mais dois *sinais de Deus* surgiram já no dia seguinte. O primeiro foi a facilidade com que Maronese conseguiu falar com Dom Aurelius. O monge vivia escondido e isolado numa pequena cabana numa encosta da montanha, bem longe da cidade, e, como ponto de contato, havia apenas o telefone da casa paroquial da vila mais próxima, a não menos de quatro quilômetros de distância. Era preciso ligar para lá, deixar o recado e, se fosse alguma coisa muito urgente, o pároco ou o sacristão *fariam o favor* de mandar chamá-lo e, cerca de três horas depois, quem quisesse falar com Dom Aurelius teria de ligar novamente. Porém, quando Maronese ligou para lá, incrivelmente foi o próprio monge que atendeu, pois tinha descido à vila para comprar alguns mantimentos e aproveitara para fazer uma visita ao pároco, seu amigo. No entender do bispo, sem dúvida nenhuma era um *sinal de Deus*. E o segundo, surgiu no instante em que Maronese disse o que desejava dele. O bispo esperava uma reação negativa, já estava preparado para gastar uma boa hora para convencê-lo a cuidar da educação de Messias, pois conhecia muito bem Dom

Aurelius e sabia que qualquer espécie de mudança em sua rotina seria muitíssimo mal vista, e isso se não fosse rechaçada de imediato. Contudo, aconteceu exatamente o contrário — o segundo *sinal de Deus*. O monge mostrou-se entusiasmado.

— Será um prazer para mim — disse o monge, com um sorriso na voz. — Há muito que venho ensaiando voltar a lecionar e a ter um pouco mais de contato com os seres humanos. Cuidar da educação de um menino será uma excelente maneira de fazer a transição da vida de isolamento e estudo para uma outra, mais socializada e de possibilidade de aplicação prática de tudo quanto aprendi. Cheguei à conclusão que não está certo guardar para mim e não transmitir os conhecimentos que andei acumulando nestes últimos vinte anos... Continuar assim seria uma imensa prova de egoísmo intelectual!

Naquela mesma noite, depois que o pequeno Messias já tinha ido deitar, Maronese reuniu a *família*: irmã Conceição, Fátima e António.

Contou-lhes sobre a mudança para Interlaken, na Suíça, e sorriu satisfeito quando o casal de portugueses não vacilou em aceitar. António já conhecia a região, gostara muito de lá — lembrava-lhe alguns lugares da sua Serra d'Estrela —, e mostrou-se excitado e ansioso para voltar. Para Fátima, tanto fazia ser em Civita Vecchia, em Roma, Interlaken ou no inferno, desde que estivesse com o seu António, Messias e sua mãe. E, claro, recebendo o gordo salário que Maronese lhes pagava.

Depois de falar com o casal, o bispo voltou-se para irmã Conceição e disse:

— O seu caso será um pouco diferente, Maria...

A freira arregalou os olhos, espantada com a forma como o bispo a chamara — Maria — e sentiu o coração bater fora de compasso. Respirando fundo e começando a pôr as defesas à mostra, ela murmurou:

— Nem pense em querer que eu fique aqui! Não vou me separar de meu filho, por nada deste mundo!

— Não se trata disso, Maria — falou Maronese, com um sorriso apaziguador. — Ninguém vai separá-la de Messias.

Um pouco mais aliviada, ela inquiriu:

— Então... O que vai ser diferente? E por que está me chamando de *Maria*, se a vida toda me tratou por *irmã Conceição*?

— Simplesmente porque você vai deixar de ser freira — respondeu Maronese.

Olhou para Fátima e António, que estavam boquiabertos, paralisados pela surpresa, e prosseguiu:

— A partir deste instante ninguém mais vai usar *irmã*, *freira*, *sóror* ou o que for nesse gênero. Irmã Conceição virou simplesmente Maria. E não vai nunca mais usar o hábito.

Mostrou uma valise que trouxera de Roma e que tinha deixado sobre uma das poltronas da sala e falou:

— Trouxe algumas roupas femininas naquela valise. Essas roupas servirão apenas para você acompanhar Alberto e montar um enxoval. Não precisa se preocupar com ele. Você já o conhece e sabe de sua discrição. E pode estar certa de que ele conhece muito bem roupas femininas! Siga as suas recomendações, e nada vai sair errado.

— Mas eu não quero deixar de ser freira! — protestou ela. — Não quero deixar o hábito!

— É preciso, Maria — disse o bispo, com energia.

Fez um sinal dispensando Fátima e António e, quando os dois deixaram a sala, Maronese falou, em voz baixa:

— Dom Aurelius não vai entender e muito menos aceitar. É um homem muito rigoroso e conservador, se mentirmos para ele dizendo que Messias é meu filho, ele vai se recusar a cuidar de sua educação e até é capaz de me excomungar! Evidentemente, não podemos contar a verdade. Temos de falar para o monge o mesmo que António contou para os curiosos em Civita Vecchia, ou seja, que Messias é um órfão de pai e mãe que eu estou criando. E você tem ajudado nessa criação. E como cuida do menino desde seus primeiros dias, ele acabou acostumando a chamá-la de mãe.

— Mas não vejo nenhum inconveniente em eu dizer que sou carmelita e continuar a usar o meu hábito! — protestou irmã Conceição.

— Dom Aurelius sabe que não é possível uma carmelita estar vivendo há cinco anos fora do convento para cuidar de uma criança adotiva. Ele vai ficar desconfiado, e isso com certeza não será bom para ninguém. Nada o impede, por exemplo, de tentar entrar em contato com o Carmelo e querer tirar toda a história a limpo. E, como nós dissemos para a sua madre superiora que você abandonou o hábito depois de terminar o *serviço* para o Vaticano...

Maronese deu um sorriso e falou:

— O melhor que você faz é realmente deixar o hábito. Estou na Corte Canônica, como sabe. E sou bispo. Tenho autoridade para providenciar o seu desligamento e conseguir a licença papal. Cuidarei disso ainda esta semana, e você não precisará nem mesmo aparecer. Assim, a partir de amanhã, quando Alberto vier buscá-la para fazer as compras, você já não mais estará usando o hábito. Você terá de aprender a ser uma mulher como todas as outras, usar saias, calças compridas... Passará a ser pelo menos minimamente vaidosa e, para começar, amanhã mesmo Alberto vai levá-la a um cabeleireiro.

Maria suspirou, baixou os olhos e murmurou:

— Tenho dito isto todos os dias, Dom Maronese... Sou a escrava do Senhor. Faça-se em mim a Sua Vontade!

* * *

Mudaram-se no início do mês de setembro.

O bispo, por sua vez, não fez economias e instalou a *família* — agora acrescida do velho monge — num confortável e imponente solar na parte sul do lago, a menos de cinco quilômetros de distância da cidade.

Para ele, o arranjo estava ótimo, mesmo porque, no correr daqueles cinco anos, ele tivera de se dividir demais entre o trabalho no Vaticano e Messias. Com o menino mais distante, na Suíça, ele poderia limitar suas visitas a uma vez por mês e teria mais tempo para se dedicar principalmente à idéia que já vinha se tornando quase uma obsessão: tornar-se cardeal.

Por essa época, o Vaticano — assim como a Igreja Católica em todo o mundo — estava vivendo uma fase de terrível agitação, pois a morte de Paulo VI no dia 6 de agosto de 1978 e a de João Paulo I, cerca de um mês depois de eleito papa, levara ao Trono de São Pedro o primeiro papa não italiano depois de 455 anos, o cardeal polonês Karol Wojtyla, que adotara o nome de João Paulo II.

A rápida transição de papas tinha sido normal, sem incidentes ou acidentes, mas a morte súbita de João Paulo I deixara suspeitas terríveis na *camarilha* do Vaticano, e suas reverberações atravancaram todo o trabalho da Corte Canônica, cujos componentes, muito mais preocupados em tecer conjecturas do que resolver qualquer coisa, ficavam horas e dias andando de sala em sala ouvindo e criando boatos, participando e tecendo intrigas. Obviamente, sem tempo para o que quer que fosse de sério.

Porém é sabido que justamente nas ocasiões de crise é que se destacam os verdadeiros talentos.

E Maronese era talentoso. Assim, aproveitando que a atenção de todos estava desviada para a possibilidade de João Paulo I ter sido assassinado — e por alguém muito próximo —, passou a vasculhar alguns pontos *podres* da política do Vaticano, dedicando-se com especial cuidado às manobras financeiras de que Corday lhe falara e transmitira algumas poucas informações.

Ao mesmo tempo, procurou estudar com muito carinho e atenção a vida pregressa do papa João Paulo II. Sabia perfeitamente que, se deixasse as coisas seguirem a sua trajetória natural, levaria muito tempo para se tornar cardeal — e isso se chegasse lá. Era, portanto, preciso *ajudar* a precipitação dos acontecimentos e, para isso, nada melhor do que ter em mão o conhecimento dos pontos fortes e dos pontos fracos não apenas de seus superiores hierárquicos imediatos, mas os do próprio papa que, no frigir dos ovos, não deixava de ser *il cappo di tutti cappi* na Igreja Católica.

Dom Maronese também estava ciente de que a maneira mais simples — e supostamente natural — de conseguir chegar rapidamente ao cardinalato seria por merecimento. Assim, ele tinha de se destacar aos olhos do papa e motivá-lo a nomeá-lo, como prêmio, a cardeal. Na História da Igreja, isso já havia acontecido inúmeras vezes, e não surpreenderia ninguém.

Durante semanas investigou a vida de Karol Wojtyla, mas nada encontrou de significativo. Parecia, mesmo, que aquele polonês atlético, dinâmico e disciplinado tinha sido escolhido por Deus para ocupar o Trono de São Pedro. Do ponto de vista temporal, o máximo que Maronese encontrou foi uma débil referência a uma amiga de juventude e parceira nas peças teatrais em que Wojtyla atuou. Mas Halina Kwiatkwska não poderia ser considerada um *caso* do papa, nem mesmo uma *namorada de adolescência*. Eles tinham se conhecido na escola de teatro de Wadowice, na Polônia, quando tinham treze anos de idade, e o maior envolvimento que tiveram fora quando Halina interpretou *Antígona* e Wojtyla fez o papel de Emone, seu amante. Portanto, era um amor de cena teatral, apenas representado.

— Halina não é um ponto fraco do papa — concluiu Maronese. — Mas deve existir alguma outra coisa; é impossível que não exista! Afinal de contas, João Paulo II é apenas um homem. É o papa, mas também é um homem como qualquer outro!

No correr dos meses seguintes, e avaliando o trabalho e as tendências de João Paulo II, Dom Maronese começou a perceber que até então estivera trilhando o caminho errado. Não seria encontrando um ponto fraco de Wojtyla que ele haveria de conseguir alguma coisa. Tinha de ser através de seus pontos fortes. E estes sim, estavam fáceis de perceber.

Maronese tinha de se tornar necessário, imprescindível e insubstituível aos olhos do Pontífice.

Extremamente conservador e anticomunista ferrenho — mesmo porque vivera durante três décadas sob esse regime —, João Paulo II deixava bem claro que não haveria de medir esforços para combater o regime comunista. Começou a preparar a sua primeira Encíclica, *Redemptor hominis*, em que pretendia iniciar uma verdadeira guerra ao regime soviético, criticando-o não apenas pelo ateísmo pregado — portanto pela absoluta ausência de uma vertente religiosa — mas também e principalmente por seus aspectos sociais e antroplógicos, como por exemplo o sistema injusto de alienação da pessoa humana e a destruição de todo e qualquer sonho de crescimento individual, fosse este temporal ou espiritual.

E foi quando os cardeais componentes da Cúria Romana quiseram se aprofundar um pouco mais em alguns pontos filosóficos do próprio comunismo, que Maronese sentiu, mais uma vez, a presença da Mão de Deus ajudando-o a atingir seus objetivos.

João Paulo II manifestou, desde logo após a sua posse, sua tendência conservadorista e sua verdadeira ojeriza por todo e qualquer movimento dito de *esquerda*. Alguns dos cardeais que orbitavam ao seu redor sentiram a necessidade de um maior aprofundamento a respeito dos movimentos que estavam surgindo no seio da própria Igreja Católica, principalmente nos países latino-americanos. Esses movimentos, dos quais o mais característico — e possivelmente o mais perigoso, se não fosse *domado* em tempo — era a Teologia da Libertação, surgida em Medellín, Colômbia, em 1968, como uma resposta à terrível situação de pobreza desses países e em que católicos com tendências notadamente esquerdistas assumiram solenemente o compromisso de participar nas lutas pela libertação.

Era mais do que evidente que João Paulo II estaria se posicionando contrariamente a esse movimento, e era aí que residia o perigo: a América Latina concentrava a maior população de católicos do planeta. Se a Santa Sé não tomasse os devidos cuidados, era bem possível que um êxodo maciço de fiéis ocorresse, com prejuízos claros para o Vaticano. Prejuízos inclusive materiais.

Os cardeais sabiam que, para combater uma ameaça — qualquer que ela seja —, é mister conhecê-la muito bem, e por todos os seus ângulos. Portanto, era preciso *dissecar* e estudar a Teologia da Libertação com profundidade e, ao mesmo tempo, com o espírito aberto, com o objetivo de não apenas perceber seus defeitos — ou os pontos em que havia um confronto escarrado com os dogmas, regras e teorias do Vaticano — mas também aqueles que poderiam ser utilizados nem que fosse num arremedo de progresso para a Igreja Católica. Com base nesses pontos *positivos*, os cardeais pretendiam convencer Sua Santidade a amenizar o combate à Teologia da Libertação de modo a tentar atrair seus seguidores e, aos poucos, fazê-los voltarem a cerrar as fileiras conservadoras do catolicismo — segundo eles — verdadeiro. Sem laivos vermelhos, sequer róseos. Vermelho para o Vaticano, nada além da púrpura dos cardeais.

Assim, era preciso que houvesse alguém dentro do Vaticano que se dispusesse a estudar, sintetizar e analisar essa nova escola teológica e que, principalmente, entregasse em suas mesas o material absolutamente *mastigado* e didaticamente formatado para que pudessem, nas reuniões cardinalícias, discutir entre si — e posteriormente com o papa — as estratégias a serem utilizadas na erradicação de qualquer ameaça que a Teologia da Libertação pudesse significar para a Santa Sé. E para os seus *aliados*.

Enquanto esmiuçava a vida e a filosofia de João Paulo II e tentava descobrir algum ponto para se agarrar e se tornar pessoa indispensável ao seu lado, Maronese esbarrou com uma reportagem em que o então ainda cardeal Wojtyla dava a entender que não apoiava a interpretação dogmática da Teologia da Libertação, pelo fato de ele enxergar por trás desse pensamento filosófico a nítida presença do marxismo, e, isso, ele não conseguia tolerar.

Movido pela curiosidade, Dom Maronese começou a se aprofundar no estudo dessa matéria. Não demorou a perceber que, em sã consciência e para ser coerente consigo mesmo, era obrigado a admitir que os teólogos da Libertação estavam certos em muitos aspectos. De fato, a América Latina, na época, apresentava um quadro social deplorável, com muitos governos administrando o poder de maneira totalitária, alicerçados na violência, e mesmo aqueles ditos *democráticos* favoreciam abertamente as elites — compostas por ricos e poderosos — em detrimento do restante do povo, considerado por esses teólogos uma massa comum de *pobres e oprimidos*. O resultado dessa fórmula político-econômica saltava aos olhos: marginalização e miséria grassavam na maioria da população, enquanto uma delgada fatia de privilegiados detinha o controle econômico na totalidade desses países. Com a pobreza material levando à miséria cultural e esta formando aquela, criava-se um círculo vicioso aparentemente sem saída. Havia uma assustadora dependência cultural em relação ao hemisfério norte e, com isso, mais e mais as culturas européia e norte-americana impunham-se dominadoras e hegemônicas.

A Teologia da Libertação dizia trazer a ferramenta necessária e imprescindível para que esse círculo vicioso pudesse ser quebrado. Ela aparecia mostrando a todos os cristãos — mesmo porque adquirira uma conotação bastante ecumênica — a necessidade de uma vivência de fé numa *práxis* verdadeiramente libertadora. Dizia, ainda, que o termo "Libertação" tinha de ser entendido como sendo toda e qualquer ação criadora de espaço para a liberdade, ou seja, só poderia haver o verdadeiro espírito de liberdade quando fosse possível viver sem estar sob o jugo de leis alheias, ser verdadeiramente autêntico e autônomo. A Libertação, portanto, precisava ser vista como um novo paradigma, em que seu significado essencial seria a superação de um processo de exclusão sociocultural-econômica que havia séculos vinha sendo imposta pelo hemisfério norte.

Maronese teve de admitir que, de fato, a Europa e os Estados Unidos faziam questão fechada quanto ao domínio cultural e econômico da América Latina. E sabia que seria da natureza humana rebelar-se contra qualquer tipo de opressão. Porém, o que não poderia acontecer era essa revolta ser amparada por *forças de esquerda* e por filosofias de cunho marxista. E a própria forma como o discurso dos teólogos da Libertação era feito dava a entender claramente a tendência marxista do movimento. A prova disso estava na utilização freqüente da palavra *práxis*. Era clara a intenção de se dar a ela não o sentido filosófico aristotélico de "conjunto de atividades humanas conscientes e práticas que caracteristicamente se opõem à divagação filosófica, já por serem materializadas por atos concretos", mas sim o conceito marxista de "ação objetiva que permite a autoconstrução livre e autônoma em todos os âmbitos, sem a necessidade de críticas teóricas dos pontos de vista social, político, cultural e econômico". Isso, para o conceito de Maronese, não deixava de ser elegia à anarquia e ao marxismo-leninismo.

O bispo, como homem estudioso e culto que era, ardeu-se de curiosidade pelo tema e se aprofundou. Como conseqüência do entusiasmo que nele despertou a Teologia da Libertação, não pôde deixar de comentar, durante um jantar em que estavam presentes alguns cardeais da Cúria, sobre seus mais recentes estudos.

No dia seguinte, Dom João Lopes, já então empossado como um dos mais importantes dentro da Corte Canônica, mandou chamá-lo.

— Soube que você se tornou uma das maiores autoridades na Teologia da Libertação... — disse o velho.

— Interessei-me pelo assunto, senhor — falou Maronese, com fingida humildade.

E apressou-se em dizer:

— Não compactuo com as idéias emitidas nessa Teologia. Apenas acho que em alguns pontos...

— O que você acha não interessa — cortou Dom João Lopes, com impaciência. — O que queremos é que estude mais sobre essa tal Teologia e principalmente sobre os padres que a estão idealizando. De forma imparcial, por isso é que não queremos saber a sua opinião sobre a Teologia em si. Para nós ela é uma derivação do marxismo, uma tentativa de desfiguração, corrupção e deterioração dos Dogmas da Igreja Católica. Por isso deve ser combatida, e o Santo Padre precisará estar absolutamente bem informado a esse respeito.

Uma luz se fez no cérebro de Maronese, ao mesmo tempo que seu coração disparava de excitação. Era, mais uma vez, a Mão de Deus! Estava ali a oportunidade de um contato mais direto com o Sumo Pontífice e a possibilidade de se mostrar imprescindível para Sua Santidade!

Maronese conhecia muito bem todos aqueles cardeais e sabia que, em muitos, o avançar dos anos já tinha deixado marcas muito nítidas, principalmente no que se referia à memória e à compreensão de coisas e situações novas. Assim, podia ter certeza que, mesmo que gastasse um dia inteiro explicando para eles os resultados de seus estudos sobre a Teologia da Libertação, não teriam condições neurológicas de transmitir essas informações para João Paulo II. Certamente ele seria incumbido dessa tarefa. Logo, ele seria guindado à posição de conselheiro do papa, e isso era ainda mais do que estava esperando!

73.

Uma criança criada praticamente só no meio de adultos tende a se desenvolver intelectualmente mais depressa do que uma outra, criada de maneira... normal.

Messias, aos 11 anos de idade, conversava como se tivesse 20 e, do ponto de vista de cultura — principalmente a religiosa —, estava mais preparado do que muitos padres.

Dom Aurelius ensinara-lhe praticamente tudo quanto sabia e podia transmitir, entusiasmando-se cada dia mais por causa da facilidade do aprendizado do menino e do interesse que ele demonstrava. Esse entusiasmo fazia com que o monge *forçasse* ainda mais o regime de estudo, cobrasse mais resultados do aprendizado.

E chegou um momento em que ele concluiu que não tinha mais nada para ensinar a Messias.

— Ele precisa de outros professores — falou Dom Aurelius para o bispo, na véspera do Natal de 1984. — Não tenho mais nada para lhe transmitir; se Messias continuar comigo daqui para a frente, estagnará. E seria uma judiação!

Erguendo os ombros, como se pedisse desculpas, acrescentou:

— E eu já estou muito velho... Este ano fiz 80! E acho que mereço descansar, ir agora para um mosteiro.

— Não quer mais ficar numa cabana no meio da montanha? — riu Maronese.

— Há tempo para tudo, Dom Maronese — respondeu o monge. — Sete anos atrás, quando aceitei o encargo de cuidar da educação de Messias, já estava pensando em voltar para o aconchego e segurança de um mosteiro. Aliás, foi justamente por isso aceitei a missão que me deu. Achei que seria preciso um período de transição entre a minha vida de eremita e o retorno ao convívio com os humanos.

Deu uma risada e completou:

— Na verdade, eu sabia que precisava me reeducar! Viver sozinho acaba levando a um relaxamento com a própria pessoa que dificilmente é aceito pelo ser humano *soi-disant* normal.

— E é verdade — disse Maria, fazendo-se de séria. — Por exemplo, Dom Aurelius teve de reaprender a comer. E a trocar de roupas... e a tomar banho!

— Percebi isso bem depressa — concordou o velho monge. — Quando notei que o próprio Messias olhava torto para mim e torcia o nariz, lembrei que a última vez que tinha trocado meu hábito já fazia mais de dois anos... E tive de tomar um demorado banho de imersão, para poder *derreter* o cascão que se tinha formado em minhas costas.

* * *

No final do verão de 1985, Messias já estava com tudo pronto para, em setembro, começar uma vida nova, desta vez num internato suíço, o melhor que o dinheiro poderia oferecer.

Maria ficara muito triste, não conseguia aceitar a idéia de se separar do filho e questionava-se sobre o que faria de sua vida, uma vez que já tinha abandonado o hábito — portanto não poderia voltar para o convento — e não teria mais as obrigações decorrentes de ter de cuidar de Messias. Começou, mesmo semanas antes de seu filho ir para o internato, a ter crises depressivas.

Preocupado com o estado da mulher, que já não mais estava querendo se alimentar e só sabia ficar deitada esforçando-se heroicamente para não chorar, Maronese sugeriu que ela entrasse para uma organização de voluntariado humanitário.

— Você terá outras coisas para pensar, estará com o tempo todo tomado e vai sentir-se útil. Não terá tempo para depressões.

Maria, como sempre submissa e obediente, acatou a sugestão e voltou entusiasmada de sua primeira missão: dez dias na África, ajudando numa campanha de vacinação de crianças. A segunda missão, que começaria dentro uma semana, seria mais demorada, ela deveria acompanhar um grupo de sanitaristas num trabalho de pesquisa sobre as condições nutricionais das crianças no Nordeste brasileiro.

— Vou ficar pelo menos três meses no Brasil — disse ela para Maronese. — Acho que realmente vai me fazer bem. O problema é que não estarei aqui quando Messias for para o colégio...

— Temos uma semana, ainda — ponderou o bispo. — Por que não vem com Messias para Roma e passa essa semana fazendo-o conhecer a Cidade Eterna?

Era uma boa idéia, e, no dia seguinte, os três desembarcaram no aeroporto de Roma, rumando para a residência do bispo. Maria estava animada, seria divertido passear com o filho, comprar-lhe coisas, fazê-lo sentir o burburinho de uma grande capital. E mesmo ela sentia-se excitada, pois, depois de passar tantos anos enclausurada no Carmelo e, depois, isolada e apenas cuidando de Messias, Roma representava uma novidade, uma somatória de deslumbramentos que vira apenas duas ou três vezes, e sempre com muita pressa.

— Vou levar Messias para conhecer o Vaticano — disse Maronese para Maria, dois dias depois que eles tinham chegado. — Acho melhor que não venha conosco. Você sabe como é o ambiente lá dentro. Ver-me chegar acompanhado de uma mulher bonita como você, levando um adolescente que eu tenho de apresentar como sendo meu afilhado, certamente vai suscitar comentários pouco recomendáveis para mim... Quando regressar do Brasil, darei um jeito de você conhecer tudo lá dentro sem que eu esteja por perto.

Sem dúvida, Maria gostaria de ir até o Vaticano, ver como todos aqueles cardeais trabalhavam e, sobretudo, ver o papa. E, evidentemente, seria muito melhor se estivesse em companhia de Dom Maronese, que, com certeza, haveria de lhe abrir muitas das portas que, para os mortais comuns, jamais seriam abertas. Mas ela sabia que o bispo estava com a razão. Não seria conveniente ele ser visto em companhia de uma mulher e, ainda por cima, de uma criança. De fato, não faltaria quem depois dissesse que aquela era a *família* de Dom Maronese.

Assim, enquanto Alberto levava Maria para fazer algumas compras — depois de deixar o hábito, ela adquirira com incrível velocidade e prazer muitos hábitos consumistas com os quais jamais sequer sonhara —, Maronese e Messias dirigiram-se para o Vaticano.

O bispo mostrou-lhe a Capela Sistina e olhou admirado para Messias, quando este disse:

— Ela tem esse nome porque foi inaugurada pelo papa Sisto IV, em 1483, oito anos depois do início de sua construção. Michelangelo começou a executar a pintura do teto da Capela em 1508, mas só conseguiu terminar em 1512. E ele pintou várias pessoas completamente nuas, o que deixou os mais conservadores revoltados. Por isso, outros pintores foram convocados para cobrir com roupas essa nudez.

Com um sorriso, Messias acrescentou:

— Acho que foi uma coisa estúpida mandar cobrir a representação perfeita que Michelangelo fez da Criação do Pai...

Dom Maronese não teve o que dizer e, mesmo que tivesse, não teria conseguido, sua voz não lhe teria saído da garganta, seca como uma folha de papel.

Messias não dissera *criação de Deus*, como seria de esperar de qualquer pessoa, mas sim *criação do Pai*...

"Criação do Pai...!", pensou o bispo, sentindo-se trêmulo e perturbado. "O Pai dele! O nosso Pai Eterno!"

Foram para a biblioteca, Maronese queria que Messias visse a formidável quantidade de livros à disposição que lá havia.

Logo à entrada, numa sala que os sacerdotes do Vaticano consideravam *sala de relaxamento*, dois cardeais estavam conversando, e Maronese entrou para apresentar Messias, seu *afilhado*. Era uma oportunidade para o menino ver de perto um cardeal.

Quando os dois entraram na sala, o cardeal Philippe Pontaut estava falando, em francês, com o cardeal Jean-Marie Clot:

— Devemos entender Teologia como sendo um discurso racional sobre Deus, com base em dados obtidos através da Bíblia, mais precisamente no caso do catolicismo, do Evangelho.

Mais jovem do que o cardeal Pontaut, Dom Jean-Marie Clot discordou:

— O conceito moderno de Teologia implica em que esta se preocupe com a atualização do discurso dessas revelações de acordo com a evolução da história da humanidade.

A chegada de Maronese e Messias interrompeu a conversa. O bispo apresentou o *afilhado*, e este, depois de beijar o anel dos cardeais, disse num francês perfeito:

— Concordo com o senhor, Dom Clot. A Teologia Cristã não deveria ser tão anacrônica como é. E certamente isso não aconteceria se os teólogos se preocupassem um pouco mais em valorizar a História, pois é esta que obrigatoriamente acaba por orientar a vida social do ser humano. A Teologia Cristã Moderna tem de desmistificar as revelações entendendo que elas não são atemporais e muito menos *a-históricas*, ou seja, sem história. Não se pode desprezar a evolução do ser humano e, como conseqüência, não podemos relegar às trevas da ignorância os fatos reais, os processos e as fases históricas da humanidade.

Maronese, de repente, sentiu suas pernas amolecerem. Sentou-se depressa numa poltrona para não se deixar cair no chão.

Embasbacado, olhou para Messias, olhou para os dois cardeais — que estavam tão surpresos quanto ele mesmo — e respirou fundo para se recuperar. Depois de quase um minuto, conseguiu balbuciar:

— Mas... Onde aprendeu isso, Messias?!

O menino olhou para o bispo e sorriu, respondendo:

— Eu sei.

— Ninguém nasce sabendo! — exclamou o cardeal Clot. — E em francês!

— Não nasci sabendo — replicou Messias. — Mas, hoje, eu sei.

Maronese continuava trêmulo, percebeu o que estava acontecendo ali. Lembrou-se das palavras do Evangelho de São Lucas:

"E quando chegou aos doze anos (...) ficou o menino Jesus em Jerusalém (...) e seus pais o encontraram no Templo sentado entre os doutores, interrogando-os e respondendo às suas perguntas (...) e todos se admiravam maravilhados da sua sabedoria". (Lc 2, 41-48.)

Temendo que os dois cardeais também descobrissem o que estava se passando, Maronese deu como desculpa que queria levar Messias para conhecer a sua sala de trabalho e, puxando-o pela mão, tirou-o dali.

Queria poder lhe dizer que não mais mostrasse aos outros tanto conhecimento, queria ao mesmo tempo perguntar-lhe como sabia o que acabara de dizer, como sabia falar tão bem o francês...

Mas as palavras, mais uma vez, não lhe saíram da boca.

E, de qualquer maneira, como poderia ele chamar a atenção ou questionar o Filho de Deus?!

74.

Aproximadamente seis meses após o nascimento de Messias, ou seja, em meados de 1973, o papa Paulo VI permitira que fosse retirada do Santo Sudário uma amostra minúscula de tecido manchado com sangue, que seria destinada a estudos científicos. Na verdade, o que o Vaticano queria era a comprovação pela ciência da autenticidade da relíquia.

Inicialmente foi feito um estudo microscópico dessa amostra e foi detectada a presença de partículas de poeira e pólen de plantas existentes apenas na região do mar Morto. E, pelo tipo de tecido — linho tecido manualmente em estilo espinha-de-peixe 3x1 —, fazia crer que sua origem eram efetivamente as cercanias do mar Morto, ou seja, a terra onde as Sagradas Escrituras localizam o nascimento, a vida e a morte de Jesus. Além disso, a pesquisa confirmou que as manchas eram realmente de sangue, pois foi encontrada hemoglobina.

Para muitos católicos, especialmente aqueles *mais crédulos*, o assunto estava liquidado.

Maronese estava entre estes. Quando soube dos primeiros resultados dessas investigações, sorriu satisfeito e comentou com Ramirez e Corday, ainda vivos naquela época:

— Mas é claro que o Santo Sudário é verdadeiro! Nem sei por que o papa permitiu que se procedesse a essa pesquisa...!

Porém, havia aqueles outros católicos que exigiam estudos mais aprofundados, provas que fossem indiscutíveis e, entre eles, o doutor Max Frei-Sulzer, um criminologista suíço que, apesar de ter confirmado a presença das partículas de poeira e de pólen das costas do mar Morto, achou por bem sugerir a criação de um grupo permanente de estudos sobre o Santo Sudário, o Projeto de Pesquisa do Sudário de Turim, que, em 1981, publicou um relatório completo sobre todas as pesquisas feitas até então com o objetivo de comprovar a autenticidade da relíquia.

Os cientistas componentes desse grupo atestaram a autenticidade do Santo Sudário porque não foram encontrados resquícios de substâncias químicas no tecido ou nas manchas. Estas eram constituídas principalmente por hemoglobina e componentes desidratados de soro humano. Assim, como não fora encontrada a menor ou mais desprezível molécula de qualquer substância que pudesse sequer induzir que alguma espécie de tinta ou de corante tinha sido utilizada, a imagem impressa no linho com marcas de açoitamento e outras flagelações fora produzida pelo contato direto do pano com um corpo humano empapado de sangue. Aliás, sangue tipo AB. E não havia sido encontrada nenhuma explicação para o fenômeno através do qual a impressão da imagem tinha ocorrido.

— Mas será possível que eles não enxerguem que é justamente aí que reside o Milagre do Santo Sudário? — revoltou-se Maronese.

Mas a revolta foi logo suplantada pela lembrança de que, mais uma vez, podia estar seguro de que Messias era mesmo o Filho de Deus. Trazido a este mundo com a ajuda da ciência, mas era!

E a comprovação máxima, indiscutível, ele tivera naquele dia, na *sala de relaxamento* da Biblioteca do Vaticano, quando Messias expusera — em francês — aquela conceituação avançadíssima de Teologia Cristã.

Maronese ficou tão perturbado que interrompeu a visita ao Vaticano logo depois de ter mostrado para Messias a sua sala e preferiu voltar para casa.

Maria e Alberto ainda não tinham chegado das compras, e, deixando Messias diante do aparelho de televisão, Maronese foi para a sua poltrona predileta munido de seu cachimbo, do copo e de uma garrafa de uísque.

Não que aquele incrível acontecimento tivesse trazido, em seu bojo, qualquer problema que passasse a atribulá-lo. Não se tratava de nada que Maronese precisasse resolver ou, pelo menos, procurar uma solução. Ele, simplesmente, tinha ficado perturbado. Perturbado com o fato de ter diante de si o Filho de Deus. Perturbado por estar percebendo — talvez desta feita com toda a sua alma consciente e subconsciente — a enormidade do que tinha feito, a responsabilidade que viria pesar sobre seus ombros.

E o poder praticamente infinito que passaria a ter a partir do momento em que Messias mostrasse e provasse ser realmente o Filho de Deus e que viera para este planeta pela segunda vez, unicamente para salvar a Humanidade.

Encheu o copo, bebeu o seu conteúdo de um só trago, pousou o cachimbo sobre a mesinha ao lado da poltrona e apoiou a cabeça nas mãos.

"Não sei se foi uma boa idéia matriculá-lo naquele colégio suíço", pensou. "Talvez ele devesse ficar aqui, perto de mim... Imagine se lhe acontece alguma coisa!"

Encheu novamente o copo e escutou o ruído do automóvel chegando. Pouco depois, escutou a voz de Maria dizendo a Messias que lhe tinha comprado algumas coisas e, logo em seguida, ela entrou na sala, caminhando em sua direção.

Sem maiores cerimônias, sentou-se na poltrona diante do bispo e tirou os sapatos.

"Ela não é Maria", pensou Maronese, consolando-se. "Ela é apenas uma mulher que emprestou seu útero e os seus seios para que Messias viesse ao mundo. Por isso, ela se comporta dessa maneira! Por isso ela mudou tanto desde que tirou o hábito!"

— Estou cansada! — exclamou Maria. — Cansada e com fome! Vou pedir para Edoardo aprontar alguma coisa para comer e vou para o quarto... Não vejo a hora de tomar um bom banho e de me esticar na cama!

O bispo limitou-se a resmungar alguma coisa em assentimento, e ela indagou:

— Não vem jantar?

— Mais tarde, Maria. Tenho de refletir sobre algumas coisas... Depois comerei.

Maria levantou-se e, segurando os sapatos pendurados na mão, foi para a cozinha.

Maronese tomou o seu uísque, mais uma vez de um só trago, e voltou aos seus pensamentos.

"Mas... Messias deve ir para esse colégio. Ele precisa de muito mais do que eu sou capaz de lhe oferecer se permanecer aqui, ao meu lado!", pensou.

E imediatamente a imagem de Maria surgiu em sua mente. Seria conveniente que ela continuasse por perto? Ela mudara tanto...! Tornara-se uma mulher vaidosa — na verdade, ela tinha até razão de ser, pois era dona de uma beleza clássica, com rosto e corpo perfeitos, vendo-a Maronese tinha dificuldade em lembrar que ela até pouco tempo atrás era uma freira — e consumista. De mais a mais, Cristo não tivera a mãe assim, tão *grudada* nele, com manifestações às vezes de um possessivismo doentio...

Voltou a pôr uísque no copo, tomou-o e sentiu uma leve tonteira.

— Preciso comer alguma coisa — murmurou. — Desse jeito, vou acabar ficando bêbado.

Porém, não estava com a menor disposição de sentar-se à mesa com Maria ou com quem quer que fosse. Assim, encheu o copo mais uma vez e recostou-se melhor em sua poltrona, tentando recapitular o que ele tinha lido e estudado a respeito da adolescência de Cristo.

Não era muito o que sabia... Nos Evangelhos havia um hiato a respeito dessa época da vida de Jesus. Contudo, era de conhecimento comum que Ele tinha desaparecido depois do episódio com os doutores do Templo. E São Lucas voltava a mencioná-lo quando já se tornara adulto.

Essa ausência de informações pelo menos minimamente baseadas nos Evangelhos e a imensa quantidade de suposições feitas pela Igreja Católica faziam com que Maronese ficasse ainda mais preocupado.

Maria terminara de jantar, veio se despedir do bispo e, já se retirando, disse:

— Messias já jantou comigo, Dom Maronese. Está na biblioteca, disse que queria ver uns livros...

Maronese assentiu com um balançar de cabeça, falou que Messias poderia ir se deitar à hora que quisesse e... tomou mais um copo de uísque.

Imaginou Maria se despindo, entrando na banheira cheia de água morna... Sacudiu energicamente a cabeça, não estava nem um pouco certo ter aquele tipo de pensamento.

— É o álcool — resmungou. — Estou ficando embriagado.

Sorriu consigo mesmo, encheu o copo até a borda e pensou:

"Pode ser errado eu me embebedar... Mas, no fundo, acho que mereço! E não há nada melhor do que um bom pileque para relaxar e fazer dissipar os pensamentos ruins!"

Há vários tipos de bêbados. Maronese fazia parte daquele grupo que, depois de uma certa dosagem etílica circulando no sangue, entra em depressão. Foi exatamente o que aconteceu naquela noite. Sem nem mesmo saber o motivo, começou a chorar.

Como se o som estivesse vindo do fundo de um poço, escutou a voz de Alberto, que lhe dizia:

— Dom Maronese! O que aconteceu, meu Deus?

* * *

O bispo entreabriu os olhos, as lágrimas ainda escorrendo por seu rosto, os ombros sacudindo com os soluços de um choro convulso.

— O que houve, Dom Maronese? — perguntou de novo Alberto.

O bispo levou a mão para pegar outra vez o copo de uísque. Alberto tentou impedi-lo, mas Maronese, com um gesto brusco, apoderou-se do copo e, antes que o mordomo pudesse interferir, virou-o goela abaixo.

— Deixe-me beber! — disse ele, com a voz pastosa por causa do excesso de álcool. — Tenho muitos motivos para me embriagar!

Alberto não discutiu e permaneceu em pé, ao lado do prelado, como um cão de guarda junto ao dono.

— Sente-se, Alberto! — ordenou Maronese. — Preciso conversar com alguém, e ninguém no mundo pode ser melhor para me ouvir!

O mordomo obedeceu e, muito reto, sentou-se na poltrona diante de Maronese.

— Vamos! — falou o bispo. — Tome um uísque comigo!

Alberto recusou, com voz firme disse que jamais bebia quando estava trabalhando, e Maronese, erguendo os ombros com displicência, serviu-se de mais uma dose.

Com dificuldade, olhou para o mordomo e disse:

— Eu criei Deus, Alberto...! Criei Deus e, agora, estou com medo do que fiz!

Alberto permaneceu impassível, não moveu um só músculo de sua face, e o bispo prosseguiu:

— Sei que você não está acreditando em minhas palavras... Sei que está achando que isso não passa de conversa de bêbado...

Olhou para a garrafa já vazia, pensou em levantar e pegar outra, mas desistiu e falou:

— Estou embriagado, Alberto... Mas o que vou lhe contar é a mais pura verdade. Não deveria dizer nada, deveria guardar esse segredo. Mas preciso desabafar com alguém. Confio em você. Sei de sua lealdade e sei que você jamais me trairia.

— Quanto a isso pode ficar sossegado, Dom Maronese — disse Alberto.

— Carlos e Jean-Pierre sabiam de tudo. Eram meus parceiros nessa... aventura. Mas eles morreram...

Alberto olhou firmemente para o bispo e disse, quase mastigando as palavras:

— Sei como eles morreram, Dom Maronese. E sei como o senhor os matou. Eu mesmo queimei a camisa que o senhor estava usando naquela noite. Não compensava tentar limpar os seus punhos... Estavam manchados de graxa e óleo. Aliás, fluido de freio. E a perícia disse que a causa do acidente que eles sofreram foi falta de freio.

Se Maronese estivesse sóbrio, evidentemente teria pulado, jurado sua inocência e, possivelmente, teria imediatamente começado a arquitetar um plano para eliminar naquela noite mesmo o seu mordomo. Mas não. Ele apenas pareceu murchar sobre a poltrona e murmurou:

— Eles tinham de morrer... Deus quis assim! Deus quis que eu os eliminasse, que não deixasse testemunhas!

Tomou fôlego e, inclinando-se para a frente, falou:

— Com você é diferente. Sei que posso confiar. E não consigo mais guardar só para mim esse segredo! Sinto que preciso de alguém para partilhar tudo isso. E esse alguém só pode ser você!

Começou a falar. Contou tudo, como se estivesse num confessionário. Falou do trabalho no convento, falou de Maria, na época ainda irmã Maria da Conceição, de Messias... Falou de Martha, da gravidez que ele não poderia jamais aceitar... Enfim, contou tudo, sem deixar passar nenhum detalhe.

Já no fim, com o álcool a lhe embotar completamente os pensamentos, pendeu o queixo sobre o peito e adormeceu.

Alberto levantou da poltrona, foi buscar uma manta e cobriu-o, ajeitando-o o mais confortavelmente possível. Depois, sentou-se novamente onde estivera, procurou uma posição para velar pelo sono do bispo, suspirou e murmurou:

— Eu sabia que havia algo de estranho... Mas jamais poderia imaginar uma coisa dessas!

Ergueu os olhos para o teto e disse:

— Pobre Messias... E pobre Maria! Que destino Deus escolheu para eles!

SEGUNDA PARTE

1.

A tempestade desabou precisamente entre cinco e seis horas da tarde de segunda-feira, com o telefonema que Vittorio recebeu de Cristiana.

— Você é a única pessoa com quem eu posso contar, Vittorio — disse ela, entre soluços. — Preciso que você venha para cá imediatamente!

Ele levou um susto. Depois de cinco anos — cinco longos e terríveis anos —, Cristiana voltava a fazer contato e, desta feita, soluçando, sua voz com um nítido tom de desespero!

Por um breve momento, ele não conseguiu reprimir um certo sentimento de revolta. Cristiana lembrara-se de sua existência unicamente porque estava precisando dele... Ironia! Desaforo!

Porém, mais forte do que qualquer ressentimento ou raiva, o coração de Vittorio se impôs e fez voltar à sua memória, num flash extremamente veloz, mas igualmente nítido, todos os momentos que os dois tinham vivido juntos e, em especial, aquela noite...

Sim... Aquela primeira e última noite...

Vittorio sabia que, mesmo que vivesse duzentos anos, jamais poderia se esquecer e que, se o Destino lhe desse outra oportunidade, ele trocaria qualquer coisa pela possibilidade de voltar atrás no tempo.

Sem dúvida, teria agido de forma diferente, teria no mínimo procurado entender e aceitar que, afinal de contas, Cristiana tinha todo o direito de gerenciar a própria vida e de escolher seus caminhos. Teria sabido esperar... E, então, talvez tivesse podido dividir a vida com ela.

Ainda escutando os soluços da moça, antes de conseguir lhe responder, Vittorio lembrou-se daquela noite, cinco anos atrás.

* * *

Ela estava linda, aliás, como sempre, naquele vestido de noite, muito justo, valorizando-lhe as formas.

— Pensei que não viesse mais... — disse ela ao lhe dar um beijo em cada face — Por que se atrasou tanto?

— Desculpe, Cris... Mas meu editor apareceu de surpresa com a encomenda de um novo livro, e eu não tive como dizer que não poderia recebê-lo.

— Pelo menos era seu editor — brincou Cristiana. — E não outra garota... Você sabe que eu sou ciumenta!

Vittorio sentiu o coração bater mais forte. Era bom ouvi-la dizer aquilo, mesmo que fosse apenas por brincadeira.

Saíram do apartamento de mãos dadas. Já na rua, Vittorio perguntou:

— Aonde tem vontade de ir?

E, antes que ela tivesse tempo de responder, disse:

— Ouvi dizer que o Fernandes abriu um novo restaurante. Podemos experimentar...

Cristiana sorriu, apertou um pouco mais a mão de Vittorio e falou:

— Tenho outros planos, querido... Conto para você no caminho.

Vittorio assentiu, dizendo que, por ele, aquilo que ela decidisse estaria ótimo, e dirigiram-se para o seu automóvel, um bonito BMW Z3, que ele havia estacionado bem diante da porta de entrada do prédio onde residia a família de Cristiana.

* * *

— Você está me ouvindo, Vittorio? — perguntou ela, esforçando-se para conter o pranto.

— Sim, Cristiana... Estou ouvindo.

Ela fez uma pausa do outro lado da linha, respirou fundo e disse:

— Preciso de você, Vittorio! Por favor, eu preciso muito de você!

Preciso de você!

Fora essa mesma frase que ela dissera naquela noite! E, depois...

* * *

Entraram no automóvel de Vittorio e, assim que ele ligou o motor, ela falou:

— Estava pensando — falou Cristiana, depois de terem rodado pouco mais de um quarteirão. — Quero que me leve para a sua casa. Estou com vontade de cozinhar para nós dois.

— M-mas... — gaguejou ele, surpreso.

— Não vou dar importância à bagunça de um homem sozinho e solteiro — riu ela. — Imagino como deve estar o seu apartamento!

— Pode acreditar que não está em desordem e muito menos sujo — protestou Vittorio. — É que...

A moça interrompeu-o pousando o dedo indicador direito sobre seus lábios e dizendo:

— Faça essa minha vontade, Vittorio... Tenho algo a lhe contar e quero fazê-lo em sua casa, só nós dois, tomando um cálice de vinho e ouvindo aquelas músicas que você tem...

O rapaz teve de se controlar para não pisar no acelerador até o fim e fazer o seu BMW voar baixo até o seu apartamento, a pouco mais de dez quadras dali.

Estar sozinho em sua casa com Cristiana! Era tudo quanto ele mais desejava na vida!

Da garagem, subiram para a cobertura e, abraçados, entraram no apartamento.

— Todas as vezes que venho aqui, lembro de Martha, sua mãe... — murmurou Cristiana, jogando o xale que lhe cobria os ombros sobre uma poltrona. — Sabe que até hoje não consigo me conformar...

Vittorio interrompeu-a, dizendo:

— Não vamos falar de coisas tristes agora, Cristiana...

Deu-lhe um beijo na testa e acrescentou:

— Pode ter certeza que mamãe, onde quer que ela esteja, ficará felicíssima vendo-a aqui em casa...

Cristiana puxou-o pela mão até a cozinha e, abrindo a geladeira, disse:

— Bem... Vamos ver o que você tem aqui...

— Pensei que você estivesse com vontade de cozinhar — protestou Vittorio. — Esquentar comida eu também sei...

Virando-se para ele, Cristiana falou:

— É que, no fundo, acho que não vai dar tempo de cozinhar...

E, antes que Vittorio tivesse tempo de esboçar qualquer reação, ela abraçou-o e esmagou seus lábios num beijo cheio de volúpia e paixão.

A surpresa de Vittorio não demorou mais do que uma fração de segundo. Ele estreitou Cristiana em seus braços, retribuindo o beijo com o mesmo calor.

Parecia-lhe estar vivendo um sonho. Havia anos que ele desejava tê-la assim — pelo menos assim, num longo beijo —, mas nunca conseguia juntar a coragem necessária para transformar o desejo em realidade. Vittorio tinha medo de ser repudiado e, com isso, provocar um afastamento.

— Preciso de você! — disse Cristiana, num sopro.

Seus dedos, ágeis e nervosos, começaram a desabotoar a camisa de Vittorio, e este, como se estivesse numa alucinação, soltou as alças do vestido da moça, murmurando:

— Se isto for um sonho, minha amada... Por favor, não me acorde!

Cristiana desvencilhou-se do vestido e, ainda abraçada a Vittorio, deixou-se levar para o quarto.

— Meu amor... — falou o rapaz. — Queria que este momento durasse toda a eternidade!

* * *

— Deus sabe o trabalho que tive para encontrá-lo — disse Cristiana, com um tom de revolta na voz.

— Eu não desapareci, Cristiana — defendeu-se Vittorio. — Apenas mudei de cidade... Vim para o Rio de Janeiro. Mas você... Cinco anos! Cinco longos anos sem me dar nenhuma notícia!

— Não podia ser de forma diferente — replicou Cristiana. — Não dei notícias a ninguém.

Deixou escapar um soluço e, com dificuldade, acrescentou:

— Nem mesmo meus pais sabiam como me encontrar!

— Um absurdo, Cristiana! — exclamou Vittorio. — O maior absurdo de que já tive notícia!

Houve um silêncio do outro lado da linha, e, voltando a soluçar, Cristiana falou:

— Não é o momento para discutir esse assunto, Vittorio... Preciso encontrá-lo imediatamente!

— Mas... O que aconteceu? Por que você está chorando dessa maneira? — conseguiu perguntar Vittorio, por fim.

Ele pôde ouvir que o choro de Cristiana ficava mais forte, os soluços aumentaram, e, depois de muito esforço, ela disse:

— Meus pais, Vittorio... Eles foram assassinados!

Vittorio teve a sensação de que o mundo desabava sob seus pés. Por um breve momento, achou que seus joelhos iam se dobrar e, com a voz trêmula, perguntou:

— Como disse?! Marianna e Ariel?! Assassinados? Quando? Onde?!

— Eu os encontrei mortos, em casa, ontem à tarde... — respondeu Cristiana, com muito esforço. — A polícia disse que papai matou minha mãe e, em seguida, cometeu suicídio. Mas eu sei que não é possível que isso tenha acontecido! Eles foram mortos... E acho que eu serei a próxima a morrer!

Recobrando o controle sobre suas emoções, Vittorio raciocinou depressa. Ele conhecia Cristiana muito bem, afinal, tinham crescido juntos e, não fosse por aquela separação dos últimos cinco anos, jamais tinham ficado longe um do outro por mais de uma semana. Portanto, ele tinha certeza que ela jamais diria alguma coisa assim se não tivesse algum motivo. Se ela achava que Marianna e Ariel tinham sido assassinados e que ela seria a próxima a ser morta, deveria estar baseada em algo, num fato qualquer que a levasse a pensar dessa maneira.

— Está certo, Cristiana — disse ele, por fim. — Estou indo para São Paulo agora. No máximo, dentro de duas horas estarei com você.

— Não estou em casa — balbuciou ela. — Estou com medo de ir para lá...

Vittorio concordou em silêncio e, depois de pensar um pouco, disse:

— Encontre-se comigo no aeroporto de Congonhas. Pegue um táxi. Não use o seu carro. Quando chegar ao aeroporto, vá diretamente para a sala de imprensa e diga que está me esperando. Se achar que está sendo seguida, vá para o posto da Polícia Federal. Não comente o que aconteceu com ninguém, pegue uma valise com as roupas que achar que vai precisar, pois pode ser que tenhamos de viajar ainda hoje.

Cristiana deixou escapar um suspiro de alívio e falou:

— Obrigada, Vittorio... Eu sabia que poderia contar com você... Estarei no aeroporto. E estarei contando os minutos até a sua chegada!

2.

Messias acariciou as costas de Elizabeth. Como sempre, tinha sido uma noite espetacular. Aquela mulher literalmente levava-o à loucura...!

Forçou-a a virar-se para poder ver seus belos e fartos seios, os mamilos róseos e túrgidos. Beijou-os de leve, sorrindo ao perceber que Elizabeth se arrepiava de prazer.

Não... Ele não deveria jamais reclamar da vida. Afinal de contas, com 28 anos de idade, Messias era um homem rico e — por que não dizer? — perfeitamente realizado.

Pelo menos era assim — como um homem realizado — que todos os seus conhecidos o encaravam.

Chegara ao Brasil — mais precisamente a São Paulo —, aos 22 anos de idade e, menos de um ano depois, já era o mais importante *executivo* de uma igreja evangélica que, a passos largos, estava se disseminando por todo o país.

Não lhe fora complicado galgar rapidamente os degraus dessa insólita carreira de administrador de uma igreja evangélica. Culto, bem formado, profundo conhecedor das Sagradas Escrituras, e dedicado estudioso de Teologia, não encontrou quem o superasse num debate ou quem o deixasse sem resposta num confronto ideológico. Medeiros, o fundador da seita — e por isso chamado de pastor principal, ou mais simplesmente principal —, logo percebera que aquele rapaz tinha algo de diferente e que, se bem *trabalhado*, poderia vir a ser muito útil para a sua igreja. Sem vacilar, guindou-o para a posição de pastor consultor, colocando-o diretamente sob suas ordens — e fiscalização, pois Medeiros era da opinião que o inimigo em potencial tinha de estar sempre ao seu lado, sob constante vigilância e com o fio da espada permanentemente colocado sob o queixo, de tal modo que a decapitação fosse simples e rápida, caso viesse a se tornar necessária.

Aqueles quase seis anos tinham sido assim: Medeiros perguntava, Messias respondia; Medeiros escutava as sugestões, Messias planejava e orientava a execução; Messias fazia ganhar, Medeiros recebia.

Evidentemente, o principal não deixava transparecer — ou imaginava não deixar — a sua dominação tirânica. Messias ganhava muito bem, gozava de regalias que não eram conferidas a nenhum outro pastor e era permanentemente exaltado e citado como exemplo para os demais.

Entre essas regalias, estavam uma mansão num bairro nobre de São Paulo, carros esportivos e... mulheres. Aquelas que ele quisesse e conseguisse dar conta. Porém essa regalia — as mulheres — Messias dispensara. Preferira, desde o início, fixar-se em Elizabeth, com quem vivia maritalmente e muitíssimo feliz.

Porém Medeiros, o principal, aquele que até então tinha sido um homem esperto, inteligente, dono de um formidável espírito de empreendimento e capaz de fazer brotar leite de uma pedra, não teve a vivacidade e a previdência de perceber que, na mesma medida em que Messias o ajudava, também fazia com que se enredasse numa teia que ele vinha tecendo, teia esta construída de tal forma que, quando Messias achasse conveniente, Medeiros seria simplesmente alijado do poder e ele, o consultor, seria o herdeiro do império que, no correr dos anos, tinha sido solidamente construído e que representava muitas centenas de milhões de dólares em rendimentos e patrimônio.

Havia dois dias que Messias chegara à conclusão de que a hora havia chegado. Era tempo de ele assumir o controle de tudo e, para tanto...

Bastava que o principal simplesmente desaparecesse.

Contudo, para que seu plano desse certo, Messias precisava de dinheiro. Muito dinheiro.

"Sei onde consegui-lo", pensou ele. "E sem muitas complicações!"

De noite, durante o jantar, disse para o principal que estava muito cansado e que necessitava tirar férias.

— Não vou me ausentar por muito tempo. Apenas quinze dias — disse. — Quero passear um pouco, creio que vou para a Itália rever alguns lugares de minha infância.

Três dias depois estava desembarcando em Roma.

* * *

Faltavam quinze minutos para as oito horas da noite quando Vittorio entrou, esbaforido, na sala de imprensa do aeroporto de Congonhas e viu Cristiana sentada numa poltrona, segurando no colo uma maleta tipo James Bond e tendo ao lado uma valise de couro.

— Vittorio! — exclamou ela, levantando-se ao ver o rapaz. — Graças a Deus você veio!

Abraçaram-se. Vittorio sentiu o sangue bater em suas têmporas ao contato com o corpo de Cristiana e controlou-se para não ceder ao impulso de beijá-la com a mesma paixão de cinco anos atrás. Foi ela que ergueu a cabeça e ofereceu-lhe os lábios entreabertos, murmurando:

— Beije-me, Vittorio... Por favor, beije-me!

O rapaz não resistiu mais. Colou seus lábios aos dela com sofreguidão, com a ânsia de um desejo a duras penas reprimido por muito tempo e esquecendo-se de imediato de toda a dor que sofrera durante aquela separação.

— Por que não ficamos juntos? — perguntou ele, num sussurro. — Por que perdemos tanto tempo?

— Porque tinha de ser assim, meu querido... Mas, agora, não nos separaremos mais!

Vittorio olhou ao seu redor e, apanhando a pequena bagagem de Cristiana, falou:

— Mas venha... Acho mais prudente não ficarmos aqui. Tem certeza de que não foi seguida?

— Tenho — respondeu ela. — Prestei atenção, tomei cuidado... Acho que não há perigo, e talvez eu esteja assustada à toa.

Caminhando pelo saguão do aeroporto na direção das locadoras de veículos, Vittorio indagou:

— Onde estão os corpos?

— No IML... Já foram liberados. O enterro deverá ser hoje à tarde. A polícia afirma que foi assassinato seguido de suicídio. Sei que isso não aconteceu. Não havia nenhum motivo para que papai matasse a minha mãe ou vice-versa.

Cristiana mostrou a pasta executiva que Vittorio estava carregando e disse:

— Tenho certeza que a razão desse assassinato está nesta pasta. E é por isso que fiquei com medo de ser a próxima a morrer!

O rapaz franziu as sobrancelhas interrogativamente, e Cristiana explicou:

— Encontrei esta pasta há mais ou menos seis anos, dentro do cofre de minha mãe. Quando perguntei do que se tratava, ela ficou muito perturbada, disse que um dia haveria de me explicar e pediu-me que a escondesse no meio das minhas coisas. Também falou que, se algum dia acontecesse alguma tragédia a ela e a meu pai, eu deveria pôr essa pasta a salvo, custasse o que custasse, e que jamais poderia entregá-la a quem quer que fosse, a não ser a você!

Cada vez mais intrigado, Vittorio perguntou:

— Mas... O que tem aí dentro?

— Não sei. A pasta está trancada, e eu não tenho a chave. Não quis arrombá-la sem que você estivesse por perto e, na realidade, nem que quisesse não poderia tê-lo feito, pois, desde que essa desgraça aconteceu, não tive tempo para nada.

Chegaram ao balcão da locadora e, enquanto aguardavam que chegasse o automóvel que Vittorio alugara em seu nome, ele disse:

— Você não irá ao enterro de seus pais. Sinto muito, mas isso poderá ser extremamente perigoso. Aliás, vou pedir a um advogado amigo meu que entre com uma solicitação para adiar o sepultamento. Vou levá-la para um lugar seguro.

— Não vou ficar longe de você nem mesmo um segundo! — protestou Cristiana. — Nem adianta tentar me convencer!

— Não tenha esse receio — falou o rapaz com um sorriso. — Também não pretendo deixá-la sozinha.

Passando o braço por cima dos ombros de Cristiana, ele acrescentou:

— Não quero correr o risco de perdê-la por mais cinco anos... Porém, se o funeral não puder ser adiado, eu irei e você ficará me esperando. Entenda que, se realmente você está na mira de algum assassino, pode ter certeza que ele estará aguardando você no momento do enterro. E ele está tão certo de que você jamais deixaria de comparecer, que sequer se preocupou em segui-la hoje.

O carro alugado chegou e, saindo do aeroporto, Cristiana perguntou:

— Para onde pretende me levar? E o que está pensando fazer?

Vittorio respirou fundo e respondeu:

— Em primeiro lugar, precisamos saber o que há dentro desta pasta. Depois, necessito de algumas informações para poder investigar por conta própria esse caso, já que desconfio que não poderemos contar com a polícia.

— Tenho certeza disso — falou Cristiana com um tom de revolta na voz. — Os policiais com quem tentei falar não se mostraram nem um pouco interessados em levar adiante qualquer investigação. Para eles, é caso encerrado: meu pai matou minha mãe e se matou em seguida.

O rapaz balançou negativamente a cabeça. Conhecendo Marianna e Ariel como ele os conhecera, não era possível admitir essa possibilidade.

— Você viu os corpos no local da tragédia... — murmurou ele. — Notou alguma coisa fora de lugar, o apartamento tinha sinais de ter sido revistado? Havia alguma coisa faltando?

— Não — respondeu Cristiana, sem hesitar. — E essa foi uma das evidências que levaram os policiais a *sentarem em cima* da hipótese de assassinato seguido de suicídio.

Num fio de voz, acrescentou:

— Fizeram uma prova residuográfica na mão direita de meu pai... E deu positivo. Havia resíduos de pólvora.

— Isso não é prova determinante — garantiu Vittorio. — Alguém pode têlo forçado a atirar, até mesmo depois de morto!

— Mas há outras evidências, infelizmente — disse a moça. — O orifício na cabeça de meu pai, segundo a polícia, está numa posição que praticamente denuncia o suicídio... E a arma era dele. Eu mesma a reconheci. Uma pistola Walther 9 mm.

O rapaz olhou para ela e ponderou:

— Eu também conhecia essa arma. Ariel mostrou-a para mim várias vezes. E sempre disse que havia muitos anos que ele não tinha mais munição!

— Pois é... — concordou Cristiana. — No entanto, no carregador da arma estavam faltando duas balas. E o restante era munição nova!

Vittorio fez uma expressão de dúvida. Lembrava-se muito bem das palavras de Ariel quando este lhe dissera, havia mais de dez anos, que apenas conservava aquela pistola como uma mera lembrança dos tempos em que trabalhara como agente do MOSSAD:

"Aqui não preciso disso... Vivo em paz com o mundo e comigo mesmo! Minha Walther deixou de ser uma ferramenta de trabalho e agora não é mais do que uma peça de decoração!"

Pegando a direção da rodovia Presidente Dutra, Vittorio insistiu:

— Procure lembrar-se, Cristiana... Não havia nada que chamasse a sua atenção no apartamento?

A moça refletiu por alguns segundos e, por fim, respondeu:

— Para ser sincera, achei que um ferimento feito por uma bala sangrasse muito mais...

— Havia pouco sangue?

— Pouquíssimo — disse ela. — Havia uma quantidade maior ao lado da cabeça de papai. O ferimento de mamãe praticamente não sangrou. Só sua roupa estava manchada.

Vittorio sentiu o coração bater mais depressa e falou:

— Isso pode indicar que os ferimentos tenham sido feitos depois que eles estavam mortos!

— Mas isso não faz nenhum sentido! — protestou Cristiana. — Se queriam matá-los por algum motivo, não vejo nenhuma razão em forjarem uma cena de assassinato seguido de suicídio!

— Há uma razão, minha querida — replicou Vittorio. — E a hipótese do assassino funcionou. A polícia se convenceu e parou toda e qualquer investigação a respeito do caso. E pode ser que tenha sido esse o objetivo de quem matou seus pais. Confundir a polícia.

Entraram no estacionamento de um shopping center, e, de seu celular, Vittorio fez uma ligação para seu advogado, doutor Britto. Conversou cerca de cinco minutos com ele e, desligando o aparelho, falou:

— Britto vai conseguir o adiamento do enterro e solicitar um novo exame necroscópico. Disse-lhe para solicitar uma verificação mais cuidadosa da *causa mortis*, além de um exame toxofarmacológico. Tenho certeza que os policiais não fizeram nada disso.

Enlaçando Cristiana pela cintura, entrou no shopping dizendo:

— Preciso comprar pelo menos uma escova de dentes, querida. Saí do Rio com tanta pressa que não tive tempo de pegar nada!

3.

Não pôde deixar de sentir tristeza e revolta ao regressar a Roma e lembrar de alguns dos muitos fatos que marcaram sua vida.

Porém o pior deles tinha sido quando, em 1988, as pesquisas científicas feitas com amostras do Santo Sudário de Turim concluíram que a mais famosa e valiosa relíquia do catolicismo não passava de uma falsificação.

Lembrava-se como se tivesse acontecido na véspera...

Messias estava para completar 16 anos de idade e tinha vindo passar as festas de fim de ano com sua mãe, na residência de Dom Maronese, que tinha sido nomeado cardeal havia poucas semanas. Chegou a Roma quase meia-noite, e Alberto foi buscá-lo na estação para levá-lo para casa, onde sua mãe e o cardeal o estavam esperando. Durante o trajeto, o silêncio de Alberto não lhe pareceu estranho, uma vez que ele sempre fora assim, extremamente reservado e lacônico. De uma certa forma, Messias até preferia que ele não lhe dirigisse a palavra. Contudo, a expressão de Dom Maronese e o modo angustiado de sua mãe não lhe prenunciaram coisas boas, muito pelo contrário.

O cardeal estava de mau humor, limitou-se a cumprimentar Messias com monossílabos e retirou-se para a biblioteca.

— O que está acontecendo? — perguntou Messias a Maria, quando se viram sós.

Nervosa, torcendo as mãos e tentando disfarçar com um sorriso nada tranqüilizador, Maria respondeu:

— Nada, meu filho... Dom Maronese deve estar cheio de problemas na Corte Canônica. Por isso está assim.

Messias não acreditou, mas também não quis dar continuidade a um assunto que ele logo percebeu desagradar sua mãe, e passou a falar sobre a escola na Suíça, os colegas e as atividades estudantis. Não precisou de mais de dez minutos para ver que Maria não estava prestando atenção às suas palavras e, abraçando a mãe, disse-lhe:

— Acho que você deveria ir dormir... Está cansada, nervosa... Uma noite de sono só poderá fazer-lhe bem. Amanhã conversaremos.

E, para realmente forçar a mãe a se recolher, completou:

— Também estou cansado, mamãe... Deveria ter vindo de avião, mas como dois colegas que também vinham para a Itália quiseram viajar de trem...

Maria deu graças a Deus. Não que ela se sentisse cansada, mas sabia que estava muito nervosa e que estava sendo uma companhia desagradável para o filho.

— Você tem razão, Messias — falou ela, dando-lhe um beijo. — Vou para a cama. E você deveria me imitar...

— Já vou me recolher, mamãe — disse ele. — Vou comer alguma coisa e, em seguida, irei para o quarto.

Assim disse e assim fez. Foi para a cozinha, viu que Edoardo tinha deixado pronto um belo lanche, fartou-se de comer e, distraidamente, apanhou o jornal que estava jogado sobre uma cadeira.

A manchete sensacionalista saltou aos seus olhos e pareceu lhe apertar o coração. Ali estava, em letras garrafais:

A ciência comprova: o Santo Sudário de Turim é falso

A matéria que seguia dava conta de que após muita insistência e pressão, o Vaticano tinha concordado em permitir que uma pequena amostra do Santo Sudário fosse retirada e submetida a testes científicos para a comprovação de sua autenticidade. Um dos testes, o do Carbono 14, tinha revelado, sem a menor sombra de dúvida, que aquele pano não tinha mais do que seiscentos, no máximo setecentos anos de idade. Portanto, não poderia ter envolvido o corpo de Jesus Cristo.

Essa notícia, para Messias, era simplesmente terrível, pois liquidava por completo a sua própria noção de identidade. Se o Santo Sudário era falso e ele tinha sido *feito* — segundo o que ouvira o próprio Maronese confessar —, a partir do material genético extraído de lá, quem era ele, afinal de contas? Quem seria seu pai? Ou, ainda, de quem seria o material genético que lhe dera origem?

* * *

A compra de uma escova de dentes, porém, era uma mera desculpa para que Vittorio pudesse averiguar criteriosamente se estavam ou não sendo seguidos, se havia algum veículo ou pessoa suspeita nas imediações.

"Não há ninguém...", pensou ele, fazendo uma volta de trezentos e sessenta graus com o olhar. "Acho que estou preocupado à toa."

Dali, dirigindo sempre com a atenção voltada para o espelho retrovisor, Vittorio rumou para a Marginal do Tietê e, no entroncamento onde podia escolher entre a Dutra e a Ayrton Senna, optou por esta, entrando à direita no último momento e — perigosamente — à frente de um caminhão. Acelerou o máximo que pôde e, instantes depois, olhou para trás. Não havia ninguém a não ser o caminhão que ainda piscava raivosamente os faróis.

— Vamos para São José dos Campos — disse ele. — Acho pouco provável que estejamos sendo seguidos, mas cautela é sempre aconselhável. Num hotel de São José será ainda mais difícil sermos encontrados.

Olhou de lado para Cristiana e viu que ela estava chorando. Carinhosamente, pousou a mão direita sobre sua coxa e falou:

— Chore à vontade, Cris... Faz bem. Lava a alma.

— Não consigo me conformar — gemeu a moça. — Como pôde acontecer...?

— Teremos de descobrir, minha querida — disse Vittorio. — E pode apostar que vamos conseguir!

Ficaram em silêncio por alguns minutos, Cristiana esforçando-se para dominar o pranto. Quando ela se acalmou um pouco, Vittorio perguntou:

— Você notou alguma coisa de anormal no comportamento de seus pais nos últimos tempos? Eles estavam nervosos, ansiosos...?

— Não notei nada. Cheguei a São Paulo há duas semanas. E achei que os dois estavam como sempre. Felizes, muito unidos, sempre entusiasmados com a vida... Não me falaram a respeito de dificuldades, de problemas de saúde, de nada! Bem ao contrário, papai disse que estavam negociando a compra de um sítio no sul de Minas. Falou que já estava cansado de São Paulo, que queria passar a viver mais no campo do que na cidade grande.

Cristiana deixou escapar um suspiro e juntou:

— Alguém cuja vida estivesse tão complicada a ponto de chegar a assassinar a esposa e se matar em seguida jamais agiria assim, não acha?

— Já lhe falei que, para mim, essa possibilidade é nula. A versão da polícia está completamente errada, e nós temos de descobrir o que realmente aconteceu — falou Vittorio, muito sério. — Aliás, acredito que amanhã à tarde já teremos mais algumas informações técnicas. Britto vai revirar o mundo, mas vai conseguir uma nova autópsia. E eu espero que isso nos dê alguma pista.

— Você pretende falar com a polícia?

— Vou deixar essa parte com Britto. Só quero as informações. Vou investigar ao meu modo, como já lhe disse antes.

— Pode ser perigoso... — murmurou Cristiana, com expressão preocupada. — Você é um escritor, não um policial.

— Se deixarmos só com a polícia, podemos esperar anos por uma resposta, e outros tantos por uma solução.

Vittorio mostrou a pasta executiva que estava no banco traseiro e acrescentou:

— E se o conteúdo dessa pasta for mesmo *explosivo*, nós vamos precisar mesmo é de uma solução.

Cristiana segurou a mão de Vittorio e, depois de beijá-la, falou:

— Senti a sua falta, Vittorio... Não imaginava que uma saudade doesse tanto!

Vittorio sorriu com tristeza e, depois de acariciar o rosto da moça, disse:

— Eu não queria que você fosse embora, Cris. A escolha foi sua. E, se você sentiu saudades... Talvez possa ao menos imaginar como eu fiquei...!

— Era preciso, meu amor... Desde os 12 anos eu sentia que precisaria experimentar a vida longe dos meus entes queridos. E essa experiência foi protelada por 13 longos anos! Não podia esperar mais!

Inclinando-se para o lado, beijou a face direita de Vittorio e falou:

— Mas agora já fiz o que sentia necessidade de fazer. Não vou desaparecer de novo.

Esboçou um sorriso e completou:

— A menos que você não me queira mais.

— Foi você que não me quis, cinco anos atrás... — falou Vittorio, em tom queixoso, lembrando-se da despedida, ao fim daquela noite.

E pensou:

"Dessa noite, jamais vou me esquecer..."

* * *

Vittorio acordou com o sol entrando pelas janelas abertas da cobertura. Sentiu no corpo as dores provocadas pelos excessos de uma noite de loucuras, de entrega total, de superação no amor. Sentiu o corpo nu de Cristiana ao seu lado. Ela ressonava ainda, no rosto o sorriso característico da mulher realizada e plenamente satisfeita.

Acariciou suas costas, e ela se encolheu um pouco, aproximou-se buscando sentir em sua carne o contato total com o seu homem. Com Vittorio.

— Venha, querido — pediu ela. — Abrace-me... Quero senti-lo outra vez...

Amaram-se novamente. Vittorio sequer conseguia adivinhar de onde estava tirando tanta energia. Afinal, ele entregou os pontos. Ofegante, ele falou:

— Vamos nos casar, Cristiana... Vou começar a providenciar tudo hoje mesmo!

Ela não respondeu, limitando-se a beijá-lo apaixonadamente. Quando se separaram, Cristiana disse:

— Vou viajar, querido. Parto para os Estados Unidos hoje à noite. E não sei quando vou voltar.

Vittorio olhou-a com surpresa.

— Você está brincando comigo... Não acredito no que estou ouvindo!

— Pois acredite... Vou para Nova York. Meu avião sai às oito da noite.

Vittorio ergueu-se da cama e, fitando-a quase com angústia, disse:

— Não estou falando da viagem de *ida*. Estou dizendo que é brincadeira essa história de não saber quando vai voltar!

— Mas é a mais pura verdade! — exclamou Cristiana. — Não sei!

— O que vai fazer lá? — quis saber ele. — Estudar?

— Também não sei — respondeu a moça. — Só quero viver um tempo longe de todos.

Abraçou-se a Vittorio e prosseguiu:

— Não sei o que vai acontecer comigo, o que farei, como ficarei... Por isso quis que você... me amasse esta noite. Eu senti que precisava ser assim, eu quero poder ter em minha mente, em meu coração e em meu corpo a lembrança do seu amor.

— Vou com você — decidiu ele. — Casaremos lá e, se você não quiser voltar para o Brasil, ficaremos lá ou em qualquer outro lugar do mundo!

— Não — disse Cristiana, com determinação. — Não quero ninguém perto de mim! Como eu lhe disse, preciso viver um tempo sozinha.

4.

Queria estar sozinho, as pessoas no trem incomodariam e, por isso, preferiu pegar um táxi a usar o metrô.

Olhou o relógio, viu que passava um pouco do meio-dia e ordenou ao motorista:

— Vamos para o Vaticano.

O motorista tentou puxar conversa, mas as respostas lacônicas de Messias acabaram por desencorajá-lo e, embora carrancudo — afinal de contas, não achava graça nenhuma em dirigir sem falar com o passageiro —, o homem deixou-o em paz com seus pensamentos.

E ele tinha muito para pensar... Precisava acertar na primeira tacada, não haveria possibilidade de uma segunda chance. Dom Maronese não era homem fácil de se lidar.

Procurou recapitular os pontos principais de seu plano. Derrubaria Medeiros, disso não tinha a menor dúvida. Poria um fantoche como principal e ficaria com o controle de tudo. Seria o dono absoluto do imenso patrimônio que a Igreja tinha conseguido naqueles últimos cinco anos. Um patrimônio que, sem ele, não existiria.

“Não poderá haver nenhum período de latência entre a queda de Medeiros e a minha ascensão”, pensou. “E será por isso que precisarei de dinheiro. De muito dinheiro!”

Na realidade, Messias tinha dinheiro. A Igreja dava-lhe um gordo salário e ainda supria uma série bem grande de seus luxos. Porém a quantia de que iria necessitar para vencer aqueles últimos poucos degraus que restavam para chegar ao cume poderia ser muito maior do que ele imaginara. Daí a idéia de pedir ajuda a Dom Maronese.

Sorriu consigo mesmo, pensando:

"Pedir não é bem o termo... Ele será obrigado a abrir-me o cofre!"

Por um breve momento passou-lhe pela mente a idéia de que Medeiros poderia desconfiar de alguma coisa e, ao conceder-lhe aqueles quinze dias de férias, na realidade estar tramando afastá-lo.

Meneou negativamente a cabeça e pensou:

"Não... Estou preocupado à toa. Ele não pode estar desconfiado de nada, não deixei nenhuma indicação do que estou planejando."

Para afugentar esse pensamento, procurou imaginar a expressão que Dom Maronese faria ao vê-lo entrar em sua sala, no Vaticano.

"Ele vai levar um belo susto...", pensou. "E eu estarei em vantagem, pois vi uma fotografia sua há menos de duas semanas, portanto não terei dificuldade em reconhecê-lo. Em compensação, ele não me vê há quase dez anos!"

Uma sombra de tristeza toldou-lhe a fisionomia.

"Dez anos!", pensou. "Quanto tempo!"

* * *

— Acho que sou capaz de adivinhar o que está pensando — murmurou Cristiana, acariciando a nuca de Vittorio enquanto ele sinalizava à direita para entrar em São José dos Campos.

— Não preciso fazer segredo — sorriu ele. — Quero saber o que fez durante estes cinco anos nos Estados Unidos. E quero saber por que não fez contato comigo, nem mesmo com seus pais.

Uma sombra de profunda tristeza pairou sobre a fisionomia de Cristiana quando ela disse:

— Era preciso que fosse assim, querido... E você, hoje, pode calcular como me arrependo por ter deixado meus pais preocupados durante tanto tempo!

— Você se engana, Cristiana — contestou Vittorio. — Estive visitando seus pais várias vezes durante esse intervalo de tempo, e eles não me pareciam preocupados. Tristes, é verdade... Mas não apreensivos ou preocupados. Tive a impressão de que eles aceitaram perfeitamente essa sua decisão... maluca!

— Você está falando assim apenas para me consolar...

Vittorio balançou negativamente a cabeça e disse:

— Não. A atitude de seus pais chegou a me deixar chocado. Parecia que você ter se afastado de tudo e de todos era a coisa mais natural do mundo. Imaginei até que tivesse acontecido um desentendimento, uma briga... Mas eles me garantiram que não. E disseram o mesmo que você: *tinha de ser assim*, eu deveria aceitar e me conformar.

O rapaz parou o automóvel diante da entrada do Novotel, onde pediram uma suíte, Vittorio dando um nome falso para Cristiana.

Já na suíte, a porta devidamente trancada, a moça pegou a pasta executiva e colocou-a sobre a cama.

— Vamos abri-la — disse. — Sei que a chave de tudo está aqui dentro!

Vittorio abraçou-a por trás e, beijando-lhe a nuca, falou:

— Concordo com você, minha querida... Mas antes, temos de conversar. Você ainda não respondeu à minha pergunta...

Cristiana virou-se para ele, beijou-o delicadamente sobre os lábios e indagou:

— Você quer saber o que fui fazer durante estes anos nos Estados Unidos, não é isso?

O rapaz confirmou com um sinal de cabeça e, obrigando-a a sentar-se ao seu lado, na cama, falou:

— É importante para mim, Cris... Desculpe, mas é muito importante.

A jovem sorriu e, fixando o olhar de Vittorio, murmurou:

— Em primeiro lugar, acredite que não houve nenhum outro homem. Acredite que você é o único homem de minha vida! Sempre foi e sempre será, mesmo que não me queira mais...

Respirou fundo e, depois de pensar um pouco, disse:

— Quando deixei o Brasil, na realidade, não sabia o que pretendia fazer nos Estados Unidos. Ou em qualquer outra parte do mundo. Apenas sabia que precisava sair. Precisava abrir as asas e voar. Como já era financeiramente independente de meus pais, viajar era simples, e eu podia me sustentar no exterior com muita folga. Portanto, não precisava trabalhar a não ser para preencher meu tempo. Como sempre gostei de História, consegui uma vaga como assistente de pesquisa em Historiografia Documental no Departamento de História da Columbia University.

Esboçou um sorriso e continuou:

— Foi engraçado... Parecia que essa vaga estava esperando por mim! Ela tinha sido criada, mas não apareceu ninguém interessado em preenchê-la havia mais de um ano! Assim, quando eu disse que a queria, foi uma verdadeira festa, e tive todas as portas abertas para as pesquisas. Na realidade, essas *portas abertas* acabaram significando uma formidável quantidade de trabalho e a necessidade paralela de eu freqüentar um curso sobre o tema. Por isso, defendi uma tese de doutorado sobre as sociedades secretas dentro da Igreja Católica, um trabalho que abrangeu desde a Idade Média até os dias de hoje.

— Por que escolheu esse tema? — perguntou Vittorio.

— Também não sei. Havia outros assuntos que até despertavam mais o meu interesse. Mas acabei aceitando a sugestão de um dos professores e comecei a estudar essas sociedades secretas. Acabei, é claro, ficando apaixonada pelo tema, e o resultado foi essa tese, uma das maiores já defendidas na universidade.

Tomou a água e perguntou:

— Será que respondi à sua pergunta?

Vittorio acenou afirmativamente com a cabeça e, dando um beijo em Cristiana, disse:

— Vamos jantar, minha querida... Estou com uma fome de lobo e, apesar de tudo que passou durante o dia de hoje, você precisa se alimentar.

* * *

Pediram o jantar no quarto e, enquanto aguardavam, decidiram abrir a pasta executiva.

Vittorio sopesou-a. Deveria ter cerca de três quilos e parecia conter papéis. Com a ajuda do canivete multifuncional de que nunca se separava — ele costumava brincar dizendo que *um homem nunca deve andar sem um canivete* — forçou as duas fechaduras de segredo e abriu a maleta.

Havia ali um grosso caderno escrito a mão, em italiano. Cristiana não teve nenhuma dificuldade em reconhecer a letra de sua mãe.

— Parece um diário... — murmurou ela. — Mamãe sempre teve essa mania. Dizia que escrever o cotidiano era uma forma de exercitar a mente.

Folheou rapidamente o caderno e acrescentou:

— O que haverá de tão importante nestas páginas?

— Vamos saber depois de ler tudo o que está escrito aí... — falou Vittorio.

Mostrou para Cristiana um envelope e disse:

— Abra você. Parece que aqui dentro tem alguma coisa metálica. Uma chave, talvez...

A moça obedeceu e viu que, de fato, ali havia uma chave e um cartão de banco.

— Deve ser de um cofre — falou ela. — E este cartão é novo...

Vittorio enfiou a mão na repartição para documentos da pasta e tirou de lá outro envelope. Para sua surpresa, estava endereçado para ele e para Cristiana.

— M-mas... — gaguejou ele. — Como sua mãe poderia saber...

A moça pegou o envelope e disse:

— Esta letra é do meu pai.

Abriu-o e nele havia uma folha de papel.

— Uma carta! — exclamou ela. — Uma carta do meu pai!

Ela quis começar a ler em voz alta, mas um soluço cortou-lhe a palavra e, já se debulhando em lágrimas, Cristiana entregou o papel para Vittorio, balbuciando:

— Leia você... Não vou conseguir...!

Vittorio pegou a carta e murmurou:

— Está escrita em português... Ariel sabia que eu iria ler a carta, tanto assim que ele começa citando o meu nome...

Puxou Cristiana para perto de si, acariciou seus cabelos, enxugou suas lágrimas e disse:

— Venha, minha querida... Leia junto comigo...

A carta, datada de pouco mais de uma semana atrás, dizia o seguinte:

Vittorio e Cristiana,

Se vocês chegarem a ler esta carta, terá sido porque nós, Marianna e eu, não estaremos mais com vida. Ao mesmo tempo, também terá sido porque eles *não conseguiram encontrar esta maleta e, portanto, não tiveram acesso ao conteúdo do cofre bancário cuja chave, a esta altura, vocês já devem ter descoberto. Nesta maleta também há um diário de Marianna que, se não explica completamente, pelo menos conta o que aconteceu e qual é o significado de tudo isso. Os escritos de Marianna abrangem um período de tempo muito curto e que compreende do início da gestação de Cristiana até algumas semanas após o seu nascimento. Foi a época durante a qual mais tivemos medo de que alguma coisa trágica pudesse nos acontecer. Depois que Cristiana veio ao mundo, imaginamos que o perigo já teria passado, mas nos enganamos. Ele esteve apenas latente, aguardando uma oportunidade para voltar à carga.*

Não consegui descobrir quem esteve, durante todos estes anos, tentando nos alcançar, assim como não descobri de que forma essa pessoa — ou organização — pôde nos reencontrar.

Não quis comentar nada com Cristiana, para não alarmá-la, mas, desde o dia seguinte ao seu regresso, começamos a receber telefonemas estranhos exigindo que entregássemos aquilo que está agora nesse cofre de banco.

Marianna me contou que, antes de viajar, Cristiana viu esta pasta no cofre de casa. O conteúdo mais importante é o que levei para o banco. Lendo o diário de Marianna, vocês entenderão do que se trata e saberão proteger esse tesouro.

Fiquem em paz, pois com Deus vocês já estão.

Ariel

5.

O trânsito habitualmente congestionado de Roma não perturbava Messias. Para ele, uma demora de mais meia hora ou quarenta e cinco minutos, suficiente para pôr em desespero qualquer italiano, não fazia qualquer diferença. Na verdade, era até bem-vinda, uma vez que esse tempo a mais haveria de lhe permitir pensar um pouco mais, estudar um pouco melhor o que tinha a dizer para Dom Maronese.

Não podia negar a si mesmo que o cardeal lhe impunha respeito. Talvez, até mesmo um certo temor. Lembrava-se muito bem da figura imponente de Dom Maronese, alto, espadaúdo, forte... E quando o vira naquela reportagem televisiva quinze dias atrás, ele não lhe parecera ter mudado muito.

“É verdade que ele está com mais cabelos brancos e com a face um pouco mais vincada”, pensou. “Mas, de um modo geral, ele está muito bem! Não demonstra a idade que tem!”

Mais uma vez, uma névoa de tristeza pairou em seu rosto quando lembrou de sua mãe, naquela noite fatídica...

Messias tinha acabado de ler a notícia no jornal que achara na cozinha da casa de Dom Maronese e, atordoado principalmente pelo desmoronamento emocional que lhe causava um terrível conflito de identidade, num primeiro impulso dirigiu-se às pressas para a biblioteca, disposto a perguntar ao cardeal o que significava para ele, para sua vida e para o seu destino toda aquela história. Sequer pensou que, fazendo essas perguntas, estaria revelando seu próprio segredo, ou seja, estaria mostrando que sabia como ele tinha sido *feito*. Saiu da cozinha com a nítida sensação de ser outra pessoa, parecia-lhe estar ausente do próprio corpo, flutuando alguns metros acima da própria cabeça. E escutava as batidas de seu coração como se elas estivessem acompanhando um ritmo frenético e sinistro da frase que reverberava em sua mente: *não sou ninguém... não sou ninguém... não sou ninguém...*

Estacou a alguns passos da porta da biblioteca, assustado ao ouvir a voz de sua mãe, dizendo:

— Foi tudo inútil! Dei a minha vida para um projeto inútil! E isso porque o senhor me obrigou!

— Eu também fui enganado! — falou o cardeal, ríspido. — Como poderia saber?

— Deveria ter pensado um pouco mais! — gemeu Maria. — Deveria ter imaginado que, durante dois mil anos, muita coisa poderia ter acontecido ao Santo Sudário! Inclusive ele ter sido simplesmente falsificado!

— Todos os estudos feitos levavam a crer que aquele pano fosse verdadeiro! — disse Dom Maronese. — Não me culpe!

E, procurando acalmar Maria, ele acrescentou:

— Messias pode não ser o *clone* de Cristo, mas é o fruto de seu ventre e ele é um rapaz brilhante. É seu filho e ele a ama!

Maria deixou escapar um soluço e, depois de alguns segundos, com a voz entrecortada pelo choro, falou:

— Sim... Ele me ama e eu o amo muito. E é por isso que quero ir embora daqui com meu filho. Graças a Deus, ele não sabe de nada!

— Mas não há nenhum motivo para vocês irem embora! — exclamou o cardeal. — Têm tudo aqui e vão continuar a ter! A troco de quê...

Maria conteve o choro e, com voz surpreendentemente firme, interrompeu Dom Maronese, dizendo:

— Durante todos estes anos eu o respeitei, Dom Maronese... Mas também aprendi a conhecê-lo. Pude perceber, por exemplo, que sua ambição pelo poder é maior até mesmo que sua fé... E é exatamente disso que eu tenho medo.

Com um gesto, impediu o cardeal de contestá-la e, tomando fôlego, continuou:

— Agora sei que Messias é realmente *meu*. Não é Cristo retornado à Terra, não é nem mesmo uma Sua cópia. Ele é *meu* filho. E não vou permitir que o senhor o use em sua ânsia de conquistar mais poder!

Escondido, Messias viu quando sua mãe, não mais resistindo à pressão psicológica a que estava submetida, deixou-se cair sobre uma poltrona, arregalou muito os olhos e levou as mãos ao peito, soltando um gemido.

Ele pensou em deixar o esconderijo e ir socorrer a mãe, mas o medo que estava sentindo era tanto que suas pernas não obedeceram ao comando de seu cérebro. Não conseguiu se mover.

E viu Maria pender a cabeça sobre o peito, respirando com dificuldade. Viu Dom Maronese levantar de sua poltrona com calma, com um sorriso nos lábios, aproximar-se de sua mãe e murmurar:

— Não adianta, Maria... Meu projeto pode ter ido por água abaixo, mas eu continuo protegido pela Mão de Deus... No instante em que você poderia começar a se tornar uma ameaça para mim, Ele cuidou pessoalmente de chamá-la!

Messias viu que sua mãe parara de respirar, viu Dom Maronese palpar seu pescoço e sorrir mais uma vez.

E, então, o cardeal gritou:

— Alberto! Acuda, Alberto! Maria teve um ataque cardíaco!

* * *

O diário de Marianna começava em 1973, na Itália, quando ela estava com aproximadamente dois meses de gravidez, contando da fuga de Roma, da espera inútil por Magaldi, já no Brasil, da ida para Guarapari e do encontro surpreendente com Ariel Meyer.

— Alguma coisa está errada aqui! — exclamou Cristiana. — Como minha mãe poderia estar grávida de dois meses e alguma coisa quando saiu de Roma, se ela veio a conhecer meu pai aqui no Brasil?!

— Muito simples — respondeu Vittorio. — Ariel não é seu pai... Ele a adotou como filha, mas não é seu pai biológico.

Cristiana esboçou um sorriso nervoso e murmurou:

— Não acredito nisso... E, nesse caso... Quem é meu pai?

— Talvez sua mãe fale, um pouco mais adiante...

Os dois, porém, foram obrigados a interromper a leitura, pois o serviço de quarto bateu à porta trazendo o jantar.

Enquanto comiam, Cristiana perguntou:

— Por que eles nunca falaram nada disso para mim?

Vittorio deu de ombros e, depois de engolir o valente pedaço de filé de peixe que tinha posto na boca, respondeu:

— Talvez seu pai biológico seja uma pessoa muito importante, Cris... E sua mãe, assim como Ariel, tivessem medo de você, de repente, resolver procurá-lo.

— Não creio que isso seja razão suficiente — resmungou a moça.

Tomou um gole de vinho e indagou:

— E por que ela fugiu da Itália?

— Acho que você terá de ler o diário inteiro para obter essas respostas — ponderou o rapaz. — Na minha opinião, essa fuga tem uma relação estreita com seu verdadeiro pai...

Cristiana meneou a cabeça em sinal de dúvida, e Vittorio falou:

— Você sabe que Ariel teve uma vida bastante atribulada até conhecer sua mãe. E, ao mesmo tempo, os dois sempre foram muito reticentes quando nós dois, ainda crianças, manifestávamos curiosidade a respeito do restante de sua família.

— É verdade — concordou Cristiana. — E, nesse ponto, somos bastante iguais. Martha nunca chegou a dizer quem é o seu pai. Falou apenas que ele era um homem muito importante e que a abandonara. E que não era judeu.

— Mas ela me criou dentro do judaísmo, muito embora ela não fosse das pessoas mais ligadas à religião.

— O mesmo se deu comigo — murmurou Cristiana. — Minha mãe era católica; e meu pai, judeu. Nenhum dos dois era praticante fervoroso, mas ambos fizeram questão que eu tivesse uma educação religiosa. E católica.

Erguendo os olhos para Vittorio, ela perguntou:

— E nós dois? O que somos?

— Eu sou judeu e você é católica — respondeu Vittorio.

E, com um sorriso, acrescentou:

— Embora eu ache que somos mais agnósticos do que qualquer outra coisa...

Cristiana refletiu por alguns instantes e acabou concordando:

— Tem razão... A melhor definição seria essa: agnósticos.

Terminaram o jantar e voltaram às escritas de Marianna, que, a partir de um certo ponto, deixava as características próprias de um diário e passava a parecer mais uma dissertação complicada sobre reprodução humana, técnicas para a obtenção de material intranuclear e transferências de cromossomos.

— Isto está ficando complicado... — murmurou Vittorio. — Acho que vamos ter de buscar algum tipo de apoio técnico e científico para podermos entender essas *coisas* que sua mãe escreveu...

Cristiana fechou o caderno, recolocou-o na pasta e, abraçando-se a Vittorio, disse:

— Vamos tentar entender tudo sozinhos, meu amor... Não se esqueça do que mamãe falou para mim quando vi essa pasta pela primeira vez... Eu não poderia mostrar o seu conteúdo a ninguém. Só a você!

Ofereceu os lábios entreabertos e ciciou:

— Estamos cansados, querido... Tivemos um dia terrível. Acho que merecemos um pouco de repouso...

Vittorio sorriu, beijou Cristiana com paixão e disse:

— Acho que só teremos repouso se formos dormir em quartos separados, Cris...

— Mas de jeito nenhum! — exclamou ela, já começando a desabotoar a camisa de Vittorio. — Isso nunca mais vai acontecer!

* * *

Vittorio telefonou para Britto por volta de onze horas da manhã, quando regressaram ao hotel depois terem ido às compras — os dois estavam precisando comprar roupas, ele muito mais do que Cristiana, pois saíra do Rio de Janeiro com as *mãos abanando.*

— Sim — disse o advogado. — Já temos algumas novidades. Pedi para um legista meu conhecido acompanhar o caso e ele me disse, agora mesmo, que tem certeza de que a morte do casal ocorreu várias horas antes dos ferimentos a bala. Estamos aguardando os exames toxofarmacológicos, e isso ainda pode demorar um pouco. A esta altura a polícia científica está fazendo um novo exame no apartamento.

— Então, a hipótese de assassinato seguido de suicídio já foi completamente afastada — murmurou Vittorio.

— Sim. E a polícia está querendo falar com a filha do casal. Ela ainda está com você?

— Está, mas não vai comparecer, pelo menos por enquanto. Diga que ela é sua cliente, ficou muito abalada com o que aconteceu e que irá prestar depoimento quando estiver melhor, com mais capacidade de raciocinar.

Britto fez uma pausa e, depois de respirar fundo, falou:

— Há uma forte tendência de o delegado incumbido desse caso querer incluí-la como suspeita...

— É um absurdo! — protestou Vittorio. — A troco de quê...

— Trata-se quase de uma rotina policial — interrompeu-o Britto. — Todo mundo é suspeito até prova em contrário. Não devia ser assim, mas aqui as coisas não funcionam de acordo com a lógica. Não se preocupe, por enquanto. Acho que posso contornar a situação, só seria muito aconselhável que Cristiana tivesse um álibi consistente.

— Está bem — falou Vittorio. — Vou conversar com ela e volto a falar com você. Mantenha-me informado.

Britto resmungou um assentimento e, ao se despedir, acrescentou:

— Tomem cuidado. Não sei o que realmente aconteceu, mas esse assassinato não foi obra de um amador, isso é certo. Assim, pode ser que Cristiana esteja na lista de execuções e, conseqüentemente, você também...

Vittorio desligou o telefone e relatou a conversa para Cristiana.

— Já estava com medo disso — confessou a moça. — E o pior de tudo é que não tenho como provar onde estive durante a manhã de ontem... Saí cedo de casa, fui a uma livraria, mas ela estava fechada. Depois perdi mais de uma hora no trânsito, queria ir até outra megastore, mas acabei me perdendo, não cheguei a lugar nenhum. Almocei num restaurante de fast-food, o que vale dizer que eu era apenas mais uma no meio de uma multidão. Consegui, por fim, ir a uma livraria de um shopping center, mas o livro que eu queria não constava no sistema de informática, que eu mesma consultei. Depois disso, voltei para casa, já perto de três horas da tarde. E foi quando os encontrei... mortos!

— Você disse que consultou um computador de livraria? — perguntou Vittorio.

— Sim. Um desses que fazem encomendas. Encomendei o livro que estava procurando.

Vittorio respirou aliviado e disse:

— Isso é ótimo. Quer dizer que seu nome e o horário ficaram registrados na memória da máquina. Aí está o seu álibi. E é bem consistente, pois, além do nome no pedido, com certeza há a sua imagem nas câmeras de vigilância dessa loja, assim como na do fast-food onde você almoçou.

Enquanto falava, Vittorio abriu a pasta que continha o diário de Marianna. Apanhou o caderno e voltou a colocá-la sobre a penteadeira, mas ela resvalou no canto do móvel e foi ao chão, abrindo-se.

De seu interior, uma medalha caiu, presa num cordão de ouro.

— O que é isto? — perguntou ele, pegando o objeto. — Não tinha visto antes...

Mostrou-o para Cristiana, que, arregalando os olhos, exclamou:

— É uma medalha de São Constantino!

Vittorio olhou intrigado para a moça, e esta explicou:

— Estudei alguma coisa sobre a Fraternidade de São Constantino, querido... Uma das muitas sociedades secretas da Igreja Católica...

— Continuo sem entender — reclamou Vittorio. — Pode ter algum significado ou alguma relação com tudo isso?

Cristiana apontou a pasta aberta no chão e respondeu:

— Que deve ter alguma relação, é evidente. Por que a medalha estaria aí nessa pasta? Quanto ao significado, os chamados *Irmãos de São Constantino* eram católicos extremamente radicais. Inclusive há uma teoria que afirma serem eles os sucessores de uma ala dos Cavaleiros Templários, responsável por eliminar aqueles que, de alguma maneira, pudessem representar perigo para a estabilidade da Igreja, ou que pusessem dúvidas a respeito dos chamados *dogmas de fé*.

Vittorio pegou o caderno e, mostrando-o para Cristiana, disse:

— Vamos estudar isto... Essas respostas todas têm de estar aqui!

Mais uma vez esbarraram com páginas e páginas de anotações de cunho puramente científico que eles não conseguiram entender e, um pouco mais adiante, Marianna voltava a falar de Vitória, da perseguição em Guarapari e da ida para a cidade de Vila Velha.

— Veja! — exclamou Vittorio, mostrando uma linha do texto. — Aqui sua mãe faz menção a essa medalha!

De fato, naquele trecho, Marianna narrava como Ariel tinha se livrado do padre Peter O'Donnell e dizia que ele trazia a medalha de São Constantino.

— Acho que minha suposição é certa — murmurou Cristiana. — Deve existir uma relação com a Fraternidade de São Constantino... Creio que seria a única explicação plausível para um padre estar metido numa perseguição, estar armado e usar a medalha de São Constantino.

— Quem foi São Constantino e o que é, afinal, essa *Fraternidade*? — quis saber Vittorio.

6.

Esperando pacientemente que o táxi se arrastasse através daquele mar de veículos, Messias pensou:

"Não... Jamais esquecerei! Ele poderia ter ao menos tentado socorrer minha mãe! Mas não... Dom Maronese simplesmente esperou que ela morresse!"

Messias precisou de alguns meses para entender que a sua reação — ficar paralisado, sem conseguir mexer um só músculo — no momento da morte de Maria não fora mais do que instintiva, uma determinação subconsciente para sobreviver, pois se ele mostrasse que estivera ali e assistira ao acontecido, com certeza Dom Maronese teria dado um jeito de eliminá-lo. Mas Messias, mesmo sem querer e lutando para poder reagir, só conseguiu se mover depois que Alberto tinha chegado, atendendo com frieza o chamado do cardeal.

Logo depois do enterro, no dia seguinte, Messias retornou para o colégio na Suíça. Segundo Dom Maronese, não havia ambiente para se festejar o Natal, e assim, melhor seria que ele ficasse longe dali.

Para Messias foi muito bom. Ele não tinha certeza de conseguir se conter diante do cardeal; tinha medo de, num momento de raiva, perder o controle e dizer a Dom Maronese tudo o que sabia, e isso sem a menor dúvida seria muitíssimo perigoso. De mais a mais, ficando sozinho no colégio, Messias teria tempo para pensar e decidir o que fazer de sua vida. Não lhe saíam da memória as últimas palavras de sua mãe, dizendo que ela não admitiria que o cardeal utilizasse seu filho em sua *ânsia de poder*.

"O que ela teria querido dizer com essa frase?", perguntou-se Messias enquanto observava distraidamente o trânsito caótico de Roma. "De que maneira Dom Maronese poderia me usar?"

Na realidade, Messias não notara qualquer modificação significativa no comportamento do cardeal durante os cinco anos que se seguiram. De fato, analisando com mais cuidado, Dom Maronese apenas ficara mais distante, mas jamais deixara de lhe enviar dinheiro e, nas poucas vezes em que Messias viera a Roma, sempre fora bem recebido; nunca houve a menor manifestação de hostilidade.

Porém o rapaz sentia que era uma *pedra no sapato* de Dom Maronese e que este não via a hora de se livrar definitivamente daquele encargo.

Teve a prova disso no Natal de 1993, quando completou 21 anos de vida.

Messias sempre se mostrara um bom aluno, dedicado, estudioso e inteligente. Portanto, seu aproveitamento no colégio era excelente e, graças a isso, quando chegou a época das festividades de Natal em 1993, ele já tinha terminado tudo quanto precisaria fazer na escola. Dali para diante, a seqüência lógica seria uma universidade e, depois, o desenvolvimento de uma profissão. Porém ele não estava com nenhuma vontade de prosseguir sua vida estudantil, principalmente porque não queria continuar a viver à custa de Dom Maronese. Assim, ao regressar a Roma, estava com o firme propósito de dizer para o cardeal que não voltaria para a Suíça.

Contudo, uma surpresa o esperava. Dom Maronese tinha ido viajar, não voltaria para Roma a não ser na metade de janeiro. E não deixara nenhum recado, recomendação ou palavra para Messias.

A atitude do cardeal, num primeiro momento, chocou Messias. Afinal, e apesar de tudo, ele achava que Dom Maronese tinha a obrigação de tratá-lo como uma pessoa da família — isso se não o quisesse considerar filho adotivo, o que na realidade e juridicamente era — e essa condição deveria merecer um mínimo de consideração. Naquele fim de ano, isso não acontecera.

Messias dominou o sentimento de rejeição e revolta e, na véspera de Natal, juntou suas economias, acresceu o montante de dinheiro que possuía com mais todo o dinheiro que encontrou na escrivaninha do cardeal e... desapareceu.

De Roma, por trem, chegou à França, sem temer ser detido, uma vez que sabia que o cardeal só haveria de perceber a falta do dinheiro depois da metade de janeiro, e da França foi para Portugal.

Sempre economizando o máximo que podia e arranjando serviços que lhe proporcionavam as despesas de dois ou três dias para a frente, conseguiu se manter sem maiores problemas durante pouco mais de três meses.

Ora, um rapaz elegante, com excelente aparência, bem educado e instruído trabalhando em serviços típicos de subemprego, não poderia deixar de chamar a atenção, principalmente daquelas pessoas que estão permanentemente *caçando* jovens que se mostram de alguma forma *desajustados* ou que, exatamente como Messias, não parecem estar em consonância com o meio em que estão vivendo.

Messias não demorou muito a despertar a curiosidade e o interesse de Manuel Rosa, um dos controladores da prostituição em Lisboa e dono de uma cadeia de casas noturnas cuja freqüência estava longe de poder ser aprovada por qualquer pessoa que se considerasse ao menos um pouco *decente*.

Aquele rapaz simpático e bem educado que quase todas as noites aparecia no Andorinhas, o bar onde funcionava o escritório central de Manuel Rosa, e que sempre atraía as moças mais bonitas da casa — muito embora gastasse sempre muito pouco e não oferecesse nada para nenhuma delas —, poderia muito bem ser utilizado como um *chamariz*, pois Manuel andava sempre às voltas com o problema de *renovar o plantel*, indo buscar mulheres não apenas no interior de Portugal — o que era realmente complicado, tendo em vista o espírito conservador das famílias do campo —, mas também e principalmente no Brasil, onde era bem mais fácil conseguir *arrebanhar* jovens bonitas, sem a menor qualificação profissional, cheias de ambição e sem os *pruridos puritanos* das portuguesas.

Uma noite, cerca de meia hora depois que Messias tinha chegado ao bar, Manuel aproximou-se dele, no balcão.

— Boa noite, meu jovem — disse ele, apresentando-se. — Meu nome é Manuel Rosa e sou o proprietário do estabelecimento...

Um pouco ressabiado, Messias retribuiu o cumprimento, apresentou-se e calou.

— Permita-me que lhe ofereça um drinque — disse Manuel. — Vejo que está tomando apenas um copo de vinho da casa... Não gostaria de algo mais... forte?

Não esperou que Messias respondesse e mandou o garçom servir-lhes um uísque de puro malte, dizendo:

— É o meu preferido... Espero que o aprecie também.

Começou a conversar, falou sobre inúmeros assuntos, sempre procurando perceber quem era aquele rapaz, o que fazia, o que pensava e — principalmente — qual era o seu grau de ambição.

A cada minuto que passava e a cada tema de conversa que abordava, mais e mais Manuel ficava espantado com a cultura, a lucidez e a coerência de seu jovem interlocutor. Por fim, já no terceiro ou quarto uísque — que Messias tomou sem titubear e sem manifestar qualquer alteração —, ele perguntou:

— E como tem feito para sobreviver aqui em Portugal?

Antes que Messias tivesse tempo de estranhar a pergunta, acrescentou com um sorriso:

— É que há a possibilidade de eu lhe fazer uma oferta...

Messias respondeu com naturalidade, disse-lhe que fazia os trabalhos que lhe apareciam, mas que estava um tanto desanimado.

— Não estou vendo nenhum futuro — falou. — Se não aparecer algo bem melhor, vou voltar para a Itália...

Um sorriso iluminou o rosto de Manuel Rosa, que disse:

— Pois acho, então, que você não vai recusar a minha oferta...

Baixando a voz, explicou o que estava pretendendo.

Messias não tinha nenhuma dúvida quanto às características criminosas do que Manuel Rosa estava lhe oferecendo e tampouco quanto às conseqüências penais na eventualidade de ser apanhado. E ele não estava disposto a perder parte de sua vida atrás das grades de uma prisão.

— Não faz parte de meu ramo de atividades — disse ele para Manuel depois que este lhe explicou que a proposta era ir para o Brasil e enviar-lhe, de lá, algumas *moças* para suas casas de prostituição em Portugal.

— Você ganhará bem — insistiu o homem. — Pago mil e quinhentos dólares por cabeça...

— Nem que fossem quinze mil — falou Messias, encerrando a conversa.

Foi justamente a partir dessa noite que a vida de Messias começou a ficar difícil em Lisboa. Logo à saída do bar, perto das dez horas da noite, ele foi abordado por dois homens, que lhe roubaram todo o dinheiro que estava trazendo consigo — por sorte, pouco, o grosso ele tinha deixado escondido no pardieiro onde se hospedara — além de lhe terem dado uma bela surra. No dia seguinte, ao chegar ao supermercado onde estava trabalhando, recebeu a notícia de que seus serviços não eram mais necessários. Durante os quinze dias que se seguiram, ele saltou de emprego para emprego e era sempre a mesma coisa: aceitavam-no, ele trabalhava um dia e, quando voltava, era demitido.

Ao jantar do décimo sexto dia após aquela conversa infeliz com Manuel Rosa, um moleque veio lhe trazer um bilhete.

Na verdade, nem teria sido preciso desdobrar o pedaço de papel para saber quem era o remetente: Manuel Rosa. E, no bilhete, ele praticamente ordenava a Messias que comparecesse ao Andorinhas naquela mesma noite.

Messias refletiu. Manuel não sabia — nem poderia saber — que ele ainda tinha dinheiro, e bastante. Assim, ele estaria imaginando que, depois de quinze dias recebendo ninharias e sem conseguir se fixar em lugar nenhum, Messias estaria com suas reservas completamente esgotadas e prestes a entrar em pânico. Ou seja, estaria no ponto certo para aceitar qualquer proposta e, desta feita, por valores muito mais baixos.

E isso não estava nos planos do rapaz. Afinal de contas, ele não tinha deixado o conforto da casa de Dom Maronese ou o luxo disciplinado do colégio suíço para se tornar escravo de um estranho e, ainda por cima, atuando em algo ilegal.

"Não posso continuar em Portugal!", pensou, já arrumando a mala. "Preciso sair daqui o quanto antes!"

Tomou o noturno com rumo à Espanha e, durante a viagem, planejou o que faria a seguir.

Sorriu consigo mesmo ao pensar que, de um certo modo, Manuel Rosa tinha sido útil. Havia algumas semanas que ele vinha alimentando a idéia de ir para o Brasil, mas faltava-lhe um estímulo, um pretexto que o encorajasse a cruzar o Atlântico e se aventurar numa terra em que tudo seria absolutamente diferente do que estava acostumado na Europa. E Manuel acabara por lhe dar essa motivação.

"Ouvi dizer que no Brasil há muitas oportunidades de se enriquecer", pensou. "Pois vamos ver se é verdade!"

* * *

Cristiana segurou a mão de Vittorio e explicou:

— A história de São Constantino tem muito a ver com o triunfo do Cristianismo sobre o Paganismo. Como você deve ter estudado, a perseguição dos cristãos não foi um fenômeno histórico contínuo, ou seja, não foi ininterrupta do começo ao fim, mas sim com espaços de tempo de relativa paz, durante os quais os cristãos puderam se organizar melhor e crescer em número. Imperadores como Heliogabalus, que só estava preocupado com a luxúria que o circundava, como Alexandre Severo, que procurou seguir uma filosofia eclética, ou como Philipe, o Árabe, que simpatizava com o Cristianismo, não incomodaram os cristãos. Contudo, a perseguição existia, ainda que em estado latente, e vez por outra cristãos eram sacrificados. Essa situação só veio a terminar com Constantino, o Grande, que tornou o Cristianismo religião oficial do Estado. Constantino era filho de Constâncio Cloro, César da Gália, Britânia e Espanha, de pensamento eclético, e de Helena, cristã confessa, convicta e devota. Constantino viu de perto a luta inútil do Paganismo contra o Cristianismo e, ao suceder o pai, no ano 306, percebeu que essa nova fé, o Cristianismo, seria a religião do futuro. No ano 312, quando ele estava marchando para Roma numa campanha contra Maxentius Augusto, Constantino viu, no meio do dia, o sinal-da-cruz misteriosamente traçado no céu com as palavras *com este sinal vencerás* e, durante a noite, Cristo apareceu-lhe num sonho, exortando-o a usar esse símbolo em seu estandarte imperial. Ele seguiu o conselho, e sua vitória sobre o pagão Maxentius foi interpretada como sendo a *vitória da Verdade Cristã sobre o erro pagão*. Constantino tornou-se o único mandatário do Ocidente, em igualdade de condições com Licinius, no Oriente. Um de seus atos mais notórios foi editar um ato de tolerância em Milão, que favoreceu enormemente a propagação do Evangelho. Em 323 ele rompeu com Licinius, derrotando-o e sendo proclamado único mandatário. A partir de então, passou a defender aberta e vigorosamente o Cristianismo. Restituiu para as comunidades cristãs propriedades que lhes haviam sido confiscadas anteriormente, proclamou o direito dessas comunidades cristãs de receberem doações e legados. Adotou para seus exércitos uma forma de oração monoteísta, decretou os domingos como feriado, forneceu cópias das Sagradas Escrituras para as igrejas e, por fim, proibiu a crucificação como método de execução para criminosos.

Cristiana tomou fôlego e prosseguiu:

— Porém Constantino não se deu por satisfeito. Procurou e encontrou a verdadeira Cruz de Cristo no Gólgota e construiu o Santo Sepulcro. Em 330, onde era a antiga Bizâncio, no Bósforo, construiu Constantinopla, chamando-a de *Nova Roma*. Adotou o título de Pontífice Máximo e passou a usá-lo juntamente com o de Imperador. Proibiu a perseguição aos pagãos da mesma maneira que o tinha feito em relação aos cristãos.

— Era um verdadeiro santo... — comentou Vittorio.

— Nem tanto — replicou Cristiana. — Constantino, até ser batizado, cometeu alguns crimes e pecados. Assim, por exemplo, ele assassinou sua mulher, Fausta, e seu filho, Crispus. Constantino morreu no ano 337. Deixou três filhos: Constantino II, Constâncius e Constans. Estes não seguiram a política cautelosa e inteligente do pai. Podiam ter deixado que o Paganismo expirasse sozinho, já que ele estava decaindo dia após dia. Mas não, eles usaram a violência, fechando à força templos pagãos e exigiram que as pessoas da corte professassem sua fé no Cristianismo. Essas atitudes serviram para que os pagãos remanescentes se unissem e voltassem a se fortalecer.

— Assim, Constantino, o Grande, foi tão importante para que o Catolicismo viesse a se tornar a mais importante religião do planeta, que o culto à sua memória acabou gerando uma Fraternidade... — concluiu Vittorio.

— Não é bem assim, mas quase — disse Cristiana. — O Catolicismo, sem dúvida alguma, tornou-se a religião mais importante do *mundo ocidental*. E Constantino foi, de fato, importantíssimo. Mas a Fraternidade de São Constantino surgiu pouco mais de mil anos depois, em 1324, dez anos depois da morte na fogueira do último grão-mestre dos Templários, Jacques de Molay.

— Estudei alguma coisa sobre os Templários — falou Vittorio. — Era uma Ordem Militar que tinha por função principal proteger os peregrinos que iam à Terra Santa...

— Exatamente — concordou Cristiana. — As Ordens Militares desde sempre despertaram o interesse dos historiadores, principalmente porque elas de fato exerceram uma importância muito grande não apenas pelas conquistas, mas principalmente pela formidável riqueza que as envolvia. Dentro das muitas Ordens Militares que povoaram a História da Igreja desde seus primórdios, a Ordem dos Cavaleiros Templários merece um destaque especial. Ela foi a mais rica de todas, possuía terras, feudos, castelos, ouro, jóias... Enfim, tinha muito dinheiro. Seu poder econômico era tão sólido e formidável que muitos reis, príncipes e nobres confiavam-lhe suas fortunas para guarda e, em diversos casos, inclusive para administração.

— Não é preciso dizer de que maneira os Templários ficaram tão ricos — falou Vittorio, com um sorriso malicioso. — Aposto que boa parte dos bens que foram deixados sob os seus cuidados jamais retornaram aos seus donos originais.

— Tem razão — admitiu Cristiana. — Principalmente os bens daqueles que foram para as Cruzadas e que morreram no campo de batalha. Mas isso, por enquanto, não vem ao caso. A Ordem dos Cavaleiros Templários era constituída pelos mais variados tipos de personagens. Alguns, sem dúvida nenhuma, eram movidos por elevados objetivos espirituais, mas outros, em compensação, tinham como estímulo apenas a ambição, seja de poder, seja meramente material. O que vale dizer, estavam mais interessados nos saques e até mesmo em roubar os peregrinos, no lugar de defendê-los dos ataques sarracenos. A Ordem dos Cavaleiros Templários foi fundada por Hughes de Payens e mais oito cavaleiros, em 1118, com a finalidade de proteger os peregrinos que, depois da queda de Jerusalém para os cavaleiros da Primeira Cruzada, iam visitar a Terra Santa. Nessa ocasião, o rei de Jerusalém, Balduíno II, antevendo que aqueles nove dedicados e valorosos cavaleiros deveriam vir a desempenhar um importante papel na estabilização do poderio cristão na Terra Santa, arrumou-lhes a infra-estrutura necessária para que tivessem uma base, na forma de terras e um castelo. Essas terras eram situadas no local onde teria sido construído o famoso Templo de Salomão, por isso esses cavaleiros passaram a ser conhecidos como Cavaleiros do Templo de Salomão, ou simplesmente, Cavaleiros Templários.

Cristiana aceitou o copo d'água que Vittorio lhe ofereceu, tomou um gole e continuou:

— Com uma sede, dinheiro e poder político, a Ordem dos Cavaleiros Templários desenvolveu-se muito depressa, e uma das principais razões para esse crescimento e fortalecimento foi o fato de ela estar subordinada diretamente ao papa, não tendo nenhum vínculo ou responsabilidade para com qualquer rei ou nação. No início do século XIV, era rei da França Felipe IV, o Belo. Reinava com mão de ferro e fazia absoluta questão de realçar os aspectos sacerdotais de um monarca. Assim, ele se posicionava como um representante direto de Deus e, de uma forma ou de outra, chegava a *concorrer* com o papa. Felipe IV sabia da importância da Ordem dos Templários e quis fazer parte dela, porém seu pedido foi recusado, o que o enraiveceu sobremaneira. Mancomunando-se com o arcebispo Beltrão de Got, Felipe IV prometeu-lhe elevá-lo a papa, desde que ele jurasse satisfazer uma certa exigência que só seria revelada após a eleição.

— Ou seja, Felipe IV resolveu agir de forma oposta à moda da História, pois foi um rei que dominou a Igreja Católica, e não o contrário, como o habitual... — ponderou Vittorio.

— Exatamente. E foi assim que Clemente V, em novembro de 1305, ocupou o Trono de São Pedro. A exigência de Felipe IV foi então revelada, e não era outra senão o desmantelamento da Ordem dos Templários, atitude que somente um papa poderia tomar, já que os Cavaleiros deviam submissão apenas a ele. Dessa maneira, Clemente V agiu como um instrumento da vingança de Felipe IV contra a Ordem, por esta tê-lo recusado anos antes. Em virtude desse complô, em 1307, o grão-mestre Jacques de Molay e mais cerca de cinco mil Cavaleiros Templários foram aprisionados e encarcerados pelos exércitos do rei da França, acusados de todos os crimes combatidos pela Santa Inquisição, entre eles homossexualismo, blasfêmia, alianças com os infiéis do Islã e negação de Cristo. Era o fim da Ordem. Depois de sete anos de processo e torturas, Jacques de Molay foi levado à morte na fogueira. Era o dia 18 de março de 1314, e, quando as chamas já estavam lambendo seu corpo, de Molay rogou uma praga dizendo que Clemente V e Felipe IV haveriam de morrer: o primeiro, dentro de quarenta dias, e o segundo, no prazo máximo de um ano.

— E isso aconteceu? — quis saber Vittorio.

— Clemente V morreu pouco mais de um mês depois, e Felipe IV acompanhou-o seis meses após... — respondeu Cristiana.

Vittorio ficou em silêncio por alguns instantes e, erguendo os olhos para Cristiana, perguntou:

— E o que essa história dos Templários tem a ver com a Fraternidade de São Constantino?

Cristiana sorriu e respondeu:

— Uma das atividades mais importantes dos Templários era a guarda de tesouros, preciosidades e relíquias. Alguns estudiosos afirmam que essa função era atribuída a alguns poucos Cavaleiros Templários que se especializaram não apenas em guardar esses bens, mas principalmente em pesquisar e buscar relíquias. Esse grupo de Cavaleiros acabou por formar uma ala estanque dentro da Ordem, que foi chamada de Fraternidade de São Constantino, justamente porque São Constantino foi quem encontrou a supostamente verdadeira Cruz de Cristo, no Gólgota. Como você pode imaginar, os membros da Fraternidade eram os controladores da fortuna da Ordem e, por isso, eram os mais poderosos, obedecendo-se à premissa *quem tem o dinheiro detém o poder*. Assim, quando os Templários foram aprisionados, a Fraternidade conseguiu manobrar de modo a não ser atingida, seus membros fugiram, espalhando-se pelo mundo, cada um deles levando relíquias valiosíssimas.

Evidentemente, com o passar dos anos, muitos desses homens cederam às tentações da vida mundana e simplesmente desapareceram. Outros foram mortos pelos motivos mais variados — desde disputas por bens materiais, mulheres e poder, até mesmo por terem sido encontrados pelos soldados do exército de Felipe IV e seus sucessores. Porém alguns poucos persistiram seguindo os regulamentos da Ordem, já então devidamente adaptados para a Fraternidade.

— Com tudo isso, você quer dizer que a Fraternidade de São Constantino é o prolongamento da Ordem dos Cavaleiros Templários — concluiu Vittorio.

— Essa é uma teoria, querido. E bastante viável.

Cristiana pegou o diário de sua mãe e ia abrindo a boca para dizer alguma coisa quando o celular de Vittorio tocou.

Pelo visor, este soube que quem estava chamando era seu advogado, Britto. Atendeu e, para surpresa sua, uma voz estranha, com um nítido sotaque italiano, pediu:

— Por favor, gostaria de falar com a doutora Cristiana Meyer...

7.

Foi obrigado a permanecer em Madri por uma semana, enquanto conseguia regularizar seus papéis para poder viajar para o Brasil. Não chegou a se surpreender ao perceber que Dom Maronese, apesar de dispor de meios, recursos e conhecimentos para tanto, não se preocupara em dar-lhe caça. Era mais uma prova de que o cardeal tinha todo o interesse em vê-lo pelas costas, mesmo que isso pudesse lhe custar vários milhares de dólares.

Por fim, quatro meses depois de ter deixado Roma, Messias desembarcou no Brasil, mais precisamente em São Paulo, pois ouvira dizer, quando ainda estava em Lisboa, que São Paulo era o centro financeiro da América Latina. Logo, se ele tinha alguma possibilidade de *fazer dinheiro* da forma como sonhava, esse lugar teria de ser São Paulo.

Não precisou fazer nenhum esforço para perceber que jamais poderia tentar qualquer caminho para o sucesso se tentasse se apresentar humildemente, como fizera em Lisboa. O Brasil mostrava-lhe outro prisma, era nítido que um estrangeiro, por mais despreparado que fosse, já de *per se* levava vantagem sobre os nativos. E, se esse estrangeiro viesse *embalado* em roupas caras, pilotando um automóvel de luxo e mostrando-se absoluta e desavergonhadamente superior a qualquer outro, todas as portas haveriam de se abrir.

Assim, não vacilou: foi hospedar-se num flat luxuoso, fez algumas compras e decidiu que era cedo para comprar ou alugar um automóvel. Esse detalhe poderia ser resolvido mais tarde, inclusive levando-se em consideração que ele precisaria conhecer melhor a cidade e seu trânsito — pior que o de Roma — antes de se aventurar a dirigir em São Paulo.

Havia, contudo, um problema: em qual ramo de atividade ele deveria investir? Na realidade, Messias não tinha uma profissão... Possuía um alto nível cultural, falava fluentemente cinco idiomas — contando o português, que aprendera em Lisboa —, mas não tinha qualquer outra qualificação.

A resposta surgiu no início da semana seguinte à sua chegada.

Messias estava tomando o seu desjejum no restaurante do flat quando apareceram quatro homens muito bem-vestidos, e que começaram a falar sobre negócios.

Mesmo sem querer, pois eles falavam alto e sem qualquer preocupação de sigilo, Messias pôde perceber que estavam preocupados.

Um deles, o que parecia mais velho, comentou:

— O principal não vai encontrar a pessoa que está buscando, mesmo porque ela não existe.

— Até pode existir — retrucou um dos outros homens. — Só que alguém com essas qualificações, certamente já é presidente de alguma multinacional, não vai se interessar em trabalhar para uma igreja evangélica.

— Mas a Congregação Universal da União com Cristo não é uma igreja evangélica comum! — protestou o mais velho.

— Tem razão — admitiu o que falara anteriormente. — A Congregação é uma empresa... E muito lucrativa, por sinal!

Os outros dois homens, que tinham ficado em silêncio até aquele momento, assentiram com um sinal de cabeça, e um deles falou:

— É verdade... Basta ver como são os carros do superior... E as mulheres com quem ele anda!

Em sua mesa, Messias franziu as sobrancelhas, intrigado e interessado, passando a prestar ainda mais atenção às palavras daqueles quatro homens. Algum tempo atrás, em Lisboa, ele ouvira falar a respeito do lucro formidável que alguns *pastores* estavam auferindo a partir da exploração da fé, da ignorância e sobretudo do desespero daquelas pessoas que, sem uma formação religiosa suficientemente consistente, facilmente são convencidas a aderir a uma religião — ou seita religiosa — que *garantiria* a salvação espiritual em troca da *transferência de mãos* de bens materiais.

Um dos dois outros, que ainda não tinham falado nada, comentou:

— O que acho mais impressionante é que os... fiéis... da Congregação ainda não tenham percebido que o pastor Medeiros está a cada dia mais rico!

O mais velho do grupo riu alto e disse:

— Para todos eles isso não é surpreendente, meu amigo... Basta lembrar que há dois mil anos a Igreja Católica vem enriquecendo sem medida e continua pregando a caridade, o espírito de doação... E vejam como ela está rica!

Com um tom de desafio na voz, acrescentou:

— Digam-me se vocês já ouviram falar de um bispo ou cardeal que seja pobre...

— Mas há muitos padres pobres... — ponderou o outro.

— Nós também temos pastores pobres — riu o mais velho. — Todos aqueles que estão lidando diretamente com a massa de fiéis... São a nossa *mão-de-obra* e os responsáveis pelo dinheiro que ganhamos.

Servindo-se de um grande pedaço de melancia, finalizou:

— Estes são os verdadeiros *operários do Senhor*!

* * *

Vittorio hesitou por um breve instante e respondeu:

— Não conheço ninguém com esse nome.

E, imediatamente, desligou o aparelho.

Virando-se para a moça, comentou:

— Isto é muito estranho... Um homem ligou do escritório de Britto... E queria falar com você!

Cristiana franziu as sobrancelhas e perguntou:

— Será que era um policial? Podem ter pressionado o seu amigo e...

— Não acredito nisso — retrucou Vittorio, negando com a cabeça. — O homem tinha um sotaque italiano muito forte... Não acredito que haja policiais, aqui no Brasil, que falem desse jeito. E, além disso, Britto é experiente demais para se deixar pressionar por policiais...

Com expressão profundamente preocupada, ele falou:

— Conhecendo o Britto, sei que ele não daria o meu telefone para ninguém e tampouco permitiria que entrassem em seu escritório para me telefonar...

Cristiana empalideceu, e Vittorio arrematou:

— Vou ter de voltar a São Paulo, querida. Receio que alguma coisa muito grave tenha acontecido.

— Vou junto! — exclamou Cristiana. — Nem pense na possibilidade de você fazer o que quer que seja sem mim!

Vittorio percebeu, pelo tom de voz e pelo brilho no olhar da moça, que qualquer tentativa de convencê-la a não acompanhá-lo seria absolutamente inútil. Assim, dando-lhe um beijo, falou:

— Está bem, Cris... Mas vou deixá-la num hotel e você aproveitará o tempo, enquanto eu estiver fora, para tentar decifrar esse diário que sua mãe escreveu.

— E o que pretende fazer? — quis saber Cristiana.

— Em primeiro lugar, preciso saber de que maneira descobriram o número de meu celular. Depois, veremos.

Ligou para a recepção, pediu que fechassem a sua conta e lhe trouxessem o carro. Desligando o telefone, Vittorio falou:

— Até agora, desse diário apenas extraímos que Ariel não era seu pai e que ele e Marianna foram perseguidos por alguém provavelmente pertencente a essa tal *Fraternidade*. Gostaria que você descobrisse a causa dessa perseguição.

— Não acha que deveríamos verificar o conteúdo desse cofre bancário? — indagou Cristiana.

— Acho, sim... Mas não é o momento. Se o que estiver guardado representar o motivo pelo qual Ariel e Marianna foram assassinados, tentar fazer essa verificação pode ser muito perigoso.

Apanhando a bagagem e abrindo a porta do quarto, Vittorio continuou:

— O fato de você não ter dado falta de nada no apartamento e de não ter notado sinais de que ele tenha sido revistado faz pensar que seja muito provável que o assassino estava interessado em alguma coisa que sabidamente não se encontrava por ali. Essa teoria é corroborada pela carta que Ariel escreveu e deixou junto com o diário. Porém, nada pode nos garantir que eles não tenham sido obrigados a dizer até mesmo em que banco está o tal cofre. Logo, podem estar vigiando, esperando que você apareça lá. Além disso, terem descoberto meu celular indica que já sabem que estamos juntos. Assim, eu ir a esse banco é tão perigoso quanto você. Teremos de *segurar* a curiosidade e lembrar que é preciso encontrar o assassino ou assassinos de seus pais.

Com voz soturna, completou:

— E neutralizá-los...

— Você quer dizer... matá-los? — indagou Cristiana, assustada.

— Se essa for a única saída, sim — respondeu Vittorio.

* * *

Por medida de segurança, Vittorio trocou o automóvel por outro lá mesmo em São José dos Campos e, pouco antes do anoitecer, estavam já na estrada, a caminho de São Paulo.

Do telefone público de um restaurante ainda na estrada, o rapaz tentou falar com Britto em sua residência — que também era seu escritório desde que ele se divorciara havia cinco anos —, mas não conseguiu. Ninguém atendia.

— Ele pode ter saído — murmurou Vittorio, ligando para o celular do advogado.

Também em vão. A irritante voz eletrônica da operadora avisava que o aparelho poderia estar fora de área de cobertura ou desligado.

Não era uma atitude habitual do advogado. Britto sempre atendia o celular...

— Não há outro jeito — disse Vittorio, voltando para o carro. — Terei de ir à casa dele.

Deixou Cristiana — apesar de seus protestos e de suas lágrimas — num hotel perto do centro financeiro e rumou para a residência do advogado, no Alto de Pinheiros, um bairro paulistano de classe média alta.

Passou diante da casa de Britto — sem parar — por três vezes, verificando com toda a cautela se existia alguém por perto, se havia qualquer movimentação ou presenças estranhas. Por fim, convencido de que tudo estava absolutamente normal, estacionou um pouco antes da esquina e, a pé, caminhou até o portão de entrada.

Estranhou vê-lo aberto, pois Britto jamais o deixava destrancado por causa do casal de *rottweilers* que tomavam conta da casa e eram bastante ferozes.

Cuidadosamente — Vittorio não tinha nenhuma disposição de ser atacado pelos cães —, ele olhou pelo jardim à procura dos animais. Viu-os, por fim deitados junto à escada de acesso à porta principal. Imóveis e numa posição um tanto quanto estranha, as patas traseiras esticadas demais.

"Mortos!", pensou, atravessando o portão. "Os cães estão mortos!"

Abaixou-se ao lado de um deles — o macho — e viu que ele tinha sido atingido na cabeça por uma bala. O mesmo acontecera à fêmea.

Já prevendo o pior, girou a maçaneta da porta de entrada, que, assim como o portão, estava aberta. A casa estava às escuras e, como não havia o menor ruído, Vittorio decidiu arriscar e acendeu a luz.

Britto estava lá, caído no chão, no meio de uma poça de sangue. O rosto estava desfigurado pelas pancadas que havia recebido, os dedos de ambas as mãos estavam quebrados e, no peito, marcas de queimaduras que, pelo tamanho, certamente tinham sido provocadas pela brasa de um charuto. Ele estava com os olhos abertos e virados para cima, como se, no último momento, tivesse tentado enxergar o buraco que uma bala fizera no meio de sua testa.

Não havia nenhuma dúvida. Britto tinha sido torturado até *cantar* o número do celular de Vittorio, já que mais do que isso ele não sabia...

Viu o celular de Britto caído ao seu lado e apanhou-o, metendo-o no bolso. Provavelmente a última ligação feita através do aparelho teria sido para o seu número, e ele não achava nem um pouco interessante que a polícia visse isso.

"Quem está por trás disso não está brincando...", pensou Vittorio, tirando o lenço do bolso para limpar a maçaneta da porta para apagar as impressões digitais que tinha deixado ao abri-la.

Fez o mesmo com o interruptor de luz que acendera e com a fechadura do portão, e, rapidamente, retornou ao automóvel.

Entrou, fez funcionar o motor e partiu.

Olhou pelo retrovisor e respirou aliviado ao ver que não havia ninguém por ali, nem mesmo um vira-lata.

Ainda assim, decidiu não ir imediatamente para o hotel onde deixara Cristiana. Ele podia ter quase certeza de não ter sido seguido de São José dos Campos até o hotel e deste, até a casa de Britto. Mas, dali em diante, ele não poderia ter essa mesma segurança. Alguém poderia estar vigiando à distância e, mais do que isso, poderia ter colocado um emissor de sinais no seu carro e, através dele, segui-lo até o inferno, se quisesse.

Era, portanto, premente que ele se livrasse do carro.

Olhou o relógio e constatou que passava um pouco das nove da noite. Rumou para um shopping center ali perto, entrou no estacionamento, parou o carro na primeira vaga que encontrou e, deixando a chave na ignição, saiu do automóvel e correu para a porta de acesso às lojas.

Dirigiu-se a um quiosque de café, pediu um copo de água e, enquanto bebia, circundou o ambiente com o olhar, prestando o máximo possível de atenção às pessoas que estavam presentes. Depois, foi para uma loja de roupas masculinas e ficou cerca de dois minutos fingindo olhar a vitrine, mas na realidade estava observando as pessoas, estava procurando ver se alguém que estivera por perto dele no café também se encontrava ali. Não viu nada nem ninguém suspeito. Repetiu a operação em mais três lojas e foi para a saída do shopping.

Uma vez na calçada, voltou a olhar para todos os lados e, por fim satisfeito, fez sinal para um táxi.

— Siga para a avenida Paulista, sentido Paraíso — ordenou ele ao motorista.

Olhou para trás e não achou que o estivessem seguindo. O motorista atravessou a avenida Cidade Jardim e fez o contorno para pegar a avenida Europa. Vittorio olhou novamente para trás e, mais uma vez, não viu ninguém que lhe pudesse chamar a atenção.

Quando estavam chegando ao cruzamento da rua Augusta com a alameda Santos, Vittorio escutou o inconfundível som de uma motocicleta de grande cilindrada atrás do táxi.

— Entre na alameda Santos e siga até a alameda Campinas — pediu ao motorista.

Ouviu a motocicleta acompanhando o carro e, na Campinas, ela também entrou.

— Vire à direita na Paulista e pare na estação Brigadeiro — ordenou, enquanto pegava o dinheiro para pagar a corrida.

Disfarçadamente, tornou a olhar para trás e viu que a motocicleta ainda estava ali, a pouco mais de vinte metros de distância.

Saltou do táxi e, rapidamente, entrou na estação do metrô. Não foi para a área de embarque, mas atravessou a Paulista por baixo e foi sair na outra entrada, na calçada oposta àquela em que tinha desembarcado do táxi.

Ainda viu o motoqueiro parado do outro lado da avenida, o capacete na mão, olhando ansioso para todos os lados, como se procurasse alguém ou alguma coisa. Parou um táxi e disse:

— Siga para a rua Augusta. Vou saltar na estação do metrô.

Mesmo à noite, o trânsito na avenida Paulista é sempre pesado, e o táxi não conseguia andar depressa. Estavam quase diante do MASP quando

Vittorio voltou a escutar o motor da motocicleta — a mesma motocicleta — atrás do carro.

"Eles só podem ter conseguido instalar um sinalizador em mim!", pensou ele. "Mas como?!"

Rapidamente, ele fez uma recapitulação de todos os seus movimentos desde o instante em que deixara o automóvel estacionado perto da esquina, na rua onde morava o pobre Britto. E a conclusão saltou-lhe aos olhos: o celular de Britto! Ele o apanhara, com receio de que a polícia verificasse os números que tinham sido chamados através do aparelho. E, com certeza, o sinalizador tinha sido instalado nesse celular.

Sem pestanejar, Vittorio pegou o aparelho, apagou-lhe a memória de chamadas — o que, na realidade não adiantaria muito, pois se a polícia quisesse conseguiria descobrir facilmente os números que tinham sido digitados através do serviço de telefonia, mas que no mínimo atrasaria um pouco as buscas —, separou a bateria do corpo do aparelho e colocou as duas partes no vão entre o encosto e o assento do banco do automóvel.

— O senhor vai saltar na entrada da estação? — indagou o motorista.

— Sim — respondeu Vittorio. — Pode parar aqui mesmo.

Entregou ao taxista uma nota de vinte reais — que daria para pagar mais do que duas vezes a pequena corrida que fizera — e, em passos rápidos, entrou na estação.

Deu graças aos céus por não haver fila na bilheteria, comprou um bilhete de dez unidades e embarcou no primeiro trem, rumo à estação da Vila Madalena. Tinha certeza de não mais estar sendo seguido mas, mesmo assim, saltou na estação seguinte — Clínicas — e tomou outro trem, desta feita no sentido contrário, voltando para a estação Brigadeiro, onde desceu e pegou um táxi, voltando finalmente para o hotel.

8.

Depois de tomar o desjejum — Messias saiu do restaurante cerca de cinco minutos depois que aqueles quatro homens tinham deixado o local —, voltou para o quarto. Tinha planejado sair, *sondar* alguma colocação, mas a conversa que captara durante o café-da-manhã mexera com suas idéias.

O tal Medeiros, que tinha sido chamado por aqueles indivíduos como *o principal*, estava querendo encontrar alguém para ocupar um cargo relevante naquela... *organização*. Quais seriam as qualificações exigidas, tão elevadas a ponto de eles acharem que o principal jamais encontraria quem as preenchesse? E qual seria o tipo de trabalho?

Pediu ao serviço de quarto que lhe trouxessem uma lista telefônica e, menos de quinze minutos depois, estava ligando para a sede da Congregação Universal da União com Cristo.

— Gostaria de falar com o senhor Medeiros — disse ele à telefonista de voz melodiosa que o atendeu.

— O senhor quer dizer com o nosso pastor principal, o pastor Medeiros? — indagou ela.

— Sim, sim... Isso mesmo! Pode me transferir para o pastor Medeiros?

A moça pediu-lhe que esperasse um instante e, alguns segundos depois, outra mulher atendeu, dizendo:

— O pastor Medeiros está em reunião... Meu nome é Elizabeth e sou a sua secretária. Posso ajudar em algo?

Messias refletiu por um instante. O que tinha de dizer deveria ser através de uma conversa direta com Medeiros, sem quaisquer intermediários. Porém, pelo que estava podendo perceber, esse tal principal era um homem muito importante e ocupado. Havia o risco de demorar semanas até conseguir um contato direto. Tomando uma decisão, ele disse:

— Ouvi dizer que o pastor Medeiros está procurando uma pessoa com características e qualificações muito especiais...

— É verdade — interrompeu Elizabeth. — Precisamos de um homem jovem, que fale fluentemente inglês e francês, que tenha boas noções de economia e administração de empresas e que tenha um conhecimento sólido sobre as Sagradas Escrituras.

Havia um tom de riso em sua voz, quando Elizabeth acrescentou:

— As três primeiras exigências foram supridas por pelo menos trezentos candidatos. Mas a última...

— Pois acho que sou essa pessoa — falou Messias, sentindo o coração bater mais depressa. — Poderia marcar uma entrevista?

— O senhor tem conhecimentos sobre a Bíblia? — inquiriu Elizabeth.

— Acho que posso dizer que sou doutor nesse assunto. E sou fluente em inglês, italiano, francês, espanhol e alemão. Ainda estou um pouco inseguro no português...

— Não foi isso que me pareceu — falou a moça.

E, depois de um instante, perguntou:

— Que tal hoje à tarde, às cinco horas?

* * *

Cristiana estava desesperada. Atirou-se aos braços de Vittorio assim que ele abriu a porta da suíte, dizendo-lhe que nunca mais haveria de deixá-lo sair sem que o acompanhasse, chorando como se ele tivesse acabado de voltar de um campo de batalha.

— Não fique assim — pediu ele. — Afinal de contas, não aconteceu nada!

E Vittorio sabia que exatamente o fato de nada ter acontecido é que se tornava um problema, pois ele, apesar de ter despistado seu perseguidor, não conseguira descobrir quem era, para quem estava trabalhando e o que pretendia.

Relatou a aventura vivida, a morte estúpida de Britto e disse:

— Tenho certeza de que esse homem da motocicleta não tinha nenhuma intenção de me atacar. Se fosse isso, ele teve mais de mil oportunidades de fazê-lo. Bastava que emparelhasse a motocicleta com o táxi, por exemplo, e atirasse contra mim. Ele estava, isso sim, apenas me seguindo. Muito provavelmente com a intenção de descobrir onde eu a escondi.

— E o que vai fazer com relação ao Britto? — indagou Cristiana.

— Já fiz. Telefonei anonimamente para a polícia. A esta altura a casa de Britto deve estar *fervendo* de policiais.

— E nós? O que vamos fazer? — perguntou ela, com voz aflita.

Vittorio refletiu por alguns instantes e respondeu:

— Não temos outra alternativa a fazer senão esperar. Já sabemos que eles têm o número de meu celular. Cedo ou tarde vão tentar nos localizar, o que não será das coisas mais complicadas se estiverem dispostos a gastar um pouco.

Acariciou os cabelos de Cristiana e disse:

— Na realidade, é exatamente isso que eu espero que façam, mesmo porque é a única forma que temos de descobrir quem são essas pessoas que nos perseguem e o que estão querendo de nós.

Sentou-se na beirada da cama, puxou Cristiana para perto de si e perguntou:

— E você? Descobriu mais alguma coisa com a leitura do diário de sua mãe?

A moça apanhou algumas folhas de papel cobertas com as anotações que ela mesma fizera e respondeu:

— Não sei se posso considerar como *descoberta*, mas o que eu li e pude entender é muito mais do que surpreendente...

Vittorio fez uma expressão interrogativa, e Cristiana explicou:

— Tudo indica que minha mãe e o professor Magaldi foram os responsáveis por um experimento único na História.

Mostrou para Vittorio algumas de suas anotações e prosseguiu:

— Eles trabalharam durante dois anos para o mentor dessa idéia. Você deve lembrar de ter ouvido sua mãe falar dele muitas vezes, pois eu mesma a ouvi mencionar seu nome...

Ergueu os olhos para o rapaz e perguntou:

— Lembra-se que ela parecia até ficar meio perturbada quando falava de Dom Victor Maronese?

Vittorio assentiu vagarosamente com a cabeça e murmurou:

— Sim... É claro que me lembro! No dia em que ela e seu pai estavam conversando a respeito da recente nomeação de Dom Maronese a cardeal, ela chegou a chorar e a lamentar não ter assistido à cerimônia...

Cristiana sorriu e, agitando as folhas de papel, falou:

— Pois foi esse cardeal que contratou minha mãe e o professor Magaldi para que eles realizassem essa experiência.

— Mas... Qual experiência? — perguntou Vittorio, ansioso.

Cristiana fez uma pausa, fixou intensamente o olhar do rapaz e respondeu, separando bem as sílabas:

— Nada mais e nada menos do que *clonar* Cristo!

— Mas isso é impossível! — exclamou Vittorio, incrédulo. — Seria preciso, no mínimo, o material genético!

— Está tudo aqui — falou Cristiana. — Minha mãe conta, em seu diário, como tudo funcionou. Fala do regime de absoluto isolamento em que ela e o professor Magaldi tiveram de trabalhar, os resultados e, por fim, o nascimento do menino, que foi chamado de Messias.

— E o material genético? — insistiu Vittorio. — Como fizeram para obter células de Cristo?

Cristiana sorriu e respondeu:

— Eles usaram células obtidas a partir do Santo Sudário...

Vittorio deixou escapar uma gargalhada e falou:

— Mas... Já está comprovado cientificamente que o Santo Sudário não é autêntico!

Cristiana balançou negativamente a cabeça e disse:

— Não é bem assim... Testes orientados por cientistas *fazem crer* que o Sudário seja uma falsificação. Porém a Igreja Católica jamais admitiu oficialmente isso.

— Mas *é* uma falsificação! — exclamou Vittorio. — O Vaticano não pode ir contra as evidências científicas! Não pode querer tapar o sol com uma peneira!

Voltando-se para a moça, ele disse:

— Se sua mãe e o professor Magaldi conseguiram fazer nascer uma criança a partir de células que obtiveram num pedaço de pano velho, é um feito científico. Passa a ser matemática, não é mais um milagre... E se as células que foram usadas não são de Cristo, o *clone* obtido não é de Cristo! Isso é absolutamente inegável!

Cristiana sorriu, segurou a mão de Vittorio e falou:

— Mas isso não é tudo que eu encontrei no diário...

Respirou fundo e continuou:

— Em vários lugares, minha mãe diz que, depois que conheceu Martha, teve certeza de que Dom Maronese é o seu pai.

— Eu desconfiava disso — confessou Vittorio. — Mas nunca entendi por que ela não me contou.

— Papai também já tinha falado sobre isso, uma vez — disse Cristiana. — Para ele, você é até parecido fisionomicamente com o cardeal...

Um pouco constrangido, Vittorio perguntou:

— E sobre seu pai? Marianna escreveu alguma coisa?

Cristiana baixou os olhos e murmurou:

— Sim... De fato, Ariel Meyer não era meu pai, muito embora eu o considere meu pai e jamais pensarei o contrário.

Fixou o olhar em Vittorio e disse:

— Ariel é e sempre será meu pai, mesmo porque eu nunca tive pai...

— Isso não existe — protestou o rapaz. — Um pai é tão necessário quanto uma mãe no mecanismo de se *criar* uma vida...

— Nem tanto — replicou Cristiana. — No caso, por exemplo, do *clone* que minha mãe e o professor Magaldi *criaram*, não houve a participação de nenhum homem... vivo!

Vittorio olhou estupefato para Cristiana e balbuciou:

— Não me diga que você... também... é...

— Pelo menos de acordo com o que está escrito no diário de minha mãe, eu também sou... fruto de uma experiência.

— Então... Seu pai é...

— Meu pai, ou melhor, o material genético que deu origem à minha vida, está naquele cofre, no banco... E não é o mesmo que foi utilizado para *fazer o clone* chamado Messias!

— E de onde veio esse material? — quis saber Vittorio.

— Isso é outra história que você vai entender daqui a pouco — respondeu Cristiana. — E é onde minha mãe põe uma porção de dúvidas. Por exemplo... Em primeiro lugar, eu não deveria ter nascido mulher...

Vittorio riu, beijou os lábios de Cristiana e murmurou:

— Bem... Isso não foi um erro, posso garantir!

— Também dou graças a Deus ter nascido mulher e... ter sido *feita* para você... Mas o fato é que, segundo o que diz minha mãe em seu diário, eu teria de ser homem. Sexo masculino...

Ela levantou-se, apanhou o diário e abriu-o já em sua parte final. Mostrou a página para Vittorio e disse:

— Veja... Neste trecho ela entra numa divagação metafísica tentando explicar por que eu nasci mulher e não homem. E é justamente aqui que ela fala claramente a origem desse material genético.

Vittorio pegou o caderno das mãos de Cristiana e, depois de ler atentamente o trecho que a moça lhe indicara, murmurou:

— Mas isto é uma loucura...! Magaldi fez o implante de um embrião no útero de sua mãe... E esse embrião foi *criado* a partir de um óvulo de

Marianna e de material intranuclear extraído do Santo Sudário...! Mas do verdadeiro!

Olhou para Cristiana e balbuciou:

— Então... você... você é o verdadeiro *clone* de Cristo! E por isso foi chamada de Cristiana! *Cristo* e *Marianna*... *Cristiana!*

9.

— Estamos chegando à praça São Pedro — disse o motorista, arrancando Messias de suas lembranças. — Onde quer ficar?

Messias olhou através da janela do carro, viu o trânsito totalmente engarrafado e respondeu:

— Pode parar aqui mesmo... Seguirei a pé o resto do trajeto.

Pagou a corrida — não sem achar que aquele preço era absolutamente abusivo — e saltou do táxi com um sorriso de satisfação. De fato, seria bem melhor caminhar um pouco e refletir sobre a conversa que teria dentro de instantes com o cardeal.

Entrou na praça São Pedro, admirou-se com a formidável quantidade de pessoas que ali estavam e seguiu quase como um autômato para a Basílica. Alguma coisa parecia empurrá-lo para lá.

Não pôde deixar de sorrir consigo mesmo ao se perceber subindo os degraus da Basílica. Ele, o mais importante pastor da Congregação Universal da União com Cristo, o pastor consultor, entrando no Templo Máximo do Catolicismo.

Por outro lado, ele tinha perfeita consciência de que aquilo tudo não passava de uma forma de controlar as mentes humanas. O Catolicismo, tanto quanto qualquer igreja evangélica, não tinha outro objetivo senão o de manter o controle sobre as pessoas. E, evidentemente, ganhar com isso.

"Mao sempre esteve certo", pensou. "Inegavelmente, a religião é o ópio do povo..."

Por um breve instante lembrou de uma das últimas *conferências* que organizara para Medeiros, num estádio de futebol, quando nada menos que cinqüenta mil pessoas se reuniram para professar a sua fé no pastor principal e em seu poder miraculoso de não só garantir um espaço no paraíso para aqueles que o seguissem, mas também de realizar curas de doenças que os médicos sequer conseguiam estabelecer um diagnóstico.

"Somatização e efeitos psicossomáticos", pensou Messias, já entrando na Basílica. "E o incrível é que até mesmo pessoas esclarecidas acreditam em milagres de Medeiros!"

Aquela *conferência* tinha sido um autêntico sucesso. Medeiros *conseguira curar* mais de cem pessoas que, ao se verem livres das dores nas costas, no estômago, na cabeça e curadas das mais incríveis moléstias, desceram das arquibancadas para o gramado gritando e proclamando os *milagres* feitos pelo pastor principal. Nem mesmo tinha sido necessário fazer uso dos oito atores que Elizabeth tinha contratado para simular uma cura. E, quando os *voluntários* passaram as cestas para recolher os donativos, foi preciso um carro-forte grande para transportar a fortuna ofertada pelos fiéis. Não apenas em notas miúdas, mas grande parte em notas bem graúdas, além de alguns cheques bastante significativos e que, obviamente, não voltaram. Quem, afinal de contas, em sã consciência, teria coragem de enganar o Senhor?!

Caminhando pela nave lateral da Basílica, veio à mente de Messias a imagem de Elizabeth, na sede da congregação, terminando de fazer as contas relativas àquela *conferência*.

— Mais de quatro milhões de reais! — exclamara ela. — Uma média de quase cem reais por pessoa!

Elizabeth! Messias tinha a certeza de que jamais poderia ter tido tanta sorte como naquele fim de tarde, quando a conhecera...

* * *

Messias chegou ao escritório da Congregação Universal da União com Cristo pontualmente às cinco da tarde. Ficou impressionado com a suntuosidade do local, um prédio inteiro na avenida Paulista, o endereço do centro financeiro de São Paulo.

Um segurança armado pediu-lhe que se identificasse, microfilmou o documento que Messias lhe entregara e deu-lhe um crachá, dizendo que se dirigisse para o balcão de recepção. Ali, uma recepcionista que mais parecia uma candidata a *miss* disse-lhe para tomar o elevador até o décimo quinto andar.

Menos de dois minutos depois que chegara a uma luxuosa sala de espera, uma linda mulata apareceu e, olhando-o com um sorriso, disse:

— Imaginava que fosse mais velho... Pelo seu jeito de falar ao telefone, pensei que tivesse pelo menos dez anos a mais!

Messias sorriu. Olhou para Elizabeth. Ela teria no máximo 22 anos de idade, mas, como ele, ao telefone também aparentara ser mais velha. E era muito bonita. Dona de um corpo perfeito, digno de servir de modelo para o mais famoso dos fotógrafos, possuía um rosto de traços delicados, lábios carnudos e sensuais... E a cor de sua pele dava uma agradável sensação de saúde, de sensualidade animal, de volúpia.

— Também imaginei uma dessas secretárias mandonas, de óculos, nariz retorcido... — brincou Messias. — Mas você é o oposto disso!

Foi a vez de Elizabeth rir e, pedindo-lhe para acompanhá-la, caminhou à sua frente mexendo os quadris de forma provocante.

— Por favor, aguarde um momento. O pastor Medeiros já vai atendê-lo — disse ela.

E, em voz mais baixa, aproximando-se muito de Messias, acrescentou:

— Estarei torcendo para que seja aprovado na entrevista... Vou adorar tê-lo como colega!

Messias não precisou esperar quinze minutos, e Elizabeth reapareceu para conduzi-lo à sala de Medeiros.

Era uma sala grande, decorada em estilo *art nouveau*, com uma estante de livros à direita, por trás de um jogo de estofados — sofá e duas poltronas —, com uma mesinha de centro e, um pouco mais à esquerda, duas escrivaninhas de mogno, uma ligeiramente maior do que a outra, cada uma delas com duas confortáveis cadeiras de braços à sua frente. Medeiros ocupava a escrivaninha maior. Era um homem alto, robusto, praticamente calvo e com cerca de 50 anos de idade. Sua fisionomia seria, com certeza, uma comprovação das teorias de César Lombroso, pois era nítida a impressão que passava de um indivíduo melífluo, sinuoso, cheio de artimanhas e malandragens. À entrada de Messias, levantou-se para cumprimentá-lo, sem esconder a surpresa por estar diante de alguém tão jovem.

Num francês praticamente sem sotaque, ele perguntou:

— Mas você tem certeza de que preenche as minhas exigências para o cargo?

Messias apertou a mão que o pastor principal lhe estendia e respondeu, num alemão de fazer inveja a Goethe:

— Não apenas essas, mas quaisquer outras que quiser, senhor.

Medeiros olhou interrogativamente para ele, e Messias traduziu o que tinha acabado de dizer, acrescentando:

— Nasci em Roma, estudei na Suíça e sempre gostei muito de línguas.

— Onde estudou e em que se formou? — quis saber o pastor.

— Tenho bacharelado em Economia, fiz um bom curso de Psicologia Empresarial e, como gostei do tema, fiz um curso de Análise de Risco e outro de Inteligência Competitiva.

O pastor fez um sinal de assentimento com a cabeça e, depois de alguns instantes, indagou:

— Qual é o seu conhecimento da Bíblia?

— Creio que o suficiente...

— Não me basta — interrompeu-o Medeiros.

— O suficiente para fazer calar a imensa maioria dos padres católicos e para poder falar de igual para igual com qualquer especialista nas Sagradas Escrituras — completou Messias.

— O que entende por Salmos? — perguntou Medeiros, em tom desafiador.

Messias sorriu e disse:

— Poderia ter escolhido uma questão mais complicada, senhor... Os Salmos representam, na realidade, a superação do Povo Eleito, no que diz respeito à lírica, diante de todos os outros povos. São hinos que os judeus cantavam não apenas em louvor a Deus, mas também e principalmente para implorar a Sua misericórdia e pedir-Lhe graças. Era também através dos Salmos que eles exaltavam os prodígios de Deus. Foram compostos por diversos escritores sagrados, mas a sua maior parte é de autoria de Davi.

Sem conseguir esconder a admiração, Medeiros apanhou a Bíblia que estava a um canto de sua mesa e, abrindo-a a esmo, falou:

— Foi você mesmo que sugeriu uma pergunta mais difícil... Não se queixe, depois!

Concentrou-se por alguns segundos na página em que tinha aberto o Livro Sagrado e, por fim, disse:

— Nas Profecias de Ezequiel, há uma passagem em que ele prevê a vitória dos Caldeus sobre os Judeus... Gostaria que você me desse uma interpretação sobre o trecho em que Ezequiel diz que deve ser traçado um duplo caminho pelos quais poderia surgir o ataque do rei da Babilô...

— O senhor está falando do Capítulo 21, versículos 19 a 21 — interrompeu-o Messias. — E a interpretação é bastante simples. Deus diz para o profeta que, por meio de uma figura, forme uma representação do caminho que Nabucodonosor deve seguir. Este caminho, que parte da Babilônia, em determinado ponto bifurca-se, indo um lado para Rabat e o outro para Jerusalém. Ao chegar a essa bifurcação, Nabucodonosor deve consultar seus presságios para saber a qual cidade deve chegar primeiro. É o que, no texto da profecia, Ezequiel nomeia de *mistura das setas*. Na realidade, não passa de uma espécie de sorteio no qual duas setas são postas numa aljava, cada uma delas marcada com o nome de uma cidade. Sacode-se a aljava e a seta que for escolhida será a cidade a ser atacada.

Medeiros arregalou os olhos. Depois, muito lentamente, voltou-se para Elizabeth que, também estupefata, ainda estava ali, e murmurou:

— Ele deve ter decorado a Bíblia...

Messias não reprimiu um sorriso, e falou:

— Não, senhor... Eu não a sei de cor... Mas eu a estudei profundamente. Por isso, acho que consigo responder a qualquer pergunta que me faça sobre ela.

Olhando novamente para Messias, o pastor principal disse:

— Você está contratado... E, um dia, vai me contar como pode saber tanto sobre as Sagradas Escrituras...

Levantou-se, deu a volta à mesa e veio abraçar Messias, dizendo:

— Não tenho dúvida que estamos fazendo uma grande aquisição!

Virou-se para Elizabeth e arrematou:

— Cuide dele pessoalmente, Beth... Veja onde este moço está hospedado, o que ele precisa... Não meça esforços!

E, de fato, Elizabeth não mediu esforços...

Naquela mesma noite, ainda ofegante pelos excessos cometidos numa autêntica batalha carnal, ela sussurrou ao ouvido de Messias:

— Não sei por que, mas tenho a impressão que você não vai se contentar em ser um dos executivos mais importantes da nossa Igreja...

Beijando-o com sofreguidão, a mulata completou:

— E pode estar certo de que eu estarei sempre ao seu lado, meu amor...!

* * *

— Pois é justamente aí que minha mãe põe as dúvidas — falou a moça. — De acordo com o que ela escreveu, o material genético masculino, derivado de células de Cristo, não teria como fazer gerar um ser feminino. E então, minha mãe começa a divagar, dizendo que, de fato, jamais poderia esperar que nascesse um ser idêntico a Cristo, visto que Ele é Único. Daí ela atribuiu à própria Mão de Deus o fato de eu ter vindo a este mundo como mulher. Ou seja, contrariando as leis e as probabilidades científicas, Deus fez com que o ser que ela e Magaldi *obtiveram* fosse diferente de Seu Filho. A começar pelo fato de ser do sexo feminino.

Vittorio balançou energicamente a cabeça como se, com esse movimento, conseguisse pôr ordem em seus pensamentos. Depois de pensar por alguns segundos, ele disse:

— Não quero ficar louco agora, minha querida... E é o que vai acabar acontecendo se eu continuar a querer entender tudo isso!

Voltou a sentar ao lado de Cristiana e perguntou:

— E a Fraternidade de São Constantino? O que ela tem a ver com tudo isso? Por que estão nos perseguindo?

Sem hesitar, Cristiana respondeu:

— A conclusão é simples, agora... Segundo o que está escrito aí no diário, o conteúdo daquele cofre é a verdadeira Santa Mortalha. A Ordem dos Cavaleiros Templários, como já lhe disse, tinha como uma de suas funções guardar relíquias. Como a *Fraternidade* não passa de uma espécie de *continuação* da Ordem dos Templários... esta foi extinta há setecentos anos... ela assumiu essa obrigação. Assim, eles precisam recuperar a relíquia que está nesse cofre...

— Simplista demais para o meu gosto — interrompeu-a Vittorio. — Deve haver outro motivo. Ou outros...

— Não discordo de você, querido — falou Cristiana. — Mas a base, na minha opinião, é essa. Recuperar a relíquia.

— Ou a tecnologia para *clonar* pessoas — arriscou o rapaz.

— Não creio. Acho que há muito tempo essa tecnologia não é mais segredo para ninguém. Veja os inúmeros casos de clonagem de animais...

Olhando para o vazio à sua frente, Cristiana acrescentou:

— Eles querem a relíquia. E, de acordo com o que eu estudei sobre a Fraternidade de São Constantino, eles não vão desistir enquanto não tiverem conseguido recuperar o Santo Pano...

Voltou a encarar Vittorio e perguntou:

— Como eles sabiam que a relíquia estava com minha mãe? E, se sabiam disso, por que não a pegaram antes?

— Eles podem ter rastreado o Santo Sudário... — começou a falar Vittorio.

— Durante dois mil anos? — perguntou Cristiana, com sarcasmo. — E o sudário que está em Turim? Como apareceu? E o que fazemos de toda a História?

Vittorio deu de ombros e, esboçando um sorriso, disse:

— Não quero pensar nisso agora. Precisamos encontrar um jeito de descobrir quem são essas pessoas, quem matou seus pais e Britto... E precisamos encontrar uma maneira de fazer com que elas realmente desapareçam. Nossa paz depende disso, minha querida!

Foi precisamente nesse instante que o celular de Vittorio tocou.

— Doutor Vittorio? — inquiriu a mesma voz que, quando eles ainda estavam em São José dos Campos, tinha perguntado por Cristiana.

— Quem está falando? — perguntou o rapaz, em tom agressivo.

— O senhor foi muito esperto, agora há pouco — prosseguiu a voz. — Mas isso não vai adiantar. Será melhor que nos entregue o que queremos. Não preciso dizer que estamos em todas as partes do mundo e que localizá-lo, assim como encontrar a doutora Cristiana, será uma simples questão de tempo... E nós temos todo o tempo da eternidade! Já esperamos setecentos anos, podemos perfeitamente aguardar outros tantos...

— Mas o que vocês querem? — perguntou Vittorio, sem se incomodar com a possibilidade de seu interlocutor estar querendo ganhar tempo para possibilitar a localização do seu celular.

Houve uma pausa do outro lado da linha e, depois de um ruído de estática, a voz respondeu:

— Não preciso dizer o que estamos querendo. Vocês sabem muito bem. E também sabem que não mediremos esforços para alcançar nosso objetivo.

— Sei disso — falou o rapaz, com raiva na voz. — Vocês mataram os pais de Cristiana e meu advogado, o doutor Britto, por causa disso...

— Não houve alternativa — falou o homem, com determinação. — Fomos obrigados a eliminar o casal porque Ariel Meyer estava perto demais de descobrir quem somos. E o advogado foi morto porque ele foi teimoso e não quis nos fornecer o seu telefone. Tivemos de, literalmente, arrancar-lhe essa informação.

Calou-se por um momento e insistiu:

— Entregue o que nos pertence e nós os deixaremos em paz.

— Não posso entregar, não está comigo, nem com Cristiana.

— Não queira que eu acredite nisso — falou o homem. — Sabemos que está num cofre bancário. E sabemos que cedo ou tarde esse cofre terá de ser aberto. Por um de vocês dois. Estaremos esperando e, então...

— O cofre pode ser aberto por qualquer pessoa que tenha uma procuração para isso — disse Vittorio. — E vocês não conseguirão jamais saber quem pode ter sido nomeado procurador de Cristiana.

Havia raiva na voz do homem quando ele falou:

— Vocês têm vinte e quatro horas para estar com isso em mão. Farei contato para dizer onde deverão deixar a nossa... encomenda. E não tentem nada. Podem acreditar que nós vamos encontrá-los. Ninguém escapa de nós!

— Você quer dizer que ninguém escapa da Fraternidade de São Constantino? — perguntou Vittorio em tom sarcástico.

O homem ficou em silêncio por longos dez segundos e, afinal, falou:

— Nem sempre a esperteza ou a inteligência são benéficas... Tomem cuidado. Vocês estão trilhando um caminho que pode não ter volta!

Assim dizendo, ele desligou o telefone, e Vittorio, virando-se para Cristiana, disse:

— Bem... Pelo menos isso! Acho que não precisamos mais ter dúvidas de que esse homem pertence à tal *Fraternidade*. E ele falou uma coisa que me faz pensar... O que será que significa que eles já esperaram por setecentos anos? O que aconteceu sete séculos atrás e que possa justificar um tal interesse por parte desses fanáticos?

Cristiana refletiu um pouco e, com um sorriso, respondeu:

— Não são exatamente setecentos anos, querido... Mas quase. No dia 13 de outubro de 1307, Jacques de Molay e praticamente todos os Cavaleiros Templários foram presos por ordem de Felipe IV, ordem esta ratificada pelo papa Clemente V...

10.

O padre recepcionista, ainda jovem e bastante antipático — provavelmente esta sua característica teria sido condição *sine qua non* para conseguir o cargo que ocupava — disse-lhe que Dom Maronese não recebia ninguém que não tivesse marcado hora.

— E a agenda do cardeal está completamente lotada para os próximos dois meses — falou ele.

Messias inclinou-se um pouco para a frente e, em voz baixa, sibilou:

— Pois faça-me o favor de dizer a ele que quem está aqui é Messias... Messias Maronese!

Endireitou-se e completou:

— Tenho certeza que ele vai me receber.

O padre arregalou os olhos, espantado. De fato, ele já tinha escutado alguma coisa a respeito do filho adotivo de Dom Maronese. Sabia, por exemplo, que havia muitos bispos e cardeais que sorriam de lado quando tocavam no assunto, deixando bem clara a dúvida a respeito dessa *adoção*. Procurou prestar atenção no rapaz e concluiu que, pelo menos fisionomicamente, ele não tinha nenhuma semelhança com o cardeal... Mas quanto ao porte, à estatura, ao jeito orgulhoso e insolente de olhar... De fato... Bem que podia ser seu filho!

Sem argumentar mais nada, o padre ergueu o interfone e cochichou alguma coisa ao aparelho. Em seguida, olhou para Messias e repetiu, em voz mais alta:

— Sim, eminência... Ele disse que se chama Messias Maronese!

Ouviu por alguns segundos, falou um *Sim, eminência* absolutamente servil e, desligando, disse para Messias:

— O senhor pode entrar. Sabe qual é a sala de Dom Maronese?

— Sim. Se ela não mudou de lugar, sei muito bem qual é a porta.

Com passos firmes, avançou pelo corredor. Porém seu coração estava batendo muito mais depressa do que o normal e, em sua mente, imagens do passado surgiam em flashes rápidos, mas nítidos. Viu-se com 12 anos de idade sendo levado pela mão de Dom Maronese para conhecer o Vaticano, lembrou-se da conversa com os dois cardeais, na biblioteca, viu mais uma vez a imagem de sua mãe caída sobre a poltrona, parando de respirar, e o cardeal de pé, à sua frente, sorrindo...

E era essa a visão que ele queria guardar. Precisaria dela para juntar a coragem necessária para poder dizer o que pretendia a Dom Maronese.

Não estava com medo, disso tinha certeza. Sabia que o respeito que tinha pelo cardeal era quase como um reflexo pavloviano a que tinha sido submetido durante anos seguidos. Teria, simplesmente, de dominá-lo.

Bateu à porta de Dom Maronese e ouviu, com um suor frio e pegajoso a lhe incomodar as têmporas, a voz forte do cardeal, dizendo:

— Entre, Messias... E tranque a porta.

* * *

Inegavelmente o tempo passara por Dom Maronese. Ele estava mais vincado, os cabelos grisalhos, o olhar mais cansado. No entanto, eram perfeitamente visíveis o seu vigor e a sua vivacidade. E ele mantinha aquele mesmo ar altivo e orgulhoso de quem esteve a vida inteira habituado a mandar e a ser obedecido.

Messias, mais uma vez, não se surpreendeu com o fato de o cardeal não lhe dirigir um sorriso, nem mesmo uma palavra de boas-vindas. Teria seus motivos. Primeiro, porque Dom Maronese jamais morrera de amores por ele e, segundo, porque não haveria de se esquecer com muita facilidade dos cem mil dólares que Messias lhe havia surrupiado quando fora embora de Roma.

— Por que veio me procurar? — perguntou o cardeal, em tom agressivo.

Embora não tivesse sido convidado, Messias sentou na poltrona diante da mesa de Dom Maronese e, depois de alguns segundos de silêncio, indagou:

— Esta sala possui sistemas de gravação?

Como o cardeal permanecesse em silêncio, ele disse:

— Se tem, aconselho a desligá-lo. O que eu tenho para lhe dizer é melhor que não seja ouvido ou visto por ninguém...

O cardeal deixou escapar um suspiro, apertou um botão no próprio aparelho de telefone e, erguendo os olhos para Messias, falou:

— Pronto. Estamos isolados do mundo, agora... Pode falar o que quiser.

Messias teve de fazer um enorme esforço para se controlar e, pelo menos aparentemente, manter o sangue-frio. Pareceu-lhe, por um instante, que o cardeal estava se divertindo com a situação, e essa impressão serviu para lhe aumentar o nó que começava a se formar em sua garganta e que o impedia de falar.

Finalmente, depois de quase quinze segundos de um constrangedor e aflitivo silêncio, ele disse:

— Preciso de dinheiro.

Dom Maronese apertou um pouco as pálpebras e perguntou, frio como um bloco de gelo:

— E o que o faz pensar que vou lhe dar dinheiro?

Apanhando o cachimbo, começou a enchê-lo, murmurando:

— Já não basta aquele que você roubou em minha casa? Não o denunciei à polícia... Portanto, considere uma doação e saia daqui. Não tenho a menor intenção de vê-lo novamente!

Messias estava precisando justamente desse tipo de estímulo. A rejeição e a agressão por parte de Dom Maronese foram o catalisador de que seu cérebro necessitava para poder desencadear a tempestade.

— As coisas não funcionam assim, cardeal — falou ele, entre dentes. — Não preciso de cem mil dólares, mas de dez milhões de dólares! E eu sei perfeitamente que essa importância não vai lhe fazer nenhuma falta!

Dom Maronese olhou para Messias, os olhos lançando chispas de ódio.

— Dez milhões de dólares! — exclamou ele. — Mas você está completamente louco! Nem que eu os tivesse, não vejo por que...

— O senhor os tem, cardeal. E tem muito mais do que isso! E, se não vê a razão de atender minha... exigência...

— Exigência! — quase gritou Dom Maronese. — Mas como pode pensar em me *exigir* tal coisa?!

Messias fez um gesto imperativo, obrigando-o a calar-se e prosseguiu:

— ...vou lhe mostrar. Para o senhor, aliás, para gente como o senhor, a reputação e a imagem que transmite para as pessoas que o cercam são muito mais importantes do que qualquer soma de dinheiro. E eu tenho como fazer essa sua imagem toda, essa sua pompa e petulância arrastarem-se na lama até o final de seus dias!

Messias pôde perceber que o cardeal empalidecia e que seu olhar, de raivoso, subitamente transformava-se numa expressão de terror misturada a uma intensa ansiedade.

Fixando os olhos de Dom Maronese, ele continuou:

— Nós temos um segredo... Um terrível segredo, não é mesmo? E dentro desse segredo há outros... Inclusive assassinatos. Acha que não sei como morreram Ramirez e Corday? Ouvi quando o senhor, embriagado, contou para seu mordomo, Alberto, toda a maquinação que foi feita para que eu nascesse. Também ouvi quando minha mãe descobriu que o Santo Sudário, de onde foi retirado o material genético para que eu pudesse vir a este mundo, não passava de uma falsificação. E vi como ela morreu...

— Maria teve um ataque cardíaco! — defendeu-se Dom Maronese, com a voz esganiçada. — Eu não a matei!

— Isso é verdade... Mas o senhor não esboçou um gesto para tentar socorrê-la!

Dom Maronese respirou fundo, encostou o queixo no peito e rosnou:

— Você jamais conseguirá provar coisa nenhuma do que está dizendo!

— Aí é onde o senhor se engana... Posso ir aos jornais e insistir tanto que a dúvida será lançada. E aí o Vaticano só terá uma maneira de provar que não houve má-fé da Igreja Católica... Será permitir que se faça um exame de DNA com o Santo Sudário e uma amostra de meu sangue. O resultado o senhor já sabe qual será... E eu quero ver como é que vocês vão explicar essa terrível coincidência!

Tomando fôlego, Messias deu o golpe de misericórdia, com a mentira que ele tinha estudado e treinado durante semanas:

— Não pense que tudo o que estou lhe falando está apenas em minha memória... Tenho em meu poder um relato escrito por minha mãe. E o senhor sabe que será muito fácil provar, através de um exame grafológico, que foi ela quem escreveu tudo isso!

Dom Maronese refletiu. Antes de qualquer coisa, era preciso que ele recuperasse a calma e, nem que fosse apenas parcialmente, o controle da situação.

Levantou-se, caminhou até um armário no canto de sua sala, pegou uma garrafa de uísque e, no próprio gargalo, sorveu um longo gole. Depois, voltando-se para Messias, pensou:

"De fato... Na realidade, nem é preciso que exista relato nenhum! E basta que ele tenha uma carta da mãe para conseguir provar que ela era a freira que eu fui buscar no maldito Carmelo! A grafologia existe justamente para isso..."

Guardou a garrafa em seu lugar, suspirou e indagou:

— Que garantias poderei ter de que você não vai voltar a me chantagear?

— A única que posso dar, tenho certeza que o senhor não vai aceitar — respondeu Messias. — Minha palavra...

— Evidentemente, também, você não vai querer que eu lhe dê um cheque — disse o cardeal.

Messias apontou para o computador de Dom Maronese, entregou-lhe um pedaço de papel e falou:

— Tenho uma conta no Uruguai. Nada é mais fácil e rápido do que efetuar uma transferência.

O cardeal sentou-se diante do teclado e, cerca de cinco minutos depois, disse, enquanto a impressora imprimia o comprovante da transferência:

— Pronto. Os dez milhões de dólares já estão em sua conta.

Tirou o comprovante da máquina, deu-o para Messias e juntou:

— Agora, desapareça. Não quero mais nem mesmo ouvir falar de você. E, se voltar a me procurar, pode estar certo de que vou matá-lo! E pessoalmente!

Messias não respondeu. Guardou o comprovante no bolso, apanhou o papel que dera ao cardeal com a sua conta bancária e dirigiu-se ao computador. Certificou-se de que Dom Maronese não tinha gravado seus dados e, sem nenhuma palavra, saiu da sala.

Já fora do Vaticano, apalpou no bolso do paletó o passaporte espanhol, falso, que providenciara ainda no Brasil — o mesmo que usara para chegar a Roma —, e pegou o metrô, rumo ao aeroporto. Sabia que não podia perder um segundo sequer, pois a possibilidade de Dom Maronese mandar eliminá-lo enquanto ainda estivesse em solo italiano era bem grande. Assim, tinha pressa de voltar para a segurança do Brasil e... para os braços carinhosos de Elizabeth.

* * *

— Em nenhum momento tive a impressão de que ele estava se referindo ao Santo Sudário — ponderou Vittorio.

— Há uma teoria afirmando que o Sudário esteve nas mãos dos Templários durante séculos — falou Cristiana. — E até há quem diga que a guarda da capela de Chambéry, onde o Santo Pano ficou guardado até ser levado para Turim, tinha sido entregue aos remanescentes da Ordem dos Templários, aqueles que renegaram a autoridade de Jacques de Molay, obtendo assim a absolvição por parte da Santa Inquisição.

— Continua a não fazer muito sentido — disse Vittorio. — Se os Templários, ou seus remanescentes, provavelmente com outro nome de Ordem, eram responsáveis pela guarda do Santo Sudário, como ele pode estar nesse cofre e como foi aparecer lá uma falsificação?

— Talvez porque eles mesmos tenham feito a falsificação e a sua devida substituição — sugeriu Cristiana. — E depois, por obra do Destino, a verdadeira Mortalha tenha sido extraviada.

Vittorio sorriu e perguntou:

— E, então, cabem outras perguntas: como ela veio parar nas mãos de sua mãe? E por que os assassinos de seus pais nem mesmo se deram o trabalho de procurá-la no apartamento?

— Acho que jamais conseguiremos saber de que forma o Santo Sudário foi parar nas mãos de minha mãe — respondeu Cristiana. — Sei, por ouvir minha própria mãe contar, que a avó materna dela, ao morrer, incumbiu-a de uma missão muito séria. Mamãe nunca contou do que se tratava, apenas dizia que era uma tradição, um tesouro de família que era entregue de mãe para filha havia muitas gerações. Hoje, não tenho dúvida em afirmar que esse tesouro é o próprio Santo Sudário. E quem assassinou meus pais sabia que ele estaria guardado num banco. Portanto, de nada adiantaria procurar no nosso apartamento.

Os dois voltaram a calar, e, depois de refletir um pouco, Vittorio falou:

— Seria interessante sabermos qual o tamanho e qual o potencial dessa *Fraternidade*...

— Acho que isso, posso dizer — murmurou Cristiana. — A Fraternidade de São Constantino já foi muito poderosa e muito grande, com ramificações em quase todos os países do mundo ocidental. No século XX, sob o pontificado de Pio XII, ela começou a se esvaziar e, depois, quando Paulo VI foi eleito papa e terminou o Concílio Vaticano II, a maioria das fraternidades foram relegadas a um segundo plano e deixaram de ter o apoio irrestrito do Vaticano, que, por sua vez, estava muito preocupado com a revolução de costumes e a escalada do comunismo. Parte dessas sociedades secretas, especialmente aquelas cuja filosofia tendia para uma forma ainda que discreta de socialismo, acabaram por se transformar em *facções* filosófico-políticas dentro do Catolicismo. De uma forma ou de outra, elas conseguiram não só sobreviver, mas também se expandir. Aqui na América Latina, por exemplo, tivemos o caso dos seguidores da Teologia da Libertação e, na Europa Central, o desenvolvimento de núcleos católicos que tinham como objetivo principal a filosofia diametralmente oposta à de muitos bispos católicos latino-americanos. Enquanto aqui havia uma tendência para o marxismo, lá havia a luta para derrubar o comunismo e implantar o capitalismo. O que, na linguagem desses *rebeldes*, era sinônimo de *democracia*. Porém, aquelas sociedades secretas, cujo objetivo era principalmente manter o radicalismo e a ortodoxia de um Catolicismo paralisado na Idade Média, foram forçadas a *encolher* em importância, o que automaticamente levou a um *encolhimento* substancial em seu tamanho. Com a Fraternidade de São Constantino não foi diferente. Ela permaneceu ativa, mas funcionando quase às escondidas. Dos milhares de membros que a constituíam, restaram algumas poucas centenas e, mesmo estes, bastante desestimulados.

— Em resumo, caiu de podre... — murmurou Vittorio.

— Não sei se foi exatamente assim — confessou Cristiana. — Quando estudei essas fraternidades para defender minha tese, um dos pontos cruciais de minha dissertação era esse: a derrocada das sociedades secretas no seio do Catolicismo. Na verdade, a evolução da humanidade levou as pessoas a não mais darem tanto valor e crédito para as coisas pouco transparentes. O medo do desconhecido, do oculto e do sagrado que gerenciava a vida e o comportamento dos seres humanos até cerca de cinco décadas atrás praticamente desapareceu com o desenvolvimento tecnológico e social, dando lugar a preocupações outras mais materialistas e imediatistas. A sobrevivência que importava era aquela *sentida materialmente* através da fome, do frio, da falta de dinheiro... A *sobrevivência da alma* e o *temor a Deus* deram lugar a metas mais mundanas e relacionadas com o *Ter*.

Cristiana tomou fôlego e continuou:

— Ora... Numa sociedade cuja escala de valores passou a ser nitidamente direcionada para a *matéria*, as sociedades secretas que colimavam quase que especificamente a manutenção de conceitos e valores que o próprio desenvolvimento sócio cultural da humanidade já tinha definido como *ultrapassados* perderam totalmente o sentido e passaram a ser vistas, até mesmo no seio do Vaticano, como *indesejáveis*. Uma dessas sociedades secretas que se viram paulatinamente esvaziadas foi justamente a Fraternidade de São Constantino.

— Mas parece que eles ainda têm muito poder — ponderou Vittorio. — Se são capazes de ter uma ramificação aqui no Brasil...

Cristiana sorriu e falou:

— Você mesmo disse que essa voz ao telefone tem sotaque italiano. Pode ser que seja um italiano que fala português. Fala bem, mas com sotaque... E isso pode significar que seja um agente enviado da Itália para cá. Segundo minhas pesquisas, a sede da *Fraternidade* é em Roma!

— Ou seja, não há ninguém da *Fraternidade* aqui no Brasil — concluiu Vittorio.

— Pelo menos é o que eu imagino, com base nos estudos que fiz... — falou Cristiana. — No caso da Fraternidade de São Constantino, e em vários outros, da mesma forma, justamente por ser uma sociedade secreta, somente os seus membros mais graduados poderiam precisar-lhe o tamanho, o efetivo e a quantidade de dinheiro de que a *Fraternidade* dispõe. E é claro que não consegui localizar nenhum desses *graduados*... Quanto ao poder dessa *Fraternidade*, para você ter uma idéia, há uma corrente de estudiosos que atribui a morte do papa João Paulo I a um envenenamento provocado pela ação de um dos *Irmãos* de São Constantino. Segundo essa corrente, João Paulo I teria dito, poucos dias antes do Conclave que o elegeu, que extinguiria todas as fraternidades, irmandades e sociedades secretas que ainda restavam no seio da Igreja Católica.

— Ou seja, depois do que acabou de me contar, tentar escapar das garras dessa *Fraternidade* não é tão impossível assim — disse Vittorio, animado.

— Nada é impossível neste mundo, meu querido — falou Cristiana. — Principalmente quando se está bastante motivado para tentar realizar um sonho!

Vittorio levantou-se, guardou o diário de Marianna na maleta, pôs a chave e a medalha no bolso e ordenou:

— Arrume nossas coisas, querida. Vamos mudar de hotel.

E, ajudando a moça, explicou:

— Não é impossível que se consiga localizar o meu celular. Assim, o mínimo que devemos fazer é pôr o máximo possível de dificuldades.

Mudando de hotel certamente vamos conseguir ganhar algum tempo. Pelo menos poderemos dormir sossegados e amanhã pensaremos com mais calma no que fazer.

Pegou o celular que tinha deixado sobre a penteadeira, hesitou por um instante e colocou-o no bolso.

— Por que não o joga fora? — indagou Cristiana. — Assim, ele não voltaria a falar conosco...

— Pois é exatamente isso que não quero — replicou Vittorio. — Precisamos permitir que haja um canal de contato. É a única chance que temos de negociar alguma coisa.

Abrindo a porta e permitindo que Cristiana saísse à sua frente, arrematou:

— Claro... No momento em que tenhamos o que negociar...

* * *

Foram para um motel na região da Cantareira. Durante todo o trajeto, Vittorio dirigiu tenso, vigiando todos os lados, observando com atenção todos os carros e deu muitas voltas para se certificar de que não estavam sendo seguidos.

Passava da uma da manhã quando finalmente fecharam a porta do chalé e respiraram aliviados.

— Acho que ele perdeu a nossa pista — falou o rapaz, abraçando Cristiana. — Pelo menos durante algum tempo, podemos relaxar.

— Por que fala no singular? — perguntou Cristiana. — Por que acha que é *ele* e não *eles*?

— Desde o princípio, tem sido apenas uma voz. Some a esse fato eu ter sido perseguido por *um* motociclista.

Com um sorriso que procurava inspirar segurança, completou:

— A troco de que devo pensar no plural? Não acha que é melhor ser otimista e imaginar que estejamos sendo seguidos apenas por um homem?

A jovem não respondeu, limitou-se a beijá-lo carinhosamente sobre os lábios e disse:

— Prepare alguma coisa para bebermos, querido... Vou encher a banheira. Acho que não há nada mais repousante do que um bom banho de espuma...

Vittorio riu, apertou-a um pouco mais contra seu corpo e murmurou:

— Há uma outra coisa que é muito mais relaxante, sabia?

Cristiana riu também e retrucou:

— Sem dúvida... E que pode perfeitamente fazer parte do banho de espuma...

11.

Ainda de férias, Messias não tinha a obrigação de ir ao escritório da Igreja e, com isso, ele podia dispor de mais tempo para viabilizar e pôr em prática o plano que arquitetara para *derrubar* Medeiros e que, na realidade, havia já algum tempo vinha desenvolvendo, com a ajuda de Elizabeth.

A base do plano era, sem dúvida nenhuma, a eliminação de Medeiros. Porém o simples desaparecimento do principal não seria nenhuma garantia de que ele, Messias, conseguiria manter o controle de tudo, pois havia um Conselho de Pastores que escolheria o sucessor do principal, quase como num Conclave para a eleição de um papa. E Messias não queria correr o risco de ter de enfrentar uma competição nesse Conselho. Queria, isso sim, fazer eleger aquele que ele determinasse e que fosse... controlável. Ou seja, que estivesse em suas mãos.

Portanto, era preciso, antes de mais nada, ter o Conselho absolutamente sob seu domínio.

— Temos de centralizar um pouco mais — disse Messias para Elizabeth. — Isso significa tirar o poder do Conselho.

— Mas como você vai conseguir isso? — indagou ela. — Segundo o estatuto da congregação, o Conselho detém o poder supremo de decisão, na falta de Medeiros.

Messias sorriu, acariciou o rosto da mulata e respondeu:

— Por que você acha que eu fui a Roma buscar dinheiro? Não há homem que não tenha um preço, minha querida... E, depois destes anos todos trabalhando aqui, acho que posso dizer com precisão o *custo* de cada pastor.

— Mas há alguns que não enxergam a nossa Igreja como um negócio — argumentou Elizabeth. — É verdade que são poucos, mas eles existem. São meio fanáticos, crêem que representam Cristo aqui na Terra e que estão vivendo unicamente para a salvação das almas!

— Não passam de meia dúzia — disse Messias. — E aposto o que quiser que, desses seis, no máximo dois seriam efetivamente perigosos.

Elizabeth refletiu por alguns instantes e perguntou:

— Você está falando do pastor Elias e do pastor Firmino?

— Exatamente. São os dois que, nas reuniões do Conselho, têm se posicionado contra a minha política financeira. Acham que deveríamos *distribuir* nossos ganhos. Os outros quatro...

— Antônio Carlos, Paulo Antônio, Alexandre e João Francisco... — interrompeu Elizabeth.

— Esses mesmos — concordou Messias. — Eles apenas fazem eco às palavras dos outros dois. No frigir dos ovos, esses quatro prezam muito as comodidades que conseguiram conquistar e o dinheirinho que puderam amealhar. Querem fazer o papel de santos homens, quando não passam de mortais comuns, sujeitos às mesmas ambições de qualquer outro.

Fez uma pausa e disse, separando bem as sílabas:

— E aos mesmos medos, pode ter certeza!

— O que está querendo dizer com isso? — inquiriu a mulata, com expressão preocupada.

— Apenas que poderemos fazer com que esses quatro idiotas passem para o nosso lado com muita facilidade. Só não poderei fazer-lhes qualquer proposta financeira, isso poderia trazer problemas. Mas há outras maneiras de tirá-los do caminho... E até bem mais baratas!

— Tome cuidado, meu amor — pediu Elizabeth. — Não esqueça que esses pastores... mais carismáticos... possuem armas difíceis de bater! Principalmente Elias e Firmino. Cada um deles controla uma população significativa e de regiões perigosas e violentas. Você sabe que não lhes seria difícil *convencer* pessoas dispostas a qualquer coisa para *defender* Cristo!

— Sei disso — riu Messias. — Mas também sei que eu disponho de uma arma que, esta sim, é imbatível!

Beijou os lábios de Elizabeth e arrematou:

— Nada consegue vencer o dinheiro, minha querida... Principalmente quando não se faz qualquer tipo de mesquinharia na hora de empregá-lo!

* * *

A noite foi calma — na medida em que a atração que tomava conta dos dois o permitiu —, e eles acordaram na metade da manhã.

Enquanto tomavam o desjejum, Vittorio disse:

— Estive pensando, querida... Segundo o que concluímos a respeito do poderio da *Fraternidade*, acho que temos condições de desafiar esse nosso perseguidor...

— Não quero que você corra nenhum risco, Vittorio! — exclamou Cristiana. — Prefiro entregar o Sudário, apesar do que meu pai falou na carta que nos deixou!

— Você está se referindo ao que ele disse, que nós saberíamos o que fazer para protegê-lo?

— Sim. Mas acho muito mais importante protegermos a nós mesmos...!

— Não quero que você entregue a ninguém o conteúdo desse cofre — falou Vittorio, com energia. — Pelo menos, não ainda. Mesmo porque tenho certeza que isso de nada adiantará, pois essa *Fraternidade* não vai se contentar apenas com isso, vai querer nos eliminar.

— Do jeito que você fala, fico com a impressão de não termos saída nenhuma... — gemeu Cristiana.

Vittorio sorriu, passou manteiga e geléia numa torrada e falou:

— Na verdade, só vejo uma saída... Pode não ser simples, mas acho que é o único meio de que dispomos!

Cristiana olhou interrogativamente para Vittorio, e este explicou:

— Temos de enganar a *Fraternidade*. Na realidade, temos de atraí-la para uma armadilha.

Cristiana meneou a cabeça em sinal de dúvida e disse:

— Não sei como vai conseguir isso. Pode acreditar que os membros da *Fraternidade* são espertos... E se é verdade que eles estão esperando a oportunidade de deitar as unhas sobre a relíquia há setecentos anos, é de imaginar que eles não vão se deixar iludir com facilidade...

A moça serviu mais café para Vittorio, e ele falou:

— Você terá de confiar em mim. E eu, de minha parte, terei de acreditar na minha sorte!

— Não quero que você corra nenhum risco! — exclamou Cristiana. — E não quero que fique longe de mim um minuto sequer!

— Não vamos nos separar, querida. Não quero dar à *Fraternidade* a chance de seqüestrar você e ficar em posição de exigir coisa nenhuma...

— Confio em você, meu amor — disse a moça, depois de alguns segundos de silêncio. — E, desde que vamos estar juntos o tempo todo...

Vittorio terminou o café e, levantando-se, falou:

— Para começar, vamos sair daqui. A partir do instante em que estivermos a caminho do centro da cidade, vamos ligar o celular. Precisamos permitir que eles voltem a fazer contato.

* * *

Não foi preciso esperar mais do que quinze minutos depois de Vittorio ter ligado seu celular para que este chamasse. Rapidamente, ele entrou numa rua de menos trânsito e atendeu.

— Já estava esperando que você fizesse contato — falou o rapaz, em italiano, mantendo naturalidade na voz.

— Como já disse, você é muito esperto — disse o homem, no mesmo idioma e sem esconder uma nota de satisfação na voz. — Está usando o celular e no caminho para algum lugar... Assim fica mais complicado nós o localizarmos!

Vittorio forçou uma risada e retrucou:

— Da mesma forma que a obrigação do gato é caçar o rato, a deste último é encontrar uma maneira de fugir... Estou fazendo a minha parte.

— Já decidiu? Vai nos entregar o que queremos, ou teremos de tomá-lo à força?

— Você sabe o que contém o cofre? — perguntou Vittorio.

Houve um silêncio prolongado do outro lado da ligação, e o homem, por fim, falou:

— Eu sei... Mas talvez vocês não saibam e, então, é melhor que as coisas continuem assim.

— Você mesmo disse que a *Fraternidade* esperou setecentos anos... Portanto, isso que vocês estão querendo deve ser um tesouro muito valioso. Por que não fazem uma oferta de compra?

— Você não está em posição de exigir nada! — exclamou o homem, com irritação.

— Talvez você esteja enganado — falou Vittorio, com uma risada. — Não esqueça que nós temos a chave do cofre e sabemos qual é o banco.

O homem não respondeu de imediato e, depois de alguns segundos, perguntou:

— Quanto?

— Dois milhões de dólares — respondeu Vittorio, prontamente. — E eu, pessoalmente, darei um jeito em Cristiana.

— Ela não está com você? — indagou o homem, num repente e sem esconder a surpresa.

— Deixei-a no hotel. Como poderia fazer essa proposta na presença dela?

— Diga onde ela está e eu cuidarei disso — falou o homem.

— Não vai funcionar — replicou Vittorio. — Ela tem a chave e a senha. E não estão aqui. Preciso dela para abrir o cofre. E você não disse se aceita a minha proposta.

— Não posso responder agora — disse o outro. — Preciso de pelo menos uma semana para confirmar ou recusar.

— Também não vai funcionar — falou Vittorio. — Sabemos que há quem pague por esse material. Talvez não consiga esse valor, mas há quem pague.

O homem deu uma risada, e Vittorio acrescentou:

— Sei que o Vaticano pode se interessar muito por isso...

Havia preocupação na voz do homem quando ele disse:

— Não faça nada precipitado, Vittorio... Vamos negociar, e tenho certeza que tanto você quanto nós ficaremos satisfeitos.

Fingindo displicência, indagou:

— Onde é o banco?

— Esse banco não fica no Brasil — respondeu Vittorio, de imediato. — Portanto, você terá de esperar um pouco mais. E, como a sede da *Fraternidade* fica na Europa, mais precisamente em Roma, creio que o melhor será marcarmos o pagamento dos dois milhões de dólares e a entrega desse material lá mesmo. E nós estaremos partindo para a Europa esta noite. Isso significa que você tem até as quatro da tarde para me dar a resposta; caso contrário, em vez de ir para a...

Olhou para Cristiana e esta sussurrou:

— Paróquia de São Constantino...

Voltando a falar com o homem, Vittorio arrematou:

— ...Paróquia de São Constantino, irei diretamente para o Vaticano.

Depois de pensar um pouco, o homem falou:

— Farei contato até as quatro da tarde, Vittorio. Mas tome cuidado... Lembre-se que você não conseguirá escapar de nós se tentar nos trair...

Assim dizendo, cortou a ligação, e Vittorio, imediatamente, desligou seu celular.

Voltando-se para Cristiana, deu partida ao motor e disse:

— *Alea jacta est*, minha querida... Agora, vamos desaparecer de circulação. E, para tanto, teremos de trocar mais uma vez de carro e fazer uma viagem até o Rio de Janeiro... Obviamente, depois que esse italiano ligar.

12.

Tinha de ser um trabalho meticuloso e paciente, e Messias, além de ser detalhista, possuía uma paciência digna de chinês. Assim, entre os muitos detalhes que passaram a nortear suas ações desde o instante em que regressara de Roma com a conta bancária dez milhões de dólares mais gorda, havia um que ele cuidava com o mais extremado carinho: Messias não deveria aparecer de jeito nenhum. E isso, por dois motivos principais. Primeiro, porque ele temia que Dom Maronese o perseguisse até os confins do inferno para eliminá-lo. Segundo, porque não tinha o menor interesse em despertar inveja entre os componentes do Conselho e, com isso, criar um ambiente de hostilidade que somente serviria para dificultar o andamento de seus planos.

A idéia era minar o poder do Conselho até reduzi-lo a nada e, apesar de existente, torná-lo inócuo e controlado de forma absoluta. Isso era o que já vinha acontecendo, porém com o controle exercido por Medeiros. E Medeiros teria de desaparecer. A partir daí, da inexistência do principal, a disputa pelo poder tomaria conta do Conselho, e era essa disputa que Messias queria ter sob seu domínio.

Messias via duas maneiras de liderar a congregação. Uma delas seria tornar-se o pastor principal em substituição a Medeiros. Tinha o inconveniente de ser obrigado a aparecer e era justamente o que não queria que acontecesse. A outra forma seria dominar pelo poder do dinheiro. Poria como principal um fantoche que viesse todos os dias comer em sua mão e, ficando por trás dos bastidores, imperaria absoluto sem a necessidade de seu nome ser mencionado pela mídia. E era essa a alternativa ideal, pois correria muito menos risco de vir a ser descoberto por Dom Maronese.

Aproveitando os dias de *férias* que lhe restavam, começou a articular suas *bases*. Como primeira providência, foi fazer uma visita a um dos pastores menos atuantes do ponto de vista político do grupo.

O pastor Ferreira, que liderava o templo de Pirituba, era um homem de meia-idade, baixinho e gorducho, que subira na hierarquia da Igreja unicamente por ser submisso, prestativo e apagado. Estava sempre de acordo com tudo, considerava o *principal* o braço direito de Deus na Terra e vivia para os seus fiéis. Era essa a imagem que passava e em que todos — inclusive o principal — acreditavam. Porém havia um aspecto de sua vida que Messias percebera e, previdente que era, decidiu investigar.

Ferreira era apaixonado por sua mulher. Até aí, nenhum mal nisso. O problema residia no fato de ela não ser apaixonada por ele e, de vez em quando, procurar algo *diferente* fora do âmbito doméstico. Na verdade, Regina não fazia nenhum segredo disso, e, na tentativa de acalmá-la, Ferreira só encontrara uma maneira: satisfazer ao máximo a febre consumista da esposa — o outro vício de Regina.

Como pastor e responsável por um templo, Ferreira ganhava bem. Além de um salário significativo — muitos executivos ou engenheiros empregados em multinacionais não conseguiam perceber nem a metade do que a Igreja pagava aos seus pastores —, ele ganhava a quarta parte do *dízimo* que os fiéis sistematicamente depositavam nas cestas de coleta, ao fim das *reuniões*.

E Regina consumia tudo. Era uma mulher bonita, vistosa, cerca de quinze anos mais jovem que o marido e, consciente que era de seu poder de atração em relação aos homens, fazia absoluta questão de manter o pobre Ferreira em permanente estado de ciúmes e disposto a qualquer coisa para aplacar, ao menos um pouco, o fogo de sua mulher. Ela queria um carro novo? Ele comprava. Mais vestidos? Ele mandava fazer. Jóias? Ele dava um jeito.

O resultado não poderia ser outro: Ferreira vivia endividado, nervoso, tentando desesperadamente encontrar uma maneira de satisfazer as exigências da mulher sob pena de, na eventualidade de ele não conseguir, Regina encontrar quem o fizesse.

Messias teve sorte. Chegou à residência de Ferreira justamente num dia em que o casal acabara de ter uma discussão por causa de um gasto que Regina queria fazer e que estava muito longe do alcance do pastor.

— Não sei mais o que fazer! — desabafou Ferreira. — Estou sufocado em dívidas, e Regina parece não se incomodar nem um pouco com isso!

Ciente que estava da mania de consumismo da esposa do pastor, Messias sorriu e perguntou:

— Acha que sua vida seria mais fácil se você fosse... promovido e passasse a ganhar mais?

— Sem dúvida nenhuma! — exclamou Ferreira. — Tenho certeza que Regina, a partir do momento em que eu estiver numa posição melhor, e num outro templo, melhorará bastante!

— O que acha de um templo numa outra cidade, mais longe das tentações de consumo de sua mulher?

— Creio que seria o ideal — respondeu o pastor.

— E Regina aceitaria mudar-se para outro estado? — quis saber Messias.

— Se for para melhor, acredito que sim.

Messias pousou a mão sobre o antebraço de Ferreira e, em voz baixa, disse:

— Pois dentro de no máximo um mês você estará chefiando nossa igreja em Campo Grande, no Mato Grosso do Sul... Terá sob seu controle nada menos que cinco templos. Será por pouco tempo, pois tenho planos mais altos para você... E quanto às dívidas que andou contraindo aqui em São Paulo, pode deixar por minha conta. Só vou precisar de uma relação dos seus credores e do total a pagar.

A princípio, Ferreira arregalou os olhos. Depois, contendo um pranto de pura felicidade, indagou:

— Mas, por quê? Por que eu?

— Como eu disse, tenho planos para o seu futuro, meu amigo — riu Messias.

E, ficando subitamente sério, acrescentou:

— Mas há uma condição...

E, antes que o pastor tivesse tempo de perguntar qual seria essa condição, Messias disse:

— Vou precisar de seu apoio dentro de alguns meses. Seu voto no Conselho será útil para mim. E, conseqüentemente, para nós!

Ferreira abriu um sorriso e falou:

— Pois pode contar comigo, Messias! Para o que for necessário!

* * *

No dia seguinte, Messias foi para Campo Grande e, atendendo a uma antiga ambição do pastor Vanderlei, responsável pela igreja na capital do Mato Grosso do Sul, prometeu remanejá-lo para Salvador, na Bahia.

E assim, sucessivamente, foi angariando votos para o projeto que iria apresentar ao Conselho dentro de alguns meses. Nenhum dos pastores com quem esteve conversando lembrou de perguntar que projeto era esse, tão centrados estavam todos em seus próprios interesses, tão voltados estavam para o universo particular de cada um.

"O interesse na Igreja é zero", pensou Messias. "O que importa para todos eles é o dinheiro e a posição social. Mais uma vez é o Ter e o Aparecer tomando completa e totalmente o lugar do Ser..."

Deixou por último os seis pastores que ele e Elizabeth achavam que seriam os mais problemáticos. Antônio Carlos, Paulo Antônio, Alexandre, João Francisco, Elias e Firmino mereciam um cuidado mais especial. Principalmente os dois últimos.

Esses seis pastores comandavam regiões importantes de São Paulo e do Rio de Janeiro e, como dissera Elizabeth, eram homens carismáticos e que se julgavam em *contato direto* com Cristo, representando-o de todas as maneiras possíveis.

— São fanáticos — falou Messias para Elizabeth. — Em especial Elias e Firmino. Já os outros quatro, tenho uma forma muito simples de fazê-los me apoiar.

— Você mesmo falou que não poderá levar-lhes nenhuma proposta econômica — lembrou Elizabeth.

— E é verdade... Porém, para pessoas como essas, há algo que pesa muito mais do que qualquer cifra. O poder... Não existe droga mais viciante do que o poder, minha querida!

Marcou uma reunião com os pastores Antônio Carlos, Paulo Antônio, Alexandre e João Francisco. Convidou cada um individualmente e pediu-lhes sigilo absoluto. A desculpa para o encontro foi a mesma para todos: queria discutir um projeto antes de apresentá-lo ao Conselho.

No dia marcado, os quatro pastores ficaram surpresos ao se verem juntos.

— Mas não era uma reunião sigilosa? — perguntou o pastor João Francisco, cheio de desconfiança.

— E é — respondeu Messias. — Além de vocês quatro, ninguém mais está sabendo desta nossa... entrevista. E tudo quanto conversarmos aqui, hoje, deverá permanecer em segredo até que eu os libere para comentar com quem quiserem.

Os quatro homens se entreolharam. Aquela história não os estava agradando, mesmo porque jamais gostaram de Messias. Consideravam-se mais importantes dentro da hierarquia da Igreja pelo simples fato de serem mais velhos e mais *antigos na empresa*. Assim, tudo quanto partia do pastor consultor, eles procuravam uma maneira de pôr em dúvida, de criar empecilhos. Porém, como Messias tinha o respaldo de Medeiros, o principal, acabavam sempre obrigados a acatar e, ainda que raivosamente, a abaixar a cabeça e obedecer. Assim, estranharam aquela reunião — muito mais uma convocação, na verdade — e, quase por uma questão de princípios, assumiram uma posição de nítida e escarrada hostilidade.

Posicionamento este que desmoronou em parte logo à primeira frase de Messias:

— Eu os chamei aqui porque são os pastores mais importantes e mais influentes de nossa Igreja.

Os quatro se entreolharam, e Messias prosseguiu, fazendo com que todas as armas que estavam apontadas para ele baixassem de vez:

— Preciso que me ajudem a levar a Palavra do Senhor, através da Congregação, para dois países onde estão muitos milhares de brasileiros. São nossos irmãos que, por falta nossa, não podem dispor do apoio espiritual que seria nossa obrigação lhes oferecer.

Fez uma pausa para que os quatro pudessem sedimentar suas palavras e prosseguiu:

— Estou falando do Japão e dos Estados Unidos. Minha idéia é fundar nossa Igreja nesses dois países, inicialmente visando apenas os brasileiros que lá se encontram e, posteriormente, abrindo espaço para quem quiser se converter. É um desafio difícil, uma empreitada que só poderia ser oferecida a homens como vocês.

Erguendo os ombros como quem pede desculpas, falou:

— Aceitar essa incumbência, é claro, implica num certo sacrifício. Vocês, por exemplo, não terão mais como participar do Conselho... Em compensação, terão total liberdade de ação e, no início, toda a receita auferida nesses dois países deverá ser revertida para a implantação da Congregação nesses locais. E é claro que receberão seus salários em dobro e os subsídios que forem necessários.

Exatamente como Messias esperava, os olhos dos quatro pastores brilharam.

"O dinheiro sempre fala mais alto do que qualquer outra coisa", pensou ele, analisando as expressões dos homens que estavam à sua frente.

— Se vocês aceitarem, terão cinco anos nessas condições e poderão partir dentro de no máximo um mês. Providenciarei a abertura de uma conta em cada um desses dois países, com um saldo inicial de quinhentos mil dólares.

Mais uma vez os quatro pastores se entreolharam, e Antônio Carlos, depois de alguns segundos de reflexão, indagou:

— O que o principal acha desta idéia?

— Será uma surpresa para ele — respondeu prontamente Messias. — Vamos dar-lhe como presente de aniversário os dois templos iniciais. Um em Nova York e outro em Tóquio.

Forçando uma expressão de ansiedade, perguntou:

— O que acham? Quem vai querer ir para os Estados Unidos e quem estará disposto a ir para o Japão?

* * *

O homem ligou pouco antes das três da tarde, justamente no instante em que eles estavam terminando de almoçar, e Vittorio, falando baixo, disse-lhe que não poderia conversar naquele instante, pois Cristiana estava perto.

— Vou dar uma desculpa e sair — falou ele. — Ligue em quinze minutos.

Exatamente um quarto de hora depois, o celular de Vittorio voltou a tocar.

— Pode falar, agora? — perguntou o italiano.

Vittorio olhou para Cristiana, sorriu e respondeu:

— Sim. Deixei Cristiana no quarto e falei que precisava comprar cigarros. Qual é a sua resposta?

— Aceitamos a sua proposta, Vittorio — disse o homem. — Na próxima segunda-feira, na Paróquia de São Constantino, às nove da noite. Como quer o dinheiro?

— Um quarto em euros e três quartos depositados em minha conta, na Suíça. Esse depósito deve ser feito já.

— Está brincando? — fez o italiano. — Acha que vamos pagar por algo que não recebemos?

— Se quiserem que eu lhes entregue a... *mercadoria*... terão de pagar. E eu vou verificar o depósito assim que desembarcar na Europa. Se não tiverem depositado, farei uma visita ao Vaticano.

— Sabe que o encontraremos...

— Pode ser. Mas nunca mais encontrarão esse tesouro. Posso apostar que o Vaticano saberá como dar sumiço a ele.

Vittorio tomou fôlego e continuou:

— E não creio que vocês precisem de qualquer garantia. Como você mesmo já disse incontáveis vezes, vocês saberão como me encontrar... Ou seja, não poderei fugir. Estou confiando em você, estou acreditando que vocês vão me deixar em paz depois do negócio realizado. Acho que a recíproca tem de ser verdadeira. Se eu acredito em sua palavra, você tem de acreditar na minha.

O italiano pareceu refletir por alguns instantes e, por fim, disse:

— Está certo. Vou providenciar esse depósito. Amanhã, quando chegar à Suíça, pode verificar seu saldo.

Sem dar tempo a Vittorio, perguntou:

— Por que não marcamos nosso encontro nesse banco? Seria apenas uma transferência da chave e da senha...

— Você fará o depósito numa conta que é minha. Não tenho cofre nesse banco e o *material* está num outro banco, num outro país que não a Suíça, em nome de Cristiana. Por isso preciso dela. E é mais do que claro que eu não irei conferir o seu depósito pessoalmente.

Vittorio deu uma risada e juntou:

— Não vamos perder mais tempo. Anote o número da conta.

O italiano resmungou alguma coisa, mas obedeceu. Repetiu o número, e Vittorio, confirmando, disse:

— É isso mesmo. Amanhã verificarei meu saldo. Agora, vou desligar e não nos falaremos mais. A entrega será efetuada por um meu emissário, contra a entrega do dinheiro.

— Emissário? — fez o homem, sem esconder a surpresa. — Isso não está no programa! E, além disso, como saberemos que você cumpriu toda a sua parte? Como saberemos que você... eliminou... Cristiana?

— Vocês verão a notícia de sua morte nos jornais. Creio que pelo menos um há de publicar alguma coisa. E, quanto ao emissário, será assim ou não será de jeito nenhum. Até segunda!

Sem esperar por qualquer contestação, Vittorio desligou o celular e, voltando-se para Cristiana, falou:

— Agora, minha amada... Vou fazer algumas compras enquanto você vai a um salão de beleza e, em seguida, você irá ao banco! Chegou a hora de ver o que há naquele cofre!

13.

Com os pastores Elias e Firmino, Messias sabia muito bem que nenhuma manobra do gênero poderia dar certo. Ambos eram radicais ao extremo e, para agravar, tanto um como o outro não suportavam o pastor consultor, e isso explicava-se pelo simples fato de este possuir um conhecimento bíblico e teológico muito superior a qualquer outro membro da Igreja, o que era um fato que Elias e Firmino, justamente os dois mais antigos e que dominavam as maiores populações de fiéis, não conseguiam admitir.

Portanto, Messias tinha plena consciência de que o desaparecimento dos dois teria de ser feito de uma forma mais drástica. E definitiva.

Terminadas as suas férias e ao retomar o expediente normal na Congregação, Messias disse para Medeiros que estavam acontecendo algumas irregularidades nos templos de Copacabana e no da Penha, ambos no Rio de Janeiro. Justamente aqueles comandados por Elias e por Firmino, respectivamente.

— Há alguém, dentro da equipe de administração desses dois templos, que está desviando verbas — falou ele. — Fiz e refiz as contas e não tenho mais nenhuma dúvida disso.

— Mas esses dois pastores são os mais antigos da Igreja! — exclamou Medeiros, surpreso. — Não acredito que eles estejam... roubando!

— Nem eu — disse Messias. — Mas pelo fato de eles serem tão rígidos e honestos, provavelmente confiam demais em seus subordinados. E isso pode levar a que um deles, desonesto e mal-intencionado, acabe se aproveitando da boa-fé dos pastores para desviar verbas. Além disso, tanto Elias quanto Firmino são homens muito ocupados e preocupados com suas respectivas comunidades... Isso faz com que eles tenham uma forte tendência a delegar poderes e a não conferir resultados.

Medeiros meneou a cabeça num gesto de dúvida e perguntou:

— Qual é a sua sugestão?

— Vamos chamar os dois aqui em São Paulo. Não diremos do que se trata, justamente para evitar que eles comentem qualquer coisa com suas equipes administrativas. Tenho todos os dados e informações em nossos computadores, não será preciso que eles tragam nenhum documento. Nossa intenção será apenas alertá-los com relação ao que está acontecendo, e eles mesmos tomarão as medidas cabíveis.

Medeiros refletiu por alguns instantes e, balançando a cabeça afirmativamente, falou:

— Está certo... Chame os dois e prepare a reunião. Mas tome cuidado... Você os conhece, sabe como são suscetíveis, e eu não gostaria de criar uma situação que os possa constranger.

Messias sorriu, garantiu que nada disso iria acontecer e, deixando a sala do principal, foi ter com Elizabeth, dizendo:

— Mande as passagens de ida e volta para Firmino e Elias. Diga-lhes que o principal quer conversar sigilosamente com eles amanhã. De preferência, não os instale no mesmo hotel. Não quero que façam contato entre si antes da... reunião

Deu um beijo na mulata e finalizou:

— E deixe o resto por minha conta.

* * *

Elias e Firmino chegaram a São Paulo em vôos diferentes, no fim da tarde. Foram para os hotéis em que Elizabeth tinha lhes feito as reservas e cada um deles, ao receber o telefonema avisando do envio das passagens, ouviu-a recomendar:

— O teor da reunião é sigiloso, pois envolve unicamente a área administrativa. Por isso, o pastor principal solicita que não teça nenhum comentário com ninguém, nem mesmo com as pessoas de sua família. É evidente que o senhor pode dizer que estará em São Paulo por dois ou três dias, mas não deve falar mais nada. A partir do momento em que desembarcar em Congonhas, por obséquio, não fale com mais ninguém.

Assim, lembrando-se das palavras de Elizabeth, Elias e Firmino não estranharam quando receberam um telefonema dizendo-lhes que deveriam estar, às oito e meia da noite, numa certa churrascaria da Zona Oeste de São Paulo. Imaginaram que o pastor principal queria encontrá-los num ambiente mais descontraído para preparar a reunião do dia seguinte.

Esse pensamento foi comum a ambos e eles se surpreenderam ao se encontrar na entrada da churrascaria.

— Mas que surpresa, Elias! — exclamou Firmino. — O que faz aqui em São Paulo?

Elias ficou um tanto quanto ressabiado e constrangido. Segundo o que dissera Elizabeth, ele tinha sido chamado para uma reunião sigilosa e não deveria comentar nada com ninguém. E isso, era óbvio, incluía Firmino.

— Vim resolver um negócio — respondeu ele, evasivo.

E, olhando ao seu redor, na esperança de ver o pastor Medeiros, indagou:

— E você? Veio passear?

Foi a vez de Firmino ficar sem jeito e, depois de vacilar por um breve instante, ele respondeu:

— Também estou aqui a negócios...

— Está esperando alguém? — quis saber Firmino.

— N-não... — gaguejou Elias. — Vim apenas jantar. Ouvi dizer que esta churrascaria é muito boa...

Os dois ficaram ali na porta, sem saber o que dizer um ao outro.

E foi no momento em que Elias estava tomando a decisão de convidar Firmino para jantar, e, se o pastor Medeiros estivesse ali dentro, ele que arrumasse uma forma de ajeitar a situação, que um automóvel virou a esquina em alta velocidade e freou com estardalhaço diante dos dois homens.

Eles não tiveram tempo de reagir. A janela do lado do carona se abriu, e um homem encapuzado pôs meio corpo para fora, empunhando uma escopeta de repetição calibre doze.

Foram quatro tiros. Os quatro acertaram em cheio os dois pastores, que, sem nem mesmo entender o que estava acontecendo, caíram mortos sobre a calçada enquanto o automóvel tornava a arrancar em alta velocidade.

De dentro da churrascaria, esbaforido, surgiu Messias, tentando falar com o porteiro, que, atônito e trêmulo, apenas lembrava que poucos segundos antes ele estava bem ao lado daqueles dois homens e que, portanto, por mera questão de sorte também não tinha sido atingido pela chuva de chumbo grosso que aquele verdadeiro canhão-de-mão tinha acabado de despejar.

— Mas são os amigos que eu estava esperando! — gritou Messias. — O que aconteceu?

Ninguém soube dizer com exatidão. Algumas horas mais tarde, a única coisa que a polícia conseguiu apurar foi que um automóvel passou e alguém de dentro do veículo descarregara uma arma contra os dois pastores.

* * *

Messias ficou até alta madrugada prestando depoimentos na polícia e, por fim, foi dispensado. Na verdade, nem como testemunha ele servia, pois não tinha visto nada, encontrava-se sentado a uma mesa no fundo da churrascaria quando aconteceram os disparos. Explicou, apenas, que os dois pastores assassinados tinham sido chamados a São Paulo para uma reunião com o pastor principal e que ele, como o segundo na hierarquia da Igreja, convidara-os para um jantar de boas-vindas.

Já pelo meio da manhã, ele foi para os escritórios da Congregação e, enquanto isso, Elizabeth dirigiu-se para o centro da cidade, na estação da Sé, levando uma valise com cinqüenta mil dólares que entregou para uma outra moça que, por sua vez, tomou o metrô para Itaquera.

Menos de quarenta minutos depois, já na sede da Igreja, ela recebeu um telefonema:

— Por favor, avise o pastor Messias que o carro dele está pronto.

Elizabeth agradeceu e desligou.

Na sala de Medeiros, Messias ainda estava consolando o pastor principal, que, não se conformando com o ocorrido, repetia, sem cessar:

— Mas por quê? Por que eles foram assassinados como dois marginais?

Messias fez uma expressão muito séria e respondeu:

— Possivelmente o grupo que estava... ou ainda está... desviando o dinheiro dos templos no Rio de Janeiro.

— Mas isso é muito grave! — exclamou Medeiros. — Grave e perigoso!

— Acho que só há uma maneira de resolver o problema — murmurou Messias. — E posso apostar que não será menos perigosa...

Ante a expressão interrogativa do principal, ele explicou:

— Temos de dissolver os templos no Rio de Janeiro. Extingui-los, deixar passar alguns meses e, então, recomeçar. Podemos aproveitar a situação, dizer que não há nenhum pastor para substituir Elias e Firmino.

— Não! — replicou Medeiros. — Não podemos perder uma população tão significativa de fiéis!

— Por outro lado, não podemos continuar a perder dinheiro e manter o mesmo esquema significa dar continuidade aos desfalques. Por outro lado, como eu disse, demitir a equipe será extremamente perigoso. Por uma mera questão de vingança poderemos ser perseguidos aqui em São Paulo e a nossa segurança pessoal ficar bastante prejudicada.

Fez-se um silêncio denso e pesado na sala e, depois de alguns instantes, Messias disse:

— Talvez haja uma outra saída... Poderíamos nomear dois pastores para ocupar o lugar de Elias e Firmino, só que eles iriam para lá sem nenhuma autonomia financeira. Nós controlaríamos daqui a integralidade das verbas e as suas aplicações.

— Mas já temos trabalho demais por aqui! — protestou Medeiros.

— Se eu puder contratar mais dois assistentes e puder transferir a Elizabeth para trabalhar só para mim, tenho certeza de que darei conta. E é muito provável que, lá no Rio de Janeiro, as pessoas que estavam se locupletando com o nosso dinheiro, simplesmente peçam demissão quando perceberem que *a fonte secou*.

Medeiros meneou afirmativamente a cabeça e, depois de um momento de reflexão, disse:

— Está certo... Faça o que está sugerindo e vamos tentar. Pelo menos durante seis meses.

Com um sorriso, Medeiros finalizou:

— De qualquer maneira, nós não chegamos sequer a perceber que estávamos sendo roubados...

* * *

Usando óculos escuros, boné e roupas de skatista, Vittorio poderia estar se sentindo mal, mas tinha a segurança de jamais ser reconhecido. Alguns metros adiante, a morena de cabelos crespos e armados, vestida com roupas indianas estudadamente relaxadas, caminhava com passos apressados, olhando para os lados e segurando displicentemente uma grande bolsa de lona, aparentemente vazia. Ela também não estava se sentindo bem metida naquela indumentária, mas sabia que muito dificilmente alguém conseguiria reconhecer naquela figura insólita a elegante e sofisticada Cristiana Meyer.

Os dois tinham vindo para a praça da Sé de metrô, viajando em vagões diferentes e, naquele momento, desciam a rua XV de Novembro.

Para Vittorio, não era tarefa das mais simples vigiar Cristiana e o que estava acontecendo ao seu redor naquele mar de gente... Porém, ao menos aparentemente, ele tinha a impressão de que não havia ninguém especialmente interessado em Cristiana ou nele mesmo, vestido como estava, parecendo dez anos mais jovem e... um autêntico desmiolado.

Viu Cristiana entrar no banco e seguiu em frente, dando graças aos céus existir bem ali defronte um botequim onde ele poderia ficar *de sentinela* sem despertar suspeitas.

No interior do banco, depois de enfrentar o cenho franzido do segurança, Cristiana rumou diretamente para a mesa do gerente e apresentou-se, interrompendo uma conversa com um cliente:

— Meu nome é Cristiana Meyer e preciso abrir meu cofre.

Mostrou a chave que trazia pendurada num cordão ao pescoço, e, imediatamente, o gerente pediu licença ao cliente que estava atendendo e, mostrando uma porta às suas costas, falou:

— Por favor... Entre naquela sala e aguarde um instante. Já vou falar com a senhorita.

Menos de dois minutos depois, ele foi se encontrar com Cristiana, perguntando:

— A senhorita está com seus documentos? Tem a senha?

A moça mostrou-lhe a carteira de identidade, o passaporte, a carteira de motorista e falou:

— Não estranhe minha aparência... Com a atual situação da segurança em nossa cidade, achei melhor dar uma... *mexida* no meu visual.

O gerente sorriu, balançou afirmativamente a cabeça dizendo que ela tinha razão e pediu:

— Por favor... Acompanhe-me.

Seguiram por um corredor até uma porta-forte com fechadura eletrônica que o gerente abriu usando seu cartão. Fez com que Cristiana entrasse à sua frente e perguntou:

— A senhorita vai retirar alguma coisa?

— Não — respondeu ela. — Quero apenas ver o cofre e o que está dentro dele.

O homem anuiu com um sinal de cabeça e, tirando uma chave do bolso, meteu-a na da portinhola correspondente ao número do cofre que Cristiana lhe dissera e, mostrando um pequeno teclado fixo à parede, falou:

— Passe o cartão e digite a senha. Não demore mais de dez segundos, senão a porta não abre.

A moça obedeceu, e dez segundos depois a portinhola se abriu com um estalido. Solícito, o gerente tirou de dentro do cofre uma caixa de aço cuja tampa estava trancada.

— Vamos para a saleta — falou ele, dirigindo-se para um cubículo onde havia uma mesa e duas cadeiras.

Pondo a caixa sobre a mesa, disse:

— Vou deixá-la, senhorita... Para abrir o cofre, use a sua chave e quando terminar, aperte o botão da campainha. Virei apanhar a caixa para guardá-la.

Cristiana esperou que ele saísse e abriu a caixa.

Havia ali um pano dobrado, um pano cujo aspecto era de ser muito antigo, e vários pares de luvas cirúrgicas.

— *Meu Deus!* — pensou ela, trêmula. — *Mas é o Santo Sudário!*

* * *

Vittorio já estava começando a ficar nervoso, afinal Cristiana estava dentro banco havia quase uma hora. Respirou aliviado quando viu a jovem sair, segurando com força a bolsa que, naquele momento, parecia pesada.

Ela lançou-lhe um olhar rápido e seguiu na direção da praça da Sé. Vittorio esperou que ela se afastasse pouco mais de cinqüenta passos e seguiu-a, esforçando-se para não perdê-la de vista no meio da multidão.

Da mesma forma como tinham chegado à estação da Sé, embarcaram novamente, no mesmo trem, mas em vagões separados. Saltaram na estação terminal da Barra Funda e, ainda separados, rumaram para o estacionamento. Vittorio entrou, pegou o carro — um outro, que ele tinha alugado —, e Cristiana tomou um táxi.

Encontraram-se, conforme tinham combinado, num motel a pouco mais de um quilômetro dali.

Assim que ele entrou no apartamento, Cristiana atirou-se em seus braços, dizendo:

— Não agüentava mais o nervosismo, querido! A todo instante achava que ia desmaiar de medo!

— Mas não aconteceu nada — falou ele, acariciando-a. — Exatamente como imaginei, não fomos seguidos.

Afastando-a um pouco, indagou:

— E o cofre? O que tem lá dentro?

Cristiana respirou fundo, sentou-se na beira da cama e respondeu:

— Acho que é, realmente, o Santo Sudário! Eu o vi, examinei... Por isso demorei tanto tempo lá dentro. Notei que falta um pequeno retângulo, algo assim como quatro centímetros quadrados numa das pontas, num lugar bem manchado... Deve ter sido dali que minha mãe e o professor Magaldi tiraram a amostra para fazer a *clonagem*.

— Deixou como estava?

— Sim... Pus na bolsa uma porção de prospectos do banco, para fazer volume e, se alguém estivesse me observando, imaginar que eu tinha tirado alguma coisa do cofre. Foi isso que combinamos.

— Não havia mais nada além do Sudário? — quis saber Vittorio.

— Havia pelo menos uns seis pares de luvas cirúrgicas. E mais nada.

— Luvas cirúrgicas? — indagou Vittorio, espantado.

— Nada mais natural, querido — explicou Cristiana. — Para manusear um pano tão velho, tão delicado e tão precioso, é preciso usar luvas.

Olhando intensamente para o rapaz, ela falou:

— Mas o mistério continua... Se eu fui *feita* usando o material genético do Sudário, como pode ter acontecido eu ser mulher?

* * *

Pouco mais de quinze horas depois, Vittorio e Cristiana estavam sentados diante de Moishe Steiner, o primo paraplégico de Martha e que tinha ficado com a clínica e a casa de Ostia.

— Confesso que fiquei gratamente surpreso com o seu telefonema, Vittorio — disse Moishe. — E, ao mesmo tempo, preocupado, quando me disse que estava precisando de ajuda. Por acaso está necessitando de dinheiro?

— De forma nenhuma — respondeu o rapaz. — Minha mãe deixou-me mais do que o suficiente e, além disso, consigo ganhar bem, apesar de ser escritor. A ajuda que vim lhe pedir, na realidade, é muito... especial.

— Pois pode dizer. Devo tudo o que possuo à amizade e generosidade de sua mãe. Seria o cúmulo da ingratidão de minha parte recusar-lhe o que quer que seja.

Uma sombra de tristeza pairou sobre o olhar de Moishe e ele murmurou:

— Pobre Martha... Aquele câncer não a perdoou...

Voltando a olhar para Vittorio, indagou:

— Em que posso ajudá-lo?

Vittorio sorriu e disse:

— Acho que durante todos esses anos na Itália você deve ter tido a oportunidade de conhecer... o lado feio da sociedade.

— É o que mais acontece, Vittorio — murmurou Moishe, com um sorriso triste. — Vê-se muito mais o lado feio do que o bonito...

Fixando o olhar de Vittorio, perguntou:

— Afinal... Do que você precisa?

Vittorio respirou fundo e respondeu:

— Estamos correndo um sério perigo, Moishe... E a única maneira de escaparmos dessa enrascada é eliminarmos algumas pessoas...

Os dois jovens ficaram surpresos com a reação de Moishe. Imaginavam que, ao ouvir Vittorio dizer semelhantes palavras, o médico ficasse assustado, horrorizado, estavam até preparados para a eventualidade de ele os expulsar de sua casa. Mas não. Moishe limitou-se a menear afirmativamente a cabeça e, depois de alguns instantes de reflexão, perguntou:

— Para quando vocês precisam... disso?

— Para esta segunda-feira... Nove da noite — respondeu Vittorio.

— Teremos de correr, então — murmurou Moishe. — E você precisa me dizer o que posso dizer para esses... meus amigos.

— Quase nada, Moishe. Apenas que esse grupo espera que eu lhes entregue alguma coisa. Pagarão cerca de quatrocentos mil euros. A esta altura, já devem ter efetuado o depósito da outra parte do dinheiro. O numerário que estiver com eles deverá ficar para os... executores.

Mais uma vez, Moishe anuiu com um sinal de cabeça, e Vittorio foi até o telefone para verificar se, de fato, o depósito prometido tinha sido efetuado.

— Sim — disse ele ao voltar para junto de Cristiana. — Depositaram. Isso significa que eles estão, pelo menos, manifestando boa vontade. E estão apostando muito alto!

14.

Medeiros ficou profundamente abalado com o assassinato dos dois pastores, não tanto pelo crime em si e pela morte estúpida de seus subordinados, mas muito mais pelo que isso poderia representar para a Congregação e, conseqüentemente, para ele mesmo.

Não havia nenhuma dúvida de que a segurança dos dirigentes da Igreja precisava ser repensada, pois nada poderia garantir que algo semelhante viesse a acontecer com ele próprio ou com algum outro membro da cúpula diretiva, ou seja, do Conselho de Pastores.

O medo tornou-se uma constante na rotina de Medeiros. Contratou seguranças pessoais, mandou blindar seus automóveis e pôs vigilantes em sua residência vinte e quatro horas por dia.

Ao mesmo tempo, ordenou a Messias que fizesse o mesmo, e isso, pelo menos em parte, atrapalhava um bocado os planos do pastor consultor, que necessitava de liberdade absoluta — ou seja, sem vigilantes que sempre poderiam ser espiões — para poder dar continuidade ao seu plano de derrubar Medeiros. Além do mais, Messias sabia muito bem que ninguém corria maior perigo do que aquele habitual de qualquer executivo vivendo em São Paulo, uma cidade violenta onde os seqüestros eram quase um risco calculado.

Assim, Messias disse para Medeiros que tinha contratado seguranças e tudo o mais, mas na realidade, o máximo que fez foi mandar blindar seu automóvel e o de Elizabeth.

O pastor principal sempre levara uma vida social agitada e, desde que enviuvara, havia dois anos, quando sua esposa falecera por causa de um câncer, assumira a posição de viúvo inconsolável. Porém isso era apenas para o público e a mídia, pois na realidade ele tinha seus encontros amorosos, especialmente com garotas de programa quando ia viajar.

Ora, o medo de ser surpreendido através de uma dessas moças fez com que Medeiros cortasse toda e qualquer aventura. E isso, para um homem que estava acostumado a manter uma vida sexual bastante ativa, era a maior de todas as torturas.

Comentou a triste situação em que se encontrava com Messias, e este deu-lhe a solução:

— Tenho recebido muitos pedidos de mulheres para terem o direito de pregar o Evangelho... Algumas são bem bonitas e, tenho certeza, donas de um intenso *fogo interior*. Tenho recusado essas solicitações por causa dos nossos estatutos que têm um parágrafo dizendo que as mulheres, desde os tempos de Adão e Eva, não são dignas de pregar a palavra do Senhor.

— E não são mesmo! — exclamou Medeiros, dando vazão a um de seus surtos de fanatismo.

— Pois é... — fez Messias. — É pena. Poderíamos fazer com que elas se *purificassem* através do contato carnal com o pastor principal...

Medeiros olhou interessado para Messias, e este prosseguiu:

— Os povos antigos tinham até mesmo rituais para celebrar a *purificação* das mulheres através de sessões de sexo com os sumos sacerdotes. Na Igreja Católica, na época da Idade Média, muitas fraternidades e irmandades faziam o mesmo.

Baixando um pouco a voz, Messias arrematou:

— Se o senhor me permitir, posso começar a lhe enviar algumas dúzias de belas moças cujos endereços tenho comigo. E todas elas são devotas e, claro, de absoluta confiança...

Não foi preciso sugerir uma segunda vez nem mesmo entrar em maiores detalhes. Medeiros compreendeu muito bem e, já naquela noite, seu motorista particular — aliás, muito amigo e fiel servidor de Messias — levou para a casa do pastor principal uma morena de olhar ansioso, seios frementes, curvas sensuais e que estava certa de que, após aquele *entrevero amoroso*, estaria definitivamente admitida no restrito time dos pregadores do Evangelho.

Ela ficou na mansão de Medeiros por três dias e três noites e, durante esse intervalo de tempo, o principal não foi para o escritório, transferindo todas as suas funções para seu braço direito, ou seja, para Messias.

Era exatamente isso que Messias tinha planejado. Assumindo as funções de Medeiros, ele pôde, com muita facilidade, montar esquemas que lhe possibilitaram desviar verbas verdadeiramente astronômicas para a sua conta no Uruguai.

Durante um ano, ele fez com que o pastor principal ficasse extremamente ocupado *cuidando* das candidatas a pregadoras e, nos momentos em que Medeiros começava a dar sinais de exaustão, providenciava-lhe uma viagem para os Estados Unidos ou até mesmo para o Japão, sob os pretextos os mais banais. E o homem ia. Não tinha coragem para dizer que não queria mais, que gostaria de voltar às suas atividades burocráticas, mesmo porque Messias sempre arrumava alguém absolutamente irrecusável para acompanhar e *cuidar da comodidade* do principal no exterior.

Assim, porque Medeiros estava numa reunião de evangélicos no Wyoming — devidamente acompanhado por uma linda loira —, foi Messias que presidiu a reunião do Conselho em que as modificações, transferências e remoções de pastores sugeridas pelo pastor consultor foram votadas e unanimemente aprovadas. O mesmo se deu na reunião que modificou os estatutos — Medeiros, desta vez tinha ido a uma convenção ecumênica em Paris — e que pôs o pastor principal numa posição de comando abaixo do pastor consultor.

Estava pronta a *cama*... Restava apenas fazer com que Medeiros desaparecesse definitivamente.

* * *

Em três jornais de grande circulação, cujos proprietários eram amigos de Moishe Steiner, a notícia apareceu em primeira página, dando conta de que a jovem e brilhante pesquisadora da Columbia University, Cristiana Meyer, tinha sido encontrada morta na madrugada de sábado para domingo, no chalé que ela e o namorado, Vittorio Steiner, tinham alugado em Ostia. Tudo indicava que a moça tinha sido vítima de um ataque cardíaco e o namorado, Vittorio, estava tão abalado que sequer conseguia falar.

Para Moishe não foi nem um pouco difícil *convencer* tanto a polícia quanto a imprensa de Ostia de que aquela notícia fazia parte de uma aposta, de uma piada, e que tudo ficaria esclarecido em no máximo quatro dias.

— Ninguém será prejudicado — disse ele para o rotundo chefe de polícia e para os jornalistas. — Mas tudo isso deverá permanecer em segredo durante os próximos quatro dias. Depois, prometo-lhes um *furo* de reportagem e, além disso, estou comprando o seu silêncio...

Voltando-se para o policial, acrescentou:

— E, quanto a você, Cláudio... Pode contar com a minha colaboração total para as festas natalinas da polícia.

Cláudio Granieri sorriu satisfeito. Com certeza a festa de Natal seria uma maravilha com o dinheiro que Steiner daria e, o que era ainda melhor, ele tinha a certeza de que estaria recebendo um presente particular e... muito especial.

De volta à sua casa, Moishe fez uma ligação telefônica e, depois de conversar ao aparelho por quase meia hora, foi ter com Cristiana e Vittorio, no jardim-de-inverno.

— Está tudo acertado — comunicou. — Se vocês quiserem se fazer ao largo...

— Não, Moishe — disse Vittorio. — O mínimo que podemos fazer é estarmos presentes enquanto durar essa operação.

— Você não vai participar de coisa nenhuma! — exclamou Cristiana, segurando o antebraço de Vittorio. — Você é um intelectual, não um atleta ou...

— Gângster, você quer dizer? — riu o rapaz, dando um beijo em Cristiana. — Fique sossegada, minha querida... Apenas quero estar por perto. Quero ter a certeza, nada mais. E quero ver se entre eles está um certo motoqueiro, cuja fisionomia pude ver muito bem na avenida Paulista...

— Pretende participar da ação? — indagou Moishe, preocupado.

— Não. Vou ficar observando. Quando tudo terminar, conforme o resultado, quero ver o que aconteceu... Quero ver quem estará lá.

Moishe levantou-se da poltrona e, apoiado em suas muletas, caminhou até o barzinho, no fundo do jardim-de-inverno. Pegou três copos, serviu uísque com gelo nos três e, de uma gaveta, tirou uma Beretta Brigadier 9mm e três carregadores cheios.

— Sabe usar isto? — perguntou, entregando a arma para Vittorio.

— Sim — respondeu o rapaz. — Sempre gostei de tiro-ao-alvo... Cheguei a participar de diversos campeonatos.

— Pois leve-a, meu amigo — disse Moishe. — E, se tiver de usá-la, lembre-se que os escantilhões de um estande de tiro não podem revidar... Mas um bandido, com certeza, não vai pensar duas vezes antes de fazê-lo!

* * *

Os dois homens passaram diante da janela do automóvel em que estavam Vittorio e Cristiana — não houvera argumento capaz de fazê-la ficar na casa de Moishe esperando o rapaz —, e um deles, encostando-se à porta, acendeu um cigarro e disse, disfarçadamente:

— Está tudo certo, *dottore*... Estaremos nós dois do lado de fora, para evitar qualquer surpresa.

Fingindo-se de embriagado, ele se afastou, e Cristiana, segurando a mão de Vittorio, murmurou:

— Estou com medo, querido... Acho que não deveríamos ter vindo...!

— Concordo — retrucou o rapaz. — *Você* não deveria ter vindo!

— E acha que eu iria deixá-lo sozinho num momento como este? — protestou Cristiana. — Nós estamos juntos nessa loucura, e pretendo continuar assim para o resto de meus dias!

— Nesta loucura? — brincou Vittorio.

Cristiana forçou uma risada, abraçou-se a ele e disse:

— Não, querido... Neste amor!

Trocaram um beijo e voltaram a prestar atenção à entrada da Igreja de São Constantino, a cerca de cinqüenta passos de distância.

Vittorio olhou o relógio. Faltavam cinco minutos para as nove horas, e ele não conseguira observar nenhum movimento na rua nem na igreja, que continuava às escuras.

— Será que desconfiaram de alguma coisa? — perguntou Cristiana, num sussurro.

— Não creio. Eles fizeram o depósito. Tenho certeza que estão acreditando em mim... E estão muito confiantes, isso é que me preocupa.

Cristiana ia começando a perguntar por que ele estava dizendo isso quando um táxi parou diante da porta da igreja e dele desceu um homem segurando uma pasta de executivo.

— Nosso homem chegou — disse Vittorio. — O nosso emissário...

Não pôde deixar de se admirar com a influência de Moishe Steiner. Bastara aquela ligação telefônica e tudo tinha se arranjado.

O táxi partiu e, enquanto o emissário batia levemente à porta da igreja, uma lâmpada se acendeu na casa paroquial, anexa ao corpo do templo.

— Por aqui! — um homem disse, abrindo a porta da casa paroquial. — Entre com as mãos para o alto!

Preocupado, Vittorio viu que o homem estava empunhando uma pistola e, através da janela iluminada, ele pôde perceber as sombras de pelo menos mais dois indivíduos.

— Trago uma encomenda — falou o emissário, com voz calma e pausada. — E preciso apanhar um pacote...

— Venha por aqui — insistiu o homem à porta. — E não faça movimentos bruscos...

O emissário estacou. Mostrando a maleta, falou:

— Veja bem, amigo... Se eu soltar a alça desta pasta, ela queimará como pólvora. E o que vocês estão tão ansiosos para ter em mãos desaparecerá. Quero ver o dinheiro. Não há a menor necessidade de eu entrar aí. Mostrem o dinheiro, joguem o pacote para mim e eu deixarei a maleta aqui. Depois que eu soltar a alça, vocês terão exatamente vinte segundos para abri-la ou ela virará uma bonita chama amarelada.

O homem da porta ficou em silêncio por alguns segundos e, voltando-se rapidamente para o interior da casa, chamou os outros dois, dizendo:

— Venham para cá... E tragam o dinheiro.

Os dois obedeceram e, enquanto estavam se dirigindo para fora, Vittorio esforçou-se para ver se havia mais alguém na casa. Não percebeu nada. Parecia que eles estavam, realmente, em apenas três.

Um dos homens trouxe uma mala de tamanho médio e colocou-a no chão, aos seus pés.

O emissário sorriu e disse:

— Aqui... Quero a mala aqui perto, onde eu possa vê-la.

— E nós queremos que você abra a pasta — replicou o homem que trouxera a mala.

No carro, com a janela aberta, Vittorio reconheceu a voz do homem. Era o indivíduo da motocicleta.

— É ele! — sussurrou para Cristiana. — Tenho certeza disso! O homem que assassinou seus pais e Britto!

— Não posso — falou o emissário. — A pasta fechada é a minha única garantia. Vocês terão de acreditar em mim ou...

Vittorio teve de se controlar para não ceder ao impulso de descer do carro já disparando a *Beretta* contra ele, vingando assim as mortes que o bandido causara.

Enquanto Vittorio controlava os nervos e dominava a raiva que estava sentindo, o italiano voltou a pegar a mala e caminhou até cerca de dez passos do emissário e parou. Abaixou-se ao lado da mala, abriu-a e tirou de seu interior um maço de cédulas.

Virando a mala de forma a que o emissário pudesse ver o seu conteúdo, falou:

— Pode ver que está tudo certo...

— Feche a mala e empurre-a para cá — ordenou o emissário.

Ele obedeceu, e o emissário pegou a mala. Com um sorriso nos lábios, ele disse:

— Vou largar a alça. Vocês terão, como falei, vinte segundos para abrir a pasta. Há quatro fechos de segurança que têm de ser abertos simultaneamente. Por isso, vocês três terão de agir ao mesmo tempo se não quiserem ver tudo isso se transformar numa formidável fogueira.

Abaixou-se, ainda segurando a alça da pasta e, nesse instante, um automóvel surgiu às suas costas, a porta traseira já aberta.

O emissário não perdeu tempo. Largou a alça e mergulhou dentro do carro que, imediatamente, arrancou à toda.

Os três homens precipitaram-se para a pasta, os três ao mesmo tempo seguraram-na, procurando os fechos que deveriam ser abertos ao mesmo tempo.

E, então, aconteceu a explosão.

Não foi muito ruidosa, foi mais abafada do que barulhenta, mas a língua de fogo que se formou parecia ter vindo diretamente do inferno...

A chama lambeu os três homens e se espalhou, numa cor amarelo-esbranquiçada, atingindo a porta de madeira da casa paroquial, as venezianas e o assoalho de tábuas lisas.

Não foram precisos mais do que alguns minutos para que tudo ali estivesse queimando como numa pira gigantesca.

Gritos foram ouvidos, vindos do interior do prédio, dois homens — verdadeiras tochas vivas — saltaram pelas janelas e um outro tentou atravessar a porta e caiu de borco no chão, ao lado dos outros três corpos que estavam queimando.

— Que horror! — exclamou Cristiana. — Como pode...?

— A maleta devia estar cheia de fósforo branco — murmurou Vittorio, aparvalhado.

Ouviram, nesse instante, o som agudo de uma sirene de bombeiros, e ele, ligando o motor, disse:

— Vamos, querida... Não há mais nada para fazermos aqui!

15.

Eliminar Medeiros seria uma tarefa bem mais delicada do que o fora o assassinato de Elias e Firmino. Para estes dois bastara que Messias tivesse feito contato com dois conhecidos seus, *Duque* e *Tonhão*, que conhecera por acaso num *inferninho* de São Paulo. Simpatizara com os dois — ambos estavam meio embriagados e tinham uma conversa interessante —, pagara-lhes a despesa e, ao se despedirem, já na calçada, *Duque* dissera:

— Gostei de você... Se um dia precisar que façamos algum *serviço*... qualquer que seja, até mesmo *apagar* um desafeto, pode contar conosco. É só telefonar para este número e falar com a Luzia. Você nem precisa aparecer. Pode deixar que cuidaremos de tudo e faremos um precinho camarada.

O tal *precinho camarada* para dar cabo de Elias e Firmino foram aqueles cinqüenta mil dólares que Elizabeth entregara para Luiza. E o *serviço*, inegavelmente, fora muito bem-feito.

Porém com Medeiros o risco seria muito maior, mesmo porque a repercussão na mídia haveria de ser terrível. Medeiros não poderia ser assassinado assim. Seria preciso haver uma justificativa bastante convincente para sua morte, nada poderia ocorrer que desse margem a que suspeitassem de uma luta pelo poder na mais difundida igreja evangélica do país.

O ponto mais fraco do pastor principal era o seu complexo de Fauno, e seria justamente nisso que Messias sabia que poderia *pegá-lo*.

Telefonou para Medeiros dizendo-lhe que havia uma mulher linda querendo ser guindada a *pregadora*.

— Só há um problema — disse Messias, com um tom preocupado na voz. — Ela vai viajar com o marido para a França amanhã de manhã... Se você quiser, mando-a para sua casa esta noite, caso contrário, terá de esperar seis meses.

Medeiros riu e retrucou:

— Não se trata de *querer*, Messias... Trata-se muito mais de eu *poder*! A última que você me enviou ainda está aqui em casa e, nas últimas vinte e quatro horas, não parei de...

— Esse é o menor problema, Medeiros — falou Messias. — Conheço um comprimido que é sensacional...

— Também conheço... E já tomei dois hoje de manhã. Não posso tomar mais, você sabe disso, com a minha idade...

— Esse não tem perigo nenhum. Não é igual aos outros, eu o trouxe do Japão quando estive lá há dois meses.

Medeiros ficou em silêncio e, depois de alguns segundos, perguntou:

— Tem certeza que não vai me fazer mal?

— Absoluta. Eu mesmo tomo esse remédio... em situações especiais. E pode ver que estou muito bem de saúde!

Depois de uma breve pausa, Medeiros falou:

— Está certo... Mande-me a mulher. E o tal comprimido, não se esqueça!

— Estou indo para aí agora — disse Messias. — Vou levá-lo pessoalmente.

Desligando o telefone, Messias correu para uma farmácia e comprou um vidro de antibióticos em cápsulas. Dali, foi para sua casa e, da gaveta de sua escrivaninha, pegou dez comprimidos de Ecstasy e esmagou-os. Esvaziou cinco cápsulas do antibiótico que tinha comprado e substituiu seu conteúdo pelo Ecstasy esmagado. Pôs as cápsulas assim preparadas num vidro vazio e colocou no bolso do paletó mais dez comprimidos inteiros de Ecstasy.

Foi para a casa de Medeiros e, como sempre fazia, entrou sem bater.

Encontrou o pastor principal já se despedindo da mulher que ele lhe tinha mandado três dias atrás e, assim que ela saiu, Messias disse:

— Está aqui. Tome as cinco cápsulas de uma só vez. Dentro de meia hora, você estará *tinindo*. Vou trazer a mulher daqui a vinte minutos, e aposto o que quiser que ela não dará conta da *empreitada*!

Medeiros não discutiu. Tomou as cinco cápsulas com um pouco de água, e Messias, despedindo-se dele, falou:

— Você vai sentir um pouco de sede, isso é normal e passa logo. Tome uma dose de vodca. O efeito fica muito mais intenso.

Viu Medeiros ir até o barzinho da sala e servir-se de uma generosa dose da bebida. O principal foi sentar-se no sofá, e Messias, disfarçadamente, deixou o vidro com os comprimidos de Ecstasy sobre o balcão do bar. Saiu da casa e, da porta, olhou para Medeiros. Este estava com uma expressão angustiada, abanando-se com uma revista e, logo em seguida, inclinou-se para trás, respirando com dificuldade.

Messias não esperou mais. Sabia perfeitamente o que iria acontecer dali em diante.

* * *

Vittorio e Cristiana ficaram mais um mês na Europa. Passearam, comeram, beberam, amaram-se a mais não poder e, desta feita, com a deliciosa sensação de segurança que, até então, não tinham conseguido.

Porém a intenção primordial do casal não era apenas gozarem de uma bem merecida e esperada lua-de-mel, mas sim permitir que Cristiana fizesse um levantamento minucioso, em Paris, sobre a Fraternidade de São Constantino.

— Paris é o centro de estudos dessas sociedades secretas — disse ela. — E essa pesquisa será a melhor maneira de sabermos até que ponto ainda teremos de temer a *Fraternidade.*

Através de um professor que Cristiana tinha conhecido na universidade de Columbia, ela e Vittorio puderam ter acesso à biblioteca da maior e mais importante loja maçônica da França e, assim, puderam saber sobre o que acontecera à *Fraternidade* a partir do momento em que o papa Paulo VI, através do Concílio Vaticano II, começara a *minar* as estruturas de todas as irmandades e fraternidades católicas de cunho secreto e cujos objetivos não estavam diretamente voltados para o progresso social das comunidades.

Cristiana não demorou a perceber que a mais atingida fora justamente a Fraternidade de São Constantino, aliás exatamente como ela supusera em sua tese e como tinha comentado com Vittorio, ainda no Brasil.

— Eles sentiram que estavam perdendo terreno e efetivo muito rapidamente — disse ela. — Por isso o desespero em recuperar a relíquia. Certamente imaginavam que, de posse do Santo Sudário, teriam novamente poder sobre o Vaticano e conseguiriam restabelecer seu antigo status de defensores do Catolicismo. Evidentemente, na esteira desse poder, haveria o dinheiro fluindo novamente e em altas somas.

Pensativo, Vittorio perguntou:

— Mas... Se eles sabiam que a relíquia estava com sua família, e posteriormente com a sua mãe, por que não a tomaram antes?

— Tenho uma hipótese, querido — sorriu Cristiana. — Pode ser uma loucura, mas depois de tudo o que aconteceu, fica difícil dizer o que é loucura ou sanidade...

Vittorio olhou interrogativamente para Cristiana e esta explicou:

— Na realidade, minha família sempre funcionou como uma espécie de guardiã da Relíquia. Não posso saber nem sequer imaginar, quando e como a *Fraternidade* descobriu onde estava o Santo Sudário. Pode até ser que um ou mais de meus antepassados tivessem pertencido à *Fraternidade*, ou que tivessem tido alguma ligação com ela. Mas isso não importa. Creio que, já no século XX, aconteceram muitas disputas, dentro da própria *Fraternidade*. Disputas principalmente pelo poder. Por causa do clima tenso, aqueles que sabiam onde se encontrava a Relíquia, ou seja, a fonte potencial do poder maior que eles poderiam ter, preferiram deixá-la onde estava, fazendo com que minha família a guardasse. Seria, possivelmente, o lugar mais seguro. A idéia de usar o Santo Sudário como fonte de material genético só pode ter surgido por volta de 1960, que foi quando esses estudos começaram a aparecer ao público. E, para a *Fraternidade*, quando descobriram que minha mãe estava se especializando justamente nesse campo, não poderia acontecer coisa melhor. Eles teriam acesso não apenas à fonte de material genético, mas também à tecnologia para a execução da *clonagem*.

Beijou os lábios de Vittorio e concluiu:

— Mas o mais importante é que, nesta pesquisa que fiz aqui em Paris, cheguei à conclusão que a *Fraternidade* estava completamente esvaziada. Aqueles homens que morreram na Paróquia de São Constantino eram os últimos.

— Você acha que não há mais nenhum *Irmão* de São Constantino em nenhum lugar do mundo?

— Deve haver — respondeu Cristiana. — Mas não há mais chefia. E uma organização acéfala está condenada à própria destruição. Definha até acabar por completo.

Vittorio fez uma expressão de dúvida e murmurou:

— Não sei... Há sempre o fanático... Há sempre alguém que revire o monturo para tentar aproveitar alguma coisa.

Abraçou Cristiana, riu e falou:

— O melhor é não pensar mais nisso. Temos, é evidente, de ficar atentos... Mas não mais do que isso. E agora, o mais importante será voltarmos para o Brasil e...

Cristiana beijou apaixonadamente Vittorio e sussurrou ao seu ouvido:

— ...ficarmos juntos até o final dos tempos!

16.

O motorista de Medeiros, ao regressar, encontrou o patrão morto. Evidentemente, sua primeira providência foi chamar Messias que, por sua vez, avisou a polícia.

Chegou à casa do principal pouco mais de meia hora depois que os policiais estavam lá.

Não foi preciso mais de quinze minutos para que um dos investigadores encontrasse o frasco com os comprimidos de Ecstasy. Mostrando-o disfarçadamente para Messias, ele falou:

— Foi isto que matou o pastor. E será uma verdadeira bomba para a sua Igreja...

Messias teve de se esforçar para não sorrir, pois era exatamente o que estava esperando que acontecesse. Puxando o policial pelo braço, levou-o para a biblioteca de Medeiros e perguntou-lhe:

— Quanto?

— O que acha de cem mil? — indagou o investigador, sem vacilar.

— Acha que pode passar por um infarto?

— Facilmente... E até é possível evitar a autópsia, mas isso fará mudar a moeda. Serão cem mil dólares.

Messias apenas pediu para o policial aguardar dois minutos no banheiro e, assim que se viu só, abriu o cofre de Medeiros — havia muito tempo que ele conhecia a combinação —, retirou cem mil dólares de lá e voltou a fechar o cofre. Chamou o policial e entregou-lhe o dinheiro.

— Você não vai se arrepender, meu amigo — falou Messias com um sorriso. — Evitar um escândalo é sempre um bom negócio... A troco de quê vamos tornar público um erro do nosso pastor principal? Um homem que serve de exemplo para milhões de brasileiros?

O investigador não respondeu. Meteu os maços de dólares nos bolsos e sob a camisa e deixou a biblioteca.

Menos de cinco minutos depois, o corpo estava no rabecão, a caminho do Instituto Médico Legal.

— Pode ficar descansado — garantiu o investigador. — Cuidarei pessoalmente para que a autópsia dê como *causa mortis* um infarto.

E foi isso que aconteceu. No dia seguinte, todos os jornais noticiavam que Medeiros, fundador e pastor principal da Congregação Universal da União com Cristo tinha sido vítima de um infarto fulminante e falecera antes de poder ser socorrido.

O caminho estava definitivamente aberto para Messias.

* * *

A reunião do Conselho, convocada às pressas e completamente controlada por Messias, elegeu o pastor Ferreira como principal e manteve Messias como pastor consultor, com todos os poderes sobre a Igreja.

Durante os quatro anos que se seguiram, Messias imperou absoluto, controlando o Conselho como se seus componentes não fossem mais do que os bonecos de um teatro de marionetes cujos cordões estavam em suas mãos. Nada era feito sem o seu aval e suas sugestões não tinham outro peso senão o de ordens que deveriam ser cumpridas a qualquer preço.

Não admitia dissidências e possuía o dom de prever onde e com quem teria problemas. Sempre contando com Duque e Tonhão, esses *problemas* jamais deixavam de ser meramente embrionários.

Fora assim com três membros do Conselho que ameaçaram se posicionar contrários a algumas determinações do pastor consultor e que tombaram antes de manifestar oficialmente suas opiniões, vítimas de latrocínios terríveis.

Messias encarava a Congregação como um grande e lucrativo empreendimento. Porém ele sabia que a sua matéria-prima era a fé dos fiéis e a constância dos lucros estava baseada única e exclusivamente no incremento do fanatismo que os pastores conseguiam incutir em seus seguidores. Assim, as *máquinas produtivas* da Igreja eram justamente esses homens que se expunham nos templos, que falavam, gritavam, gesticulavam e, ao fim de cada sessão, angariavam os fundos que iriam alimentar os cofres não só da Igreja, mas principalmente de Messias que, sempre nos bastidores, fazia questão fechada de não aparecer. Até mesmo as incontáveis propriedades que adquirira, bem como as cotas de participação em muitas prósperas empresas, não estavam em seu nome, mas sim num nome falso, numa identidade fantasma — porém absolutamente legalizada graças às gordas propinas que Messias distribuíra para conseguir essa *segunda vida*. Tinha algumas contas bancárias modestas em seu próprio nome, e o grande volume de dinheiro que possuía era movimentado através de seu banco no Uruguai, cuja conta também se encontrava em nome dessa identidade-fantasma.

Também fazia questão de não aparecer em colunas sociais — muito embora suas atividades junto à alta sociedade fossem bastante intensas — e punha o pastor principal, Ferreira, como anteparo para os flashes de fotógrafos e jornalistas curiosos.

— Sou apenas um funcionário da Igreja — dizia. — Um humilde servidor do Senhor... Entrevistas, fotografias e coisas do gênero fazem parte das atribuições do pastor principal, que é o verdadeiro representante de nossa Igreja.

Aprendera muito com Medeiros sobre a forma de *vender* o apoio da Congregação para políticos, mas como não queria — e sabia muito bem que não deveria — aparecer para a grande mídia, fazia com que Ferreira funcionasse como uma espécie de *corretor* nessas negociações. No entanto, a última palavra era sempre dele. E, obviamente, o dinheiro angariado ia, em sua maior fatia, para a sua conta em Montevidéu.

Mas a sabedoria popular é infalível: tantas vezes o púcaro vai à fonte que um dia ele quebra.

Com Messias não poderia ser diferente...

17.

Elizabeth abraçou-se a Messias, seus corpos buscaram-se, acharam-se... Amaram-se outra vez.

Aquela mulata parecia ser insaciável, e mesmo Messias tendo energia de sobra, por fim fora obrigado a se render.

— Pelo amor de Deus...! — pediu ele, ofegante. — Não agüento mais! Você quer me matar, tenho certeza!

Elizabeth sorriu, beijou os lábios de Messias e, acariciando seu peito com as pontas dos dedos, falou:

— Na verdade, bem que eu devia mesmo matá-lo desse jeito... Acho que seria a única forma de impedi-lo de ficar batendo asas para as outras mulheres!

— Nem poderia fazer isso! — defendeu-se ele. — Você acaba comigo todas as noites! E olhe que eu deveria estar fazendo a *purificação* das mulheres que desejam tornar-se *pregadoras*, uma vez que todas as funções de Medeiros passaram para mim... Só que, do jeito que você me arrasa, sou obrigado a passar essa obrigação para um outro pastor!

A mulata soltou uma sonora gargalhada e disse:

— Você sabe muito bem que essa... *regra*... não passa de um *meio de vida* que você mesmo sugeriu para o falecido Medeiros. E que não existe nada dessa história idiota de *purificação*!

Com expressão subitamente séria, Elizabeth juntou:

— Além disso, desde sempre você soube que eu jamais haveria de permitir que bancasse o *sumo sacerdote* inca... Você já tem dona... E sou eu! Não tenho a menor vontade de dividi-lo com quem quer que seja!

Messias achou mais conveniente não contestar. Conhecia aquela *missa* havia já um bom tempo e sabia que, se continuasse o assunto, a mulata acabaria brigando, debulhando-se em lágrimas e tornando-se extremamente desagradável.

Assim, depois de lhe dar um beijo em cada mamilo, ele falou:

— Vou pensar nisso, meu amor... E não vamos mais perder tempo com essas bobagens. Você sabe que temos coisas mais importantes para fazer...

A mulata resmungou alguma coisa a respeito de nada ser *mais importante do que garantir a propriedade e a posse do seu homem*, e Messias disse:

— Teremos a inauguração do nosso megatemplo na Zona Norte, dentro de uma semana... E você é a responsável pelo evento, não esqueça disso!

— Não estou esquecendo, meu amor... — sorriu Elizabeth. — Sou uma profissional e não costumo *misturar as estações*. Nossa vida a dois é uma coisa, a responsabilidade para com o meu trabalho é outra. Não se preocupe, que esse evento vai ser um sucesso. Já fiz contato com duas estações de televisão e com os dois maiores jornais de São Paulo, e as reportagens sobre nossas atividades começarão a sair depois de amanhã. E já tenho as garantias necessárias de uma excelente cobertura.

— E quanto aos patrocinadores? — perguntou Messias. — Teve alguma resposta?

— Não haverá problemas de patrocínio, Messias — assegurou Elizabeth. — Os cinco com quem eu conversei garantiram a participação e três deles já me entregaram os cheques.

— Quanto entrou, no total?

— Um milhão de dólares — respondeu a mulata, com um sorriso.

Levantando-se e movimentando-se de forma propositadamente provocante, ela acrescentou:

— Não entendo o que leva um empresário de sucesso e peso dar tanto dinheiro para uma Igreja... como a nossa!

— Eles querem a salvação de suas almas... — falou Messias.

Mais uma vez, Elizabeth riu alto, dizendo:

— Ora, querido! Você acredita nessa história tanto quanto eu! Salvação da alma...! Essa é muito boa!

Messias não pôde deixar de sorrir. Sim, Elizabeth tinha toda a razão. O que ele acreditava na Congregação era unicamente em seu poder de angariar fundos, em seu potencial de fazer dinheiro. Salvar almas e coisas que tais... Isso ele sabia muito bem que não passava de balela, de conversa para enganar trouxas.

— Já depositei os três cheques naquela sua conta de Montevidéu — falou Elizabeth. — E os outros dois empresários ficaram de me dar uma resposta quanto ao valor que vão poder doar ainda hoje. Acho que teremos pelo menos mais quinhentos mil...

— Isso é bom — murmurou Messias. — Acho que já está quase na hora de pôr alguém em meu lugar e... desaparecer!

— Comigo, espero — rosnou Elizabeth, em tom ameaçador.

— Não iria a lugar nenhum sem você, minha querida — riu Messias. — Um dia, talvez você consiga acreditar que eu realmente a amo, que você é a única mulher para mim...

— Só poderei acreditar nisso quando estivermos vivendo só nós dois, numa ilha do Pacífico, e eu puder ter a certeza que você não vai dar em cima de nenhuma outra mulher...! — falou Elizabeth, entrando no banheiro.

Abriu as torneiras da hidromassagem e, voltando para a porta, disse:

— Esqueci de dizer, querido... Aquele político que está negociando o apoio da nossa Igreja nas próximas eleições quer se encontrar com você amanhã. Posso marcar para as três da tarde?

— Pode, Beth... — respondeu Messias.

E, com um sorriso canalha nos lábios, indagou:

— Será que ele vai confirmar os cinco milhões de reais?

— Acho que vai, querido — falou Elizabeth. — Ele sabe que se você disser duas palavras a favor de sua candidatura, ele ganhará. E a recíproca é verdadeira: se você se posicionar contra ele, a derrota será inevitável.

Nua, aproximou-se de Messias e beijou-o com volúpia, arrematando:

— Esses políticos sabem perfeitamente do seu poder, querido. Sabem que você tem a possibilidade de controlar nada menos que vinte milhões de votos. Acho que nem a Igreja Católica tem esse poder, embora haja muito mais católicos do que evangélicos no Brasil!

* * *

O deputado Gomes Muricy estava visando ser eleito governador do Estado de São Paulo nas eleições que deveriam acontecer no ano seguinte. Para tanto, queria contar com o apoio da Congregação Universal da União com Cristo, pois sabia que aqueles pastores tinham poder suficiente para drenar uma formidável quantidade de votos para o seu nome. Seria quase uma ordem que eles dariam a seus fiéis dizendo-lhes que votassem em Gomes Muricy, pois este seria o homem capaz de conduzir o estado com honestidade, habilidade e, principalmente, à sombra das Palavras do Senhor.

Não precisaria mais do que isso, seria o bastante que essa ordem subliminar fosse repetida várias vezes durante as sessões nos templos e... a vitória estaria garantida.

Em cifras, a conquista de cerca de vinte milhões de votos representava uma importância de algumas centenas de milhões de reais. O apoio dos pastores da Congregação custaria apenas cinco milhões, o que era insignificante para um homem com o poder financeiro de Gomes Muricy. Portanto, ele compareceu à reunião com Messias com a firme decisão de *pagar o preço* de sua vitória nas urnas.

O pastor consultor recebeu-o a portas fechadas e conversou com ele durante uma hora. Fingiu estar extremamente interessado em seu programa de governo, e Muricy, por sua vez, fez de conta que acreditou ser esse interesse genuíno. Ambos tinham plena consciência de que a única coisa que importava era a transferência do dinheiro que foi feita através da internet, ali mesmo na sala de Messias.

— Pronto — disse Muricy, ao terminar a operação. — O dinheiro já está em sua conta.

Pelo interfone, Messias pediu que lhes trouxessem café e, enquanto aguardavam, ele conferiu o saldo de sua conta uruguaia. De fato, os cinco milhões já estavam lá.

Sorriu para Muricy e falou:

— Muito bem. A partir de amanhã, seu nome começará a ser citado por nossos pastores de São Paulo. Tanto na capital como no interior. Dentro de quinze dias, começaremos a mostrar alguns pontos de seu plano de governo. Isso será feito durante os próximos seis meses. Depois, será simplesmente uma questão de fixar na mente dos nossos fiéis a imagem de *Muricy Governador*. Não haverá o que temer.

— De minha parte, começarei a dizer que tenho o apoio da sua Congregação — falou o deputado.

Distraído enquanto apagava os dados sigilosos e desligava o computador, Messias assentiu com um grunhido, e Muricy pôs-se de pé, dizendo:

— Vou pedir aos meus assessores que enviem para cá a minuta de meu programa de governo. Assim, o senhor poderá mostrar aos seus pastores que, de fato, minha proposta é consistente.

Despediram-se, Messias acompanhou-o até a saída do edifício e, com um sorriso nos lábios, voltou para sua sala. Ele já estava muito perto de conseguir a meta de cem milhões de dólares que tinha se imposto para poder se *aposentar*. Podia, portanto, começar a planejar a sua *saída de cena*. Os passaportes — com seus nomes-fantasmas, pois Elizabeth também possuía uma segunda identidade — já estavam prontos. Recebera-os havia três dias, graças a um gordo presente em dinheiro dado a um alto funcionário da Polícia Federal. Restava apenas decidir para onde ir.

"O Havaí...", pensou. "Acho que Elizabeth também gostará de viver lá naquele paraíso."

* * *

Como todo político, Gomes Muricy tinha a característica de supervalorizar seu potencial de mídia, achando que qualquer notícia a seu respeito — principalmente aquelas distribuídas para os veículos de comunicação pelo seu *staff* de assessoria de imprensa — teria obrigatoriamente espaço nas primeiras páginas dos grandes veículos de comunicação.

No dia seguinte pela manhã, Muricy convocou sua equipe e fez um minucioso relato — obviamente sem mencionar qualquer quantia em dinheiro — de seu encontro com Messias Maronese, o pastor consultor da Congregação Universal da União com Cristo.

— O pastor Messias Maronese ficou impressionado com a abrangência e a consistência de meu programa de governo — disse ele para seus jornalistas. — E foi por isso que decidiu me apoiar. Uma vez no Palácio dos Bandeirantes, trabalharemos em absoluta consonância com a Palavra do Senhor.

Terminada a reunião, os assessores de imprensa de Gomes Muricy debruçaram-se sobre seus computadores e montaram uma matéria sobre o plano de governo do político, realçando sua *aliança* com os evangélicos e dando ênfase à *parceria* com a Igreja de Messias, mencionando que *tal parceria só se tornou possível graças ao elevado nível de compreensão política do pastor dessa Igreja, Messias Maronese*. Pronta a matéria e devidamente revisada pelo próprio Gomes Muricy, o Departamento de Comunicação do deputado enviou cópias, via internet, para todos os jornais do estado.

Se Gomes Muricy realmente fosse um político com o prestígio e a importância que imaginava possuir, a notícia teria sido publicada em toda a grande mídia e, quem sabe, teria até mesmo entrado na pauta dos noticiários televisivos. Porém ele não despertava tanto interesse assim, e apenas um dos grandes jornais do estado publicou, como *calhau*, uma nota de pé de página a respeito.

Assim, pela primeira vez, o nome de Messias Maronese veio a público.

A notícia era tão sem importância que isso passou despercebido até mesmo pelo próprio Messias e Elizabeth. Apenas o serviço de *clipping* da Congregação viu a nota e recortou-a para arquivar. A jornalista responsável pela coleta de informações sobre a Congregação, naquele dia, não julgou a nota digna de ser levada à mesa do pastor consultor, mesmo porque ele estava mergulhado nas reportagens que diziam respeito às inaugurações do megatemplo na Zona Norte da cidade, onde até um shopping center seria instalado. Ela limitou-se a comentar com Elizabeth, ao lhe entregar a pasta com as matérias selecionadas:

— A inauguração do megatemplo saiu em todos os jornais. E saiu também uma notinha sobre a reunião com o deputado Gomes Muricy. Pequena e sem importância, por isso, nem a incluí na pasta de hoje e simplesmente a arquivei. Se quiser...

— Não é preciso — falou Elizabeth. — O pastor está ocupado demais com assuntos mais importantes do que esse deputado.

Apanhou a papelada das mãos da jornalista e, com um sorriso, dispensou-a, dizendo:

— Pode deixar comigo. Daqui a pouco levarei para o pastor ver.

Dez minutos mais tarde, ela pôs as matérias sobre a mesa de Messias e repetiu-lhe as palavras da jornalista:

— Saiu uma nota sobre a sua reunião com o deputado Gomes Muricy. Priscilla disse que era tão sem importância que nem a incluiu nas matérias de hoje e enviou-a diretamente para o arquivo. Quer que mande *puxar*?

Ocupado fazendo contas, Messias apenas murmurou uma negativa.

Muricy significava cinco milhões, já recebidos. E ali, diante de seus olhos, havia uma proposta de patrocínio que representava muito mais do que isso e que ainda não tinha sido *fechada*. Portanto, muito mais merecedora de sua atenção.

* * *

No entanto, aquela notícia aparentemente sem nenhuma importância teve o poder de modificar por completo a vida de Messias.

Duas pessoas tinham a mesma mania: verificar diariamente na internet, através de um dos muitos mecanismos de busca à disposição dos usuários, se havia alguma novidade a respeito do nome *Maronese*. E essas pessoas eram Vittorio Steiner e o próprio Dom Victor Maronese.

O primeiro, porque todas as manhãs acordava com a esperança de ver a notícia da morte do cardeal, o que significaria o fim definitivo de suas preocupações, uma vez que uma delas, a Fraternidade de São Constantino, já tinha sido eliminada. Assim, já como uma rotina, Vittorio digitava a palavra *Maronese* e buscava alguma novidade. O segundo, o próprio Dom Maronese, fazia a mesma coisa todos os dias de manhã. Só que o motivo que o levava a isso não era outro senão a vaidade. O prazer de ver seu nome citado na rede mundial, a sensação de poder que lhe dava tomar conhecimento de que as pessoas se preocupavam com o que fazia e onde aparecia.

Vittorio leu a pequena nota no mesmo dia em que ela saiu no jornal, e Dom Maronese, por estar em Roma, viu-a um pouco mais tarde.

Ambos tiveram a mesma reação e exclamaram as mesmas palavras:

— Mas... É o Messias! Não pode ser outro!

18.

Após a destruição da casa paroquial de São Constantino — que a polícia romana atribuíra a um acidente ocorrido numa célula terrorista, uma vez que nos escombros foram encontradas algumas armas, objetos absolutamente ectópicos numa casa paroquial e que indicavam estar ela sendo usada como esconderijo para algum grupo dissidente, provavelmente de islamitas radicais — a vida de Cristiana e Vittorio entrara numa tranqüilidade apenas parcial, pois eles jamais puderam afirmar com certeza se Dom Maronese continuaria ou não interessado em seu desaparecimento.

Assim, por medida de segurança, os dois mudaram de casa e de bairro, mas continuaram a residir em São Paulo, pois a idéia de Vittorio era que seria sempre muito mais fácil estar diluído numa cidade grande e cosmopolita, do que num outro local qualquer do interior, onde certamente chamariam mais a atenção.

Naquela manhã, depois de ler a inesperada notícia onde aparecia o nome de Messias Maronese ligado a uma igreja evangélica e a um político, Vittorio voltou a ficar preocupado. Messias estava em São Paulo, ocupava uma posição inegavelmente importante dentro daquela Igreja e era a primeira vez que seu nome vinha a público.

Esse fato parecia-lhe ser significativo. Estudioso e conhecedor do ser humano e das relações de cada um consigo mesmo, Vittorio sabia que uma das molas-mestras da personalidade do homem é a vaidade. Portanto, não poderia considerar normal que um indivíduo que tivesse conseguido escalar a difícil escarpa de uma hierarquia normalmente verticalizada e centralizada de uma igreja evangélica *alternativa* — como era o caso da Congregação Universal da União com Cristo — mantivesse seu nome no anonimato por tanto tempo. Tal atitude só poderia significar que Messias tinha total interesse em permanecer ignorado dos meios de comunicação.

— Pode ser que ele também tenha medo de ser localizado por Dom Maronese — comentou Vittorio com Cristiana.

— Mas por qual razão? — quis saber ela.

— Segundo o relato feito por sua mãe, Messias é o fruto de uma *clonagem* do falso Sudário. É bem provável que, depois da publicação dos testes de Carbono 14 que foram efetuados no Sudário de Turim, Dom Maronese tenha interesse em eliminar Messias.

Muito sério, ele acrescentou:

— Veja que todas as pessoas que, de alguma forma, estiveram ligadas a essa *experiência* morreram...

— Mas meus pais foram mortos pela *Fraternidade*, não pelo cardeal! — protestou Cristiana.

— Sim, é verdade — admitiu Vittorio. — Mas Ariel Meyer, segundo o que sua mãe escreveu, tinha sido mandado por Dom Maronese. E com a missão de eliminá-la!

Cristiana não teve o que contestar, e Vittorio disse:

— Acho que deveríamos procurar Messias...

— Para quê? — perguntou ela, com um tom de angústia na voz. — Não estamos bem, agora?

Vittorio aproximou-se de Cristiana, beijou-lhe os lábios e falou:

— Há dois meses, quando você me anunciou que está grávida, venho pensando com mais cuidado em nossa segurança. E uma das causas mais evidentes de risco, você sabe qual é...

— O cofre no banco — murmurou Cristiana.

— Sem dúvida, minha querida. E você também sabe o que eu penso a respeito de manter essa relíquia em nosso poder.

Com um gesto, impediu Cristiana de falar e prosseguiu:

— Sei muito bem que ela vem passando de mãe para filha há muitas gerações na sua família. Mas sei, também, que nada pode nos garantir que ela seja autêntica e um fato que leva a pensar seriamente que também ela seja uma falsificação é o de você ter nascido... mulher! Não se esqueça daquela nossa conversa com o professor Araújo, quando ele afirmou categoricamente que o *clone* sempre terá o mesmo sexo da *matriz*.

Cristiana ficou em silêncio, acariciando a própria barriga e, erguendo os olhos para Vittorio, disse:

— No fundo também penso como você, querido... Mas falta-me a coragem para me desfazer da relíquia. E eu jamais a entregaria para o Vaticano! Estou cansada de ver como a Igreja Católica, ou seja, o Vaticano age em relação a bens materiais!

— Não pensei em entregar nada para os católicos — murmurou Vittorio com um sorriso. — Nem para os judeus...

Cristiana arregalou os olhos e, num sussurro, perguntou:

— Está pensando em entregá-la para o... Messias?!

* * *

Marcar uma entrevista com Messias mostrou-se muito mais complicado do que Vittorio poderia imaginar. O homem estava sempre em reuniões e, para agravar, havia a inauguração do megatemplo que o estava ocupando e absorvendo quase integralmente.

— Mas trata-se de um assunto importante — disse Vittorio para Elizabeth, a última e instransponível barreira entre o mundo exterior e o pastor Messias.

— Sinto muito, senhor — disse ela. — Mas ele não poderá atendê-lo. Por favor, volte a ligar na semana que vem.

Em sua mesa, ao lado da de Elizabeth, Messias tinha escutado o que esta dissera ao telefone e, curioso, indagou:

— Quem era?

— Alguém querendo falar com você... É a terceira vez que liga. Um certo Vittorio Steiner.

Messias franziu as sobrancelhas. Aquele sobrenome não lhe era estranho.

— Steiner... Steiner... Isso me diz alguma coisa — murmurou.

— Ele vai chamar outra vez, tenho certeza — falou Elizabeth. — Se quiser falar com ele, eu lhe transfiro a ligação.

— Não, não! — exclamou Messias. — Tenho muito em que pensar, estes dias... Faça como você mesma sugeriu. Diga para ele voltar a ligar na semana que vem.

Porém Vittorio não estava com a menor intenção de esperar tanto tempo assim. Levara muito tempo para que aparecesse uma oportunidade para se livrar — melhor dizendo, livrar Cristiana — daquele fardo, e não estava disposto a deixá-la passar. Principalmente porque Cristiana tinha concordado com a sua idéia e nada poderia garantir que ela, de repente, não mudasse de opinião.

Assim, durante a tarde, fora ao banco e retirara o pacote do cofre, levando-o para casa e, já quase no final do expediente, voltou a ligar para o escritório de Messias.

— Eu tinha pedido ao senhor que só voltasse a chamar na semana que vem — falou Elizabeth com uma certa rispidez.

— É verdade — concordou Vittorio. — Mas poderia fazer o favor de dizer ao pastor Messias que o assunto tem a ver com a irmã Maria da Conceição do Espírito Santo?

Elizabeth pôs a mão sobre o fone e sussurrou para Messias:

— É aquele homem, outra vez. E disse que o assunto que tem para conversar com você diz respeito a uma certa irmã Maria da Conceição do Espírito Santo...

Messias arregalou os olhos e sentiu que o sangue lhe fugia das faces. De repente, a imagem de sua mãe veio à sua memória assim como a recordação do sobrenome Steiner.

Tinha sido naquela noite, quando ele escutara Dom Maronese desabafar com seu mordomo, Alberto.

Dom Maronese dissera alguma coisa a respeito de uma tal Martha Steiner.

— Passe-me a ligação — disse ele. — E deixe-me conversar com esse homem a sós...

19

Em sua biblioteca, Dom Maronese sentiu o coração bater mais forte ao ler aquela notícia que, muito embora não lhe dissesse respeito, levava o seu sobrenome.

— Então, ele está no Brasil! — exclamou. — E é dirigente de uma dessas igrejas malucas que estão surgindo por aí...

Naquela ocasião em que Messias lhe extorquira dez milhões de dólares, o cardeal entregara a Massimo Aglieri a missão de eliminá-lo. Porém Messias desaparecera por completo, não deixara pistas. As pesquisas feitas por Massimo e seus *assessores* não denunciaram que ele tivesse deixado o país. Além disso, a informação que Dom Maronese dera de que ele tinha efetuado um depósito numa conta bancária no Uruguai não tinha qualquer valor, pois o cardeal não se recordava do nome do banco e muito menos da conta. E tudo tinha sido apagado de seu computador...

O cardeal, depois de tanto tempo passado numa régia paz, tinha até relegado a um segundo plano a *encomenda* da morte de Messias. Afinal, ele parecia ter realmente desaparecido e nunca mais voltara a procurá-lo. Nem mesmo tivera a menor notícia dele. No fim, talvez nem mesmo fosse preciso matá-lo...

Contudo, aquela notícia vinha modificar radicalmente as idéias de Dom Maronese. Messias sendo o homem que intermediara o apoio de sua Igreja a um político, certamente estaria no cume do escalão dessa organização. E isso sim, poderia se tornar extremamente perigoso, não apenas para ele, Dom Maronese, mas para toda a Igreja Católica.

Sim, pois Messias poderia estar dizendo a todos que ele era o filho de Deus... Um homem capaz de fazer chantagem, seria perfeitamente capaz de mentir, de usar seus conhecimentos e — principalmente — o conhecimento de sua história de vida, para arrebanhar fiéis e fanatizá-los. E isso poderia representar um terrível perigo.

"Imagine se ele começar a mandar seus seguidores depredarem igrejas ou até mesmo assassinar padres!", pensou o cardeal.

Não precisou de mais de cinco segundos para decidir e, pegando o telefone, ligou para Massimo Aglieri.

— Encontrei Messias — disse ele para o mafioso.

— Sim? — fez Massimo, ansioso. — E onde ele está?

— No Brasil. E, apesar de eu não lhe ter falado nada durante esse tempo todo, agora preciso que ele seja eliminado. Preciso mais do que nunca!

— Basta que me diga onde procurá-lo, Dom Maronese. Providenciarei para que ele desapareça imediatamente. Temos *fratelli* no Brasil. Não haverá nenhuma dificuldade.

O cardeal deu para Massimo as informações que conseguira coletar através da notícia e somou-as àquelas que obtivera numa rápida *navegação* pela *home page* da Congregação Universal da União com Cristo.

— Conte conosco, eminência — falou Massimo. — E tenha paciência apenas por mais três ou quatro dias. Esse será o tempo de que precisarei para encontrar, no Brasil, a pessoa mais indicada para *executar esse serviço*. E para me livrar do compromisso que fiz com o senhor, cujo não cumprimento me está atravessado na garganta!

* * *

A voz de Messias estava rude quando ele perguntou ao telefone:

— Quem é o senhor e o que sabe sobre a irmã Maria da Conceição?

— Meu nome é Vittorio Steiner, pastor. E sei que a irmã Maria da Conceição era sua mãe.

Messias fez uma pausa. O que aquele tal de Steiner estava dizendo era verdade e a forma segura que usara não lhe dava margem a tentar mentir. Depois de respirar fundo, indagou:

— Como pode saber disso e como me encontrou?

— Como sei, não vem ao caso — respondeu Vittorio. — E eu o descobri através de uma notícia de jornal.

— Notícia? — fez Messias, franzindo as sobrancelhas. — Mas qual notícia?

— Uma nota dizendo sobre seu apoio ao deputado Gomes Muricy. O senhor não leu?

Imediatamente Messias lembrou do que lhe havia dito Elizabeth sobre uma notícia que ele mesmo mandara deixar de lado.

Deixou escapar um suspiro e indagou:

— Foi Dom Maronese que o mandou atrás de mim?

— De jeito nenhum... Tenho algo para lhe entregar. Algo que não lhe pertence, mas que acredito seja a única pessoa que poderia desejar tê-lo em mãos.

— Precisa falar comigo? — quis saber Messias.

— Não obrigatoriamente. Não tenho nada a receber, tenho somente de lhe entregar... um pacote.

— Pode mandar entregar esse objeto aqui nos escritórios da Igreja?

— Posso. Só recomendo que não abra o pacote a não ser que esteja absolutamente sozinho.

Com um sorriso na voz, Vittorio acrescentou:

— Não precisa temer. Não é nenhuma bomba. Além do mais, eu lhe dei meu nome completo. Se quiser conferir, meu telefone...

— Meu sistema já captou seu telefone — falou Messias. — Vou chamá-lo dentro de meia hora.

Assim dizendo, Messias desligou o telefone.

Ele estava precisando de um pouco de tempo para pôr seus pensamentos em ordem. Aquilo que acabara de acontecer era terrível. Da mesma forma que esse tal de Steiner tinha conseguido localizá-lo, Dom Maronese também poderia fazê-lo. E, se isso ocorresse, ele tinha certeza de que sua vida não valeria um tostão furado.

Fez as contas. A notícia saíra naquela manhã. Havia uma diferença de quatro horas de fuso horário. Àquela altura dos acontecimentos, era muito provável que o cardeal também já tivesse tomado conhecimento dela. Precisaria, no entanto, de algum tempo para organizar a *caçada*. Pouco tempo, na realidade, num mundo globalizado e com meios de comunicação rápidos como a internet.

Era preciso fugir. Teria de desaparecer definitivamente.

"Poderia fazer isso agora mesmo", pensou.

Porém Steiner dissera que tinha algo para lhe entregar...

— O que será? — perguntou-se.

Chamou Elizabeth e, quando ela entrou em sua sala, disse-lhe:

— Vamos viajar esta noite, querida... Vamos para o Havaí.

Numa outra situação qualquer, Elizabeth teria aberto um largo sorriso, teria agarrado Messias e beijado seus lábios. Porém, apesar da notícia que ele estava lhe dando ser agradável em todos os seus aspectos, a expressão que ele tinha no rosto revelava preocupação e ansiedade.

— O que aconteceu? — perguntou ela. — Tem alguma coisa a ver com esse telefonema?

Messias sabia muito bem que de nada adiantaria tentar enganar a mulata e, com voz sumida, respondeu:

— Sim... Vamos precisar viajar hoje. Terei apenas de fazer outra ligação e aguardar uma encomenda. E, por favor, não diga a ninguém que estaremos indo para o Havaí.

Assim dizendo, pegou o telefone, *puxou* o número de Steiner na memória do sistema e fez a chamada.

— Steiner — falou Vittorio, do outro lado da linha.

— Quando pode me entregar a... encomenda?

— Levarei pessoalmente para seu escritório dentro de meia hora — respondeu ele. — Deixarei na portaria. Mas repito: acho que não será aconselhável abrir o pacote num lugar onde o senhor possa ser visto. E acrescento que se eu desconfiar de alguma coisa, não deixarei nada e desaparecerei. Possivelmente indo ao encontro de Dom Maronese.

— Tem certeza de que não precisamos nos ver? — perguntou Messias, ignorando a ameaça.

— Acho até que é melhor não nos encontrarmos jamais — respondeu Vittorio. — Se passamos 33 anos sem nos vermos, não há nenhuma necessidade ou razão de fazermos isso agora.

Fez uma breve pausa e finalizou:

— Temos alguma coisa em comum que eu quero esquecer. E entregar-lhe esse... objeto será a maneira mais simples de conseguir alcançar esse meu objetivo.

20.

Passava um pouco das seis horas da tarde quando o estafeta bateu à porta do escritório do pastor consultor e entregou-lhe uma maleta dizendo que um homem a deixara na portaria do prédio.

— Como ele era? — quis saber o pastor.

— Um homem como qualquer outro — respondeu o rapaz. — Era alto, loiro e estava muito bem vestido.

O pastor deu de ombros, apanhou a pasta, sacudiu-a levemente e pareceu-lhe conter alguma coisa que ocupava todo o seu interior. Parecia ser um pano, pois não era significativamente pesada.

Não resistiu à curiosidade e desprezando a possibilidade de a maleta conter algum tipo de explosivo, abriu-a.

Havia, de fato, um pano dobrado em seu interior. Um pano muito antigo, que parecia que ia se esfarelar se fosse tocado.

Sentiu, de repente, um baque no coração. Com todo o cuidado, ergueu uma ponta do pano. Não precisou mais para se conscientizar do que se tratava.

Tornou a fechar a maleta e correu para o telefone. Ligou para o remetente da maleta.

— Por quê? — perguntou, assim que reconheceu a voz do homem. — Por que me deu *isso*?

— Como eu disse, você é a única pessoa que poderá fazer uso dessa peça — respondeu ele. — Aliás, tenho certeza que encontrará um meio de fazê-lo.

Ficaram em silêncio por alguns segundos, e, com um suspiro, o homem falou:

— Adeus, pastor. E lembre-se sempre: nós não nos conhecemos.

— Tem razão... Não nos conhecemos. E acho que será bem melhor assim.

Desligaram ao mesmo tempo, e o pastor, chamando novamente sua companheira, pôs em sua mala executiva os passaportes verdadeiros, um maço com cerca de dois mil dólares e alguns papéis referentes à inauguração do megatemplo — a que ele não teria como estar presente — e deixou tudo em cima de sua escrivaninha.

— Vamos, querida — falou ele. — Teremos pouco tempo para chegar ao aeroporto.

— E a sua mala? — perguntou a mulata, apontando para a maleta sobre a escrivaninha.

— Tudo o que precisamos está em meu bolso. Não quero correr o risco de ser apanhado por um policial federal mais dedicado, com dois passaportes com nomes diferentes. Isso ficará aqui e, quando voltarmos...

— Vamos voltar? — quis saber ela.

— Certamente. Só não sei quando.

Quase empurrando a mulher porta afora, disse:

— Vamos pegar um táxi. É mais seguro.

* * *

— Você entendeu bem? — perguntou Massimo Aglieri ao telefone, gritando tanto que parecia querer se fazer ouvir ao vivo lá de Roma.

— Sim, chefe — respondeu Umberto Castelfranchi, representante no Brasil da *Famiglia* Aglieri e um dos *donos* da prostituição em casas de massagens de São Paulo. — Vou cuidar disso imediatamente! Pode contar que amanhã esse pastor estará louvando ao Senhor lá da porta do inferno!

Desligando o telefone, chamou dois de seus homens de confiança: Osmarino e Jardel.

— Este homem não pode passar de hoje — disse-lhes. — É o pastor mais importante da Congregação Universal da União com Cristo. Aqui está o endereço do local onde ele ainda deve se encontrar.

Os dois *matadores* grunhiram um *sim, senhor* quase militar e deixaram a sala de Umberto, dirigindo-se, de motocicleta, para a avenida Paulista, a menos de três quarteirões dali.

Pilotando a moto, Jardel estacionou sobre a calçada enquanto Osmarino, descia e ia tentar avistar o pastor Messias, o homem mais importante na hierarquia daquela Igreja.

Não foi preciso nem mesmo perguntar. Pouco depois de ter chegado à portaria do edifício, ouviu um dos recepcionistas dizer para um homem que ali se encontrava, usando um uniforme de motorista:

— O principal pediu para pegar o carro dele.

O motorista pegou o elevador para o subsolo, e Osmarino se afastou um pouco, para não despertar suspeitas.

Aquele *serviço* estava parecendo ser muito mais fácil do que estava imaginando.

* * *

Regina tinha aparecido no escritório de Ferreira no fim da tarde, depois de mais uma corrida às lojas e, com um pouco de impaciência, fora obrigada a esperar o marido terminar tudo o que tinha de fazer antes de ir para casa. Por fim, já quase às sete e meia da noite, Ferreira fechou a gaveta de sua escrivaninha e disse para a esposa:

— Pronto, querida... Podemos ir embora.

Deu-lhe um beijo na testa e juntou:

— O que acha de jantarmos fora, hoje?

— Uma boa idéia... Estou morrendo de fome! Poderíamos experimentar aquele restaurante francês que foi inaugurado esta semana no Barouk Hotel, o que acha?

— Excelente! Deixe-me apenas ver se Messias já saiu.

Dirigiram-se para a sala de Messias, e Ferreira viu a pasta da qual ele jamais se afastava, sobre a mesa.

— Ele esqueceu a pasta! — exclamou.

Sem fazer nenhuma cerimônia, abriu-a e viu que continha, além dos papéis sobre a inauguração, um maço de dinheiro e os passaportes de Messias e de Elizabeth.

— Não convém deixá-la aqui — murmurou, voltando a fechar a maleta. — Vou levá-la comigo e amanhã eu a devolverei.

Apanhou a maleta e, do telefone na mesa de Messias, chamou a recepção e pediu seu automóvel.

Levando Regina pelo braço, pegou o elevador para o térreo.

Foi recepcionado com a deferência de sempre — a deferência e o respeito devidos ao pastor principal — pelo porteiro e pelo manobrista que lhe trouxera o carro.

— Boa noite, principal — disse-lhe este último, abrindo a porta para Regina. — Bom descanso, principal!

A menos de dez passos de distância, Osmarino sorriu. Então, aquele era o homem...

Ao mesmo tempo que Ferreira entrava na avenida, Jardel ligava a motocicleta e, já com Osmarino na garupa, seguiu o imponente Mercedes-Benz do pastor.

Ferreira foi para o Barouk, jantou durante nada menos que duas horas e, quando a paciência dos dois matadores já estava começando a chegar ao limite, deixou o restaurante.

Seguiram-no outra vez e, com satisfação, viram que ele se dirigia para o Morumbi, um bairro de classe alta e, portanto, pouco movimentado.

Quando estavam numa rua deserta, Jardel e Osmarino decidiram agir. Acelerando a moto, Jardel ultrapassou o automóvel de Ferreira, e Osmarino jogou, logo adiante dos pneus dianteiros do Mercedes, uma porção de *estrelas* de metal com as pontas afiadas.

Ferreira sequer percebeu. Apenas escutou os dois estouros, e o carro oscilou perigosamente, os pneus da frente rasgados.

Distraído e enraivecido pelo incidente, Ferreira sequer viu que a moto que o ultrapassara pouco antes dos pneus estourarem tinha virado na primeira esquina à direita. Xingando muito, o pastor parou junto à guia da calçada.

Abriu a porta, pôs uma perna para fora do carro.

E foi nesse momento que a moto surgiu novamente. Só que estava andando mais devagar e o homem que estava na garupa trazia na mão alguma coisa. Parecia uma tocha acesa.

Ferreira demorou alguns instantes para perceber que era um coquetel Molotov, porém com a chama muito mais brilhante do que ele jamais vira num artefato desse tipo.

O homem jogou a bomba. Ela passou por cima da cabeça de Ferreira e foi bater no painel do carro, espatifando-se numa incrível explosão.

A motocicleta parou e, já no meio das chamas que tomavam conta do Mercedes, Ferreira ainda teve tempo de ver o homem tirar da mochila que estava carregando outra garrafa e jogá-la dentro do automóvel.

Uma nova explosão se deu e sua luz intensíssima iluminou a noite.

Porém Ferreira e Regina já não mais viram luz nenhuma. Havia alguns instantes que eles tinham mergulhado nas trevas da eternidade.

21.

O cardeal Maronese desligou o telefone e deixou escapar um suspiro de alívio. Na semana de seu aniversário — estaria completando 72 anos dali a três dias — não poderia ter recebido melhor presente.

"Está acabado", pensou. "Dele, estou livre para sempre!"

Abriu a última gaveta do lado esquerdo da escrivaninha — uma gaveta mais funda do que as outras — e apanhou os dois pacotes de papel pardo, cada um deles pouca coisa maior que uma caixa de sapatos. Apenas sopesou-os, um de cada vez, não precisava abri-los para conferir seu conteúdo, afinal fora ele mesmo que acondicionara ali os duzentos e cinqüenta mil dólares que deveria dar para Massimo Aglieri a troco dos *serviços prestados* por esse homem, apesar de ele ter dito que jamais aceitaria qualquer dinheiro das mãos de Dom Maronese.

— Mas ele aceitará — murmurou o cardeal. — Ninguém recusa um *presente* deste porte!

Não pôde evitar um sentimento de profunda frustração ao lembrar como as coisas tinham dado errado.

— E no começo tudo estava indo tão bem... — murmurou. — Tão bem que eu tive a certeza de que a Mão de Deus estava nos ajudando!

Apanhou o cachimbo sobre a mesa e começou a enchê-lo, enquanto passava por sua cabeça, como num filme rodado em altíssima velocidade, as imagens das desgraças que lhe tinham acontecido nas últimas duas décadas. Viu Martha dando-lhe as costas, os belos ombros sacudindo com os soluços do pranto que lhe provocara, ouviu suas palavras tão nitidamente como se ela as estivesse proferindo ali, naquela sala e naquele instante:

— *Não se preocupe, Victor... Não vou lhe causar nenhum aborrecimento! Você nunca mais ouvirá falar de mim! Nem de seu filho!*

Fechou os olhos, sentindo-os encherem-se de lágrimas ao recordar de suas próprias palavras, naquele momento:

— *Nada disso é necessário, Martha... Não quero que você se afaste de mim! Mas você sabe que eu não posso ser pai! Aborte essa criança! Vá para a Suíça e aborte! E nossa vida vai continuar exatamente como tem sido até agora!*

Balançou a cabeça tentando afastar essas lembranças e acendeu o cachimbo. Soprou uma baforada para o teto e ouviu as palavras do repórter do telejornal, no aparelho de televisão, no fundo da sala:

— *A saúde do Santo Padre está se deteriorando rapidamente, informou o monsenhor Ângelo Comastri, Vigário do Pontífice para a Cidade do Vaticano. Segundo o monsenhor, esta noite Cristo abrirá as portas para o papa. Há uma multidão de fiéis, mais de trinta mil, muitos com velas nas mãos, aqui na Praça São Pedro, rezando por João Paulo II. Não há mais esperança de recuperação. O mundo católico pede a Deus que dê ao papa uma morte sem sofrimento.*

Olhou para o televisor com um aperto no coração. O reinado de João Paulo II, o Papa Peregrino, estava chegando ao fim e ele, Maronese, teria de voltar para o Vaticano o quanto antes. Aliás, nem deveria ter saído de lá, mas era imprescindível que estivesse em sua casa para receber aquele telefonema. Tão imprescindível quanto entregar o dinheiro para Massimo Aglieri.

Fora o próprio Massimo que entrara em contato com ele através do telefone, ainda naquela manhã, no Vaticano.

— Tenho uma boa notícia, eminência... Estou apenas esperando a confirmação e vou lhe telefonar em sua casa logo depois do almoço — falara ele.

A voz do repórter voltou a polarizar sua atenção. O homem dizia:

— *Há uma comoção coletiva. Todos estão sentindo a iminência do desenlace fatal da batalha que, a poucos metros daqui, o papa está travando contra a morte.*

Espichando as pernas por baixo da escrivaninha, Maronese murmurou:

— É... Acabou! Agora, é pensar no próximo papa! E rezar para que seja um homem com espírito renovador!

Pôs os pacotes de dinheiro numa sacola plástica e, nesse instante, sentiu uma dor pesada nos ombros. Parecia que alguém estava puxando seus ombros para trás. Mexeu-os, ergueu ambos os braços, balançou a cabeça, moveu o pescoço.

Fazia já alguns dias que ele vinha sentindo esse incômodo. Inicialmente, imaginara que fosse a pressão arterial um pouco alta, fora ao médico, fizera todos os exames e nada tinha sido constatado.

— Pode ser que o senhor tenha feito algum esforço anormal — aventara o doutor, entregando-lhe uma receita de um músculo-relaxante.

A dor não chegara a passar de todo, mas melhorara bastante com o remédio. Só de vez em quando ele a sentia mais forte, como naquele momento, uma dor pesada, cansada...

Voltou a movimentar o pescoço e, aliviado, percebeu que a dor quase desaparecia.

Lembrou do papa e de sua artrite. Como ele deve ter sofrido...! E, no entanto, apesar da saúde profundamente debilitada desde o atentado que sofrera em maio de 1981, quando o turco Mehmed Ali Agca disparara contra o seu abdome, João Paulo II jamais perdera o entusiasmo pelo trabalho, jamais deixara de viajar pelo mundo pregando a paz e o amor cristão.

Inegavelmente, o pontificado de João Paulo II fora extraordinário.

Durante os vinte e seis anos que durou o seu pontificado — e Maronese podia se dar o direito de pensar em termos de passado, pois João Paulo II já não apresentava a menor possibilidade de recuperação — o papa pregara a paz mundial e sempre deixara bem clara a posição da Igreja Católica contra os opressores, os terroristas, os ambiciosos pelo poder. De todas as metas que se impusera ao assumir o Trono de São Pedro em 1978, três pareceram ser as mais importantes: João Paulo II queria assistir à queda do comunismo na Europa Oriental, queria estar presente para orientar seus fiéis na transição para o Terceiro Milênio e queria visitar a Terra Santa para aproximar católicos e judeus. Conseguiu realizar esses sonhos. Viu a queda do muro de Berlim onze anos depois de ser eleito papa, como uma coroação de seu primeiro discurso, quando pregou a extinção das diferenças étnicas e políticas e as divisões em todo o mundo. Em 1993, começou o trabalho de aproximação de católicos e judeus reconhecendo oficialmente o Estado de Israel. Sete anos depois, visitou a Terra Santa e pediu que se estabelecesse a paz no Oriente Médio e, no Muro das Lamentações, deixou um bilhete pessoal pedindo perdão pelas hostilidades cometidas pelos católicos contra os judeus, nos dois mil anos precedentes. No Natal de 1999 abriu a Porta Santa da Basílica de São Pedro — o que ocorre uma vez a cada vinte e cinco anos — para comemorar o Jubileu da Igreja e guiar o já mais de um bilhão de católicos para o início do Terceiro Milênio. Cumpria-se nesse instante a profecia que o cardeal polonês Wyszinski fizera quando de sua eleição em 1978: *Se Deus o escolheu foi para levar a Igreja ao próximo milênio.* Já nessa época João Paulo II mostrava os sinais do tempo e da doença de Parkinson que o acometia, mas nem por isso deixava de transparecer uma vontade e um vigor extraordinários. Foi o Papa Peregrino, o Pontífice que mais viajou em toda a História da Igreja — fez cento e quatro viagens para fora da Itália, visitando cento e vinte e nove países e percorrendo mais de um milhão e duzentos mil quilômetros — sempre pregando a paz e o amor entre os homens.

"Sem a menor dúvida, João Paulo II foi um grande papa!", pensou Maronese. "Mas não se pode dizer que seu pontificado tenha tido uma aprovação unânime..."

De fato, apesar de todos os seus esforços para o fortalecimento da Igreja Católica, João Paulo II estava deixando neste mundo uma Igreja ainda mais dividida politicamente do que quando fora eleito papa.

O incrível vigor e dinamismo dos primeiros anos de pontificado assustara muitos dos cardeais da Cúria Romana que chegaram até a temer não terem energia suficiente para acompanhar aquele atlético polonês que eles mesmos tinham elegido. Porém houvera um freio — o atentado em maio de 1981 —, e João Paulo II fora obrigado a diminuir o ritmo. Na verdade, a diminuição não fora na medida certa, fora a menos e, com isso, a saúde do Pontífice se ressentira. Ou seja, o papa escondia o cansaço, fazia esforços que não deveria fazer, tudo em nome de dar continuidade ao seu projeto de pregar a paz entre os homens e de fortalecer a Igreja Católica.

Conservador, disciplinado e rigoroso com seu corpo clerical tanto quanto consigo mesmo, João Paulo II era amado por todos. O que não significava, obrigatoriamente, que suas idéias também o fossem. Daí ser considerado por muitos críticos, teólogos e teólogos-críticos, um *papa polêmico*. Sabedor disso, inteligentemente nomeou noventa e cinco por cento dos cardeais que comporiam o Conclave Cardinalício, o colegiado de onde viria seu sucessor. Com isso, pode-se dizer que ele estaria *criando* o próximo papa à sua imagem e semelhança, pois teria apenas cinco por cento de probabilidade de o cardeal eleito para ocupar o Trono de São Pedro por ocasião de sua morte não ser também um conservador e, portanto, noventa e cinco por cento de chances de haver uma continuidade filosófica, sem quaisquer mudanças significativas nos dogmas da Igreja que, neste início de Terceiro Milênio, estavam sendo duramente questionados.

João Paulo II lutara, durante seu quarto de século de pontificado, pelo fortalecimento do Catolicismo. Porém, ao mesmo tempo que seu reinado pode ser caracterizado pela pregação da paz, da união, do amor entre os homens, também pode ser visto — e o foi, por muitos teólogos — como um pontificado marcado por crises na Igreja Católica, tanto do ponto de vista externo como do interno.

Tal cisão era perceptível até mesmo nas declarações que alguns cardeais davam para a imprensa quando indagados sobre uma possível renúncia de João Paulo II, tendo em vista sua debilidade física e o avanço de sua doença. Alguns diziam claramente que o papa deveria renunciar, outros afirmavam que ele jamais renunciaria. E todos estavam de acordo no que diz respeito a essa possibilidade: é uma decisão do papa, uma questão de foro íntimo. E houve até um cardeal que deixou claro que uma renúncia era *questão de consciência* de João Paulo II — como se dissesse que o papa não renunciava *por mera teimosia, mas o que se há de fazer?* Com isso, ficava impossível dissociar a imagem de um papa senil que lutava de todas as maneiras para se manter no poder e uma Igreja também senil, calcificada e fraudulenta que tentava esconder a verdade cobrindo a realidade com um véu transparente.

"O novo papa terá muito trabalho pela frente, para desfazer as conseqüências do excesso de conservadorismo de João Paulo II", pensou Maronese. "E vai enfrentar muita oposição até mesmo dentro do Vaticano!"

De fato, era fundamental que o próximo Pontífice resolvesse a imagem que o papa moribundo estava deixando: ou o católico segue rigorosamente as normas da Igreja, ou deixa a Igreja; não é mais católico. E era o que estava acontecendo no mundo inteiro. A despeito de o Vaticano contar com um rebanho de mais de um bilhão de católicos, muito mais da metade era *católico da boca para fora* ou *por conveniência*. O sincretismo religioso estava já arraigado em muitos povos, e o êxodo de católicos para outras religiões aumentava ano após ano, principalmente nos países do Terceiro Mundo, onde os pseudo-evangélicos assumiam uma posição muito mais próxima do grau de cultura do povo do que os padres católicos, sempre se fazendo circundar por uma aura de onisciência que, ao contrário do que se esperava, só servia para afastar o ser humano comum, inculto como a imensa maioria da população do planeta. O Catolicismo estava se tornando — outra vez, como numa cópia do que ocorrera principalmente na Idade Média e na Renascença — uma religião da elite intelectual e para a elite social.

Naquele instante o repórter na tela do televisor estava falando sobre o papel de João Paulo II na luta pela paz e sobre a influência da Santa Sé na derrocada da União Soviética.

Maronese não pôde deixar de sorrir. Aquilo era mais uma das propagandas dos especialistas em marketing do Vaticano. Saltava aos olhos que o regime comunista tinha caído de podre e não porque a Santa Sé fizera alguma coisa em especial, manobrara política, diplomática e eficientemente de alguma forma para precipitar os acontecimentos. Mas os *marqueteiros vaticanais* tinham posto os louros desse acontecimento sobre a cabeça do papa.

Para muitos cardeais — e fazendo coro com estes, inúmeros teólogos —, João Paulo II deixou fenecer as esperanças de um ecumenismo e de uma maior abertura preconizados pelo Concílio Vaticano II iniciado por João XXIII e finalizado por Paulo VI. Os obstáculos impostos pelo Pontífice no que se refere a uma melhora do relacionamento do Vaticano com as igrejas protestantes e mesmo com a Igreja Ortodoxa pioraram as possibilidades de um verdadeiro ecumenismo. O Vaticano continuou a enviar bispos católicos romanos para as regiões, por exemplo, da Europa Oriental dominadas pela Igreja Ortodoxa, numa clara manifestação de tentativa de impor a expansão e a hegemonia do poder de Roma, um poder com exigências exageradas e medievais.

As controvérsias mais evidentes — e que mais diretamente atingiam o povo, este considerado o *Rebanho de Cristo* —, como seria de se esperar, tinham relação com a sexualidade. O posicionamento do Vaticano incondicionalmente contra um controle da natalidade que não fosse por meios naturais, a aversão ao direito de aborto e a manutenção do celibato clerical trouxe sérias conseqüências tais como o afastamento de muitas mulheres do seio da Igreja — incluindo aí seus maridos e companheiros de vida —, além do afastamento de muitos clérigos de suas funções e missões, bem como de uma notável diminuição do número de novos sacerdotes. Uma outra conseqüência muitíssimo grave foi o surgimento de incontáveis denúncias de pederastia e pedofilia praticadas por padres, bispos e até mesmo cardeais, o que levou a um profundo descrédito da Igreja como um todo.

— O Vaticano não deu valor a nenhum sexólogo — murmurou Maronese. — Não levou em conta que o celibato forçado interfere de forma negativa na sexualidade e essa interferência pode levar a desvios de conduta.

Exatamente esse ponto — o que dizia respeito à interpretação e aplicação das novas teorias sobre a sexualidade humana — teria de ter sido visto pela Santa Sé sob um prisma mais moderno e não sob o pragmatismo de normas que a própria evolução do ser humano, no correr dos últimos dois mil anos, superara e forçara a mudanças. A Igreja Católica, especialmente sob o cajado de João Paulo II, não quisera tomar conhecimento da evolução dos costumes. A proibição dos contraceptivos orais, injetáveis, mecânicos, abortivos ou meramente preservativos acabava por levar — principalmente nos povos mais pobres e conseqüentemente mais incultos e mais crédulos — a um aumento populacional que trazia em seu bojo, obviamente, mais miséria e mais fome.

"E mais casos de Aids!", pensou Maronese, levantando-se para ir embora de volta ao Vaticano.

Precisava estar presente, o papa poderia morrer a qualquer instante e ele teria de estar lá.

Apanhou as sacolas com o dinheiro e, com um suspiro de tristeza, pensou:

"Se tivesse dado certo... Se o Santo Sudário fosse autêntico e não mais uma das muitas mentiras que a Igreja Católica vem alimentando no correr de todos estes séculos...! Com certeza a humanidade não estaria tão sem norte e o Vaticano seria, de fato, a verdadeira e unânime pedra angular de toda a estrutura social do planeta!"

Ergueu o telefone em sua mesa e pediu para o motorista aprontar o carro. Foi nesse instante, assim que desligou o aparelho, que sentiu novamente aquela dor pesada nos ombros.

Desta vez, porém, ela se irradiou muito mais rápida e violentamente para o seu braço esquerdo, ao mesmo tempo que sentia algo como se uma mão gigantesca e muito forte lhe apertasse o peito.

Começou a suar frio. Teve uma ânsia de vômito e, logo em seguida, uma tontura. Sentiu seus joelhos dobrarem, suas pernas não mais conseguindo suportar-lhe o peso do corpo.

Caiu. Tentou gritar, pedir ajuda, mas a dor se repetiu, muito intensa. Tão intensa que, de sua boca, não saiu mais que um gemido misturado a uma golfada de vômito.

Percebeu, de repente, que estava escuro... Muito escuro. E a dor aumentava, atingindo-lhe o pescoço e o lado esquerdo do rosto. Tentou se erguer, apoiando-se na borda da escrivaninha, tinha de alcançar o telefone.

Não conseguiu. As forças lhe faltaram, a dor passou num repente, e ele, tentando desesperadamente encher o peito de ar, desmoronou, já mergulhando nas trevas eternas.

Terceira Parte

1.

Aquele homem sentado à ponta da principal mesa da taberna conhecida como La Tavola di Lucio jamais poderia deixar de ser notado. Alto, de ombros largos, mãos fortes, nariz adunco e uma grande barba grisalha que lhe pendia no peito, parecia dominar a todos. Sua voz, grave e agradável, ecoava sobre o ruído de fundo do estabelecimento e sobre as vozes da quase meia centena de homens que ali se encontravam.

Quem o visse ali, falando, gesticulando, rindo, poderia pensar que ele estava absolutamente integrado ao ambiente, teria a impressão de que o Mestre estava se sentindo em casa, à vontade e feliz.

Mas não... Ele apenas estava se comportando da maneira mais adequada possível para aquele local, mesmo estando plenamente consciente de que tudo ao seu redor nunca poderia fazer parte de seu universo. De seu universo interior.

O Mestre, na verdade, não gostava de lugares públicos, cheios de outras pessoas — normalmente muito curiosas, muito interessadas em saber o que ele andava fazendo, projetando ou planejando. Se ele ria e falava alto, não era para chamar a atenção sobre a sua pessoa, mas sim para abafar o ruído à sua volta, que tanto o incomodava, e — principalmente — para não dar oportunidade a ninguém de lhe fazer perguntas.

Por outro lado, não seria possível afirmar que o Mestre não fosse bastante vaidoso e orgulhoso de si mesmo: naquele fim de dia, por exemplo, ele estava se gabando de ter conseguido, com quase 50 anos de idade, escalar o monte Roso, de cerca de quatro mil e quinhentos metros de altitude.

— O pobre Giacomo por pouco não desistiu de me acompanhar! — disse ele, com uma risada. — Bufou, transpirou como um cavalo velho e, creio que mais por vergonha do que por convicção, acabou por vencer o monte e chegou lá em cima, mas bem depois de mim!

Assim dizendo, pousou carinhosamente a mão sobre o ombro de seu acompanhante, o jovem e belo Giacomo, que, por sua vez, lançou-lhe um olhar lânguido, misto de admiração e... amor.

Sentado a uma mesa mais afastada, perto da porta da taberna, Breno di Albani viu esse olhar e fechou a cara, com um esgar de nojo. Ele não conseguia entender como o Mouro, Ludovico Sforza, duque de Milão, um homem de tanto valor, era capaz de tolerar aquele tipo de relacionamento.

Para seu azar, o Mestre tinha notado a expressão de desprezo no semblante de Albani e, interrompendo sua narrativa, ergueu-se do tosco banco em que estava sentado e, em passos decididos, caminhou em sua direção.

— A sopa não lhe apraz, senhor? — perguntou, inclinando-se para Albani, com um sorriso e com os olhos despedindo chispas. — Talvez ela esteja quente demais para seus dentes...

Albani encolheu-se, encostou-se à parede tentando ficar ainda menor do que já era, e o Mestre, estendendo a mão esquerda, apanhou uma ferradura que Lucio, o proprietário da taberna, tinha pendurado na travessa que servia de sustentação a um mezanino dominando a parte da frente do salão.

— Posso ajudá-lo a engolir o seu caldo — disse o Mestre. — E assim, talvez, sua cara não mostre mais essa expressão de desagrado...

Assim dizendo, ele apertou a ferradura diante do nariz de Albani e, quando a largou dentro do prato de sopa do apavorado homem, as duas pontas da ferradura estavam juntas...

Albani mal esperou que o Mestre se afastasse e, deixando uma moeda sobre a mesa, escafedeu-se dali, a capa esvoaçando sobre seus ombros, as pernas curtas tentando fazer com que seu roliço corpo ganhasse velocidade.

À sua saída, seguiu-se um breve silêncio, interrompido por uma gargalhada do Mestre, que, voltando a sentar-se ao lado de Giacomo, exclamou:

— Desta vez, Albani só vai parar de correr quando chegar à casa do bispo!

Todos riram, o Mestre mandou o taberneiro trazer mais vinho e, enquanto todos brindavam, Giacomo sussurrou ao seu ouvido:

— Esse homem ainda vai lhe causar problemas, Mestre... Não gosto dele!

O Mestre riu mais uma vez e retrucou:

— Você não gosta dele, Giacomo... Mas ele gosta de você! E é por isso, só por isso, que nos persegue! Albani gostaria de ter os seus... favores... e, como não pode..

— Mas eu jamais... — começou a protestar o rapaz.

— Sim, eu sei — interrompeu o Mestre. — Você jamais seria capaz de fazer com ele o que faz... comigo! Mas Albani não é capaz de aceitar isso! E, por ciúme e vingança, ele nos persegue!

— Mas é preciso acabar com isso! — exclamou Giacomo. — Ele é muito amigo do bispo San Giorgio! E o senhor sabe como ele é! Por um nada é capaz de pôr os Oficiais da Noite em seus calcanhares!

— Ora! — protestou o Mestre. — Isso poderia ser perigoso se estivéssemos em Florença! Lá, esses malditos Oficiais da Noite e dos Mosteiros poderiam nos causar aborrecimentos... Mas aqui, em Milão...!

Porém o Mestre estava falando daquela maneira mais para tranqüilizar Giacomo do que por convicção. Ele estava cansado de saber que esses terríveis e cruéis *policiais*, homens designados para essa função pelo Conselho dos Bispos, não tinham a menor piedade de ninguém. Faziam parte de uma magistratura clerical estabelecida em 1432 com a finalidade principal de reprimir e perseguir os praticantes de sodomia. Não tinham, já pela autoridade que lhes tinha sido dada pelo Alto Clero, qualquer necessidade de provas: bastava-lhes uma acusação e sua própria *intuição*. Portanto, era-lhes suficiente que *achassem* alguém culpado. Prendiam-no, torturavam-no e, por fim, sem maiores julgamentos, o simplesmente suspeito era levado para a fogueira.

Durante mais de setenta anos, os Oficiais da Noite e dos Mosteiros perseguiram sistemática e severamente toda e qualquer atividade que pudesse ser suposta como de caráter homossexual. Só em Florença, que naquela época contava com pouco mais de trinta e cinco mil habitantes, cerca de dezoito mil pessoas foram acusadas e mais de duas mil foram condenadas. A alegação do Conselho dos Bispos para manter durante tanto tempo uma tal magistratura era de que a peste negra — que naquela época assolava as maiores cidades, como Florença, Gênova, Veneza e Roma — era um castigo de Deus por causa dos relacionamentos e *amores que contrariavam a Natureza e os desígnios do Senhor*. Porém, com certeza, o motivo principal de tão intensa perseguição aos hábitos homossexuais era que *os homens que se mostrassem rebeldes contra a Natureza bem poderiam também se mostrar perigosos para a sociedade e para a religião*. Assim, o comportamento homoerótico seria potencialmente perigoso em todos aqueles cujas ocupações, de alguma forma, tangenciassem atividades de ordem política. Daí duas coisas serem inegáveis: a atividade artística não somente tocava questões políticas, mas principalmente entranhava-se nelas; e desde sempre a sexualidade foi considerada potencialmente política: sexo é poder e o poder leva ao sexo.

E da mesma maneira que os Oficiais estavam agindo em Florença, nada impedia que eles o fizessem também em Milão. Bastava que o bispo San Giorgio...

Um sorriso iluminou o rosto do Mestre, e este, batendo carinhosamente no antebraço de Giacomo, falou:

— Você pode ficar descansado, meu amigo... Se os Oficiais da Noite e dos Mosteiros vierem atuar aqui em Milão, aposto que um dos primeiros a ser arrastado para a fogueira será o próprio San Giorgio...!

Piscou o olho esquerdo com expressão marota e indagou:

— Você já se esqueceu daquela festa que Jacopo deu em seu palácio? Não se lembra que nós dois vimos o próprio bispo San Giorgio nu, nos aposentos do dono da casa com mais três jovens e tresloucados fidalgos?

Giacomo meneou a cabeça em sinal de dúvida, fazendo balançar os longos cabelos louros e, depois de alguns segundos, ponderou:

— O senhor sabe como são esses nobres, Mestre... Sempre acabam fazendo o que querem, as leis só valem para as outras pessoas. Nós...

Manifestando uma ponta de irritação, o Mestre interrompeu:

— *Nós* não somos qualquer um, Giacomo! *Nós* estamos sob a proteção do duque! Pode estar certo de que ele jamais deixaria que alguma coisa desagradável nos acontecesse!

Deixou escapar uma risada e finalizou:

— Principalmente enquanto eu não terminar o retrato de sua amante! E pode estar certo que ainda vou demorar muito tempo para acabar de pintá-lo!

2.

Exatamente como temia Giacomo, assim que deixou a taberna de Lucio, Albani foi procurar Dom Paolo di San Giorgio, bispo de Milão.

— Mas o que acontece? — surpreendeu-se o prelado, assim que Albani foi levado à sua presença por um pajem, na imensa sala de jantar. — Está lívido! E trêmulo!

Apressou-se em lhe servir um cálice de vinho e acrescentou:

— Até parece que você viu o demônio em pessoa!

Albani tomou de uma só vez todo o conteúdo do cálice, esperou que San Giorgio lhe servisse mais um e, depois de molhar os lábios no vinho, disse:

— Não era satanás, senhor bispo... Mas no mínimo era o seu emissário aqui na Terra!

San Giorgio franziu as sobrancelhas, esboçou um sorriso divertido e sentou-se novamente, convidando o recém-chegado a imitá-lo.

— Venha... Sente-se... Estava começando a jantar. Tenho certeza que poderá dar-me a honra de sua companhia...

Ergueu o cálice num brinde e falou:

— E enquanto comemos este delicioso faisão que o bom Américo, o cozinheiro, teve a delicadeza de preparar, talvez queira me contar com detalhes o que aconteceu...

Albani não se fez de rogado. Se havia algo que ele gostava de fazer era justamente comer... E era mais do que sabido, em toda a cidade, que não seria possível encontrar mesa mais farta, mais sofisticada e deliciosa do que a do bispo San Giorgio. Diziam alguns que isso era devido à arte de Américo Pinelli, o cozinheiro. Outros garantiam que o responsável pelos bons pratos que eram trazidos para deleite de San Giorgio e de seus convidados não era outro senão o padre Carlo Chiarelli, o homem que funcionava como verdadeiro braço direito do bispo e que escolhia a dedo os ingredientes e temperos para a cozinha e que fora o descobridor de Pinelli, jogado nas masmorras do castelo do antigo duque de Milão, Galleazzo Maria Sforza, que o mandara prender sob a acusação de tê-lo tentado envenenar. Américo Pinelli sempre jurara inocência e silenciara sobre o verdadeiro criminoso, só dizendo seu nome para seu confessor, justamente o padre Chiarelli. E este, por sua vez, fiel ao compromisso sagrado do sigilo de confessionário, jamais contara a quem quer que fosse esse segredo. Apenas se permitira dividi-lo com o seu próprio confessor, ninguém menos do que o bispo San Giorgio, que, por ser um bispo e, portanto, fazer parte de uma casta superior na hierarquia da Igreja, não via nenhuma necessidade de se confessar.

Dessa maneira, apenas três pessoas sabiam que o duque Galeazzo Maria Sforza fora vítima de um atentado praticado por seu próprio irmão, o então duque de Milão, Ludovico Sforza.

Não fora daquela vez que Galeazzo Maria morrera, talvez seu estômago e intestinos fossem muito mais resistentes e fortes do que supusera Ludovico...

Galeazzo acabou morrendo alguns meses depois, vítima de um acidente numa caçada, e Ludovico conseguiu assumir o poder, o título de duque de Milão sendo-lhe conferido pelo cardeal Brunetti, a mando do papa.

Um outro pajem, este vestido todo de branco, cortou com habilidade o faisão e serviu os dois homens: primeiro o bispo, e em seguida Albani. Depois, discretamente, afastou-se, deixando-os sozinhos.

— Mas conte-me, Albani — pediu o bispo. — Como foi que você teve um encontro com o demônio?

Albani engoliu o bocado que tinha em sua boca — quase metade de uma coxa do faisão — e, depois de tomar um gole de vinho, disse:

— É aquele artista protegido pelo duque! Aquele que chamam de Mestre...

— Conheço-o — assentiu San Giorgio. — Ele é um verdadeiro gênio! Está terminando uma pintura para o prior da capela de Santa Maria das Graças, e posso lhe assegurar que a obra é magnífica!

Deixou escapar uma risada e, pinçando com as pontas dos dedos uma ameixa do molho do faisão, falou:

— O prior, monsenhor Piero Ferrini, é um homem muito sistemático, cheio de manias, de regras... O Mestre estava descumprindo todos os prazos para a execução da pintura, e Ferrini foi reclamar com o duque. Não foi uma vez, mas várias. Quando o Mouro já estava cansado de ouvir sempre a mesma ladainha de queixas sobre seu artista predileto, acabou concordando em chamá-lo na presença do próprio prior para que este pudesse fazer suas queixas pessoalmente. O Mestre compareceu à sala de audiências do duque vestido com uma roupa confeccionada em seda rosa, que lhe chegava apenas até os joelhos, ou seja, vestimenta completamente diferente daquela que um homem deve usar!

— Pois é, senhor bispo! — exclamou Albani. — E é também por isso que...

Com um gesto, San Giorgio pediu que Albani se calasse e continuou:

— O Mestre ouviu as queixas do prior e, quando este terminou, ele explicou o atraso. Disse que precisava de longas reflexões em busca de idéias e soluções para suas pinturas. No caso em questão, ele estava em dúvida sobre como representaria Judas. Assim, se o prior continuasse a pressioná-lo, havia o risco... muito sério... de que Judas acabasse por ficar com os traços de ninguém menos que o monsenhor Piero Ferrini!

San Giorgio soltou uma gargalhada, e Albani, embora sem a menor vontade, imitou-o.

Por fim, terminada a crise de hilaridade, o bispo indagou:

— Mas o que lhe fez o Mestre para alimentar tanto desafeto de sua parte?

Albani tomou um grande gole de vinho e, omitindo a humilhação que o Mestre lhe impusera na taberna de Lucio, respondeu:

— Ele não fez algo especificamente a mim... Ele tem feito mal a todos, aqui em Milão! Seu comportamento com aquele seu... efebo... é um mau exemplo para todos!

Olhou de lado para o bispo e resmungou:

— Se estivéssemos em Florença... Se tivéssemos aqui em Milão uma atuação efetiva dos Oficiais da Noite e dos Mosteiros...

San Giorgio olhou sério para seu interlocutor e, depois de alguns segundos, falou:

— Quando o cardeal Brunetti me perguntou se eu achava necessário instalar aqui uma magistratura dos Oficiais, eu lhe disse que não via nenhuma razão para isso. Afinal de contas, Milão não é igual a Florença, aqui não existem tantos casos de sodomia que justifiquem a presença dos Oficiais. De mais a mais, todos sabemos que esses homens não se atêm apenas aos casos de relacionamentos de homens com homens e de mulheres com mulheres... Eles também se metem em outros tipos de relacionamentos — principalmente os adúlteros —, e isso, com certeza, haveria de pôr em risco a liberdade e até mesmo a vida de muitos de nossos amigos...

Albani corou e baixou os olhos. Ele sabia perfeitamente que aquela observação lhe tinha sido endereçada. Sua *amizade* com a bela, mas pobre Sofia Cirelli, esposa de Vincenzo Cirelli, um reles entregador de carvão que mal ganhava para comer, poderia muito bem classificá-lo entre os *adúlteros potencialmente condenáveis* pelos Oficiais da Noite e dos Mosteiros. Controlando-se e fazendo um esforço hercúleo para não demonstrar o que lhe ia pela alma, Albani falou:

— Mas mesmo assim, senhor bispo... Não é possível deixar à solta um homem como esse tal de Mestre! Ele é uma afronta viva aos bons costumes e à moral! Nós, os homens de bem da cidade, chegamos a ter medo de nossos jovens filhos caírem em suas garras!

Fez uma pausa e justificou:

— Veja bem, senhor bispo... O Mestre é inteligente o bastante para convencer o Mouro. Foi capaz de fazê-lo gastar um rio de dinheiro na construção de máquinas de guerra que jamais saberemos se funcionam ou não. Além disso, pense na despesa que representa sustentar todos os seus luxos, satisfazer a todas as suas exigências... Ora, para um homem com essa capacidade de convencimento, não é nem um pouco difícil convencer um jovem a... fazer coisas erradas, a agir contra a sua própria natureza de homem!

San Giorgio ficou em silêncio por alguns instantes e, fazendo girar o cálice de vinho sobre a mesa, perguntou:

— O que você quer que eu faça? O Mestre é protegido do duque... Qualquer coisa que se faça contra ele será o mesmo que ofender o Mouro!

— Sei disso — admitiu Albani. — Mas nem mesmo o Mouro poderia contrariar uma sentença dos Oficiais!

— Pode ser — murmurou o bispo. — Mas o que não devemos esquecer é que a fúria do Mouro não costuma ter medidas... E ele não vai se incomodar se tiver de mandar matar um comerciante ou um prelado...!

Levantando-se, finalizou:

— E eu não quero ser o prelado a estrebuchar na ponta da faca de um seu seguidor!

3.

O bispo acompanhou Albani até a porta e entregou-o aos cuidados do mesmo pajem que o havia recebido. Assim que se viu só, San Giorgio suspirou, ergueu ambas as mãos para cima e murmurou:

— Mas que imbecil! O que o faz pensar que pode alguma coisa contra o protegido do duque? Será possível que ele não percebe que é muito mais provável que o Mouro o mande matar antes de tomar qualquer atitude que possa prejudicar o seu artista predileto?!

Voltou a servir-se de um cálice de licor e, saboreando-o, pensou:

“Não serei eu a mandar instalar aqui um comissariado dos Oficiais da Noite e dos Mosteiros... A última coisa que eu poderia desejar é me indispor com o duque!”

Porém havia um outro motivo — e muito mais forte, com certeza — que fazia com que Paolo di San Giorgio não tivesse a menor intenção de mexer com os Oficiais. E esse motivo residia ali perto, no castelo do conde Bernardo Testarossa, e chamava-se Giulietta.

Era linda, a doce e meiga Giulietta. Seus cabelos muito negros emoldurando um rosto angelical ao qual, no entanto, não faltava uma permanente expressão de malícia... E ela era piedosa! Tão piedosa que aceitara sem qualquer contestação partilhar seu leito com San Giorgio — evidentemente enquanto Testarossa estava lá pelas montanhas vigiando suas vinhas e recolhendo o dinheiro que suas uvas e seus tonéis do bom vinho que levava seu nome lhe proporcionavam.

— Você é a recompensa que Deus me permite ter aqui na Terra — disse-lhe, certa vez, o bispo. — Por isso, nossa relação é sagrada!

— Sagrada e secreta — riu Giulietta, abraçando San Giorgio, os dois nus sob o baldacã da enorme cama da condessa. — E isso não deixa de ser muito engraçado!

San Giorgio olhou intrigado para ela, e Giulietta, acariciando com as mãos bem tratadas o peito do bispo, respondeu:

— Por ter de ser secreta...

E, antes que o bispo pudesse tentar uma explicação, ela falou:

— Talvez exatamente por isso, nossa relação seja tão... excitante!

Com os dedos, brincou com um dos mamilos de San Giorgio e murmurou:

— De qualquer forma, é impossível que um homem como você não tivesse como... descarregar sua energia! E acho que essa força, essa energia toda... ela é abençoada justamente por vir de você, um homem de Deus!

Paolo di San Giorgio preferiu não retrucar. Na verdade, ele desde sempre soubera que sua vocação jamais poderia ser a de se dedicar — como mandavam as regras — ao serviço do Senhor. Tornara-se bispo por influências políticas as mais diversas e, com pouco mais de 40 anos, vira-se nomeado pelo papa como bispo de Milão, um cargo importante e que lhe conferia um poder extraordinário na cidade. Tanto assim que até mesmo o Mouro, muitas vezes, baixara a cabeça e o olhar diante de seus sermões.

Contudo, a importância do cargo, todo o poder que podia desfrutar e toda a pompa de que San Giorgio se fazia cercar não foram suficientes para amenizar seus instintos de homem-macho, sedento de satisfação sexual, permanentemente desejoso da companhia — e do desfrute — de belas mulheres.

Felizmente, encontrara Giulietta...

Casada com Bernardo Testarossa, homem já bem avançado em anos e que a desposara unicamente para mostrar a seus pares que ainda podia dar conta de uma mulher jovem e bela, Giulietta teria tido uma vida insossa, reclusa e enclausurada em seu castelo, não fosse a existência de uma velha aia, *Zia* Peppina, que — conhecendo desde jovem Paolo di San Giorgio — providenciara a oportunidade de os dois se encontrarem justamente numa época em que o conde estava nas montanhas, tossindo a sua bronquite, gemendo o seu reumatismo e... contando tonéis de vinho e moedas.

Aquela primeira vez fora digna de uma lenda árabe! Tanto Giulietta como San Giorgio jamais se esqueceriam.

Na tarde da véspera, Giulietta estava triste e nervosa. Depois de vê-la chorar em seus aposentos, de vê-la gritar consigo mesma e dizer que estava prestes a pular no fosso que circundava o castelo, *Zia* Peppina veio tentar consolá-la. Velha e experiente, a aia sabia muito bem o que estava acontecendo com a jovem condessa: falta de homem, nada mais do que isso.

— Não imaginava que minha vida seria isso! — lamentou-se Giulietta. — Teria sido preferível morrer de peste!

— Não fale assim, condessa! — disse a velha. — Conheço bem o mal que a aflige. E posso lhe dizer que a oração é o melhor caminho...

Sem esconder a revolta, Giulietta protestou:

— Oração! Oração! Você é igual ao padre Motterone, meu confessor! Ele também me diz para rezar! Para rezar e pedir a Deus para me acalmar os instintos, mesmo porque esses instintos não são mais do que pecado!

Zia Peppina riu, segurou ambas as mãos de Giulietta e, baixando a voz, falou:

— Mas eu estou lhe dizendo para rezar e pedir a Deus que lhe traga satisfação... e prazer!

A jovem condessa olhou espantada para a velha, e esta prosseguiu:

— Minha condessa é jovem e bela... Sabe disso muito bem, basta que se olhe ao espelho! Toda essa beleza é uma dádiva de Deus, não acha?

Giulietta, timidamente, balançou a cabeça num sinal afirmativo.

— Pois Deus, em Sua Magnífica Bondade e em Sua Extrema Sabedoria, não haveria de deixar que tanta beleza fosse desperdiçada... Assim, só resta à minha condessa rezar para que Ele lhe permita gozar dos prazeres sagrados da carne, uma vez que foi Ele mesmo que nos criou o corpo e lhe deu tantas exigências!

— Mas... Como poderei ter algum prazer carnal? — perguntou Giulietta, irritada. — Mesmo que meu marido, o conde, estivesse aqui, de nada serviria!

— E quem falou no conde? — riu *Zia* Peppina. — Estou lhe dizendo que deve rezar e fazer a Deus esse pedido. E pode confiar, minha condessa... Até raiar o próximo dia, a senhora será atendida!

Giulietta arregalou os olhos, espantada e a velha arrematou:

— Para Deus, nada é impossível. Assim, também não é impossível que Ele lhe mande um... emissário. Alguém muito especial que há de satisfazer plenamente a minha condessa!

Baixando novamente a voz, *Zia* Peppina acrescentou:

— Porém é preciso que a minha bela condessa siga à risca o que eu vou lhe dizer...

4.

San Giorgio não conseguia acreditar completamente no que lhe estava acontecendo e, por um momento, pensou em abandonar aquilo tudo, voltar para a segurança e a discrição de seu palácio. Porém, já por outros eventos do passado — em muitos aspectos até bem semelhantes àquele que estava vivenciando —, ele sabia que sua velha amiga alcoviteira, *Zia* Peppina, jamais o estaria atraindo para uma armadilha. Se ela dissera que a linda condessa Testarossa queria sua companhia à noite... Era para acreditar.

A ponte levadiça estava arriada, e San Giorgio atravessou-a, os cascos de sua montaria ressoando no silêncio da noite.

— A mulher mais bela e mais desejada de Milão! — exclamou o bispo para si mesmo, apeando do cavalo diante da porta do castelo. — E a velha disse que ela será minha esta noite!

Zia Peppina veio abrir antes mesmo que ele batesse a aldrava e, com um sorriso iluminando-lhe o rosto enrugado, disse:

— Vamos, senhor bispo! Entre logo! A condessa o está esperando!

— Não me chame de *bispo*! — reclamou ele. — Numa situação como esta, isso me deixa constrangido...

— Mas você é um bispo, Paolo... — falou a mulher. — Não importa o que faça, como se comporte, sempre será um bispo!

Caminhando à frente de San Giorgio para lhe iluminar o caminho com uma lamparina, ela acrescentou:

— Só é preciso tomar alguns cuidados... Saber com quem se mete!

O bispo calou. Tinha plena consciência do quanto *Zia* Peppina estava certa e confiava nela.

Entrou com ele, o mais silenciosamente possível, nos aposentos da Condessa e, entregando-lhe a lamparina, a velha sussurrou:

— Use a luz apenas para se aproximar da cama... Faça tudo o mais no escuro...

— Mas... E os criados? — perguntou San Giorgio. — E o conde?

— Não se preocupe com isso. O conde não voltará antes de uma semana e quanto aos criados... Todas as vezes que ele viaja, não deixa nenhum aqui dentro. Ele não quer homens por perto da esposa durante a sua ausência!

Assim dizendo, ela se afastou, tateando no escuro e San Giorgio aproximou-se da cama. Com cuidado, ele afastou os pesados panos do baldacã e, erguendo um pouco a lamparina, admirou a mulher que ali estava dormindo.

Realmente, era muito bela... Dormia com um sorriso nos lábios, os cabelos muito negros espalhados pelo travesseiro, o peito subindo e descendo acompanhando o ritmo de sua respiração.

O bispo não pôde deixar de sentir o perfume que se espalhava no ar, um misto de alfazema com o cheiro característico da fêmea que deseja, que anseia por um homem.

Um homem de verdade.

Despiu-se, apagou a lamparina e, puxando com cuidado as cobertas que ainda escondiam o corpo de Giulietta, deitou-se.

Imediatamente sentiu o contato da pele nua de Giulietta e ouviu-a murmurar:

— Deus atendeu às minhas preces!

Sentiu os braços macios da condessa a lhe envolver o pescoço, sentiu seus lábios sedentos em busca de beijos e seu corpo vibrante pedindo um contato maior...

5.

Naquela primeira noite, o bispo fez exatamente como tinha recomendado *Zia* Peppina: em nenhum momento voltou a acender a lamparina e esperou que Giulietta adormecesse, esgotada e completamente saciada, para se vestir e deixar seus aposentos, já quase no raiar do dia.

Na segunda noite, porém, foi a própria condessa que implorou. Ela queria ver o homem que a satisfazia, queria ver quem era o emissário de Deus.

A princípio, San Giorgio hesitou, mas o desejo que o assaltava de também ver — e gozar também com os olhos — a beleza de Giulietta fez com que ele acendesse a lamparina e permitisse que a condessa o visse.

Teve medo, por um instante. Achou que ela, ao reconhecê-lo, se assustasse e o repudiasse, dizendo que não poderia partilhar seu leito, não poderia dar seu amor a um bispo... Contudo, seus receios logo se mostraram infundados e a condessa, ao ver quem era o emissário de Deus, o homem que Ele lhe tinha posto na cama para satisfazer seus instintos, sorriu, abraçou-o ternamente e falou:

— Eu estava esperando algo assim... Deus não me enviaria um qualquer... E, agora que sei quem você é, sinto-me ainda mais apaixonada e cheia de desejos!

E eles se amaram... Perdidamente, sem peias, sem freios, sem limites. Durante quatro noites, San Giorgio e Giulietta viveram as delícias de um amor que, já por ser duplamente proibido, tornava-se ainda mais delicioso.

Depois, quando o conde regressou de sua viagem, passaram a se encontrar no próprio palácio episcopal, no meio da tarde, durante as manhãs... E Giulietta sempre dava a desculpa de que estava indo se confessar, de que ia à missa ou até mesmo simplesmente ia fazer um pouco de caridade, dar algum dinheiro para os pobres, e ninguém melhor como intermediário do que o bispo San Giorgio.

De fato, não foram poucas as vezes que os dois se encontraram ainda na capela do palácio, San Giorgio rezando a missa e olhando com luxúria para a condessa, sentada num dos dois bancos da frente. E, logo após o tão esperado *Ite Missa est*, os dois davam vazão à sua paixão ali mesmo, na sacristia.

Assim, o respeitabilíssimo bispo Paolo di San Giorgio não tinha o menor interesse em que um imbecil como aquele Albani começasse a fazer pressão para que fosse instalada, ali em Milão, uma magistratura dos Oficiais da Noite e dos Mosteiros. Talvez eles nunca chegassem a alcançá-lo, mas no mínimo haveriam de atrapalhar seriamente seus encontros com a condessa e isso era a última coisa que ele estava desejando.

"Albani pode se tornar perigoso", pensou ele, recolhendo-se aos seus aposentos. "Se ele começar a comentar demais sobre o Mestre e, pior ainda, se ele resolver solicitar a interferência do prior de Santa Maria das Graças, que já não morre de amores por esse artista... É bem possível que o cardeal Brunetti decida pela vinda dos Oficiais aqui para Milão...!"

6.

Exatamente duas semanas após aquele incidente entre o Mestre e Albani na taberna do Lucio, as coisas começaram a se precipitar.

Albani não conseguira suportar a humilhação e, conseqüentemente, não podia ver o Mestre, nem mesmo que ele estivesse pintado de ouro.

E, como sói acontecer, graças às brincadeiras do pândego Destino — parece que quanto mais odiamos uma pessoa, mais a encontramos e nos lugares mais insólitos — não havia um só dia que Albani não cruzasse com o Mestre ou com Giacomo. Ou com os dois juntos, o que era bem pior, pois o Mestre andava sempre abraçado ao seu jovem amigo e este, talvez até mesmo de propósito, estava sempre dando um jeito de acariciá-lo em público.

A situação atingiu o insustentável à saída da missa de domingo quando, diante de Albani e mais uma quase meia centena de pessoas, Giacomo beijou os lábios do Mestre.

Albani não teve mais dúvidas. Ciente de que de nada adiantaria falar com o bispo San Giorgio — este era político demais para o seu gosto, haveria de arrumar uma desculpa qualquer para o comportamento daqueles dois e não tomaria a menor providência, uma vez que não queria se indispor com o duque —, ele foi procurar o prior Piero Ferrini.

— Não me surpreende isso que está me contando — falou este, ao ouvir as queixas de Albani. — E já faz algum tempo que estou para tomar uma decisão.

Albani não conseguiu disfarçar o sorriso de satisfação, e o prior prosseguiu:

— Não consegui digerir aquela história de dar meu rosto para Judas! E não achei graça nenhuma na expressão de mofa que o duque assumiu quando o Mestre disse aquela barbaridade!

— O Mouro protege esse artista mais do que se ele fosse seu próprio filho! — comentou Albani.

— É verdade — concordou o prior. — Mas não vai conseguir protegê-lo quando os Oficiais da Noite e dos Mosteiros chegarem aqui!

Sorriu com uma expressão de raiva e disse:

— E é exatamente essa a decisão que estou tomando. Vou chamá-los para Milão. Vou dizer-lhes que esta cidade está correndo o risco de se tornar uma outra Florença, com efebos e efeminados andando à vontade, com homens como o Mestre praticando sodomias e outros absurdos sem que ninguém tome a menor providência!

— Mas... E o bispo? — quis saber Albani. — Não é dele que teria de sair o pedido de instalação da magistratura?

O prior deu uma risada escarninha e falou:

— O bispo...! Ora, o bispo! Todos nós sabemos que ele não tem qualquer interesse em trazer os Oficiais para cá! Da mesma forma que o duque protege o Mestre, San Giorgio protege o duque! E essa falta de vergonha tem de acabar! Mesmo que o duque, o bispo, o Mestre e mais outros homens importantes de Milão tenham de queimar numa grande fogueira na praça, bem ao lado da estátua eqüestre que o Mouro e o Mestre estão planejando erguer em homenagem a Francesco Sforza...

Albani exultou. Sim, sua vingança seria perfeita! Ele teria o prazer de assistir ao suplício do Mestre, o fogo chegando-lhe aos poucos, queimando-o, fazendo-o gritar de dor e de terror...!

— E quando o senhor vai providenciar os Oficiais? — indagou.

— Eu estava apenas esperando uma oportunidade melhor. Um fato que fosse indiscutível, que não deixasse margem à menor dúvida. E isso, você veio me trazer hoje! Essa história do beijo em público, e ainda mais à saída da Santa Missa...! Nem mesmo o duque poderá contradizer meia centena de testemunhas!

7.

Escondido entre as dobras dos pesados panos das cortinas do prior, um jovem — e também belo — pajem escutou a conversa de seu senhor com Albani e, preocupado com o que ouvira, apressou-se em ir ao encontro de Giacomo — com quem mantinha eventualmente um relacionamento nem um pouco recomendável — para lhe dizer as novidades e, assim, preveni-lo.

Giacomo ouviu o que o amigo tinha a lhe contar e pediu-lhe que repetisse tudo na frente do Mestre.

— Não há motivo para preocupação — falou este, quando o pajem terminou sua narrativa. — Qualquer coisa que se faça em Milão precisa do aval do Mouro. Isso quer dizer que, para chamarem os Oficiais, o duque tem de concordar. E ele jamais faria qualquer coisa contra nós. Especialmente contra mim!

Com um gesto, mostrou o quadro que estivera pintando e acrescentou:

— Ludovico prometeu este quadro à bela Cecília... E, como vocês podem ver, ainda não está pronto. Portanto, pelo menos enquanto eu estiver pintando o retrato da amante do Mouro, não precisamos temer o que quer que seja!

— Sim, Mestre — concordou Giacomo. — Mas um dia o senhor terá de terminar o trabalho... E, então...

— Então terei descoberto mais algumas tarefas que o duque gostaria de ver prontas. Não se esqueça das ameaças de Luís XII... Ele ainda não está no trono da França, mas será o herdeiro! E ele tem dito a quem quiser ouvir que, assim que assumir a coroa, não vai respeitar absolutamente nada e marchará sobre Milão! Luís XII não vai se incomodar com o fato de o Mouro ser genro de Fernando I! Ele acha que tem direitos sobre Milão por ser descendente do primeiro duque milanês... E, justamente por causa dessa possibilidade de invasão é que o nosso duque deverá se interessar muitíssimo pelas minhas máquinas de guerra...

Voltando-se para o pajem a serviço do prior, o Mestre disse:

— De qualquer forma, meu amigo, tenho de lhe agradecer pelo interesse e esforço.

Entregou-lhe uma bolsa cheia de moedas e falou:

— Fique atento... Por mais que eu tenha confiança em mim mesmo, no meu trabalho e na amizade que me une ao Mouro, nunca é demais estar precavido. Se souber de mais alguma coisa, corra a nos avisar.

— Não quero o seu dinheiro, Mestre — disse o jovem. — Para mim, é muito mais precioso do que qualquer tesouro do mundo poder ser chamado de seu amigo.

O Mestre sorriu, obrigou-o a aceitar o presente e, despedindo-o, falou:

— Não serão umas poucas moedas que haverão de empanar sua amizade, meu jovem. Mas uma surpresa desagradável pode, esta sim, atrapalhar um bocado. Pode, por exemplo, obrigar-nos, a mim e a Giacomo, a irmos embora daqui...

Assim que ficaram a sós, Giacomo começou a chorar.

— Qual a razão de tantas lágrimas, meu querido? — indagou o Mestre, sem parar de trabalhar em seu quadro.

— Estou com medo, Mestre! — respondeu o rapaz. — Não quero morrer numa fogueira...

— E quem lhe disse que você vai morrer numa fogueira?

— Os Oficiais da Noite e dos Mosteiros não terão piedade! — exclamou Giacomo, torcendo as mãos. — Maldita a hora em que eu lhe fui dar aquele beijo!

— Não diga isso, Giacomo! — protestou o Mestre. — O amor tem de ser manifestado, não importa onde se esteja!

— Mas o nosso amor é proibido...!

— Não — contestou o Mestre. — Não é proibido. Apenas não é compreendido, nos dias de hoje. Se estivéssemos vivendo em Atenas, na época dos grandes filósofos, isso seria normal. Até mesmo em Roma, quando os Césares reinavam, era normal homens amarem homens.

Segurando o pincel como se fosse uma batuta de maestro, o Mestre finalizou:

— E você pode estar certo, Giacomo... Há de chegar o dia em que o amor não mais será limitado a uma questão de sexo morfológico. Um dia, a espiritualidade será soberana e, então, o sexo não mais importará numa relação. Aí, então, homens poderão livremente amar outros homens e o mesmo acontecerá entre as mulheres!

8.

À hora do almoço, no dia seguinte, o pajem voltou a aparecer dando a notícia de que o prior, o bispo e o Mouro encontrar-se-iam no final daquela tarde.

— E eu ouvi o prior dizer que queria conversar sobre o senhor, Mestre...

O Mestre agradeceu, dispensou o pajem e, em companhia de um extremamente nervoso e preocupado Giacomo, almoçou.

De fato, a refeição poderia ter sido muito mais agradável... Apesar de o pedaço do cabrito que lhes tinha sido servido estar delicioso, os dois não conseguiram apreciar condignamente o repasto. Giacomo esteve permanentemente no limite do pranto e isso irritava profundamente o Mestre, que insistia com ele dizendo que não havia motivo para tanto drama.

Pelo meio da tarde, um emissário do duque apareceu dizendo que o Mestre deveria comparecer — sozinho — ao palácio.

— O duque pede que o senhor vá sozinho e que esteja lá para o jantar — disse o mensageiro.

Ora, o Mestre sabia perfeitamente que um pedido do Mouro tinha a conotação de ordem e, por isso, não discutiu. Afinal, ele estava sendo sustentado material e politicamente pelo duque! Seria o cúmulo dos cúmulos desrespeitá-lo.

Assim, pouco antes das cinco horas, lá estava o Mestre sentado ao redor de uma grande mesa, diante do duque Ludovico Sforza e ao lado do prior Piero Ferrini e do bispo Paolo di San Giorgio.

Já à sua chegada, o Mestre percebera que aquela reunião tinha começado muito antes, os dois prelados e o duque já haviam trocado idéias e, pela expressão do Mouro, as coisas não estavam nada bem para o seu lado.

— O nosso estimado prior — falou o duque, sem esconder um tom mordaz em sua voz — insiste em fazer montar aqui em Milão uma magistratura dos Oficiais da Noite e dos Mosteiros...

O Mestre olhou de lado para o prior e sorriu.

— Não será por minha causa... — disse ele.

Muito vermelho e mal contendo a cólera, Ferrini retrucou:

— Sim! É por sua causa! É por causa do péssimo comportamento que vem mostrando, por causa de suas atitudes vis em público!

O duque fez um gesto apaziguador e, retomando a palavra, disse:

— Nós decidimos que a vinda dos Oficiais para Milão não interessa a ninguém. Nós, aqui, vivemos em paz, não há o terror que habitualmente essa magistratura impõe nas cidades para onde vai.

Olhou intensamente para o prior e acrescentou:

— De mais a mais, não creio que o comportamento de um de nossos habitantes tenha peso suficiente para que a cidade inteira passe a ser considerada uma *cidade do pecado*!

— Basta uma maçã podre no meio de um cesto e todo o resto haverá de se estragar! — ponderou o prior.

— Podemos tirar essa maçã podre e aproveitar o cesto inteiro — argumentou o duque.

Houve um pesado silêncio na sala, e o Mestre, depois de pigarrear, perguntou:

— Estou sendo expulso de Milão, senhor?

O duque balançou negativamente a cabeça e respondeu:

— Não, Mestre... Mas isso forçosamente acontecerá, caso não acate integralmente minha decisão.

O Mestre olhou interrogativamente para o Mouro e este disse:

— O bispo San Giorgio poderá lhe explicar melhor.

Com expressão grave, San Giorgio falou:

— Na verdade, essa idéia já está para fazer quinze anos. Portanto, não é nenhuma novidade. Levá-la a cabo agora não será mais do que o cumprimento de uma promessa feita pelo nosso duque quando assumiu o poder, aqui em Milão.

O Mouro mexeu-se na cadeira, incomodado. Pensava, até algumas horas atrás, que essa promessa tivesse sido esquecida. Mas não. O prior lembrava-se dela muito bem e, quase quinze anos passados, decidira cobrá-la.

Porém o Mouro não se arrependia. Afinal de contas, o apoio que tivera por parte do prior Ferrini tinha sido decisivo para que tivesse conseguido assumir o poder em Milão, uma vez que, na realidade, ele não teria direito a ele.

Com a morte de seu pai, Francesco Sforza, duque de Milão, o poder foi transferido — assim como o cargo nobiliárquico — ao irmão mais velho de

Ludovico, Galeazzo Maria. Mas o Mouro era ambicioso e não via nenhuma razão para servir ao irmão, quando achava que todos deveriam era servir a ele, Ludovico. Assim, subornou o cozinheiro do palácio para que este facilitasse seu acesso a uma das refeições do duque e, sem o menor escrúpulo, misturou um poderoso veneno ao vinho que o irmão deveria tomar. Contudo, o Mouro errou na dose, e o irmão — apesar de ter passado muito mal — não morreu. Azar de Américo, o cozinheiro, que foi jogado numa das inúmeras masmorras do palácio para lá apodrecer. Isso só não ocorreu porque, alguns anos depois, o recém-empossado bispo San Giorgio tirou-o de lá. Mas, ainda antes da chegada de San Giorgio, Ludovico deu um jeito de matar o irmão durante uma caçada e, com isso, o poder passou para seu sobrinho, Gian Galeazzo, na época criança demais para assumir um posto tão importante. Assim, a viúva de Galeazzo Maria, sua cunhada, tornou-se regente de Milão. Mais uma vez, não era o que o Mouro desejava e, com a ajuda do prior Ferrini, passou a articular toda sorte de intrigas e de conspirações contra a regente.

Foi nessa ocasião que, numa fria noite de inverno, o Mouro disse para o prior:

— Faça alguma coisa, prior! Não podemos continuar com essa mulher no comando de nossa cidade!

O prior Ferrini, que de santo homem não tinha nada a não ser a aparência, sugeriu:

— Poderei pedir ao cardeal Brunetti para interferir e apoiá-lo... Mas evidentemente, isso terá um preço.

— Pago qualquer importância — disse Ludovico. — Ponha-me como duque e terá tudo o que pedir a seus pés!

9.

— Pois será com o cumprimento dessa promessa, feita pelo duque há quase quinze anos, que você, seu... efebo... e todos nós poderemos voltar a ter paz — falou San Giorgio, olhando fixamente para o Mestre.

Fez uma pausa, voltou-se para o prior e juntou:

— E estaremos afastando definitivamente a idéia de fazer vir para Milão uma magistratura de Oficiais da Noite e dos Mosteiros...

O prior assentiu com um leve sinal de cabeça e o bispo prosseguiu:

— É mais do que claro que o assunto que estamos abordando aqui é segredo absoluto. Ninguém, absolutamente ninguém além de nós quatro deverá saber, entendeu, Mestre?

O Mestre fez um sinal afirmativo com a cabeça e murmurou:

— Os senhores estão me matando de curiosidade...

San Giorgio sorriu e, depois de voltar a encher sua xícara com chá, falou:

— Naquela ocasião, nosso duque prometeu que traria para Milão, mais precisamente para a capela de Santa Maria das Graças, a maior e mais preciosa de todas as relíquias de Cristo...

Tomou um gole de chá e, com um sorriso enigmático nos lábios, perguntou ao Mestre:

— Sabe qual é essa relíquia?

O Mestre não era dado a se incomodar com relíquias ou com qualquer coisa que se relacionasse com a fé cristã. Assim, balançando negativamente a cabeça, respondeu:

— Não. Não tenho a menor idéia.

San Giorgio olhou para o duque, este olhou para o prior e, depois de um longo silêncio, este último falou:

— Trata-se de uma relíquia milagrosa, Mestre. Se ela estiver aqui conosco, bem entendido, sob os meus cuidados, a capela de Santa Maria das Graças será o lugar mais milagroso do mundo! E nós, milaneses, teremos poder suficiente para impedir, por exemplo, que os franceses cheguem às nossas portas!

— Não vejo como uma relíquia poderia impedir os soldados franceses de invadir nossa cidade — protestou o Mestre.

— A simples presença dessa relíquia em nosso chão será fator de respeito, caro Mestre — disse o prior. — E isso, sem contar que, para defendê-la, Deus não hesitará em enviar Suas hostes para ajudar-nos!

Pela mente bem mais objetiva e materialista de San Giorgio, passou a idéia de que, pelo menos para a bela Giulietta, ele fazia parte dessas hostes, era um emissário do Senhor...

— E afinal, meu santo prior — disse o Mestre —, qual é essa tão poderosa relíquia?

O prior Ferrini sorriu, ergueu os olhos para o Mestre e respondeu:

— Essa relíquia, caro Mestre... É o Santo Sudário!

10.

O Mestre sentiu o sangue fugir-lhe das faces e, trêmulo, exclamou:

— O Santo Sudário! Mas estão loucos!

Justamente essa relíquia sempre o interessara. Não que ele acreditasse em qualquer tipo de poder sobrenatural que ela pudesse ter, mas simplesmente pelo fato de ser algo com quase um milênio e meio de existência e que, de alguma forma, estabelecia uma ligação imediata com Jesus Cristo.

O Mestre conhecia muito bem a história do Sudário... Sabia que ele tinha sido usado para envolver o corpo de Cristo logo após ele ter sido retirado da Cruz, sabia que naquele momento, ele estava muitíssimo bem guardado, desde 1453, na santa capela de Chambéry, na França, provavelmente por membros remanescentes e muito secretos do priorado de Sião, na verdade os predecessores dos Cavaleiros Templários e que conseguiram permanecer depois da queda de Jacques de Molay, em 14 de março de 1314.

— Mas nem sob a força de um exército conseguir-se-ia tirar o Santo Sudário de Chambéry! — exclamou o Mestre.

E, antes que o contestassem, ele indagou:

— Onde eu entro nisso? Os senhores não estão imaginando que eu vá até lá para roubar a relíquia, não é mesmo?

O duque sorriu e respondeu:

— Não, Mestre... Não será essa a sua função.

Com um gesto, passou a palavra para o prior, murmurando:

— Explique para ele, prior Ferrini... Já ouvi e repassei essas idéias tantas vezes que estou farto delas!

Ferrini assentiu com um meneio de cabeça e falou:

— Como você mesmo disse, Mestre... Seria impossível roubar o Santo Sudário das mãos do abade de Chambéry, monsenhor Yves de Montbrison... Mas não é impossível trocá-lo por uma... falsificação.

Um sorriso iluminou o rosto do Mestre e este exclamou:

— E os senhores querem que eu faça essa falsificação!

— Exatamente — concordou o bispo San Giorgio. — Sabemos que se há uma pessoa no mundo capaz de fazer uma imitação perfeita do Santo Sudário, esse alguém é você.

Sem nenhuma dúvida, era um elogio... Mas, acoplado a ele, havia um desafio, e o Mestre adorava desafios.

— Não é um trabalho fácil — disse ele, cofiando a longa barba grisalha. — Nem um trabalho rápido...

— Você terá o tempo necessário — assegurou o duque. — Só não pode ficar se demorando propositadamente, como tem feito com o trabalho que lhe pedi e com o quadro encomendado pelo prior Ferrini...

O Mestre torceu o nariz, acabou por sorrir, e falou:

— Não há esse risco, senhor. E, para demonstrar a minha boa vontade, vou terminar esses dois trabalhos enquanto os senhores providenciam o material de que vou necessitar para fazer o... Santo Sudário.

11.

De volta ao castelo onde habitava, o Mestre estava exultante. Sem a menor sombra de dúvida, aquele seria o maior desafio de sua vida. Lamentava, no entanto, não poder assinar o trabalho.

— A posteridade jamais saberá quem foi o artista que executou tal obra de arte! — disse para si mesmo. — E isso é, realmente, uma pena...

Não poder comentar com mais ninguém a respeito da incumbência que lhe tinha sido dada pelas três maiores autoridades de Milão não o preocupava. O Mestre, de qualquer maneira, não era dado a falar para os outros em que estava trabalhando, e mesmo no que dizia respeito a Giacomo, ele sempre fora muito reticente. Dizia que o rapaz tinha de se preocupar com os resultados, ou seja, com o dinheiro que ele ganhava, e não com os trabalhos em si.

Cruzou com Giacomo quando este já estava para se deitar e, quando ele lhe perguntou como tinha sido o encontro com o duque, respondeu:

— Nada além daquilo que eu já estava imaginando. Eles me repreenderam por você me ter beijado na boca à saída da missa e pediram mais pressa na execução do quadro de Cecília e do quadro para o prior Ferrini.

Fez uma carícia no rosto ainda quase imberbe de Giacomo e, com um sorriso, finalizou:

— Como eu já lhe disse, você não precisa se preocupar. Os malditos Oficiais da Noite e dos Mosteiros não virão tão cedo para Milão.

Alegando que queria trabalhar um pouco no retrato da amante do Mouro, o Mestre recolheu-se ao seu estúdio e, espichando-se num catre que tinha ali com finalidades múltiplas, inclusive repousar, deixou-se levar pelos pensamentos, fazendo uma revisão mental do que sabia a respeito do Santo Sudário.

Essa relíquia era constituída por um pano de linho com exatamente duas braças de comprimento e meia braça de largura. Tinha sido utilizado por José de Arimatéia, um homem rico que também era — disfarçadamente — um seguidor de Cristo, para envolver o corpo de Jesus antes do sepultamento. Diziam as regras de então que o cadáver deveria ser lavado e ungido em sete abluções, mas não houve tempo para isso, pois, como já começava a entrar o sábado, era proibido tocar os mortos nesse dia. Assim, foi só no domingo que Maria Madalena e Maria de Cleófas, mãe de Tiago, voltaram ao túmulo para completar o trabalho de limpeza e unção do corpo. Foi quando encontraram o túmulo vazio: Cristo tinha ressuscitado.

Forçando-se a voltar com os pensamentos para a mortalha que envolvera Cristo, o Mestre lembrou-se que o pano de linho com duas braças de comprimento tinha sido colocado de forma a embrulhar o corpo de Jesus da cabeça aos pés, ou seja, uma metade foi utilizada para forrar a laje do túmulo e a outra metade foi dobrada por sobre a cabeça de Cristo, deixando soltas as duas pontas que correspondiam aos pés. Depois, o linho foi amarrado ao corpo por tiras de pano.

— Com isso — murmurou o Mestre —, a imagem do Senhor foi transposta para o linho em duas metades: uma posterior e outra anterior. E a tinta não era outra senão o próprio sangue de Cristo...

Assim, para haver perfeita fidelidade, era preciso que ele soubesse exatamente onde estavam as feridas feitas em Jesus.

— Ora, nada mais fácil! — exclamou o Mestre. — As Sagradas Escrituras estão cheias de descrições dos flagelos...

Levantou-se e caminhou até um pedestal de madeira nobre que sustentava um exemplar da Bíblia impresso por Gutenberg em 1455 e que ele tinha recebido de presente do duque com a alegação de que um pouco de estudo sobre as Sagradas Escrituras talvez melhorasse sua maneira de ver a vida.

Ali, naquelas páginas de pergaminho artisticamente trabalhadas, estavam as descrições minuciosas dos ferimentos sofridos por Cristo desde o instante de sua condenação por Pôncio Pilatos até o momento em que o soldado romano, no intuito de certificar-se de Sua morte, perfurou-lhe o lado direito do tórax com sua lança.

A madrugada já ia alta quando o Mestre, finalmente, recolheu-se para dormir. Levava para o leito um sorriso de satisfação e de desafio. Já sabia quais os materiais de que necessitaria para fazer uma falsificação do Santo Sudário.

"Não será fácil eles encontrarem o que eu preciso...", pensou, ao deitar-se. "E isso só significa que ainda teremos muitos anos de paz aqui em Milão!"

12.

— Mas você está completamente maluco! — exclamou o duque, sem esconder a ira. — Como vou fazer para lhe arrumar tanto sangue assim?!

Em franco desespero, olhou para o bispo San Giorgio, esperando que ele lhe viesse em socorro, mas o prelado simplesmente desviou o olhar, deixando bem claro que esse tipo de problema não lhe concernia.

— Na realidade, senhor — argumentou o Mestre —, não será preciso tanto sangue assim... Preciso apenas que o *modelo* que vou utilizar esteja sangrando exatamente nos mesmos lugares em que Jesus sangrou...

Antes que o duque protestasse ainda mais veementemente, o Mestre acrescentou:

— Nas masmorras de seu palácio há dezenas de prisioneiros. Tenho certeza que um deles poderá servir.

O Mouro balançou lenta e afirmativamente a cabeça... No fundo, o Mestre tinha razão. Na semana anterior quatro criminosos lhe tinham sido trazidos, três deles por se recusar a pagar os pesados impostos que lhes competiam e um que estava sendo acusado de um sem-número de crimes, entre eles roubo, assassinato e estupro. O duque mandara-os trancafiar e dissera que mais tarde, talvez dentro de um mês ou um ano, julgaria os casos.

— O importante é que esse prisioneiro seja belo — falou o Mestre. — Cristo era um homem belo...

E, com um risinho e um olhar mórbidos lançados para o prior Ferrini, completou:

— E eu me recuso terminantemente a trabalhar com modelos que não sejam belos... Afinal de contas, eu transporto a beleza para minhas obras. Jamais poderia agir de forma diferente, jamais poderia fazer o que quer que fosse com um modelo feio.

Voltando-se para o duque, prosseguiu:

— Além disso, o modelo precisa ser forte e estar em perfeitas condições de saúde. Ele precisará suportar sucessivos sangramentos, terá de se recuperar o mais rapidamente possível entre uma sessão e outra.

O Mouro lembrou-se do ladrão, assassino e estuprador que tinha sido preso e, com um sorriso, disse:

— Creio que tenho o homem que serve para esse mister, Mestre. Daqui a pouco mandá-lo-ei chamar.

Olhou para o Mestre esperando que ele continuasse a sua lista de exigências e este não se fez esperar:

— Preciso do pano, senhor. Pelo menos umas três ou quatro peças de linho puro, tecido este que tem de ser originário da região onde morreu Cristo, ou seja, a Palestina. E tem de ser um tecido velho... O mais velho que seja possível encontrar.

Ante a expressão interrogativa do duque, o Mestre explicou:

— O verdadeiro Sudário será trocado por este que vou fazer, que não é mais do que uma falsificação. E uma falsificação, para ser boa e convincente, tem de ter o mesmo aspecto do original. Pelo menos o mesmo aspecto. E isso é impossível conseguir com um linho novo ou de um outro lugar do mundo.

O Mouro deixou escapar um suspiro e murmurou:

— Mais esta! Terei de ficar na dependência da boa vontade daqueles malditos venezianos...!

— De jeito nenhum, senhor! — protestou o Mestre. — O senhor terá de mandar alguém de sua total confiança buscar esse pano! Não podemos correr risco nenhum! E o senhor sabe o quanto esses venezianos são curiosos e intrometidos! Não será nem um pouco impossível eles desconfiarem de alguma coisa e, se começarem a fazer suposições... Pode muito bem ser que as venham comentar justamente com quem não devem!

O duque foi obrigado, mais uma vez, a admitir que o Mestre estava com a razão. Ele sabia que aquela família, havia quase dois séculos no comando do comércio com as terras longínquas da China, Índia, Palestina e outros lugares esquecidos por Deus, costumava fazer muitas perguntas. E tinham a irritante mania de contar tudo por escrito!

— O melhor seria que um de nós se desincumbisse dessa missão — sugeriu San Giorgio. — Talvez o próprio Mestre...

— Não! — exclamou o duque. — Este homem não sai de Milão em hipótese alguma!

Com um sorriso sarcástico, explicou:

— Nada poderia nos garantir que ele simplesmente não fugiria... E, depois, como fazer para recapturá-lo?

Os outros dois balançaram afirmativamente a cabeça, concordando; e o Mestre, disse:

— De qualquer maneira, eu não poderia ir... Tenho de terminar dois trabalhos aqui em Milão, e uma viagem dessas tomar-me-ia muito tempo.

Olhando para o prior, sugeriu:

— Acho que a pessoa mais indicada é o prior Ferrini... O nosso duque não pode ir, por uma questão de Estado. O bispo San Giorgio é indispensável aqui em Milão, especialmente nesta época, em que estamos vivendo uma permanente ameaça dos franceses e a Santa Sé é o nosso principal apoio.

Sorriu e, erguendo os ombros, arrematou:

— Os senhores não querem que eu vá, e com razão... Logo, só resta uma pessoa!

E, antes que o prior começasse a gritar, o Mestre falou:

— Agora, se for possível, gostaria de ver o prisioneiro...

13.

Octavio Petri entrou na sala de audiências do duque — onde eles estavam reunidos — fortemente acorrentado e trazido por dois soldados. Era alto, musculoso, tinha a barba e os cabelos longos e de cor castanho-escura, os olhos muito vivos e irrequietos. Percebia-se que ele estava com medo, não sabia a razão de ter sido chamado à presença do duque e chegara a pensar que sua hora havia soado. Porém, nem por causa do medo que o fazia transpirar, ele perdeu a altivez e a dignidade.

— Eis o homem — falou o Mouro, imitando Pilatos.

O Mestre gostou do que viu. Evidentemente, ele estava sujo — a masmorra de onde tinha sido tirado não devia ser diferente de uma pocilga —, mal cuidado e maltrapilho. Porém, com um bom banho...

— Ele precisará estar bem forte — ponderou o Mestre. — Vai precisar de muita resistência!

— Acho que isso não será difícil — disse o duque. — Vamos deixá-lo algumas semanas num regime alimentar que nem mesmo os gladiadores de Roma tinham!

— A barba deverá ser aparada... — murmurou o Mestre, dando uma volta em torno de Octavio. — Também o cabelo... Está muito embaraçado!

O prisioneiro sentia-se como um escravo diante dos mercadores. Morria de curiosidade de perguntar o que aqueles homens estavam tramando, o que aconteceria com ele. Mas calou-se. Na realidade, qualquer coisa seria muito melhor do que continuar indefinidamente naquela prisão. Até mesmo a morte ser-lhe-ia bem-vinda.

Depois de mais algum tempo e de mais algumas observações feitas pelo Mestre, Octavio não agüentou mais e perguntou:

— Serei executado, senhor? Ou serei vendido como escravo?

— Nem uma coisa nem outra, meu amigo — respondeu o Mestre, com um sorriso. — Na verdade, você poderá se orgulhar, pois vai passar para a História...

Voltando-se para o duque, o Mestre pediu:

— Além disso, não quero perguntas quanto aos meus métodos de trabalho. Sei que eles poderão parecer estranhos, principalmente para os padres... Mas é necessário que seja assim. E vou precisar de um lugar para trabalhar aqui em seu palácio. Um lugar onde não possa haver qualquer ruído e que o barulho que eu fizer lá dentro não seja escutado do lado de fora... E preciso que o prisioneiro esteja numa cela limpa, bem arejada, perto desse local.

Sem dar tempo ao Mouro de retrucar, o Mestre completou:

— E tanto a cela do prisioneiro quanto o meu local de trabalho não podem ser vistos por ninguém... Não quero que este homem tenha qualquer contato com quem quer que seja a partir de agora. O servo que deverá lhe dar a comida não pode aparecer, não pode ver o rosto do prisioneiro e muito menos falar com ele.

14.

Octavio Petri, o prisioneiro escolhido, foi levado naquele dia mesmo para sua nova cela, situada na ala norte do palácio do duque, um lugar isolado do restante da imensa construção por grossas paredes de pedra. Ao lado, o Mestre pessoalmente supervisionou a construção e instalação de um laboratório que, se fosse visto por alguém da Inquisição, com certeza levá-lo-ia à fogueira. Ali, tubos e retortas já na semana seguinte à entrevista que determinara a partida do prior Ferrini para a região da Palestina borbulhavam e ferviam líquidos estranhos, de cores e odores diferentes de tudo quanto já se vira até então. No centro da ampla sala, uma mesa de pedra era utilizada pelo Mestre para os seus estudos de anatomia humana e animal, coisa que era abominada pelos clérigos da época, pois julgavam que esse tipo de estudo era uma terrível manifestação de desrespeito aos mortos.

— Se eu não dissecar cadáveres para estudar exatamente as formas e posições relativas de suas partes, não poderei saber de que forma o linho foi impresso com o sangue de Cristo e o meu trabalho não ficará perfeito — argumentava o Mestre. — E acho bom que ninguém se meta nos meus estudos... Uma das condições para que eu me desincumba desta missão que me foi dada é justamente essa: não se fazem perguntas. Simplesmente aceita-se o que eu faço e no máximo podem cobrar resultados.

Porém, na realidade, ele estava apenas aproveitando o fato de poder trabalhar e pesquisar sem ter de dar satisfações a ninguém e — o que era mais importante — podendo ter acesso a uma farta quantidade de material, uma vez que cadáveres não lhe faltavam. E, de uma forma ou de outra, o Mestre sempre podia fazer com que lhe fosse providenciada matéria-prima... especial... para seus experimentos. Mandar matar não era atitude que fizesse o Mouro estremecer e muito menos uma decisão difícil de tomar...

Evidentemente, o cheiro em toda aquela área do palácio era quase insuportável. O Mestre começava a dissecar um cadáver no dia da morte e prosseguia até que nem mesmo os óleos canforados e as misturas de ervas que ele produzia já com a intenção de amenizar o nauseabundo odor de podridão pudessem tornar o ambiente um pouco mais tolerável. Nesse ponto de putrefação do corpo que ele estava utilizando, o Mestre parava, mandava enterrar o cadáver e pegava outro, ainda quente, e recomeçava do ponto onde parara seus estudos no anterior.

O mau cheiro tinha suas vantagens, e uma delas — a mais importante, na verdade — era pôr longe os curiosos que por acaso achassem de tentar ver o que o Mestre estava fazendo. Ninguém conseguia suportar o odor que exalava pelas janelas estreitas e altas do laboratório.

Enquanto ele estudava seus cadáveres, na cela ao lado, Octavio era tratado a pão-de-ló. O Mestre queria-o bem de saúde, forte e belo. Assim, mesmo quando ainda estava em liberdade, aquele prisioneiro jamais comera tanto e tão bem. Não lhe faltavam frutas, abóboras, carnes... e vinho. De acordo com o Mestre, era importante que lhe dessem vinho, pois este fortaleceria seu sangue e era de sangue que ele precisaria assim que as peças de linho chegassem na bagagem do prior Ferrini.

— Não o quero bêbado — recomendava. — Mas ele precisa tomar vinho. E de boa qualidade!

Exigência que não era nem um pouco difícil de satisfazer, pois das vindimas de Bernardo Testarossa, marido da bela Giulietta, uma parte significativa vinha para o palácio do duque, fosse a título de presente, fosse como pagamento de impostos. E o vinho de Bernardo, segundo as palavras de San Giorgio, eram quase *tão bons quanto o néctar de sua esposa*.

15.

Quase seis meses depois que o Mestre tinha instalado o seu laboratório — e nesse intervalo de tempo tivera a oportunidade de dissecar mais de meia centena de cadáveres —, o prior Ferrini chegou com os tão desejados panos.

— Aí os tem — disse ele, quase jogando sobre a mesa as peças. — Não é possível imaginar o trabalho que tive para consegui-los!

O Mestre examinou criteriosamente o linho, escorregou suas mãos pelo pano como se o acariciasse e murmurou:

— Realmente... São panos bem velhos! Alguns pedaços estão até meio puídos pelo tempo...

— Fui encontrá-los com um mercador nas cercanias de Jerusalém — falou o prior. — E ele me garantiu que esses panos têm mais de um século de existência.

Assentindo com um sinal de cabeça, o Mestre sorriu e disse:

— Muito bem... Acho que agora já posso começar a trabalhar!

— Quanto tempo acha que vai demorar? — indagou o duque.

— Creio que demorarei de três a quatro meses para completar a obra. Não adianta ter pressa, é um trabalho muito delicado... Mas, por outro lado, não poderei prolongar muito, pois o prisioneiro, por mais forte que esteja, com certeza não vai suportar.

San Giorgio fez uma careta e murmurou:

— Nem quero pensar na crueldade que você vai praticar, Mestre... Só tenho, mesmo, é de pedir perdão a Deus por todos nós!

— Não estamos cometendo nenhum pecado — ponderou o Mestre. — Muito pelo contrário, estamos dando oportunidade para um criminoso condenado à morte fazer alguma coisa útil em sua vida porca aqui na Terra! Pode ter certeza que ele estará redimindo cada um dos pecados que cometeu.

— Só espero que você esteja certo — disse o bispo. — E que seu trabalho fique realmente bom!

— Quanto a isso, pode ficar tranqüilo, senhor bispo — garantiu o Mestre. — Esta será minha obra-prima.

Voltando-se para o duque, acrescentou:

— Quanto ao plano dar certo... Isso não me concerne. Entregarei o pano pronto e, a partir de então, não terei mais nada a ver com isso.

Assim dizendo, apanhou as peças de linho e se retirou, dizendo que tinha pressa em começar e que, mais do que nunca, daquele momento em diante, não queria ver ninguém na ala norte do palácio.

— Preciso de paz para trabalhar à vontade — disse. — E os senhores precisam de segredo.

Saiu da sala carregando desajeitadamente as peças de linho — recusou a ajuda de um pajem, logo à porta, pois não queria que vissem muito de perto aquele material —, e o prior Ferrini, alegando estar muito cansado, retirou-se também, deixando o Mouro e San Giorgio sozinhos.

— Não preciso alertá-lo de que temos dois problemas para resolver... — disse San Giorgio, muito sério.

— Temos no mínimo três — contestou o duque.

Fixando o bispo, falou:

— Temos de efetuar a troca do Santo Sudário pela falsificação e, depois...

— Precisamos garantir o silêncio do Mestre e do prior — completou o bispo.

O Mouro deu uma risada e resmungou:

— Os mortos não falam... Assim que o Mestre entregar o seu trabalho, eu o farei desaparecer.

— Não — fez o bispo meneando negativamente a cabeça. — O Mestre não pode desaparecer tão cedo. Concordo que essa sua solução é a melhor, mas devemos esperar que o Santo Sudário esteja em definitivo aqui.

Ergueu o olhar para o duque e completou:

— Sob a minha guarda, evidentemente.

Surpreso, o Mouro indagou:

— Mas não deveria estar na capela de Santa Maria das Graças?

— Sim — respondeu San Giorgio. — E vai estar. Só que não sob a guarda de Ferrini, mas sim sob a minha, diretamente.

Baixando a voz, explicou:

— Os mortos, além de não falarem, não podem guardar coisa nenhuma além de sua própria sepultura!

O Mouro ficou em silêncio por alguns segundos e, depois, disse:

— Isso quer dizer que o prior não precisa esperar para morrer...

— Nem deve! — exclamou San Giorgio. — Não confio no silêncio desses padres. Basta uma confissão, e já o segredo será de conhecimento de mais uma pessoa.

Sorriu, apontou o dedo para o duque e falou:

— Você tem experiência disso, meu amigo... E exatamente por isso, Américo, o cozinheiro, está trabalhando para mim...

— Ele deveria estar morto!

— O que seria um verdadeiro desperdício... Américo é um artista e, além do mais, ele ainda nos será extremamente útil.

O duque olhou interrogativamente para o seu interlocutor e este, com uma risada, disse:

— Você verá, meu amigo... Todos sabem que ninguém neste mundo é capaz de preparar um faisão como Américo. Amanhã, a esta hora, pelo menos um problema estará resolvido.

16.

Contrariando um pouco seus hábitos, o prior Ferrini acordou tarde. E, na verdade, só acordou perto das nove horas da manhã porque um pajem entrou em seus aposentos dizendo-lhe que o bispo San Giorgio tinha mandado convidá-lo para o almoço.

— O mensageiro do senhor bispo disse que ele está muito curioso para saber as peripécias de sua viagem... E que mandou o Américo preparar um belo faisão!

O prior sorriu. Sim, ele tinha bastante coisa para contar. A viagem que fizera à Terra Santa tinha sido cheia de aventuras e de desventuras. Para começar, aquela viagem no lombo de um camelo, o vento quente do deserto fustigando-lhe o rosto... E isso, sem falar na péssima comida que tivera de enfrentar todos os dias! Logo ele, um inveterado amante da boa mesa e que dizia sempre que o pecado da gula só é cometido pela quantidade, jamais pela qualidade.

— Deus nos deu as boas coisas para que saibamos aproveitá-las — asseverava. — O abuso, sim, é pecado. Peca-se por gula quando comemos mais do que é natural. Comer bem, boas comidas, com prazer, ao contrário, é uma maneira de se prestar homenagem ao Criador.

Assim, depois de um rápido desjejum — o prior não poderia cometer a desfeita de chegar para almoçar com o bispo já sem apetite —, ele foi cumprir suas obrigações religiosas de todas as manhãs e pouco antes do meio-dia já estava no palácio de San Giorgio.

— Estou ansioso por ouvir suas histórias! — disse o bispo.

— E eu estou ansioso para saborear o faisão que, ouvi dizer, o senhor mandou preparar...

— É verdade... Mandei Américo preparar o melhor faisão que ele pudesse encontrar. E, ao passar pela cozinha, agora há pouco, pude constatar que o aroma está digno da mesa de...

— Um cardeal — interrompeu o prior. — E é exatamente o que vai acontecer com o senhor dentro de pouco tempo! Depois que Roma souber que o Santo Sudário está em nossa cidade e não mais nas mãos dos abomináveis franceses, o papa não hesitará em nomeá-lo cardeal!

Acompanhando o bispo para a mesa, acrescentou:

— Mesmo porque o nosso cardeal Brunetti já está ficando velho demais... E nós precisamos de sangue novo! Sangue jovem, cheio de energia, como é o seu caso!

— Não tenho essa ambição — mentiu San Giorgio. — Só o que quero é ter a certeza de que Milão continuará sendo dos milaneses e jamais dos franceses!

Sentaram-se à mesa, e um pajem veio servir o vinho.

San Giorgio ergueu seu cálice num brinde, esperou que o prior tomasse um gole e, vendo o pajem se afastar, falou:

— Este brinde é por sua próxima viagem, Ferrini... Uma longa viagem... Sem volta.

O prior voltou-se para o bispo, com os olhos esbugalhados. Começava a sentir que aquele gole de vinho tinha-lhe descido muito mal, parecia-lhe que a garganta se estufava...

— O que quer dizer com isso? — conseguiu indagar.

— Nada — respondeu San Giorgio, pousando o cálice ainda cheio sobre a mesa. — Apenas que lamentavelmente você não vai ter tempo de saborear o faisão...

O prior Ferrini tentou falar, tentou pedir socorro, mas não conseguiu. Uma dor lancinante atravessou-lhe o abdome e o ar lhe faltou. Levou as mãos ao pescoço, num gesto de desespero, e tentou se erguer.

Mais uma vez, não conseguiu seu intento. Caiu ao chão, arrastando consigo a toalha — uma finíssima toalha bordada pelas beatas da capela de Pádua —, derrubando a jarra de vinho e seu cálice.

San Giorgio sorriu. Levantou-se, apanhou o cálice que tinha deixado sobre a mesa e jogou-o no chão, ao lado de Ferrini, que, a língua de fora, estrebuchava em seus derradeiros movimentos.

— Sim, meu caro — disse o bispo. — Eu serei nomeado cardeal... E todas as noites poderei dormir sossegado sabendo que não estarei correndo o risco de você, mesmo sem querer, revelar para alguém o nosso segredo.

Abaixou-se ao lado do já imóvel prior e, depois de alguns segundos, gritou:

— Socorro! Acudam! O prior teve um ataque!

17.

Mesmo sendo dono de uma força física descomunal, o Mestre sabia que o serviço que teria pela frente não poderia ser executado sem a ajuda de pelo menos mais quatro homens — e muito fortes. Assim, pediu ao duque, no que foi atendido, que lhe fossem designados quatro soldados de absoluta confiança e cujo silêncio pudesse ser garantido sob todos os aspectos.

— Eles passarão a viver numa das celas vizinhas à do prisioneiro — falou o Mestre. — Não poderão ter contato com ninguém. E, depois de terminado o trabalho..

O Mouro soltou um suspiro e disse:

— Já sei, já sei... Você dará um jeito para que eles guardem o segredo por toda a eternidade...

— Não há outro recurso, senhor — admitiu o Mestre. — É isso ou estaremos o tempo todo correndo o perigo de sermos desmascarados!

O duque olhou para San Giorgio e, depois de refletir um pouco, ponderou:

— Mas nós teremos de revelar o segredo! De que nos servirá estarmos com o Santo Sudário, se ninguém mais o souber?

O bispo sorriu e disse:

— Tudo tem a sua hora, Ludovico... Se alguém souber de nosso plano antes de termos conseguido efetuar a troca da relíquia pela falsificação, tudo terá ido por água abaixo. Depois que o verdadeiro Sudário estiver em nosso poder, aí sim, teremos mesmo de proclamar ao mundo o nosso feito.

— E como poderemos comprovar que o que teremos aqui é verdadeiro e não uma falsificação? — quis saber o Mouro.

— Pode deixar que o céu há de se encarregar disso — falou o bispo. — O Santo Sudário verdadeiro é milagroso. O falso, não. Milagres acontecerão aqui em nossa cidade e não mais na capela de Chambéry. E não haverá quem possa contestar a autenticidade da relíquia que estará em nosso poder!

Olhando para o Mestre, San Giorgio prosseguiu:

— O Mestre está certo. O segredo, pelo menos por enquanto, deve ser mantido a qualquer custo. De minha parte...

— Sim — interrompeu o Mouro. — De sua parte, você já está agindo. O prior Ferrini já está bem enterrado...

Ouvindo aquilo, o Mestre teve de se esforçar para manter a calma. Ele até desconfiava que a morte de Ferrini não tinha sido natural, mas ouvir aquela confissão...

Isso mudava as coisas. Ele, com certeza, também poderia temer pela própria vida. Aliás, era praticamente certo que não seria poupado. Assim, ele tinha de arquitetar um plano — e que fosse muito bom — para garantir que continuaria vivo depois que entregasse sua obra para o duque.

18.

De posse dos panos de linho, com o prisioneiro devidamente forte e saudável do jeito que julgava ser necessário e contando com a ajuda de quatro soldados cujo silêncio estaria mais do que garantido após o término do trabalho, não havia mais nada que impedisse o Mestre de começar, efetivamente, a executar sua obra.

Porém, depois daquelas palavras que ouvira tanto do bispo como do duque, ele não tinha a menor vontade de fazer o projeto prosseguir, pois sabia que a falsificação não era mais do que a sua própria sentença de morte. Exatamente por isso, quanto mais tempo demorasse para entregá-la, mais tempo teria de vida.

No dia seguinte àquela conversa com San Giorgio e o Mouro, voltou a procurar o duque e, como de hábito, encontrou-o em companhia do bispo.

— Preciso de pincéis especiais — falou o Mestre. — Os que eu tenho são excessivamente duros para fazer retoques com sangue.

— Retoques? — inquiriu San Giorgio.

— Sim — explicou o Mestre. — Não pretendo pintar coisa nenhuma, mas com certeza precisarei retocar alguns pontos do sudário. A imagem tem de parecer autêntica, caso contrário, alguém pode desconfiar.

— E como são esses pincéis? — perguntou o duque.

— Eles precisam ser feitos com arminho. Arminho cardado e enrolado numa base de aveloeira. Só com esse material terei a maciez e a flexibilidade que preciso para fazer os retoques.

O duque respirou fundo. Aquelas exigências estavam começando a exasperá-lo. Porém um olhar severo do bispo fez com que ele respondesse:

— Está certo... Vou mandar providenciar esses malditos pincéis.

Fixou o olhar no Mestre e disse:

— Mas trate de não se demorar demais... Estamos no fim do verão... Se você não se apressar, quando chegar o momento da substituição, estaremos em pleno inverno, e isso não será bom!

— Não se preocupe, senhor — retrucou o Mestre. — Também tenho interesse em trabalhar depressa. Como sabe, tenho muitos outros projetos para realizar.

Com uma reverência até mesmo exagerada, o Mestre retirou-se.

Porém, ao contrário do que imaginavam os dois homens, ele não voltou para a ala norte do palácio, mas ficou por ali, meio escondido logo ao lado da porta da sala que, como quase sempre, estava aberta.

Assim, ele pôde ouvir o bispo dizer:

— Esse homem está começando a se tornar muito inconveniente...

— Concordo — falou o duque. — Os artistas são assim... Extremamente temperamentais. Só temos de ter paciência.

— Tem razão — resmungou San Giorgio. — E exatamente por saber disso, venho suportando esse indivíduo! Mas não será por muito tempo, isso posso garantir!

Com um olhar desconfiado, o Mouro indagou:

— O que está pensando fazer?

— Até termos a relíquia verdadeira em nossas mãos, não podemos fazer nada contra ele — disse o bispo. — Nem mesmo devemos contrariá-lo! Como você falou, os artistas são temperamentais, cheios de vontades, de teimosias... Se ele decidir não fazer o trabalho ou se resolver fazê-lo mal, teremos perdido tempo e nosso plano de ter aqui o Santo Sudário terá fracassado.

— Mas não precisa matá-lo... O Mestre não representa perigo algum! Basta pagá-lo bem e deixá-lo continuar com suas obras de arte e seus inventos!

Mudando o tom de voz, o Mouro acrescentou:

— E ele tem várias máquinas de guerra que me interessam!

San Giorgio sorriu e, depois de uma breve pausa, disse:

— Tenha calma... Não fique antecipando conflitos. Quando chegar a hora, veremos o que fazer com o Mestre. Você já sabe a minha opinião. Até ele entregar o trabalho pronto, creio que você mudará a sua. E, de qualquer maneira, não pretendo que se faça nada contra ele até o verdadeiro Santo Sudário estar aqui em Milão!

19.

O Mestre não precisava ouvir mais nada. Com cuidado e o mais silenciosamente que podia, afastou-se, rumando para seu laboratório. Precisava pensar, montar uma estratégia para salvar a própria pele. E sabia que jamais poderia fazer qualquer coisa nesse sentido sozinho. Era, portanto, imprescindível a ajuda de alguém que estivesse fora do palácio e em quem ele pudesse confiar cegamente.

E só havia uma pessoa assim: Giacomo.

"Tenho de aproveitar enquanto ainda posso me mover livremente pela cidade", pensou ele. "Daqui a pouco, quando realmente começar a trabalhar nessa obra, é bem possível que não me deixem mais sair do palácio..."

Ao entardecer, mandou encilhar um cavalo e, alegando que queria *buscar inspirações*, saiu do palácio.

Era bem verdade que, da mesma maneira que ele podia sair à vontade, o Mestre poderia fugir e no mínimo tentar desaparecer nas montanhas, ir para a França ou para qualquer outro lugar. Porém, ao mesmo tempo que ele queria salvar sua vida, também queria realizar aquele trabalho, vencer o desafio. A ambição do artista falava muito alto, ele queria poder executar a cópia perfeita do Santo Sudário.

E o Mestre só poderia ter a certeza de ter alcançado seu objetivo se a falsificação substituísse o original sem que ninguém percebesse a troca.

Depois de dar uma longa volta e de refletir muito, rumou para o seu antigo estúdio, onde se encontrou com Giacomo; aliás, como fazia pelo menos uma vez por semana.

O jovem e belo efebo estava começando a jantar e, ao ver o Mestre, abriu um largo sorriso, dizendo:

— Mas que agradável surpresa, Mestre! Não o esperava hoje!

— Tenho um assunto muito sério para tratar com você — disse o Mestre, sentando-se à mesa e servindo-se de um cálice de vinho.

Sem esperar que Giacomo perguntasse qualquer coisa, ele continuou:

— Minha vida corre perigo, meu querido. E, conseqüentemente, acho que a sua também.

O jovem olhou assustado para o Mestre e este explicou:

— O bispo San Giorgio vai querer me eliminar assim que eu terminar um certo trabalho... E tenho certeza de que não poupará as pessoas que me cercam.

Fixou o olhar de Giacomo e falou:

— Isso, infelizmente, inclui você.

Com esforço, o rapaz dominou o medo que começava a sentir e indagou:

— E qual é esse trabalho, tão perigoso?

— Isso não posso revelar, meu querido — respondeu o Mestre. — Mas posso lhe dizer que há uma maneira de evitar que a morte nos alcance.

Fixando o olhar interessado de Giacomo, ele prosseguiu:

— Se não me falha a memória, certa ocasião você me contou que tem um parente dedicado a... roubar viajantes. Parece-me lembrar que você falou que ele atua na região do Piemonte.

— Sim — murmurou Giacomo. — Trata-se de um primo distante de meu pai, Edmondo Cuorgne. É um homem mau...

— Como ele o trataria, se você fosse procurá-lo?

Giacomo refletiu por alguns instantes e respondeu:

— Creio que muito bem... Afinal de contas, uma ocasião em que ele teve de fugir dos homens do conde de Novare, meu pai o abrigou. Eu era muito pequeno, naquela ocasião... Mas soube, mais tarde, que meu pai foi executado por Novare por causa disso. Porque deu abrigo ao homem que tinha estuprado uma sua sobrinha.

Havia uma sombra de ódio misturada à tristeza no olhar quase feminino de Giacomo, quando ele disse:

— Edmondo vingou meu pai. Matou o conde de Novare e dois de seus filhos. Depois disso, sumiu nas florestas do Piemonte.

— Você saberia encontrá-lo?

— Não seria nem um pouco impossível — respondeu Giacomo, com um sorriso. — Edmondo é um bandido, mas também é um benfeitor dos pobres e oprimidos de toda aquela região. Por isso mesmo, se eu disser que sou primo dele, com certeza conseguirei vê-lo.

Mostrou uma correntinha de ouro que trazia pendurada ao pescoço e falou:

— Esta corrente, com a medalha de Santo Edmundo, me foi dada por ele pouco antes de sua partida de nossa propriedade para vingar meu pai. Ele há de se lembrar disso.

O Mestre meneou afirmativamente a cabeça e, depois de encher novamente seu cálice, disse:

— Pois eu quero que você vá procurar esse seu parente. Preciso que ele assalte alguém...

20.

Voltando para o palácio do Mouro, o Mestre sentia-se com novo ânimo. Já não mais estava ansioso e angustiado como antes. Tinha certeza que Giacomo haveria de se desincumbir bem da tarefa e, de sua parte, o que tinha de fazer era executar a obra o mais perfeita possível para não ter de refazê-la.

Desgostava-o a obrigatória característica de anonimato. Era triste e decepcionante não poder dizer aos quatro ventos que tinha sido ele o autor daquela obra-prima. Nem mesmo uma pista ele poderia deixar, como fazia em todas as suas obras, pois era nos detalhes que ele conseguia isso. E aquela obra, a falsificação do Santo Sudário, não admitia — pelo menos era o que ele imaginava — qualquer tipo de detalhe, afinal, uma imagem feita de borrões de sangue jamais poderia ser muito minuciosa.

Não estava com fome, muito menos com sono e, assim, foi diretamente para o seu laboratório ultimar algumas anotações sobre o trabalho que planejava iniciar no dia seguinte.

Durante aquelas semanas em que estivera pesquisando no palácio do Mouro, juntara um baú de notas e apontamentos sobre a "Paixão e Morte de Cristo", compilados dos Evangelhos. Assim, depois de muito estudo, chegara à conclusão que não havia um *melhor*, ou seja, que melhor descrevesse o Santo Martírio. O mais indicado, portanto, era fazer uma fusão de todos, buscando em cada um os detalhes imprescindíveis para a boa execução de sua obra.

Ele já sabia exatamente como proceder: infligiria ao prisioneiro Octavio Petri exatamente os mesmos suplícios descritos nos evangelhos, chegando mesmo à morte pela crucificação. Depois, envolveria o corpo sangrante com o linho e esperaria dois dias para removê-lo. Ou seja, Cristo tinha sido crucificado numa sexta-feira e ressuscitado no domingo. O Mestre esperaria exatamente esse prazo.

E, para que tudo corresse o mais próximo possível do que descreviam os evangelistas, o suplício de Octavio começaria na madrugada de quinta para sexta-feira — ou seja, dentro de dois dias, uma vez que no Novo Testamento, estava:

"Interrogou-o de novo o sumo sacerdote e disse: És tu o Cristo, Filho de Deus bendito? E Jesus disse-lhe: Eu o sou, e vereis o Filho do homem sentado à direita do poder de Deus, vir sobre as nuvens do céu. Então o sumo sacerdote, rasgando os seus vestidos, disse: Para que desejamos ainda mais testemunhas? Ouvistes a blasfêmia; que lhes parece? E todos os o condenaram como réu de morte.

Então começaram alguns a cuspir-lhe e a velar-lhe o rosto, e a dar-lhe punhadas, dizendo: Profetiza. E os soldados davam-lhe bofetadas." (Mc 14, 61-65)

Assim, Cristo começara a apanhar durante a madrugada de quinta-feira, antes que o galo cantasse pela segunda vez, uma vez que o próprio Jesus dissera a Pedro:

"Antes que o galo cante duas vezes, me negarás três vezes." (Mc 14, 72).

E Jesus estava apanhando havia pouco tempo antes disso.

Esse fato poderia significar que Cristo, mesmo antes de ser levado à presença de Pilatos, apresentasse algumas marcas no corpo, principalmente no rosto. Daí a necessidade de se fazer o mesmo com Octavio Petri.

Na manhã de sexta-feira, o verdadeiro suplício começaria. De acordo com o que o Mestre lera nos Evangelhos, Jesus fora levado pelos pontífices e sacerdotes judeus da casa de Caifás para o Pretório, onde foi interrogado por Pilatos, admitindo no interrogatório que era de fato rei, mas seu reino era outro, não era dali. Pilatos, então, sugeriu aos judeus que crucificassem Barrabás, um bandido notório. Mas a multidão pediu que soltassem Barrabás e que Cristo fosse crucificado. Atendendo à vontade do povo,

"Pilatos tomou então Jesus e mandou açoitá-lo. E os soldados, tecendo uma coroa de espinhos, puseram-lhe sobre a cabeça e revestiram-no com um manto púrpura. Depois, aproximavam-se dele e diziam-lhe: Deus te salve, rei dos judeus. E davam-lhe bofetadas." (Jo 19, 1-4)

O Mestre continuou a estudar suas anotações e viu que Cristo, já com a coroa de espinhos, voltou a ser supliciado.

"E tecendo uma coroa de espinhos puseram-lhe sobre a cabeça e, na mão direita, uma cana. E, dobrando o joelho diante dele, o escarneciam dizendo: Deus te salve, rei dos Judeus. E, cuspindo, tomavam a cana e batiam-lhe com ela na cabeça." (Mt 27, 29-31)

O que significava, no entender do Mestre, que as pancadas com a cana enterravam-lhe ainda mais a coroa de espinhos na pele, fazendo maior sangramento.

A partir daí começava um problema para o Mestre: ele não tinha conseguido encontrar, nas Sagradas Escrituras, a exata distância que Jesus percorrera, entre o Pretório e o Calvário. Porém, ele fizera um cálculo aproximado do tempo que Cristo levara para chegar ao Gólgota e sabia o peso da cruz. Esta, segundo as indicações dos evangelistas, tinha sido construída em madeira e pesaria o equivalente a pouco mais de cinqüenta litros de água. A madeira certamente seria macia, para facilitar que nela se enfiassem pregos, e não precisaria ser muito durável. Já as dimensões, ele bem poderia calcular em pouco mais de braça e meia no pau maior — chamado de Stipes — e cerca de uma braça no menor — o Patíbulo. Assim, para obter em Octavio Petri os ferimentos causados pelo transporte da cruz até o instante em que Simão Cireneu passou a carregá-la para Ele, bastaria que fizesse o prisioneiro carregar uma cruz semelhante, de igual peso, por aproximadamente três horas. E, durante todo esse tempo, ele estaria sendo açoitado.

Depois disso, seria a crucificação. E o Mestre já tinha tudo absolutamente planejado, assim como os diversos materiais de que precisaria.

E, para os retoques finais, ele apenas precisava extrair de Octavio um pouco de sangue. No máximo o equivalente a três canecas...

Complementou mais algumas anotações, fez e refez a lista de como agiria em relação ao prisioneiro e foi para a cama.

Era quarta-feira, e a madrugada já ia bem avançada.

21.

O dia ainda não tinha raiado quando Giacomo acabou de encilhar seu cavalo. Ainda meio estremunhado de sono, conferiu os mantimentos que deveria levar, verificou que a bolsa cheia de peças de ouro que o Mestre lhe dera estava bem escondida e de forma a não permitir que o tilintar das moedas denunciasse o seu conteúdo e, deixando escapar um suspiro, montou e partiu.

Afinal, ele não entendera muito claramente o que estava querendo o Mestre. Ele dissera que sua missão seria simples, ou seja, procurar, encontrar e alertar Edmondo Cuorgne, seu primo bandido, de que um importante emissário de Ludovico Sforza estaria passando pelo Piemonte no final da primavera, talvez no começo do verão, transportando um tesouro de grande valor que seria apanhado em Chambéry e trazido para Milão.

— Seja político — dissera o Mestre. — Aja como se você tivesse deixado *escapar* a informação. Cuorgne não pode achar que você se deslocou de Milão ao Piemonte para lhe dar esse recado.

Inventar histórias e contar mentiras eram duas coisas que Giacomo sabia fazer muito bem. Portanto, essa parte não seria das mais complicadas. O que o estava desagradando e que o fizera suspirar ao montar no animal era o fato de ter de se afastar de Milão — e da comodidade que o castelo do Mestre lhe proporcionava — e viver como um andarilho por mais de sessenta dias, entre a sua ida e a sua volta do Piemonte. E isso, se conseguisse encontrar Cuorgne rapidamente, se não tivesse de ficar outro mês procurando por ele. Além disso, o jovem estava preocupado. O fato de, pela primeira vez na vida, o Mestre ter-lhe dito que estava correndo perigo, que San Giorgio certamente haveria de eliminá-lo, trazia em seu bojo a certeza de que ele, Giacomo, não poderia falhar.

E o Mestre confirmara essa sua certeza, dizendo:

— Veja bem, meu querido... Se você não conseguir encontrar Cuorgne, ou se achar que ele não valorizou a informação... Resumindo, se você julgar que esse seu primo não vai agir, será preciso que você aja. Arranje outro bando de malfeitores ou atue você sozinho.

— Mas San Giorgio não estará acompanhado por uma guarnição de soldados do duque? — indagara Giacomo, assustado. — O que poderei eu contra um bando de homens?

— Não sei como você vai se arrumar, meu querido... Mas estou certo de que, lembrando-se que nossas vidas não valerão mais nada se San Giorgio conseguir regressar com esse tesouro, você há de conseguir dar um jeito de se apoderar dele.

— E o que faço com esse tesouro? O que meu primo fará com ele?

— Se for seu primo a conseguir apanhá-lo, pode estar certo que ele saberá muito bem o que fazer... Mas, se for você... Deverá trazê-lo para mim o mais depressa possível e sem que ninguém o veja!

Giacomo não gostava de situações assim. Sempre fora extremamente comodista, sedentário, seu prazer — além dos prazeres pecaminosos que praticava com o Mestre — era ler poesias e pintar, muito embora estivesse ciente de que jamais seria um grande pintor, ainda que tivesse toda a boa vontade de seu protetor para ensiná-lo. Portanto, essa viagem cercada de mistério e com a lâmina da espada pendendo sobre sua cabeça e a do Mestre não estava entre as coisas que mais pudesse apreciar.

Com a cabeça cheia de pensamentos pouco animadores, ele atravessou o portão norte da cidade e caminhou por uma trilha acompanhando o rio Olona.

O sol já se erguera e ele não podia deixar de apreciar a bela paisagem que se descortinava a seus olhos a cada meandro do rio, a cada colina vencida. Porém, esse deleite logo dava lugar à lembrança de sua missão e ele, sentindo uma pontada no estômago, tratava de estugar a montaria, apressando seu passo.

Seria uma viagem longa, dali até o Piemonte, cerca de trinta e cinco léguas... E, uma vez tendo chegado à região de Chivasso — que tinha sido o local onde, pela última vez, Cuorgne fora visto —, ainda teria muito chão a palmilhar, buscando o bandido.

"No mínimo quarenta dias de viagem, entre ida e volta", pensou. "E isso, se eu tiver sorte, não precisar ficar parado num abrigo qualquer por causa do mau tempo..."

Olhou para o céu, um céu azul muito limpo, sem nuvens.

— Se o tempo continuar assim, não terei maiores problemas a não ser a canseira... — resmungou.

Ao contrário do que seria lícito imaginar, em nenhum instante Giacomo pensou em fugir, dar as costas ao Mestre e, assim, salvar o mais rapidamente possível a própria pele. Sabia que isso seria perfeitamente possível, mas jamais tomaria esse caminho. Se o Mestre e ele estavam correndo perigo, ele haveria de dar um jeito de, juntos, se safarem.

E assim, com a mente cheia de pensamentos que, por vezes, eram negativos e, por outras, muito positivos — pois ele não conseguia admitir a idéia de que o Mestre não estaria ganhando uma verdadeira fortuna com aquilo tudo e, portanto, depois de livrarem-se de qualquer perigo, eles certamente poderiam levar vida de reis em qualquer outro lugar, de preferência o mais longe possível de Milão —, Giacomo só percebeu que era hora de parar um pouco quando sentiu que o sol estava a pino e seu estômago começou a reclamar.

Atravessou a ponte sobre o Olona, tomou o caminho de Magenta e, depois de percorrê-lo por menos de uma légua, parou.

— Preciso comer alguma coisa e o cavalo precisa descansar — falou, para si mesmo, apeando do animal. — Melhor acampar hoje aqui e seguir viagem pela manhã...

22.

Enquanto Giacomo torcia o belo nariz para a comida fria e seca que tinha em seu farnel, o Mestre comia — como de hábito, como um verdadeiro leão — em companhia do Mouro e de San Giorgio, uma metade de um porco que tinha sido trazido de presente para o duque.

— Não há como os porcos de Valledine — resmungou ele, servindo-se de mais um grande naco de carne. — Deve ser por causa das frutas de lá...

San Giorgio meneou negativamente a cabeça e, com expressão desgostosa, falou:

— Não entendo como você pode ter tanto apetite...

— Estou homenageando nosso Criador... Foi Ele que nos deu a possibilidade de comer todas essas coisas...

E, com a boca cheia, o Mestre comentou:

— Mas... A julgar pela quantidade de ossos em seu prato, bispo... O senhor não fica atrás!

San Giorgio esboçou um sorriso, ia dizer alguma coisa, mas foi interrompido pelo Mouro, que indagou:

— E afinal, Mestre... Já começou o trabalho?

O Mestre tomou um grande gole de vinho, estalou a língua, enxugou o bigode e, depois de alguns segundos, respondeu:

— Sim. Já o comecei. O planejamento está completamente pronto. A execução, em si, começa amanhã, melhor dizendo, na madrugada de quinta para sexta-feira.

San Giorgio fez uma careta, resmungou um *imagino* cheio de reticências, e o Mestre prosseguiu:

— Acho que poderei mostrar alguma coisa dentro de uma semana, no máximo quinze dias. Depois, será com os senhores, minha parte estará terminada.

O duque assentiu com um sinal de cabeça e, voltando-se para San Giorgio, perguntou:

— Já providenciou tudo para a sua viagem?

— Não há o que providenciar — respondeu o bispo, um tanto ríspido. — Em meu palácio, todos já sabem que, dentro de alguns dias, devo fazer uma longa viagem. Já mandei avisar o cardeal Brunetti também. Só o que preciso é ter à minha disposição os soldados que você me prometeu...

— Não se preocupe quanto a isso — garantiu o Mouro. — Você será acompanhado por doze de meus melhores homens.

Com um gesto, interrompeu um aparte do bispo, e completou:

— É mais do que evidente que eles não têm a menor idéia sobre o tesouro que você estará transportando.

Depois de alguns instantes, durante os quais só se ouvia o Mestre triturando com os dentes um pedaço de costela, o duque perguntou para o bispo:

— E como você fará para... trocar as relíquias?

— Fiquei sabendo que o abade Jean-Claude de Montbrison, atual responsável pela guarda da capela de Chambéry, levou em segredo o Santo Sudário para a capela do palácio do conde de Maurienne. A relíquia vai permanecer lá enquanto durarem as obras de restauração de Chambéry.

Sorriu com superioridade e prosseguiu, depois de tomar mais um gole de vinho:

— Realmente, os ventos parecem estar soprando a nosso favor... Seria muito difícil conseguir efetuar essa troca na capela de Chambéry. O abade Montbrison, que conheço bem, é um homem desconfiado, mesquinho, ambicioso... Defende sua posição de guarda do Santo Sudário com unhas e dentes. Dificilmente ele permitiria que eu sequer visitasse a relíquia. Porém, já com o conde de Maurienne, as coisas são bem diferentes. Conheço o conde desde meninote, temos uma boa afinidade. Por intermédio dele, tenho certeza de conseguir chegar perto da relíquia.

— Chegar perto é bem diferente de poder tocá-la e, muito mais ainda, de conseguir trocá-la por uma falsificação — ponderou o Mouro.

— Sei disso — admitiu o Bispo. — Mas da mesma maneira que o Destino fez com que o Sudário estivesse no palácio do conde de Maurienne, ele vai me proporcionar a oportunidade que desejamos.

Voltou a encher o cálice de vinho, não pôde deixar de sorrir ao lembrar que aquele vinho era produzido nas vindimas de Bernardo Testarossa, marido legítimo da bela Giulietta, sua amante, e completou:

— Pode ficar sossegado, Ludovico... Nós traremos o Sudário para cá. Pode contar com isso.

O Mestre continuou a comer, mostrando-se profundamente concentrado em fazer despegar um pedaço de carne do osso que insistentemente estava roendo. Parecia nem mais estar prestando atenção à conversa dos dois outros homens. Porém, em sua mente, um pensamento ganhava, a cada dia, mais peso: "Como aqueles dois fariam para evitar a fúria dos franceses se viessem a descobrir a farsa?"

23.

O galo tinha acabado de cantar pela segunda vez quando o Mestre, acompanhado pelos quatro soldados — que mais pareciam gorilas, tão grandes e tão fortes eram — que o duque lhe designara, entrou na cela de Octavio Petri.

— Vamos, homem! — exclamou o Mestre. — Está na hora de despertar!

O sentenciado ergueu-se do catre, assustado.

Durante todas aquelas semanas, desde que tinha sido chamado à sala de audiências do duque e fora *apresentado* ao Mestre, sua vida tinha mudado da água para o vinho. Passara a comer quanto quisesse, não era maltratado, tinha acesso até mesmo a um pouco de vinho...

Por isso, ser chamado durante a madrugada e se ver diante daqueles quatro monstros não podia ser um bom sinal.

— O que vai fazer comigo? — perguntou, os olhos arregalados, começando a transpirar de medo.

— Não tema, Octavio — disse o Mestre. — Apenas vou precisar que nos faça um pequeno favor...

Sua voz era calma, suas atitudes seguras, seu rosto sorridente... De fato, até aquele instante, todo o relacionamento que Octavio tivera com o Mestre tinha sido muito bom. Chegaram a ficar conversando por horas a fio, o bandido contando sua vida e o Mestre falando sobre suas máquinas de guerra. Assim, quando este disse-lhe para não temer, Octavio acreditou.

Pôs-se de pé e, ladeado pelos soldados, acompanhou o Mestre até o laboratório.

— Deite-se aí — falou o Mestre, apontando para a grande mesa de pedra em que cortava e dissecava seus cadáveres.

O mundo, para Octavio Petri, de repente pareceu transformar-se num abismo à beira do qual alguém estava tentando empurrá-lo. Fincando os pés no chão e aprontando-se para vender muito caro a sua vida, o malfeitor gritou:

— Não! Você não vai me abrir como faz com os mortos! Não enquanto eu estiver vivo! E posso garantir que, antes de morrer, vou levá-lo para falar com o diabo!

O Mestre riu alto, aproximou-se de Octavio e disse:

— Não seja idiota, rapaz... Se eu quisesse cortá-lo enquanto ainda está vivo, seria mais fácil eu lhe dar alguma coisa que o pusesse a dormir e então faria o que quisesse sem ter de fazer força para segurá-lo, não acha?

— Então... — fez o bandido, com os olhos esgazeados. — O que vai fazer?

— Você verá. Posso lhe dizer, apenas, que não vou matá-lo.

— Sim, não vai me matar. Acredito. Mas tenho certeza que me fará sofrer... E eu não quero isso!

Fez menção de saltar ao pescoço do Mestre, mas se este não era homem de se intimidar quando estava sozinho, muito menos seria na companhia daqueles quatro soldados.

Recuando um passo, o Mestre desferiu um tapa no rosto de Octavio, um bofetão que poderia facilmente tontear um boi.

Octavio Petri vacilou e o Mestre, com um sinal de cabeça, ordenou aos soldados que o agarrassem.

— Não o machuquem! Apenas contenham-no!

Seguindo as ordens do Mestre, os soldados puseram o bandido sobre a mesa e seguraram-no.

Não era, de fato, uma tarefa das mais fáceis. Octavio era um homem extremamente forte e, bem alimentado como estava, certamente teria dado muito trabalho aos soldados se o Mestre não corresse a manietá-lo, usando faixas largas de tecido para amarrá-lo à mesa.

— Você está louco! — berrava Octavio. — Vai me abrir como se eu fosse um animal! Como se eu já fosse um cadáver!

E, já quase em prantos, implorou:

— Pelo amor de Deus! Não faça isso! Se quiser me matar, mate-me! Mas faça isso logo, não me faça sofrer!

O Mestre se afastou, apanhou uma pequena faca, testou-lhe o gume e, voltando para junto do prisioneiro, disse:

— Só quero um pouco de seu sangue...

Octavio arregalou os olhos, apavorado, gritando:

— Meu sangue??!! Para que quer o meu sangue??!!

O Mestre não respondeu. Com a faca, num golpe rápido e preciso, fez uma incisão nas costas da mão esquerda do prisioneiro, seccionando uma veia. Imediatamente, o sangue espirrou, e o Mestre, com presteza, aparou-o numa bacia.

— Louco! Assassino louco! Você vai me deixar sangrar até morrer! — berrou Octavio, tentando se debater, tentando livrar-se dos panos que o amarravam.

O sangue correu por mais alguns minutos, e, então, o Mestre estancou-o, enfaixando-lhe a mão e prendendo-a junto ao peito de Octavio.

— Fique quieto — disse ele. — Não será por causa de um pouco de sangue que você vai morrer!

Percebendo que o Mestre falava a verdade e que se afastava com a bacia, Octavio se acalmou um pouco. Contudo, ainda muito nervoso e apavorado, tremia como se fosse feito de gelatina e, não mais segurando as lágrimas, implorou:

— Pelo amor de Deus... O que vão fazer comigo? Mate-me de uma vez, não é preciso fazer-me sofrer!

Deixando a bacia com o sangue sobre uma outra mesa, o Mestre voltou-se para um dos soldados e ordenou:

— Soltem-no de maneira que possa ficar sentado, mas que não possa reagir. E fiquem bem perto dele. Não quero surpresas.

O soldado assentiu com um grunhido que o fazia parecer ainda mais com um gorila, e obedeceu à ordem recebida: desamarrou o tronco de Octavio, permitindo-o sentar-se sobre a mesa de pedra.

Então, o Mestre mandou outro dos soldados esbofetear o prisioneiro.

— Não bata mais do que seis vezes — recomendou. — E não bata forte demais!

O soldado não questionou e, com a mão aberta, esbofeteou por seis vezes o rosto de Octavio que, a cada tapona, gritava, mais e mais alto:

— Mas por quê??!! Por que estão me batendo assim??!!

Não obteve resposta. Quando o soldado terminou de bater, o Mestre falou:

— Levem-no para a cela, agora. Mantenham-no amarrado, mas não o machuquem. E fiquem atentos! Não o deixem cometer nenhuma estupidez!

Aproximando-se de Octavio, sorriu e disse-lhe:

— Por enquanto é só, meu amigo... Obrigado.

Se os soldados não o estivessem segurando, se Octavio Petri estivesse contido apenas pelos panos, muito provavelmente ele teria conseguido rompê-los e teria estrangulado o Mestre naquele instante.

— Você me agradece! Mas é louco! É tudo uma loucura! Tira-me o sangue, bate-me e, depois... tem o desplante de me agradecer!

Vendo o homem ser arrastado de volta para sua cela, o Mestre murmurou:

— Sim, Octavio... Eu lhe agradeço. Você jamais saberá, mas está contribuindo diretamente para a maior obra-prima de todos os tempos!

24.

O prisioneiro foi deixado sobre o seu catre com as mãos e os pés amarrados. Deram-lhe água para beber, nada para comer e os quatro quasímodos ali ficaram vigiando-o, como se ele tivesse alguma possibilidade de escapar.

— Mas... O que está acontecendo? — perguntou Octavio. — Por que estão fazendo isso comigo?

Repetiu várias vezes a pergunta, em vários tipos de tonalidade e volume de voz, mas não obteve resposta em nenhuma tentativa.

Por fim, desistiu. Fechou os olhos e tentou dormir, muito embora soubesse que seria impossível, tal o seu estado emocional.

"Vou morrer", pensou. "Sei que vou morrer. Sei que esse louco vai me matar e... aos poucos! Não sei o motivo desse castigo... É verdade que eu cometi muitos crimes, estuprei várias mulheres, matei... Mas não fui mais cruel do que a maioria...! Não mereço um castigo tão grande!"

Percebeu, num relance, que estava fazendo um exame de consciência e lembrou-se — tinha escutado em algum lugar de seu negro passado — que todo condenado à morte tem direito de se confessar, de se arrepender de seus pecados e de ser deles absolvido. O que, em resumo, significava a possibilidade de conversar com um padre.

— Quero um padre! — berrou Octavio. — Posso estar condenado à morte, mas quero um padre! Quero me confessar! Tenho esse direito!

No aposento ao lado, ou seja, no laboratório, o Mestre escutou os gritos do prisioneiro e, depois de refletir um pouco, concluiu que, de fato, ao menos esse direito ele tinha.

— Ora! — fez ele, guardando suas anotações e levantando-se. — Uma conversa com um padre não vai atrapalhar em nada o que preciso fazer... E eu não arrastarei para o resto de meus dias o remorso de tê-lo impedido de se confessar!

Só havia um problema... Não podia ser um padre qualquer, alguém que, de um momento para o outro, pudesse vir a suspeitar de alguma coisa.

— Só há um padre que pode ser chamado — murmurou o Mestre, com um sorriso. — E, no fundo, vou achar muito divertido que ele perca algumas horas de sono para vir até aqui...

Caminhou até a cela do prisioneiro, viu-o bem amarrado sobre o catre, apenas resmungando e chorando, e disse para um dos soldados:

— Vá chamar o bispo San Giorgio. Diga-lhe que é preciso que ele esteja aqui antes do amanhecer!

O soldado arregalou os olhos, espantado, mas não questionou e saiu, em passos apressados, dirigindo-se para o estábulo, pois para ir dali ao palácio do bispo tinha de percorrer uma boa légua.

Pousando a mão sobre o ombro de Octavio, o Mestre procurou tranqüilizá-lo, dizendo:

— Não se preocupe, rapaz... Apesar de eu achar que não é necessário, mandei chamar o padre para a sua confissão. E melhor não poderia ser! Afinal de contas, você será uma das poucas pessoas a ter seus pecados absolvidos pelo bispo San Giorgio!

Voltou a recomendar aos três soldados remanescentes que tivessem o cuidado de não deixar que ele se machucasse e retornou ao laboratório, pensando:

"Inútil, essa confissão... Octavio redimirá todos os pecados de sua vida com o que vai acontecer depois da alvorada!"

25.

Bem ao contrário do que o soldado estava imaginando, o bispo San Giorgio não reclamou de ser tirado de sua cama tão cedo. Lépido, assim que o pajem lhe transmitiu o recado que o Mestre mandara através do miliciano, pôs-se de pé, dispensou qualquer espécie de desjejum, limitando-se a tomar um pouco de água — provavelmente para terminar de *amansar* o vinho consumido na véspera —, apanhou sua estola sacramental, o breviário e disse:

— Vamos, vamos! Mande aprontar meu cavalo! E depressa! Uma confissão não pode esperar! Não se pode deixar perder a oportunidade de salvar mais uma alma!

Na realidade, San Giorgio não estava nem um pouco preocupado com a redenção da alma de Octavio Petri. Estava, isso sim, curioso para ver o que o Mestre tinha feito e por qual motivo mandara-o buscar para confessar o criminoso.

"Certamente o pobre homem já está nas últimas...", pensou, enquanto montava seu animal. "E o Mestre, pelo menos, está manifestando um mínimo de caridade providenciando sua confissão!"

Já a caminho, olhou para o horizonte, viu a fímbria púrpura que o alvorecer começava a formar lá para os lados do Chiari, e murmurou:

— Bem... O mínimo que pode acontecer é eu ir fazer uma visita a Giulietta... Tomar o desjejum em sua companhia, em seu leito... Testarossa não vai voltar antes de uma semana... E essa história toda está me fazendo rarear meus momentos de amor com ela! Todas as noites ter de falar com o duque e com esse louco do Mestre...

Meteu os calcanhares nos flancos da montaria, apressando-a e pensou:

"Graças a Deus, isso está chegando ao fim! Dentro de pouco tempo estaremos com o Santo Sudário aqui em Milão e todo o mundo católico há de vir prestar homenagens à relíquia aqui em nossa cidade!"

Não pôde deixar de sorrir pensando no formidável poderio político que haveria de conseguir. Resgatar o Santo Sudário das mãos dos franceses, daqueles que mantiveram a relíquia escondida desde o início do século XIII, quando os remanescentes da IV Cruzada conseguiram tirar a Relíquia de Constantinopla... Isso já era suficiente para que ele, o bispo San Giorgio, fosse elevado a cardeal, sem maiores complicações. E, ao lado disso, sem a menor sombra de dúvida, ajudaria muito o Mouro em seu plano de ampliar seus domínios até Verona, a leste, e até Turim, a oeste.

Ao lembrar do duque, voltou a sorrir. Sim, era muito esperto, esse Mouro!

"Esperto e inescrupuloso!", pensou. "E, justamente por isso, preciso tomar muito cuidado... Jamais poderei confiar integralmente nele!"

E San Giorgio estava certo, pois enquanto ele entrava pelo portão do palácio e rumava diretamente para a ala norte, para o laboratório do Mestre, o Mouro escutara o tropel dos cavalos chegando, pois ainda não conseguira conciliar o sono, apesar de todo o carinho que recebera de sua bela e amorosa esposa, Beatrice.

26.

Sentindo o calor aconchegante do corpo de Beatrice, o Mouro tentava, mais uma vez, pôr em ordem, em sua mente, tudo quanto pensara, planejara e arquitetara em segredo, ele só consigo mesmo, desde o instante em que o prior Ferrini pusera-o contra a parede no que dizia respeito a trazer o Santo Sudário para Milão ou... admitir que os Oficiais da Noite e dos Mosteiros viessem para a sua cidade.

Ele, Ludovico Sforza, já tinha passado por situações as mais tenebrosas para chegar ao poder, para se fazer duque e — o mais complicado — manter-se na posição conquistada.

Só Deus e ele mesmo sabiam quanto tivera de se controlar, quantas vezes não fora humilhado pelo irmão na frente dos soldados e até mesmo dos pajens do palácio! Mas ele acabara dando um jeito. Tivera azar, na primeira tentativa, quando pusera veneno na comida do irmão. Porém, na segunda, quando o Mouro achou melhor não contar com outros fatores senão as suas próprias mãos, Galeazzo Maria sucumbiu numa caçada, ao cair do cavalo desgraçadamente sobre a própria espada. Jamais foi questionado como e de que forma ele pudera cair e ser transfixado por uma espada de mais de meia braça de lâmina...

O Mouro não pôde evitar um calafrio ao lembrar do olhar de seu irmão quando este, a espada atravessada em seu abdome, fixou-o e disse:

— Maldito sejas, Mouro! Tu hás de ter a morte pior do que a minha!

E, dobrando os joelhos, já quase sem forças, juntou:

— Hás de morrer sozinho, desgraçado! Longe dos teus, longe de tua terra!

Ludovico sacudiu a cabeça, afastando esses pensamentos de sua mente e, depois de se mexer um pouco, procurou prestar atenção, tentando ouvir algum ruído diferente, no silêncio da noite.

"Estranho", pensou. "Primeiro, escutei um cavalo saindo... Depois, dois regressando. E agora... não ouço nada!"

Deixou escapar um suspiro e voltou às suas reminiscências.

Realmente, aquele período que se seguira à morte do irmão também não tinha sido nada fácil. Sua cunhada, viúva de Galeazzo Maria e mãe do duque herdeiro, Gian Galeazzo, não era fácil de levar. Parecia, mesmo, que ela sabia o que tinha acontecido ao marido e que a cada instante estava prestes a denunciar ao mundo quem o havia assassinado. Era, portanto, urgente que Ludovico achasse uma maneira de fazer com que ela perdesse o poder. E tinha sido justamente nesse mister que a ajuda do prior Ferrini teve um valor inestimável. Tinha sido graças a ele que o Mouro conseguira convencer os demais nobres e, principalmente, o cardeal Brunetti, que a cunhada estava pondo a perder a soberania de Milão. Pior ainda, estava dando maus exemplos para a nobreza da cidade com o seu comportamento: ele conseguira até mesmo testemunhas de sua frivolidade e falta de pudor.

Por fim, depois de muita luta, muita intriga, muita conspiração, Ludovico acabou por convencer a todos que ele seria o único indicado e com direito de ocupar o lugar do irmão. Assim, acabou por conseguir assumir o poder e fazer com que o cardeal Brunetti lhe concedesse o título de duque de Milão.

Beatrice mexeu-se na cama, encostou-se um pouco mais ao marido, e este, acariciando suas costas, sorriu.

Casara-se com ela por motivos políticos — Beatrice era filha do duque de Ferrara, o que favorecia seu poderio bélico e político — e jamais imaginara que ela viesse a se mostrar uma mulher tão fogosa, tão cheia de desejo, tão...

Às vezes, essa maneira de ser de Beatrice deixava-o desarmado. Ela exigia tanto dele como homem que não sobrava muita coisa para satisfazer a sua Cecília...

Voltou a se concentrar no passado, ainda recente. Tinha sido naquela ocasião, quando tivera de usar todas as suas armas políticas para destituir a cunhada e assumir o poder, que ele fizera aquela promessa leviana para o prior Ferrini. Depois disso, este ajudara-o a fazer com que o legítimo herdeiro do ducado, o filho de Galeazzo Maria, Gian Galeazzo, casasse com a neta de Fernando I, rei de Nápoles e, com isso, abrisse mão de seus direitos em Milão, mesmo porque muito mais o esperava na terra da esposa.

Sim... Tinha sido, para Ludovico Sforza, uma luta das mais pesadas o caminho para as conquistas que fizera.

E, agora, se San Giorgio trouxesse o Manto Sagrado para Milão, seu poder seria multiplicado.

Seu poder... Não o de San Giorgio!

E ele haveria de cuidar para que esse risco não existisse!

Foi nesse momento que, ainda que parecendo vir de muito longe, muito abafado, o duque Ludovico Sforza, o Mouro, ouviu aquele grito.

27.

San Giorgio chegou a ficar admirado ao encontrar Octavio Petri em tão bom estado. Tinha, era verdade, sinais de ter levado alguns bofetões, o lado direito de seu lábio superior parecia um pouco mais inchado e a asa do nariz, desse mesmo lado, também estava edemaciada. Porém, fora isso e um corte nas costas da mão esquerda, ele não tinha mais nada que levasse o bispo a pensar que o Mestre já tinha iniciado o seu *trabalho*.

— O prisioneiro deseja se confessar — falou este, sem disfarçar um tom escarninho na voz. — Só lhe peço que não demore muito...

O bispo resmungou algo, fez um sinal para que o Mestre e os soldados saíssem e o deixassem a sós com Octavio e, sentando-se numa banqueta ao lado do catre, disse:

— Filho, estou aqui para ouvir os seus pecados e, em nome de Deus, perdoá-los...

Porém Octavio não estava querendo outra coisa senão saber o que estava acontecendo naquele inferno, por que estava sendo torturado, o que diabos o Mestre ia fazer com o seu sangue e por que, afinal de contas, tinha sido tão bem tratado durante todas aquelas semanas para, de repente...

— Deus tem seus desígnios, meu filho — falou San Giorgio, interrompendo a ladainha de perguntas que o pobre homem fazia. — Não nos compete discuti-los.

— Mas esse louco vai me matar! E com muita maldade! Com muito sofrimento! — protestou Octavio.

E, com um estremecimento, acrescentou:

— Ele vai abrir-me as entranhas como faz com os cadáveres que diz estudar! E, ao que tudo indica, ele quer fazer isso comigo enquanto ainda estiver com vida!

San Giorgio teve pena do bandido. De fato, não era justo que ele morresse como um animal, sofrendo os horrores que o Mestre lhe planejara, sem nem ao menos ter uma idéia de por qual motivo estaria tendo uma morte tão dolorosa.

De mais a mais, o próprio Octavio haveria de perceber que o seu caminho para o Portão da Eternidade estaria sendo extremamente parecido com o de Cristo... Assim, por que não lhe dizer logo o que estava acontecendo? Talvez isso até o ajudasse a enfrentar aquela desgraça...

Porém o bispo jamais teria condições de dizer para o pobre condenado que ele estava fazendo parte de um plano sórdido para a criação de um falso Santo Sudário.

Assim, depois de um longo suspiro, San Giorgio falou:

— Você já estava condenado à morte antes de vir para cá, para as mãos do Mestre...

— É verdade — admitiu o prisioneiro. — Mas eu tinha sido condenado a morrer enforcado. É uma morte rápida, sente-se muito medo até subir ao patíbulo... Depois, é só um tranco, não se sente nada. Mas aqui... Com esse louco... Abrir meu corpo para ver como ele é lá dentro, como funciona... Isso não!

San Giorgio balançou negativamente a cabeça e disse:

— Ele não vai fazer isso.

— Então... — quase implorou Octavio. — O que ele pretende fazer? Como ele vai acabar com a minha vida?

O bispo ficou calado por alguns instantes e, por fim, fixando os olhos de Octavio, respondeu:

— Foi determinado que você morresse como Cristo...

Octavio Petri arregalou os olhos, incrédulo. As palavras do bispo custaram-lhe a entrar na mente e a serem compreendidas.

E, quando isso ocorreu, quando finalmente o prisioneiro entendeu e compreendeu o que San Giorgio quisera dizer, ele gritou. Gritou um *Nããããão!* tão alto, tão violento que, apesar das espessas paredes de pedra e da distância que separava a ala norte do palácio dos aposentos do duque, este o ouviu perfeitamente.

28.

O Mouro foi encontrar o bispo no salão de refeições, sentado diante de uma incrível variedade de iguarias e tentando compensar o fato de ter saído da cama tão cedo, devorando um enorme pão recheado.

— Deus nos perdoe o que estamos fazendo — murmurou o duque. — Não creio que possa existir crueldade maior...

— O Filho Dele sofreu muito mais — disse San Giorgio, com a boca cheia. — E nunca foi um criminoso, como é o caso de Octavio Petri.

— Você não está querendo comparar... — começou o duque, cheio de surpresa.

— Não se trata de comparar — retrucou o bispo. — Mas é a verdade. Octavio foi condenado à morte justamente. Cristo, não.

Engoliu o que estava em sua boca e, erguendo os olhos para o duque, perguntou:

— Você vai assistir ao suplício?

— De jeito nenhum! — respondeu o Mouro. — Estou apenas aguardando Beatrice descer... Vou levá-la para fazer uma visita ao duque de Ferrara.

Baixando a voz, explicou:

— Não vejo nenhuma vantagem em ela estar aqui durante esse... procedimento! E, eu mesmo não preciso ficar para ver coisa nenhuma!

San Giorgio serviu-se de mais pão e falou:

— Acho que também vou me ausentar... Na verdade, acho até que o Mestre prefere que não estejamos por perto.

O duque sentou-se diante de San Giorgio e, apanhando um pêssego, mordeu-o. Depois de alguns segundos, perguntou:

— O Mestre sabe o que fazer com os soldados?

— Melhor do que ninguém. Pode ficar tranqüilo que também nesse ponto o Mestre é insuperável!

— Não podemos deixar traços — ponderou o Mouro. — E como você acaba de dizer que também não vai estar por aqui...

— Mas não estarei longe — replicou o bispo.

E, com um sorriso canalha, falou:

— Você sabe onde vou estar.

O duque meneou a cabeça afirmativamente e murmurou:

— Devia ter imaginado... Devia ter lembrado que Bernardo Testarossa estará pelo menos por mais uma semana em suas vindimas...

— Sim — admitiu San Giorgio. — E seria um desperdício não aproveitar a sua ausência para... distrair um pouco a bela Giulietta, não acha?

29

Se Octavio já estava desesperado depois que o bispo o deixara, balbuciando às pressas a absolvição de seus pecados, achou que seu coração ia sair pela boca quando viu o Mestre entrar em sua cela — como sempre, acompanhado pelos quatro soldados — trazendo nas mãos uma coroa de espinhos.

— Não! Pelo amor de Deus, não! Não faça isso! Mate-me de uma vez, mas não me faça passar por todo esse sofrimento!

O Mestre pousou a coroa de espinhos sobre a banqueta que antes tinha sido ocupada pelo bispo e ordenou aos soldados que despissem o prisioneiro. Em seguida, saiu. Voltou alguns instantes depois, quando Octavio já estava completamente nu e acorrentado de pés e mãos, trazendo um pedaço de cana e um *flagrum*, espécie de chicote com cabo de madeira e três tiras de couro, cada uma delas terminada com duas pequenas esferas metálicas.

— Meu Deus, tenha piedade de mim! — chorou Octavio. — Não mereço tal castigo! Não mereço!

— Não se trata de merecer ou não, Octavio — falou o Mestre, entregando o chicote para um dos soldados. — Trata-se, isso sim, de uma necessidade. Você *precisa* sofrer as mesmas torturas que Cristo sofreu!

Fez um sinal para o soldado e este ergueu o *flagrum* ao mesmo tempo em que Octavio se encolhia de medo, gritando.

"Pilatos, então, tomou Jesus e mandou-o açoitar." (Jo 19, 1)

— Não mais de dez chicotadas — recomendou o Mestre.

O soldado obedeceu. Ergueu e baixou o açoite por dez vezes, atingindo as costas de Octavio, o peito, os ombros, o abdome, os braços, as coxas... A cada chicotada, um lanho sangrante se formava em seu corpo e um uivo de dor se ouvia.

"E os soldados, tecendo uma coroa de espinhos, puseram-lha sobre a cabeça..." (Jo 19,2)

— Agora a coroa... — falou o Mestre.

O soldado deixou de lado o *flagrum* e, apanhando a coroa de espinhos, colocou-a sobre a cabeça do já atordoado prisioneiro, empurrando-a para baixo para que se prendesse e não caísse com algum eventual movimento.

"...e na mão direita, uma cana ... e batiam-lhe na cabeça com ela..." (Mt 27, 29-30)

Pessoalmente, o Mestre lhe desferiu vários golpes com a cana na cabeça, fazendo com que os espinhos da coroa se enterrassem ainda mais na carne.

Tonto, enfraquecido pela perda de sangue, Octavio já não gritava mais, limitando-se a chorar e a gemer, murmurando:

— Por que, meu Deus...? Por que me fazer sofrer assim...?

O sangramento já era bem grande e um soldado apanhou um pedaço de pano para enxugá-lo, mas o Mestre arrancou-o de suas mãos, dizendo:

— Não! Não limpe nada! Deixe como está! E não toquem no prisioneiro! Puxem-no pelas correntes para fora da cela, mas não toquem em seu corpo!

30.

Sem nada questionar, os soldados obedeceram e até com surpreendente delicadeza fizeram o já torporoso Octavio sair da cela.

— Ponham a cruz sobre seu ombro direito — ordenou o Mestre.

Uma cruz de madeira foi colocada sobre o ombro direito de Octavio que, num reflexo semiconsciente, tentou se esquivar.

— Carregue-a! — falou o Mestre, rispidamente.

Como o prisioneiro ainda tentasse se debater, ele mandou que um soldado o açoitasse e, apanhando um segundo *flagrum*, entregou-o a outro miliciano, dizendo:

— Ele precisa carregar a cruz por pelo menos uma hora. Cada vez que fraquejar, açoite-o.

Embora os soldados estivessem — apesar de sua frieza de caráter — achando tudo aquilo muito estranho e cruel, obedeceram, e Octavio, já sem forças até mesmo para gritar, começou a carregar sua cruz através do longo corredor da ala norte do palácio.

Houve momentos em que, mesmo sob as chicotadas, o pobre prisioneiro não teve forças para se manter de pé: seus joelhos dobraram, e ele caiu, esfolando-se no chão de pedras. Na terceira vez que isso aconteceu, Octavio caiu de rosto no chão, machucando o nariz, e o Mestre ordenou que um dos dois soldados que não o estavam açoitando carregasse a cruz.

— Falta pouco — disse ele. — Só mais alguns passos...

Finalmente, quase duas horas depois de ter sido tirado da cela, Octavio caiu sem sentidos.

Sob as ordens do Mestre, a cruz foi posta no chão e o prisioneiro sobre ela.

— Vamos pregá-lo à cruz — falou o Mestre.

Um soldado segurou o punho direito de Octavio e esticou o membro todo para fixá-lo, com um cravo transfixando-lhe a palma da mão, ao patíbulo.

— Não vai dar certo, Mestre — advertiu o soldado, antes de começar a fixar o cravo. — A carne vai rasgar e não sustentará o corpo...

O Mestre percebeu que o miliciano tinha razão. Se tentassem fixar o cravo na palma da mão do prisioneiro, esta poderia realmente se esgarçar. Bom conhecedor da anatomia humana, ele, então, mandou que o cravo fosse fincado de forma a transfixar-lhe o carpo.

Assim que o cravo foi fixado, atravessando o espaço existente entre os ossos, o polegar curvou-se para dentro. O mesmo aconteceu na mão esquerda.

— Agora, os pés — disse o Mestre.

Dois soldados puxaram o corpo de Octavio, esticando-o o máximo possível e, enquanto o terceiro o segurava para mantê-lo na posição, o quarto fixou, com um cravo grande, os pés do prisioneiro na parte inferior da estipe, pondo o pé esquerdo sobre o direito, fazendo o cravo atravessar o espaço entre o segundo e o terceiro metatarso.

— Vamos erguer a cruz — falou o Mestre.

Especificamente naquele local do palácio, o pé-direito era bastante alto, pois correspondia a uma altura pouco maior do que a de dois pavimentos e, assim, a cruz pôde ser erguida com facilidade.

Octavio respirava com dificuldade, e o Mestre pôde perceber que ele não mais recobraria os sentidos.

— Parece que Cristo era bem mais resistente... — murmurou o Mestre. — Octavio já está quase morrendo...

Voltando-se para os soldados, disse:

— Vamos deixá-lo aí... O encontro com a Morte deve ser solitário...

31.

Cerca de uma hora depois, voltaram para junto da cruz e, já pelo fato de não haver nenhum ruído ou qualquer movimento respiratório, o Mestre concluiu que Octavio tinha morrido.

Entregou a um dos soldados uma lança que trouxera consigo do laboratório, e ordenou:

— Perfure-lhe o lado direito do peito. Bem fundo. Vamos ver se está realmente morto.

O soldado fez um sinal de assentimento com a cabeça e, de um só golpe com a lança, perfurou o tórax de Octavio entre a axila e o mamilo, penetrando cerca de palmo e meio em seu corpo. Surpreendentemente, a lança entrou com facilidade — o que indicava que nenhuma costela tinha sido atingida — e, ao ser retirada, da ferida vazou sangue e água.

— Sim... — murmurou o Mestre. — Ele está morto.

Segundo as escrituras, no momento de Sua morte, acontecera uma tempestade sobre o Gólgota. Teria sido uma manifestação da ira de Deus? Na verdade, isso pouco importava ao Mestre, naquele instante. Preocupava-o, isso sim, saber se a tempestade tinha sido acompanhada por chuva, ou não.

"Deve ter sido apenas uma tempestade com muito vento, raios e trovões", pensou ele. "Se tivesse chovido, o corpo teria sido lavado..."

Assim, com esse pensamento, afastou a idéia de mandar jogar água sobre o cadáver ainda crucificado.

Não se importando com a presença dos soldados, pôs-se a examinar o corpo. Notou que o tórax parecia ter aumentado de tamanho, as costelas de Octavio tornaram-se muito mais nítidas e o abdome estava escavado.

"Era de esperar", pensou. "Com os braços esticados e sustentando praticamente todo o peso do corpo, tornou-se mais difícil respirar... Deve ter sido esta a principal causa da morte."

Viu também que a cabeça do cadáver estava pendendo para a frente, o queixo tocando o peito, e não para a direita, quase sobre o ombro, como sempre vira nas imagens de Cristo Crucificado.

Durante quase duas horas, o Mestre ficou ali, observando, estudando o corpo, e fazendo anotações. Por fim, respirou fundo e, voltando-se para os soldados, ordenou:

— Baixem-no da cruz e levem-no para a mesa de pedra do laboratório. Tomem cuidado para não estragar o corpo. Arranquem os cravos com uma torquês, não dilacerem a carne.

Assim dizendo e antecipando-se aos soldados, foi preparar a mesa, colocando sobre ela o pano de linho para nele o corpo ser depositado.

32.

Enquanto os soldados desciam a cruz e despregavam o corpo de Octavio, o Mestre repassou suas anotações sobre a Flagelação de Cristo para ter a certeza de que os ferimentos no cadáver do prisioneiro coincidiam com aqueles provocados no corpo de Jesus.

De acordo com o que apurara em seus estudos dos Evangelhos, o corpo de Cristo, após ter sido descido da cruz, deveria apresentar inúmeros ferimentos que, de uma forma mais sistemática, poderiam ser subdivididos em contusões, escoriações e ferimentos mais profundos. As contusões teriam sido causadas por bofetões, socos e varadas que Jesus recebera antes de iniciar a terrível caminhada até o Gólgota, e também pelas três quedas sofridas durante essa caminhada. As escoriações seriam devidas principalmente às chicotadas e, em ambos os joelhos, também às quedas. A cruz sobre o ombro direito também tê-Lo-ia ferido e, como a pesada peça de madeira certamente oscilava com o movimento trôpego de deambulação, poderia ter causado uma contusão na região da omoplata esquerda do Senhor. Já os ferimentos mais profundos, por sua vez, teriam sido provocados pela coroa de espinhos, pelos cravos nos punhos e nos pés, e pelo golpe de lança no lado direito de Seu tórax, este já quando Cristo estava morto.

O cadáver de Octavio apresentava exatamente os mesmo ferimentos.

De todas essas feridas de Cristo, o sangue escorrera e coagulara, com exceção daquele que minara água por causa do golpe de lança. Este, por ter sido feito quando já morto, deixara vazar sangue não coagulado e água.

Exatamente como acontecera quando o soldado golpeara o tórax de Octavio.

Assim, o Mestre tinha certeza de que, quando cobrisse o corpo do prisioneiro com o linho, estaria cobrindo um cadáver nas mesmas condições do corpo de Cristo Morto.

Viu os soldados entrarem carregando o corpo de Octavio e, com um gesto, mandou que o depositassem sobre o pano de linho, cuja metade estava estendida sobre a mesa de pedra.

"E quando era já tarde (pois era a Parasceve, isto é, a vigília do sábado), foi José de Arimatéia, nobre decurião, que também esperava o Reino de Deus, e apresentou-se corajosamente a Pilatos, e pediu-lhe o corpo de Jesus. E Pilatos admirava-se de que já estivesse morto. E, informado pelo centurião, deu o corpo a José. E José, tendo comprado um lençol e tirado-O da Cruz, envolveu-O no lençol e depositou-O num sepulcro que estava aberto na rocha e rolou uma pedra para diante da boca do sepulcro." (Mc 15, 42-46)

"Era o dia de Parasceve e o sábado ia começar. Ora, as mulheres que tinham ido da Galiléia com Jesus observaram o sepulcro e de que modo o corpo de Jesus fora nele depositado. E, voltando, prepararam aromas e bálsamos; no sábado, porém, estiveram em repouso, seguindo a lei." (Lc 23, 54-56)

Com as palavras do Evangelho na mente, portanto, com a certeza de que o corpo de Cristo tinha sido simplesmente envolvido na mortalha, sem qualquer limpeza ou prévia preparação, o Mestre dobrou a outra ponta do pano de linho sobre o cadáver e amarrou-o com tiras de linho extraídas de uma das outras peças que o prior Ferrini trouxera da Palestina.

— Pronto! — exclamou. — Agora, é só esperar...

Um dos soldados, não conseguindo mais resistir à curiosidade, indagou:

— O senhor espera que, como Cristo, ele ressuscite no terceiro dia?

O Mestre olhou torvamente para ele e, depois de alguns segundos, respondeu:

— Não... Ele não é Cristo.

E, antes que o homem tivesse tempo de fazer mais perguntas, ordenou:

— Limpem tudo. Desmontem a cruz. Não deixem o menor sinal do que aconteceu aqui. Quando terminarem, venham me avisar.

33.

Enquanto os soldados tratavam de cumprir aquelas últimas ordens, o Mestre ficou ali no laboratório, observando o cadáver amortalhado.

Assim, ele pôde perceber que, através do linho, em diversos lugares o sangue transudava, marcando o pano com manchas castanho-avermelhadas e que, no local onde fora feito o ferimento com a lança, a mancha era bem diferente, pois o vermelho era mais vivo e suas bordas apresentavam um halo muito mais claro, transparente e com a cor do mel.

Estava pensando se não valeria a pena coletar um pouco desse sangue diferente para usá-lo num eventual retoque, quando os soldados voltaram e um deles anunciou que tinham acabado a limpeza.

Com um sorriso a lhe iluminar o rosto, o Mestre interrompeu seus devaneios e disse:

— Muito bem! Nossa tarefa está cumprida. E creio que nada seria mais justo do que tomarmos um gole de vinho para repor as forças e... comemorar!

Os soldados entreolharam-se, espantados. Eles estavam ali cumprindo a ordem dada diretamente pelo duque de obedecer ao Mestre sem nada questionar. Porém, nenhum dos quatro gostara do que acontecera e, por isso mesmo, não viam qualquer motivo para comemorações.

Percebendo a vacilação dos homens, o Mestre não lhes deu oportunidade para recusar o oferecimento e, dirigindo-se para um grande armário na outra extremidade da sala, apanhou um odre cheio de vinho e serviu-o em cinco grandes cálices.

— Tenho de agradecer-lhes — falou. — Sem a sua ajuda, não teria sido possível realizar esse trabalho.

Ergueu seu cálice num brinde e acrescentou:

— Bebamos à alma de Octavio Petri!

Com satisfação, viu os quatro soldados deixarem de lado a hesitação, pegarem os cálices e entornarem o vinho goela abaixo.

Pousando o seu, ainda cheio, sobre o lado do pedestal que sustentava a Bíblia de Gutenberg, disse:

— Tenho certeza que a alma desse desgraçado já está a caminho do paraíso... Ele expiou todos os seus pecados antes de morrer.

Um dos soldados, nesse instante, levou as mãos à garganta, deixou escapar uma espécie de rugido e, revirando os olhos, desabou. Os outros três, imediatamente, perceberam o que estava acontecendo e, ensandecidos, tentaram avançar contra o Mestre.

Porém o veneno que este misturara ao vinho era potente. Os três gigantes não conseguiram sequer completar o primeiro passo do ataque frustrado e, com os olhos esbugalhados, as mãos crispadas no punho de suas espadas, também caíram. Debateram-se por alguns instantes, numa luta inglória contra a morte e, por fim, aquietaram-se. Para sempre.

O Mestre sorriu, jogou no chão o vinho que estava em seu cálice e falou:

— Creio que vocês poderão se encontrar com Octavio... Vocês também fizeram por merecer entrar no céu!

34.

O Mestre jogou uma das outras peças de linho sobre o cadáver amortalhado de Octavio e foi verificar se, de fato, os soldados tinham feito uma boa limpeza do local antes de morrer. Ficou satisfeito com o que viu. Tudo estava perfeitamente limpo, nem mesmo parecia que ali, naquele longo e frio corredor de pedra, um homem tinha sido supliciado tal como o fora Cristo. Até mesmo a cruz tinha sido desmontada e seus braços, rachados em vários pedaços, estavam junto ao monte de lenha destinado à grande lareira de seu laboratório.

Era preciso, somente, fazerem carregar dali os quatro soldados mortos e, assim, trancando o grande portão de acesso à ala norte do palácio, dirigiu-se ao comandante da Guarda Palaciana, uma vez que o duque tinha saído, juntamente com Beatrice, para fazer uma visita ao duque de Ferrara.

"Muito conveniente, essa súbita saudade do sogro", pensou o Mestre, com um sorriso nos lábios, enquanto caminhava para a caserna. "O Mouro não quis correr o risco de ter de inventar histórias para a esposa, caso esta começasse a escutar os gritos de Octavio..."

Foi encontrar Giovanni Fornari, o comandante da guarda, tomando vinho e conversando com alguns de seus subordinados.

Assim que viu o Mestre se aproximar, Fornari pôs-se de pé e perguntou:

— O que deseja, Mestre?

E, com indisfarçável curiosidade, juntou:

— Ouvi muitos gritos... Aconteceu alguma coisa?

Bom artista cênico, o Mestre deixou escapar um profundo suspiro e respondeu:

— Sim... Na verdade aconteceu uma grande desgraça...

Dramático, fingindo profunda exaustão, deixou-se cair sobre um banco e falou:

— Foi o pobre Octavio, o prisioneiro... Começou a sentir dores horríveis, a urrar... Tentei de tudo, mas não teve jeito. Ele acabou morrendo.

— De qualquer forma, isso estava para acontecer de um momento para o outro — ponderou Fornari. — Ele já tinha sido condenado à morte pelo duque. Só estava vivo, ainda, porque tinha sido determinado que o ajudasse em alguns... estudos.

— É verdade — admitiu o Mestre. — Mas não foi somente a morte de Octavio Petri... Os quatro soldados designados pelo Mouro para servirem de meus auxiliares também morreram...

O rosto até então impassível de Fornari mudou. Arregalando os olhos, a voz trêmula e ligeiramente mais esganiçada, ele perguntou:

— Morreram!? Mas... Como?! Teria sido a... peste?

— Não — respondeu o Mestre, balançando a cabeça de um lado para o outro. — Eles se envenenaram!

E, antecipando a pergunta do comandante da guarda, prosseguiu:

— Depois de terem me ajudado com Octavio, enquanto eu estava distraído tentando descobrir o que diabos tinha causado a sua morte, eles acharam um odre e imaginaram que seu conteúdo fosse vinho. Beberam... Só que não era vinho, mas sim um poderoso veneno que uso em minhas experiências com animais. Não tive tempo de fazer nada. Eles morreram olhando para mim, contorcendo-se... Pedindo que os ajudasse. Mas, desde o instante em que eles puseram a primeira gota daquele líquido na boca, eu já não poderia fazer mais nada.

Fez uma breve pausa e, levantando-se, falou:

— Estou voltando para meu laboratório. Preciso descobrir por que Octavio morreu. Por favor, mande alguns homens para retirar e enterrar os quatro pobres soldados.

Já estava saindo quando virou para trás e finalizou:

— Ah... Estava esquecendo de dizer... Fale para quem for lá fazer esse serviço não tocar em nada, principalmente no cadáver de Octavio, que está sobre a mesa de pedra. Como ainda não sei a verdadeira causa de sua morte, pode ser perigoso mexer no corpo. Deixem que eu mesmo queimarei o corpo depois que terminar de estudá-lo.

35.

Sempre seguindo à risca as palavras dos Evangelhos, o Mestre aguardou até o amanhecer de domingo para mexer no cadáver.

Assim, ao raiar do sol, ele já estava cortando delicadamente as tiras com que amarrara o linho no corpo de Octavio. Com todo o cuidado — o sangue seco fazia o pano colar sobre o cadáver —, o Mestre soltou o linho e esticou a sua metade superior para trás, deixando a inferior sob o corpo. Então, esticou no chão, ao lado da mesa de pedra, um outro pano e, com o mesmo cuidado, fez rolar o corpo, derrubando-o e só então, depois que Octavio jazia de bruços sobre o novo pano, começou o trabalho de desgrudar o falso sudário das feridas das costas do cadáver.

Essa parte foi bem mais difícil, o linho estava muito mais aderido ao sangue coagulado e à pele, pois as feridas no dorso de Octavio eram maiores e muito mais numerosas do que na frente.

Isso feito, com a ajuda de quatro cavaletes esticou a mortalha prendendo-a bem pelas beiradas e cuidando para não danificar o tecido. Em seguida, enrolou o cadáver de Octavio no pano sobre o qual ele o derrubara e, pegando-o como se fosse não mais do que um saco de batatas, colocou-o sobre o ombro esquerdo e levou-o para a enorme lareira, na outra extremidade do laboratório, onde um fogo, tão gigantesco quanto ela, já estava aceso desde a véspera.

Com facilidade, jogou o cadáver sobre as chamas e colocou mais lenha fina e seca, para possibilitar um fogo ainda maior e mais quente.

Voltou para junto de sua obra, abstraindo-se do terrível cheiro de carne humana queimando que em poucos instantes começou a exalar do forno crematório improvisado.

Com as pontas dos dedos, delicadamente, tocou as manchas de sangue maiores. Estavam úmidas, ainda.

— Vai demorar mais tempo do que imaginei para secar — murmurou.

Deu de ombros. Não tinha pressa. Não poderia ter pressa. Afinal de contas, aquela seria sua obra-prima, e o Mestre, melhor do que ninguém, sabia que a perfeição e a pressa jamais poderiam caminhar juntas.

Além disso, ele precisava dar tempo a Giacomo para que este pudesse encontrar Edmondo Cuorgne.

— Dificilmente Giacomo estará de volta antes de um mês e meio... — falou para si mesmo.

Passou a examinar a estampa em sangue que tinha conseguido.

Inegavelmente, o resultado ficara muito melhor do que aquele que estava esperando. Ali, diante de seus olhos, estava a imagem, gravada em sangue e suor, de um homem com pouco mais de seis pés de altura, com músculos bem definidos e desenvolvidos. O Mestre podia ver, com grande nitidez, as marcas das chibatadas, das perfurações feitas pelos cravos nos punhos e nos pés. No lado direito havia uma mancha maior — e um pouco diferente, com as bordas mais diáfanas e amareladas — que tinha sido provocada pelo golpe de lança. A cabeça estava bem marcada, a testa larga encimada por uma vasta cabeleira dividida ao meio, mostrava os sinais da coroa de espinhos. O sangue que escorrera por causa dessas perfurações, tanto na testa como no couro cabeludo, acabara por empapar cabelos, barba e bigodes e, assim, possibilitara a sua impressão quase perfeita sobre o linho.

Prestou um pouco mais de atenção à face. O nariz estava bastante nítido, assim como o lábio superior, apesar do bigode parecer um pouco torto. Porém...

A face que ali estava nada tinha a ver com aquela que era representada em todas as imagens e pinturas como sendo o rosto de Cristo. Sem dúvida, o cabelo era semelhante, a barba... o bigode. Porém, o resto... Seria preciso muita imaginação para vislumbrar qualquer semelhança de fisionomia.

E o Mestre sabia que esse ponto era de importância vital, mesmo porque a representação da Face de Cristo por todos os artistas havia alguns séculos vinha sendo feita com base na imagem gravada no Santo Sudário, quando, no início da Era Cristã, ele fora apresentado como o *Mandylion*, dobrado em quatro e mostrando apenas a face de Cristo. A mesma fisionomia aparecia em todas as representações, evidentemente com variações mínimas devidas à percepção individual de cada artista. Contudo, sempre com cabelos e barbas longas, contrariamente às interpretações anteriores, em que Cristo era pintado de cabelos curtos e sem barba, no estilo das tradições romanas e gregas.

Dessa forma, havia uma espécie de *padrão* para a representação da fisionomia de Jesus Cristo, solidamente imposto desde meados do século VI. O Mestre, portanto, teria de respeitar essa imagem.

— Será essa a parte mais difícil — murmurou ele. — E será exatamente por essa parte que a obra será a minha obra-prima!

Mais uma vez lamentou consigo mesmo a impossibilidade de assiná-la. E mais uma vez esforçou-se para se convencer que, efetivamente, o grande valor artístico que iria conseguir com ela residia justamente no fato de ela ser... clandestina.

36.

Enquanto o Mestre aguardava pacientemente que o sangue que impregnava o linho secasse e adquirisse aquela cor característica de *sangue velho*, um quase ocre, a muitas léguas dali, Giacomo amaldiçoava a sua sorte e o momento em que lhe fora literalmente imposta aquela missão.

Atravessar os infindáveis morros e colinas que constituem o início das faldas alpinas, mesmo na primavera, não era uma empreitada fácil e muito menos agradável. Principalmente para alguém como ele, habituado a confortos, a boas comidas, banhos quentes... Enfim, a viver bem.

"Não fosse pelo Mestre...", pensava, resfolegando a cada pedaço de subida que tinha de vencer a pé, uma vez que seu próprio cavalo não agüentaria. "Não fosse pelo Mestre, eu já estaria muito longe daqui, talvez até mesmo em Ostia, se a permanência em Milão se tornasse perigosa..."

Poderia fugir... Desistir de encontrar Cuorgne, desviar a rota para a França e desaparecer em algum lugar da Provence, por exemplo. Porém, para chegar à Provence, ele teria verdadeiramente de atravessar os Alpes, o que seria muito pior do que fora até então. E, além disso, Giacomo sabia muito bem que não suportaria viver longe do Mestre, seu protetor, seu benfeitor... seu amor.

— O Mestre precisa de mim — murmurou, encorajando-se. — É a primeira vez que me pede alguma coisa... Não posso decepcioná-lo!

Já estava no décimo sexto dia de caminhada, sentindo-se, além de cansado e faminto, sujo como um verdadeiro andarilho, dormindo em grutas à beira da estrada, em ocos de árvores, como os bichos do mato, e de vez em quando, com muita sorte, num abrigo de viajantes... Conseguiu galgar mais um pedaço de morro que, parecia, quase chegava ao céu, e estacou, bufando como um cavalo velho. Olhou para diante de si, para a magnífica paisagem que se apresentava, mal podendo apreciar o belo, tão esgotado se encontrava.

Ao longe, os picos mais altos, cobertos por neves eternas, não eram brancos, mas sim rosados, refletindo a luz do sol que se punha. Montes verdejantes — mas nem por isso muito menos frios — sucediam-se, aqui e ali, entrecortados por riachos e cachoeiras. Sim... Numa outra ocasião, Giacomo teria achado aquilo tudo lindíssimo.

Deixou-se escorregar até o chão, encostado no tronco de uma árvore e, depois de descansar por alguns minutos, olhou com mais atenção um determinado ponto do vale, logo mais abaixo.

Seu coração bateu mais depressa. Via fumaça... E via, por entre as árvores, aqui e ali, pontas de telhados.

— Uma vila! — exclamou, pondo-se de pé, num salto. — Há uma vila, logo ali!

Num relance, avaliou a trilha que descia a encosta do morro e concluiu que, se apressasse um pouco a montaria e não encontrasse pela frente nenhum obstáculo maior — tais como rios, abismos, pedreiras imensas —, conseguiria chegar até lá em cerca de duas horas.

— Já será noite fechada — resmungou —, mas pelo menos terei a possibilidade de encontrar comida decente e uma cama para dormir... Nem que sejam as palhas de uma estrebaria!

Sem hesitar mais, montou e, fazendo o cavalo descer pela trilha com cuidado — a última coisa que poderia desejar naquele instante era se acidentar, quebrar um osso ou mesmo que o cavalo se machucasse —, rumou para lá.

Exatamente como supusera, o dia findou, a noite chegou e ele ainda estava a caminho. Contudo, ia com o coração cheio de esperança, o estômago reclamando por uma sopa, a alma pedindo um quarto de vinho...

— Que vila será esta, tão escondida no meio da floresta? — perguntou a si mesmo.

Atingindo o sopé do morro, pensou:

"Não vi nenhum castelo, nenhuma torre de igreja..."

E uma idéia aterradora bateu-lhe na cabeça, como uma martelada:

— Será que estou perdido?

Amaldiçoou-se por ter desviado da estrada principal na altura de Magenta, por medo de ser reconhecido — o Mestre e ele já tinham ido a essa cidade várias vezes, sempre à procura do bom vinho que um certo Bertoldi produzia ali — e de estranharem estar ele sozinho.

— Não... — murmurou. — Fiz bem em me desviar. Poderiam até achar que eu estou fugindo. Ainda mais com essa bolsa cheia de moedas!

Depois, deixando-se guiar muito mais pelo instinto do que pela lógica, Giacomo atravessara vales e montes, planaltos e colinas, rios e campos, com a certeza de estar indo na direção certa, ou seja, as montanhas escarpadas do Piemonte, onde tinha a certeza de encontrar Cuorgne.

Finalmente, depois de quase duas horas de caminhada, avistou o lume de uma casa e — mais agradável ainda do que enxergar a luz — ouviu vozes. Gente conversando e rindo alto.

Aproximou-se. Não conseguia enxergar direito, na noite escura e sem lua. Viu, apenas, que a casa era baixa, o telhado feito com palhas e a luz que avistara filtrava-se pelos vãos existentes entre a porta e os batentes provavelmente lavrados a machado e por entre o espaço entre as paredes e a cobertura.

Não demorou, percebeu que, de repente, as vozes calaram. Forçou o cavalo a se aproximar mais. Um cachorro latiu, e, quase imediatamente, a porta da casa se abriu.

— Quem está aí? — perguntou uma voz masculina, firme, decidida, quase agressiva.

Temeroso, Giacomo tinha decidido não revelar seu verdadeiro nome a ninguém, mas naquele instante, com o estômago roncando de fome e o pobre corpo implorando um catre para repousar, esqueceu-se por completo de sua decisão e, ainda em cima do cavalo, gritou:

— Giacomo...

Caiu em si, percebeu o erro que estava cometendo e tentou consertar:

— Meu nome é Giacomo Gambini! Sou de paz!

Fez-se um breve silêncio, e ele pediu:

— Estou viajando para Casale e acho que perdi o caminho!

Depois de mais alguns segundos de silêncio, o homem disse:

— Casale fica muito longe daqui...

Uma mulher apareceu ao lado do homem, trazendo uma grande lamparina e, com voz doce, falou:

— Mas... Deixe-o entrar, Marco! Ele deve estar com fome!

Marco grunhiu qualquer coisa e, animado pelo súbito apoio da mulher, Giacomo apeou e amarrou as rédeas do cavalo a um palanque, perto da porta da casa.

— Obrigado, *signora* — agradeceu ele. — Estou mesmo precisando comer alguma coisa...

A mulher ergueu a lamparina, viu o rosto franco e bonito de Giacomo e, abrindo um sorriso, disse:

— Somos pobres, *signorino*... Mas não há de faltar o que comer à nossa mesa!

Mais simpático e hospitaleiro, depois de ver que o rapaz de modo algum parecia ser um bandido, Marco acrescentou:

— E nem o que beber! Seja bem-vindo, amigo!

37.

Enquanto Marco, solícito, cuidava do cavalo de Giacomo levando-o para a estrebaria e dando-lhe de comer, sua mulher, Gemma, fez o rapaz entrar e arrumou um lugar à mesa para que pudesse jantar.

Aos gritos, chamou a filha mais velha:

— Pierina! Traga uma tigela de sopa para o *signorino*!

Não tardou, e uma moça robusta, sardenta e sorridente apareceu, trazendo nas mãos uma terrina cheia de sopa fumegante e, cumprimentando Giacomo, colocou-a diante dele, juntamente com uma colher de pau.

— Por favor, *signorino*... — falou Gemma. — Não repare... Nossa casa é pobre, mas nosso coração é grande!

Giacomo agradeceu, fez um carinho na cabeça de um menino que viera agarrar-se às pernas da irmã e disse:

— Para mim, parece que estou no céu!

Provou a sopa, realmente estava deliciosa e, depois de várias colheradas, falou:

— Estou viajando há mais de duas semanas... E esta é a primeira vez que consigo comer com verdadeiro prazer!

Gemma sorriu, agradecida, e, nesse instante, Marco chegou da estrebaria, dizendo:

— Seu cavalo está com uma ferida no lombo, senhor... Vai precisar curá-la antes de encilhá-lo novamente.

Era uma má notícia para Giacomo. Ele conhecia muito bem essas feridas causadas por arreios e sabia que não bastariam apenas um ou dois dias para tratá-las.

— Tenho de seguir viagem amanhã — disse ele, em tom quase desesperado. — Preciso chegar a Casale de qualquer maneira!

Marco meneou a cabeça em sinal de dúvida, encheu uma caneca de vinho para si e outra para o convidado e, depois de refletir um pouco, falou:

— Pois não deverá viajar amanhã nem mesmo antes de uma semana... A menos que não se incomode com o seu animal!

Giacomo resmungou, com a boca cheia, um pouco convincente *não é esse o caso*, e Marco prosseguiu:

— De qualquer maneira, meu senhor... Não o aconselho a percorrer os caminhos daqui até Casale por enquanto.

O jovem ergueu os olhos interrogativamente para Marco, e este explicou:

— Os homens de Edmondo Cuorgne estão agindo por aqui. São salteadores de estrada... Se o virem com essas roupas finas, montando um cavalo bonito... Pode ter certeza que será assaltado!

Giacomo quase engasgou com a colherada de sopa que tinha acabado de pôr na boca. Procurando disfarçar a alegria que aquela notícia lhe causava, indagou:

— Edmondo Cuorgne? Tem certeza?

— Mas claro! Então não o conheço? Não conheço seus homens?

— Mas... Não tem medo que ele venha assaltar sua casa?

Marco soltou uma gargalhada, tomou um grande gole de vinho e respondeu:

— Mas... Não! É claro que não!

Fixou o olhar de Giacomo com intensidade e disse:

— Cuorgne não assalta os pobres... Só os ricos! Bem ao contrário, Edmondo Cuorgne é nosso benfeitor!

Ao seu lado, Gemma assentiu com a cabeça e, mandando Pierina pôr mais sopa na tigela de Giacomo, falou:

— Foi quando meu pequeno Carlo nasceu... Logo depois que ele veio ao mundo. Marco escorregou numa pedra e rolou morro abaixo, machucando-se muito.

Olhou carinhosamente para o marido, enxugou uma lágrima que, emotiva que era, deixou brotar, e prosseguiu:

— Ele teria morrido lá, naquele lugar ermo, se não fosse um dos homens de Cuorgne... Ele o encontrou dois dias depois, já meio morto, e levou-o para Edmondo. Este tratou de meu marido... Salvou sua vida! E, além disso, mandou um de seus companheiros aqui para casa, para que o serviço não parasse e nós não passássemos fome!

Muito séria, Gemma completou:

— Sim, *signorino*... Foi assim que aconteceu! Se não fosse por causa de Cuorgne, nem sei o que teria sido de nós! Se todos o acham um bandido, Marco e eu sabemos que ele é um santo!

Aquelas palavras fizeram com que os olhos de Giacomo se enchessem de água. Emocionou-se nem tanto pelo gesto caridoso de Cuorgne, mas sim pelo fato de que a admiração e afeição daquele casal por seu primo certamente haveriam de lhe facilitar enormemente as coisas.

Com voz trêmula, o rapaz encarou Marco e disse:

— Pois então... Se eu já estava me sentindo bem aqui em sua casa, agora sinto-me ainda melhor!

E, ante a expressão interrogativa que lhe fazia Marco, explicou:

— Edmondo Cuorgne é meu primo... E eu estou indo para Casale porque preciso urgentemente falar com ele!

38.

As manchas de sangue transudado para o linho demoraram uma semana para adquirir a cor castanho-escura que o Mestre desejava.

Todos os dias ele tocava com a ponta dos dedos as manchas maiores para sentir se já estavam completamente secas e, decepcionado, percebia que ainda faltava um pouco. Em seguida, pegava um pedaço de vara de macieira — por ser bem flexível — e misturava o sangue que coletara na bacia, impedindo-o de formar coágulos endurecidos.

Decidira apressar um pouco a secagem do pano e, assim, mantinha dia e noite acesa a grande lareira do laboratório e, como não deixava ninguém entrar lá, era ele mesmo que tinha de carregar as pesadas achas de lenha para alimentar o fogo.

Assim, foi com alívio e satisfação quando, na manhã do oitavo dia, ao tocar a mancha correspondente ao golpe de lança no peito de Octavio — que o Mestre até já se habituara a chamar de *Cristo*, mesmo sentindo quando o fazia um certo mal-estar — viu que ela estava endurecida e completamente seca.

Mal contendo a excitação, examinou as outras manchas. Sim, tinham secado. E estavam com a cor que ele imaginara. Podia começar a trabalhar.

O primeiro problema a ser enfrentado e resolvido era tirar o excesso de sangue sem, no entanto, apagar as imagens que se tinham formado.

— Não poderei esfregar o tecido no local das manchas — murmurou. — Terei de remover o excesso com a ajuda de uma escova e das mais delicadas!

Com as próprias mãos — jamais poderia confiar qualquer trabalho, a partir daquele instante, a outra pessoa —, fabricou uma escova pequena, aproximadamente dois dedos de largura por um de altura, utilizando cerdas de javali. Este era um material suficientemente duro para raspar o excesso de sangue do pano e, ao mesmo tempo, macio o bastante para não gastá-lo ou rasgá-lo.

Apoiando o linho num pedaço de madeira levemente convexo, foi escovando o tecido com todo o cuidado, começando da parte central para as beiradas e assoprando o excesso que retirava, uma vez que não poderia, jamais, molhar o pano.

Foram cinco dias nesse trabalho, escovando e assoprando, escovando e assoprando, sempre exercendo uma mesma pressão com a escova, sempre com movimentos idênticos e com a mesma velocidade. Dessa maneira, ao término do quinto dia, pôde respirar aliviado: tinha conseguido transformar todas aquelas manchas endurecidas em simples nódoas semi-apagadas, mas nítidas o bastante para que se pudesse ali vislumbrar a imagem estampada do corpo de um homem.

— Agora — disse ele, para si mesmo, espichando as costas —, é retocar os lugares onde o sangue foi mais escovado.

Com a ajuda de um pincel muito delicado, e usando um pouco do sangue que estava na bacia, começou os retoques. Queria começar por alguns pedaços da imagem que não chamassem demasiado a atenção, mesmo porque sabia que precisaria treinar bem a utilização daquele tipo de *tinta* para que, quando chegasse o momento de redesenhar a face, já estivesse completamente familiarizado com o que ele passara a denominar de *pintura a sangue*.

Muito depressa percebeu que pintar com sangue não era nem um pouco parecido com as técnicas de pintura que até então usara. O sangue era muito espesso, escorregava no pincel, não *pegava* sobre o linho. E o Mestre sabia que não poderia usar qualquer tipo de solvente, nem mesmo água.

Porém, durante aquela semana que ele esperara o sangue secar e que, para evitar que aquele que ele guardara na bacia se transformasse num coágulo duro e inaproveitável, ele tivera o cuidado de misturá-lo várias vezes por dia com a ajuda de uma varinha de macieira, o Mestre observou que aquele sangue separava-se em duas partes: uma, mais pesada, que era o coágulo e outra, mais leve, que sobrenadava, que era um líquido amarelado e embaçado. Assim, teve uma idéia: por que não utilizar como solvente aquele líquido?

Passando do pensamento à ação, deixou que o sangue decantasse e separou, num recipiente menor, uma parte desse líquido. Depois, misturou novamente o que restara na bacia, formando uma espécie de creme — já bastante fétido — cuja cor ficava entre o castanho-escuro e o preto.

Usando essa massa como base e diluindo-a com o líquido amarelado que separara, o Mestre conseguiu exatamente a tonalidade de castanho que desejava e — melhor ainda — conseguiu com que o sangue se comportasse quase como se fosse tinta.

Assim, durante os oito dias que se seguiram, conseguiu retocar todas as manchas do linho — menos a face.

— Esta será a parte mais importante — disse. — E a mais difícil. Vou deixá-la para depois...

39.

O Mestre, no entanto, não estava esperando que o sangue utilizado como tinta demorasse tanto a secar. E era preciso deixá-lo secar completamente para, então, com a escova de cerdas, pacientemente remover o excesso e... retocar os pontos falhos.

Mas ele tinha paciência. Tinha de ter. Aquele trabalho teria de ser absolutamente perfeito, não poderia ter a menor falha e — pior do que tudo — não admitia uma segunda tentativa: ou ele acertava logo de início, ou tudo estaria perdido, teria de recomeçar do zero, ou seja, encontrar um outro *voluntário*, supliciá-lo...

Não! O mestre não estava disposto a repetir todo aquele autêntico calvário e sabia muito bem que tanto o Mouro quanto o bispo não achariam graça numa espera tão longa. Mesmo porque, para agravar a situação, havia um prazo já bastante bem calculado para as obras na capela de Chambéry, findas as quais, a relíquia autêntica voltaria a ser guardada a sete chaves e as possibilidades de se efetuar uma troca estariam significativamente diminuídas. Assim, não lhe era permitido errar e, muito menos por uma questão de pressa, de tentar correr na frente do tempo.

Durante os dias em que se via obrigado a aguardar que o sangue secasse, o Mestre preocupou-se em estudar a Face de Cristo assim como ela era conhecida através das representações feitas por outros artistas. Era um estudo complicado, pois ele precisava fazer *casar* os traços básicos deixados no linho pelo sangue de Octavio, com o que já se havia convencionado entender como sendo o Rosto de Jesus. Na verdade, tratava-se de um avançadíssimo estudo matemático que ele tinha de fazer, sem a possibilidade de trabalhar como se o estivesse fazendo numa tela, ou seja, retocando, apagando ou recobrindo eventuais falhas. O linho que seria a sua *tela*, por si só, não suportaria esse tipo de trabalho, e a *tinta* que teria de usar não admitia que ele errasse e recobrisse o erro.

Assim, o Mestre optou por fazer rascunhos e mais rascunhos da Face de Cristo, inserindo neles os traços que já tinha impressos no sudário. Para tanto, começou por copiar esses traços — com uma precisão matemática — e da cópia inicial fez pelo menos mais vinte. Em cada uma — onde estava basicamente apenas o rosto de Octavio — foi colocando detalhes que copiava de quadros e esculturas que representavam Jesus. Assim, na primeira cópia, ele desenhava o nariz; na segunda, além do nariz, desenhava a boca; na terceira, acrescentava os olhos... Por fim, quando chegou na vigésima cópia, tinha um rosto completo em que as feições convencionadas de Cristo tinham sido incluídas nos traços básicos do prisioneiro morto.

Porém havia um problema: em todas as imagens representativas de Cristo, Ele aparecia com os olhos abertos.

E a estampa obtida com o sangue de Octavio trazia-os fechados! E, pior, a pálpebra esquerda do bandido estava muito edemaciada, fazendo-a ficar completamente diferente da direita.

Esse detalhe gerava, para o Mestre, um terrível conflito estético. Como artista, ele não podia admitir uma imagem que estivesse *torta*, o olho esquerdo de um jeito e o direito de outro. Porém a lógica dizia-lhe que não deveria tentar modificar a figura básica, afinal, ao morrer, Octavio estava realmente com o olho esquerdo inchado! E, uma vez que ele tinha mandado infligir ao prisioneiro os flagelos exatamente como estavam descritos nos Evangelhos, era muito provável que Cristo, ao ser crucificado, também estivesse apresentando o mesmo tipo de ferimento.

Durante dois dias, o Mestre tentou encontrar uma solução, mas acabou cedendo à lógica: não mexeu na estampa em sangue, apenas retocou alguns pontos para realçar uma sombra, para avivar um traço.

Ao terminar — ainda sobre o papel —, achou que estava bom.

— Sim... — murmurou. — É isso mesmo... Este olho esquerdo, no próprio Cristo, deveria estar realmente mais inchado...

Pondo de lado o desenho que fizera, pensou:

"Também... Depois de receber tantas pancadas na cabeça, tantos bofetões..."

Respirou fundo, repassou um a um todos os desenhos que fizera, esfregou as mãos e, entusiasmado, foi apanhar o pincel e a bacia com o sangue.

Estava pronto para finalizar a sua obra-prima.

40.

A viagem de volta, para Giacomo, se comparada com a ida, não foi mais do que um passeio, pois os homens de Cuorgne acompanharam-no por ravinas e atalhos que não apenas encurtaram-lhe o trajeto, mas principalmente tornaram-no muito mais leve, sem que ele tivesse de vencer aquelas escarpas terríveis por onde até mesmo o cavalo tinha medo de andar.

Além disso, o rapaz estava alegre e feliz: seu encontro com o primo distante, Edmondo Cuorgne, tinha sido um sucesso, o bandido garantira-lhe que seguiria à risca as indicações e recomendações transmitidas e ainda agradecera muito pelo *presente*. Afinal, não era todos os dias que alguém vinha lhe trazer uma informação como aquela: um bispo estaria levando, de Maurienne para Milão, uma grande quantidade de dinheiro e um tesouro — que ele desconhecia qual fosse, mas nem por isso deixava de ser um tesouro — de inestimável valor.

Depois de ter encontrado com o bandido, Giacomo ainda ficou quase uma semana hospedado na casa de Marco e Gemma, esperando que o ferimento no lombo de seu cavalo sarasse completamente e, apesar de sua ansiedade em voltar para Milão, em rever o Mestre, aproveitou muito bem aqueles dias, relembrando principalmente a comida de seus tempos de criança e chegando até mesmo a trabalhar um pouco, ajudando Marco no serviço.

Assim, sentia-se em ótima forma quando regressou a Milão e mandou um pajem levar um recado para o Mestre, avisando de sua chegada.

Na mesma noite, o Mestre foi visitar o jovem amigo.

— Como foi? — indagou, interessado. — Conseguiu encontrar Cuorgne?

Giacomo sequer percebeu que o Mestre nem mesmo perguntou como ele estava passando, se tinha feito boa viagem, se sofrera com intempéries, tão excitado estava com o reencontro, tão feliz se encontrava com o fato de estar de volta a Milão e aos confortos e prazeres que a cidade sempre lhe oferecera.

— Sim — respondeu. — E ele jurou que vai fazer...

— Como eu mandei que o fizesse?

— Exatamente.

O Mestre respirou fundo, aliviado. E só então sentou à mesa, aceitou um cálice de vinho e perguntou ao jovem sobre suas aventuras e desventuras durante aqueles dias em que estivera longe.

Depois que Giacomo narrou-lhe — com detalhes, onomatopéias e gestos lânguidos — tudo que lhe acontecera, o Mestre disse:

— Dentro de mais duas ou três semanas, meu trabalho estará terminado.

Baixando a voz, como se estivesse com medo de ser ouvido por alguém, acrescentou:

— Daí... Nós dois vamos fazer uma viagem. Uma longa viagem!

Fixou o olhar em Giacomo, esperando a reação. Estava bem habituado a reações negativas do rapaz quando se tratava de sair da cidade, de viajar. Porém, para sua surpresa, Giacomo não protestou. Bem ao contrário, ele meneou a cabeça afirmativamente e, depois de encher novamente os cálices de vinho, falou:

— Sim... Também acho conveniente. Cuorgne disse-me que os franceses estão cada dia mais interessados em tomar posse de Milão. E eles estão muito fortes! Se resolverem atacar, o Mouro não terá homens e armas suficientes para impedir.

O Mestre franziu as espessas sobrancelhas e murmurou, em tom de protesto:

— Mas... As minhas máquinas de guerra...

— Não terá tempo para construí-las — interrompeu-o Giacomo.

Tomou um gole de vinho e juntou:

— Além disso, os homens de Carlos VIII não virão do noroeste, mas sim do sul... Eles avançarão a partir de Nápoles e de Veneza, pois, com a morte de Fernando I, eles jamais deixarão que Gian Galeazzo assuma o poder.

O Mestre ficou em silêncio. Sim, talvez Giacomo tivesse razão. Pelo menos, o que ele estava dizendo, de certa forma coincidia — porém com um efeito contrário — com o que ele tinha escutado durante um dos últimos jantares com o Mouro, em companhia do bispo San Giorgio.

O duque estava confiante. Achava que sua posição estava garantida e que com o sobrinho, Gian Galeazzo, assumindo o lugar do avô, suas alianças com o sul ficariam fortalecidas. Porém San Giorgio não tinha a mesma opinião e, mais pessimista — ou realista —, dizia que os franceses já estavam infiltrados, através da corrupção, entre a nobreza veneziana e até mesmo napolitana. Além disso, havia o problema dos impostos que o Mouro fazia cobrar... Os milaneses, de um modo geral, não estavam satisfeitos, e bastaria alguém aparecer dando-lhes a esperança de cargas tributárias menores, para que o estopim da revolta se acendesse.

— Bem... — murmurou o Mestre. — Já está decidido. Assim que eu terminar esse trabalho, nós dois iremos viajar.

— Voltaremos? — quis saber Giacomo.

— Pode ser... O futuro, meu querido, a Deus pertence!

41.

A partir daquela noite, o Mestre passou a trabalhar com mais afinco, ainda que a pressa continuasse a ser inadmissível em sua obra. De qualquer maneira, o sangue precisava secar completamente, depois tinha de ser escovado e retocado, tantas vezes quantas fossem necessárias para que a imagem no linho pelo menos beirasse a perfeição.

E ele podia dizer, com segurança, que estava satisfeito com o próprio trabalho. O rosto que pintara, uma fusão de várias imagens com os traços de Octavio, já estava absolutamente definido, restando apenas os retoques finais depois de incontáveis escovadas.

Apenas aquele olho esquerdo continuava a lhe tirar o sono.

Lembrou-se que lera, muito tempo atrás, que os judeus punham moedas sob as pálpebras dos cadáveres. Pensou até em fazer uma nova experiência usando um outro preso, mas logo afastou a idéia, pensando:

"Cristo foi amortalhado sem qualquer preparação. José de Arimatéia, quando o embrulhou na peça de linho, certamente não pensou em fazer isso, mesmo porque seria função das mulheres que iriam ungir o corpo. E elas não chegaram a fazê-lo, pois no domingo, ao chegarem ao sepulcro, Jesus já tinha ressuscitado."

Assim, após muita hesitação, decidiu não mais mexer no olho esquerdo, deixando-o exatamente como estava, maior e mais inchado do que o outro, a pálpebra parecendo até estar um pouco saliente.

Portanto, depois de revisar uma última vez todo o pano, encerrou o trabalho. Poderia chamar o duque e o bispo para que o vissem e, depois...

— *Lavabo inter innocentes manus meas...* — disse o Mestre. — Depois da entrega da obra para esses dois, minha missão estará plenamente cumprida!

42.

— Aí está! — exclamou o Mestre, entusiasmado, mostrando o linho, ainda esticado e preso aos cavaletes, para o duque e o bispo. — A maior obra-prima de todos os tempos!

San Giorgio olhou atentamente para a imagem desenhada a sangue no pano e não pôde evitar um calafrio. Sim, o Mestre tinha se superado! Ali estava a figura de um homem gravada a partir de seu suplício... E fora justamente essa lembrança que lhe provocara o arrepio e a sensação de mal-estar.

— Agora, é fazer a substituição — resmungou o Mouro, desviando o olhar.

— Hoje mesmo mandarei avisar o conde de Maurienne sobre minha visita... — disse o bispo. — Acredito que um mensageiro rápido consiga chegar ao seu palácio dentro de quinze dias. E se eu partir ainda nesta semana...

Deu uma risada e completou:

— O conde terá tempo suficiente para preparar a festa de recepção!

— Vai precisar de uma escolta... — disse o Mouro. — Forte, confiável e bem armada! Quando pretende partir?

O bispo refletiu por alguns instantes e falou:

— Será uma viagem bem longa... Preciso deixar tudo bem organizado, aqui em Milão. Designar tarefas para alguns padres de modo a não deixar que os serviços litúrgicos falhem ou se atrasem... Imagino que dentro de três dias estarei pronto. Então, se a escolta puder estar à minha disposição...

— Não tenha dúvida! — exclamou prontamente o duque.

E, olhando para o sudário que o Mestre começava a dobrar, disse:

— Por mim, quanto antes esse pano sair daqui, melhor! Não sei o motivo, mas não me sinto bem com essa... mortalha sem defunto... dentro de meu palácio!

O bispo riu, recomendou ao Mestre que fizesse a dobradura de modo a deixar na parte de fora a imagem da face, dizendo que o Santo Sudário que vira, anos atrás em Chambéry, estava dobrado assim, e disse:

— Você está se mostrando muito supersticioso, Ludovico...!

— Não é superstição, San Giorgio... É medo mesmo! Quando imagino o martírio por que passou o prisioneiro...

Fez o bispo acompanhá-lo, quase fugindo do laboratório e, quando já tinham ultrapassado e fechado a porta, perguntou, baixinho:

— E quanto a ele? O que vamos fazer com o Mestre?

— Nada, até eu voltar. Sempre será muito bom termos um bode expiatório, no caso de alguma coisa dar errado. Depois...

O duque deu de ombros. Na verdade, ao contrário do que dissera San Giorgio algum tempo atrás, ele não mudara de opinião quanto ao destino a ser dado ao Mestre. Ele não mandaria matá-lo nem gostaria que o bispo tomasse essa decisão. Afinal, o Mestre ainda seria muito útil, disso ele tinha certeza.

43.

A comitiva do bispo San Giorgio partiu três dias depois. Era constituída por três grandes carroções cobertos, cada um deles puxados por doze cavalos, que se destinavam a transportar víveres, roupas, utensílios e uma caixa de madeira forrada com couro, onde ia a falsificação do Sudário; nada menos que vinte soldados e seis pajens, cuja missão era única e exclusivamente servir ao bispo em tudo quanto ele pudesse precisar.

Na cidade, todos sabiam que San Giorgio estava indo fazer uma visita ao conde de Maurienne, e intermediar mais uma aliança do Mouro, esta diretamente com um nobre francês, já com a intenção de diminuir um pouco a ameaça representada pela imensa possibilidade de Luís assumir o poder na França, então com o título de Luís XII. A carta que o bispo mandara um mensageiro levar para o conde dizia que ele estava indo ao palácio de Maurienne para visitar o amigo de infância, e, aproveitando a oportunidade — pois soubera que o Santo Sudário estaria sob sua guarda devido às reformas em Chambéry —, pagaria uma promessa feita havia muitos anos, de passar uma noite inteira orando ao pé da relíquia.

Ao lado de Giacomo, o Mestre viu a caravana passar pelo portão norte de Milão, acenou para o bispo — que não respondeu — e apressou-se em atender ao chamado do duque, que, na véspera, lhe dissera para ir ao palácio assim que o bispo partisse.

Foi encontrar o Mouro em sua sala de audiências, cercado por vários homens importantes da cidade que se mostravam preocupados com aquela viagem de San Giorgio, justamente numa época em que a ameaça de guerra com a França tornava-se mais densa.

Assim que o Mestre se fez anunciar, o duque dispensou todos os que ali se encontravam, dizendo que tinha negócios a tratar com o homem que estava criando as *máquinas de guerra que venceriam os franceses, esmagando-os como se fossem formigas*.

— O que deseja de mim, duque? — perguntou ele.

O Mouro não pôde deixar de sorrir. Como sempre, o Mestre não o tratara por *Alteza*, como seria o convencional. E essa era uma das muitas razões de ele apreciar tanto aquele homem: nada nele era convencional, nem mesmo a forma de falar com as pessoas, não importava quem elas fossem.

Não... Ele não poderia matá-lo, nem ser conivente com o seu assassinato! E não era apenas a amizade e admiração que sentia pelo Mestre. Havia algo mais, uma estranha impressão que ele estaria privando o mundo de um gênio que ainda haveria de produzir muito. Não somente para ele, Ludovico Sforza, mas para todos os homens.

Assim, depois daquela penúltima conversa com San Giorgio — o bispo voltara a procurá-lo na véspera, para apanhar um saco de peças de ouro alegando que, se a substituição falhasse, aquele ouro poderia no mínimo comprar a sua vida e até mesmo, quem saberia dizer, a verdadeira relíquia —, o Mouro tinha tomado a decisão de não mandar executar o Mestre e de impedir, de alguma maneira, que o bispo lhe pusesse as garras em cima. E a maneira era uma só: afastar o artista de Milão por algum tempo, pelo menos até um pouco depois do regresso do bispo com o Santo Sudário. Aí, então, o Mouro estaria em tempo de avaliar como haveria de se comportar San Giorgio, veria de que forma poderia convencê-lo a não eliminar o Mestre, ou... San Giorgio teria de desaparecer.

No entender do duque, essa era a mais provável das alternativas. Se San Giorgio já era prepotente e intrometido simplesmente como bispo, quando estivesse com o Sudário sob sua guarda, não seria nem um pouco impossível que tentasse manipular a política a seu favor e chegar a usurpar-lhe o título de duque de Milão!

E mandar dar cabo de San Giorgio — ou fazê-lo pessoalmente —, isso não lhe coçava os escrúpulos.

Ainda sorrindo, o duque balançou afirmativamente a cabeça e respondeu:

— Sim... Quero que você vá viajar.

O Mestre olhou para o Mouro fingindo espanto e indagou:

— Viajar? Para onde?

— Todos sabemos que os franceses estão interessados em reivindicar o ducado de Milão. Carlos VIII já está dominando várias cidades italianas. As notícias que chegam a mim a respeito dos movimentos desses desgraçados não são confiáveis. Assim, na verdade não consigo fazer a menor idéia do poderio bélico que eles possam ter. Preciso de alguém em quem eu deposite total confiança e que vá até lá e volte para me contar o que viu e como podemos combater os exércitos franceses.

— Não creio que Carlos VIII represente o maior perigo — ponderou o Mestre. — O grande risco virá depois que Luís XII assumir o trono, pois ele...

— Sei disso — interrompeu o Mouro. — E é exatamente Luís XII que me preocupa. E é por isso que estou lhe pedindo para ir lá e estudar o inimigo. Ninguém melhor do que você...

Apanhou duas grandes e pesadas sacolas com a facilidade com que ergueria do chão um travesseiro, e disse:

— Aqui está o pagamento pelo trabalho que fez. Sei que é suficiente para você passar muitos meses observando e estudando os franceses.

O Mestre recebeu as sacolas e segurou-as com a mesma facilidade que o fizera Ludovico. Com um sorriso maroto, disse:

— Este é o *seu* pagamento, duque... O pagamento do bispo seria outro... bem diferente!

O Mouro ficou sério, meneou a cabeça afirmativamente e murmurou:

— Sim... Você é bem esperto... O pagamento que o bispo haveria de lhe fazer seria festejado com um cálice do mesmo vinho que ele deu para o pobre prior Ferrini!

44.

A chegada da comitiva do bispo San Giorgio a Maurienne foi motivo de júbilo para o conde, pois havia mais de vinte anos que ele não via o amigo Paolo, com quem tinha grande afinidade.

— Soube de sua nomeação como bispo de Milão — disse-lhe o conde. — Para ser sincero, não acreditei... Não me foi possível imaginá-lo um prelado!

San Giorgio riu, abraçou o velho amigo e retrucou:

— Neste mundo de Deus, tudo é possível...

Levando-o para o interior do palácio, o conde falou:

— Mas... depois de tantos anos sem que me tivesse vindo procurar, e sabendo da importância do cargo que está ocupando, acho que esta sua visita tem outras finalidades além de apenas rever um velho amigo...

— Tem razão — disse San Giorgio. — E são duas. A primeira, como você já deve ter adivinhado, é política. O duque de Milão, Ludovico Sforza, o Mouro, está preocupado com as notícias que dão conta de que Carlos VIII está pretendendo pleitear o poder em Milão.

O conde meneou a cabeça negativamente e replicou:

— Não compactuo com essas idéias, Paolo. E não creio que ele tenha muito apoio, nesta nossa região.

— Mas, se ele decidir por uma guerra, certamente terá de contar com a Maurienne, com a Chartreuse, com a Vanoise... Carlos VIII precisará de víveres para seus homens, de animais de troca. E se pudermos dificultar, pelo menos aqui na Maurienne...

Era um pedido difícil de atender. A França não era como a Itália, tão dividida politicamente que cada ducado tinha um governo próprio, e cada duque fazia o que bem entendia. Na França, havia um rei que centralizava o poder e era obedecido por seus súditos. Assim, se Carlos VIII determinasse que a Maurienne haveria de fornecer alimentos, cavalos e até mesmo homens para uma guerra — fosse esta qual fosse —, ele, o conde da Maurienne, teria de obedecer.

Assim, o conde preferiu mudar de assunto e, disfarçando da melhor forma possível o seu constrangimento, falou:

— Bem... Conversaremos sobre isso mais tarde, com calma... Mas diga-me, então, qual é a segunda razão de sua visita ao meu condado...

San Giorgio inclinou-se para o conde — este era quase uma cabeça mais baixo do que o bispo — e disse:

— Há muitos anos, quando minha mãe ficou muito doente, fiz uma promessa e alcancei a graça... Se ela se recuperasse, eu haveria de passar uma noite inteira orando e agradecendo a Deus, ao lado do Santo Sudário.

O conde emitiu um murmúrio de compreensão, e o bispo prosseguiu:

— Soube que o Santo Sudário está aqui, sob sua guarda e proteção. Assim, percebi que tinha sido o próprio Deus que me possibilitava a melhor oportunidade que poderia existir de cumprir minha promessa.

Vendo a oportunidade de relegar para um plano secundário a razão política da visita de San Giorgio, o conde sorriu e disse:

— Digamos, então, meu caro Paolo... que esta seja a razão principal de você ter vindo me procurar...

— Sim! Não resta a menor dúvida! Antes de mais nada, eu tenho uma promessa feita a Deus e que preciso cumprir. Depois, tenho o dever de labutar por um acordo com você para dificultar uma eventual invasão por parte do exército de Carlos VIII!

— Nesse caso, meu amigo... cumpra sua promessa, antes de mais nada! Descanse hoje, afinal de Milão aqui, o caminho não é dos mais fáceis. Falarei com o monsenhor Yves de Montbrison, o abade de Chambéry, que é o verdadeiro guardião do Santo Sudário.

Notando a expressão de decepção no rosto de San Giorgio, o conde tranqüilizou-o, dizendo:

— Não se preocupe... O abade, aqui, não é mais do que um ilustre e santo hóspede. Pedirei a ele que lhe possibilite o cumprimento dessa promessa e tenho certeza que ele não haverá de opor nenhum obstáculo.

45

San Giorgio acatou a sugestão do conde e retirou-se para os aposentos que lhe tinham sido destinados para repousar. Deus sabia o quanto ele estava precisando de um bom descanso! Aquela viagem, longa e incômoda, tinha acabado com suas costas, com seus braços, com suas pernas... enfim, tinha-o reduzido a um estado deplorável de exaustão. Mas, por pior que estivesse, uma cama macia, depois de mais de uma hora mergulhado numa grande tina de água quente, certamente seria o remédio para esses males.

Dormiu como uma pedra e, ao despertar, já na manhã seguinte, era um outro homem, bem disposto e... ansioso para ver onde estava o Santo Sudário, uma vez que era preciso planejar a ação com muito cuidado, com calma, de forma a não haver a possibilidade de um erro.

Ninguém estranhou o fato de ele pedir para ver a relíquia. Todos já sabiam que o pagamento de uma promessa era a principal razão de ter viajado de Milão à Maurienne e, de mais a mais, o Santo Sudário estava exposto — muito bem guardado por soldados das Forças Eclesiásticas, enviados pelo papa especialmente para esse fim, e por homens do conde — numa câmara ao lado do altar-mor da capela do palácio, para que o povo pudesse orar e prestar suas homenagens à Santa Relíquia.

Avisado da visita do bispo San Giorgio, o comandante da guarda mandou barrar a entrada da capela, de forma a permitir que o prelado pudesse visitar o Sudário sem a aglomeração de pessoas que, todos os dias, desde que a relíquia tinha chegado de Chambéry, se formava diante do local onde ela estava sendo venerada.

Modesto e político — muito mais político do que modesto, na verdade —, o bispo fez questão de se mostrar constrangido com tamanha deferência, mas não se opôs a ela e, assim, quando ele entrou na capela e caminhou pela nave central em direção à câmara, não havia ninguém ali a não ser os seis soldados postos em sentinela, dois ao lado da porta de entrada, dois aos pés da pequena escada de acesso à câmara e mais dois, um de cada lado do altar onde estava exposta a relíquia.

Ao lado do bispo, o guardião oficial do Sudário, monsenhor Montbrison, sussurrou-lhe, de forma quase inaudível:

— Os guardas são necessários, senhor bispo... O povo é sempre o povo, e uma pessoa mais... entusiasmada... pode danificar a relíquia!

San Giorgio assentiu com um sinal de cabeça e, no mesmo tom, indagou:

— Os soldados permanecem aqui dia e noite?

— Durante o dia, sim — respondeu o abade. — À noite, fica apenas um guarda. O acesso externo à capela fica trancado, não há necessidade de tanta vigilância. Faço questão de manter um soldado aqui apenas para que o Sudário não fique sozinho... E eu não tenha a impressão de que está abandonado.

Chegaram ao arco de entrada da câmara — barrado por uma corrente —, e San Giorgio não pôde deixar de sentir todos os pêlos de seu corpo se eriçarem ao ver o Linho dobrado e apoiado sobre uma almofada de forma a ficar ligeiramente inclinado, permitindo a visão da Face de Cristo mesmo dali da entrada, a cerca de cinco passos de distância do altar. A imagem que ali estava era impressionantemente parecida com a que o Mestre, sem ter tido em mãos o modelo, conseguira pôr na falsificação.

Com uma ponta de angústia, porém, notou que a forma de dobrar era um pouco diferente... A falsificação estava dobrada de uma maneira a formar um retângulo e a relíquia verdadeira formava um quadrado aparentemente perfeito.

— A relíquia fica sempre aí? — perguntou. — Nunca é guardada num outro lugar?

— Evito ao máximo tocar nela — respondeu o abade. — Nem permito que seja tocada! Uma relíquia dessa importância não pode ser manuseada por mãos profanas!

— Mas suas mãos não são profanas! — protestou San Giorgio.

— Não deixo de ser um homem, senhor bispo. E, como tal, um pecador. E além do mais, não há nenhuma necessidade em se ficar *pegando* no Santo Sudário!

Mostrou o Sagrado Pano e disse:

— Dentro de mais uma ou duas semanas, talvez até menos, essa ânsia do povo em ver a relíquia terá diminuído. Aí, vou me confessar, comungar, fazer um dia de jejum e, então, guardá-la-ei em sua caixa de prata. Ela continuará exposta, mas fechada.

Era uma informação importante. Significava que o abade, de um momento para o outro, poderia trancar o Santo Sudário e, então, seria bem mais complicado substituí-lo pela falsificação.

Prestou atenção, disfarçadamente, ao seu redor. A câmara onde se encontrava a relíquia ficava à esquerda do altar-mor, num nível pouca coisa mais elevado — três degraus baixos permitiam acesso ao arco de entrada —, e era fechada, a iluminação do dia nela penetrando através de um grande vitral acima do altar. As paredes, repletas de quadros, pedestais com imagens e arandelas, não lhe pareceram ocultar nichos ou aberturas que permitissem a alguém vigiar o ambiente.

Sem pedir permissão, o bispo soltou a corrente da entrada, fez uma respeitosa genuflexão e entrou na câmara.

Ignorou a presença dos dois soldados ao lado do altar, aproximou-se do Santo Sudário e, mais uma vez, admirou-se com a semelhança da figura que ali estava com aquela que o Mestre *criara*.

Ajoelhou-se aos pés da relíquia e ali ficou, os olhos baixos, as mãos postas, por alguns minutos. Porém não estava orando... Estava, isso sim, imaginando como faria para substituir o Santo Sudário original, pela falsificação que trouxera.

Por fim, ergueu-se, caminhou de costas até a porta, fez uma nova genuflexão e, saindo, voltou a pendurar a corrente.

— Virei assim que escurecer para cumprir minha promessa — disse ele para o abade.

— O senhor virá sozinho? — quis saber este.

— Sim... O cumprimento de uma promessa é obrigatoriamente individual, íntimo...

Fez uma pausa e acrescentou:

— Até vou lhe pedir o imenso favor de dispensar o guarda... Vou passar a noite toda aqui, desempenharei o seu papel, uma vez que, segundo o que entendi, sua presença durante a noite é apenas para não deixar a relíquia sozinha e abandonada...

46.

Para diminuir qualquer nível de suspeita que o abade pudesse ter, San Giorgio deixou sua vigília para duas noites depois. Alegou que ainda estava cansado e que não queria correr o risco de adormecer diante do Santo Sudário, o que significaria, além de uma imperdoável falta de respeito, o não cumprimento de sua promessa.

Contudo, durante aqueles dois dias, fez várias visitas à capela usando o acesso privativo do conde, por dentro do palácio, pois dessa maneira não seria preciso impedir o povo que vinha orar junto à relíquia.

Assim, o bispo pôde estudar com mais calma o lugar e a forma como estava dobrado o Sudário.

Em seus aposentos, dobrou e desdobrou várias vezes a falsificação, voltando em seguida à capela para verificar se o tinha feito corretamente. Por fim, depois de inúmeras tentativas, deu-se por satisfeito e colocou a falsa mortalha dentro de uma bolsa, cobrindo-a com uma manta.

No início da quarta noite depois de sua chegada ao palácio de Maurienne, San Giorgio mandou avisar o abade que iria passar a noite na capela e que, portanto, poderia dispensar o guarda.

— Posso sentir frio durante a madrugada — falou ele para o monsenhor Montbrison, mostrando a bolsa que trazia a tiracolo. — Por isso, trouxe uma manta.

Com um sorriso cheio de inocência, acrescentou:

— Minha promessa não inclui passar frio...

À noite, apenas o altar-mor e a câmara permaneciam iluminados, aquele por duas grandes velas e esta pelas arandelas penduradas nas paredes, dando ao ambiente um aspecto gelado quase sinistro.

— Mandei deixar pão, vinho e água na sacristia — avisou o abade. — Imagino que sua promessa também não inclua passar fome e sede...

O bispo sorriu, agradeceu e foi ajoelhar-se ao pé do Santo Sudário, num genuflexório que Montbrison, solícito, tinha mandado ali colocar para maior comodidade do bispo.

Pelo canto do olho, San Giorgio viu o abade ajoelhar-se também, e começar a rezar.

"Mas será possível que ele vai ficar aqui a noite inteira?!", pensou, com raiva. "Será que não entendeu que eu quero privacidade?"

Durante mais de uma hora, o monsenhor Montbrison rezou, para desespero do bispo, que já estava pensando seriamente em desistir, dizer ao abade que ainda não estava em condições de suportar a noite inteira acordado e orando à Glória de Deus, quando ele se pôs de pé, caminhou até o prelado e, fazendo uma profunda reverência, disse:

— Vou deixá-lo com suas orações, senhor bispo... Se, por acaso, sentir-se muito cansado para ficar até o amanhecer, mande avisar-me que eu virei substituí-lo para que a relíquia não fique sozinha.

San Giorgio respirou aliviado e, garantindo que ficaria até o raiar do dia, acompanhou o abade até a porta de comunicação com o palácio, trancando-a assim que ele saiu.

Voltando para a câmara, percorreu atentamente com o olhar toda a capela e sorriu consigo mesmo, satisfeito por não ver nada e nem ninguém. Estacou antes de chegar à escada e apurou os ouvidos, tentando escutar alguma coisa. Nada. O silêncio era total e absoluto.

Tornou a olhar para o Sudário, procurando ver se havia alguma armadilha, alguma coisa que pudesse cair e fazer barulho, caso o Pano fosse mexido de seu lugar. Não... Pelo menos aparentemente, não havia nada. A Santa Mortalha estava dobrada e apoiada sobre a almofada, sem nenhum fio que a amarrasse a coisa alguma. A relíquia estava solta e bem ao alcance de sua mão.

Era preciso apenas criar coragem e fazer a substituição.

Ajoelhou-se novamente, pensando se deveria entrar em ação imediatamente, ou se não seria melhor aguardar até de madrugada, quando a certeza de não ser surpreendido por alguém poderia ser maior.

De repente, seu coração bateu descompassadamente: tinha escutado um ruído, seus ouvidos aguçados ao máximo pareceram-lhe distinguir o farfalhar de um pano atrás de si, como se alguém mexesse numa cortina.

Olhou para trás e, mesmo à luz mortiça dos castiçais do altar-mor, San Giorgio pôde ver um movimento, ainda que débil, nas pesadas cortinas do confessionário, a menos de dez passos de distância da entrada da câmara.

— Há alguém dentro do confessionário! — murmurou, o suor começando a lhe molhar a fronte.

Olhou ao seu redor. Não havia nada que pudesse usar para se defender, no caso de ser atacado...

Lembrou-se, então, da corrente que servia para impedir a passagem para a câmara. Ela estava simplesmente pendurada em dois ganchos, bastava desenganchá-la para tirá-la do lugar e utilizá-la como arma.

O ruído se repetiu, desta feita mais forte, mais nítido, e ele chegou a ter a impressão de que quem estava dentro do confessionário acionava a taramela da portinhola, já pronto para sair.

Não vacilou mais. Levantando-se, caminhou pé ante pé para a entrada da câmara, desengatou a corrente e, segurando-a por uma de suas extremidades, dirigiu-se, já a passos largos e erguendo a mão armada, para o confessionário.

Estava para desferir um golpe violento contra a cortina, pouco se incomodando se haveria de rasgá-la ou não, se faria barulho ou não, quando, de seu interior, com um miado aterrador, saltou um gato.

San Giorgio quase morreu de susto, mas conseguiu, por verdadeiro milagre, se controlar, não gritar e não deixar cair a corrente no chão, o que certamente ecoaria na capela com o ruído de uma carga de cavalaria.

"Um gato!", pensou, ainda trêmulo e ofegante. "Era simplesmente um gato!"

Tranqüilizado, começou a voltar para a câmara, quando um pensamento lhe sobreveio:

"Mas... Esse gato tem de ter entrado por algum lugar! Deve haver algum lugar aberto, aqui na capela!"

Começou a procurar. Percorreu a nave central olhando para todos os lados, para as janelas cobertas por vitrais trabalhados, para as duas portas laterais da capela... Não viu nada. Passou para os corredores laterais, examinou tudo atenta e cuidadosamente, e não achou nenhum lugar por onde pudesse passar um rato, quanto mais um gato.

Por fim, chegou à conclusão que o gato entrara durante o dia, com o povo, e por lá ficara...

Ouviu o bichano miar aos pés do altar-mor, viu-o caminhar para a câmara e cheirar, o rabo de pé, a bolsa em que escondera a falsificação.

"Será que ele sentiu cheiro de sangue?", perguntou-se o bispo, preocupado.

Isso poderia ser muito ruim. Se aquele gato sentira alguma coisa de diferente dentro de sua bolsa, só poderia ser o cheiro da falsificação, o sangue muito mais fresco do que aquele que estava no Sudário... E o gato poderia, depois que ele tivesse feito a substituição, resolver ver o que estava diferente. Poderia rasgar o pano ou, no mínimo, despertar a atenção de alguém para ele.

— Preciso matar esse gato! — murmurou San Giorgio, caminhando sorrateiramente em sua direção. — Não posso deixar que ele me traia!

Estava pensando em como fazer para jogar-se sobre o animal sem fazer muito barulho, quando este, percebendo-o, ergueu a cabeça, miou e como se fosse já um hábito antigo, caminhou para o bispo, saltando em seus braços.

Numa primeira reação, San Giorgio pensou que o gato o estava atacando e, por sua mente apavorada, passou a imagem de Satã, transformado num inofensivo gato doméstico, surgindo do nada para castigá-lo antes mesmo de consumar a substituição da relíquia por uma falsificação.

Porém, ao contrário do que imaginava que fosse acontecer, o gato não o mordeu nem o arranhou, mas aninhou-se e logo começou a ronronar.

O bispo não perdeu a oportunidade. Rapidamente, envolveu o pescoço do animalzinho com a corrente e puxou-a pelas extremidades.

O gato se debateu por alguns instantes, arregalou os olhos, abriu a boca... e morreu.

Mais uma vez, San Giorgio olhou ao seu redor. Nada viu. Apurou os ouvidos. Nada escutou. Cuidadosamente, caminhando sem fazer qualquer ruído, dirigiu-se para a porta de entrada da capela e depositou o corpo do animal atrás de uma coluna, arrumando-o como se ele estivesse dormindo. Em seguida, voltou para a Câmara.

"Não vou esperar mais", pensou. "Vou fazer a troca agora! O quanto antes eu me livrar disso, melhor!"

Voltou para a câmara e repôs no lugar a corrente, depois de examiná-la criteriosamente para ver se não tinha ficado alguma mancha ou mesmo pêlos do gato entre seus elos. Quase sem respirar — não queria fazer qualquer barulho que mascarasse algum som que pudesse chegar até ele —, ajoelhou-se mais uma vez.

Estava transpirando, as mãos molhadas, trêmulas. Suas têmporas latejavam e o coração parecia querer saltar fora do peito, tão forte batia. Percebia que, por mais um pouco, ele desistiria de tudo e, ao amanhecer o dia, estaria voltando para Milão disposto a arcar com a responsabilidade de não ter conseguido cumprir sua missão.

Aliás, uma missão que ele mesmo tinha se imposto.

"Preciso me controlar!", pensou. "Não posso me deixar dominar pelo medo!"

Apertou a fronte com as mãos, baixou um pouco a cabeça e murmurou:

— Se eu não fizer isso agora, não o farei mais!

Ainda ajoelhado, abriu a bolsa, tirou a manta que cobria a falsificação e colocou-a ao lado, no chão. Ergueu a cabeça, apurou mais uma vez os ouvidos, apertou os olhos tentando enxergar alguma coisa na penumbra. Nada. Tudo estava quieto, no mais absoluto silêncio.

Levantou-se. Caminhou com cuidado, parecia que pisava em ovos, levando nas mãos o sudário que trouxera de Milão e colocou-o sobre o altar, ao lado da almofada que servia de apoio à relíquia verdadeira.

Comparou-as atentamente. Eram incrivelmente idênticas! O rosto que aparecia na falsificação parecia ter sido copiado, em seus mínimos detalhes, do original. Até mesmo algumas manchas esparsas eram iguais, estavam nos mesmos lugares!

"Como ele conseguiu?", pensou San Giorgio. "Como pôde atingir tal perfeição?"

Passou a examinar o tecido. Também era idêntico, até mesmo na coloração. Esticou a mão para a relíquia, mas, quase num espasmo, recuou. Em algum lugar de seu cérebro, algo o impediu de completar o gesto e tocar a relíquia.

Com esforço, dominou-se e, afinal, conseguiu tocar o Pano. Sentiu uma pontada no estômago. Ao tato, havia uma diferença! O verdadeiro Santo Sudário era mais leve ao toque, o tecido parecia ser mais fino, mais delicado...

— Isso, dá para perceber! — murmurou, voltando a sentir medo. — O abade vai perceber que o Sudário foi trocado!

Lembrou-se, porém, do que lhe dissera monsenhor Montbrison: ele evitava tocar a relíquia...

"Talvez demore para ele descobrir", pensou. "E quando isso acontecer, eu já estarei longe daqui, com o Sudário em meu poder!"

Respirou fundo, encheu-se de coragem e, apanhando o Pano verdadeiro, colocou-o dentro da bolsa, cobrindo-o imediatamente com a manta. Em seguida, pôs a falsificação sobre a almofada, exatamente na posição em que a relíquia se encontrava.

Voltou a se ajoelhar, a bolsa colada a si, e olhou para o altar.

Sim... Tudo estava exatamente igual. Ninguém haveria de perceber a troca.

— Pelo menos, até tocarem no pano — murmurou.

47.

Foi a mais longa noite de sua vida. O tempo parecia não passar, ele não encontrava posição para ficar e a ansiedade começou a dominá-lo de uma tal maneira que, quando escutou os galos cantarem, já no meio da madrugada, por muito pouco não saiu dali, em desabalada carreira.

Mas não. San Giorgio conseguiu, embora a duras penas, manter o controle e ali ficou, lutando contra o medo, esforçando-se para não pensar que tinha acabado de cometer um imenso sacrilégio e que, sem a menor sombra de dúvida, poderia esperar o castigo de Deus.

Tentando usar a razão sem deixar que esta fosse empanada pela religião, procurou se convencer que não estava cometendo nenhum pecado. Afinal de contas, ele apenas estava querendo levar uma relíquia para longe das mãos dos franceses. Não esconderia o Santo Sudário, muito pelo contrário! Ele queria que a relíquia fosse vista e venerada por todo o povo sempre, não como estava acontecendo, pois era o abade Montbrison que determinava — de acordo unicamente com a sua vontade — quando permitiria que o Santo Pano fosse exposto.

Assim, foi com alívio que San Giorgio viu a luz do dia começar a atravessar os vitrais da capela e, pouco depois, escutou abrir-se a porta de comunicação com o interior do palácio.

Monsenhor Montbrison veio até ele, ajoelhou-se respeitosamente e beijou-lhe o anel, dizendo:

— Não imaginei que o senhor conseguisse cumprir sua promessa com tanta galhardia, senhor bispo... Mais do que nunca estou convencido de que é um santo homem!

San Giorgio esboçou um sorriso, resmungou alguma coisa e, limpando a garganta, falou:

— Mas estou cansado, monsenhor... Muito cansado! Acho que hoje vou passar o dia dormindo!

Com o coração na mão, viu o abade se aproximar do altar, olhar para o sudário e ali ficar, imóvel, por um tempo que lhe pareceu ser um século todo.

Por fim, Montbrison persignou-se e, retirando-se, disse:

— Se quiser, já pode se recolher, senhor bispo... Vou abrir para os soldados, a relíquia não estará sozinha.

San Giorgio levantou-se, esticou as pernas devagar, exercitou as mãos discretamente e, despedindo-se do abade, apanhou sua bolsa e saiu da câmara.

Ouviu os passos de Montbrison dirigindo-se para a porta de entrada da capela e lembrou-se do gato. Por alguns instantes, atrasou sua marcha, esperando que o abade visse o bichano morto e gritasse, perguntando o que era aquilo.

Mas nada aconteceu. Montbrison abriu as portas, ele ouviu entrarem os soldados e, deixando escapar um suspiro, saiu.

O mais difícil estava feito e, pelo menos aparentemente, o abade não percebera a substituição.

"Agora... é voltar para Milão!", pensou ele, já a caminho de seus aposentos. "E o mais depressa que puder!"

48.

San Giorgio, porém, sabia que não seria conveniente ele deixar a Maurienne tão depressa. O pagamento de sua promessa era apenas um dos motivos alegados para a sua viagem e, assim, era preciso pelo menos disfarçar e tentar conversar com o conde a respeito de uma possível aliança com o Mouro.

Porém o bispo também sabia que não era necessário se preocupar demais com isso, uma vez que era líquido e certo que o conde da Maurienne já estava mais do que acertado com a corte de França para não fazer nenhuma aliança militar ou mesmo política com quem quer que fosse do outro lado dos Apeninos, especialmente com o duque de Milão — que Carlos VIII tinha a clara intenção de alijar do poder.

Assim, San Giorgio tentou marcar, por duas vezes, uma audiência com o conde para discutir esse assunto. Exatamente como esperava, escutou desculpas as mais esfarrapadas e não conseguiu êxito em seu intento e foi com visível alívio que o conde da Maurienne ouviu-o dizer, três dias depois:

— Parto amanhã, meu amigo. Se a missão que me foi dada pelo duque de Milão não a consegui cumprir, pelo menos paguei minha promessa de passar uma noite inteira orando ao pé do Santo Sudário. E isso, para lhe ser sincero, é o quanto me basta. Para mim, minha viagem à Maurienne foi um sucesso.

— Folgo em sabê-lo — falou o conde. — E desculpe não ter podido lhe dar mais atenção... Ocorre que estamos vivendo uma época politicamente difícil...

O bispo disse que compreendia, agradecia muitíssimo a hospitalidade e a oportunidade que lhe tinha sido dada de cumprir aquela promessa, e repetiu que viajaria logo ao alvorecer do dia seguinte.

Para não dar margem a que pensassem que, uma vez cumprida a promessa, ele tinha perdido totalmente o interesse pelo Santo Sudário, o bispo foi, naquela tarde, fazer uma visita à capela. Era importante que o vissem novamente orando junto à Sagrada Mortalha.

Porém uma surpresa o aguardava na câmara onde estava a relíquia: o local encontrava-se vazio, o altar que abrigara o Santo Pano tinha sido devolvido à Nossa Senhora, sua imagem ocupando seu ponto central.

San Giorgio sentiu-se empalidecer, o coração batendo mais rápido e o estômago sendo perfurado por uma dor funda, como se tivesse engolido uma bola de chumbo.

Ajoelhou-se diante do altar-mor, fingiu orar por alguns minutos e, já pensando no que iria acontecer, deixou a capela através da porta de comunicação com o palácio.

Encontrou o abade Montbrison logo ali no corredor e tentou planejar o que faria, caso este decidisse, apesar da idade avançada, agir com violência, acusando-o ou até mesmo tentando agredi-lo.

"Poderei matá-lo facilmente", pensou o bispo. "Não passa de um velho decrépito, e se eu apertar-lhe o pescoço..."

De fato, num confronto físico entre Montbrison e San Giorgio, o velho abade não teria a menor possibilidade, visto que o bispo, ainda em perfeita forma, era um homem grande e forte. Não foram poucas as vezes em que ele tivera oportunidade de demonstrar sua força; uma delas na viagem para a Maurienne, quando quatro homens não estavam conseguindo desatolar um dos carroções que, por azar, entrara num lamaçal. San Giorgio, irritado com a demora, pusera o ombro na travessa de trás do carroção e, em dois trancos, sozinho e apenas com a ajuda de dois cavalos, arrancara o veículo da lama.

Porém o velho abade, ao vê-lo, sorriu e, numa reverência, beijou-lhe o anel, dizendo:

— Guardei o Santo Sudário hoje de manhã... Como o senhor já tinha cumprido sua promessa, achei que não faria mal colocá-lo em sua arca.

San Giorgio respirou aliviado, mal conseguiu balbuciar algumas palavras e, caminhando para o interior do palácio ao lado de Montbrison, não conseguiu evitar a curiosidade e indagou:

— Monsenhor... Como o senhor faz para tocar o Santo Pano, uma vez que já me disse que evita de fazê-lo?

— Realmente, senhor bispo... Eu não o toco. Uso duas toalhas de linho branco, limpas e bentas, com as quais seguro o Santo Sudário para colocá-lo de volta em seu cofre... Assim, minhas mãos impuras jamais tocaram e jamais tocarão diretamente a relíquia.

49.

O sol ainda não havia raiado quando a comitiva de San Giorgio deixou o palácio de Maurienne.

Menos de meia hora depois, um cavaleiro também saiu da cidade, tomando a mesma direção que o bispo, porém por um caminho diferente que, em vez de seguir pela estrada, enveredava-se por dentro da floresta, num trajeto mais árduo.

Giuliano Vecchi, um dos homens de confiança de Cuorgne, tinha pressa de chegar a Chivasso, no Piemonte, para avisar seu chefe que o bispo já estava voltando para Milão, e, provavelmente, levando num dos carroções que compunham a sua caravana o tal tesouro que seu primo efeminado dissera.

Mantendo uma marcha rápida, mas poupando racionalmente sua montaria, Vecchi desviou-se da estrada principal durante o dia todo, só voltando a ela ao cair da noite, já certo de ter conseguido uma vantagem significativa sobre San Giorgio. Teria de descansar até o amanhecer e não queria correr o risco de ser alcançado pelos batedores da comitiva do bispo, normalmente cavalgando com cerca de uma hora de avanço sobre os outros.

Com isso em mente, ainda continuou a andar por mais algum tempo depois da chegada da noite e, por fim, parou para comer alguma coisa e dormir — merecidamente — até o raiar do dia. Estava tranqüilo, sabia que a distância que conseguira percorrer naquele primeiro dia da viagem, o bispo e seus homens levariam no mínimo dois para fazê-lo.

Assim, mantendo permanentemente uma grande vantagem sobre a caravana de San Giorgio, Vecchi chegou a Chivasso uma semana depois e, embora estivesse exausto da viagem, foi imediatamente procurar por Cuorgne.

— O bispo já está a caminho — disse ele, mal tendo apeado. — E vem devagar, como se os carroções estivessem bastante carregados!

Cuorgne sorriu. Era uma excelente notícia. Ele teria tempo de sobra para preparar o ataque.

Para evitar qualquer surpresa — sempre existia a possibilidade de San Giorgio decidir, de um momento para o outro, mudar de rumo —, mandou alguns de seus homens postarem-se como sentinelas ao longo do trajeto que o bispo deveria percorrer.

— Não quero perder tempo — disse ele. — Se o bispo tomar outro caminho, venham imediatamente me avisar.

Contudo, San Giorgio não alterou sua rota. Sentia-se seguro escoltado por aqueles soldados e não via nenhum motivo para mudar trajetos e planos, mesmo porque qualquer alteração haveria, certamente, de se refletir num atraso na viagem e isso era justamente o que ele não queria.

— Quanto antes pudermos chegar, melhor — disse ele para o comandante da escolta. — E é pena que sejamos obrigados a andar na mesma velocidade desses carroções!

Se dependesse apenas de seu impulso, San Giorgio pegaria a bolsa com o Santo Sudário, cinco soldados para garantir-lhe a retaguarda e os flancos e galoparia de volta a Milão. Porém ele sabia que tal atitude poder-lhe-ia custar muito caro, pois, além de diminuir significativamente seu poder de defesa, faria com que os homens da escolta soubessem que ele estaria transportando um tesouro muito valioso. Tão valioso que justificava sua pressa em se ver definitivamente protegido atrás das muralhas fortificadas de Milão.

Assim, embora mal disfarçando a impaciência, submeteu-se à desgastante rotina de armar e levantar acampamento todos os dias, o que significava nada menos que a perda de três horas de caminhada.

50.

Cuorgne sorriu, ao ver do alto do monte que lhe servia de mirante a comitiva de San Giorgio avançando a passo, lá embaixo, com sinais evidentes de desânimo e cansaço.

— Será muito fácil! — disse ele para Vecchi, ao seu lado. — Eles não agüentarão meia hora de combate!

Vecchi assentiu com um grunhido. Mais uma vez, o chefe tinha razão. Aqueles vinte soldados exaustos jamais seriam páreo para os mais de cinqüenta homens que ali estavam, escondidos no meio da floresta, apenas aguardando a ordem de atacar.

— Estamos prontos — disse ele. — Quando quiser...

— Vamos esperar que eles cheguem à garganta do Orco. Será mais fácil, os soldados não terão nem como reagir — falou Cuorgne.

E, num tom mais enérgico, acrescentou:

— Não quero prisioneiros. Mal temos o que comer, não estou disposto a dividir com esses idiotas!

Apertou os olhos, viu que a caravana chegaria à Garganta em poucos minutos, e ordenou:

— Avise os homens. Assim que eu gritar, ataquem!

Vecchi sorriu. Era exatamente o que estava esperando: o ataque, a emoção do combate que, para ele, era muito mais importante do que a própria pilhagem do tesouro que estaria sendo transportado.

Sem fazer ruído, ele se afastou do lado de Cuorgne, montou em seu cavalo e foi cumprir a ordem de seu chefe.

Cuorgne continuou ali em seu posto de observação. Viu os carroções arrastarem-se para dentro da garganta, viu o último soldado sumir, escondido pelas paredes escarpadas. Era chegado o momento.

Levando as duas mãos em concha à boca, ele gritou, imitando o uivo de um lobo.

Lá embaixo, o bispo escutou e não pôde deixar de se arrepiar. Ele sempre estremecia ao ouvir o uivo dos lobos, isso lembrava alguns momentos pouco prazerosos de sua infância, quando os lobos famintos, no inverno, atacavam os rebanhos de ovelhas e, muitas vezes, até mesmo chegaram a atacar viajantes incautos que se arriscavam durante a noite.

Ao seu lado, um dos pajens — que também escutara o uivo — comentou:

— É estranho... Os lobos não costumam uivar durante o dia...

San Giorgio não teve tempo de retrucar.

Escutou o grito de alerta do comandante da escolta e, quase simultaneamente, o mesmo grito vinda da retaguarda.

— Estamos sendo atacados! — exclamou o pajem, ao seu lado. — E pelos dois lados!

Estavam, realmente, encurralados. Em ambos os flancos, as paredes escarpadas da garganta impediam qualquer tentativa de fuga e, tanto na frente quanto atrás, dezenas de bandidos, as espadas e lanças em riste, avançavam em plena carga.

O bispo entrou em pânico. Não podia permitir que roubassem o Santo Sudário! Que levassem tudo, menos a bolsa onde escondera a relíquia!

Rapidamente percebeu que os vinte soldados não dariam conta de tantos bandidos, mesmo porque sua situação estratégica estava infinitamente pior. Pensou em tentar negociar. Diria que dispunha de muito ouro, diria que entregaria tudo... a troco de o deixarem seguir com sua sacola... de roupas.

Porém Vecchi e seus homens já estavam atacando selvagemente. San Giorgio viu o comandante da escolta cair, o tronco varado por uma lança, viu dois soldados serem decapitados pelas afiadas espadas dos bandidos e viu, de repente, um deles se destacar do grupo e, urrando como uma fera, atacá-lo.

O bispo — que apesar de bispo, jamais deixara de lado sua espada — ainda teve tempo de desembainhá-la. Contudo, foi só. Vecchi, com um sorriso sádico, ergueu seu sabre e desfechou-lhe um golpe que praticamente dividiu sua cabeça ao meio.

San Giorgio sequer pôde pedir perdão a Deus por seus pecados. Ao cair do cavalo, antes de chegar ao chão, já era um homem morto.

51.

A batalha não demorou mais do que vinte minutos, e quando Cuorgne não mais escutou nenhum som de combate, encaminhou-se para lá. Conhecia bem seus homens e sabia que, no momento da partilha, não era nem um pouco aconselhável estar longe: a possibilidade de ser passado para trás era muito grande, mesmo podendo contar com os olhos vigilantes de Vecchi.

Chegou a tempo de ver que este impedia alguns bandidos de pegarem as sacolas com moedas.

— Só depois que Cuorgne deixar — falou ele, agarrando as sacolas, já de espada na mão. — Ninguém toca em nada sem que ele veja!

O chefe dos bandidos ficou um pouco decepcionado. Na verdade, ele estava esperando um tesouro muito mais valioso, carregado de barras de ouro, jóias, pedras preciosas. Havia, decerto, ouro. Mas em moedas já cunhadas. E as jóias, somente aquelas que o bispo levava em seu corpo.

— Peguem as roupas, as armas, os cavalos — ordenou ele. — Não há grande coisa para ser dividida.

Viu a sacola ao lado do corpo de San Giorgio, chacoalhou-a para tentar escutar algum ruído metálico, mas não ouviu nada. Com a ponta da espada, rasgou-a e constatou que ali dentro havia apenas uma manta e um lençol. Jogou-a para o lado, com raiva.

A dois passos de distância, um de seus homens, Giovanni Malatesta, viu e foi olhar o que tinha despertado a manifestação de nojo e furor de seu chefe.

— Poderia servir para mim — disse ele, humilde. — Esta manta parece ser um bom agasalho...

— Pois leve! — autorizou Cuorgne. — Eu não vou fazer nada com isso!

Malatesta sorriu, satisfeito. Sabia que ganharia algumas moedas na partilha do saque, tinha conseguido algumas roupas boas dos soldados mortos e mais aquela manta.

— O lençol parece muito velho — murmurou. — Mas sempre poderá servir para alguma coisa...

52.

A vida no palácio do barão de Puget estava correndo num verdadeiro mar de delícias para o Mestre e Giacomo. Estavam sendo até mimados, tantas e tais gentilezas lhes eram proporcionadas. Comidas finas, vinhos dos melhores que poderiam existir...

E, para o Mestre, a possibilidade de continuar a criar. Para ele, isso era o melhor de tudo.

E o barão de Puget estava mais do que animado com a presença daquele sábio sob seu teto. Não que ele estivesse interessado em seus dons artísticos, mas sim porque o Mestre era conhecido por suas habilidades em inventar máquinas de guerra — que interessavam diretamente aos franceses —, e principalmente porque, agradando-o, afastava a possibilidade de ele querer voltar para Milão e, uma vez lá, permitir ao Mouro que fizesse uso de seus inventos contra os franceses.

Além desse fator, ou seja, ver valorizado seu talento de inventor, um outro não menos importante fazia com que o Mestre realmente não sentisse a menor vontade de voltar tão cedo para Milão: quem poderia, afinal de contas, garantir que o próprio Mouro não mudasse de idéia e mandasse matá-lo?

— Vamos ficando por aqui — disse ele para Giacomo. — As coisas estão mudando muito e estou desconfiado que o nosso duque, o Mouro, não vai conseguir ficar por muito tempo no poder.

* * *

Tinha razão o Mestre.

O duque de Milão, animado pela vitória contra as forças francesas conseguida com a aliança que firmara com Veneza, Maximiliano de Áustria, o papa Alexandre VI e por Fernando, o Católico, rei de Aragão, achou que a partir de então sua cidade jamais seria invadida e ele, conseqüentemente, poderia ficar tranqüilo quanto a se manter no poder.

Porém, pouco tempo depois, Luís XII assumiu o trono da França. E Veneza, traindo a aliança com o Mouro, apoiou o novo rei e sua pretensão ao poder em Milão, alegando que ele era legítimo descendente do primeiro duque de Milão.

Incapaz de conter esse novo e violento avanço dos franceses, Ludovico Sforza viu-se obrigado a fugir. Milão rendeu-se à França já quase na virada para o século XVI.

O Mouro voltou a Milão no ano seguinte, depois de ter negociado o apoio de forças mercenárias alemãs e chegou a ter um sucesso temporário, fazendo com que os franceses fossem obrigados a deixar a cidade. Porém Luís XII mandou mais tropas para a cidade, conseguiu retomá-la e aprisionou o duque de Milão, enviando-o para uma prisão francesa, onde veio a morrer em 1508.

E exatamente como previra o Mestre, Luís XII encantou-se com a sua genialidade e acabou por contratá-lo para fazer o saneamento de Florença de forma a evitar que a terrível peste negra continuasse a dizimar a população.

O Mestre morreu entre 1518 e 1520, na França, deixando uma obra respeitável e uma infinidade de manuscritos com projetos, plantas, desenhos e textos para alguns amigos e, principalmente para Giacomo, que, em 1525, teve morte violenta, não tendo tempo, portanto, de cuidar devidamente do inestimável tesouro deixado pelo Mestre aos seus cuidados.

Este livro foi composto na tipologia
Electra LH Regular, em corpo 11/15, e impresso
em papel off-white 80g/m² no Sistema Cameron
da Divisão Gráfica da Distribuidora Record.